恶意的她

戈鞅 著

湖南文艺出版社
·长沙·

© 中南博集天卷文化传媒有限公司。本书版权受法律保护。未经权利人许可，任何人不得以任何方式使用本书包括正文、插图、封面、版式等任何部分内容，违者将受到法律制裁。

图书在版编目（CIP）数据

恶意的她 / 戈鞅著 . -- 长沙：湖南文艺出版社，2025.3. -- ISBN 978-7-5726-2248-9

I. I247.5

中国国家版本馆 CIP 数据核字第 20258J60V7 号

上架建议：畅销·小说

EYI DE TA
恶意的她

作　　者：戈　鞅
出 版 人：陈新文
责任编辑：匡杨乐
监　　制：邢越超
策划编辑：刘　筝
特约编辑：王　屿
营销支持：周　茜
封面设计：商块三
版式设计：李　洁
封面插图：花　澤
出　　版：湖南文艺出版社
　　　　　（长沙市雨花区东二环一段 508 号　邮编：410014）
网　　址：www.hnwy.net
印　　刷：三河市鑫金马印装有限公司
经　　销：新华书店
开　　本：680 mm × 955 mm　1/16
字　　数：569 千字
印　　张：26
版　　次：2025 年 3 月第 1 版
印　　次：2025 年 3 月第 1 次印刷
书　　号：ISBN 978-7-5726-2248-9
定　　价：56.00 元

若有质量问题，请致电质量监督电话：010-59096394
团购电话：010-59320018

恶意
的她

目录
Contents

楔 子

第一章　自由而不真诚 /001

第二章　都只是续篇 /017

第三章　守库者之死 /037

第四章　绝对的台阶上 /055

第五章　灵魂旧伤 /074

第六章　殷红的郁金香 /092

第七章　早晨的蝉 /114

第八章　秋叶繁多 /137

第九章　掷子的时运 /160

第十章　凡人的气息 /186

第十一章　月流有声 /207

第十二章　父亲的挽歌 /233

第十三章　她给自己梳头 /258

第十四章　尘世丰盈 /282

第十五章　你来人间一趟 /306

第十六章　荒野的小蔷薇 /329

第十七章　浮生居大块 /356

第十八章　尾声 /381

番 外 一　丽 /386

番 外 二　慧 /390

番 外 三　晴 /394

番 外 四　敏 /399

番 外 五　深深 /405

献给我的妈妈。

献给我生命中的所有女性。

楔子

丛林

苏拉不是第一次做这个梦了。

溽热的丛林,平静而宽阔的河面,巨蟒、猛兽、昆虫、食人鱼蠢蠢欲动。一只奶黄的小泽鹿贪食着无花果,逐渐远离了栖息地。

泽鹿竖起雪白的耳朵,向四周张望,却浑然不知,自己已被一双黄钻般的利眸锁定。

一头肌肉紧实的黑豹从低矮的灌木中暴起,精准地扑向泽鹿。它拥有七倍于体重的咬合力,尖齿闪着寒光。

泽鹿虽然天真,却足够敏捷。它扭过身躯,颈项避过了豹口,后腿却未避过。黑豹的利腭从它的腿上撕下一大块血肉。泽鹿拖着伤腿奋力奔逃。腐败的枝叶在蹄下嘎吱作响,它穿过葛藤和灌木,拼尽最后一丝气力,终于抵达了河岸。鲜血溢湿了后腿,无声地流入河水。

黑豹步步进逼,已来到它身后。泽鹿掉转头,漆黑湿润的眼眸盯住缓缓靠近的黑豹,哀鸣了一声。

电光石火之间,如镜的水面猝然破开,一头黑凯门鳄出现在泽鹿背后,一口咬住它的后臀。

黑豹怔了一怔。

而泽鹿,没有机会发出第二声哀鸣,便被黑凯门鳄拖进了河底。

很快,河面上汩汩地冒起了血水。万物重归静谧,而夜幕,已经降临。

苏拉倏地睁开双眼，口中还残留着淡淡的血腥味。

床头的数字时钟显示现在是凌晨两点，身旁的男子还在沉睡。他的睡眠质量一直不好，但睡着的时候很安静，睫毛修长，呼吸轻微，像晴空下起伏的白垩长崖。

惊醒她的是手机的嗡嗡声。

苏拉快速调了静音，赤脚下床，关上卧室的门，在客厅的落地窗边接了电话。

"是我。"电话那头的人言简意赅地道，"你准备好了吗？"

窗外，一幢幢甲级写字楼互相反射着灯光，LED屏不知疲惫地播放着金融和地产广告，上百家上市公司的员工在蜂巢般的格子里竞相996[1]，街道两边被银行、房产中介、便利店和咖啡馆挤满。而在一个个豪奢隐秘的角落里，资本和人脉流转不息，一秒生产一个暴富的故事。

这里，是鹤市地价最贵的金融CBD，亦是猛兽打磨利腭的玻璃丛林。

鹤市的霓虹彻夜不息。

苏拉背过身："我准备好了。"

---

1. 指996工作制，即工作时间为早上9点至晚上9点，并且一周工作6天的工作制，反映了中国互联网企业盛行的加班文化。——编者注

第一章
自由而不真诚

我想做一个自由而不真诚的人
没有信仰，不承担义务，也没有工作
监狱，爱的监狱我也不要
你们别来爱我，我不喜欢

——《我想做一个自由而不真诚的人》费尔南多·佩索阿

1

苏拉把左手拇指按在门把手上，智能门锁笨拙地识别了两次，第三次才礼貌地欢迎她的归来。

屋内一片黑暗，窗帘紧闭，伸手不见五指。

她怔了怔，随即关上门，脚尖凭着记忆找到早上随意踢落的拖鞋，手指摸向玄关灯的开关。

便是在这时，低沉的男声响起："赎罪是忏悔你的罪行，但却不是因为你热爱上帝。"[1]

于彻底的黑暗之中，苏拉的手被轻轻握住，牵引着她向前。冰凉锋利的硬物抵上她颈间，激起一阵战栗。颈后的汗毛被气息吹拂，微微立起。

"你以为不能自赎的罪，都是因为未经审判。"

硬物划过她的颈子，留下黏稠的湿意，仿佛同时抽走了生命——"我就是你的罪……永远守在你身边。"

苏拉的眼前蓦地一白——灯光大亮，灰色的玄关墙映入视线。

林渡拿着一支细长的走珠眼部精华液，笑嘻嘻地问她："怎么样？"

苏拉："……"

"我今天完稿了，这是结尾。"林渡兴奋得直喘息，"女凶手逃脱了法律的制裁，独自回到安全屋，过往的罪恶正在屋里等着她。故事戛然而止，我们不知道这是来自某

1.《七宗罪》电影台词。——作者注

次罪恶的复仇，还是来自上帝的审判。"

"你知道，我那支精华一千多吗？"

林渡一愣："抹在脖子上，不对吗？"他从她的梳妆台上顺了好几支在手上试了试，这支最能模拟出刀刃的冰凉感。

苏拉慢吞吞地把颈上的湿意抹匀："挺好的，我最近确实长了条颈纹。"

被他气的。

"所以呢，你觉得怎么样？"林渡充满希冀地冲她眨眨眼。单看外貌，谁也想象不到，这个外表像小鹿般无害的青年，是个沉迷于血腥犯罪题材的悬疑作家。

"挺吓人的。"苏拉很给面子。

"可是你没有被吓倒。"

"大概是气味。"苏拉的鼻间飘过大蒜和欧芹的甜香，"哪个杀手在杀人之前会先烤几片法包？还有那句台词——'赎罪是忏悔你的罪行，但却不是因为你热爱上帝。'这是《七宗罪》里的台词。"

林渡懊恼地一扒头道："难怪我觉得写得这么好。还是苏大律师记性好，晚点我再改改。"

他低头在她的唇角亲了亲："欢迎回家。不过你猜错了，我做的不是法包，是龙虾。今天庆祝我完稿，请你吃大餐。"

苏拉这才看清，他系着条黄色斑点的围裙，搭配一米八五的个头，像头长颈鹿般可笑又可爱。

这就是她交往了快三个月的男朋友？她一时有些恍惚。

苏拉走进卧室，扯掉捆绑了她一天的西装裙和真丝衬衫，套了件林渡穿过的白色T恤，发出一声如释重负的轻叹。

她慢悠悠地踱出来，像一头母豹巡视自己的领地。

洗手台上多了把蓝色剃须刀，书房里多了一个酷炫帅炸的七彩键盘，沙发角落里扔着个平板电脑，还有个钢铁侠图案的行李箱，假装低调地躲在门后。

这是她和林渡在一起的第三个月，也是他在她家度过的第九个夜晚，他像无孔不入的热黄油，细腻地入侵她的生活，而开过闸的欲望就像溃堤的洪水，再难蓄回。

"入侵者"哼着小曲，在厨房里煎着半边大龙虾。苏拉从他身后靠近，抱住他紧实的后腰。他模糊地哼了一声，把龙虾翻了个面，雪白嫩肉被黄油和黑胡椒渗入，焦色星点油黄。

苏拉收拢手臂，胸腹与后腰立刻密密紧贴。

林渡一僵："别闹。"

她恍若未闻，手掌覆上他的小腹，慢慢摩挲。

果然，他"嗞"了一声，尚存的理智被迫发声："这是老何特地给我弄的新鲜澳龙，煎坏了就糟蹋了。"

何崇光是林渡的发小，自主创业富二代，最近做起了进口水产生意，亲朋好友的尿酸指数随之节节攀高。

苏拉轻轻嗤了一声，手掌继续下移。

男人的脊柱倏地绷直。他只犹豫了一秒，就把手里的夹子一扔，关掉了炉火。

苏拉骄纵而得意地笑起来。

下一刻，她被狠狠地嵌入他的骨骼，滚烫的唇瓣吞噬了她的笑意。他将手臂环在她臀下，一路托进卧室，再深深压入平整柔软的长绒棉。

煎锅里浓香的酱汁逐渐失去了毕剥的活力，归于沉寂。龙虾从晶亮变得暗淡，暴殄得一塌糊涂。

林渡知道，苏拉享受这种极限挑衅的掌控感，以及对自我存在感的再确认，相比而言，肉体的快感倒在其次了。

但他不介意被她掌控。

有时候，有些人是需要一点被掌控感的。他像是在海中漂浮了多年的红藻，第一次被命运的竹篱捞起，盛放在一只活人的手中。

餍足之后，苏拉翻了个身，仰脸看着林渡："我饿了。"

于是林渡爬起来，去热龙虾。

她确实是饿了，像只小兽一样据案大嚼，用牙齿撕扯着略有些干柴的龙虾肉，红色虾壳扔了满桌。

林渡托着半杯红酒，抿了一口，把剔出来的小块龙虾肉堆到她盘中。准备好的浪漫烛光晚餐变成了动物世界，他心中略有崎岖，却又很是圆满，好像他们本来就该是这个样子。

他咧开嘴，用拇指揩拭她嘴角沾上的黄色虾膏。

唇上的触感温柔，苏拉忽然僵住。时空悄无声息地凝固了，大脑停止了运行。

他们有过比这贴近十倍的接触，却丝毫不及此刻的亲密。

林渡将她的呆愣尽收眼底，快活地笑起来。他觉得，是时候了。

于是炯炯望定了她："苏拉，我想……搬进来住。"语气很随意，显得毫无蓄谋，但发亮的瞳孔出卖了他。

他猜她多半会拒绝，但至少——这是他下一段英雄征程的开始。矮人吹起了新的号角，魔戒终将被送达。

楼上不知谁家的弹珠咣咣掉了一地，令人替收拾残局者感到焦虑。

当最后一颗弹珠停止滚动的时候，苏拉听见自己开口了："林渡……"

"嗯？"

"其实，我已经厌倦你了。我们分手吧。"

凌晨一点，林渡拖着钢铁侠行李箱，趿拉着人字拖，怀里抱着限量版游戏键盘，像一条被遗弃的卷毛犬，灰溜溜地融入鹤市的夜。

这是一座外来人口超过 98% 的南方海滨城市，人人青春光鲜，一切崭新得发亮。白天是优雅而疏离的，大道两边栽种的棕榈树，每一片叶子都干净规矩，从不旁逸斜出，像个塑料丛林，但到了晚上，霓虹开始流动，野兽出笼，动物悸动，空气湿润油滑，随便一块土壤都能长出各式各样的菌菇。

苏拉和这座城市一样，冷酷和热烈交替，难以捉摸，喜怒无常。但她并不是这座城市里少得可怜的原住民之一，林渡才是。

林渡出生的龙美村距离金融 CBD 只有五分钟的车程，是鹤市几个最有钱的城中村之一，其中布满了不少年轻人热衷于打卡的美食老店，添记就是其中颇负盛名的一家大排档，夜晚生意尤其火爆，营业到凌晨四点。

林渡进了添记，发小何崇光已经点好了一盘叉鸡饭、两罐啤酒。

"是龙虾不好吃？不好吃也不至于分手啊。"

何崇光是个土著富二代，扔下家里的生意不管，自己出来创业，一上来先关心他的龙虾。

林渡沉默地瞪着油鸡的毛孔，半响才闷闷地说："跟龙虾没关系。"

"那……她有别人了？"

林渡无声地一笑。他的第一反应也是这个。

"她说不是。她是个工作狂，平时连应付我都不耐烦，不可能有时间应付第二个男人。"

"那在她说分手之前，你们在做什么？"

林渡没说话，回了他一个难以言喻的眼神。

何崇光恍然大悟："该不会是你表现得太差吧？"

"差你妹。"

何崇光知道不该笑，但还是忍不住哈哈大笑道："我妹知道这事，一定很开心。"

他妹妹何宝贤初一就喜欢林渡，鼓起勇气表白，却被果断拒绝，很是伤心过一阵子。

林渡这个死宅[1]就没怎么像样地谈过恋爱。直到几个月前，他认识了比他大三岁的苏拉，一上来就解锁了姐弟恋这种高难度模式。

"所以是……提裙无情，连夜撵人？"

林渡灌下一大口啤酒。

本来一切都很完美。他自认为，今晚的表现是提升了客户体验的。他提出要同居，如果她觉得进展得太快，大可以直接拒绝，为什么要分手呢？

"她也没撵我，只是冷静地建议我今晚在书房睡。"

---

1. 指人一直待在家中，非常不喜欢出门。

"哦？"

"老子不要面子的吗？当然是收拾东西就出来了。"

何崇光怜悯地望着他："你这位姐姐，有点东西。"

其实，林渡一下楼就后悔了，他应该不那么愤怒，冷静地问清楚原因的。苏拉很少向别人解释她的行为，但话说出了口，就意味着她已经拿定了主意。

"我实在想不通，她为什么要分手。"

何崇光又叫了两罐啤酒。"我帮你分析分析哈。你们交往三个月，她有带你见过家人和朋友吗？有提出要见你的家人、朋友吗？"

林渡摇了摇头。

"我猜，人家一开始就没打算跟你认真。你突然认真了，她就怕了。"

林渡一愣："认真……不好吗？"

"认真的话，她可能就嫌你穷了。"

"我……穷？"

从外表上看，林渡就是个空有张脸、不修边幅的乐天宅男。但在他的读者心目中，他应该是个阴暗、冷酷、心理扭曲的老变态。他大学毕业后就没上过班，大三的时候在网络上连载了第一本惊悚悬疑小说，据说那年吓得所有高校男生不敢一个人上厕所，由此一炮而红。

今年他二十七岁了，已经出版过八本畅销书。两年前靠版税收入买了个小房子，位置不算核心地段，但居家氛围很浓，这两年房价飙升，市值已经翻倍了。

认真掂量了一番自己的资产，林渡迟疑着道："我觉得，我应该……不算特别穷吧？"

"鹤市这地方，寸土寸金，街上掉块砖能砸中好几个小目标。你们苏律师是天影所的高级合伙人，自己开奔驰，来往的都是企业主和上市公司高管，眼界肯定不低。要拿下她这样的，身家怎么也得三五千万吧。"

何崇光瞥一眼林渡，说道："你天天穿人字拖、大裤衩，浑身上下加起来不超过五百块，开个思域，还是二手的……实在不像是能托付终身的样子。"

林渡扒梳了一下杂乱的头顶："现在谈个恋爱，都这么明码标价的吗？"

"欢迎来到鹤市的择偶市场。"

只看脸的时代已经过去了，这是个向"钱"看的时代，成年人的恋爱，把两人的身家摆在天平两端称量称量，是基本礼节。

何崇光放下啤酒罐说："阿渡，她要真是为了钱，倒简单了。你知道该怎么办。"

林渡僵了僵，爱笑的黑眸顿时染上一层阴霾。

何崇光知道触了他的逆鳞，叹气道："是兄弟，才跟你把话说透……你真喜欢苏律师，就不该骗她。"

2

天影律师事务所是鹤市的头部律所之一，首席合伙人郑永明是苏拉的同门师兄。天影所的强项是刑事和商事，短板则在家事领域。

苏拉的研究生导师是国内家事领域的泰斗，她原本在海市执业，专攻公司法和家族财富管理，已经小有名气。一年前，郑永明听说她有意来鹤市发展，便以高薪延揽她加入，牵头组建了一个家族法律事务中心。

下午快下班的时候，天影律师事务所的前台收到了一个透明礼盒包装的毛绒娃娃。

东西是苏拉的助理宁夏签收的，她把娃娃从前台抱进来，放在苏拉的办公桌上，沿路收获了七八位女律师的尖叫声。

娃娃穿着粉红色的小裙子，伸着奶白的小脚丫，单脚立在礼盒里，和苏拉大眼对小眼。

"苏拉姐，原来你也这么少女心啊……"

苏拉摇头："我不喜欢。"

"那林作家为什么送这个给你啊？"

女律师们已经把娃娃查了个底儿掉。这是个芭蕾主题的冷门IP[1]，叫"辛德瑞拉"，呆萌又有科技感，还有语音问候功能。"辛德瑞拉"在艺术圈内很受钟爱，各大海淘代购平台都已经断货了，只有在东京的实体店才能买到。

"之前我在网上订过一个，缺货退款了。可能被他看到了，就以为我喜欢。"

那已经是两个月前的事情了。也不知道林渡是花了多少心思，找了多少人，才抢到了这个可笑的娃娃。

宁夏忍不住隔着盒子去戳娃娃圆润的手，再戳戳别的地方。

"你要留下吗？放办公室也行啊。"

苏拉沉默了一瞬："我和他……已经分手了。"

宁夏露出惋惜的眼神，问："那……要退回去给他吗？"

苏拉思忖片刻，低头给她发个地址："寄到这儿吧。"

宁夏愣了一会儿："这……会不会有点伤人？"

苏拉淡淡地看了她一眼。

宁夏这姑娘做事麻利、聪明细心，就是话有点多。

"本来就是要送人的，晚点我把钱转给他就行。"她顿了一顿，"把瑞熙内部稽核规章最新的一稿再拿来给我看看。"

老板显然不想再继续讨论私人话题，宁夏便不再多问。

---

1. Intellectual Property，互联网界的"IP"可理解为所有成名文创（文学、影视、动漫、游戏等）作品的统称。——编者注

稍后，苏拉约了两个信托经理聊业务，正相谈甚欢的时候，宁夏又拨了内线进来。

"有一位林太要约见。"

"谁？"苏拉一时没反应过来。

"她说，她是恒茂集团林董事长的夫人。"

宁夏捂着话筒，压低声音道："听说恒茂那个林老板，外头彩旗飘飘，后院却从没起过火。没听说……要离婚啊。"

恒茂是鹤市知名的大型民营地产集团，现任掌门人是林茂生。早年林家老太爷从境外归来，带回一笔原始资金，投资兴建工业园区，后来又抓着政策红利，在鹤市拿下不少地块。二十多年来，恒茂开发的住宅和商业地产虽然品牌一般，但胜在地段好，利润奇高。单是恒茂广场这一个商业综合体，一年就能贡献一个亿的净利润。

电话那边一阵沉默，宁夏还以为断线了："苏拉姐？"

过了好一会儿，苏拉的声音才响起："她想约什么时候？"

"今天下午三点，而且她不想来办公室，想约在绿海高尔夫的私人会所。如果你想去，我可以把云岚的宋总改约到后天下午。"

"可以。"

绿海会所提供高端英式下午茶，对顾客隐私保护得很好，是城中贵妇们常驻磕牙的地方。

苏拉走进包厢，穿着粗花呢连衣裙的中年女人正坐在落地大阳台旁边，娴静安适地捧着一盏金边绿花骨瓷茶杯。她的打扮是精心而不露痕迹的，浓密的黑发高高盘起，颈上空空，展示着几乎没有褶皱的脖颈，耳边坠两颗澳白珍珠，手指上戴一颗鸽子蛋大小的镶钻祖母绿，手边是经典的中古马鞍手拿包。

被打量的同时，中年女人也在打量苏拉。看着苏拉肩上背的托特包，既没有显著的 LOGO[1]，也不是眼熟的款式，她心里有数了。

"是苏律师吧？久闻大名。"她得体地抿起饱满的红唇，伸出一只白嫩的手。

"我是恒茂的林太。"

苏拉浅浅握住她的手："钟晴女士，您好。"

钟晴一愣。大约有二十年，没人这么叫她了。

"我没和你助理说过我的名字。"

苏拉自顾自地坐下："我们做律师的，出来见客户，多少得提前做点调查。"

钟晴的嘴唇微微颤动。她想知道苏拉所谓的"做点调查"有多深入，旋即又想起，这不是她今天的目的。

"苏律师，你还是叫我林太吧。"钟晴这个名字，总让她想起一些不愿想起的事。

苏拉笑了笑，垂下眸。如果林渡在场，就能看出她并未打算执行对方的指令。但

---

1. 指品牌标志。——编者注

钟晴习惯了别人的服从，并没有察觉。

"苏律师，我今天约你，不是为了自己的事。我是林渡的妈妈。"

钟晴等着苏拉露出惊愕的神情，但苏拉没有。钟晴反倒讶异了："我以为，阿渡没告诉你他和恒茂的关系。"

苏拉点点头："他确实没提过。"

不愧是做律师的，见多了杀人犯、诈骗犯，泰山崩于前也能不改于色。钟晴盯着她看了一会儿："苏律师，你看着是个有学识的人，应该明白道理。你跟我们家阿渡，不合适。"

苏拉谨慎地问："钟女士，您觉得我和林渡不合适，是哪里不合适？"

钟晴淡淡地哼了一声："我听说，你大学和研究生都是靠企业资助和奖学金才读完的。在海市执业五年，专挑挣钱多的官司打，咬着上流社会的脖子吸血，人称'恶女律师'。

"一个在鹤市毫无根基的小姑娘，天影的郑总却这么器重你，你们的关系，恐怕不只是师兄妹吧？我们家阿渡才二十七，从小就单纯。苏律师，你有手腕、有心眼、有阅历，大可以去钓更大的鱼，何必巴着他不放呢？"

钟晴露出一个和蔼的笑容："我就直说了吧——需要多少钱，你才肯跟阿渡分手？五百万，够不够？"

这确实是苏拉没想到的桥段。

"那您觉得，什么样的女孩子跟他合适？"

钟晴微微一愣。苏拉的反应，和她预计的完全不同。不论是欣喜、震惊，还是受辱的愤怒，她都不该对五百万这个数字无动于衷。

她还没说话，对方却又开口了："首先，得门当户对，家里的生意最好和恒茂有些关联，留过学、年轻、单纯、懂事，结婚后就不再工作，相夫教子，服侍公婆。您希望林渡按您的安排结婚，回恒茂接班，娶一个宜室宜家的太太，更重要的是，多生儿子。对吗？"

钟晴意识到，自己遇到的是个硬茬子。

"那就是我们家的事了。"她冷笑，目光再度扫过苏拉的包，"苏律师，你业务做得再好，也只是工薪阶层，跟我们林家是没法比的。"

苏拉温和地笑了："好，不说林渡，我们来说说那五百万。您要用五百万来打发我，当然是不够的。但这不是重点。钟女士，您真要给我五百万，咱们还得签订一份赠与合同，并且履行公证手续。另外，这五百万想必是您和林董的夫妻共同财产，甚至可能是公司资产，我需要一份配偶知情声明，否则，您的赠与行为极有可能被撤销或面临公司追偿。"

苏拉摊开手，说："据我所知，最近有几家承包商正在跟恒茂打官司要账，标的金额一千万左右。林董大约没把这事放在心上，一直推说现金流不足，拖着不给。您现在一出手就是五百万，被市场上的合作伙伴知道了，心里会做何感想呢？"

钟晴目瞪口呆："你这是在威胁我？"

苏拉微笑道："其实，您和我都知道，即使您用这五百万打发了我，林渡也不会顺您的意，回去继承家业的。他不想做恒茂的林公子，只想做林渡。"她站起身，"今天的事情，我不会特地告诉林渡。不过，您在下次用钱打发他的女朋友之前，可以打我的电话。我接受计时咨询。"

苏拉拿出一张洒金的名片，放在钟晴面前："在海市，确实有同行叫我'恶女律师'。不过，若将来您自己有需要，是希望找个'恶女律师'，还是找个小甜甜呢？"

走出绿海会所的时候，黄昏已至，绿色的草皮泛着幽光。苏拉的手机响了一声，是林渡发来的微信。

"苏拉，对不起……"

苏拉没有看完后半句，就收回了目光。指尖一划，她把林渡拉进黑名单。

3

情场失意，职场可得加倍努力。林渡这几天又犯失眠了，索性通宵改稿，昼夜颠倒，睡到下午才醒。

他睁开眼，第一件事是打开手机。"苏拉女王"在微信上被静静置顶，右上角并没有小红点。

他又发了一句："我上一条微信你看见了吗？"

这工作狂，一定是加班到太晚没看微信，回家就直接睡了。一定是这样。

点击"发送"，消息左边立刻出现了一个鲜红的惊叹号。"苏拉开启了朋友验证，你还不是他（她）朋友。请先发送朋友验证请求，对方验证通过后，才能聊天。"

这时，手机进来一条短信："您名下尾号为××××的××银行卡收入人民币10000元，摘要：辛德瑞拉代购费用。"

他长得像代购吗？哪一点像？林渡盯着手机，心里有一万只土拨鼠蹲在山顶咆哮。

他骂骂咧咧地起床，肚子叫个不停，却一点胃口都没有。随便泡了碗面，还没开吃，钟晴的电话就来了："阿渡，吃午饭了吗？"

林渡睁眼说着瞎话："吃过了。"

"吃的什么呀？"

他用附送的小叉子撩拨着碳水爆表的泡面："鸡胸肉，西蓝花……"

"哎哟，总吃健身餐也不行啊……"

"妈，您有事吗？"

"张婶煲了猪肺汤，你晚上回家来，陪妈妈吃个饭吧？"

没听到回应，钟晴又说："今晚你爸爸有应酬，不在家。阿渡，妈妈想你了。"

林渡沉默了下来。上一次回那个所谓的"家"，场面一度非常难看，以至于接下来很长一段时间，钟晴都只敢来林渡住的地方和他见面。他有自己的原则，但妈妈，还是独自留在了那里。

"好，我晚上回去。"

林家大宅坐落在鹤市的老牌豪宅区：闹中取静的兰心湖畔。

林渡开着思域进小区的时候，保安确认了两次才开闸门。林渡把车随意地停在门口路边，前头还停了辆红色法拉利，车尾改得很骚包，有些眼熟，他一时又想不起在哪里见过。

进了门，老火靓汤的浓香扑鼻而来，钟晴一见他就皱眉，问："怎么头也不洗，胡子也不刮？"

他用指腹蹭蹭须根，道："不就回来吃个饭吗？"

"见妈妈就不用打扮了？"

林渡干笑一声。就算他一个月不洗头，妈妈也不会甩了他。女朋友就不一样了。

钟晴拉着他的手便不舍得放，一路引到餐厅，说："你看看谁来了？"

一个俏丽的红裙女子自餐桌后站起来，向他一笑道："阿渡哥哥，好久不见。"

林渡想起自己在哪儿见过那辆红色法拉利了。那是去年何家老太爷送给何崇光的生日礼物，自从他开始创业，为了营造和员工同甘共苦的形象，就没再开过。

钟晴笑吟吟地道："本来是要给阿宝接风的，刚好你也回来了，你们叙叙旧。咦，这菜怎么还没上，我去厨房看看。"

林渡觉得，奥斯卡欠他妈妈一个小金人。

他凑近一些，低声问何宝贤："你什么时候回国的？"

何宝贤也学他低声说："上周。"

"你哥没告诉我。"

"我哥说你失恋了，最近精神不太稳定，受不了这刺激。"

林渡："……"

何宝贤比林渡小两岁，从小就漂亮聪明，在长辈面前习惯扮演大家闺秀，私下却又泼又野，跟在林渡和何崇光屁股后面混了几年，像个暴躁的小尾巴。

何宝贤向林渡告白的时候才十三岁，把林渡吓了个够呛，毕竟他一直把她当亲妹妹看。

不过，何宝贤的那点情伤早就愈合了，她高中的时候就交过男朋友，出国以后，感情生活更是丰富多彩，只是眼光越来越高，没有一段关系超过三个月。何宝贤在纽约读的是传媒专业，毕业后在一家老牌财经媒体做记者。纸媒式微，她也觉得没什么意思，索性回鹤市找了家新媒体公司待着，依旧做财经。

反正他们这样的人，做事都是为了体面，挣钱倒是次要的。

钟晴体贴地给何宝贤布菜，说："回来是对的。总在外面漂着，你爸爸妈妈也不放心。女孩子嘛，家庭才是第一位的。"又数落林渡，"你看阿渡，快三十了，从来没领过女孩子回来，阿姨都急死了。"

何宝贤小口喝着猪肺汤，笑盈盈地说："那我得空替阿姨好好劝劝他。"

钟晴笑开了花，简直把她当作了一直想要而未得的女儿。

张婶的手艺精致清淡，很合林渡的口味，何宝贤应答有度，却不过分热络。林渡逐渐放松下来，和她聊了不少小时候的事。

一席宾主尽欢。饭后，钟晴推着林渡，让他送何宝贤去取车。

林渡小声说："她的车不就在门口吗？"

钟晴白了他一眼："刚吃过晚饭，你们出去走走，消消食，不行吗？"

林渡只得顺从，领着何宝贤溜达去了。

两人沿着湖岸小径并肩而行。林渡尴尬地先咳了一声，问："今天我妈干的这事，你事先知道吗？"

"你可别往自己脸上贴金了。就你现在这样，真不是我喜欢的类型。"何宝贤从头到脚打量他一番，"明明是恒茂的太子爷，也是北京重点大学毕业的，却一直跟你爸赌气，既不回集团接班，也不找个像样的工作，天天猫在家里写什么小说。你是能写出《三体》还是《鬼吹灯》？"又指指他那五十块钱一双的人字拖，"穿得还不如你们家司机体面呢。"

林渡习惯了何崇光日常的戏虐，脸皮早厚过城墙。

"我不是赌气，是真不打算跟恒茂扯上任何关系。"

"大家一开始都这么说，不想回去接班，不想靠父母的资源，想自己打一片天地出来。我哥不也是这样吗？可你看他创业这两年，头都碰青了。资金断流，一堆员工等吃饭的时候，还不是要回家求援？再说我，在纽约做记者，说出去体面，可人家给你的那份钱，是真要你拼着命干啊。新钱脸难看，老钱屎难吃，白天跑断腿，夜晚熬夜改稿，头发一把一把地掉。女人的青春才几年？"

林渡怔了怔："听你这话，是被家里逼着回来嫁人的？"

"可不是吗。"何宝贤苦笑一声，"你放心，你根本就不在我爸妈的备选之列。"她往周围看看，确定四下无人，"我妈说，外头都在传，你爷爷要把恒茂留给你堂弟林城。"

林渡笑笑："爱给谁给谁吧。"

何宝贤仔细端详他："这话说得真有骨气，你要真死撑到底，我敬你是条汉子。"

林渡只好沉默。

两人在湖边兜了一圈，又回到林宅门口。何宝贤在车前回头，问林渡："哥，是苏律师长得好看，还是你那个初恋姐姐好看？"

"谁？"林渡莫名其妙。

过了好一会儿，他才想起，当年他拒绝何宝贤的时候，是对她说过，自己有喜欢的女孩了。他皱着眉头想了半天："我那会儿也才高一，总共就见过人家一面，哪儿还记得她长什么样子？"

"你当时说她，黑直发，戴眼镜，皮肤很白，很书卷气，像水野亚美。"这话何宝贤在心里记了好多年。

林渡险些一脚踩到路边的灌木丛里。他当年这么纯情的吗？他可真是一点都想不起来了。

何宝贤睨着他，半天，忽然笑出声来："哥，看在你是我初恋的分上，我给你个建议。现代社会，男女之间最稳定的关系只有两种，身体关系和金钱关系。大家都是成年人了，最好别谈感情，又伤身体，又伤钱。"

林渡回到林家大宅，钟晴正坐在客厅独自啜饮一杯红酒。见他进来，她充满希冀地问："你觉得阿宝怎么样？"

林渡叹气："妈，你真的不能再给我安排这种相亲了，我有女朋友了。"

"可那位苏律师，一看就是经历很复杂的女孩子，不是好人家出来的。她真的不适合你。"

林渡一呆："你见过她？"

钟晴心虚地避开他的目光。

"妈，我说过，等时机合适了，我会介绍你们认识。"

"可是妈妈忍不住啊。这世上妈妈只有你了，万一你被人骗了、欺负了，妈妈还怎么过呢？"

林渡深深地吸了口气。这不是他第一次在钟晴的身上体会到失望，也不会是最后一次。"妈，你什么时候跟她见面的？说了什么？"

"就是认识了一下。没说两句呢，她就趾高气扬地说她比我更了解你，还说你一定不会回恒茂继承家业。"

钟晴紧握住林渡的手，祖母绿戒指的边缘印在他的手背上。

"那个苏拉，可能从一开始就知道你和恒茂的关系，是冲着林家的家产来的。你这么单纯，不是她的对手。阿渡，你年纪不小了，不能再这么浑浑噩噩下去，也该好好考虑自己的未来了。"

"你指的未来，是变成下一个他吗？"林渡的目光逐渐变冷，"妈，我买房的时候，留了一间卧室给你。所以，你打算什么时候离婚？"

钟晴："……"

钟晴站在天然大理石无缝拼接的圆盘地板中央，觉得自己也冰冷得像大理石一样。

就在这时，大门的门锁再度响起。随后，便是男人粗重的呼吸，混杂着皮鞋撞击地板的声音。

鬓发灰白的林茂生面红耳赤，摇摇晃晃地迈进来。

林渡像一只骤逢游蛇的鬣蜥，定在原地，竖起了满身的鬣鳞。

林茂生今年六十岁。这是个吉利的年岁，可这一年，他没有一件进展顺利的事情。

他老婆钟晴，虽然老实听话，却有一样恶习——买珠宝。前几天，她又被弟媳撞见买了一颗一百多万的祖母绿，一状告到老太爷那里。快九十岁的老头子脾气不小，一个电话把他骂了个狗血淋头。

新招的女助理，只有大专学历，胜在漂亮丰满，他一眼就在所有面试者中选中了她。这个女的很有本事，一直在跟他玩欲擒故纵，至今还没有得手。

还有最让他烦心的一件事，就是和一帆集团合作改造临南工业园的项目，已经谈了一年多，却卡在了一个女人手上。

一帆集团是鹤市知名的高端制造企业，在特种XC材料领域占据着全球领先地位，创始人杜宇风更是鹤市众多商业传奇中不可忽视的一个。一帆的品牌知名度、发展前景和政商关系都在恒茂之上，如果能达成临南工业园项目的合作，对恒茂有大油水。林茂生跟临南工业园的项目负责人熊总是多年的老交情，项目合作意向书也签一年多了，一帆集团总裁江世敏却突然亲自插手过问项目，不仅提出要独立开发，还要重新审计项目上过往的全部账目。

林茂生是看不上江世敏的，但谁让她是一帆创始人杜宇风的老婆？于是他托了熊纬，私下宴请江世敏，想说点好话。没想到，江世敏这个老女人，在饭桌上指着他的鼻子，质疑他和熊总之间的经济往来。

林茂生觉得，自己这辈子就是和女人犯冲。所有的女人。

今夜林茂生喝了不少，受的气也不少。一进家门，就和许久未见的林渡照了个面。

他愣了一瞬，翻着眼皮骂道："白眼狼崽子，你回来干什么？在外面混不下去了，回来要钱吗？"

林渡冷冷地瞪着他，不说话。

这倔强而熟悉的神情让林茂生更为愤怒，今晚受的窝囊气如洪水般涌上来，他劈手打了林渡一个大嘴巴子："你哑巴了吗？不会叫爸吗？"

钟晴尖叫了一声，像一头绝望的母兽般冲过来，挡在林渡面前。

火辣辣的脸，让林渡前所未有地清醒，他冷笑着说："我没爸。"

林茂生的脸上蓦然失去了血色。他像一只苍老的狒狒，咆哮着向林渡扑来。

钟晴抱住林茂生的腰，闭眼喊"林渡快走"，拳头雨点般落到她背上。

林渡红了眼，朝林茂生的胸前狠狠一推，将他推倒在地。林茂生扶着墙根，半天没爬起来。

林渡攥住钟晴的手，一路走到门口，恨恨地问："妈，你走不走？"

钟晴眼泪如雨落下，说："阿渡，你究竟为什么……非要和你爸爸作对啊？他是你的亲生父亲！他平时不是这样的，只是今天喝了酒才……"

"你走不走？"

钟晴惶然回视，手却默默地握住了门框。林渡也不意外，只摇了摇头，便转身踏入了浓重的夜色。

闷热的夏夜，终于焗出了一场疾雨。

4

因为一个仲裁案件要开庭，苏拉领着团队的几位授薪律师加班到凌晨一点。她拖着疲惫的身躯回到公寓，一出电梯，就看到了林渡。

他浑身湿透地窝在她家门口，急需修剪的刘海湿淋淋地贴在额头上，俊眸半合，惘然入定，像一只流浪无依的小狗。

听见高跟鞋的声音，林渡仰起头，咧开一个大大的笑容："你回来了？"

苏拉一愣："怎么弄成这个样子了？"

"楼下停车位满了，我又没带伞。"

"怎么不进去等？你不是知道密码吗？"还给她换了个销魂的开门声。

"你都说要分手了，我怎么能擅自进你家？"黑黑的眼珠像两颗纽扣一样，看着很无辜，"况且我不敢试。万一你换了密码，我多伤心。"

苏拉沉默了。她清楚他玩的是什么花样，把自己弄得可怜兮兮的，骗她心软。

问题是，她确实有点心软。

智能门锁温柔地欢迎他们回家。苏拉揪着林渡的前襟，把他拉到浴室，扒掉湿衣服，关起来洗热水澡，不洗干净不许出来。然后，又把他领到床上坐下，用吹风机一点一点给他吹干头发。

乱刀丛般的黑发支棱到眉心，林渡盯着自己的发尖，小心翼翼地问："我今晚能睡这儿吗？"

苏拉板着脸："你睡书房。"

"书房就书房吧。"他上次就是太年轻气盛，才丢失了阵地。真的，脸留着有什么用？

窗外雨声转小，淅沥滴答。一室潮湿混着沉默，两人各怀心思。

"你早点睡吧。"苏拉按着他的背脊，把他往书房推。

林渡拉住她："苏拉，我们谈谈。"

苏拉看着他。

"之前没有跟你说清我家里的情况，我很抱歉。我的亲生父亲，是恒茂集团的林茂生。你应该已经知道了，毕竟我们家的事在十八年前……"林渡泛起一丝苦笑，"路人皆知。"

十八年前，因为一次欠薪事件，恒茂集团的掌门人林茂生被工人围堵在路上殴打，受了重伤。后来，欠薪事件在政府的干预下通过赔偿解决，下手的工人也锒铛入狱。林茂生性命无虞，但下身受创，失去了生育能力。

林茂生的老婆身体不好，结婚十几年，只给他生了个女儿。林家是个重男轻女的大家族，没有儿子就是没了后路。林茂生的二弟林茂成乘虚而入，要求大哥交出集团的经营权。林老太爷迷信子孙即是福运，觉得林茂生没了后，将来也是要传位给侄子的，便同意让他开始准备过渡，逐渐把经营权移交给二房。

在这节骨眼上，林茂生突然宣布：他有儿子，已经九岁了。

那时的钟晴，是恒茂集团一名普通的文员，丈夫经营着大排档，有一个九岁的儿子名叫陈渡，家庭和睦，平平无奇。林茂生不知通过什么方式，取得了陈渡的头发，拿去专门的机构做了基因鉴定。

结果出来，陈渡的确是林茂生的亲生儿子。

林老太爷震怒，林家的长孙怎么能流落在外？于是，林茂生和钟晴各自和原配离婚，钟晴嫁入林家，转正成为林太，陈渡也改名林渡，进了林氏宗谱。

十八年过去了，恒茂集团随着鹤市的发展逐步做大，林茂生的掌家地位越发稳固，而钟晴头上顶着的"捞金女"恶名也渐渐被人淡忘，只留下带子旺夫的美名。豪门的狗血秘辛，就像华美金袍底下爬满的虱子，无人掀起，便能太平富贵，更无人在意。

"照你这样说，你到了林家以后，应该是林家最宝贝的人。"苏拉轻轻地说。

林渡嗤了一声。

为了把林渡培养成优秀的家族接班人，林茂生请了一堆家教。钢琴、绘画这些是来不及学了，就拼数学、外语、高尔夫、马术，还带着林渡到处交际，管一堆不认识的老头叫叔伯。但这些，林渡都不喜欢。他讨厌林家人高高在上又虚伪的样子。他还天真地以为，只要自己持续摆烂，总有一天会被放弃。

"我有个同父异母的姐姐，比我大十岁，人聪明，书也读得比我好。但是因为显而易见的原因，我们的关系更像是仇人。我那时候想，先假装顺着他们的意思，等我成年，万一林茂生真把家产留给我，我就反手交给我姐。"

苏拉道："一家企业的传承，可没这么简单。"

"我那会儿就是个中二少年，哪里想得了这么多。"林渡苦笑道，"但是人算不如天算，我高中的时候，我姐得了一种很少见的病，去世了。"

"你可能想象不到，整个林家，就是一台运行成熟的机器。血缘、亲情，都只是维持家族利益的润滑油。林家的每个人，包括林茂生自己，都只是这台机器里的一个零件。"

林老太爷专制暴躁，说一不二，是林氏家族每个成员内心深处恐惧的来源。哪怕他的出现总是伴随着新奇的玩具或大红包，林渡对他也从来没有生出过亲近的欲望。而林茂生，在林老太爷面前扮演着得体的孝子，一刻都不能松懈，他的兄弟眼睛都不眨地盯着他的错处，长年觊觎着他的地位。

从孩童时起，林渡就清楚地知道，林老太爷和林茂生慈爱的给予对象，是他血管里那一点姓林的血，是长房长孙的名号，是他的男性器官，独独不是林渡这个人。

"林茂生说我脑后有反骨，他说得没错。我不想当零件，所以，我撂挑子不干了。"

高中毕业前，林茂生打算送林渡去美国读金融。他托福全考零蛋，背着家人偷偷改了高考志愿，考了离家十万八千里的大学，读的还是最冷门的哲学。那时，网络文学的时代已经到来，林渡试着在网络上连载小说，获得了意料之外的成功。读到大三，第一笔版税到手，当他攒够未来一年的生活费时，就义无反顾地搬出了林家。

"所有人都觉得我有病，我妈、我最好的朋友。他们觉得，我现在的折腾只是因为幼稚，是被钱烧坏了脑子。他们笃定，总有一天，我会败给现实，乖乖回林家接班。但是今天我知道了，有一个人相信我，相信我不会屈服。"林渡认真地看着苏拉，"我妈和你见面的事，她已经告诉我了。苏拉，不管她说了什么，我都替她向你道歉。"

苏拉愣住了。

"我这个人，没有什么野心和抱负。我喜欢写作，也能靠这个挣一点钱，不多，但养家糊口应该足够了。我从前以为自己会一个人过一辈子，遇到你以后，我才觉得，或许我们可以一起努力，构建一种生活，一种安稳平淡、远离是非的生活。"

他满身颓丧，却无比认真，因而更显眉眼的英俊和干净。那是苏拉在其他任何人身上都没有见过的干净。

这一瞬间苏拉感到困惑。她可以在谈判中轻易碾碎一个世故的中年男人的自尊心，却不知该如何面对这样毫不设防的诚恳和幼稚。她安静了一瞬，倏地笑了："林渡，别太单纯。"她退开一步，继续道："从一开始，我就知道你是恒茂的林公子。真的，第一次见面后，我就查到你的身份了。如果你不是林公子，我为什么要帮助一个萍水相逢的陌生人？以你对我的了解，我是个乐于助人的人吗？"

林渡哑口无言。

她确实不是。他那时以为，她释放的善意，是来自男女之间纯粹的性吸引。

苏拉缓缓道："我们交往了三个月，我多少明白你是什么样的人。你善良、热心、有正义感、有才华，还有一股钻牛角尖的韧劲，但你不适合掌管一家企业。所以，我觉得你不会回林家。我看人很准，不代表我们之间是爱情。

"林渡，我现在可以明确地告诉你——从一开始，我想要交往的，就是恒茂的继承人。如果你想挽回我，那就回林家继承家业，和我结婚，把经营权交给我。然后，你去做你想做的事，我来对付林家那一家老顽固。你做得到吗？"

林渡整个人都蒙了。半晌，他握住苏拉的手说："苏拉，我知道，我隐瞒家庭背景，你很生气。你可以和我吵架，可以冷战，但能不能……不要说这样刻薄的话？"

苏拉屏住呼吸，只觉得浑身痉挛起来，仿佛所有的血管都打了死结，从皮肤表面凸出去。只有被握住的那只手，依然冰凉、沉稳、镇定。

她抽回了那只手："不能。林渡，你根本不知道我是什么样的人。

"你想要的那种生活，不是我想要的。我想要财富、人脉、名望、权力，我想要堂堂正正地进入上流社会，和那些有话语权的人平起平坐。我唯独不想要平静。

"我不想倾听你的秘密，也不想告诉你我的秘密。我不想和你的岁月静好或是你的理想主义爱情扯上关系。我不想承担义务，也不想接受束缚。

"林渡，你别来爱我，我不喜欢。"

第二章
都只是续篇

每个开始
毕竟都只是续篇
而充满情节的书本
总是从一半开始看起

——《一见钟情》维斯拉瓦·辛波斯卡

1

很久以后,林渡才醒悟,他对苏拉是一见钟情。

那是在某小众度假海岛飞往鹤市的飞机上,时间恰恰好是午夜十二点。林渡一落座,就注意到了邻座的女子。她梳了半头小脏辫,海岛上随处可编的那种,黑色小T恤包裹着结实匀称的身躯,黑色眼影,黑色口红,浓艳冷冽。

年龄是模糊的,她可能是个入世甚早的十九岁少女,也可能是个沉迷二次元的三十五岁女性。

林渡友好地招招手,她却视若无睹,漠然地望着窗外,颌骨峭冷地收紧。

他自我解嘲地笑了一声,在心里给邻座的旅伴取了个绰号:小脏辫。

海岛飞往鹤市的飞机航次不少,选择这个时间的航班,要么是赶时间,要么是图便宜。林渡是后者。

手机铃声蓦地响起,小脏辫接起来,"嗯"了一声。

"是红眼航班,五点半到。"声音空而冷,像雨天湿淋淋的羽毛。

"不用,我自己打车。"

电话对面絮絮叨叨地说了很久,她的眉头皱起来:"你就祈祷,他能活着见到我吧。"

林渡有一瞬间的好奇,那个"他"是谁。但她没再跟对方深聊,很快挂了电话。

探照灯的黄光在她脸上打下一截阴影。飞机缓缓驶动,光影从她的发间流动到额头、眼睫、鼻尖,然后是绷直的唇线。她像一簇静静燃烧的黑色火焰,背对着他,背对着世界。

留心观察遇到的陌生人，是林渡多年来的职业习惯。上一本书交稿后，他给自己放了个小长假，在海岛上住了一个月，除了下海冲浪，就是在酒店打游戏，偶尔发微博和读者互动一下。当林渡登上回鹤市的飞机，已经晒黑了两度，旧衬衫配短裤，活似一个岛上修摩托车的小青年。

新书即将开售，经纪人老陈和书商协商的宣传语是"社会派悬疑花美男作家最新力作"，林渡抵死不从。

隔着一条宽阔的代沟，他耐心地跟老陈解释："这么写，男读者一看，这是个小白脸；女读者一看，我的天，这是个猥琐男。"

再说了，他明明可以靠才华吃饭，为啥非要靠脸？

在林渡的反对下，老陈勉强放弃了流量路线，但坚持要他赶回鹤市参加新书的签售会。

飞机行驶到平流层，空姐分发了点心，空气中弥漫着温暖的烘焙香味。小脏辫戴上了眼罩，调低椅座，呼吸轻若无声。

林渡调暗了灯光，戴上耳机，播放催眠冥想的音乐，正要入睡，后座猛地遭受重击。他回过头，一个小男孩举着个奥特曼，脚掌"咣咣"踢着前座。旁边坐着的父亲正对着个笔记本猛敲。

林渡礼貌地咳了一声："先生，能让你的孩子不要踢座位吗？"

那父亲心不在焉地"嗯"了一声。

林渡坐回座位，不过几秒，背后迅速遭遇新一波攻击。他站起身，和后座的小男孩对视了一秒。

小男孩腮帮子肉鼓鼓的，眼睛里带着点惯于颐指气使的神色。

林渡最害怕和小孩子打交道，很多道理和大人尚且说不明白，何况孩童。他拍了拍男孩父亲的肩膀："先生，麻烦你……"

男孩父亲抬起头，眼里都是血丝："多大个人了跟孩子一般见识？你烦不烦？"

林渡被噎得一愣。还没等他回嘴，那位父亲已经戴上了耳机，沉浸在一个图表中，周身仿佛支了个结界。

见父亲没有要理会的意思，小男孩的眼睛更亮了，和奥特曼一起瞄准了林渡，"咻……咻……咻……"发射光波，脚上也踢得更用力了，口中念念有词："迪迦奥特曼，把你的光之力量借给我吧！"

林渡无奈地坐回自己的座位，看一眼手表，已经深夜一点半了。签售会是下午两点，他要是顶着一头草窝和两个大黑眼圈去签售，老陈会杀了他。

正在此时，他发现邻座的小脏辫醒了。她拉下眼罩，纤细的小臂轻轻一撑，就从座位上跃起来。

"小孩，"她眯起眼，像个热血少年漫画里的女杀手，"世界就要毁灭了，你不知道吗？"

林渡和小男孩双双愣了一下。

"迪迦奥特曼已经被我杀了，怪兽会统治地球。"她如鬼魅一样伸出手，从小男孩的手里夺过奥特曼——掰掉了奥特曼的头。

小男孩呆立了一秒，眼眶里蓦然充满了泪水，还未盈出，鼻端就多了一根手指。

"不准哭！"手指饱含威慑地晃了晃，"你要是敢泄露这个秘密，我就让你爸爸和你，比地球更早毁灭。"

小男孩转头看了看父亲。父亲正薅着为数不多的头发，皱眉苦思。

小脏辫残忍地一笑，把支离破碎的奥特曼扔回给他，自己坐回去，重新戴上了眼罩。

周围突然就安静了。小男孩扁着嘴，颓然呆坐，拼命忍住泪水，仿佛背负着整个世界。

林渡沉默良久，悄悄凑近邻座。"那个……"他低语，"你掰掉头的，是泰罗奥特曼，不是迪迦奥特曼。"

小脏辫没有动。就在林渡以为她已经入睡了的时候，她拉下了眼罩，皱眉看他，问："有什么区别？"

"泰罗的头上有两个角，迪迦就是一颗咸蛋。"出于对奥特曼的敬意，林渡觉得自己有必要更加严谨，"当然，有角的不只有泰罗，还有雷欧、欧布、捷德等等。不过，确实只有泰罗被阎罗王打掉过头，而且他的角可以吸收力量……"

小脏辫默了一瞬，道："谢谢你，增加了我奇怪的知识储备。"她拉上了眼罩。

一肚子的渊博学识堵在了喉咙眼，林渡憋得难受。他叹了口气，正要闭目，身边多了个人影。

后座的小男孩站在他手边，眼圈红红的，显然是默默地哭过，问："哥哥，迪迦真的死了吗？"

林渡："……"

接下来的三个小时，林渡费尽唇舌，终于让小男孩相信，迪迦一定会复活，而世界不会毁灭。

"因为有要守护的东西，我们才能继续战斗。"

至于旁边这个女魔头……林渡贴着小男孩的耳朵说："其实，我就是奥特曼派来收拾她的。"

邻座的小脏辫微不可察地直了直身子。

飞机在熹微的晨光中降落在鹤市机场。

等行李的时候，小脏辫就站在林渡两丈开外，目光盯着行李转盘上即将到来的30寸黑色行李箱。

林渡自觉有义务帮忙，上前问："需要帮忙吗？"

小脏辫摇摇头，长腿一跨，像漫画里的怪力少女，单手把行李箱拎了下来，好像拎着片羽毛。

林渡这才注意到她肌肉分明的肩臂。如果扒开箱子，里面是一挺MG-08式[1]重机枪，他也不会太意外。

小脏辫转身就走，林渡紧赶两步，追了上去。

"小姐，今天谢谢你帮我解围。可以……"他暗暗深吸了好几口气，声音有些发颤，"可以留个电话吗？"

难挨的尴尬顿时笼罩住两人。小脏辫收住了步子，目光顺着他的下巴攀缘而上。

"你是要……代替奥特曼继续收拾我吗？"

三秒后，林渡脸红了："那都是骗小孩的鬼话，我不是……哎呀，你可千万别在意啊。"

他的心跳得像《勇敢者的游戏》里"尤曼吉"的鼓声。

"是这样……我叫林渡，是个作家，笔名叫'渡渡鸟'，今天下午两点在瑞熙中心有我的新书签售会，希望你能去参加……我可以把我的电话存到你手机里吗？如果你去，可以打电话给我。"

小脏辫的唇角勾了起来，漆黑的眼眸盯住了他，像时灭时暗的星子。又不知过了多久，她终于出声，结束了这令人窒息的静谧。

"好啊。"她拿出了手机。

林渡小心地摁进自己的号码，想起微信里保险中介小哥们的常规操作，他自信地给名字的前面加了个"A"。他把手机还给她，忐忑地问："你会去吗？"

小脏辫睫毛闪了闪，只说了声："再见。"

对自己在关键时刻迸发出的行动力，林渡颇为满意。发小何崇光总说他是言语的巨人、行动的矮子，吃屎都没赶上过趟。

但快乐总是短暂的，他很快发现——自己忘了问她叫什么名字。

下午的签售会，林渡难得认真地吹了个头，还喷了发胶，骚气得老陈都快不认识他了。签售会提前预热了半个月，来的读者不少，他一面签名，一面四处张望，却一直没看到小脏辫出现。

快七点的时候，林渡面前出现了一个中年男人，气势汹汹地扔下三本书说："麻烦给我抄一下第一章第一段话。"

第一段少说也有五六十个字，林渡沉默了一下，说："先生，我们今天每人限量签两本。何况第一段也太长了。您是自己收藏还是送人，我给您写一句赠语怎么样？"

中年男人排了很久的队，登时脸色就不太好："我花钱买书，让你签几个字都不行？你就是这么对待读者的？"

---

1. 德国马克沁MG-08式重机枪。

"确实有点长，而且只给您一个人多签，对其他读者也不公平。"

中年男人不乐意了："真以为自己是鲁迅了？垃圾作家写的垃圾小说，聚了一帮低龄粉丝，还真把自己当盘蒜了？老子不买了，退钱！"

一旁的工作人员看了一眼他的书，说："您这几本书都拆封折角了，按我们书店的政策是不能退的。"

中年男人大怒，一把将书扫到地上道："怎么的，你们还能强买强卖吗？"

他堵在前面，后面排队的读者都开始指责他，其中两个女孩子格外激动，指着他的鼻子骂起来。

中年男人的脾气上来了，撸起袖子就想动手。林渡离得最近，敏捷地向前一挡，把他往后一推。

"先生，您这几本书可以退款，算在我的账上，但动手就太不文明了。"

林渡的个子比中年男人高上一头，中年男人瞪了他许久，骂骂咧咧地拿了钱走了。一场纷争终于平息，余下的读者似乎也丧失了兴致，走了不少。

一直到签售会结束，林渡也没看到小脏辫的身影。他自暴自弃地想，他在飞机上的表现也太"沙雕"了。她可能更喜欢成熟稳重的男人。

签售会持续了六小时，林渡腱鞘炎都快犯了。回到家，他倒头就睡，直到第二天日上三竿，才被老陈的电话吵醒。

"林渡，你都上热搜了，你知道吗？"

林渡糊着眼屎把热搜榜从头到尾看了三遍，才醒了三分。

第49条：#知名作家签售会现场殴打粉丝#

话题发起人写了篇文采斐然的长文，配了几张图片，确实都是林渡和中年男人发生肢体接触的照片，发博不过两小时，转发已经过了十万。

他腾地从床上蹦起来："这不是造谣吗？"

老陈比他还激动："人家有图有真相，你说得清吗？你昨天逞什么英雄，有事不会报警啊？"

"我哪儿知道这世界套路这么深？"

他点开实时——

@美女只吃冰激凌："现在随便什么阿猫阿狗都能叫知名作家了吗？"

@娱乐圈的小搬运工："这个作者之前还被爆过别的黑料吧？好像还有改编影视待播，果断拉黑。"

@EDCFG 的小Q："这作家长得还行啊，想走黑红路线出道？"

@快乐阳光："就是这样的人，专写一些阴暗暴力的作品，毒害年轻人！建议国家封杀！"

@李 BOSS 的 BOSS："看过 DDN 一本书，文笔太差，后面烂尾了。"

@与佛有缘76228："不论如何，打人总是不对的。希望世间多一些平和，少一些戾气。"

@奶一口就跑:"抄袭打人黄暴作者,这还不夹?"

林渡关上了微博页面。

"老陈,这事怎么处理?"

他又不是什么明星,没有专业的公关团队来处理这种事。

老陈叹了口气,告诉林渡,他已经联系书店拿到了监控录像,但拍摄角度刚好被遮挡了,只能看到两人冲撞了一下,看不出是谁先动的手。老陈说,他已经让公司法务跟进了,也在平台上发起了投诉,但恶劣影响已经造成,短期内很难平复。

"在法务那边出结论之前,你千万不要回复任何人的询问,置身事外,低调一阵子,明白了吗?"

林渡嘟嘟囔囔地说:"知道了。"

这个时代的舆论发酵得快,负面八卦的膨胀更是快过大象牙膏实验。话题逐渐脱离打人事件本身,开始向林渡的作品质量和过往言论方面演化。林渡的忠实粉丝们也迅速加入战斗。温和的粉丝们表示文品可见人品,渡渡鸟绝对不是个崇尚暴力的人,激烈的粉丝们则广泛传播着各种阴谋论,表示这一定是另一位作家白恒的粉丝制造的谣言。

三年前,林渡和白恒曾经就一个悬疑设定桥段的现实可能性有一场论战,双方都无法说服对方,最后只得搁置争议,以作品说话。

林渡沉吟着拨通了白恒的电话。

白恒比林渡大几岁,大嗓门穿过电波轰炸着林渡的耳朵:"你嫂子天天按着我给儿子辅导作业,一篇作文半篇病句,有什么时间给你写小作文?"

林渡安慰他:"就你这基因,你儿子的作文肯定没问题。"

"你可拉倒吧,等你有了娃就知道了……对啊我忘了,你连女朋友都还没有呢。"

林渡:"……"

白恒勉强攒起一点同情心,安慰了他两句:"鸟哥,这时代就这样,作家也是小半个公众人物,想骂你还能找不着理由吗?你就老老实实地猫几天,等这事过去得了。"他停了一会儿,说:"都说职场失意,情场就能得意。要不你趁这空当,谈个恋爱?"

林渡想起签售会上没有出现的那个人,更加郁郁:"谈个鸟。"

谩骂的言辞无穷无尽地涌来,每个发言者都像顶着月牙站在开封府的公堂上,享受着挑选铡刀的快感。林渡索性卸载了微博,把手机关机,倒头就睡,以免自己忍不住和谁对骂起来。

直到第二天下午,他才打开手机。一看,十九个未接来电,只有一个是老陈的。

另外十八个是他母亲钟晴打过来的。他不接电话,钟晴还发了微信:"阿渡,你的事情妈妈都知道了。写书太辛苦,也挣不了几个钱,还是回爸爸的公司做事吧,谁也不敢欺负你。"

林渡冷笑了一声，决定无视。

他拨通了老陈的电话。老陈的声音兴高采烈得令人惊异："这真是三级反转啊！林渡，你认识一位叫宁夏的女律师吗？"

"谁？"林渡是第一次听说这个名字。

于是老陈解释，昨天晚上，这位天影律师事务所的宁律师主动联系他，为林渡这一次的事件提供了一整套解决方案。

宁律师拿到书店所在的瑞熙购物中心自设的几个摄像头的监控录像，还有围观员工的手机录像，通过多角度拼凑，终于还原了事件的真相。她还联系到了那天和林渡发生争执的中年男子，和对方谈拢了一份和解协议，对方同意为林渡出一份事实声明。

"天影所是大所，资源、人脉都很丰厚，这次的收费却很低廉。我跟老板商量了一下，赶紧跟他们签了个委托合同，今天早上，他们已经跟对方达成和解了。林渡，你真不认识那位宁律师？"

林渡也很讶异，问："那位宁律师……没说为什么要帮我们？"

"她说……她是你的书粉。"老陈啧啧感叹，"瑞熙中心的监控，我们公司的法务也去要过，人家根本不搭理。宁律师不知怎么搞定了瑞熙的老板，亲自发话让保卫部排查，还协调调取了在场员工的手机录像，连夜筛出来的。我现在说给你听好像很简单，但这事办得实在是太漂亮了，人脉、专业、效率，但凡缺一样都不能成。她说这是正常业务，但说实话，就这个事的难度，他们收得真是够便宜的。"

认识了近十年，老陈对林渡的背景多少知道一点，问："会不会是你家里找的关系？"

林渡愣了一会儿："应该……不是吧。"

钟晴正盼着他码字的行当干不下去，走投无路，才好回家继承家业。而林茂生，说起他的职业，就像在菜里吃到了苍蝇一样鄙夷。如果不是要在林老太爷面前扮演慈父，早就当他死了。

"那搞不好，她就是喜欢你。"

林渡："……"

老陈又交代了几句，便挂了电话。

林渡打开微博，果然，最初发布小作文和图片的账号发了一条道歉声明，说明此前的事件是因为自己当天工作不顺利，心情不好，才和其他读者发生了冲突，渡渡鸟的行为只是为了制止冲突，并非主动殴打粉丝。

道歉声明的点击和转发量都不高，还是有大批不明真相的人，继续涌到林渡的微博下谩骂。但林渡已经不在乎了。他在天影所的官方网站搜索"宁夏"的名字，找到了她的照片和履历。这是个年轻的小姑娘，大学毕业应该不超过三年，眼眸里充满青涩，又因认真努力，散发着一股超乎年龄的稳重。

他确信，自己从未见过她。

思忖片刻，林渡拨通了天影所的电话，以一个假名预约了宁律师第二天上午的咨询。

2

林渡坐在天影律师事务所的会客室里，年轻的女律师宁夏亲切地询问他："叶先生，您是遇到了什么困难呢？"

林渡讶然，她和老陈说是自己的书粉，那怎么会认不出他这张脸？

职业使然，他脑子里瞬间掠过好几种连环套路，怎么利用这个叶先生的假身份套出想要的信息。但小说是小说，现实是现实。林渡还是决定据实以告，毕竟对方帮了自己。

"宁律师，其实我不姓叶，我叫林渡。"

他先是感谢了宁夏的帮助，又简单地解释了一下自己的疑惑。

宁夏很快反应过来："我确实喜欢您的作品，只是没太关注宣传，才没认出您来。这次也只是举手之劳，瑞熙的吴总和我们所关系不错，您不必放在心上。"

林渡笑了笑说："那你最喜欢我的哪本书？我送一本特签给你吧。"

年轻的女律师小口微张，呆滞了三秒。

门口突然传来敲门声，打破了这尴尬的沉默。宁夏如蒙大赦，歉意一笑，出了门。

林渡的狗耳朵敏锐地听见了低语："还是那个当事人的老公……"

"苏拉姐……叫保安……人身保护……"

然后是杂乱的脚步声，两个人小跑着去了什么地方。

林渡最爱凑热闹，只犹豫了一下，就打开门，循着吵闹声跟了过去。

玻璃围合的小型会议室外围着一群人，他占了身高优势，一眼就望见了室内的情形。

一个矮瘦男子背靠墙壁站着，胸口踩着一只闪亮的方扣高跟鞋。高跟鞋的主人背对着林渡，保持着回旋踢的姿势。她身穿真丝衬衫和修长的西裤，中长直发利落地垂落在肩头，一看就是个练家子。

一个瘦弱的女子躲在高跟鞋主人的身后，脸颊上一片红肿，满面泪水，目光失焦，翻来覆去地念叨："你别闹了……放过我吧……"

高跟鞋主人脚上用力，把男子踩得更紧，柔韧性颇好地弯腰从桌上拿起一份文件，在他眼前晃了晃："陈女士的人身安全保护令确实还没下来，但这并不代表你就可以为所欲为。你现在的行为，仍然是触犯法律的。"

男子拼命挣扎，胸口那只方扣高跟鞋却稳若磐石，细长的鞋跟恰好抵在他的胸腹间，压得他动弹不得。他满面通红，口中大骂不止，无非是"贱货""泼妇"一类的脏话。

高跟鞋的主人讥讽地轻笑出声："怎么，没被女人打过？"

拳头威胁性地在男子眼前晃了晃，男子果然闭了嘴。

林渡在心里赞了一句："帅！"

这时两个保安赶到，穿过人群，把那闹事的男子按住，带到保安室，等候警察的到来。

高跟鞋的主人这才缓缓放下长腿。宁夏扶住哭泣的女当事人，把她带到别的房间去休息。

围观的众人渐渐散去，另一位年轻律师怯怯地叫了声："苏拉姐……"

高跟鞋的主人——苏拉缓缓回过身来，问："我有没有强调过，陈女士的人身保护令二十四小时内一定要拿到？"

"可是，法院的办理时效是七十二小时……"

"时效是死的，人不是活的吗？法官不是为人民服务的吗？上次也是在李法官手上，七小时就拿到人身保护令了，这事你不知道？"

年轻律师小声道："那是你找了李法官，他才加急的，他才不会搭理我呢……"

苏拉把手中的文件往桌上重重一掷："你觉得，之前是我走了后门是吗？"

年轻律师脸一红："苏拉姐，我不是这意思。我只是觉得，也没这么着急……"

"着不着急，轮不到你来判断。我只问你，有没有跟李法官沟通？有没有通知对口的家事调解员？有没有告诉他们，我们为什么需要在二十四小时内拿到保护令？"

年轻律师不说话了。

"小周，如果你把该做的事做了，就算达不到效果，你也可以第一时间来找我，我去解决。但事情还没做，你就觉得做不到，那就是你的问题。你适应不了我们团队的工作风格，可以跟老郑要求，调到别的团队去。"

年轻律师面容苍白，嘴唇颤了颤："苏拉姐，我……不想去别的团队。"

"在我这儿，就要按我的方式干活。"

苏拉直起身，蓦地又想到了什么，补充道："小周，不要因为缺乏经验而恐惧沟通。你是一个独立的人，我、李法官，还有我们的当事人，都是独立的人，我们都是平等的，世界也没那么复杂。"她顿了顿："这个案子，我会让宁夏跟你一起跟。如果你想继续留在我这儿，最好尽快证明，你有留下的资格。"

说完这些话，她转身向门口走去，猝不及防地和林渡打了个照面。

林渡咧开一个大大的笑容："嘿……"

她把小脏辫解开拉直了，此刻的妆容干净利落，从一个邪魅的法外狂徒，摇身一变成了禁欲的职场白骨精。

当然了，都是他自己脑补的。

"你打扮得……跟飞机上很不一样，我差点没认出来。"林渡挠挠头，又补充了一句，"都挺好看的。"

苏拉被他噎得沉默了一会儿，半响才道："你跟我来。"

苏拉的办公室有专属的咖啡机，还有一整面落地玻璃墙，从几栋大厦的缝隙里，可以看见浅蓝的海湾。她给林渡和自己各倒了杯咖啡，在对面的沙发上坐下。

"有事？"

林渡眼睁睁看着她踢掉了高跟鞋，赤脚踩在褐色短毛地毯上。骨肉分明的脚趾不算白皙，但纤细好看。有一只高跟鞋的鞋跟歪了一半，看来是刚才动手的时候把鞋跟扭了。

他心头微微一撞，连忙移开目光。"你们做律师的，都这么危险吗？"

苏拉讶异地看着他："偶尔。你怎么会在这儿？"

林渡道："微博上说我签售会打人的事，其实是你出面帮我解决的吧，苏律师？"

他这么直接，苏拉也懒得再遮掩："没错。"

"为什么让宁律师出面？"

"嫌麻烦。"

林渡被她堵得一愣。但他的脾气和修养都很好，微一思索，便耐心追问："嫌麻烦，不插手不是更好？"

苏拉默了一瞬："也是一笔业务，赚了钱的。"

"这样啊……所以，你那天，真没去我的签售会？"

苏拉捧起咖啡，抿了一口："没有。"

这时，宁夏走进来，先是一愣，随后迅速平复了惊讶："苏拉姐，陈女士还是想再和你谈谈。"

苏拉点了点头，放下咖啡，抬眸看向林渡："林先生，我挺忙的。"

林渡猜测她真正想说的是：有屁快放，没事快滚。他干笑了一声，站起身来："那你忙，我先走了。"

办公桌上有她的名片，他不着痕迹地摸了一张。现在有她的名字和联系方式了，攻守之势异也，可缓缓图之。

林渡走到门口，停住了脚步——不知为什么，明知该缓缓图之，他就是有点着急。

他转过身来，鼓起勇气说："苏拉，你是不是……有点喜欢我？"

宁夏站在门口，脸色一下子变得极为精彩。

"苏拉姐，要不，我先过去陪一下当事人？"她这样说，双脚却半分都没挪。

良久，苏拉浅浅咳了一声："林先生，你可能对自己的魅力有什么误解。"

林渡笑了笑，对她的嘲讽并不意外："如果是我误解了，那我很抱歉。不过……"他停顿了一下，"我是真的有点喜欢你。"

宁夏瞳孔地震，险些绝倒。

饶是苏拉定力过人，也呆愣了一会儿。然后，她说："你知道我比你大三岁吗？"

"本来不知道，现在知道啦。不过没关系——"林渡厚颜无耻地说，"女大三，抱金砖嘛。"

"我不喜欢你。"冷语如剑，朝他的情丝无情斩下。

林渡在颅内脑补了一个漂亮的抽身闪过："苏律师，我觉得吧，你不是不喜欢我，只是不了解我。"

苏拉："……"

"我建议，咱们晚上一起吃个饭，增进一下对彼此的了解。"

苏拉不可思议地瞪着他："林先生，我真的挺忙的。"

林渡指指地上的高跟鞋："你的鞋坏了，脚踝也有点肿，上班一定很不方便，晚上也没法开车。我去隔壁商场给你买双鞋，一会儿就送来，晚上我来接你下班。你想吃中餐、西餐还是日料？"

苏拉木着脸："宁夏，送林先生出去。"

天影所的前台侧面，一整面墙上都印着合伙人和主任律师的大头照，林渡毫不费力地在第一排找到了苏拉，出类拔萃的学历和项目经历配上严肃的职业写真，显得凛然不可侵犯。

"原来她本科和硕士都读的海市大学啊。啧啧，一定从小到大都是学霸吧。啊，她去年才调来鹤市啊？肯定还有很多好玩的地方没去过。我可以给她当导游。"

宁夏以瞻仰革命烈士的眼神瞩目他："林作家，你真要去买鞋？"

林渡点头，忽然一拍脑袋道："忘了问她穿多大码。"

正要往回走，宁夏一把拉住他："她穿37。"她压低声音："我们今晚不加班，估计她六点下班，你最好五点半过来等。别说是我说的。"

林渡恨不得给她磕个响头："宁律师，大恩必有后报。"

宁夏轻咳了一下，恢复了职业特有的严谨和优雅。"林作家，祝你好运。"

林渡的唇角抑制不住地往上弯，心里想：白恒这个人说的话虽然讨嫌，却还挺吉利的。

职场失意，但情场得意，也不错嘛。

3

周五晚上六点，苏拉坐在郑永明的办公室里，听他有一句没一句地聊着律所未来的发展战略。他早已实现财务自由，偶尔来一趟律所，主要的工作就是给手下几员大将挨个画饼。

"家族办公室……信托……高净值客户……海外……国内……"

郑永明拿起厚如石块的保温杯，喝了口水，权作中场休息。

"苏拉，你喜欢这个花瓶？"

苏拉愣了愣，这才醒悟，自己已经盯着墙角的那个青瓷描金龙纹大瓶看了很久。

"是挺好看的，师兄有眼光。"她垂眸抿了口茶。

郑永明道："我有什么眼光，都是外包给艺术品公司租的。你要是喜欢，我让他们拿去你办公室放着。"

苏拉道："别别，这么气派，师兄您自己留着吧。"

郑永明盯着她看了一会儿："苏拉，作为老板，有的事我不该问。但作为师兄，还是多嘴问一句——你是不是谈恋爱了啊？"

苏拉险些一口水喷出来。

"您听谁说的？"不应该啊，宁夏向来口风很紧。

"前台小黄看见有个帅哥接你下班。该不会就是上次那个作家吧？叫什么鸵鸟还是火烈鸟的……"

她师兄郑永明，一个耳目众多的八卦老男人。

苏拉僵着脸纠正他："渡渡鸟。"

郑永明响亮地大笑："我就知道你有猫腻，大半夜把我薅起来，找瑞熙的吴总查监控，还要员工挨个自查，他们保卫部部长都快被逼疯了。快说说，你们进展到哪一步了？"

苏拉不知从何解释起，只好说："我们没谈恋爱，就吃了顿饭。"

郑永明一脸"我是过来人你别骗我"的神情："你有顾虑也正常，现在的男人表里不一的太多了。要不，师兄帮你查查他，家里父母干什么的，几套房、几亩地，谈过几个女朋友，有没有病……"

苏拉连连摆手道："师兄我谢谢您了。"

冷酷的小师妹难得露出窘态，八卦老男人嘲笑了她半天，才收起戏谑："鹤市的精英女性流行晚婚，但要真碰上了合适的，也别瞻前顾后。钱挣得再多，真正影响你生活品质的，还是家庭关系。师兄年轻的时候也爱玩，说句不好听的，逢场作戏的事也有过，可是前几年住院做手术，还不是你嫂子跑前跑后？师兄是过来人，多劝你几句……"

苏拉听得出来，这不是几句话就能解决的事，干笑两声："师兄，我有个案子明天开庭……"

郑永明醒悟过来："哦，那你赶快去忙吧。明天晚上甜水基金七周年慈善晚宴，你别忘了跟我去，好好打扮打扮。"

甜水基金的老板迟晟是身家过十亿的行业大拿，保荐人出身，在公募的时候主持过好几只金牌基金。郑永明和他也有些合作关系，但律所的业务和他的其他板块分得很开，资源交叉不多，所以苏拉还没见过迟晟。

介绍迟晟给她认识，是郑永明对她的额外关照。苏拉感激地点点头。

临出门的时候，郑永明又叫住她："苏拉，这个龙纹花瓶，你真不要？"

苏拉怔了怔，然后微笑道："谢谢师兄，好东西还是放远一点比较好。否则，我恐怕会抑制不住……打碎它的冲动。"

周六的这一场晚宴是圈内盛事，鹤市有名有姓的业界精英到了三分之一。企业家们晒黑的脸混杂着饮酒过度的红色，银行高管不是秃头就是戴着方框眼镜，又或者两者皆备；律师们面色苍白，但喋喋不休；基金经理们则身材紧实、精力旺盛，货币基金经理除外，他们是老派人。

每个人心里都挂念着别人的钱包，却只聊高尔夫、游艇和保姆。

隔着人群，郑永明准确锁定了迟晟的行踪。一个大腹便便的中年人正和他寒暄，郑永明对苏拉说："那就是恒茂的现任掌门人，林茂生。林家的上一代是境外华侨，算是'老钱'，就是家风比旧社会还保守。这几年恒茂发展得不怎么样，但瘦死的骆驼比马大，家底还是在的。一帆集团等旧改那块地你知道吗？临南工业园，多少人盯着的肥肉，听说林茂生已经打通了关节，就差签合同了。"

苏拉留意多看了林茂生几眼。她在一些新闻上见过他的照片，真人比照片上要臃肿一些，后颈高肿，看得出残留的年轻时的英俊，却总给人一种不舒服的感觉。

郑永明看她对林家的事不是不感兴趣，低声多说了几句："林茂生有一只小慈善基金，也在甜水管理，运行了好多年。好像是为了帮助一个什么多角瘤的医疗研发……"

"多形性胶质母细胞瘤。"苏拉淡淡地更正他。

郑永明愣了一下："你也知道这个病？"

"听说过。"

郑永明继续道："他这只基金体量不大，但很是为恒茂博了点名声。"

正说着，迟晟和林茂生握手分别，抬头一眼在人群中看到了郑永明，向郑永明招了招手。郑永明一笑，领着苏拉便走了过去。

迟晟年过五十，风度翩翩，席前的一番演讲，将风云变幻的资本市场和国际形势分析得浅显易懂，令人身心舒畅。郑永明和他寒暄了几句，便把苏拉介绍给他："苏拉，我的同门小师妹，钱教授退休前带的最后一个硕士。因为她不肯考博，老太太生了好久的气。"郑永明压低了声音，"前两年海市老程那个离婚案，闹得特别大，公司三分之二的资产都快被老婆掏空了，你还记得不？"

迟晟挑眉道："那谁能不记得啊。"

"我们苏律师，就是老程老婆的代理律师。"

迟晟顿时肃然起敬，取了一杯香槟递到苏拉手上："那我可得跟苏律师搞好关系。"

苏拉微笑道："迟总这是未雨绸缪？"

迟晟摆摆手："暂时还没有这方面的业务需求。但我得留意，千万不能让我老婆认识您。"

一众老男人感同身受地哈哈大笑起来。

郑永明拍拍苏拉的肩膀："我可是费了九牛二虎之力才把苏律师从海市挖过来的。咱们都是老朋友了，今后有机会，多想着点我们苏律师。"

迟晟带着笑，意味深长地看了苏拉一眼。

苏拉当然明白这眼神的意义。比起对女人能力的认可，人们更愿意相信其在职场上获得的支持是源自某种不可说的关系。

但迟晟是个风度翩翩的老江湖，表面上绝不会让人感到不适，当即说："今天正巧，介绍个帅哥给苏律师认识。子猷，你过来一下——"

觥筹光影之中，一个修长的身影施施然走来，高定的灰色细格子西装平滑得不见一丝褶皱，肩宽腰紧，风姿俊逸。

"京岚的王二公子，大名子猷，与魏晋名士同名，人如其名，一见误终身。"

苏拉背上的鸡皮疙瘩倏地竖满，宛如陈年的芒刺。

王子猷的视线落在苏拉身上，原本的笑意骤然消失，面上瞬间结满了冰霜。

郑永明低声在苏拉耳边说："京岚集团现在是老大王子谦管事，但王子猷是一帆集团杜宇风属意的女婿，马上就要与杜家女儿结婚了，以后的一帆，也许就要改姓王了。"

苏拉仿佛听见了郑永明的话，又好像没听见。

迟晟的右手亲善而不逾矩地搭在苏拉背后，说："子猷，天影律所的老郑，你认识的吧？这位美女是苏律师，天影最年轻的高级合伙人，老郑的同门小师妹。老郑原话，比他自己年轻的时候厉害多了。"

迟晟的介绍，总是让听者和受者都自觉舒服且受益。

水晶杯折射的五色光一时乱了人眼，苏拉的小腿微微颤抖，她屏息伸出右手，道："王总，幸会。"

王子猷没有去接她的手。

"苏……律师？"

郑永明先察觉不妥，笑道："久闻王公子大名，可惜名草有主，先被杜董事长的千金拿下了。婚礼定在什么时候啊？"

王子猷的脸色阴晴起伏了一瞬，终于还是良好的教养占了上风。

"就定在下个月，我太太对婚礼的要求比较高。"他轻握了下苏拉的指尖，就收回了手，"苏律师，初次见面，幸会。"

晚宴终了，郑永明和苏拉站在环形车道旁等司机来接。还是初春，夜风微凉，苏拉的礼服裙摆有些短，瑟瑟凉意顺着真丝的纹路一点一点往里钻。

一辆迈凯伦跑车停在两人眼前。王子猷从驾驶位探出个头，问："郑总，要不要搭个顺风车？"

郑永明笑道："王公子客气了，你这是双座车，能捎两个人？我的司机马上就到。"

"那我就捎苏律师一程吧，刚好有些法律问题想请教。苏律师，方便吗？"

郑永明看向苏拉，暗示她自己决定。

苏拉犹豫了一瞬，听见王子猷说："我今晚没喝酒，苏律师放心。"

她遂深吸口气："那就麻烦王总了。"

上了车，王子猷甚至不问她住哪里，闷头沿着大路开。苏拉也不出声，嗡鸣的马达声更凸显了车内的僵寂。

也不知过了多久，郑永明的信息铃声打破了沉默。苏拉低头一看："苏拉，你怎么真跟他走了？"

苏拉还没想好怎么回，几条信息又嗖嗖进来了。

"城里一打花心大少随便你挑，唯独他不行！"

"人家是杜宇风看上的女婿，马上要办婚礼了！"

"杜宇风把独生女儿当心头肉，跟他作对，你就别想在鹤市混了！"

她这师兄，真是操着师娘的心。苏拉默默回了句："师兄，我没那意思，只是为了业务。"

一个急刹车，跑车停在了公园前路。

晚上十一点，西山公园已经关门，路上几乎没有行人，连停车位都是空的。

王子猷按下手刹，转过身来，双目灼灼地望着她："什么时候回来的？"

苏拉垂下眸光："去年八月。"

"你倒是瞅准了时间。"他冷笑起来，"杜叔去年七月生病，你八月回来，你们……真是好算计。"

苏拉忽然觉得疲倦。她以为自己早已和过去划清了界限。可是，重新捡起沉积多年的恨意，竟然毫不费力。

"王子猷，事情并不总是你的小脑袋想象的那样。"

王子猷回得飞快："那是怎样？"他倾身过来，阴沉得如一团乌云。"杜苏拉，你最好离娜娜远远的。我不会让她知道你回来了，绝不会给你第二次伤害她的机会。"

苏拉险些笑出声来。他们都把那人当作金丝笼里的夜莺，吸一口自由的空气，便会横死当场。而她，只有说不出的同情和厌倦。

"那你好好努力，千万别让我有可乘之机。"她拉了下门把手，没有拉开，于是桀骜地挑眉望着王子猷。

半晌，王子猷才打开车锁。苏拉闪身下车，甩上车门。他立刻发动了跑车，绝尘而去。

过往如一头蛰伏的猛兽，终于觑准时机，在当下的平静表面撕开了一个肉眼可见的破口。

夜色浓重得能用刀子割开，高耸的路边树如张牙舞爪的怪兽。细高跟鞋持续折磨

031

着苏拉的脚腕,她挎着个链条小包,在凉风中瑟瑟发抖,气压低得令人窒息。

和十多年前不同,鹤市如今的治安很好,即便是单身女性,也可以肆无忌惮地走夜路。这里有些偏僻,不好打车,路灯昏黄,前方拐角就有个治安警察亭。

苏拉走到不远处的公交车站,在长凳上坐下,叫了辆网约车。

长凳的另一头坐着个杀马特发型的小姑娘,嗓门很大地用乡音打电话:"阿妈……生意可好了,都点名找我洗头……

"赚了钱,自己开一家……

"……让阿妹考大学,学费我出!"

苏拉听了一耳朵,露出淡淡的笑意。

作为律师和理财规划师,她能给这个小姑娘一百种更谨慎地使用自己的财产的建议。但没有一种,能让她比现在更幸福。

夜班公交很快到站,小姑娘扭着小胯蹦上公交车。司机隔着车门冲苏拉吆喝:"最后一班了哟,不走吗?"

苏拉摆手,车门遂关闭,公交车缓缓驶离,仿佛带走了人世间全部的温暖。

这时,雨淅淅沥沥地下了起来。

网约车到了,却是停在路对面。电话里的司机嗓门很大:"这边都是双实线,小姐,麻烦你过个马路。"

"不能开过来吗?"

"不好掉头,得绕几公里,我这单都不划算了。"

苏拉愣了半分钟,说:"那算了,你走吧。"

司机道:"过个马路而已,你是不是有病?"

苏拉道:"有病犯法吗?"

司机:"……"

车辆驶离,雨将天和地、灯和路凝成一片,车站里坐着的苏拉,像是地球上的最后一个人。

手机"嘀嘀"响了两声。苏拉以为又是郑永明苦口婆心的告诫,仔细一看,却是林渡发过来的。他拍了一打油汪汪的蒜蓉烤蚝给她看。看上去十分不健康,并且好吃。

"你晚上吃的什么?"

给苏拉发照片的时候,林渡正和何崇光在路边吃烧烤。

这些日子以来,他乐此不疲地给她发各种生活片段:三餐的内容、楼下广场舞大妈学的新舞蹈、山顶的夕阳、马路边花圃的小花,还有最流行的搞笑小视频。

她从未回复,他毫不气馁。

何崇光凑过来看:"哎哟哟,这就是你说的那位女律师啊?看头像,长得也就那样。"

林渡瞪他一眼:"你懂什么叫气质吗?气质!"

何崇光把头像点开，放大来看："什么气质？包青天的气质？"

林渡的眼睛里冒着小星星："就是那种，很强大、无所畏惧的气质。"

何崇光翻了个白眼："不知道的，还以为你是个娇滴滴的小女生，喜欢强大的男人。"

林渡道："谁说只有女人可以慕强？男人也可以。女性的强大，有时能让男性免于恐惧。你知道吗，我正在写的新书的主角，就是一个强大冷酷的女人。"

何崇光一头雾水："所以你追她……是为了写书？"

"什么话，我是这么随便的人吗？"

林渡想了想，小声说："你知道我失眠吧？"

"知道啊，作家职业病嘛。"

"决定要追她的那天晚上，我躺在床上，满脑子都在想她。想到第二天还能见到她，突然就……"林渡弯起嘴角，"睡着了。"

她就像他许多年来幻想中的那个女英雄，脚踏七彩祥云，来到他身旁。

发过去的美食照片，林渡本来没指望苏拉会回复，谁知过了一会儿，手机竟响了一声。

"没吃什么。"

林渡登时把烫手的蚝壳扔回铁盘，来不及擦一手的油就捧起手机。要回信息的时候，却不知道说什么，想了半天，问："你在哪儿？"

"西山公园。"

何崇光又伸着脖子窥探他的隐私。

"哟，西山公园那边，正下雨呢吧。"鹤市这鬼天气，雨和晴常常只隔着一条马路。

林渡顾不上暴露隐私了，埋头打字："你一个人？"

对面又沉默了很久，缓缓冒出个短小的气泡："嗯。"

林渡和何崇光对视了一眼，几乎要从座位上蹦起来。

林渡手指如飞："我去接你？"

苏拉肚子里咕噜咕噜地叫了两声。晚宴上交际才是主题，她根本没吃什么东西。

"我去接你？"手机的蓝光在夜色中颤抖，她心里仿佛有一根弦，轻微地扯了一下。

她在输入框里打好："我自己打车就行。"手指停在"发送"键上，却迟迟没有落下。

雨下得更大了。

苏拉讨厌下雨，却总是忘记带伞。她出生的小城并不经常下雨，一旦下雨，总会有人带着伞，涉过泥泞坑洼的小街来接她。

后来，这样的人，再也没有了。

也不知过了多久，她清空了输入框，只打了一个字。又生怕自己后悔似的，迅速发了出去："好。"

15分钟后，林渡在车站接上苏拉，像捡回一只被遗弃在雨里的猫。

"谁这么没人性，把你放在这里。"他上下看她，"你这穿得也太少了吧。"然后皱着眉扒下外套递给她。

强大无畏的女英雄？就这？

苏拉没推辞，纤细的手臂缓缓伸进宽松的袖筒，他的余温顷刻便沾了一身。

"这个点，有什么好吃的？"她问。再狼狈的时候，她说话的语气都像个掌控全局的女王。

林渡打了个响指，道："跟我来。"

车停在龙美村口，林渡盯着苏拉把外套的扣子逐个扣上，才让她下车。两人挤在一把伞下，穿过夜生活的灯火洪流，钻进营业高峰期的添记。

点菜小妹熟络地和林渡打了个招呼。

"让后厨现炒个海鲜粉，多放几个筒仔，虾要新鲜带膏的，有多肥来多肥，知道吗？"

小妹的目光若有若无地在苏拉身上绕了一圈，道："好啊，让添叔亲自炒。"

林渡愣了愣："他在啊？今天不是周六吗？"

"二厨今天有事请假，添叔来顶。"小妹冲他挤挤眼，笑嘻嘻地走了。

两人在卡座坐下，林渡不知为何有些坐立不安，苏拉问起来，他的目光便有些躲闪。不过很快他便打开了话匣子，说添记是远近闻名的老饕心选，老板添叔亲手炒的海鲜炒粉锅气十足，能吃到简直是上辈子修来的福气。

苏拉默默地听着，好像有些心不在焉，却对每句话都有回应，脸上经风的苍白逐渐染上了红晕，唇边也泛起了微笑。

林渡渐渐有些失神，想沉溺在她的微笑里，永远不出来。他组织了一下语言，打算抖几个幽默而不失格调的机灵。

"当啷"一声，一大盆海鲜粉落在桌上。亲自来上菜的添叔搓着手道："十九只虾，都是今天现捞的。"

林渡瞠目结舌："你这是炒虾还是炒粉？"虾的分量远远超标，称它为炒粉几乎是种羞辱。

"今天的虾好嘛，我多留了几只晚上给自己当夜宵，都给你啦。"

添叔生得又黑又瘦，满脸胡楂，泛黄的背心上溅满油渍，吊儿郎当的调调和林渡颇有几分相似。他有些腼腆地向苏拉一笑，拍拍林渡的肩膀道："你不要抢，让女孩子多吃点啊，她这么瘦。"说完，他一抹额上的汗珠，趿拉着人字拖回后厨去了。

林渡脸上发红，给苏拉掰开一双筷子："饿了吧？快吃快吃。"

炒粉的浓香扑鼻而来，咬一口虾，膏和肉的鲜甜一起涌入唇舌，香得苏拉几乎掉下眼泪。她狼吞虎咽起来，像个八百年没吃过饱饭的饿鬼。

林渡起初还笑盈盈地望着她，渐渐地便察觉到她的不对了。她体内仿佛有一股压抑了很久的力量喷薄而出，宣泄在了唇齿的撕扯之中。

隔壁桌的奶茶被失手打翻，流了一地，后厨的窗口腾地亮起一束烧高的火光，背后有个小圆胖子举着手机正在直播，围着大圆桌坐的几个安全帽捏爆了最后几罐啤酒，扯着嗓子又点了两打烤蚝。

世俗的景象每天重复发生，却以特有的状态凝固在特定的当下。焉知不是早在宇宙中设定好的安排？

林渡忽然觉得，这时刻浪漫得不得了。

他伸手，按住苏拉的手："苏拉。"

"嗯？"

"吃了我的海鲜粉，就做我女朋友吧？"

苏拉："……"

他舔了舔干涩的唇，爽朗地微笑道："万一……我就是你命中注定的那个人呢？"

浓香的海鲜粉堵得苏拉说不出话来。

窗外，雨点"啪嗒啪嗒"打在路上，营造出一个无路可走的、逼仄寒凉的世界。而这个傻子的身边，热火朝天。

也不知过了多久，她的眼眸中有什么东西，悄然融化了。

"林渡，有一天你回想起现在，会明白你有多倒霉。毕竟，真正命中注定的东西，没有一样是好的。"她沉吟着，"但你说得对，可能你真的是我命中注定的那个人。"

林渡的呼吸蓦地停住了。

他一向想到什么说什么，嘴上没个把门的。何崇光常说他一说话就像神经病。

可是，她居然没有骂他神经病呢。她还说，他说得对呢。

"所以……"苏拉偏着头，细腻的手掌心托着小巧的腮，瞳孔亮如晚星，"我保留随时退出的权利。在这个前提下——林渡，我们可以试着谈一场恋爱。"

林渡根本没听见前半句话，她的话语像魔法，夺走了他所有熟悉的体验，又赋予他崭新的存在感。林渡想起了关于爱情、关于命运、关于世界、关于永恒的无数诗句。

他心跳如擂鼓地伸出手："成交。"

概率和不确定性持续地统治人的命运。就在这些随机的当下，缘分将他们推近，驱离，憋住笑声，阻挡他们的去路，然后闪到一边[1]。

是夜，更晚些的时候，王子猷回到了自己的家，推开卧室门，来到床边。

床上的人已陷入轻眠，被子歪了一角，露出两只纤足。

---

1. 缘分将他们推近，驱离，憋住笑声，阻挡他们的去路，然后闪到一边。——《一见钟情》维斯拉瓦·辛波斯卡

一只洁白无瑕，另一只却有细细的伤疤从脚腕蔓延至小腿后，如同盘踞着一只猩红的蜈蚣。

王子猷为她掖好被子，那人睡得很浅，因他的动作而呢喃了一声："你回来了？"

于是他倾身过去，在她眉眼上轻轻吻了吻："又蹬被子了？不是说了，睡觉要穿袜子的吗？"

长睫如鸦羽轻扫，那人伸手要抱住他，却被他躲开。摸到他身上微湿，她柳眉微蹙，问："你淋雨了？"

"淋了一点，没事。"

柳眉遂又舒展，那人道："那就好。"

"快去洗澡吧。明天还要去看爸爸。"纤手在他胸口轻推。

王子猷没有退开，反而更用力地抱紧她。

"娜娜。"

"嗯？"

"不管发生什么事，我都会像保护我的性命一样保护你。"

第三章
守库者之死

真的，你似天平般悬在悲哀与欢乐之间
只在盘空的时候，你才能静止、持平
当守库者把你提起来称他的金银的时候，你的哀乐就必须升降了
————《欢乐与悲哀》纪伯伦

1

林渡在黏腻的台风雨季回到鹤市。

距离他和苏拉分手，已经过去四个月了。道不同不相为谋，他也不是个死缠烂打的人。刚好老陈给他报了个文学研讨会，开完会，他在北京住了一段时间，到处蹭饭，直到白恒把他的蹭饭王名声昭告天下，他才不得不返回鹤市。

回来以后，林渡让自己保持着忙碌。

新书《潘塔纳尔的豹》修到第二稿，编辑认真地跟他说："你这次写的主角太阴暗了，真的不考虑动一下大情节，给她一个稍微光明点的结尾吗？"他相当坚定地拒绝了。

母亲钟晴又找过他几次。恒茂的事情多，林茂生年纪大了，渐渐有些顾不过来，林茂生和钟晴都希望他能回恒茂帮帮忙。

"你爸爸喝酒的时候脾气不好，你是知道的。后来他酒醒，自己也后悔了。你是他唯一的儿子，他能不希望咱们一家团聚吗？"

林渡木着脸不说话。

"那位什么苏律师啊，断了也就断了。鹤市有多少女孩子，要什么样的找不到啊？以咱们的身家……"

"妈，我有事忙，不说了。"林渡打断她，挂了电话。

其实这期间，林渡按捺不住，给宁夏打过一个电话。宁夏捂着电话说："林作家，我们最近有个特别大的项目，都忙翻了。苏拉姐……就挺拼的。"

苏拉似乎拥有一套精密的人生计划，而他并未被包含在内。他更像一个打乱节奏的小插曲，一个无处嵌套的小零件。他们在一起的三个月，于他像是南柯一梦。那些

随着朝夕相处点滴积累起来的微小规划，对未来生活懵懂的窃喜，如同一幢桩基施工偷工减料的大厦，随着一场大雨，整个土崩瓦解。

林渡没再找过苏拉，或是和苏拉有关的其他人。被惹烦了，告他个骚扰、跟踪什么的，苏拉绝对干得出来这种事。

天涯何处无芳草，没有谁是非谁不可的。在鹤市，爱情对男男女女来说，还不如一张房票来得重要。何况三个月的相处，说是灵魂伴侣或是宿命因缘，都太过矫情。

这天，林渡睡得很不好，他梦到一棵凤凰树，一到初夏，金红就落满了窗台。他打开一本《荷尔德林诗选》，把小扇子一样的凤凰花瓣夹进书页，如藏宝一般。

刚睡下没多久，一连串的手机铃声就把他吵醒了。他迷迷糊糊地划开手机，何崇光的大嗓门吼得他耳朵一炸："渡哥，出来吃夜宵啊，手臂那么长的濑尿虾啊。"

林渡眯着眼看了看时间，对着电话骂："你妹啊，现在是十二点！"

何崇光哈哈大笑道："就是我妹要请你吃夜宵啊。快来快来，顺便再悼念一下你死去的爱情……"

"滚蛋！"林渡扣下电话，往被窝里一扎，但乱糟糟的记忆已经如泥石流般涌了上来。

何崇光的电话彻底夺取了他的睡意，他在床上翻滚了一会儿，始终无法入眠，只得咒骂了一句，爬起来去吃夜宵。

他到的时候，何崇光已经撸到了第五十一根串，手臂长的濑尿虾被掏成了空壳，一盘炒花甲只剩了辣椒。

林渡扒了扒乱糟糟的头发，道："来罐可乐。"

"你不喝酒？"

"我开车过来的。"

何宝贤递过来一个锡罐，林渡拉开环，咕咚咕咚灌了半罐。何宝贤便笑道："哥，你也是太晚熟了一点，再多失恋几次，就习惯了。"

何家这一对兄妹，常年把自己的快乐建立在他的痛苦上。

"何宝贤，你这么晚了还出来吃夜宵，美容觉不睡了？"

"我这不是来帮你渡情劫吗？助你看破红尘，皈依佛门。"

林渡摸了摸脑门："我看你是想多劈我几道雷。"

何崇光看不下去了："你听她瞎扯，她是真担心你，说好久没见你了，怕你失恋想不开，把自己关在家里吃了安眠药，才逼我把你约出来的。"他捏着自家妹妹的脸说："你瞧瞧，多么善良贴心的小姑娘，都被工作折磨出黑眼圈了，还不忘关心你。你怎么就能不动心呢？"

林渡这才看出来，何宝贤的气色确实不太好。他诧异道："你不是回来嫁人的吗？还这么卷？"

据他所知，何宝贤的新工作本身是可闲可忙的，单位的最大广告商是何家世交，只要她脸皮够厚，一个月出一篇及格的稿件就能搪塞过去。

"谁说不是呢？"何崇光感叹。

何宝贤在国外上班的时候就是拼命三娘，对自己狠惯了，习惯性地挑最难的选题，天天出去跑采访，没几天就把红色法拉利开得溅满了泥点，把何崇光心疼得吐血。

何宝贤叹了口气："这不是鹤市最近出大事了吗？财经界都忙着吃瓜，干我们这行的，得负责给大家开瓜啊。"

林渡懵然问："什么大事？"

何家兄妹都很意外："你不看新闻的啊？"

林渡摇头，他最近埋头写作，连朋友圈都很少点开。

何宝贤怜悯地看他一眼："杜宇风病重了。"

"谁？"慢了半拍，林渡才想起这个名字对应的一众头衔。

一帆集团董事长，成功学公众号里频频出现的名字，杰出的民营企业家，《鹤市财经周刊》去年的年度人物，比林家的名声体面得多的富豪。

他就知道这么多了。

何家兄妹鄙夷地看着他，道："你太孤陋寡闻了。"

在鹤市，比杜宇风身家丰厚的企业家比比皆是，但如他一般受人尊敬的，确实不多。杜宇风出身贫寒，名校毕业，有多年国企技术骨干经历，乘着时代的浪潮来到鹤市创业，一刀一枪地创立了一帆。在那个国内企业只能给跨国科技巨头做代理的年代，一帆通过自主研发创新，填补了国内特种XC材料领域的空白，打破了跨国企业的技术垄断。一帆发展了二十多年，时至今日，已经成为一家资产过百亿的大型科技集团。由于特种XC材料技术前景广阔，一帆一直是现金收款，盈利和现金流情况都良好。杜宇风在资本运作方面一向持保守态度，曾经明确表示他在三年内不会考虑推动一帆上市。

杜宇风还不到六十岁，精力旺盛，正当壮年，谁也没有料到，病魔来得如此突然。

何崇光说得津津有味，唾沫横飞，被何宝贤一句话就打断了："我的消息来源可不是这么说的。"

何崇光不满道："那你说。"

何宝贤神秘地看看周围，确定没人偷听，才靠近这两个男人："据说，杜宇风知道自己患病已经快一年了。查出来的时候，就已经是胰腺癌晚期了，医生判断生存期在半年到一年之间。为了不影响一帆的运营，他的病情一直对外保密着。直到前几天，杜家女儿、女婿被记者拍到去医院探病，才爆了出来。"

林渡顿时对她刮目相看："你写个财经新闻，怎么还搞得跟狗仔一样？"

何宝贤笑眯眯地说："这你就不懂了吧？豪门内幕，富豪绯闻，狗血争产，这些谁都爱看。"

"所以呢？杜宇风病重，这里头有什么狗血的内幕吗？"

"这你可就问对人了，给我开罐啤酒。"何宝贤摆开了讲大型八卦的阵势。

杜宇风和妻子江世敏两人合计掌控着一帆60%的股权，其中41%属于杜宇风，19%属于江世敏，股权投资登记时已经协议划分好归属，所以不涉及夫妻共同财产的问题。另外40%股权由三位小股东分别持有，亦是与杜宇风有多年合作关系的伙伴。

如果杜宇风去世，最有可能得益的是两个人——杜宇风的妻子江世敏、女婿王子猷。

何宝贤喝了口啤酒："我们先说江世敏。"

江世敏身上的传奇色彩，几乎不逊于杜宇风。

杜宇风原配妻子早逝，江世敏和杜宇风是半路夫妻，也是创业伙伴，其人雷厉风行、杀伐果断，和丈夫儒雅仁义的作风截然不同。夫妻俩可谓一个唱白脸，一个唱红脸。过去一年来，杜宇风悄无声息地减少了曝光率，填补他缺位的，正是江世敏。

江世敏现任一帆集团的副董事长和总裁，实质上已经是一帆集团的决策者和控制人。她是财务出身，从早年电子厂时期就牢牢掌握着集团的资金命脉，目前加入一帆的几个战略投资人都是靠的江世敏的资源关系，董事会和高管团队也多是和江世敏多年并肩奋战的下属。

从集团稳健经营的角度考虑，江世敏似乎是最佳的接班人选。

但问题在于，杜宇风和江世敏没有共同的孩子，据说夫妻的感情非常淡，更多的是利益合作。而且，江世敏和杜宇风的女儿杜荔娜关系紧张，如果把股权留给江世敏，杜荔娜今后就只能看继母的脸色过日子了。

第二个接班候选人，是杜宇风的女婿王子猷。

京岚王家做建筑装修起家，兼营商业物业的运营管理，有一定的品牌知名度，鹤市许多高端写字楼的装饰工程都是由他们承包的。王家兄弟是圈内出了名的模范富二代，都是藤校商科毕业，一样的相貌英俊、谈吐文雅、风度翩翩，上进又孝顺，走的是父母精心安排的精英之路。何崇光的父母每每数落他时，都会拿京岚王家两兄弟来做榜样，只恨祖坟上没有多栽两棵树。

三年前，集团经营权平稳移交给了王家长子王子谦。他接手京岚后，展露出过人的商业天分，通过调整业务结构和管理上游供应商，大大减轻了行业内普遍存在的账款积压问题，也使京岚的现金流更加充足。去年，王子谦还拿到了鹤市十大杰出青年企业家的称号。

王子猷是次子，比大哥小八岁，在京岚集团内主管设计研究院。虽然他自幼就被大哥的光芒掩盖着，但他们兄弟的感情非常好，从未听过有其他家族那样的内斗。

王子猷和杜宇风的独女杜荔娜从小就认识，可谓青梅竹马。两人相恋十年，门当户对，男才女貌，几个月前在马尔代夫举行了盛大的婚礼，照片在网上都被传疯了。

从过往其他企业家的经验来看，把股权留给女儿，经营权交给女婿的也不在少数，毕竟生了孩子都是一家人。

京岚集团目前已经持有一帆集团22%的股权了，如果再加上杜宇风41%的股权，一帆就是王家两兄弟说了算。但这样的话，势必改变一帆现有的权利结构，王家和江世敏之间的矛盾恐怕很难调和，也为未来的发展埋下了隐患。

"那……杜宇风的女儿呢？为什么不让女儿自己来经营？"林渡问。

何崇光和何宝贤对视了一眼。

"别家的女儿或许可以。杜家这个，不行。"

杜荔娜从小娇生惯养，不谙世事，很少在公众面前出现。提到她，媒体第一时间想起的，总是十二年前的那场车祸。

何宝贤打开手机，搜索杜荔娜的名字，跳出一连串十二年前的新闻标题——

"芭蕾公主遭遇车祸无缘国际舞团选拔，可能面临截肢。"

"富家千金险命丧车轮，或陷争产丑闻？"

"花季少女为爱血染鹤尾山道。"

"三问交管部门，鹤尾山监控空白何时填补？"

十二年前的夏天，杜荔娜只有十六岁，去鹤尾山别墅参加同学聚会，在山道上出了车祸。虽然性命保住了，但她的右脚肌肉和跟腱留下了永久性创伤，不仅有植皮手术也无法治愈的伤疤，还影响了她的行走能力。杜荔娜从小就是个天才芭蕾舞者，鹤市的少儿舞蹈比赛奖项她拿了个遍。事故发生以后，她自然也就告别了舞台。

"听说车祸对杜荔娜的打击很大，她从此一蹶不振。别说介入一帆的经营管理了，就是出门社交都有困难。不过，她人长得漂亮，家世又好，能找到像王子猷这样出色的丈夫，这辈子也是衣食无忧了。"

林渡听得很认真。

恒茂是个老旧的家族企业，内账一团乱麻，需要提高财务透明度才能参与的项目，林家一律不沾。除了林茂生，谁也不知道林家究竟有多少钱。林家的三叔、四堂弟、大侄子，赌博的赌博，玩车的玩车，养小老婆的养小老婆，遇到事了，就要林茂生拿钱来平。上梁不正，下梁也歪。

这大概就是受人尊敬的企业，和让人笑而不语的企业之间的区别吧？

何宝贤双手一拍，总结道："这个事也没那么复杂。就看在杜宇风心里，是企业重要还是女儿重要了。如果他觉得企业重要，就把股权给老婆，保障一帆的稳定经营，女儿拿钱走人；如果是女儿重要，那就把股权给女儿当嫁妆，送给京岚王家，京岚正式入主一帆，一定会把江世敏扫地出门。"

何宝贤絮絮叨叨地说了半天，见林渡左耳朵进右耳朵出，不禁有些恨铁不成钢。"这些事，你多了解一些，也没有坏处。你们林家是纯粹的家族企业，你的叔伯堂兄弟又多，水只会更深。"

林渡道："不论他们做什么安排，我只要拒绝就可以了。我不签字，他们还能绑着我签?"

　　何宝贤只得叹气。价值几十亿的企业,上千人的就业饭碗,可不仅仅是个数字金额。真的临到头上,哪里是那么轻易说甩手就甩手的?但林渡就是这样固执散漫的性格,多说无益。

　　三个人天南海北地又吹了一会儿水,何崇光酒量差,自己把自己喝大了,临走的时候,拉着林渡的手,破口大骂:"要不是因为你,让我妹妹初恋失败,她后来……能遇到那么多渣男?能换那么多男朋友?能到现在还单身?"

　　何宝贤尴尬地朝他摆手,示意他当没听见。

　　"后天,咱们高中班里同学聚会,你可得来!有美女!我给你介绍!天涯何处无芳草,何必单恋女律师?"

　　林渡无奈地道:"后天不行,后天我有事。"

　　"哎哟呵,他还摆谱。你能有什么事?"

　　林渡沉默了一下:"后天是……我姐的忌日。"这世界上还记得林深的人不多了,他算一个。

　　何宝贤往何崇光的后脑勺打了一巴掌。

　　折腾了大半夜,终于曲终人散,林渡开着车,缓慢地行驶在空无一人的马路上。他知道,回去也是睡不着的。

　　夜空中远远地传来雷声,很快,豆大的雨点砸在了车窗上。

　　林渡有一瞬间的恍惚,下意识想起苏拉。

　　鹤市是个多雨的城市,苏拉却总是不肯带伞,有时楼下停车场没有空位,又碰上下雨,便淋成落汤鸡。所以林渡一碰见下雨,便想着要去接她。他们在一起三个月,林渡早就察觉了,她讨厌下雨,讨厌一个人在雨中走路,讨厌弄湿鞋。

　　有一次他们逛街,林渡在马路对面的小店买饮料,突然下雨。他打电话让苏拉过来,苏拉不肯,非要他打着伞过来接。

　　但也是那天,他们在雨中撑着伞回家的路上,他听见苏拉哼起歌来。

　　他问她是什么歌,她说自己也忘了。

　　后来,林渡凭着记忆中零碎的歌词,查到那是一首比他们俩都要老的歌,名叫《一把小雨伞》。

　　思域悄然停在公寓楼下。林渡一眼就望见了苏拉的窗口,并无灯光。这时已接近凌晨三点,这个工作狂可能已经睡熟了,当然也可能还在加班,根本没到家。

　　林渡打开车载音响,开始播放《一把小雨伞》,是低沉的男声,仿佛熨烫着湿冷的灵魂。

　　　　我们俩

谈笑风生走在大街上
雨蒙蒙
共在伞下谈起了愿望
未来旅途还漫长
只要彼此常相伴
不怕人生多磨难
携手共徜徉
你和我
紧紧握着一把小雨伞
风雨中
溅湿衣裳心情也怡然[1]
……

雨雾如黑纱，公寓门前几乎无人。忽有亮光透雨而来，一辆迈凯伦跑车停在了公寓门口。

林渡僵住了。

从跑车副驾上下来的人，是苏拉。

她将手撑在头顶，几步就奔到门廊下。迈凯伦的主人迅速跟了下来，一把将苏拉按在门廊的墙边。

他身材高大，将苏拉纤细的身影完全遮住。虽看不清面孔，却能辨认出男人结实紧致的身形，不是昂贵的高定西装，穿不出这样的效果。

林渡下意识要下车，手放在门边又停了下来。

苏拉没有挣扎。

以她的性格，若是被人强迫，绝没有善了的可能。但她没有动。两个身影贴得极近，隔着雨雾纠缠，不是在窃窃私语，就是在接吻。

林渡如坠冰窟。

他于她，终究只是一个过客。

2

第三天，是林深的忌日，林渡像往年一样起了个大早。但天有不测风云，车一出门，就碰上了追尾。后车司机像是赶着去签几百亿的合同，把林渡的二手思域的屁股都撞瘪了，安全气囊爆得脑袋嗡嗡的。

1.《一把小雨伞》赵鹏演唱版本的歌词。

报警、定责、保险、存证，一套程序走完，他才叫了拖车把受损车辆拖走。拖车大哥咂着嘴道："你这还能修吗？干脆报废换个新车吧。"

林渡连忙说："肯定能修。喀，就是个代步工具嘛。"

拖车大哥嘿嘿一笑。林渡知道，他心里肯定在骂自己是穷鬼。

林渡的头和手都有轻微擦伤，又去医院做了简单的处理，再去到墓园的时候，太阳都快落山了。

橘黄的日光浸润着墓碑上林深的照片，她是林茂生和前妻所生的女儿，比林渡大九岁。林茂生和前妻离婚后不久，前妻抑郁崩溃，自杀去世。为此，林深愤而离家，改了姓氏，和林家彻底决裂。

没人知道，林深是在什么时候发现自己得了绝症的。她没告诉任何人，同事、家人都不知道。

病名叫多形性胶质母细胞瘤，是脑瘤的一种。医生说，如果发现得早，或许能延长生命，但林深的生活过得很拮据，也不会照顾自己，大概一直当作贫血，没能及早去检查。

林深是去青海旅行的时候，突发重病去世的。林家的秘书前去处理了一切，带回来的只有一个小小的骨灰盒。林老太爷不同意让林深进祖坟，还是钟晴提议，在鹤市的公共墓园买了块小格子地，就地安葬。

林渡觉得这样挺好。死了还跟林家人待在一起，谁能受得了？

后来，林家开发的新楼盘开盘售罄，获利甚丰，林茂生从利润中拿出一部分，成立了一只帮助多形性胶质母细胞瘤病人和资助相关医学研究的慈善基金，算是在心理上做了点补偿。

再后来，林家再没人提起过林深。

林深死在二十五岁的花样年华，林渡对她的个人生活知之甚少。他不知道她有没有谈过恋爱，有没有过梦想和欲望。

一块小方盒大小的土地，就是一个灵魂的归宿。

林渡在墓碑前放下一小束黄白相间的菊花。直起腰的时候，他动作一顿——在他的花束旁边，还有一束几乎一模一样的小菊花。

林渡下意识地举目四望。工作日的午后，墓园里几乎没人。那束花的边缘有点蔫，被太阳晒了一两个小时了。

林渡猜测着送花的是谁。

应该不是钟晴。她做的一切，都是为了显示自己的大度和贤惠，并非对这个造成了许多困扰的继女有什么好感。

林渡知道，自己心里最不希望的答案是林茂生。吝啬鬼斯克鲁奇被鬼魂缠身，找到一丝人性，这样的故事会存在于狄更斯笔下，但不会存在于林家。

还是何家兄妹？他们知道自己今天会来。

小说家的职业病，就是容易抓住一个线头，脑补出成千上万条故事线。然而事实很可能只是，有别的祭拜者把花放错了位置。

这时，电话铃声响起。林渡低头一看，是何宝贤。

有些人，就是经不住惦记。何宝贤的话音带着点无事献殷勤的铺垫："哥，有个小忙，你帮一下呗。"

"说来听听。"

"杜宇风死了，就在昨天凌晨，我们撸完串没多久。鹤大附属医院国际部，胰腺癌引发肝性脑病，抢救无效死亡。"

身处午后安宁的墓园，林渡忽然恍惚了。真实的死亡永远不像故事里的那样富有戏剧性。死亡就是死亡，毫无准备，毫无美感，不留情面，众生平等。

何宝贤的声音从话筒里传来："消息已经放出来了，现在整个鹤市商界都在猜测他的遗嘱内容。杜宇风的遗嘱是秘密安排的，除了杜家的律师，其他人都不知道内容，包括他的妻女、老友。遗嘱将在三天后的追悼会上，当着所有利益相关人的面宣布。据说，江世娟叫停了一帆所有的资金动账，遗嘱公布之前，谁也不能从一帆和杜宇风个人的账户上转走一分钱。"她的话音里透着看热闹不嫌事大的激动。"还是我运气好，一回国就赶上这么大的瓜。做好了又是一篇大专题。"

林渡张了张嘴，没多说什么。名利场中人的生老病死，结缡分飞，都会演变成一场公众的娱乐盛宴。这大概就是名利的代价吧。

何宝贤兴冲冲地说："哥，你陪我去参加杜宇风的追悼会吧。"

林渡问："为什么不找你哥？"

"你记性好，文笔好，观察力也强，有什么我没注意的，你还能帮我查个漏补个缺。我哥，算了……"

她的甜言蜜语张口就来，林渡被哄得飘飘然："既然这样，我就勉为其难……"

"不过哥，还有一件事……你得洗头，做个造型，我再给你弄一身好西装。"

"那还是算了吧。"邋遢怪林渡这辈子最讨厌的，就是穿全套西装、打领带、吹油头。旧T恤、大裤衩和人字拖才是他的归宿。

"哥！"

何宝贤撒起娇来，林渡起了一身的鸡皮疙瘩。

"你还有没有良心？要不是十四岁的时候被你无情地扼杀了初恋的心思，我至于变成今天这样吗？"

林渡无语道："可是你后来恋爱也没少谈啊。"

"我以前多自信啊，觉得自己是天底下最可爱的小姑娘。可是你那么残忍无情地拒绝了我，给我留下了终生的青春伤痕。从那以后，我就没有一段感情超过三个月，你说你要不要负责？我现在就要求你帮这么一点点忙，你都不帮，你还是人吗？"

林渡："……"

何宝贤大概没发现，她嘴上说着工作太辛苦，回国听从父母安排嫁人，但一遇上机会，事业心就又泛滥得一发不可收拾。

人的心之所向，骗得了别人，骗不了自己。

"行吧。哥就帮你这回。"

杜宇风的葬礼在一个阴沉的早晨举行，地点是西岭殡仪馆。他生前早有遗言，葬仪一切从简，到场不过百人，不行土葬，不买墓地，直接火化，骨灰撒入大海。

参加追悼会的人仅限于亲友和一帆的主要股东，媒体纷纷被禁止入场。会场外挤满了记者，都等着追悼会结束，捞一点边角料。何宝贤不知托了什么关系，才弄来了邀请函。

虽然入内者不多，但道旁堆满了花圈和挽联。林渡留意到，有一些穿制服的普通工人，亲手送来了简陋的花圈。他们大多抹一把泪，放下奠品便走了。

林渡便问何宝贤："杜宇风本人，是个什么样的人？"

何宝贤道："听说他为人很仗义，守信誉，说到做到，不仅在商界同人中口碑很好，在自家员工里威望也很高。当年金融危机，一帆的经营一度遇到困难，他公开向工人承诺，绝不裁减一个老员工。一帆的员工忠诚度很高，企业内部的凝聚力也很强。"

林渡点了点头。看来杜宇风不仅是一帆的基石，还是一帆的精神旗帜。

何宝贤继续说："杜宇风离开后，一帆未来如何发展，是关系到鹤市高端制造业整个产业链，乃至民族产业发展的重要议题。从严肃新闻的角度出发，也值得做一个系统的回顾和对未来的展望。"

林渡顿时心生景仰，还来不及竖起大拇指，又听她说："当然了，如果真有什么私生子、姨奶奶跳出来争家产，我们也是要蹲一蹲的。"

说到企业经营，大部分人不感兴趣，但说到秘密遗嘱、豪门争产，人们就来劲了。纪念厅门口传来小范围的喧闹声，整个厅中迅速地安静下来。

"要开始了。"

几个西装革履、戴空气导管耳塞的保镖把杜家人围在中间，分开人流，缓缓地向台上走来。

走在最前面的是江世敏，一帆现在的一号人物，首席执行官，准确的职位名称是行政总裁，同时任一帆副董事长，代行董事长职责。她穿一身黑色缎面礼服裙，身材瘦削，皮肤紧绷，眼睛细长，目光锐利，满头黑发一丝不乱地盘在头顶。她与前来吊唁的熟人挨个握手，自带一派沉稳干练的风度，神情中没有身为遗孀的哀痛，唇边犹带一丝未及眼角的微笑。

林渡望着她的面容，忽觉眼熟，却又说不出在哪里见过。

紧随在江世敏身后的，就是杜宇风的独女，杜荔娜。她是典型的东方美人，肤色白得近乎透明，圆弧状的眼形显得天真无邪，五官精致，栗色长发绾了个低低的髻，整个人像一尊金贵而易碎的薄胎白瓷瓶。

与继母的指挥若定形成对照，杜荔娜目光茫然、神思恍惚。她穿着黑色长裤，修长的双腿被遮得严严实实，倒比继母江世敏看上去还要保守许多。

在她身后的，则是京岚的王子谦、王子猷两兄弟。

两人都是高大修长的身形，丰神俊朗，着同一系列的高定西装，在人群中显得鹤立鸡群。区别只是，兄长戴着黑框智能眼镜，更显沉稳低调，而弟弟还年轻，眸中尚有锐气，不惧挑战。

众人瞻仰了遗体，又有几位股东致了悼词，包括王子猷的哥哥王子谦。最后一个上台讲话的，是江世敏。她没有拿稿子，也没有任何寒暄和酝酿，单刀直入地开口了："老杜是个有理想、有情怀的人，比起老婆孩子，一帆才是他这一生最看重的东西。我明白，各位今天来到这儿，是为了送老杜一程，也是关心一帆今后的走向。"

她顿了一顿，底下众人的呼吸也跟着她顿了一顿。

"老杜生前确实做了安排，但遗嘱的内容，我不知道，荔娜也不知道。根据老杜的遗愿，将由他的老朋友常玉忠律师，在他的葬礼上宣读遗嘱，宣读完毕后，立刻启动遗嘱执行程序。"她轻轻地皱起眉，"下面，就请常老来宣读遗嘱吧。"

众人的目光投向礼宾厅门口，一个头发灰白的老者点了点头。他精神矍铄地穿过人群，身后紧跟着一个年轻女子。

女子抱着一沓文件，身材纤瘦，略长的黑发稍稍遮挡了来自侧面的打量。高跟鞋敲击地面的声音坚定而有力，经过身边时，林渡看见了那女子鲜明峭冷的颌骨。

何宝贤小声解释："这个常老是鹤市法律界的老前辈，跟杜宇风有三十几年的交情，是杜宇风最信任的人之一。他也是一帆的股东之一，持有8%的股份。他身后那个……我不认识，大概是他的助理吧。"

林渡没有说话，也没有听何宝贤的话，他的眼里只有那个女子。

他看着她走上台，面无表情地立在常玉忠身后，将嘴唇紧紧绷直，目光放肆地投向台下的每一个人。

林渡整个人都僵住了。

常玉忠对着话筒咳了一声："诸位领导，诸位亲友、诸位商界同人，我只是个见证人，杜董事长的遗嘱，将由他生前亲自指定的遗嘱执行人来为大家宣读。有些朋友可能不认识，我介绍一下，这位遗嘱执行人，是江总裁的亲生女儿，杜董事长的继女，苏拉。"

他后退一步，把掌控全场注意力的位置让出来。

苏拉缓缓地向前踏出了一步："各位好。在场的有些亲朋可能已经不记得我了，毕竟上次见面的时候，我的名字还是——杜苏拉。"

3

林渡终于明白，为什么他会觉得江世敏很眼熟。她们母女，生就一样的狭长双眼，蕴藉一样的沉静锋芒。

在场的大部分人和林渡一样震惊。几乎没有几个人知道，杜家除了杜荔娜，还有一个继女。何宝贤则埋头在手机上疯狂地搜索。

阒然无声的纪念厅中，终于有人率先打破了沉默。

"不可能！"

杜荔娜从人群中冲了出来，她的丈夫王子猷想要拦她，没有拦住。如果说之前她的脸色是凝白如玉，那现在可以说是苍白如纸了。

林渡这才注意到，她走路的时候右脚有明显的拖行。看来，这就是十二年前的车祸留下的伤痛。

江世敏站得离苏拉不远，但丝毫没有走到女儿身边的动作。母女俩隔空相对，视线却并不接触，江世敏的神情越发冰冷。

王子猷看上去倒不像其他人那么震惊。他低声和身旁的王子谦说了句什么，王子谦便皱起了浓眉。

一时间，林渡疑心，苏拉的突然出现，对现场的每一个人来说，都是意外，包括她的母亲江世敏。

而杜荔娜还站在走廊中央。

"爸爸不可能让你回来的！"她摇着头，眼中有泪花闪动，"爸爸当年就答应过我，绝对不会让你再回到鹤市，绝对不会让你再在我面前出现！"

何宝贤像打了鸡血一样瞪起双眼，在无人察觉的地方打开了手机录音。

这时，苏拉用双手撑住讲台，居高临下地倾身对杜荔娜笑了一下："杜小姐，你爸爸是个守信的人——但他不是神。而且他现在已经不在了。"

杜荔娜难以置信地瞪着她。苏拉话语中隐含的恶意，如无形的小蛇一般，履着地板，蹿上了杜荔娜的身体。

杜荔娜颤抖起来，如果不是王子猷冲过来，把她扶在怀里，她恐怕已经倒下了。

尴尬的气氛充满了整个纪念厅。

然而江世敏说话了，她一开口，就改变了整个厅中的气氛。

"她是老杜指定的遗嘱执行人，是来宣读遗嘱的，又不是来当皇帝的，急什么？"

杜荔娜不说话了。她垂下美丽的头颅，好像陷入了迷惘的深思。

江世敏向苏拉抬了抬手："开始吧，苏律师。"

杜宇风的个人资产比公众想象的要少很多。除去一帆集团母公司的股权，他个人持有的现金、房产、车辆、股票、基金、理财、艺术收藏等，合计估值不超过十亿。但真正值钱的是股权，最受大众瞩目的，就是一帆股权的分配情况了。

"法律上的格式术语，我就不多介绍了。杜董事长生前已通过天影律师事务所及DK家族办公室设立杜氏家族信托，货币资产将全部进入家族信托管理，由杜荔娜女士和她未来的后代作为受益人，固定资产按照确定的清单分配继承。至于一帆的股权——"苏拉的声音停顿了一下，众人的心情也随之猛然跌宕，"杜董持有一帆41%的股权，江世敏女士持有一帆19%的股权，合计60%，且两人签署有《一致行动协议》，约定在股东会表决中做出一致意思表示。"

苏拉无声地更换了呼吸的频率。

"根据遗嘱，杜董名下的股权中，29%由杜荔娜女士继承，10%由江世敏女士继承，还有2%……将由本人继承。"

厅中安静了一秒，全场哗然。

"你说什么?!"杜荔娜失控的嗓音在窸窣碎语中显得格外响亮。

苏拉没有理会她无意义的惊诧，继续说："本次股权继承为附条件的继承，三位继承人继承股权后，需就持有的合计60%股权重新签署《一致行动协议》，行使表决权时，以一致行动人内部持股占多数的意见为准。

"另外，杜董的个人账户即日起将全部暂停支付。本人将作为遗嘱执行人，清算杜董的全部财产和债务，编制遗产清单，管理资产和投资的正常运作，直到完成清算分割、移交遗产。"

杜宇风设立了不短于半年的遗产清算期。在此期间，他的遗产进行全面封闭托管，由遗产执行人——苏拉，进行管理和清算，其他任何人无权动用。

苏拉的话语平静、松弛，宛如朗读一份毫无感情的宣言。但台下已经沸腾起来。

一个简单的比例划分决定，在利益相关者的脑海中，已经演变出上百种博弈的可能。

林渡对公司治理知之甚少，只好低声问何宝贤，这个《一致行动协议》是个什么东西。

何宝贤简单和他解释了一下。

《一致行动协议》，相当于要求在股东会召开之前，江世敏、杜荔娜、苏拉三人先开一个小会，就所有需要表决的事项在内部先达成一致，这样正式开股东会的时候，60%的投票表决权就能投在同一个方向上。

"那……如果她们三个人都无法达成一致，怎么办呢？"林渡问。

"三位一致行动人内部，也必须按照持股少数服从多数来做出决定。你看这个继承分配的比例，江世敏和杜荔娜分别占29%，这两个人的利益冲突最明显，基本上不可能达成一致，所以最后掌握话语权的，反而是那个持有2%股权的人。"

王家兄弟和杜荔娜的面色都很阴沉。王家持有的22%股权，加上杜荔娜继承的29%股权，持股比例达到了51%，能够达成相对控股。但一纸《一致行动协议》捆绑了三个关系微妙的女人，让所有人都陷入了被动。

江世敏的脸色也并不好。她持有的股权比例增加了,但在股东会的话语权反而被削弱了,因为一切的表态,都要在三位一致行动人之间先达成一致。而由于她们三人持有的股份已经达到60%,三人会议的决议,在大部分情况下,也就等同于公司股东会的决议了。

目前,江世敏掌控着一帆的董事会。五位董事中,除了王子谦和江世敏,以及刚刚过世的杜宇风,另外两位董事都是公司高管,也是江世敏的心腹。即使再补选一个不同阵营的人,她的人在董事会也依然是多数。

这个继承安排并未改变一帆日常管理中的权利结构,能够保持战略投资股东们对持续稳定经营的信心。但一帆集团发展中的重大事项,尤其是涉及股东们之间利益分配的部分,还是需要经过股东会表决的。

"杜宇风不愧是杜宇风,真可谓是四两拨千斤。"何宝贤感叹着,"但这个继女到底是什么来头?杜宇风让她拿着2%的股权,和一群千年的老狐狸斗心眼,究竟是信任她,还是在坑她呢?"

何宝贤的话如同一道霹雳,劈中了林渡的天灵盖。他浑浑噩噩地想起了和苏拉真正分手的那天,她说的话。

她说,她想要财富、人脉、名望、权力,想要堂堂正正地进入上流社会,和那些有话语权的人平起平坐。

苏拉现在,算是和那些有话语权的人平起平坐了吧?

苏拉面无表情地站在台上,目光扫过台下的每一个人。

这些人里,有些她认识,有些不认识,但每个人都以震惊和疑惧的目光瞪着她。对他们而言,她像个穿着兽皮,闯进交响乐会的野蛮人。

就在这时,她看到了林渡。

她从没见过他这样,竟然穿了西装,还打了点发蜡,被一个漂亮的女子紧紧挽着臂弯。

倒是像一个标准的家族企业继承人了。

苏拉回过神来,继续道:"杜董订立遗嘱的过程,留存了视频资料,医生也出具了立遗嘱人神志清楚的证明,见证人有常老、司机曹叔、保姆徐阿姨,还有两名公证员到场,经国家公证机关公证有效。任何利益相关人员如需查阅资料,随时可以向我提出申请。"

她公事公办地向人们点了点头,收起文件夹,转身下台。

遗嘱宣读结束得出奇地快,简单扼要,毫不拖泥带水。

就在何宝贤关掉录音的同时,异变发生了。

苏拉从台上走下来,穿过人群的时候,杜荔娜陡然动了。她原本如蒲柳般挂在王子猷的臂弯里,看着苏拉从眼前经过,突然一把抓起身旁人手上的杯子,将杯中液体泼在了苏拉的脸上。

那是一大杯冰拿铁，一半都是冰块。冰凉的液体沿着头发，湿答答地流进苏拉的脖颈，胸前和肩上瞬间湿透了。

有人惊呼起来。

苏拉的眼前一片模糊，身子猛然被拽了一下，倒退两步，又落入一个干爽的怀抱。她不消细看，就能辨认出林渡身上温暖的气味，那是一种混杂着书页、乌龙茶和薄荷的味道。

林渡大声说："你干什么？"

苏拉避开林渡的碰触，自己抹了把脸，非但没有显露狼狈，反而轻笑了一声："杜小姐，你这是做什么？"

杜荔娜像被兽齿咬住脖颈的小鹿，面上是垂死的悲哀："你什么时候回来的？你怎么还有脸？你这个……凶手！"

所有人都愣了一下，不知道这指控从何而来。

苏拉沉默了一会儿，不答反问："你不喜欢我叫你杜小姐，那我就叫你，娜娜？"

苏拉的手垂落在她眼前："从今往后，咱们就是利益共同体了。合作愉快。"

那声"娜娜"一出口，杜荔娜猛然哀鸣了一声。她瞪着那只手，像瞪着有毒的纺锤针，竟不敢去碰。

苏拉却盯着她，持续地逼近："从明天开始，杜董的资产全面进入冻结状态，你的所有个人消费，都无法再从冻结资产中支取资金，只能自己想办法。"她瞟了一眼王子猷："不过，有王二公子在，相信你会找到办法的。"

"杜荔娜，"她凑到那瑟瑟发抖的女子耳边，"我想要的，你从来都抢不过。"

杜荔娜挣扎着后退了两步，退到王子猷怀中。

王子猷怒道："你别太过分！就算她没了父亲，还有王家！"

王子谦站在一旁，皱起了眉，并未附和。

苏拉宛如亮出利齿的优雅黑豹，微微一笑："那我就看看，你们王家怎么护她。"

林渡这才看清王子猷的身形和面容，当即认出，他就是那天晚上和苏拉在公寓门口纠缠的男人。

杜荔娜的丈夫。

但林渡来不及细想，苏拉已经甩了他，捡起落在地上的文件夹，转身走出了会场。

身后脚步纷沓，林渡追了上来。

"我送你回去。"

"不用。"苏拉掏出车钥匙，走向自己的奔驰车。车钥匙被林渡一把夺了过去。

"你这样还能开车吗？"

她的真丝衬衫湿了大半，平日利落的中长发被咖啡液糊在脖子里，额前也是一片黏腻，是林渡从来未见过的狼狈。

"你怎么这么爱管闲事？"

"你的事叫闲事吗？"林渡熟练地拉开副驾的车门，把她塞了进去。

苏拉皱眉道："你这样我可以告你抢劫加绑架，你知道吗？"

"那你去告啊。"

苏拉难得语塞。大概是脑海里装了太多的事，她无力继续纠缠，索性放弃了反抗。

"那你送我去所里吧。"

"我送你回家换衣服。"

"所里有备用的衣服，我还有很多事要处理。"她轻揉着眉心。

工作狂。林渡无声地骂了一句，嘴上还是说："行。"

葬礼上发生的一切，任何一个亲历者，都会认定苏拉是个欺凌弱女、谋夺财产的恶人，一个和母亲里应外合的阴谋家。她不惮于吐露最刻薄伤人的语言，不惮于直面最激烈残酷的冲突，不惮于欺凌最无辜可怜的弱者，更可怕的是还深谙这世界的规则，为己所用。

林渡的理智告诉他，是应该离她越远越好，毕竟杜家的情况，比林家还要复杂。

等红灯的时候，林渡转头看了眼苏拉，但见她正闭目养神，丝毫没有要解释的样子。

他想问苏拉，为什么要隐瞒自己的家世，隐瞒过去。可是他又有什么资格质问苏拉呢？最先隐瞒的难道不是他自己吗？

片刻，林渡故作寻常地问："你说你想要的，杜荔娜抢不过，你指的是人，还是……"

苏拉过了三秒才睁开眼："我想要的很多，财产、权力、地位，当然也有人。"

于是林渡沉默了。苏拉想要的，大概真的很多，唯独不想要他。

车到了天影所的停车场，苏拉毫不犹豫地把林渡赶下车。

"我送你上去？"

"不用。"

苏拉望着他道："你今天的女伴很漂亮。恭喜。"

"嗯……呃？"

"林渡，你应该看出来了，这次的机会，对我来说很重要，我只能成功，不能失败。所以，我没有精力应付你，你也不要再来招惹我。"

她从他手里薅出车钥匙，头也不回地走了。

林渡在原地愣了两分钟，咀嚼着刚才的对话。

手机"叮"地又收到一条短信："您名下尾号为××××的××银行卡收入人民币200元，摘要：代驾费用。"

林渡差点把手机砸了。自从把他拉黑，她就打算靠银行转账附言来跟他沟通了，是吗？

林渡给被他丢在殡仪馆的漂亮女伴打电话："阿宝……"

刚吐出两个字，那边已经咆哮起来了。林渡把手机拉远两寸，继续道："阿宝，我想知道杜家的事。嗯，全部。你哪天有空？我请你吃烤肉。"

何宝贤订的餐厅是鹤市最贵的和牛烤肉，她一口气点了十份肉，林渡肉疼得直肝颤。

"就是得好好宰你一顿。说好的陪我去追悼会，我就去了个洗手间，出来你就没影了。"她放下菜单问，"哥，你怎么突然对杜家感兴趣？难道你想明白了，打算回林家？你那些叔伯都不是省油的灯，要不要我帮你……"

林渡翻了个白眼道："谁说我要回林家了？我是个作家嘛，需要搜集素材。这种豪门争产的故事，就是最好的素材。"

何宝贤有点遗憾地道："你要素材，自己去争一争不就行了？"

一顿烤肉的工夫，她如竹筒倒豆子一般，把她所知的一切都倒给了林渡。

官方可以查证的信息是，江世敏在和杜宇风结婚前，确实还有一段婚姻，育有一女，女儿七岁的时候，丈夫就去世了。

江世敏的老家是榴城县，鹤市往北一千多公里的一个贫困小县城。

九十年代末，江世敏把女儿留在老家，和千千万万改革开放浪潮中的打工妹一样，赤手空拳来到鹤市。几经辗转，她入职了当年杜宇风的临南公司做会计。那时杜宇风已经丧偶，独女无人照顾，也不知江世敏用了什么手段，就把这个钻石王老五套牢了。

十二年前的车祸后，杜宇风走了法律程序，和这个继女断绝了关系，抚养和赡养义务也同时解除。当年的女孩已经成年，具备完全的民事行为能力，收养关系的解除是她自己同意的。

女孩和杜家人只共同生活了两三年，认识她的人不多。杜家对这段往事讳莫如深，十二年过去，更是没人再提起了。

"那天的葬礼虽然没有媒体在场，但消息传得很快，已经引起了整个鹤市商界的关注。她现在是新闻的焦点，各种猛料都爆出来了。"

小道消息传闻，江世敏在和杜宇风结婚的时候，隐瞒了亲生女儿的存在，婚后才把她带回杜家。杜宇风十分生气，一直看这个继女不顺眼，一等她成年，就把她赶出了家门。

还有人说，杜宇风对这个继女有不轨的意图，被江世敏抓到了，又不敢闹大，为了保护杜宇风的名声，才把她赶出了家门。

"你现在上网去搜，搜出来的词条都是'豪门弃女归来争夺家产''知名企业家将继女养成禁脔''车祸背后的少女恶魔'，要多邪乎有多邪乎。这才只是个开始，过不了两天，各路大V能把她晚上穿什么颜色的睡衣都挖出来。"

林渡不关心这些，他关心的是……

"那天,我听见杜荔娜叫她……凶手。如果只是恨她回来争夺家产,杜荔娜为什么要叫她凶手呢?"

何宝贤思忖了一下,掏出自己的工作电脑,把搜集的资料给林渡看。

"其实还有一个传言,说当初杜荔娜的车祸,就是江世敏和这个继女合伙雇人做的,甚至是这个继女,亲手把杜荔娜推到了车轮底下。

"当时,一帆正在引入战略投资,也有好几笔大的银行融资在路上,所有的资金渠道都由江世敏一手掌控。在这个节骨眼上和江世敏翻脸,投资人和债权人必定会心生疑虑,一帆酝酿了几年的起飞就彻底玩完了,所以杜宇风和杜荔娜父女选择了沉默。"

何宝贤的手指离开电脑。"不过这个说法,我觉得不太靠谱。当年的车祸警方是立了案的。如果真的是江世敏指使的,或者是杜苏拉临时起意动的手,警察没理由查不出来,这也不是一帆一个企业能遮掩住的。如果杜苏拉真的是伤害杜荔娜的凶手,别说十二年,就算过了二十年追诉期,杜宇风也不可能原谅她吧?怎么可能还把遗产留给她?"

何宝贤越琢磨,越觉得内有玄机。

"杜宇风这人,也真是奇怪。既然当年已经解除了父女关系,就完全没有必要把财产留给继女。现在他不仅把股权留给了她,还让她做了遗产执行人。可只给2%的股权,连临时提案权都没有,这2%却又是最关键的。在三位一致行动人里面,江世敏和杜荔娜肯定是不对付的,那么,这个继女站在谁那边,谁就说了算。"

何宝贤下拉着电脑里的搜索结果,啧啧感叹:"现在的人,思想真是污秽。不过,这个继女还挺有本事的,有个大V说她是天影律师事务所最年轻的高级合伙人,该不会是靠杜宇风的关系吧?"她又往下拉了一段,忽然一顿,"哥,你那位狠狠践踏了你少男心的律师前女友,好像也是天影所的合伙人?好像也姓苏?"

"对。"

"这两位苏律师,该不会……是一个人吧?"

林渡心情复杂地点点头。

何宝贤的下巴坠了下来,永动机一样的嘴皮子突然卡了壳。她从难以置信到恍然大悟,欲言又止了好几次,终于一拍大腿道:"我该不会是穿越到你写的小说里去了吧?你快掐我一把。"

林渡翻了个白眼:"你正经一点。"

何宝贤看出他此刻开不起玩笑,遂收起了戏谑:"行,那我问你点正经的。你既然是她的前男友,肯定还算了解她。你觉得……苏律师犯过罪吗?"

林渡呆了呆。他……了解苏拉吗?

长久的沉默之后,林渡回答:"我不知道。"

现实永远比小说复杂,不论是悬疑小说,还是爱情小说。

第四章

绝对的台阶上

而生活，头顶微秃，鬓角灰白
无精打采，索然乏味，吹毛求疵
等待着，帽子和手套握在手里
一丝不苟的领带和服装
（多少有些不耐烦拖延）
等在绝对的台阶上

——《忧郁》T.S. 艾略特

1

杜宇风离世的前一天，风和日丽、鸟语花香，天气预报都没有预报到夜晚来临的细雨。

而王子猷，也丝毫没有预见到命运即将掷在他面前的挑战。

下班前，大哥王子谦找王子猷谈话。王子猷大概能猜到大哥要说什么，心里不禁惴惴。果然，刚坐定，王子谦就问："怎么会被记者拍到呢？"

几天前，王子猷和杜荔娜去鹤大附属医院探病，被几个不知从哪里冒出来的记者拍到了。他们估计是有内部消息，把照片和其他蛛丝马迹一整合，杜宇风病重的事情，就再也遮盖不住了。

"也许是江世敏找人漏出去的。"王子猷说，"她一直逼着爸爸表态，在股东们那里公开支持她接班。"

王子谦扫他一眼："漏都漏了，谁漏的还重要吗？遗嘱究竟是什么情况？"

"娜娜说，她也不知道。"

"你信吗？"

王子猷叹气："娜娜虽然娇气了些，但人是单纯的，从来不骗我。大哥，娜娜早就说过，她根本不在乎她爸爸留下了多少遗产。她对一帆不感兴趣，哪怕股权全部留给江世敏，她也无所谓。"

王子谦沉下脸："她无所谓，你也无所谓？已经成家的人了，这点事都说不明白？

娜娜是不食人间烟火，江世敏可是只老狐狸。如果真让江世敏一手遮天，以后的一帆，就再没有王家说话的份了。临南工业园的事，可还没完呢。"

王子猷只得喏喏。

临南工业园的改造，由项目负责人熊纬牵头，和恒茂集团的林茂生谈了一年多，这背后是有王家的支持的。王家拿这个项目和恒茂做了一些利益交换，恒茂接下来两个楼盘的装修业务都给了京岚，至于私底下的交易，就更有空间了。

谁知被江世敏一竿子掀翻了船，现在整个项目停摆，大家都没有油水可捞。

此时距离杜宇风确诊胰腺癌，已经超过了一年。杜宇风展现出了惊人的求生意志，但他周围的人都知道，人终究不能胜天。

王子谦皱起眉："你岳父是个有远见的人，不可能坐视身后大乱，他一定做了什么周详的安排。这个事情，别人去问都不合适，只能娜娜去问。就算他还没立遗嘱，亲女儿在面前说几句软话，让他向着王家，还不容易吗？"他顿了一顿。"咱们京岚建筑装饰这行业，做到这个程度，已经是做到头了，再往后，挣的都是辛苦钱。当年爸妈给一帆投了这么多钱，也是为了给京岚开一条新路。咱们家已经有22%的股权了，但凡你岳父向着我们一点，给娜娜分个29%，我们联合起来，就能彻底控制一帆。到时候，还怕江世敏搞什么小动作吗？"

王子猷为难道："大哥，娜娜为了她爸爸的病，已经很久没睡过一个好觉了。这个时候，我逼着她去问遗嘱安排，不合适。"

"你旁敲侧击地暗示一下，她自己不会关心自己的利益？你真把她当三岁小孩啊？"

王子猷不说话了。很多时候，他对待杜荔娜，就是像对三岁小孩一样，宠着、哄着。但大哥恐怕不会明白。

黑框眼镜后，王子谦的目中浮现了然："娜娜她，还是过不去吗？"

"她已经很久没提过那件事了。"

"但她还是坚持认定，那个人是凶手？"

王子猷点点头，但他不想再提及过去的阴霾："大哥，遗嘱的事，我会上心的，你放心吧。"

王子猷给杜荔娜打电话，要接她下班，电话那边的人却笑道："我今天根本没去。你快回来啊，我有惊喜给你。"

杜荔娜大学学的是工商管理，毕业后一直在一帆的行政部上班，但心思不在工作上，三天打鱼两天晒网，领导同事也不敢管她。她准备的惊喜，多半是新学的烘焙甜品、新买的衣服首饰之类的小玩意，王子猷没抱太大的期望。

他驱车回家，一进门，就看见玄关的地上扔着一堆购物袋。

他越过购物袋，走进客厅，杜荔娜正站在沙发上，抱着一团厚重的绿色窗帘，踮起脚，颤颤巍巍地把挂钩往窗帘盒里挂。

王子猷吓了一跳，冲过去抱住她，她手上一滑，绿色窗帘落了一地。

杜荔娜身形纤细，王子猷轻轻松松就把她抱了下来，放在沙发上，又去看她的手，果然被窗帘钩划了一道口子。

他去找消毒药水和创可贴，皱着眉问："哪来的新窗帘？"

杜荔娜像一只漂亮的猫儿般抱膝而坐，海藻般的长发散了一身。

"这是我在网上挑的新窗帘，好看吗？安装工人明天才能到，我等不及嘛，觉得也不难，就自己挂。"

"有什么事这么着急，不能等我回来？刚才有多危险你知道吗？"他瞥一眼地上的两团窗帘，一团新，一团旧。

家装设计和施工也是京岚业务的一部分。这套房子是他们为了结婚准备的新居，软硬装都是由京岚的首席设计师精心设计的，后现代北欧极简风格。原本的窗帘是定制的浅灰色海洋纹的亚麻布，价格超过市面普通窗帘十倍。而杜荔娜挑的新窗帘，是厚重的草绿色美式印花绒布，一看就知道材质廉价，还和整个装修风格形成了强烈的冲突。

王子猷拉过她的手消毒，叹气道："娜娜，咱们装修的时候，你也是喜欢这个风格的。"

"是啊。"

"那为什么突然想要换窗帘呢？"

"我前天在手机上刷到了，觉得很好看。子猷你记得吗？我们在美国留学的时候住的那个房子，就是这样的窗帘。"

熟悉的挫败感涌上心头，王子猷耐心地说："可是这个窗帘，和我们家的整体风格完全不搭啊。"

杜荔娜咬着唇："我觉得很搭啊。"

"这方面是我的专业，你就不要和我争辩了吧。"

他在她的手指上缠上创可贴，见她要起身收拾窗帘，又拦住她："你别弄了，我让秦阿姨明天来收拾。"

杜荔娜垂着头，不作声。过了一会儿，她踮着脚走到玄关，从众多购物袋中拎了一个最小的过来，掏出一个盒子说："我们不说这个了。我今天给你挑了一只护腕，你打网球的时候可以戴。你看看喜不喜欢。"

王子猷接过来道："娜娜，我已经很久都不打网球了。"

"但是你可以再打啊。我记得高中的时候，你打网球可帅了，我们班的女生都去偷看。"

王子猷有点无奈。但他立刻就看见了外盒上的代言人：洛逸。

"你是为我挑的吗？"他站起来，"你今天买这么多东西，是为了支持洛逸代言的产品吧？"

王子猷对杜荔娜最大的不满，就是她追星的执念。

洛逸，一个不算很火的小明星，自幼练习芭蕾舞，早年通过选秀进入娱乐圈，后期转型为演员。杜荔娜是洛逸的忠实粉丝，洛逸的应援活动她一场不落，代言的产品一堆一堆地买。

幸好洛逸是个女艺人，如果是个男的，王子猷真不知道该如何面对她这个"爱好"。

"杜荔娜，你今年都二十八了，不是十八，追星这种事情……"

杜荔娜噘起嘴："我不是追星。洛逸是我的朋友。"

"是吗？那你们通过几次电话？见过几次面？"

"我们通过邮件沟通，应该算是……笔友。"

"那你们一个月通几次信？她回复过你几次？"

"这重要吗？洛逸太忙了，她肯听我说说话，我已经很开心了。"杜荔娜认真地望着他说，"你不要说洛逸的坏话。如果没有她，车祸以后，我可能都没办法重新站起来。"

王子猷需要拿出全部的修养，才没有冷笑出来。他几乎想跟她普及一下电信诈骗的常识。

王家和杜家是世交，他们第一次见面的时候，王子猷十岁，杜荔娜八岁。他穿着母亲从国外定制的儿童格纹西装，趾高气扬地随父母去拜访一位杜叔叔。母亲提前叮嘱过他，说杜叔叔家有一个天底下长得最漂亮的小妹妹，乖巧懂事，就是母亲早早去世了，让他多陪妹妹玩一会儿。

他表面听从，实际上只当耳旁风。那个时候，女孩子在他心里都是惹祸精。

可见到杜荔娜的那一瞬间，他就惊呆了。她穿着粉红色的纱裙，浓密的长发绾成小小的高髻，优雅地给他们表演了一支芭蕾舞。她就像他读过的童话里，最美好的那个小公主。

从小到大，他一直是她的子猷哥哥。高三毕业，家里安排他出国读书，杜荔娜才读高一，按照杜宇风的规划，还有两年她才能加入留学生行列。他担心小姑娘心思杂，在他不在场的时候被别人拐了去，一直严肃教导她，高中生要专心学习，千万不能早恋。杜荔娜也满口答应，乖巧得像个小天使。

谁知一场车祸，天使折翼，他的小天使，再也没有穿过芭蕾舞鞋。

王子猷放弃了那一年藤校的入学机会，在国内陪了她一年，直到她能下床行走，重新回到学校。杜荔娜花了整整三年，才从车祸的阴霾中走出来。

那几年，杜宇风一改从前严格的教育风格，彻底成了一个无所不从的慈父。杜荔娜坚持要去王子猷所在的城市留学，杜宇风也满口答应。两家父母几乎是默认了这一对情侣的发展。

在好莱坞山顶上巨型的天文望远镜后，王子猷向杜荔娜表白，承诺会照顾她一生一世，会让她永远做一个无忧无虑的小公主。

杜荔娜扭过身去，避开王子猷的注视，却被他轻牵住手，问："今天秦阿姨炖的汤你喝了吗？"

杜荔娜摇摇头。

"怎么不喝呢？这是大嫂专门找老中医开的食补方子，让秦阿姨每天给你炖不同的口味。"

"不想喝。"她闷闷地答。

王子猷看着她的头顶，有些无力。她又在为这些琐碎的小事生他的气。一般她不会气很久，但会制造长久的低气压，导致他始终无法正面和她讨论一些严肃的话题。

就像今天，他打了一路的腹稿，该如何和她开启她父亲遗嘱的话题，可到家以后他们却在为了窗帘、护腕和明星争吵。

他勾起她的下巴，强迫她正视自己："别生气了。你现在去把汤喝了，只要你把身体调养好，我就戴着你买的护腕，去打网球。好吗？"

长长的睫毛忽闪了两下，似乎为他的服软感到愉悦，却又多出一些新的忧伤。

今天，两个人都没有力气再争吵了。杜荔娜遂点点头，去厨房喝汤了。

岁月仿佛没有在杜荔娜身上留下任何痕迹，28岁的她和16岁时一样天真、善良、单纯、美丽，像个不该存在于凡尘的天使。

而侍奉天使的侍者，早已疲惫不堪。王子猷脱口而出："娜娜，现在的生活，是你想要的吗？"

杜荔娜在厨房应了一声："子猷，你说什么？"

王子猷没有勇气再问第二遍了，他拿定了主意。他装作看了一眼手机，抬高声音："娜娜，公司突然有事，我要回去一趟。"

杜荔娜从厨房出来，不快地看了他一眼，但也没多说什么，只倾身亲了亲他的唇角："那你别回来太晚了。"

王子猷开着他的迈凯伦跑车，一路来到鹤大附属医院国际部。

杜宇风就住在这里的贵宾病房，放疗已经做完第三期了。日常陪床的是保姆徐阿姨和司机老曹。杜荔娜大概每两天会来探望父亲一次，江世敏则是一周左右才能拨出时间来一趟。

夜晚医院人不多，王子猷就把车停在了入口。他没有着急下车，而是拉住手刹，在车里点燃了一支烟。自从上次被记者拍到，他和杜荔娜都警惕了许多。

杜荔娜不喜欢他抽烟，他也从来不在她面前抽。即使是出去和客户、朋友聚会抽两支，也会等身上气味散了再回家。

此刻，一支烟能让他头脑更清醒地应付接下来的难题：他打算直接去找杜宇风，和他聊聊遗嘱的事。

王子猷和杜宇风的关系并不亲近。之前每次见到这个未来的老丈人，王子猷都觉得浑身不对劲。和年轻一代崇尚的低调谦逊不同，杜宇风崇尚的是拼搏奋斗，他这一生吃过太多苦，志存高远，慷慨能言，三句话不离宏大叙事，这让王子猷常常感觉难以应对。

但有一点他们是相同的：都希望杜荔娜平安快乐。

所以王子猷打起了精神，他觉得至少在这一点上，杜宇风能对他展露出稍许尊重。

一支烟尽，王子猷紧蹙的眉头仍未解开，他还需要积攒更多的勇气。

于是他又点燃了一支烟。

便是在这时，他看到一个熟悉的身影从医院的大楼中走出来。一个化成灰他也认得出来的身影——杜苏拉。

比起少女时期，苏拉现在的肤色更加健康，五官更为立体，散发出成熟飒爽而明艳的气质。

在甜水基金的晚宴上，第一眼见到她时，王子猷甚至没有认出她来。她就像蜕去粗糙外皮的毒蛇，露出摄人心魄的花纹。

王子猷没有把见过苏拉的事情告诉任何人，包括王子谦和杜荔娜。

此刻，苏拉穿一身黑色职业套装，拎着个不小的公文包，被深夜忽起的狂风吹乱了黑发，显得有些疲惫。

王子猷只犹豫了一秒，就从车里出来，将烟头按掉，迎面堵住了苏拉的去路。

"你怎么在这儿？"

苏拉诧异地瞪着他，半响才答："我怎么不能在这儿？"

"你别告诉我，你不知道杜叔在这栋楼上住院。新闻都报出来了。"王子猷冷笑，"你见过杜叔了？是江世敏让你来的吧？他都这样了，你还来刺激他，是盼着他早点走，你们好瓜分一帆吗？"

苏拉道："王子猷，你有病就去看病，这家医院的精神科也不错。"

王子猷的呼吸窒了一下，良好的教养让他骂不出脏话。

苏拉垂下双眼，而后再抬头时，目光稍微温和了些："我是来看病的。我们这种社畜，发烧三十八度，也只能下班后来挂急诊。"

她突然拉起王子猷的手往自己的额头上送："不信你试试？"

王子猷甩开她，她又作势打开自己的包："怎么，要不要看看挂号单？"

她的态度过于坦荡，王子猷冷静下来，怀疑起了自己："不用了。"

只是这么一折腾，王子猷在车里鼓起的勇气也泄到不知哪里去了。他转身回到车里，苏拉却跟上来，拉开他副驾的车门，坐了进去。

王子猷薄怒道："你干什么？"

苏拉指指外面："下雨了，我不喜欢淋雨。"

果然，细微的雨点轻轻落在了车前窗上。

"所以呢？"

她皱着眉道："你嗓门别这么大，吵得我头疼。我发烧了，没法开车，辛苦王总载我一程吧。"

"凭什么？"王子猷被她勾出了一天的躁郁。

"你们王家两兄弟，不是从小就特别有绅士风度吗？上次你把我扔在大街上，我可都没计较。"

王子猷瞪着她，但看她脸上确实有点不健康的晕红，竟也不好赶她下车。

半晌，他咬牙问："你住哪儿？"

一路上，雨越下越大。苏拉一上车就闭目养神，看来是真的不舒服。车内和雨夜的黑暗连成一片，只有氛围灯在轻轻闪烁。

迈凯伦停在苏拉居住的公寓楼下。

"下车。"他低声说。

苏拉睁开眼睛，没有去开车门，却忽然开口："王子猷，你们在一起这么多年了，为什么现在才结婚？"

他如同严阵以待却被刺中腹部的刺猬，倏地一怔。

"是因为婚前协议定不了稿吗？"苏拉掀起唇角，"杜宇风对你们的婚事特别谨慎，对不对？我猜，如果你们离婚的话，王家从这段婚姻里，什么也得不到。"

"在你和你母亲心里，是不是只看得到利益，根本看不到人性？"

"你错了。先看到利益，才能看清楚人性。"苏拉笑了，"就比如你，这么多年，你对娜娜，是利益，是爱，还是愧疚呢？"

王子猷难以置信地望着她："那你呢？杜苏拉，你愧疚吗？"

四目相对，王子猷怀疑，她那双眼睛的背后，根本没有灵魂。

"不管警察怎么说，杜叔怎么说，你和我都知道，当年娜娜出车祸，责任在你。"王子猷苦笑道，"或者说，是你和我，我们两个人共同的责任。所以这么多年，不管娜娜怎么跟我闹，怎么崩溃，我都不会离开她。这一辈子，我都会好好照顾她，不会再让她发生任何意外。"

苏拉有些怜悯地望着他："王子猷，你不算一个特别糟糕的人，但是太自大了，没有谁能保护她一辈子。杜宇风不能，你也不能。你觉得她残了，你还不离开她，就是对她最大的仁慈了吗？"

王子猷的眸光冷了几分："你什么意思？"

苏拉笑笑："王子猷，为什么你几个月前就知道我回鹤市了，却没有告诉任何人呢？你这样，会让我觉得，我很特别。让我觉得……觉得当年你可能真的喜欢过我。"

她说完，轻笑了一声，打开车门走了出去。

刚走到门廊下,手腕便遭人狠狠一扯,她整个人被重重地摁在墙上,潮热的呼吸扑面而来。

两人鼻尖几乎相触,王子猷压低嗓音,一字一顿地说:"人走在路上,被毒蛇咬了一口,也会觉得那条毒蛇很特别。但这不代表,人会喜欢上毒蛇。"

苏拉任他掐着肩膀,仿佛感觉不到痛意。

人是多么多变却又难以彻底改变的动物。求学就职、成长历练,变迁的物欲时代悄悄改变着每个人,但只要一场雨,他们通通会变回浑身湿透、声嘶力竭、彷徨无助的少男少女。

"我拜托你,离我和娜娜远一点。"王子猷在她耳边说。

苏拉柔和地笑了。生活,原本就是大厦将倾,摇摇欲坠。

"有些东西,你越是想守护,就越是守不住。"

王子猷怔了怔,退后两步,忽然没有勇气再看她,转身便走。

雨夜将王子猷和他的跑车渐渐吞没,环形高架桥如同首尾相衔的大蛇,路灯闪烁,标记着没有尽头的轮回。

手机嗡嗡作响,焦迫地营造出不祥的预兆。王子猷猛地刹住了车。

他把车停在路肩上,这才发现前面已经有七个未接来电了。他接起电话:"娜娜,怎么了?你别急,慢慢说。"

哭泣声持续了十几秒,终于化作破碎的语声:"子猷,爸爸他……"

雷云滚滚,一道闪电劈破天际,照亮了半个鹤市的夜空。

2

杜宇风的去世,对杜荔娜和王子猷都是突然的。但江世敏和王子谦,则并非全无准备。

医生宣告抢救无效,病人死亡后的 10 分钟内,江世敏已经命令财务部止付了一帆所有的对公账户。半小时内,集团所有的企业公章、财务章和法人章都集中到了她本人手上。重要的老关系和政界领导,江世敏不等对方主动问询,皆亲自打电话告知,只是拜托对方暂时封锁消息。

公关部提前拟好了九稿声明,包括对投资者的、对债权人的、对客户的、对员工的,还有对社会公众的,等等。她拿着红笔,自己一字一句地比对修改。仿佛杜宇风在临走前还有充裕的时间把身后所有的细节——安排好,而江世敏是当之无愧的继任者和一丝不苟的执行者。

只有在场的人知道,杜宇风走得突然,什么都没有交代。杜宇风唯一的女儿和托付遗嘱的常玉忠律师,此刻都还未赶到。

江世敏的几员心腹大将:副总裁孙非凡、财务总监胡文、行政总监李遥,还有总裁助理吴优，如护法天王一般围在身旁，俨然把医院的临时会客室变成了办公现场。

王子猷赶到医院的时候，王子谦正隔着玻璃门，观察着江世敏的举动。

"这个老女人，还是低估她了。"他说。

他看了一眼手忙脚乱的王子猷，皱起眉问："怎么不接电话？"

王子猷一顿。

"娜娜说你回公司加班了。这是什么破借口，多容易被戳穿？"王子谦敏锐地端详他，"你不会是在外面有别的女人了吧？"

王子猷一惊，旋即矢口否认。

王子谦倒也没打算深究："娜娜那边我替你解释了。我让老黄和你嫂子一起去接她，应该快到了。在这节骨眼上，一定要谨言慎行，明白吗？"

王子猷只得点头："遗嘱的事情……我还没和娜娜说。"

王子谦摆摆手道："我猜到了。我给常老打过电话，他口风很严，坚持要到追悼会上才宣布。但我听他的语气，结果对我们还是有利的。现在你要做好的就两件事：第一是要保护好娜娜，她心理本来就脆弱，不要让她受到任何人的影响；第二，就是盯紧江世敏的一举一动，不要让她有任何窜改遗嘱的机会。明白吗？"

王子猷点点头。

每每遇上大事，他总是深愧自己及不上大哥的沉稳。不能完全用年龄差距来宽慰自己，有时他觉得，自己这辈子也追不上大哥的深谋远虑。

顺着王子谦的目光，他也看向江世敏。忽然，一个念头浮现在脑海中：江世敏知道杜苏拉已经回鹤市了吗？还有，杜苏拉今天出现在鹤大附属医院，真的和杜宇风的去世无关吗？

莫名的寒意笼罩了上来。他忽然意识到，他对王子谦隐瞒了早就在鹤市遇到过杜苏拉的事，这是不是个错误？

王子猷没有时间进一步理清自己的思绪。因为杜荔娜在王家大嫂于慧的陪伴下，已经赶到了医院。

她甚至还没有看到杜宇风的遗容，只是望见了那方白布遮盖的身体，就崩溃得大哭起来，直到剧烈的情绪引发脑部缺氧和大量脱水，晕了过去。幸好护士早有准备，上了辅助呼吸设备，她才悠悠醒转。

醒来后的杜荔娜紧紧握着王子猷的手："爸爸骗我。"

王子猷一愣。

"爸爸说，会为了我坚持下去。上次见面，他还在说，有他在，没人能欺负我。"

她的目光着落在虚空之中，没有焦距："子猷，我只有你了。"

王子猷反握回去："娜娜，一切有我。有我在，没有人能欺负你。"

遗嘱宣读的三天后，杜荔娜和王子猷在王家大宅吃晚饭。

王家大嫂于慧出身书香世家，温柔贤惠，是企业家太太的典范。饭后，她拉着杜荔娜到书房聊天。

两个女人喁喁私语，王子谦便对弟弟说："出去走走？"

兄弟俩在小区的绿道上慢慢行走，偶尔有一两个牵狗的行人擦肩而过，王子谦便停住话语。

"也不是我多疑。去年中厚的李总，就是在自家小区被人窃听了商业机密，亏了三千万。"

王子猷点点头，大哥的做法总是对的。

"这两天太乱，没机会跟你细聊。我让人查了一下，杜苏拉一年前就回到鹤市了，她根本就是杜宇风找回来的。这事，你知道吗？"

王子猷摇头。

王子谦并没有怀疑弟弟，皱眉深思了一会儿："我算是看明白了，江世敏能在一帆坐大到今天的地步，离不开杜宇风的支持。他这是打定了主意，把一帆交给江世敏了。"

王子猷犹豫了一下："大哥，我有不一样的看法。"

王子谦有点意外："你说。"

"如果我岳父只是想让江世敏取得控制权，只要让江世敏的股权比例超过娜娜的就行了，反正《一致行动协议》是继承的前提条件。为什么还要拉第三个人进来呢？"

"有道理。那你觉得他的目的是什么？"

王子猷受到鼓舞，认真地道："我岳父这个人，深谋远虑，又特别自负，觉得自己是这世上最有智慧的人。我觉得，他是希望借苏拉，在江世敏和娜娜之间维持一种平衡。"

王子谦笑起来："三个女人一台戏，不把戏台子吵翻就不错了，还平衡！"

王子猷没有笑。如果非要他说出他大哥的什么弱点，那就是，偶尔会低估女人。娜娜和大嫂这样的女人是大哥熟悉的类型，但江世敏和苏拉则不是。

这可能就是大哥在和江世敏的多次策略交锋中，屡屡落败的原因吧。不能对对手保持足够的尊重，也就无法保有足够的警惕。

他耐心地等大哥这句幽默的余响过去。

"据我所知，江世敏和苏拉的关系，根本就不是正常的母女关系。当年苏拉离开杜家，江世敏没有多说过一句话，在那之后，江世敏也没有给苏拉寄过一分钱。"

王子谦表示怀疑："你这个信息，靠谱吗？"

王子猷犹豫了一下："哥，你还记得，我上高中的时候跟苏拉同班吗？"

"是吗？"

"是。那会儿苏拉总是考全校第一，爸妈还经常拿她来鞭策我。"

王子谦叹气道："你这样说，我好像有点印象。"

王子猷笑笑："那时候娜娜跟我说过一些她家里的事情。苏拉高一以前，都在老家读书，和江世敏相处的时间很短，江世敏很少管苏拉的事。她们母女之间，既不像亲人，也不像仇人，反而很像陌生人。"

"但是，虎毒不食子。血缘永远是最稳固的联系。就像你跟我一样，你明白吗？"王子谦深深地看着弟弟，然后双眉一舒，"当然了，你说的这个信息也很重要。这样吧，我找人去查查江世敏之前那段婚姻的过往，没准能抓住她什么漏洞。"

"那我们的策略是什么呢？"

目前一帆正在逐步恢复正常运作。日常决策都由董事会决定，暂时还到不了股东会层面。但谁也不知道，江世敏会在何时出招。

王子谦道："短期内，最重要的就是稳住娜娜。只要你们的感情稳定，外面的事，交给我来操心。"

王子猷有点不甘心："还有呢？"

"还有……"王子谦笑笑，"你去盯紧那个杜苏拉。如果可以，把她争取到我们这边。"

他的目光在王子猷英俊的脸上有意无意地掠过："你刚才提醒了我。当年娜娜出车祸，好像就是因为她和杜苏拉都喜欢你，两个小女孩争风吃醋，才搞出这么多事？必要的时候，动用一点个人魅力，也是可以的。"

王子猷一呆。那些青春期的懵懂、执着、冲动和背叛，被他大哥这么轻飘飘地一说，就像个沾了灰的笑话。他动了动嘴唇，想说当年并不完全是那么回事，却又不知该如何解释。

王子谦拍拍他的肩膀："你知道有多少家族企业能成功传承到第二代吗？"

"不知道。"

"只有30%。能传承到第三代的，只有12%。而能传承到第四代的家族企业，只有3%。子猷，创业难，守业更难。京岚这份家业，是爸妈辛苦了一辈子攒下来的。我们一定要兢兢业业地守住它，发扬光大。"

两人回到家中，杜荔娜的情绪已经平缓了许多。

王子猷听了个尾巴，于慧善解人意地规劝着："娜娜，别太担心。话该怎么说，事情该怎么做，他们会提前安排好的，你照顾好自己就行。"

王子谦便附和："是啊，学学你大嫂，万事不操心，除了带带孩子，就是出门和朋友聚会。唉，下辈子，我也想投胎当个女人。"

于慧瞥他一眼，淡淡一笑。

这时，王家的两个孩子由保姆带着回来了，一个八岁，一个五岁，一进门就大呼小叫，围着门厅的柱子乱跑。王子谦捞起小的那个，抱在怀里，作势抛高，孩子就咯咯直叫。

于慧面上浮现柔情："娜娜，现在你最重要的就是养好身体，给我们王家再添几个捣蛋鬼。"

丈夫向她微微点头,她受到鼓励,继续道:"咱们女人,还是要以家庭为重啊。"

一家人到齐,管家打开了电视,和在海外疗养的王家父母视频连线。王家父母的叮嘱和于慧的说法如出一辙,他们对杜宇风的猝然离去表示震惊和惋惜,对杜荔娜的伤痛和无助感同身受,也叮嘱王家兄弟一定要好好照顾杜荔娜。

"资产清算期间,需要什么,只管让子猷去买。娜娜是娇养惯了的,到了我们王家也一样,不要不舍得花钱。"王家妈妈这样说。

王子猷遂微笑着握住杜荔娜的手:"娜娜,我会一辈子对你好的。"

然后,话题转向了别的方面。孩子们声音清脆地报告着最近的考试成绩和今天出门玩耍的内容。视频通话的结尾,王家妈妈坚持要截一张合影存在手机里翻看。两位太太遂各抱着一个孩子坐在沙发上,两兄弟站在两侧,环住自己妻子的肩,形成亲密无间的构图。

画面截下后,杜荔娜的脸色暗淡了下来。她勉强支撑到通话结束,低声对王子猷说:"我们回去吧,我有点不舒服。"

王子猷心中微微不快,但还是向兄嫂解释了一下。兄嫂自然表示理解,年轻的夫妇便礼貌地告辞回家了。

两人驱车返回自己的居所,一路竟是无言。

王子猷想说点什么缓和一下气氛,杜荔娜却冷不丁地开口了:"子猷。"

"嗯?"

"你见过砌砖吗?"

王子猷有点无语。他当然见过,他们家就是干这个的。

"我记得小时候去临南,常常看见在修补院墙或者增建新房时,工人伯伯拌一摊水泥,一块砖抹一层泥,往墙上一压,那块砖就不见了,它就变成了墙的一部分,和隔壁的那块砖,再隔壁的那块砖,都一模一样。反正从外头看,是看不见了。"

王子猷倏地烦躁道:"你到底想说什么?"

杜荔娜轻轻地叹气道:"今天我觉得,我也是那样一块砖,被砌进一堵坚固的墙以后,就不见了。"

王子猷沉默了,然后,他缓缓将车停在了路肩上。

"娜娜……"他尽量压抑着自己心里的不悦,"你的意思,我大嫂,也是一块砖是吗?"

杜荔娜怔了怔。

"还是说,我大哥、我,也都是一块砖?"

杜荔娜:"……"

"娜娜,我们全家,已经非常努力和用心地爱护你了,你感觉不到吗?"

杜荔娜低下了头。过了很久，她讷讷地说："对不起。子猷，我压力太大了。我没想过，爸爸会把我安排到这样难的处境里。我从来没有……我根本不知道从哪里开始……唉。子猷，你告诉我，我该怎么做？只要你说了，我就照你说的做。"

她的困窘瞬间勾起了王子猷的怜惜。他轻拥她入怀："娜娜，别怕。我和王家，都是你的坚强后盾。"

"我知道，可是我讨厌她们每一个人。我真想把股权卖掉，离她们远远的。"

王子猷捧起她的脸："我明白。可是娜娜，现在还不行。协议规定，有效期三年，其间你们三人不得转让手中的股权。娜娜，你要有耐心，长期来看，时间是站在我们这边的。三年后，《一致行动协议》失效，我们合计控股超过51%，就能真正掌控一帆。"

见她还是一脸困惑，王子猷道："晚点我会派位专业的律师，给你详细解释一下遗嘱相关的条款。"

"所以，在这三年期间，我都必须听那两个女人的吩咐，是吗？"

王子猷斟酌了一下用词："理论上来说，如果你能和苏拉达成共识，那江世敏就必须听从你们的意见。"

"谁？你说我和谁达成共识？"杜荔娜木然道。

"娜娜，我知道你很为难。但从长远利益考虑，我需要你至少在表面上，和苏拉维持和平。当然，如果可以的话，尽量让她站到我们这边。甚至，你可以利用她对你的愧疚……"

杜荔娜微张着红唇，叫道："可是……当年的车祸，是她推的我。你忘了吗？"

又来了。

王子猷按住眉心，半响才重新鼓起和她对话的勇气。

"娜娜，我们现实一点。你的说法，连警察都不支持。而且……都过去那么多年了啊。"

似乎有一个精巧的小锤子，缓慢而有力地敲碎了杜荔娜眼中那层玻璃一般的期待。被敲碎的东西化作眼泪，无声地流了出来。

她挪动了一下因情绪而变得僵硬的右腿："我明白了。我会努力做到的。"

第二天是个周末，王子猷和杜荔娜还在熟睡的时候，手机铃声忽然催命一样响了起来。杜荔娜根本不肯睁眼，推着王子猷去找手机。王子猷半梦半醒地爬起来，越过杜荔娜拿起她的手机，接通后开了免提。

是杜宇风从前的司机——曹叔。

曹叔压低了声音："苏拉小姐正在去临南老宅的路上。我觉得这事，还是应该和小姐说一声。她说，她是去清点老板遗产的。"

杜荔娜在睡梦中睁开眼，猛然坐了起来。

3

杜家的临南别墅，已经十年没有人住过了。

自从杜荔娜出了车祸，苏拉离开鹤市，杜宇风和江世敏都很少回到这里。再后来，为了让她放下过去，面对新的生活，他们在市中心区买了新的房子。从那以后，杜荔娜再没回去过。她需要什么东西，就让保姆回去拿，但大家嘴上都不再提起那个地方。

杜荔娜和王子猷匆匆赶回临南老宅。王子猷还在停车，杜荔娜就冲了进去。她凭着直觉，奔上三楼，果然，苏拉正站在她从前的卧室里。

那是个大大的卧室，里面有四柱床、大阳台、赤脚可以跑跳的木地板、两面墙的衣柜和当年最新款的游戏电脑。除了衣柜，其他的家具上都覆盖着一层白色防尘布。

"你怎么会有钥匙？"

苏拉笑了一下，像在嘲笑她的无知。她伸手去开柜子，杜荔娜扑过去，挡在柜门前。

"这里都是我的私人物品。"

"严格来讲，这间屋子里的所有物品都是杜叔的财产，除非你能提出相反的证明。"

杜荔娜难以置信道："我的裙子、首饰，是我爸的财产？"

"是不是，要一件件过了才知道。"

苏拉轻轻拨开杜荔娜，她手劲很大，一下子就把杜荔娜推到了一边。

杜荔娜只觉得全身的血液都冲到了头顶。她扯过蒙在床上的白布，狠狠朝苏拉扔过去。

积灰飘得满屋子都是，苏拉呛着灰咳了半天，黑色套装上蹭满了灰印。

"杜荔娜，你怎么还像小孩子一样？"

杜荔娜浑身发抖。她可以在任何人面前扮作优雅温良、恭顺可爱的女孩，但在苏拉面前不行。她打不过苏拉，这个野丫头从来都是体能上的强者。

她犹豫了一会儿，掉头走出房间，右腿分明在发抖，还把地板踩得噔噔响。

苏拉狐疑地跟过去，问："你去哪儿？"

杜荔娜不由分说地下楼，来到当年苏拉住的小房间。

房间很局促，只有一张一米宽的小床和一套书桌衣柜连体组合，桌上摞了几层书，罩着一层塑料薄膜。

小衣柜里苏拉的衣服不多，大部分是当年的校服。杜荔娜打开衣柜，把里面的衣服一件件扔出来。

"这些呢？这些也都是我爸的财产吧？毕竟都是用我爸的钱买的！"

她还不解恨，索性哗啦一声，把书桌上的东西都扫落在地面上。

那时候，苏拉最宝贝的东西也就是这些书了。杜荔娜记得里面有一本蓝黑色的小书，不知道是谁送给她的，她还不肯给自己看。

苏拉倚着门框看她发泄。"你愿意也好，不愿意也好，遗产清点本来就是我的工作。"

杜荔娜不理她，蹲在地上找记忆中的那本书。她要当着苏拉的面，一页页把它撕成碎片。

蓦地，她的动作僵住了。苏拉也僵住了。

散落的书本上，躺着一张不知从哪本书里掉出的老照片。

那是十六岁的杜荔娜，站在更衣室的衣柜前，只着抹胸，大腿裸露，匀称、修长、青涩。

杜荔娜喘息了一声，朝苏拉扑了过去。此刻，她只有一个念头，就是掐住苏拉的脖子，让她哭，让她求饶。

王子猷听见声音冲进来时，杜荔娜已经抓破了苏拉的脸，苏拉也拽掉了杜荔娜的一绺头发。王子猷从来没见过杜荔娜展示出这么强烈的攻击性。印象中，她情绪最失控的时候，也是柔弱可怜的，哭就是她最常用的武器。

但苏拉的出现改变了一切。

上次杜荔娜用咖啡泼人，已经令他非常惊讶了。没想到这次，她直接像个泼妇一样和别人扭打起来。

一时间，王子猷疑惑自己是不是娶错了人。

"你做了什么？"他问苏拉。

苏拉用手背擦了擦下嘴唇，上面破了一个口，不知道是自己咬的还是被杜荔娜打的。

"我只是来清点财产。她来干什么，我不知道。"她不在乎地耸了耸肩。

杜荔娜又向她扑过去："她收着那张照片！"

王子猷看到了地上的照片，只一眼就明白了。他捡起照片，小心地放进口袋里。

"娜娜，事情都过去那么久了……"

"没有！"杜荔娜瞪着他和苏拉，好像他们两人是一伙的，"你过去了，她过去了，爸爸也过去了。所有人都过去了……只有我没有过去，只有我留在了原地。这对我，公平吗？"

苏拉轻轻扯起嘴角："杜荔娜，想要公平，得站起来去抢。不要坐在地上哭，抱怨别人不给你。"

这句话，让杜荔娜瞬间崩溃，失声痛哭。

"你！一直都是个坏人！这个世界上最坏的人。"

王子猷上去拉她，被她一把甩开。她转身向外走去，右腿一瘸一拐，显得狼狈不堪。

苏拉冲王子猷一挑眉："还不追？"

王子猷恨恨地瞪她一眼，追了过去。

杜荔娜是坐曹叔的车走的,没有回家,也不肯接电话。王子猷给她发了几十条微信,她也没有回复。王子猷只得拼命打曹叔的电话。

过了一个多小时,曹叔回复:"小姐到海边散散心,有我陪着,放心吧。"

王子猷在家里等了一天,天色渐暗,杜荔娜还没回来。他把心一横,开车出了门。

他知道苏拉居住的公寓地址,稍微动用了点关系,就毫不费力地查到了她的房间号。攒着一股积蓄已久的怒气,他直上到苏拉家门口,按响门铃。

"开门。"

氟碳塑粉喷涂的灰色防盗门倏然开启。一个头发乱糟糟、穿花衬衫的高大男子和他四目相对,都愣住了。

王子猷下意识地又扫了眼门牌号。

"王子猷?"花衬衫先认出了他。

王子猷很意外,问:"我们见过?"

花衬衫不及回答,略带磁性的女声从客厅中传来。

"谁啊?"是熟悉的声音。

但不知为何,又有些陌生。这声音柔和得过分,不含敌意,不抱挑衅,没有危险。

王子猷侧过身,从花衬衫肩上看见了客厅里坐着的苏拉。她穿着件宽松的家居裙,头上包着浴巾,素面朝天,像个无害的纯良女子。

他回过神,留意打量起眼前的男子。

仔细看,花衬衫的长相颇为英俊,但过于随意的发型和衣着淡化了这种英俊。

王子猷对自己的外在打扮要求很高,他认为,穿着不仅是为了审美,还体现着男性的自律和修养,乃至地位。

"我们见过,在杜董事长的追悼会上。我叫林渡,森林的林,渡河的渡。"花衬衫让开了一条通道,让苏拉看得见门口的人。"原来你……还有别的客人?"

雄性竞争的敌意弥漫开来,王子猷觉得自己有必要解释一下。但他还没说话,苏拉已经抢先开口了。

"是的。"她站起身,示意王子猷,"进来吧。"

又向林渡扬了扬下巴:"他马上就走。"

林渡登时面罩寒霜。

王子猷本以为他要和自己打一架,但他默然片刻,好像自己消化了心中的郁结,沉沉地吐出一口气。

"我给你贴个创可贴就走。"

苏拉愣了一下:"行。"

林渡便拿起茶几上拆开一半的创可贴,小心翼翼地覆盖住苏拉脸颊上的伤口。

"这两天别沾水,知道吗?沾水就破相了。"

当着王子猷的面,苏拉明显皱起了眉,但还是点点头:"我会注意的。你走吧。"

林渡走后，苏拉给王子猷倒了杯热茶，自己在他对面坐下。见他迟迟不开腔，她索性拿起本案例精选，慢慢翻看。

"你想好说什么了，叫我一声。"

这是遗嘱宣读后，王子猷和苏拉第一次单独相对。

王子猷踌躇良久，缓缓开口："苏拉，你这次回来，究竟想要什么？"

苏拉挑起眉。

方才林渡在场时她身上残留的一丝古怪的柔和，现在仿佛尽通过破口的丝袜，零落殆尽。

"你猜猜看。"

王子猷没有理会她的阴阳怪气："好，那我就猜猜看。我查过了，我岳父一年前得知自己生病，就去海市见了你。你那时在海市的律所刚升了合伙人，本来干得风生水起，却辞了职。半个月后，你就回到鹤市，加入天影。天影的郑总对外说你是他千辛万苦挖过来的，但事实上，根本就是你主动找的他。

"所以，遗嘱的拟定、股权的划分、财产的梳理、债务的排查，早在一年前，你们就开始进行了。我岳父的保密工作做得很好，连你母亲江世敏也不知道他的计划。追悼会后第二天，江世敏开除了她的秘书朱婷。朱婷是总裁办负责和海市办公室沟通的专员，她是我岳父的人，帮着他遮盖了你从海市回来的消息。

"你和江世敏不是一路人。我岳父也是看清了这一点，才请你来做遗产执行人的，他希望你在江世敏和娜娜之间保持中立。甚至，他可能还留了一些别的资源或者信息给你，让你在关键时候执行他的意愿。

"但是，他凭什么这么信任你呢？这个遗嘱执行人的位置，这2%的股权，为什么不能交给别人，非得交给你呢？并不是因为你优秀，或者聪明。仅仅是因为，你是江世敏的女儿，又是娜娜心里最痛恨的人。

"苏拉，我合理怀疑，我岳父也掌握了你的什么把柄，或者给了你一些无法拒绝的好处，才能让你乖乖听他的话。你把自己伪装成门口的野蛮人，其实只是虚张声势。你只是我岳父精心挑选的一枚棋子。

"不是你迷惑了他，而是他操纵了你。"

他用右手指尖轻轻旋转着左手无名指的婚戒，问："我说得对吗？"

苏拉面无表情地听着王子猷这一长串的叙述，听到最后，才稍稍显得有些触动。

她轻拍了两下掌："王子猷，我低估你了。你比你哥厉害，京岚应该让你来做董事长才对。"

王子猷沉下脸："我和我哥，只是做事的方法不一样，你不必挑拨我们兄弟之间的关系。你和我，心平气和地聊聊，对你有好处。"

"什么好处？"

她的兴趣似乎被挑起，王子猷遂放软了语气："你现在手上的筹码，是2%的股权。一帆还在扩张期,三年内没有分红计划,受《一致行动协议》的限制,你的股权也要在三年后才能变现。三年内,你拿不到任何好处。你母亲江世敏,虽然目前掌握着一帆的管理权,但是除了股权,她没有分得任何遗产。论资源、论人脉、论财力,她都没法和王家相比。何况她是个冷血动物,这么多年来,她只顾自己。

"学历看上去光鲜,但你能走多远,还是取决于手上的资源。这几年,你一个女孩子孤身打拼,很辛苦吧?你拼死拼活,年薪能达到多少?一百万、两百万?你现在这间公寓的租金你还能承担,但旁边一百五十平方米的住宅,你要再奋斗多少年,才能买得起?苏拉,你是聪明人,该多想想,什么才是对自己最有利的选择。"

"哦?所以,什么才是对我最有利的选择呢?"苏拉拖长了声音。

"和王家联手。你要的利益,王家可以提前兑现给你。"

苏拉笑了笑:"你考虑得很周到。可是你好像漏了一个很重要的问题,娜娜恨我。"

王子猷摇摇头说:"娜娜是小孩子脾气。一个人,生下来不必忧心钱,也没有非承担不可的责任,她已经是这天底下最幸福的女人了。"

"可她毕竟不是孩子了。她有完全的民事行为能力,是个独立的个体,有责任自己做决定,自己承担后果。"

"她不需要知道太多细节。我是她的丈夫,我有责任保护她,也有能力让她做出合乎利益的选择。"

苏拉讥讽地一笑:"合乎谁的利益?王家?"

"我们共同的利益。"

王子猷不愿在这个话题上与她做过多的纠缠。他摊开手,手腕上短吻鳄皮的表带流泻出滑腻的亮光。

"苏拉,你怎么说?"

苏拉站起身,踱到落地窗边:"你的提议很诱人。咱们可以就具体的项目具体来谈,但是很抱歉,我不可能直接站在你这边。"

王子猷诧然道:"为什么?"

苏拉不说话。

王子猷略一思忖,道:"除非,你落在我岳父手里的把柄太大,大到王家给不出足够的价码?"

苏拉赞许地点点头:"真聪明。"

一个隐约的念头爬上心头,王子猷忽然脊背一凉:"难道当年……真的是你推了娜娜?"

这一次,苏拉没有回答他。

她倚在窗边,目光贪婪地纠缠着霓虹:"太晚了,你该回去了。娜娜也该到家了。"

王子猷脸上青一阵、白一阵。半晌,他低声说:"你再好好考虑考虑。数额、形式,我们都可以谈。"

他起身，扣上西服外套的纽扣，走出苏拉的公寓。

出电梯的时候，王子猷终于想起了他和花衬衫的上一次见面。追悼会上，他是何宝贤的男伴。

鹤市人务实低调，许多巨富隐于市井，就连银行的大堂经理都知道，不要小瞧任何一个穿人字拖的邋遢男人。

王子猷拿出手机，给何宝贤发了个微信。

"阿宝，那天追悼会上你的男伴，是新男朋友？"

以何宝贤的家世，身家三个亿以下的男人，她是看不上的。

何宝贤很快回复："怎么，你嫉妒了？"

她刚发过来就撤回了，但王子猷已经看见了。他装作没有看见，问："你撤回了什么见不得人的东西？"

何宝贤回了他一个挤眉弄眼的表情："他是恒茂的继承人，林茂生的独子。"

林茂生，林渡。那就没错了。

王子猷思索了片刻，给何宝贤发回去："什么时候组个局，介绍一下。上次追悼会给你留了邀请函，你还没谢我呢。"

这一次，过了很久，何宝贤才回复："那我约约看。"

王子猷轻笑了一声，丢开手机。那个林渡，对苏拉来说，很不一般。

王子猷走后五分钟，苏拉离开了窗边。

她回到沙发上坐下，重新拿起了刚才翻看的案例精选，抖了抖，一个拇指大小的黑色盒子掉了出来。

苏拉把它捏在两指的指腹中间，轻轻一按，录下的声音就流畅地播放出来。

"娜娜是小孩子脾气……她不需要知道太多细节……"

声音停下，苏拉把小型录音笔扔回沙发上，重又踱回窗边。她喜欢窗外这灯红酒绿的景观，让她有归属感。

此刻她属于鹤市，鹤市也属于她。

第五章
灵魂旧伤

同样，随着我思想的天气变换
我灵魂中旧日受过伤的地方
我所害怕的忧虑也在慢慢回返

——《伤口》苏利·普吕多姆

1

咨询室的装修风格简洁而明快，是灰绿相间的浅色调，沙发对面墙上的挂画是一只乳黄色的猫，没有五官，毛画得像两圈光晕，很圆。严格来讲，那不一定是只猫，可能只是一些几何图形的拼凑。

杜荔娜感觉，自己实际上是在对那只猫说话，而猫背过身去，并没有在听。这让她更加放松。

她喜欢这只没有脸的猫，因为它的存在，她才能支撑到裴老师的第三次心理咨询。今天是第四次。

裴老师是鹤市大学心理学系的教授，偶尔在校外做一些临床咨询，多半是他自己也感兴趣的案例，杜荔娜就是其中一个。

第一次咨询，裴老师就问过她，为什么决定进行心理咨询。杜荔娜支吾了半天，说是一个朋友向她推荐了裴老师的视频讲座。讲座的内容很平和放松，也减轻了她长久以来对心理咨询、精神科问诊的恐惧感。于是，她鼓足勇气，预约了第一次咨询。

"我明白。但是……你知道，人不会走在路上，突然决定去接受心理咨询的。总是有一个契机，一个生活中重大的变化，一个亟待解决的问题，诸如此类。"

杜荔娜深吸了一口气。

一件生活中重大的变化，她有。亟待解决的问题，她也有。

"我爸爸去世了，还有另一个人……回来了。"

"这个人，没有名字吗？"

杜荔娜沉默了很久。

已经很久了，她还是没办法说出她的名字。哪怕两个人面对面愤怒地厮打，她都没有叫出过那个名字。

只要她不叫出她的名字，就可以假装她不是真的存在。

裴老师了然地望着她："那我们，先聊聊你爸爸。"

爸爸是她生命中最重要的人。他正直、博学、有理想，对她总是极尽耐心地教导，从不发脾气。

杜荔娜的亲生母亲去世时，她只有六岁。杜宇风处在创业初最艰难的时候，在家中身兼双职，仍然不忘每天关心她的衣食住行，还亲自检查她的作业。

他只是没有太多时间陪她。但一个父亲能做的，他都做了。

第一次咨询，杜荔娜花了一个小时的时间，讲述自己的父亲是个多么了不起的人。他给她提供了最好的生活条件、最充足的爱和最智慧的指引。有这样的父亲，她简直是上辈子修来的福气。

第二次咨询，她把话题转移到了丈夫身上。

她介绍王子猷是个多么出色的男子，英俊，有绅士风度，有学识，有修养，理智成熟，浪漫又专情。她的女性朋友们都说，她一定是上辈子拯救了地球，这辈子才能和王子猷结婚。

第三次咨询，她介绍了她的公公婆婆、大哥大嫂，还有她平时一起聚会的闺密们。他们都是亲切又有品位的人，随和又善解人意，给了她极大的支持。

杜荔娜觉得自己的选择是对的。

她以前见过的那些咨询师和医生，都皱着眉打量她，好像在打量一个被福尔马林浸泡的标本。裴老师则不同，他的聆听有点心不在焉，好像并没有把全部的注意力放在这场谈话上，这反而让她很轻松。

而且，他很少打断她。

第四次咨询，杜荔娜打算聊聊洛逸。

洛逸是选秀出道的。高中的时候，洛逸到杜荔娜的学校演出，杜荔娜要到了她的邮箱。洛逸就是她一直渴望成为的那个样子，自信、张扬，把自己的身体和灵魂都奉献给芭蕾。洛逸跳舞的时候，像一只真正的天鹅。

最艰难的时候，是洛逸的回信，把她从深渊中捞了起来。

裴老师听完她的讲述，时间还没到。

他在手里的画板上画了一条长数轴，递到杜荔娜手里，说："这条线上的刻度，代表着一个人存在于世界上的价值。正值越高，价值越高。负值则意味着对世界有负面的影响。你能把你提到过的人，画在你认为正确的点上吗？"

杜荔娜点点头。

裴老师看到，她把杜宇风、王子猷和洛逸画在了数轴的最大值处，再往左是王子谦、于慧、王家父母，然后是她的女性朋友们。他们相隔不远，像一支小小的正义军团。

"接下来,把你自己画上去吧。"

杜荔娜拿起笔,在 0 和 +1 之间写下自己的名字。"杜荔娜"孤悬一隅,被正义军团远远地抛在一边。

裴老师飞快地看了眼她的杰作:"你之前不愿意提名字的那个人,请你也把她画上去吧。"

杜荔娜呆了一瞬:"我……"

"画一个点就行,或者写一个你自己喜欢的代号。"

杜荔娜抿唇犹豫了一会儿,终于在 0 和 –1 之间落笔作点,然后,她在旁边标了一个小小的"X"。

裴老师从她手里拿回画板,重新检视了一遍画上的内容:"你知道,有一件事情很奇妙。"

裴老师把画板反过来,给杜荔娜看:"这个 X,是你非常痛恨的人,对吗?"

杜荔娜点点头。

"可是在这条数轴上,所有其他的人,都离你很远很远。只有这个'X',就挨着你,站在你身边。"

杜荔娜安静了几秒,突然站了起来。她指着乳黄小猫挂画旁边的挂钟说:"裴老师,对不起,我想起我还有事要做,可能要先走了。"

裴老师有点惊讶地问:"是什么事给你造成了这么大的压力呢?"

"是一个年会……年终答谢会。"杜荔娜的神色有些茫然,解释得却飞快,"往年这个环节都是我爸爸讲话,但今年他们让我上去讲。我得回去背稿子,我得……"

她向裴老师点了点头,匆匆地离去了。

每年临近年末,一帆集团都会举办年终答谢会,股东、大客户、债权人、潜在投资者、媒体,还有大部分员工都会参加。这也是一帆展示企业文化和人文精神的一场大型表演秀。

往年的年终答谢会,都是杜宇风一个人的舞台,他会准备一场振奋人心的演说,演说主题贯串始终。即使在去年身体状况堪忧的情况下,他也坚持出席了。

这是杜宇风逝世后的第一场年终答谢会。江世敏在内部交代下去,要办得漂漂亮亮的。开场的总裁致辞当然是由江世敏来发言,而在王家兄弟的坚持下,江世敏同意在答谢会的结尾留出五分钟,让杜荔娜发表讲话。

杜荔娜原本是要拒绝的。

她自觉口才并不好,发言既不能像杜宇风那样侃侃而谈,也不能像江世敏那样凝练有力。但王子猷已经安排秘书给她写好了稿子,她只需要照着念就行了。

那是一篇由专业公关事务所操刀的演讲稿,文辞优雅、委婉动人,挥霍着她原本隐忍节制的哀思,呼吁着她并不感同身受的价值。

王子猷的原话是:"你继母最为人诟病的,是她从来不在别人面前表达感情,你父亲去世的时候,她一滴眼泪都没掉,很多人觉得她太冷酷。你刚好和她相反,如果你表现得得体又充满感情,公司的元老们会觉得,只有你才有能力继承你父亲的衣钵。"

杜荔娜觉得好笑:"我根本没这能力,这不是撒谎吗?"

"这怎么会是撒谎呢?"王子猷认真道,"你背后有王家的支持,你就有这个能力。"

他吻了吻她的脸颊:"娜娜,为了我们的将来,一起努力,好吗?"

一切都妥当而完美。

答谢会设在五星级的湾畔酒店,当晚,水晶吊灯把宴会厅照得如同白昼。杜荔娜精心挑选了一条银白色紧身鱼尾长裙,能遮盖住她小腿上的伤疤。

和王子猷入场的时候,她看到苏拉已经入座了。

座次安排并不考虑陈年旧怨,杜荔娜和苏拉紧挨着彼此。旁边还有两位股东,一个是常玉忠,另外一个是晴天资本的代表席曼。

王子谦招呼弟弟去给几位老前辈敬酒,王子猷有些不确定地问杜荔娜,她自己待在座位上,是否可以。

杜荔娜点点头,示意自己没问题。王子猷看了一眼苏拉,便离开了。

苏拉穿着一袭中规中矩的黑色礼服,放在任何场合都不会出错的那种。杜荔娜怀疑她只有这一套礼服。其间,她偶尔和常玉忠攀谈两句,大部分时间却是目光放空,不知神游何处。

杜荔娜顺着苏拉的目光,穿过人群,停留在一对俊男美女身上。

他们坐在媒体桌。女子她是认识的,做珠宝的何家的女儿,叫何宝贤。何宝贤是王子猷在美国留学时的师妹,和杜荔娜也吃过饭。她的男伴长相有些面熟,但杜荔娜想不起来了,看他身姿疏漫,西装穿在身上很不舒服的样子,应该不是和他们混一个圈子的。

那男子转过脸来,正对上杜荔娜的注视,似乎愣了一下。杜荔娜慌忙转开视线,发现苏拉比她更早地将注意力投向了别处。

和多年前比起来,如今的苏拉拥有了一种沉稳而松弛的美。她拥有自己的领域,无须依赖他人的褒奖,也不必猜测自己在他人心目中的形象。而杜荔娜自己,却是一团糟。和苏拉相比,她大概只有一丁点优势,那就是王子猷的爱。

杜荔娜忍不住去想象,自己在旁人看起来,究竟是什么样子的。

她由衷地对苏拉产生了佩服。

当年车祸的真相,就算警察查不出来,就算医生说自己疯了,但至少她们两个人知道,究竟发生了什么。

苏拉怎么还能如此坦然地面对自己?

恶人白日当道，好人忍辱前行，果然，这个世界并没有什么公平可言。

思绪正不受控制地游走着，耳边突然传来淡淡的讥讽声："你这么盯着我看，我会以为你喜欢女生。"

杜荔娜吃了一惊。

苏拉已经将正脸转向了她。杜荔娜看到她脸颊上的白印。那是不久前，自己的指甲留下的。

来之前，王子猷千叮咛万嘱咐，让自己和苏拉和平共处。怎么不算和平共处呢？她没有冲上去扇她的耳光，已经是和平共处了。

她掐着自己的虎口，尽量平静地说："我没有盯着你看，我只是在思考问题。"

苏拉点了点头。过了一会儿，她突然又开口："听说，你晚上要演讲？"

杜荔娜道："是。"

"王家派你上去哭吗？"

怒火从杜荔娜的心尖上一路燎烧到眼底。这个人，总有办法说出最刻薄伤人的话。

"我不会哭。"

"哦？你的稿子上没有标注泪点吗？"

杜荔娜尴尬到脚趾都蜷缩起来了。何止是标了泪点，要在何处哽咽，何处激昂，甚至何处调整一下自己受伤的腿，稿子上都明白地备注了出来。

"关你什么事？"

苏拉一扯嘴角："我记得高中校庆，也是你上台演讲的。"

杜荔娜陡然愣住。她记起来了。

那年云上高中校庆，作为优秀学生代表上台演讲的，本应是苏拉，她读高三，月考刚考了第一，已经是老师们心中清华、北大的苗子了。

后来杜宇风听说了这个消息，在餐桌上淡淡地说了一句："娜娜什么时候也能作为优秀学生代表上台演讲啊？"

当时她尴尬地和苏拉对视了一眼，都没有接话。没过几天，学校就下了通知，校庆上发言的学生代表更改为杜荔娜。

老师耐心地跟她们两人解释：一则苏拉在读高三，学业紧张；二来杜荔娜的形象气质更好，又刚在全市舞蹈比赛上拿了奖，更能代表云上重视素质教育的精神。

当时，苏拉毫无抵触地接受了这个结果。她说，她正愁演讲准备占用了刷题的时间。

而现在，苏拉的嘴角噙着一丝嘲讽，向杜荔娜颔首道："祝你今晚演讲顺利。"

杜荔娜蓦然惊觉，或许苏拉当年，并不是她表现的那样无所谓。所有的恨意、嫉妒、争执和怀疑，或许肇始于更早的时候。

2

林渡第一百零一次扯了扯领带，问何宝贤："上次是追悼会，穿得正式我可以理解，今天为什么非得打领带？"

何宝贤在桌子底下踢他一脚："今天你是我的脸面。"

林渡快透不过气了，他只想换上大裤衩和人字拖，在电竞椅上躺平，和胆敢抢夺水晶的敌人大战三百回合。

支撑他留在这个年终答谢晚宴的，是对真相的求知欲。

何宝贤打听到了一些关于杜家的新情报，以陪她参加晚宴作为交换。另一方面，虽然和苏拉坐得很远，但吹着同一套中央空调，能给他一种依然在参与她生活的幻觉。

有一件事，苏拉低估他了。她身上的危险和谜团会吓退很多男人，尤其是想找一个贤良顾家的妻子的男人，却不会吓退林渡，反而更加吸引他。一个悬疑小说家，打破砂锅问到底的探索精神是无敌的。

晚宴开始，在主持人的简单开场后，便由总裁江世敏做今年的企业发展回顾和来年的展望。周围几桌媒体人和金融界人士听得很振奋，林渡却直打哈欠。

他只听进了一帆的两件大事。一是临南工业园的城市更新改造，拆迁补偿已经基本谈妥，一帆正在寻求可信赖的合作伙伴和资金方来共同推动。另一件，则是全球材料技术巨头 JZ ALPHA 在美国起诉一帆侵犯专利权的商业诉讼，目前正在庭审中。JZ ALPHA 是国际上出了名的技术垄断公司，通过滥用专利权诉讼来打压中国的自主科技创新。江世敏解释，诉讼正在朝对一帆有利的方向发展。

江世敏的演讲踏实冷峻，主要以事实和数据论述观点，基本没有个人情感的表露。用何宝贤的话来说，她不太"画饼"，但很清楚底下的人想听什么，都以最客观的态度做了交代，虽然个人魅力不如杜宇风，却可能更加令人信服。

接下来的环节再也吸引不了林渡的注意力。他瞅了个空当，偷偷溜出会场透气。

林渡尽可能远离人群，避到另一侧的露台上。本以为自己是一个人，来到栏杆旁边，却发现这里还有别人。

王子猷点着支细长的纸烟，烟头在楼宇的阴影里明明灭灭。

在苏拉的公寓碰面后，这是两个男人的第一次正面相逢。

林渡有点尴尬，但王子猷并没有太意外。他向林渡招了招手，递出一支烟："林先生，聊两句？"

林渡摇摇头："我不抽烟。"

王子猷嘴角带笑，把香烟塞回烟盒："不抽烟，少了很多乐趣。"

杜荔娜不喜欢烟味，他也不在家里抽烟，只有在外面的时候单独抽两根。

尼古丁的气味令人放松警惕，男人们共享香烟的时间像是一场刺激的密谋，许多重大的信息都在一支烟里交换。

"你和苏拉,在一起多久了?"王子猷问。

林渡不答反问:"你去苏拉那里,你太太知道吗?"

王子猷并没有生气:"男人在外面的事情,没必要都让太太知道。何况,就算我要做什么对不起我太太的事,也不会是和苏拉。"他吐出一个浅淡的烟圈:"林先生,我们不是情敌,也不可能是。"

他扫了林渡一眼,像是一个历经沧桑的兄长在打量后辈青年。

"我今天心情还不错。林先生有什么想问的,或许我能回答你。"

林渡怔了怔,刹那间许多问题涌上心头,他下意识抓住了最近的一个:"那天,苏拉脸上的伤,是怎么回事?"

王子猷想了想说:"我太太在临南老宅,苏拉的房间发现了一张照片。她和苏拉……打了一架。"

"为什么?"

王子猷遂叹气道:"那张照片,是她高一的时候,被舞蹈社的学姐偷拍的。"

严格来说,王子猷和苏拉只做过两年的同学。

高二那年,苏拉从老家榴城转学过来,户口本上加了姓,改名为杜苏拉,正式成为杜宇风的女儿,也和王子猷成了同班同学。

王子猷对苏拉的最初印象,只是一个内向、孤僻、不好惹的转学生,长相又黄又瘦,面容呆滞,反应迟钝,神情冷淡,穷。她虽然是杜宇风的继女,却和家境普通的同学住八人一间的宿舍,在食堂抠抠搜搜地打一份青菜、两碗米饭;她的生活三点一线,除了上课,就是复习刷题。同学们最初对她兴致盎然,后来热脸贴了冷屁股,就不再自讨没趣了。

班里富二代扎堆,同学的父母都是有头有脸的人物,互相有着千丝万缕的联系。杜苏拉第一次考试就拿了第二。自此,所有的家长都把"杜宇风那个会考试的便宜闺女"挂在嘴边,给自家孩子当榜样,杜苏拉算是得罪了全班。

王家和杜家是世交,但王家父母对江世敏一直持保留意见,对这个半路才姓杜的女孩也是敬而远之。所以,在成为同学的第一年,王子猷和苏拉并没有太多的交集,最多就是在杜家碰个面,打个招呼。

他们升入高三的同时,杜荔娜成了他们的学妹,在同校就读高一,事情便发生了变化。

杜荔娜一入校,就成了同学们口中的校花。那时,她听从杜宇风的安排,放弃了走专业芭蕾训练的道路,专心学业。但学校的课余生活很丰富,她还是瞒着杜宇风,偷偷加入了舞蹈社。

后来王子猷才知道,舞蹈社有几个高二的女生已经不爽杜荔娜很久了。她们都给王子猷递过情书,觉得无论如何,他将来总会和她们中的一个人恋爱。杜荔娜的出现,彻底打乱了她们的计划。因为王子猷常常去接杜荔娜下课,还会给她补习英文。

于是某一天，在舞蹈社的更衣室，几个高二学姐偷拍了杜荔娜换衣服的照片，冲洗出来放在杜荔娜的面前。

那个程度的裸露，对十六岁的杜荔娜而言，几乎和裸照一样羞耻。学姐们威胁她，离王子猷远一点，否则，她们就把这张照片挂上贴吧，让所有人都看到她衣不蔽体的样子。

"到那时候，不光是子猷师兄会看不起你，所有男生都会看不起你。这辈子再也不会有男生喜欢你了。"

杜荔娜开始躲着王子猷，不再给他接自己放学的机会。她不再给他发短信，不再因为打游戏失利就招呼他上线帮忙，不再和他分享生活的趣事。

王子猷并不知道内情，他只是惊讶于她的疏离。少女的心思总是多变的，也许她有了新的爱好，或者是有了暗恋的男孩子。

他尝试了许多方法，都得不到杜荔娜的回应，只得求助于最后的希望——杜苏拉。

他们之间很少单独说话，王子猷说出自己的困惑，没想到苏拉直爽地呛回来："你想让我帮你追娜娜？我没那么闲。"

王子猷耐心地道："你不帮我，也不肯帮一帮娜娜？她这段时间总躲着我，你不觉得不正常？"

苏拉犹豫了很久，还是答应了。

第二周，她从家里回来的时候，脸色糟糕得像个复仇机器人。

她抓到杜荔娜深夜蹲在阳台上大哭。杜荔娜一五一十地对苏拉说出了一切，并哀求她，不要把这件事告诉别人。

苏拉当时点了头，第二天就把事情告诉了王子猷，只隐去了照片的细节。

两人是晚自习的时候偷溜出来的，躲在植物园的小土坡后。王子猷很疑惑，问她："娜娜让你不要告诉任何人，你告诉了我，没关系吗？"

苏拉道："哪来这么多废话，就说怎么办？"

"找老师举报？"

"你有证据吗？老师有证据吗？学校能做的，只是找她们谈心。她们当面否认，转脸就匿名把照片发到网上，说和她们无关，你怎么办？"

"我去找她们谈，就说我对她们没感觉，哪怕没有娜娜，我也不会喜欢她们任何一个人。"

苏拉轻轻"啐"了一声："王子猷，你是不是猪？"

王子猷自打幼儿园起就是人人奉承的潇洒贵公子，第一次被女生骂成是猪，适应了好久才醒过味来，恼怒地说："那你有什么好办法？"

两个人蹲在小土坡后想了一个小时，王子猷的胳膊上被蚊子咬了层层叠叠好几个包。

最后，苏拉猛地一拍大腿："我有办法。"

王子猷万万没想到，苏拉的办法是直接闯进舞蹈社的更衣室。

她拿着从王子猷那里借来的数码相机，横冲直撞，拍下了在场所有女生衣冠不整的照片。苏拉用刚拍下的照片威胁她们，如果杜荔娜的照片流出去，她们的照片也会被贴满全校。舞蹈社的女生个个娇生惯养，苏拉以一敌多，毫无压力，还把罪魁祸首——副社长打了一顿。

当然，这些事都是杜荔娜后来转述的，似乎是苏拉把自己的神勇向杜荔娜炫耀了一番，杜荔娜又添油加醋，炫耀给了王子猷听。

"她那时候，就这么虎了吗？"林渡心有余悸地问。

王子猷道："我猜测，她有点吹牛的成分。但不管怎么样，这件事就这么解决了。后来学校也调查过，但那几个女生不承认自己身上的伤是苏拉打的，都说是在争执中不小心摔的，更衣室里又没有监控，事情也就不了了之了。"

那件事以后，关于苏拉的传言甚嚣尘上，譬如她在老家的学校本来就是个混帮派的大姐大，还有她小时候去少林寺上过武校，云云。

王子猷觉得苏拉也是个心狠手辣的角色。她行事太偏激了，就算要报复，也应该只针对犯了错的人，没有理由把无辜的女生牵连进来。这样的她，和那些霸凌杜荔娜的女生又有什么区别呢？

听到这儿，林渡冷冷地说："王先生倒是行事很正，那你做了什么呢？"

王子猷听出了他的嘲讽："那时我们都是学生，能做什么呢？"他反问林渡："如果你是我，你又能怎么办？像苏拉一样，闯进女更衣室？"

林渡道："如果是我喜欢的女生被人这么欺负——我首先会告诉她，就算她的裸照被全世界看到了，我也照样喜欢她。如果她不喜欢我，那会有比我更好的男人，排着队喜欢她。"

"哄女孩子开心，谁不会？但要是照片真的爆出来了呢？那个时候比现在保守太多……"

"如果照片真的爆出来了，我就自己去拍个裸照，和她的放在一起。有多少恶意漫骂，我陪她一起承担。所以，我会劝她，不要害怕，用尽全力去反击。"

王子猷愣了一会儿。这些事情，在他心里也闷了很多年。

指尖的烟燃尽了，他点上一支新的。

"我不像你和苏拉这么疯。但这不代表，我不爱娜娜。"

林渡说："不管怎么样，都是苏拉解决了这件事。你太太应当感激她才对。"

王子猷摇摇头："一开始当然是感激的。但是后来……那个舞蹈社的副社长主动承认，当初偷拍娜娜，根本就是苏拉指使的。那时娜娜不相信，说苏拉不会这样做。但是前几天，她们在苏拉从前的房间里找到了那张照片。如果偷拍事件和苏拉无关，她手上为什么会有那张照片？"

林渡一愣："她为什么要这么做？"

"谁知道呢，十几岁的小孩，都疯疯癫癫的。我当年也疯疯癫癫的，幼稚、自大，觉得自己可以拯救世界。"王子猷谈及少年时的自己，像是在说另一个人。

但林渡晓得，少年藏在人心深处，若不能站在阳光下，便是被隐秘地关押着。

"我还有一个问题。"林渡忍不住问，"十二年前的车祸，到底和苏拉有什么关系？为什么你太太说她是凶手？"

王子猷吐出一口气："看来，你对她，真是一无所知。"

高考结束后，王子猷确定要出国留学。临行前，他在王家的鹤尾山别墅办了一场舞会，算是纪念毕业，也算是告别青春。舞会邀请了高中许多相熟的同学参加，当然也包括杜家两姐妹。

别墅有一个平坦广阔的庭院，门厅也很大，除了位置靠近山顶，略显偏僻，其他都很完美。

车祸，就发生在鹤尾山的山道上。

那天的雨，是舞会开始后才下的。杜荔娜和苏拉中途离场，王子猷开了车出去找人。

雨夜飘摇，鹤尾山盘山小路上路灯稀疏，每隔两三个就有一个是坏的。谁也不知道，那辆小面包车是从哪儿冒出来的。它像来自地狱的银色妖鬼，从王子猷的身后开过去，绕过拐角——

"砰！"

王子猷预感到了发生的一切，猛踩油门，驶过拐弯处——

少女的身躯趴伏在沥青马路上，血染污了纱裙。一只水晶鞋穿在脚上，另一只掉落在路中间。

面包车只停了一瞬，就重新启动，消失在了雨雾中。

在那个监控还不发达的年代，警方严密布控了一个月，终于在一个荒山背面找到了肇事车辆。那是辆跨境走私集团用于走私犯罪的车，虽然案情清楚，但肇事者已经紧急出境，难以实施抓捕了。

事故永久性地重创了杜荔娜的右腿，她花了一年的时间才完成了复健，小腿多了一条猩红的伤疤，阿基里斯腱断裂，自此再也没有穿过短裙。

杜宇风的哀痛自不待言。他原本是位严父，从那件事以后，几乎就对杜荔娜言听计从了，再没有说过一句硬话。因为事情是发生在王家的舞会上，王家父母对杜家倍感愧疚，反复承诺，无论杜荔娜恢复得如何，只要她愿意，她将来就是王家的儿媳妇。

王子猷带着自责，放弃了那一年的出国机会，留在国内陪伴杜荔娜，直到她能恢复行走。

听到这里，林渡敏锐地追问："所以，你根本没看见车祸发生当时的情况。"

王子猷摇头。

"那你怎么知道，不是苏拉推了杜荔娜呢？"

"娜娜清醒以后的很长一段时间，精神状况都很不稳定，指称是苏拉推了她只是她众多混乱言语中的一条。医生说她存在严重的创伤后应激障碍，符合解离性失忆的症状。"

"就算她的记忆出现了偏差，也不可能无缘无故就指认别人是凶手吧？"

王子猷怔了怔："娜娜她……恨苏拉，是有理由的。"

他没打算在这个问题上深谈，迅速总结道："除了娜娜的呓语，没有任何其他证据支持这个怀疑，根本达不到立案的标准。警察的工作，主要还是往交通肇事方面侦查。苏拉不是什么好人，但我相信警察的结论。"王子猷拍了拍林渡的肩膀说："那些传言，都是当年的小报为了吸引眼球杜撰的标题，别太当真。"

林渡没说话。

王子猷说的应该是真话，但未必是实情。与其说他相信警察的结论，倒不如说，他信奉多一事不如少一事。

他把自己描绘成一个专一的情圣，把杜荔娜描述成纯洁柔弱的天使，而苏拉，则一会儿是犯禁的女侠，一会儿是魅惑的女巫。

如果把王子猷这样的人写进小说，会是一个很受读者喜欢的天之骄子，有风度，双商高，一生遵循规范，从不脱轨。他这一生最大的痛苦，是永远追不上优秀的父兄；最大的罪过，则是太受女孩子的欢迎，看不清自己的弱点。

"多谢王先生，解了我这么久以来的疑惑。"

王子猷夹着香烟的手抬了抬说："天涯何处无芳草。苏拉这样的女人，对男人有非常不好的影响，不论是恋爱还是结婚，都不合适，还是远离为妙……林先生，咱们加个微信？"

林渡有点意外。

王子猷笑道："临南工业园的项目合作，熊总和令尊已经谈了一年，我大哥也是非常支持的，要不是江世敏阻挠，早就签完合同了。好事多磨，等王家取得一帆的控制权，咱们两家未来合作的地方还多着呢。

"女人们的事，别太放在心上。生意才是最重要的。"他向林渡伸出手说，"林先生，希望将来合作愉快。"

此前所有对话如同走马灯，在林渡脑中重新过了一遍，他倏然醒悟过来。王子猷肯费这些口舌，只是因为，京岚集团需要巩固和恒茂集团的关系。

3

林渡和王子猷回到会场，答谢会上的文娱节目已经接近尾声了。最后一个语言类节目由老员工们合力完成，融合了当下最时兴的梗，观众的笑声几乎震破屋顶。

然后，台下的看客们安静了下来，主持人宣布最后一个环节：由创始人杜宇风唯一的女儿杜荔娜发表讲话。

礼宾小姐引着杜荔娜上台。

这是许多年以来，杜荔娜的第一次公开亮相，媒体和大众都对她充满了兴趣。她常年深居简出，媒体对她的描述，多半是神秘而柔弱的一帆公主，而今天，所有模糊的想象都将得到验证。

她在哪些方面，能证明自己是杜宇风的女儿？或者只是一个无足轻重的名字？

当杜荔娜站上讲台，终于将她的脸庞对住台下时，所有人都被她的优雅和美丽震撼了。

一时间，会场静得针落可闻。在聚光灯的照耀下，银白色长裙闪现着接近于鱼鳞的光点，令人疑心她是从安徒生童话里走出的仙女。

她开口了："各位来宾，各位前辈，各位关心一帆的朋友们，晚上好。"

她的嗓音幽细而温柔，每一个字的落点，都踩在听众的心上。

然后，她停顿了。

王子猷几乎可以背出后面的演讲词。他情不自禁地模拟着口型，杜荔娜却迟迟不出声，像被施了定身法的木头美人。

与他隔着一个座位的苏拉陡然出声了："她的讲稿呢？"

聚光灯迎面而来，在杜荔娜的眼前蒙上一片白雾。她看不清底下人的目光，只看得见憧憧的人头摇动。

上台之前，她分明再三确认了手中的手卡。她只在整理头发的时候，把手卡交给了旁边的工作人员，但很快就拿回来了。

可现在，手卡上一片空白，一个字都没有。

其实没有手卡，也应当是没关系的。那篇演讲稿她念了无数遍，早该倒背如流了。但是，此刻她的脑子和手卡一样干净，什么也想不起来。

杜荔娜再度尝试张了张嘴，仍然吐不出一个字。

台下骚动起来，人们显然在猜测她怎么了。

这个丧父的精神病患者，这个漂亮的皮囊，又怎么了？

泪水在眼圈里积蓄。就是在这种时候，她觉得自己对发生的一切毫无还手之力。

杜荔娜突然想起了高中校庆上的演讲。那时，她骄傲积极，虽然稿子也是别人写的，但她读得声情并茂、从容自信。于无数校服中，她一眼就看到了苏拉站在台下。

苏拉应当嫉妒。

杜荔娜下意识地去寻找苏拉的脸。于无数高定西服和抹胸洋装之间，她又一眼看到了苏拉。

苏拉的瞳孔紧缩着，如同设好了陷阱，等待猎物涉入的猎食者。

"王家派你上去哭吗？"

"我不会哭。"

杜荔娜紧握着双手，指甲深陷入手心。有杜苏拉在的地方，她不能哭。

她忘记了王子猷花重金给她写下的稿子，却想起了高中校庆时的那篇。十二年前和十二年后，命运通过时间的虫洞，遽然贯通。

杜荔娜深吸了一口气，徐徐开口："今天，是一个特别的日子。我们相聚在这里，庆祝一帆的第二十一年。二十一年来，我们砥砺前行，上下求索……"

苏拉倏地笑了，弯下了她原本紧绷的眸子。

杜荔娜知道，她已经发现了自己的小诡计。

语言多么奇妙，说出了第一句话，就像拉开了香槟瓶塞，思绪的泡沫便喷薄而出。杜荔娜越说越流畅，越来越自如。

"……如果没有全体员工的同舟共济，没有客户们的支持和偏爱，就没有一帆的今天。"

杜荔娜直直地盯着苏拉。苏拉做了个口型，好像在说："干得不赖。"

杜荔娜已经彻底抛弃了原本的稿件，添加了许多自己的话："我爸爸离开以后，我很想他。我知道，你们也和我一样想他。爸爸以前经常对我说，你的优越生活，来自时代的馈赠，来自政策的机遇，来自许许多多背井离乡的打工人的付出，但唯独——和你自己的努力无关。

"他说得对。我从来没和你们一起奋斗过，只是因为爸爸，才能有幸站在这里。但从今天开始，我希望，我可以和大家一起，为一帆努力。"

最初，大家都默然听着她的话。慢慢地，稀稀拉拉的掌声响起了，最终融汇成巨大的音浪。并不是因为她的演讲技术多么高超，而是她复述的杜宇风的话，就像他亲自站在台上所说的一样。

杜荔娜可能没有太多地方像她的父亲，但她让观众们仿佛看到了她的父亲。

在追光灯的映照下，杜荔娜缓步下场。路过首席的时候，江世敏向她投来了诧异的目光。

她在席间坐下，王子猷语气复杂地问："你怎么不按稿子读？"

杜荔娜捏着自己的指尖，说："我的手卡是空白的。"

王子猷拿起手卡，反复看了两遍，问："是被人换了？"

"可能是在后台……被工作人员换了。"

他不豫地皱起眉："记得那个人的长相吗？"

杜荔娜摇头。

王子猷的眼神倏然转厉，越过杜荔娜，看向苏拉："你知道这事吗？"

苏拉一手托腮，斜坐着打量这夫妇二人，听见这话，冷笑出声："王总，饭可以乱吃，人不能乱咬。"

王子猷也知道自己武断了。他沉默片刻，道："如果不是你，就是江总。"

杜荔娜这时才感觉到后怕，双手剧烈地颤抖起来。父亲去世后，她身边的恶意无处不在。

王子猷握住她的手："娜娜，别怕，有我在。"

苏拉风凉地哼了一声，但终于没再说话。

台上的风光接近尾声，又到了抽奖环节。有抽到无人机的，也有抽到平板电脑的，最大的一个奖项，是欧洲双人旅行。

主持人热情地伸出手说："那我们就请杜荔娜小姐上台来，为我们颁发今晚的压轴大奖！"

杜荔娜只得起身，再次向台上走去。

王子猷问："要不要我陪你上去？"

"不用，只是颁个奖。"

中奖的是一个行政部的小姑娘，兴奋得几乎要晕倒。杜荔娜拿过泡沫塑封的奖品牌，递给她，问："开心吗？"

"开心！"

她们握了握手，合了个影，然后，分别往不同的方向下台。

杜荔娜只走出了两步，就听到了布料撕裂的声音。

凉风陌生地扑向她的双腿。她停住脚步，愕然低头。

领奖的小姑娘也低头去看，她的高跟鞋不知何时缠上了杜荔娜的裙摆，两人反向而行时，她一个跨步，便扯破了那裙摆。

薄薄的蚕丝从大腿处撕裂，露出了白皙的双腿。腿部肌肉不均匀地萎缩着，曲线已经变形，还有一条蜈蚣般黑红的伤疤攀缘而上。

控制追光的人似乎忘了移动，光束直直地打在杜荔娜身上。

杜荔娜用双手撑住冰凉的地板，这才发觉，自己已经瘫倒在舞台上。

人们吵闹起来。有人拿出手机拍照，有人在录像，有人从远处站了起来，有人窃窃私语，有人惊呼，有人怒骂。

还有人在哭泣。

王子猷从台下冲上来，脱下外套，盖住她的双腿，并将她抱在怀里，挡住灯光和镜头。

"娜娜，别哭。"

杜荔娜摸了一下脸颊，原来是她自己在哭泣。

她的目光从王子猷肩上越过，再一次找到了苏拉的身影。苏拉定定地站着，面容阴冷得看不出喜怒。

杜荔娜想，现在她高兴了。巨大的难以置信袭来，像厚重的钟锤，撞上杜荔娜的胸口。身体里陈年的旧伤在这一撞之中，狠狠震裂。她眼前一黑，坠入了不知名的渊洞之中。王子猷将杜荔娜打横抱起，脚步如飞地穿越人群，离开了会场。同时，也吸引走了一大堆媒体和看客。

舞台上的聚光灯一盏盏熄灭，人们渐渐散去，苏拉还站在原地。

江世敏离她不算远，只是背对着人群，看不清面容。总裁助理吴优来到她身边，凑近说了几句话，江世敏点了点头，起身离开。

转身的一刹那，江世敏对上了苏拉的视线。

她们是母女，也是大众揣测中的共谋者。但事实是，自从杜宇风的追悼会之后，她们还没有过私下接触。江世敏向苏拉微微一笑，是苏拉熟悉的那种，掌握局势、洞察一切的笑。然后她移开视线，踩着稳健的步伐离开。

苏拉只犹豫了一瞬，就跟了上去。

行经门口的时候，她的手猛然遭人牵住。苏拉带着怒意回头，却是林渡。

林渡神情复杂地问："这事……跟你有关系吗？"

苏拉不耐烦地说："当然有。"

林渡不说话了。

苏拉把手从他的掌中快速抽出，急急离开。

她来到酒店门口，江世敏的加长保姆车已经停在路边等她了，车门打开。围观媒体的镜头齐刷刷地对着她们，不放过任何一个角度。

江世敏提起裙摆，仪态万方地踏入车内，坐到内侧的座位上，回过头来说："愣着干什么？上车。"

苏拉抿着唇，良久，终于在众人的注视下，上了那辆车。

车程很短，苏拉还没组织好语言，保姆车就驶到了湾畔的国际总裁公寓。

江世敏独自居住在顶层，有专属直达电梯。助理吴优护送她们两人上到公寓，放下江世敏的铂金包，泡了一壶姜茶，就悄然离开了。

公寓层间距很高，目之所及便有篮球场那么大，极简的装饰，体现出主人决绝果断的性格。江世敏褪下高跟鞋，把丝绸披肩扔在门口，拍了拍手说："打开窗帘。"

智能管家温柔地响应，银色帘幕徐徐拉开，135°环形落地窗外的鹤市夜景便映入眼帘。

江世敏从边桌的抽屉里拿出一盒苏烟，点燃了放在唇间，吐出一个优美的烟圈。

"想说什么，就说吧。"

偌大的客厅，终于只剩母女二人。

苏拉在律师行业锤炼多年的口才，并不足以让她沉着地面对自己的母亲。她索性单刀直入地问："是不是你？"

江世敏耸了耸肩道："这重要吗？她决定要介入一帆，以后这种场合多的是。可惜她不是我的女儿，否则，我会教她，发生了什么并不重要，重要的是如何应对。"

苏拉讥讽道："所以，你从来不会阻止在我身上发生的任何事。你只关心我怎么应对。"

江世敏笑了："你很聪明，这要归功于我。你知道科学研究表明，孩子的智商主要来自母亲吗？"

苏拉没打算被她牵着鼻子走："你不觉得，这种对付女人的手段，太卑鄙了吗？"

只有家里人知道，车祸的伤痕对杜荔娜的打击有多重。也只有女人想得到用这样的办法来羞辱女人。

"商场上没有什么男人的手段、女人的手段，只有有用和没用的手段。你所谓的男人的手段，可以玩得比女人的卑鄙一百倍。"江世敏面无表情地抖掉烟灰，"当你开始选择更正当的手段时，你就已经输了。"

与苏拉相似的长眸紧盯着她，说："不过，杜宇风玩的这一手，我确实没想到。你应该知道，他利用你，只是因为你是我的女儿，只有你能给我添堵。"

"那我成功了吗？"苏拉问，"我给你添堵了吗？"

江世敏冷哼一声："你的存在就是我的绊脚石。"

苏拉："……"

"回来干什么呢？你在海市不是做得风生水起吗？风同所比天影所大得多，前途也更广阔。就为了杜宇风的一句话，你就回来？为了什么？愧疚吗？"

苏拉的眸光震了震，立刻被江世敏捕捉到了。

江世敏吁了一口气道："我才五十二岁，精力旺盛，头脑清醒，对现在的一帆来说，我是最合适的领导人。一帆是我和杜宇风合力打造的，可人人都觉得它应该姓杜，甚至还可以姓王，却偏偏不能姓江。凭什么？就因为我是女人？"

见苏拉不搭腔，她继续道："苏拉，这个世界对女人一点都不友好。你以为你给自己戴上道德的枷锁，他们就不害怕你了吗？只要你眼里闪着欲望的光，他们还是会恨你，恨到骨子里。"她的胸口微微起伏。"你是我的女儿，我身上掉下来的肉，没有人比我更了解你。你就是我，我就是你。不管杜宇风跟你说了什么，你和我都是一体的，你不和我站在一起，还要和谁？"

空调的风吹在苏拉的颈子上，她忽然打了个冷战。

江世敏抓过沙发上的薄毯，扔在她膝盖上："把自己包好，别感冒了。"

苏拉怔怔地望着她。

江世敏将香烟的末端按熄在烟灰缸里。苏拉的目光随着她的动作，落在烟灰缸旁的相框上。

那是一个做旧的原木相框。相框里，二十七岁的江世敏穿着件朴素的灰蓝色衬衣，侧脸看着镜头，一手拽着个笑得脸部扭曲变形的五岁小女孩。

那是苏拉。

照片里没有爸爸，是因为爸爸就是拍照的人。

"苏拉，别同情弱者，尤其是像杜荔娜这样的内在的弱者。人，要是自己站不起来，想要扶她的，只会被她一起拉着摔倒。你忘了你爸是怎么死的吗？学谁都行，别学你爸。"

二十三年前，榴城县榴河大堤，苏拉的生父苏海跃接七岁的女儿放学，看到河边有两个孩童溺水，他遂丢开女儿的手，跳下河去救人。两个孩童只救上来一个，另一个箍着苏海跃的脖子，一起沉入了河底。

苏拉在回忆中耽搁了一瞬，重又回到针锋相对的当下。她倏然开口："你……还有老苏的照片吗？"

江世敏愣了一下，摇头："搬了太多次家，过去的东西，都找不到了。"

苏拉"哦"了一声。

过了一会儿，江世敏问："你那儿有吗？"

"有一张。"

江世敏道："你爸当年，给我们俩拍了不少照片，他自己倒没留下几张。"

"是啊。"

两人同时陷入了沉默。记忆如同榴城的那湾小河，静静地将她们淹没。

良久，苏拉回过神来，轻唤了一声："妈。"

江世敏微微一惊。今晚，她并未期待这个字会在她们的对话中出现。但它就这样出现了，一脱口，便如打通了壅塞多年的河川，令血脉紧紧相连。

"什么？"

"你说得没错。你就是我，我就是你……所以，你也该知道，我只按自己的心意做事，谁也不能掌控我，哪怕你是我妈，也不行。"

苏拉站起身来，指着那个相框道："这张照片，我没有。我能带走吗？"

两对相似的眸子静静相对，其中烽火明灭，云天变幻。

末了，江世敏轻轻叹气，移开视线："你拿走吧。"

苏拉便把那相框塞到自己精巧的包里。包有点小，她拉上拉链的动作近乎粗暴。

蓦地，她手上挨了一记打，抬起头时，江世敏瞪了她一眼："这么大了，还毛手毛脚的。"

母亲的手接过余下的工程，巧妙地调整了一下相框在包里的位置，再轻松平滑地拉上拉链。

苏拉张了张嘴，不知道说什么，只能选择转身离开。

她下到停车场，吴优和保姆车还在电梯口等她，要送她回家。苏拉没拒绝，报了自己的地址。

保姆车驶出车库的时候，苏拉问道："吴助理跟江总多久了？"

"五年。"

"江总好相处吗？"

"江总是我崇拜的那种领导。"吴优笑笑，递上一盒糖果，"苏律师，吃糖吗？"

苏拉摇摇头。过了七岁——父亲去世以后，她就再没有主动要过糖吃。

但更早的时候，她是很爱吃糖的，曾经为了吃一颗糖，和妈妈大吵大闹，冷战了好多天。后来是爸爸居中劝和，她们才重归于好。

她那时处在认字的启蒙期，爸爸妈妈都很忙，没空陪她玩耍。于是她常常玩一种游戏，叫作找字。大部分时候，爸爸——偶尔是妈妈——会把写着简单词语的小字条藏在家里不同的角落，苏拉就如寻宝一样，在家里孤独而快乐地寻找。也许是在两层被褥中间，也许是在腌菜坛子下面。

如果找到一张字条，并且准确地认出上面的字，那么妈妈就会奖励她一颗糖果。

苏拉沉默地看着窗外飞掠而过的风景，心中蓦地一动。她低头拉开包链，掏出相框，抠开背后的旋钮，取下背板。

就像许多年前那样，背板和照片之间，有一张手写的小字条："小孩，别挡路。"

第六章
殷红的郁金香

什物和面孔重重叠叠
迷雾将我的目光遮挡
只有一朵殷红的郁金香花
别在你的扣眼儿上

——《心慌意乱》安娜·阿赫马托娃

1

深夜十二点,林渡在床上躺平,手机透过蓝牙音箱,播放起催眠冥想的轻音乐。一个浑厚阴柔的男声缓缓道:"首先,请放松你的身体,想象一束光从天灵盖……"

林渡的光刚挨到头毛尖,就被电话铃声冲散了。

电话那端响起宁夏焦急的声音:"林作家,你和苏拉姐在一起吗?"

从前,宁夏也曾因为苏拉的手机拨不通打过林渡的电话。林渡回道:"没有,怎么了?"

"苏拉姐好像喝多了,打电话让我去接她一下,可是还没说地方,电话就断了。我再打过去,她已经关机了……对不起啊,我知道你们分手了,可我实在想不到还能问谁了。"

林渡沉默了一会儿,问:"她和客户一起吗?"

"她的日程都是我在排,今天只有一帆的答谢宴,结束后没有别的饭局。"

"那会不会是和朋友聚会?"

宁夏很快地否定道:"苏拉姐在鹤市没有朋友。"

林渡一愣,这也太绝对了。"你了解她的私生活吗?"

宁夏安静了一瞬:"苏拉姐的生活全是工作、工作、工作,据我所知……你就是她全部的私生活。"

林渡:"……"

"她酒量很好的,和客户应酬从来没有真正喝醉过。今天打电话让我去接,就很奇怪,我担心……"

宁夏听上去快哭了。林渡连忙道："你先别急。打电话的时候，周围有没有音乐、人声之类的？"

"有音乐，好像是钢琴？周围挺吵的，有很多人声，还有个男的在说话，听不清在说什么。"

"应该是在酒吧。"林渡简单一查，"苏拉应该不会去远的地方，多半是在你们所和住处之间的区域。她不喜欢人太多，也不会去那种吵闹的酒吧。"

他想象着自己是苏拉，很快通过排除法，留下几家口碑尚可的清吧。

林渡抓起车钥匙，对电话里的宁夏说："这么晚了，你一个人去酒吧也不安全。我去找吧。"

林渡在第三家酒吧找到了苏拉。

酒吧名叫 La Nuit，果然离天影所不远，顾客主要是在 CBD 上班的金融、IT 高管，常驻爵士乐队主唱的嗓音很有味道。

苏拉趴在吧台上，面前放着瓶大摩十五年，已经见了底。一个醉醺醺的中年西装男子站在她身边，张牙舞爪地骂着什么。两个警察站在旁边，把两人隔开。

林渡冲过去扶住苏拉，见她虽然醉眼迷蒙，全身的衣物都还完好，也没有受伤，才松了口气。

警察打量他，问："你是她什么人？"

林渡递上身份证道："我是她男朋友。"

于是警察简单介绍了情况，苏拉一个人在酒吧喝酒，和搭讪的西装男发生了争执，酒保见状，就报警了。

"你女朋友的意识不太清醒，只说人家摸了她。"

林渡登时大怒，一把抓住西装男的衣领："你摸她哪儿了？"

岂料那西装男比他还委屈："她把我打成这样，你得赔钱！"

他脑门上有一个硕大的鼓包，鼓包上破了口，还淌着血，朝林渡眼前一凑。

警察连忙把他们分开。林渡冷静下来，低头看苏拉，问："这是……你打的？"

苏拉已经意识不清，还握着手机晃了晃："你过来，下一次就爆头……"

西装男瑟缩了一下，果然后退了一步。

手机屏幕已经碎裂，也不知道她是用了多大力气招呼在人家头上的。难怪宁夏说她的电话打不通。

林渡突然觉得，自己的担心有点多余。

警察叹了口气道："我们看了监控，确实是这个人先实施了猥亵行为，你女朋友才动的手。不过……打得的确有点重，你女朋友手劲挺大的。"

林渡道："这得算正当防卫吧？"

警察瞟他一眼说："懂得不少啊。"

"我女朋友是律师。"

"律师喝成这样？"

林渡："……"

"这样，你留一下身份证和手机号码，明天等她酒醒了，带她来派出所补做个笔录吧。"

临走的时候，那警察还忧心忡忡地叮嘱林渡："年轻人，对女朋友有耐心点，别一吵架就到酒吧买醉，多危险啊。"

林渡是第一次看到苏拉喝醉的样子。他把她放在副驾驶位上，但见她双颊微红，面容安详，仿佛刚才那个威胁人家要爆头的是另一个人。

怎么还学会在酒吧打架了呢？

苏拉的怀里抱着自己的小手包，林渡要拿出来，她却抱得更紧了，硬是不肯撒手。

林渡累得泄气："什么宝贝，那你就抱着吧。"

大概是车里的空调降低了温度，苏拉慢慢睁开双眼，眼中还是未见清明，却一眼认出了林渡："是你啊。"

林渡无奈地道："是我。"

苏拉笑了，伸手就往他身上摸。林渡被摸得脸上直发烫，连忙抓住她不安分的手，问："你干什么？"

"手机……报警，调监控。猥亵他人，处五日以上十日以下拘留。"

可以说是史上思维最敏捷的醉鬼了。林渡只好摸摸她的头道："乖，已经报过警了。"

也不知她听懂了没，继续向他伸出魔掌："我手机坏了，你手机给我。"

林渡无法，只得任她从口袋里摸出了手机。

看着她熟练解锁的样子，他震惊了，问："你什么时候知道我手机密码的？"

"我偷偷记过啊，可好记了，一下子就记住了。"苏拉眼眸亮晶晶的，像个偷吃到糖果的孩子。

林渡的心猛然漏跳了一拍。

就是这个样子，就是这种肆无忌惮、唯我独尊，狡猾又贪婪的样子，让他念念不忘，只想把她抱进怀里，告诉她：来吧，我的一切，你可以随意掠夺。

然而下一刻，他的下巴掉到了地上。

苏拉打开微博搜自己的名字，搜到"知名企业家将继女养成禁脔"的话题，一条一条开始骂底下评论的人。

"你才是垃圾！"

"你才财多身贱！你八字犯贱！"

"我爸在底下向你全家问好！"

这个年代的输入法，骂人的词输入得比什么都快。

林渡哀叫了一声："苏拉，这是我的号！"

他把手机抢回来,一条一条地删,只希望大家深夜都不上网,否则,知名作家渡渡鸟只能当场社会性死亡。

苏拉恼了,哼着攀着他的身子爬过来抢手机。林渡则占了手长的优势,远远举着手机。两人顿时缠作一团。

"林渡,你!"她抱住他的脖子,鼻尖重重地压住他的鼻尖。

林渡吓得一愣,问:"我怎么了?"

苏拉凶狠地逼视他的双眼,仿佛一头黑豹擒住了自己的猎物,正在研究从哪里下口。

"你!新女朋友太漂亮了!"她愤怒地骂道。

林渡:"……"

他想解释,何宝贤不是他的女朋友。可是苏拉为什么要在意呢?不是她先不要他的吗?

正怔愣间,右颈上突然传来辣痛。这野豹子一样的女人,一口咬在了他的脖子上,死死不放,仿佛要吮出三升血来。

林渡疼得险些飙泪,要推开苏拉,又不敢太过用力,怕伤到她。挣扎了半天,脖子上的疼痛渐趋麻木,他索性听天由命。

"咬吧咬吧,咬我能让你开心,你就咬着吧。"

他做出躺平的姿势,打开车载音响,道:"来吧,听听音乐,舒缓一下情绪。"

音乐响起,播放的正是那首《一把小雨伞》:

你和我
紧紧握着一把小雨伞
风雨骤
溅湿衣裳心情也怡然……

随着音乐的抚慰,苏拉渐渐停住动作,放松了嘴上的力度,慢慢退回副驾驶座上坐好。林渡的脖子重获自由。他摸一把伤口,果然出血了。

他生怕苏拉一个不满意又扑过来,小心端详着她:"咱们回家,好不好?"

出乎意料,苏拉乖巧地点了点头。林渡长出了一口气,为她系上安全带,启动了汽车。

到家的时候,苏拉已经睡着了。林渡把她一路抱进公寓,放在卧室的床上,这才有空到洗手间对镜检查颈上的伤口。

啧,一个扁扁的带血牙印,每一颗牙都"到此一游"。不算很深,疼是真疼。

这女人,上辈子一定是属狗的。

他帮苏拉除掉外衣,解开衬衣的两颗扣子,有点犹豫要不要替她解开内衣松快松快。

或许应该直接帮她洗个澡？这想法一冒出来，林渡顿时浑身燥热。

两人在一起的时候，曾多次裸裎相对，但确实没有共浴过。他明里暗里向苏拉提出过好几次，还订过一家温泉酒店约她共游，都被她无情拒绝了。她说："我不和别人一起洗澡。"

嗯，这一定是上天赐予他的机会。

林渡凑近她耳边，问："苏拉，要不要洗澡？"

她像睡熟的大型猫科动物，嘤咛了一声，蹭了两下枕头，又不动了。林渡望着她的睡颜，陷入了沉思。

也不知过了多久，他咒骂了一声，从她卧室出来，关上了门。

林渡站在客厅里，心中的绮念像清晨沙滩上的潮汐，一点点退去，理智遂重新冒头。他们已经分手了，他不能乘人之危。

他长长地呼出一口气，环顾起苏拉灰色调的公寓。

热恋中的他不曾认真观察过这里，那时他满脑子都是她。他们依偎在一起看电影，享用美食，有时阅读，有时做爱，但并不分享自己的过去。

确实，他一点都不了解苏拉。

她的公寓干净而简约，没有花纹或植物，没有一张照片，不论是她自己的还是家人、朋友的。在他到来之前，她的厨房是不开伙的，锅具和调料都是他厚着脸皮塞进来的，他走之后，也没有再被使用过的痕迹。

她的衣柜也简单，同款西装或衬衣买三个颜色：黑、白、茶色。

这时，他才发现，苏拉的手包掉在了玄关那里，一定是刚才进门的时候从她怀里掉落的。

他把包捡起来，感觉里面被塞得满满当当、奇形怪状的。于是他拉开包链，掏出里头方方正正的物事。

相框上，五岁的小苏拉猝不及防地撞进他的眼帘。

林渡一眼就认出了她。那时候的她真可爱啊，笑得像个小傻子，软软呆呆的，怎么长大了会变成这么凶巴巴、恶狠狠的模样呢？

照片里的江世敏穿着很素淡，可以看出经济条件不是很好，眉目间展露的安详和柔和也和如今杀伐果断的一帆集团总裁完全不同，像是另外一个人。

林渡忽然觉得很沮丧。作家的使命是理解人性，可是，他甚至了解不了自己最希望了解的那个人。

他摸摸照片上小苏拉的脸，想亲一亲，又觉得自己有点猥琐，而且当着人家妈妈的面，也不应当。所以他郑重地擦了擦相框，决定把它放到苏拉的书房。毕竟，那是她在家里最常待的地方。

苏拉的书架上以法学、哲学和经济学书籍为主，混杂着案例汇编和各种工具书。尤其突出的，就是渡渡鸟的那套全集，从处女作《紫衣杜鹃》到刚出版的《断喉苍鹭》，崭新且保管良好。

对作家来说，所爱的人认真阅读自己的作品，是一种令人焦虑的心理凌迟。而若她对这些作品毫不在意，那又是一刀给了个痛快。

林渡拿起《紫衣杜鹃》，翻了几页，对当年佯装世故的自己嗤之以鼻。

书页自己滑落，停在版权页。林渡瞟了一眼，蓦地愣住。

印次：2013 年 6 月第 1 次印刷

这是初版书，早就不在市面上流通了，以苏拉现在的习惯，也不像是会买二手书的人。

2013 年，苏拉研究生刚毕业，经导师介绍，在海市最大的律所实习。海市消费高，她经济拮据，学费尚且得靠奖学金和打工，工资恐怕只够生活。

那个时候，她会花钱去买一个名不见经传的新人作家的处女作吗？

他拿下第二本、第三本——每一本都是初版。

林渡的心怦怦直跳。也许是他的职业病犯了，看谁都像隐藏着无限秘密。这一切很好解释，而提出这种幼稚无聊的问题，可能会让苏拉更加觉得他是个没长大的孩子。

他正打算把取下的几本书放回书架，但书架里头区别于木纹的颜色吸引了他的注意。他将手伸进去，掏了几下，取出了一个硬皮的日记本。

封面是几米的《向左走，向右走》，边缘微黄，书页间夹着精致的小锁。十几年前，女生里很流行这样的本子，她们在其中记满暗恋心事，仿佛加上一层锁，才够神圣唯美。

林渡很难想象含羞带怯的少女苏拉，她就该是直陈欲望又漫不经心的苏拉女王。

他盯着那日记本。虽没有钥匙，但这种锁，只需一点蛮力就能扯开。

书房的门哗啦一声被拉开。苏拉站在门口，淡淡地望着他。

林渡吓了一跳，连忙把日记本塞回书架，举起双手道："我没打算看，真的！"

苏拉没说话，半晌才嘟囔了一句："是林渡啊。"

合着酒还是没醒。林渡叹气道："是我。"

苏拉的身子晃了晃，倚着门慢慢滑落，林渡眼疾手快地把她捞起来。

"你不是睡着了吗？"

苏拉仿若未闻，双手却十分自然地钩住他的脖子，问："你……怎么在我家？"

"我……"林渡还没想好怎么回答，苏拉就被他右边脖子上的牙印吸引了注意力。

"这是谁咬的？"

林渡："……"

"是你那个漂亮的女朋友咬的吧？"

苏拉凑近伤口，轻轻一戳——林渡"咝"了一声，恼火地吼："不是！"

苏拉摇头道："我不信。"

林渡不想跟她废话了，直接把她打横抱起，一路走到卧室，放回柔软的床褥上："快睡吧。"

苏拉环着他的脖子，不肯松手："你等等。"

"干吗？"林渡没好气地问，几乎可以肯定她是借酒装疯了。

苏拉眨了眨眼，伸腿往林渡的腿弯一勾。他一个没留意，顿时失去重心，倒在床上。

"苏拉！"还没等林渡直起身，玲珑有致的身躯已经覆了上来，跨坐在他的腰腹间。起伏的曲线互相契合，熟稔而完美。

烈火腾地燃起，从林渡的天灵盖一路烧到脚板心。

苏拉像个霸王硬上弓的恶少，双臂压住林渡的肩膀，灼灼黑眸紧盯着他的："我要咬个比她更大的。"

然后，在林渡醒悟之前，她狠狠地咬在了他左边的脖子上。

这个夜晚，疼痛而漫长。

2

林渡醒来时，浑身酸痛，两边脖颈也是火辣辣地疼。而日光已如钻石的碎屑，洒满一枕。

苏拉换了一套新的职业套装，坐在床前，见林渡睁开眼，眼神明显地闪了闪，不与他直视。"你醒了？"

林渡"嗯"了一声。

她应该是洗漱过了，昨夜汗湿的黏腻长发此刻干爽地束在脑后，面色红润、眼眸清澈，像刚完成采阴补阳的黑山老妖。

"你……还疼吗？"她指指他的脖子。

林渡摸摸脖子，一股淡淡的药香弥散开来。她一定是早上起来偷偷给他上过药了。"还成。"

"这两个……都是我咬的？"

林渡一哼："不然呢？"

"我……为什么要咬你？"她虚心请教。

林渡觉得，自己的心理承受能力再差一点，可能会当场晕过去。但和苏拉这样的女人谈恋爱，势必练就一副钢铁意志。

"这个，是你说我女朋友太漂亮了，所以咬的。"他偏过头，然后指指另一边，"这个，是因为你说右边那个是我女朋友咬的，你要咬个更大的。"

苏拉："……"

"还有这些……"林渡坐起来一点，被子从胸口滑落到腰间，露出胸肩上大片的红色甲痕，还有吻痕。

苏拉迅速垂下眸子。

林渡望着她的头顶说："苏拉，阿宝只是我的发小，不是我的女朋友。我女朋友之前说不要我了，所以我现在没有女朋友。"

他说这话的语气，带点委屈，又带点讨好。

苏拉一时愣住了，有点手足无措，只得将头埋得更深。

林渡忽然觉得有趣。他们两人之中，苏拉一直是更成熟沉稳的那一个。这是他第一次看到她失态，也是第一次看到她的窘态。

他现在的心情，有点武侠小说里因醉酒失身男主的女侠的愤怒，有点身体被利用的羞耻，但更多的是……欢喜。

原来她这么迷恋他的身体。"苏拉……"他的话刚出口，就被打断了。

"对不起。"

林渡一呆："你说什么？"

"昨晚的事，我很抱歉。我一般不会喝得这么醉的。而且我记得我是打电话让宁夏来接我的，不知道为什么……"

"你没告诉宁夏地点，手机又打不通，她才找我的。"林渡沉下嗓音，"如果是宁夏去接你，你也对她……这样？"

苏拉皱眉道："你这是在说什么？"

"你又在说什么？"要不是底下什么都没穿，林渡几乎要愤怒得站起来了。他不敢相信，在昨晚之后，她还能这样翻脸无情。

"苏拉，你喜欢我，不管是喜欢我的身体，还是灵魂，总之你喜欢我喜欢得不得了。所以，别再扯什么你要的生活不是我要的生活那种屁话。不就是你家比我家还复杂吗？管他们有多复杂，我们就简简单单地在一起，不行吗？"

苏拉沉默了一会儿："你说得对，我是喜欢你的身体。可是林渡，你怎么还不明白，我喜欢你，和我想跟你发展一段长久的关系，本来就是两码事。"

林渡张口结舌地瞪着她："苏拉，你怎么能这样？你怎么能……这么坏？"

苏拉的肩膀陡然一颤。她烦躁地瞄他一眼，忽然站起来，走到窗边，背对着他："林渡，你讲讲道理。我有没有警告过你，不要来招惹我，离我远一点？我是不是说过，我想要的东西很多，没有精力应付你？现在外面怎么说我，你不会不知道吧？色诱继父、欺凌弱女、杀人未遂……你想和这些标签里的哪一个沾上关系？"

"我……"

"我早就说过，你根本就不知道我是什么样的人！"

林渡冷眼看着她的背脊，忽然平静了下来。他捡起扔在地上的衣服，慢慢穿好，抱着双臂倚在墙边。

"我是不知道你是什么样的人，那你告诉我啊。苏拉，你是不是不敢？"

苏拉猛然转过身来，道："我有什么不敢的？"

林渡逼近她："那你刚刚说的那些事里，有真的吗？"

"有！"

"哪一件？"

苏拉倏地住了嘴。

林渡嘲讽地一笑："你是怕我知道了，去报警吗？"

苏拉觑着他，摇了摇头道："你空口无凭，拿什么报警？"

她说得轻描淡写，林渡的心却猛然往下一坠。

她没有声称自己无罪。

网上传言的那些事里，只有一件是触犯刑法的。

"所以——"林渡一字一顿地问，"十二年前的那场车祸，你是真的……推了杜荔娜吗？"

林渡没想到自己会问出来。问出来了，他就有可能得到正面的回答。而他察觉，自己并不想知道答案。

苏拉似乎陷入了迷茫。良久，她幽幽地说："林渡，你问这个做什么呢？这和你有什么关系？知道了，对你又有什么好处呢？"

她的话，犹如一把锋利的刺刀，在林渡的心脏上浅浅地穿刺，一次又一次。

"我要知道。"

苏拉道："哪怕法律在这里没用武之地？"

"哪怕你是我最亲密的人，哪怕法律给不了公平和正义。但我还是要知道真相。"林渡说，"我控制不了这世界上的其他人，也影响不了法律。但是我能掌控我自己。"

苏拉道："如果我是有罪的，你就会离开我，再也不来纠缠我，是吗？"

林渡默然半晌，道："大概是吧。"

苏拉长长地叹了一声："那我就告诉你吧，林渡。我确实有罪。她的腿，她的芭蕾梦想，甚至于她完美无瑕的爱情，都是我抢走的。现在，我还要抢走她别的东西。法律制裁不了我。"

林渡呆立良久。最初，他是被苏拉身上的神秘感和故事感所吸引的。但他从没想过，自己真会爱上一个罪人。

他不甘心地道："你为什么要那样做？为什么那么恨她？"

"她不招人恨吗？她什么都不缺，有爱她又有钱的爸爸，有漂亮的脸蛋和身材，还有天真可爱的个性，她身边的每一个人都喜欢她，都需要她。我恨她幸运，恨她不费吹灰之力，就拥有一切。"

"所以是……嫉妒？因为嫉妒，你就把她推到了车轮下？"

"没错。"

"那之后呢？你得到了什么？"

苏拉像是没听懂他的意思："我得到了什么？"

"她的美貌、财产、个性，她的父亲，她喜欢的男生，你得到了哪一样？"

苏拉张了张嘴。

"你什么都没得到。虽然法律没有给你判刑，但大家还是把车祸归咎于你，杜宇风把你赶出杜家，剥夺了你的继承权，你母亲没有为你说话，或者是说了但没有用。苏拉，即使是在十二年前，你也不像是这么愚蠢的人。"

苏拉嘲讽地牵起嘴角道："十八岁，本来就是人生最愚蠢的时候，过了个生日，就自以为是成年人了。"

林渡安静了一会儿，换了个方向道："好，那我们先不说后来的事。车祸当晚，你们正在王家的鹤尾山别墅开派对。其他同学都在别墅里，为什么你和杜荔娜会跑到离别墅有一段距离的山道上？"

苏拉讶异于他对事件细节的了解。

"你倒是做了很多调查。"

"你不要岔开话题，回答我的问题。"林渡冷静得像他自己笔下的侦探。

苏拉挑起眉。他们在一起的时候，林渡总是做小伏低的，她从未见过他如此强势的一面。她静了一瞬："因为那天……娜娜来晚了。"

在鹤尾山的毕业舞会之前，王子猷和杜荔娜都是青梅竹马的相处模式，从未捅破过那张纸。王子猷扮演着一个耐心而温柔的兄长形象，在学习、交友和生活上都给予杜荔娜许多指导。

"那时候，王子猷马上就要出国了。班里有传言，王子猷打算借舞会的机会，正式向娜娜表白，还说他已经连两个人的婚礼都计划好了。要真是那样，也不奇怪，他们王家人，恨不得把一辈子提前缝在十字绣上。"

王子猷的好兄弟们都知道他的意图，下了赌注，赌他能不能在舞会上拿下心仪女孩的初吻。他被爱情激发出一往无前的锐气，踌躇满志，只待旗开得胜。

"所以，王子猷的第一支舞，是跟我一起跳的。"

林渡怔了怔："为什么？他办这个舞会，不就是为了杜荔娜吗？"

苏拉笑了："舞会开始以后，娜娜一直没有出现，手机也联系不上，同学们都到齐了，舞会必须开始。"

灯火、音乐、微雨，一切就位，只有女主角一直没出现。在同学们的起哄声中，王子猷逐渐狼狈。

"第一支舞和谁一起跳，本来是不重要的。但是……娜娜和王子猷说过，舞会的第一支舞，一定要和喜欢的人跳。"苏拉撇撇嘴，似乎极为不屑，"这算不算，自己挖坑给自己跳呢？"

林渡道："就算王子猷要临时找人开舞，为什么是你呢？"

苏拉倏地笑了:"王子猷这个人,永远是这样,一旦事情不能按他规划的方向进行,就会非常焦虑。没有什么能比王家的体面,还有他自己的完美人设更重要。为什么第一支舞,他会和我一起跳呢?"苏拉的笑容里,有着阴谋得逞的得意,"因为,是我邀请的他。因为我告诉他,娜娜不会来了。我既了解王子猷,也了解杜荔娜。他们两个人郎才女貌,天作之合,我实在看不下去了。我和他跳了第一支舞,然后娜娜就到了。她果然气疯了,什么都不说,就跑了出去。"

林渡了然地道:"你追了出去?"

"是。"

"王子猷为什么没跟你们在一起?"

"他去拿了家里的车钥匙,开车追过来的。等他赶到,车祸已经发生了。"

"如果是你推了杜荔娜,为什么没有受到指控?"

苏拉的眼神有些涣散,又猛然收拾起心神:"那时候,一帆正在增资扩股的关键时期,银行贷款也有几笔批了还没放款。如果在这时候传出杜叔和我妈之间有矛盾,之前的一切努力就都付诸东流了。杜叔不愿意把事情闹大。"

"警方没有立案吗?"

"只有娜娜一个人指控我,她后来在杜叔的劝说下又改口了。现场没有监控,痕迹都被雨水冲得差不多了。"

林渡端详着她的脸。他知道,苏拉说的每句话都是为了让自己离她远一点。

他思忖片刻,问:"所以,杜荔娜究竟为什么迟到?"

苏拉忽然陷入了沉默。

"林渡,你真的很适合你现在的职业,总是能一下子抓住关键的线索。"

"你不要给我戴高帽。"林渡说。

律师可能是这世界上最擅长撒谎的人。他们了解人性的黑暗面,懂得以言语挑动人心,最清楚事实的边界,还擅长将谎言严丝合缝地填补进这些边界之中。哪些是真,哪些是假,他得自己分辨。

凌厉的眉毛皱起,苏拉耸了耸肩:"她为了那天,准备了很久,特地买了一双很贵的水晶高跟鞋,还拿出了她妈妈当年穿过的小礼服。那是她最珍惜的东西,从来不许别人碰……舞会之前,我剪碎了那条裙子,拿走了她的手机。是我,精心策划,抢走了她和王子猷的第一支舞。"

说完这句话,苏拉看上去轻松了很多。

"林渡,你想知道的,都已经知道了。从今往后,别来烦我。"她的眸光微微一闪,"下次我再靠近你,记得把我推开,千万不要心软。"

3

天影所。

苏拉一回到办公室，宁夏就告诉她，郑永明从欧洲度假回来，已经在她的办公室等了一个小时。

见苏拉进来，郑永明把保温杯重重地往桌上一放："你到底怎么回事？"

苏拉犹豫了一下："师兄，这个案子我早就跟您报备过了，客户保密要求非常高，所以走的都是特殊流程。"

"我问的是案子吗？我问的是你！"郑永明气势汹汹地道，"案子我心里有数，该收的钱都收了，对律所的利益也有保障。但是苏拉啊，你隐藏得可够深的！我一直以为你家里条件不好，读书和工作才特别努力，没想到……呵呵，师兄还给你介绍客户呢！"

苏拉没有立刻说话。这事，她办得确实不地道。

"师兄，如果提前告诉你我和一帆的关系，你还会接纳我进天影吗？"

"送上门来的千金大小姐给我招揽生意，我为什么不要？"

苏拉："……"

"你在海市刚升了风同所的高伙，能力和口碑有目共睹，肯来鹤市低就天影，我就该知道你有别的打算。有本事的人嘛，多少都有自己的个性，我这当老板的，能担待就担待。但是苏拉，作为师兄，我劝你一句：在任何一个行业要走得远，都不能只看做事的能力，还要看你怎么做人。你明白吗？"郑永明停顿了一下，"当然了，以你这家世，大概也没打算在律师这行走得更远。"

这话说得很是阴阳了。苏拉苦笑了一声："律师这个职业，我会一直做下去的。"

郑永明面色稍霁，道："你的家庭隐私我不打听。我就问一句，还有什么和天影利益相关的信息，是你需要告诉我的？"

苏拉摇摇头："如果您觉得我不适合再待在天影，等我手上的几个案子结了，我会主动离职的。师兄，我很抱歉。"

郑永明没想到她会开口道歉。这小师妹虽然年轻，但心思很重，有时候他这老江湖也看不透。苏拉专业能力出色，做事周密，能迅速抓住要害，还肯闯，肯拼，肯吃苦，郑永明在她身上能看到自己当年的影子，难免多一些照顾的心思。没想到，玩鹰的被鹰啄了眼，老江湖被小浪花打湿了鞋。

都是千年的狐狸，戒心一起，就再也谈不上交情了。

"案子接了，好好做就行，别砸了天影的招牌。"他走出门之前，又留下一句，"我会给所里的同事开个会，让大家不要和外界议论你的情况。最近你自己出入也多加小心，律师的声誉也很重要，别闹出什么事情，影响到天影。"

苏拉想说句感谢的话，郑永明已经出去了。

苏拉打开搜索引擎，搜索一帆，新闻上都是昨天杜荔娜摔倒的视频和照片。

在场的自媒体很多，拍的照片角度都很刁钻，有些还给走光打了码，刚看了一眼图就没了。看来一帆的公关部门还是有在做事情的。

但更多的图片，高清暴露了杜荔娜腿上的伤痕。还有一个她摔倒全过程的视频，被剪刀手剪成了鬼畜视频，配上恶搞音效，被转发了上百万次，标题：从公主到沙雕只需要一步。

底下的评论中，友好一些的发"哈哈哈哈哈哈哈"，还有各种搞笑段子和再创作的猥琐梗，譬如"你永远猜不到女人的裙子底下藏着什么"。

倒是有几个另辟蹊径的媒体，把目光集中在那个扯破了杜荔娜裙子的中奖女孩身上。女孩刚入职一帆不久，自称拿到大奖，太兴奋了，没察觉到鞋子钩住了小公主的裙子。她说自己现在很害怕，不知道会不会因为这个被开除。

有评论质疑女孩是受人收买，故意在公众场合给杜荔娜难堪的。

紧跟着，一帆公关部出来解释——一切只是意外。一帆不会因为意外的尴尬事件开除员工，希望大众更多地关注一帆的产品和技术。

这解释没有平息好事者的想象，反而等同于坐实了揣测。

有自称是一帆内部员工的匿名号出来爆料，说中奖女孩就是收了江氏母女一笔钱，故意踩住杜荔娜裙摆的，还在视频上回放慢动作，圈了红圈加上了自己的解释。

也有自称现场目击者的观众爆料，说晚宴上杜荔娜和苏拉坐在一起，根本是苏拉趁机割破了杜荔娜的裙子，否则，高定的晚礼服哪里会那么容易被扯破？

各种沙盘推演，从九十年代香港小报的狗血风一步步演变成阿加莎·克里斯蒂的豪门情杀风，文采逐渐斐然。

苏拉关掉了浏览器。

原来的手机在西装男头上敲坏了，她在上班的路上买了部新手机，刚装上SIM卡，手机就开始疯狂振动，陌生来电和信息声此起彼伏。

她还没来得及细看，宁夏就进来了。

"苏拉姐，已经跟一帆调阅了临南工业园的相关材料，但是总部的资料有限，大部分原始资料还是在项目公司。今天我和小周会整理好，明天一早把简报和所有资料放在你桌上。

"还有一件事，其实和我没关系，是你个人的事。但对方很周详，也抄送给我了。就是一帆召开临时股东会的通知，是十五天后。我列到日程里，提前提醒你？"

苏拉点点头，然后一愣："你说十五天后是什么会？"

"一帆的股东会啊，是江总裁召集的，要审议补选董事的议案。"

杜宇风去世后，一帆董事会原本的五个席位空缺了一席。根据一帆的公司章程，董事的提名权掌握在董事会提名委员会手中，也就是掌握在江世敏手中，但其他持股超过10%的股东也可以通过临时提案的方式提名董事。

宁夏提醒道："股东会之前，你们三位一致行动人是不是要先开个会？"

苏拉皱着眉头，拨通杜家司机曹叔的电话，询问杜荔娜的情况。

曹叔是个沉默寡言又忠实的中年人，听见是苏拉，语气并不太好。但杜宇风临终对他有过嘱托，让他尽量配合苏拉的工作，所以他还是如实回答："小姐那天晚上回家后，就没有再出过门。"

"她以前，也遇到过类似的事情吗？"

"有。三四年前吧，王先生包了一家私人酒店度假，但是酒店的管理有漏洞，误接了几个客人，经过泳池时看到了小姐穿泳装的样子。那一次，小姐的情绪很崩溃，闭门了两个月才见人。"

苏拉默然了，江世敏的计划原来是这样的。

如果杜荔娜的情绪或精神状况不能支持她走出家门，缺席了一致行动人会议和股东会，她相当于弃权。而杜荔娜的弃权，就意味着无论苏拉的决定是什么，江世敏都会占据绝对的多数。

如果杜荔娜把股东表决权委托给王子谦，那么王家架空她也就成了事实。一帆管理层的元老们对这一点相当警惕，可能会激起抵触情绪。

当然，还有一条出路，是王子谦也缺席股东会，这样，参加股东会的股东持有的股权未超过50%，股东会决议无效。但这样一来，江世敏没有什么损失，依然掌控着董事会，补选董事短期内无法开展，却坐实了王家的软弱，也会减轻王家在一帆实际事务处理上的影响力。

苏拉陷入了沉思。

宁夏觑着她的脸色，以为她是对自己的工作有什么不满，低声道："苏拉姐……不好意思啊。昨天你让我去接你，我却找了林作家，没给你惹麻烦吧？"

苏拉回过神来，道："没事，是我没说清楚，你别放在心上，好好工作吧。"

宁夏这才松了口气，刚要离开，又被叫住："宁夏，网上关于我的新闻，你看到了吗？"

"看到了。"

"你和小周他们，怎么看呢？"

宁夏愣了愣，半晌，轻声说："苏拉姐，我和小周他们几个，一直都觉得你是个有故事的女同学。"

苏拉："……"

现在的"95后"关注点都这么奇怪吗？

"你虽然不太和我们交心，有点严格，但真的教会了我很多。上次那个陈女士的案子，那么难打，只有你敢接。苏拉姐，刚入行就跟了你，我觉得自己特别幸运。我希望等我到你这个年龄，能成为和你一样厉害的律师。所以，不管外面怎么说，我们几个一定会跟着你好好干的。"

宁夏露出几颗洁白的牙齿，道："下周一刘总的案子开庭，这次的质证意见，我又改了几个地方，我自己觉得写得挺好的。苏拉姐，你有空再看看？"

苏拉有点发愣，点头道："好。"

宁夏离开后，苏拉沉思片刻，拨通了瑞熙吴总的电话："吴总，您之前说，下周有个新闻发布会，到时可能会有记者问到咱们上次那个案子。我之前不是没空吗，现在时间空出来了……对，您是我们所最重要的客户，郑主任千叮咛万嘱咐，要把您服务好，我的时间表当然以瑞熙的需求为先。"

"好的，那我提前半小时到。"

放下电话，苏拉将自己的身体抛入皮质的软椅，长长地吐出一口气。

4

林渡的新书《潘塔纳尔的豹》又卡住了。

这一次是林渡自己的问题。他和编辑争论了很久，书的女主角瑟西诡计多端、邪恶聪慧，男主角却依然爱她，这不合理。

编辑劝他，现在的读者就吃这一套。女主虐男主千百遍，他还待女主如初恋。这样的深情男子谁不爱啊？

林渡反问，但是爱情不应当建立在道德的前提下吗？明知对方是一个邪恶的人，正常人不应该尽早抽身远离吗？

编辑困惑："鸟哥，这个情节最早不是你自己设计的吗？怎么现在又觉得不对了呢？"

林渡说："是，我那时候觉得爱情是超越理性的，但我现在不相信了，不相信有完全超越理性、价值观和法律的爱情。"

编辑恨不得死给他看："鸟哥，这是你的核心大情节之一，要动就得推倒重来。我是觉得原版没问题的，如果你非要改，请在这个修改上加上一个期限吧……"

林渡道："能不能是一万年？"

编辑撂下一句："给你七天。"

逃避是工作的开端。这七天里的前两天，林渡把自己埋在游戏里，在战场上杀敌无数，血流成河。

到了第三天，他终于挣扎着爬起来，面对现实。

他给白恒打电话，问："你写过那种一往情深、不见棺材不掉泪的男主吗？"

隔着电话他都能听出白恒的嘲笑："没有，我家男主从来都是万花丛中过，片叶不沾身。"

"但你书里的言情部分还是很受读者喜欢的。"林渡叹气，这是他第一次在书里花大笔墨描写爱情。

白恒道："那是，你白哥年轻的时候，掌握了丰富的实战经验……"

话没落音，电话中孩子的喊叫和嫂子的怒斥同时响起。白恒连忙"噢噢"应着，拖鞋出溜着地板，逐渐逃离闹声的核心。

林渡道："白哥，你又躲在洗衣间给我打电话对吧？"

"谁说不是呢？"

白恒叹口气："你这个问题，还是感情经历太少造成的。"

"怎么讲？"

"只有当你爱一个人的时候，才有动力去投入时间和耐心，尝试理解她的阴暗面。就像我，当年只是一个学历、出身、工作都不行，窝在出租屋里敲字的愣头小子，社交能力约等于零。但只有你嫂子愿意花时间了解我，她问我，为什么选择写作这份看上去很没有前途的工作。就是因为她理解我，也支持我，我才能走到今天这一步。

"所以，她生完孩子以后，产后抑郁、易怒、压力大，我停了一年的写作，在家陪她，因为我要理解她为什么痛苦，为什么焦虑。梦想不够饭钱的小年轻，产后抑郁的家庭主妇，好人，坏人，这些都是标签。标签会制造恐惧，而理解，才能消除恐惧。大部分人倾向于通过标签来判断人，是因为理解需要付出时间和耐心。"

白恒突如其来的煽情，让林渡很不习惯："那如果我投入很多，还是无法理解她呢？"

"这就是人生的风险啊，你花了一年写出来的书，能不能火，是你说了算的吗？那你一开始为什么写呢？"

林渡道："因为……爱吗？"

白恒道："因为也不会干别的啊……"

林渡："……"

白恒发出一连串大笑："鸟哥，你说的究竟是书里的角色，还是现实中的人？我刚才说的都是小说设定啊，现实中遇上罪犯，还是赶紧跑吧。"

林渡觉得，自己又在白恒身上浪费了有意义的十分钟。

第四天，林渡被何家兄妹从游戏里薅出来，组了个负能量局。

何崇光进口的一批海鲜在港口检验结果不达标，要办理退港审批，现在货运商、进口代理商、海外供货商几方互相扯皮，何崇光的流动资金又流不动了，回家找何家老爹借钱，被骂了个狗血淋头，一分钱没借到。

何宝贤精心撰写的一帆集团专题被上司给毙了。上司是个说话嗲声嗲气的大姐，张口闭口都是年轻人喜欢那个，年轻人不喜欢这个，感觉她比年轻人还懂年轻人。大姐还劝她，说阿宝你的背景大家都知道的呀，没必要卷成这个样子让大家难堪嘛。

至于林渡，二次失恋，三观破碎，交稿无望，一头的乌云更是突兀且明显。

一顿饭吃得长吁短叹，败兴而来，绝望而归。

第五天，林渡起了个大早，决定远离家里沙发、床、游戏的诱惑，去个人多的环境静心修稿。

他找了个口碑不错的咖啡厅，在靠窗的位子坐了一上午，就写了两百字。

他脑海里想的，不是小说里的女主角。他满脑子都是苏拉。

苏拉表面上强势又冷漠，日常却很好相处。选餐厅、看电影，她都乐于听取他的建议，尝试新鲜事物。更令人意外的是，她还善于倾听。

林渡是个脑子里日常跑马灯的话痨，没人制止的话，他能从帝企鹅聊到北极熊。但不管他说什么，苏拉都能听得进去，并没有像大多数人那样，对他的天马行空嗤之以鼻，偶尔还会因他的冷笑话露出一个淡淡的微笑。

苏拉有他羡慕不已的果断坚定，却竟然不鄙视他的软弱幼稚。林渡遂确信，他遇到的是爱情。

他爱上的这个人，真是个罪人吗？

记忆像滴滤咖啡，零星地滴入他脑中的马克杯。林渡蓦地想起了一件事。

那是他们在一起的三个月中，除了宣告分手，唯一一次闹矛盾。

那天，林渡来接苏拉下班，在写字楼大堂遇见一个微胖的中年男人。

男人五十多岁，两鬓灰白，穿保安制服，不是写字楼里那种干净的制服，而是满身带着灰尘，像从哪个刚爆破的采石场刨出来的。他张开双手，堵住苏拉的去路。

林渡将苏拉拽到身后，男人便尴尬地笑着，松弛的太阳穴攒起旋涡般的皱纹："苏大律师，男朋友这么帅啊？你就借我一次吧，就一次。"

苏拉在林渡手臂上轻拍两下，从他身后转出来："不可能。"

"两万，就两万！去年我投的那个P2P[1]，老板卷钱跑了的那个，你还记得不？现在开始统一清退了，说是我那十六万都能退，就是要先交一笔两万的税。我不交，别人交了，清退款就先退给别人了。你看这……"男人机械地咧着嘴，"苏大律师，你就再帮我这一次吧，好歹……"

苏拉冷厉的目光蓦然一闪，将他剩下的话语吓了回去。

他焦虑地抿着嘴道："为了这十六万，老婆要跟我离婚，儿子也不认我，五十多岁的人了，还睡在老板房里给人看大门。鹤市除了你，我还能跟谁借钱？不然我去偷，去抢？"

"你卖血卖肾，抢劫跳楼都跟我没关系。"苏拉冷漠地移开脸，拉起林渡就走。

刚走出大门，林渡猛地"啊"了一声："苏拉，P2P平台破产清退，从来没听说还要先交税的，该不会又是个新型骗局吧？"

苏拉挑起眉，林渡这才想起眼前站着位律师，不好意思地搔搔头。

---

1. 点对点网络贷款的简称。

"这你比我懂得多。"村渡忽然又奇怪地道,"既然你也看出来了,为什么不告诉他这又是个骗局?"

"你觉得我应该借钱给他?"

"当然不是,但是至少该提醒他一下吧。被骗一次已经很惨了,何况被骗第二次。"

"我有义务提醒他吗?"

林渡愣了一愣,这才注意到她脸上超乎寻常的讥讽。

"你不是律师吗?"

苏拉道:"我今年的法援案件已经接满了。"

"不是这个问题。"林渡突然笨嘴拙舌起来,"我是觉得,多说一句话,就能帮别人免去一场灾祸,也算积德行善了。"

苏拉像是听到了今年最好笑的笑话,她双臂环抱,后退了一步道:"那我,哪一点像个善人了?"

林渡语塞了。这样愤世嫉俗式的自嘲,是他所不喜欢的,仿佛两人中间突然出现了一条难以逾越的鸿沟。

苏拉的唇角勾起:"你想积这个德,你去跟他说啊。"

她越是挑衅,林渡就越想和她对着干。他掉头回大堂,男人还手足无措地站在大理石圆柱的侧边。

林渡将自己粗浅的了解和判断的依据简单对他说了一遍,认真地警告道:"这位大叔,我劝你还是小心一点,现在骗子太多了,街上天天大喇叭放着防范电信诈骗呢。实在不行,你去派出所问问……"

男人的神情从充满期待,渐渐变得不耐烦,听林渡说去派出所,他脸上突然出现怒意,劈头啐了林渡一口:"×的你不借就不借,耍着老子玩呢?你以为老子是傻子?被骗一次,还能被骗第二次?"

林渡:"……"

"平台都破产了,就那么点钱,去了派出所,都被国家没收了,还能轮到我?当个破律师,以为自己是个什么东西!我呸!"

男人又飘了几句脏话,骂骂咧咧地走了。

林渡在原地蒙了好一会儿。等他醒悟过来,走出大堂去找苏拉,苏拉已经不见了。

那一整天,苏拉都没接他的电话。到了第二天,却又突然好了,仿佛这事没有发生过。林渡诚心诚意地道歉,苏拉却说,都是小事。

现在看来,她懒得计较,也是因为从未打算和他长久交往吧。

咖啡厅的服务生送上一个带猫咪爪印的陶瓷杯,手冲咖啡浓香扑鼻。

林渡从记忆中回过神来,叫住她:"这不是我点的咖啡。"他指指桌上的纸杯:"我点的已经上了。"

"请您喝的，不要钱。"

服务生——一个瘦弱苍白的中年女人——拘谨地笑了："这是我自己冲的，乌……什么达水洗，我刚学，冲得不好您别介意。"

林渡觉得她有点眼熟，问："我们是不是见过？"

服务生回头看了看柜台，其他同事都在忙，并没有注意到这边。

"我认识您，您是苏律师的男朋友。"

自从认识了苏拉，林渡已经习惯"苏律师的男朋友"这个称呼了。他想起来，他第一次去天影所，碰上苏拉脚踢渣男，踢的就是这位陈女士的丈夫。哦，现在应该叫前夫了。

后来他和苏拉开始恋爱，去接她下班的时候，又在天影所见过陈女士两次。

"我就是想请您喝杯咖啡，苏律师是个好人。"

林渡顿时有点不好意思。在公共场所接受陌生人的有偿服务是一件心安理得的事，但当这人变成了熟人，服务变成了无偿的，一切就尴尬起来了。

"陈女士，您太客气了。"他想想自己的悲惨遭遇，"我和苏律师已经分手了。"

没想到陈女士睁大眼睛道："为什么？苏律师这么好的人！"

你大概不经常上网。林渡在心里说。

柜台有人叫了一声。陈女士胡乱应着，却没有离开的意思，急切地说："你是不是嫌她工作忙，不顾家？结了婚就好了，女人嘛，嘴上再要强，还是会以家庭为重的。"

"呃……"林渡相信，那个工作狂这辈子都不会以家庭为重的。

当然，这对他不是什么问题，他可以以家庭为重。

陈女士越说越激动："苏律师这么心善的人，天上地下都少有啊。"

陈女士絮絮叨叨地道出她离婚案件的始末。

她前夫是个建筑包工头，早年经济上还比较宽裕。婚后她做了十年的家庭主妇，家里的财产都掌握在前夫手里，大事都是他说了算，孩子也认为父亲是家里的顶梁柱，妈妈则是个废人。当她有一天醒悟，自己的婚姻和别人的婚姻不一样时，没有人相信她丈夫是个变态。

后来，前夫生意失败，对她的家暴和精神控制逐渐超出了她能忍受的范围。他很聪明，从不在别人能看到的地方留下伤痕，不给她钱，不给她吃饱饭，说她在减肥，不让她自由使用手机。更多的时候，他享受的是主宰她的感觉。他会不经意地给她看自己收集的刀具，看网络上找到的血腥暴力的照片，在她耳边描述如何践踏她、肢解她，并且让所有人都以为她是离家出走。

为了离婚，陈女士无数次求助亲人、朋友、居委会，还去过司法援助中心。前夫很会演戏，连父母都认为她是犯了癔症，劝她好好珍惜现在的家庭。法援律师也觉得她拿不出任何证据，所谓的家暴，更多是存在于臆想中。

她尝试过自杀，多次的自杀记录更是被丈夫当作她精神不正常的证据。每一次的求助失败，换来的都是更凶狠的毒打和威胁。她浑身赤裸地被关在卧室里，口里塞着毛巾，听着孩子去上学的脚步声，心想，也许这就是终点了。

但她终究没有放弃。

最后一次去司法援助中心的时候，她已经不抱什么希望了。但幸运的是，那天她遇到的值班律师是宁夏。

宁夏认真听了她的讲述，给出的建议和之前那位律师一样。以她的讲述，很难做家暴立案，除非她能保留更有效的证据。

活着尚且艰难，要怎样才能在禽兽打造的牢笼里拿到证据？陈女士绝望了。就在她要离开的时候，宁夏叫住了她："我的带教律师特别厉害，我可以帮你问问她。"

宁夏打了一个无比漫长的电话。放下电话，宁夏微笑道："苏律师说，你的案子她接了。"

陈女士跟宁夏来到天影律师事务所，见到了苏拉，依然不敢相信自己的眼睛。

这位苏律师很严肃，也没什么耐心，不像宁律师那么友善。她会愿意和自己，和那个心理变态的男人产生联系吗？

陈女士忍不住把丑话说在前面："我没有钱。"

她自己没有一分钱在身上，前夫生意失败，家庭财产几乎赔尽，官司打赢了也收不到律师费。她知道，有点本事的律师都忙着挣钱，不会接这样吃力不讨好的案子。

苏拉很忙，一边低头处理文件，一边说："律师费可以延后支付。等官司打赢了，你有钱就一把交钱，没钱就打工分期还。"

陈女士不敢相信自己的耳朵。看过了太多的世态炎凉，她的第一反应是对方是骗子。

可是她有什么值得人骗的呢？

"你不怕我缠上你们吗？"她以前见过的律师，除了怕收不到律师费，更怕被她缠上。绝望的人，什么都干得出来。

这句话让苏拉的动作停了下来。她放下手中的工作，抬起头道："我不怕缠，有胆子你可以试试。"

这话说得有点吓人。陈女士往后缩了缩，有点搞不清她究竟肯不肯帮忙。她想了想道："我老公是个很可怕的人。真的能打赢吗？"

"不要怕。"苏拉勾起嘴角，"恶人，当然要恶人来磨。"

咖啡厅里，陈女士露出一个腼腆的笑容："苏律师给我找了新的住处，帮我补办所有的证件，告诉我怎么和孩子解释自己的处境，手把手地教我怎么录音，怎么装摄像头，怎么引导我老公说出他以前说过的话，承认他做过的事，还帮我申请了人身安全保护令。我老公找上门去威胁苏律师，说要开车撞死她。谁知道苏律师比他还狠，说那我现在先撞死你。我第一次见一个女人比男人还恶，我老公当时就怂了。

"后来，他又来骚扰我，被警察抓了几次，关了半个多月，出来后就没敢再来找我了。

"我每个月工资有三千多块，除了自己的吃穿住用，能攒下三百块还给苏律师。苏律师每个月都盯着我还钱，还提醒我涨工资要多还一点给她，让我好好干。"

她有点骄傲地扯了扯身上的围裙："我现在已经可以学冲咖啡了，只是还不能卖给客人。过几年我当了店长，就能租个大点的房子，把孩子接过来，也能把欠苏律师的钱还完。"

咖啡厅的店长走过来，拍了她一下说："陈换儿，你怎么回事，别在这里骚扰客人！"

陈换儿说着自己的现在和未来，早已忘了时间，这下猛地惊醒了，连连道歉。

林渡制止了她。"是我缠着她一直问的，不好意思。"他向店长笑着点头，"她送的手冲咖啡，乌干达……什么来着？非常好喝。我就是想请教一下，有什么诀窍。"

陈换儿的眸子亮了亮："乌干达水洗，萃取时间建议在两分钟内，水温在88℃到94℃之间。如果您感兴趣，我们店里也有整包的咖啡豆供您购买。"

跟在店长身后往回走的时候，陈换儿又扭头看了看林渡。

林渡给她比了个加油的手势。

苏拉下班回到家，出乎意料地，一室通明。

"回来了？"林渡坐在餐桌后，面前是两个她没见过的新马克杯。

"喝咖啡吗？手冲的。我第一次做没经验，你别嫌弃。"

苏拉看了眼餐边柜，果然多了一个小小的磨豆机和一个咖啡滤壶。这人又开始冲动消费并擅自给她添置物品了。

今天的林渡和往常很不一样，没有委委屈屈地窝在门外扮可怜，也没有愤怒不解地质问她，更没有震惊失望地瞪着她。他好整以暇，舒适得如同坐在自己家的马桶上。

苏拉沉默了一会儿："我明天就把进门密码改了。"

林渡泰然自若地笑笑道："没关系。"

他站起身，两步就跨到她面前，仗着身高优势，轻而易举地把她压制在自己和门之间，嘴边噙着一丝痞痞的笑意。

"你读过阿赫马托娃吗？"

"什么娃？"

"阿赫马托娃，俄罗斯诗坛的月亮。她说'让爱像一块墓碑吧——镇压住我的生活……'"

是谁把这个中二文艺青年放出来了？

苏拉冷静地维持着被壁咚的姿势，问："林渡，你是不是有病？"

"如果诗是一种病，那就算我有病吧。"

苏拉忍无可忍地翻了个白眼。她粗鲁地推搡着他的胸口，居然没有推动。

也不知道是他最近健身成果显著，还是她疏于锻炼。她一时失策，竟被他拉高双手，按在了门板上，两人的身躯顿时紧密贴合。

　　林渡身上的气息将苏拉密密笼住，书页、乌龙茶、薄荷，还有咖啡的醇香。

　　这气味立刻在她肌肤上激起一连串的战栗，令她回忆起两人此前的耳鬓厮磨、抵死缠绵。他的唇沿着她的额头缓缓向下，只隔着汗毛的距离，却并不真的触碰，沿着眉、眼、鼻、唇，耐心地勾勒她五官的轮廓。

　　苏拉如同一个猎物，察觉自己正暴露在猎人的瞄准器中。她忽然感到前所未有的慌乱。

　　"林渡，你到底要干什么？上次我说得不清楚吗？我是个什么样的人，你还不够明白吗？"

　　"不够。"林渡的唇悬停在她的唇上，只隔着半厘米潮热的空气，"你反复说自己是个坏人，这是不够的。在那之前，你是如何生活的？谁疼爱过你，谁欺负过你，你又恨过谁、爱过谁？这些，我都要知道。你要让我明白原委，明白你究竟是怎么发展到这种卑劣阴险地步的。这样，我才能彻底死心，永远地远离你。"

　　苏拉咬着牙说："我看你是不想活了。"

　　林渡搜刮出积攒了二十七年的无赖厚脸皮，道："你不肯告诉我，我就用我自己的方式，去弄清楚你是什么样的人。"他贴近她耳边："女王，不能什么都是你说了算。这一次，我要起义做主人。"

第七章
早晨的蝉

一切多么远了
我们曾像早晨的蝉一样软弱
翅膀是湿的 叶片是厚厚的
我们年轻 什么也不知道 不想知道

——《窗外的夏天》顾城

1

这一天，王子猷回到家，保姆秦阿姨还没走。她做了个"嘘"的手势，表示卧室里还有人在熟睡。

王子猷问："娜娜今天怎么样？"

"做了好几次噩梦，后来就不肯睡了。出来喝了汤，又进去了，不开灯，也不说话。"

"医生开的药吃了吗？"

"她不肯吃，说吃了会头疼，还会长胖。"

王子猷无奈地叹了口气。

年终答谢会上的意外事件，对杜荔娜的打击很大。回家以后，她就把自己关进屋子里了，一句话都不说。医生说，那场车祸给杜荔娜留下了创伤性的回忆，她会不自觉地在脑海里重温车祸发生时的情境。而所有与车祸有关的事实，都是她希望隐藏和逃避的。

伤疤暴露于人前，也重新撕开了她内心结痂已久的伤口。

这些年来，杜荔娜的噩梦已经少了很多，能够渐渐恢复一些社交，正常乘坐车辆、参加公开活动，从外表看，和正常人没有什么区别。杜宇风和王子猷都把这视为非常大的进步。至于根治，他们都不抱幻想。

有的时候，王子猷会想，她的病是不是真的有这么糟糕。或者，所谓的创伤后精神障碍，只是她逃避世界的一个借口，一个奴役身边人的工具。

他对秦阿姨道："辛苦你了，先回去吧。"

秦阿姨真情实感地夸赞他："杜小姐真是上辈子修来的福气，摊上你这么好的老公，又帅，又有钱，还这么体贴，这么幸福，怎么还抑郁了呢？真是身在福中不知福啊。"

王子猷颇有风度地一笑，终结了寒暄。

这时手机铃声响起，是大哥王子谦。王子猷将所有事情在大脑里重新过了一遍，才接起电话。

果然，王子谦是为了股东会的事打电话给他的。

"是，以娜娜现在的状况，恐怕不能。"王子猷看了一眼紧闭的卧室门，下意识地避到客厅另一侧的阳台上，"娜娜对精神科医生很排斥。对，徐主任她之前也看过。她否认自己有精神疾病。"

电话那边说了不少，王子猷默默地听着，等大哥说完，他才道："大哥，娜娜现在的状况，能够正常生活就已经很好了。她对传统的治疗都很排斥，我们看过很多医生，对她的情况都没有改善。很早以前，我和她爸爸就讨论过了，不强迫她，让她顺其自然，自我修复，也许才是最好的选择……我知道这就是江世敏的目的。我也不希望她得逞，可我还是觉得，让娜娜签一份授权书，由我代替她去会更合适。"

王子谦加重了语气："这一次娜娜在年会上出丑，一帆内部已经议论纷纷了。如果我们代替她参加股东会，那几个老头子一定会说王家把娜娜彻底架空了。到时候，江世敏就有文章可做了。"

他不是能吃下暗亏的人，江世敏这一次的小动作，让他大为震怒。

王子猷叹了口气："好的，大哥，离股东会还有一周，我会尽力的。"

王子猷在阳台上站了一会儿，待冷风吹透了思绪，才重新回到客厅中。他深深吸气，默数三声，推开了卧室的门。

出乎他的意料，卧室里有光。

窗帘拉满，照明灯关闭，但电视开着。杜荔娜屈膝坐在地板上，背靠着床，腿上盖着张毯子，双眼盯着电视屏幕，一眨不眨。

王子猷疑惑地绕到电视机的正面。

正在播放的是一个小视频，是用普通手机拍的，画面有点晃，但非常清晰。红字标题是：瑞熙中心新闻发布会，女律师摔下楼梯。

王子猷知道这场新闻发布会。瑞熙是鹤市最有实力的上市地产商之一，刚刚成功挫败了一场恶意收购，管理层就后续的经营策略举行了发布会。

视频的中心位是瑞熙的执行总裁谢枚，想来摄影师是为了拍摄谢枚走下瑞熙中心那段富丽堂皇的楼梯，来到新闻发布会现场的过程。谁知谢枚走到一半，他身后的女律师鞋跟一崴，从楼梯上滚了下来。

保安和工作人员都来不及中途搀扶，只在楼梯的终点扶起了她。视频的拍摄者也冲了过去，给她来了个大特写。女律师穿着条丝质连衣裙，大腿撞得青青紫紫，文件撒了一地，狼狈不堪。

她抬起脸，正对镜头，尴尬又痛楚地皱起眉。王子猷确定了她的身份——苏拉。

他转头看杜荔娜："你这视频……从哪儿来的？"

"就刚刚，朱莉发给我的。"朱莉是杜荔娜所在的洛逸粉丝团兼八卦俱乐部中的一个，经常给她转发各种搞笑的小视频。

电视上，苏拉被人扶起，有人在拨打120，有人在呵斥拍视频者，还有人挥手遮挡住画面。然后，画面定格，又自动从头开始播放。

杜荔娜聚精会神地盯着画面，问："子猷，你说这是不是报应？"

王子猷："……"

杜荔娜不需要他回答，自己给了自己确认："这就是报应。"

王子猷不知道该说什么。他应该开心，这一次杜荔娜恢复得很快，至少能开始与人交谈了，这意味着大哥交给他的任务成功了一半。

但是，触发她恢复的原因，是看到苏拉也摔了一跤。这简直是三岁孩童才会有的幼稚心理。

"娜娜，这只是巧合。"

"这不是巧合。"杜荔娜固执地说，"这是上天给她的惩罚。没有人相信我，但上天知道，她就是个坏人。"

王子猷想说，这世间比苏拉坏的人太多了，并不是每个坏人都能受到上天的惩罚。

甚至于，好人、坏人的标签也已经是过时的东西了。成年人不在意好坏，只在意对自己是否有用。

然而，他终究什么也没说。杜荔娜不是成年人，她停留在十六岁，没有人忍心催她长大。

他整顿心神道："娜娜，下周一帆的股东会，你可以参加吗？"

杜荔娜似乎没听见他的话。她弯起唇角道："她摔得可真惨，脸都摔肿了。我是被别人陷害的，可她是自己摔的呢。多难堪啊，堂堂的大律师……其实，她也没有看上去那么聪明，对吧？"

王子猷听不下去了，扳过她的双肩，恳切地望进她的双眼："娜娜，江世敏召集了股东会，她要补选董事，填补你爸爸留下的空缺。我们京岚也提交了临时提案，提名我作为董事候选人。娜娜，我需要你的支持。"

过了好一会儿，杜荔娜的目光才聚焦在他脸上。她问："我应该怎么做呢？"

"江世敏提名了常老。常老在我们和江世敏之间一直保持相对中立的态度，她大概觉得这样比较容易得到苏拉的同意。我们这边提名的是我，你需要提前去参加一致行动人会议，投下对我的支持票。"

杜荔娜不解地道："就算我支持你，她们两个人加起来，在表决权上还是占优势啊。"

"苏拉那里，我有办法，你放心。"王子猷吻了吻杜荔娜的脸颊，"娜娜，你能做到吗？"

杜荔娜沉默良久，轻声说："我只要……举手同意选你，就可以了是吗？"

"是的，就这么简单。"

"那么，我觉得……我可以。"

王子猷长长地吁了一口气："那我们现在起来，去吃点东西，洗个澡，睡觉，可以吗？"

"嗯。"杜荔娜扶着王子猷的手，站起来，由他牵着，慢慢走出客厅。

客厅的灯光明亮，照得她一时目眩。

她瑟缩了一下。突如其来的光线，总是让她回想起十二年前车祸的瞬间。

苏拉惊恐而疑虑的脸从她眼前掠过，又离她越来越远，直到被扑面而来的车灯吞噬。黑夜仿佛被白昼取代。

然后，就是剧烈的撞击和疼痛。

十二年了，她已经学会在重温记忆的时候，将自己抽离出来，飘浮在上空，远远地观看躺在血泊里的少女。

甚至于，偶尔，她觉得自己有一点活该。她太愚蠢、太脆弱了，才会被轻易伤害。

目光适应了灯光，再映入眼帘的，是熟悉的家居陈设，还有王子猷引以为傲的浅灰色亚麻窗帘。

她就像那块绿色的花鸟窗帘，和他精心挑选的其他东西，一点都不协调。

杜荔娜定住了心神。"子猷。"

"嗯？"

"这么多年来，我一直是你的负担，对吗？"

王子猷愣了一会儿："别这么说，你是我的妻子，我们要共度一生的。"

"你从来没有想过，要离开我吗？"

王子猷摇头道："一刻也没有。"

2

王子猷再次见到苏拉，是通过她的助理宁夏，两人正式约在天影律师事务所的办公室。

他一进门，苏拉就讥诮地说："王总，不在家陪太太？看来年会的事，她也没怎么受影响。"

王子猷习惯了她的阴阳怪气，道："她确实好多了。下周的股东会议，应该也能准时参加。"

苏拉意外的神情让王子猷有些许得意。她大概没想到，自己不留意的失足摔落，反而帮助了杜荔娜迅速恢复。

半响，苏拉冷笑道："王总不是习惯直接冲到我家去敲门吗？"

"听说你出了点状况。打电话到办公室，也是怕你现在不愿意见人。"王子猷刻意提了提她的狼狈境况。

她看起来有些可笑，鼻梁和颧骨都有紫肿，像被家暴过一样，不过神情还算松弛。以这副面孔，说出再刻薄的话，王子猷都很难生气了。

"王总果然体贴又有风度。"

王子猷耸耸肩道："谈公事还是约在办公室比较好，大家方便。我可不想再碰到你的什么前男友、现男友。"

苏拉挑起眉道："王总来，是为了股东会补选董事的事吧？"

王子猷问："你收到增补的临时提案了？"

苏拉点点头。江世敏提名常玉忠，京岚提名王子猷，这都不令她意外。

"一致行动人里，江世敏肯定选常玉忠，娜娜选我，你选谁？"

苏拉眯起眼，说："还没想好。"

王子猷知道不必跟她废话："江世敏给你开的什么条件？"

苏拉答道："一张照片。"她没进一步解释，倾身靠近他："那你呢？你开什么条件？"

王子猷认真地道："苏拉，你来提条件。我知道我手里有你想要的资源，说出来。"

"王总是爽快人。"苏拉拊掌一笑，起身给王子猷倒了杯咖啡，重新坐下。

"我要你把临南工业园项目的法律事务全部挪到天影来做。"

这个回答，是王子猷万万没有想到的。他以为苏拉会要钱、要股权、要牵线搭桥，或者是在下一次股东会里的投票权倾向。

"看来你是真心想把律师的工作干好。"

苏拉道："不好吗？律所才是我的基本盘。盘不进基本盘的，不是好资源。"

王子猷哑然道："但是临南是一帆的项目，不是京岚的项目，我做不了主……你这个要求，为什么不找江总提？毕竟她才是一帆的总裁。"

"我是她女儿，她最讨厌裙带关系被人抓住把柄了，根本不会帮我。但你们提出来，她也不会反对。而且……"苏拉轻笑，"她说话管用的话，临南项目就不至于僵持这么久了。临南项目的负责人熊纬，是你们京岚的人，对不对？"

王子猷吃了一惊。熊纬和王家的交流，一直是暗中进行的。江世敏此前打压熊纬，也并没有牵扯出王子谦，苏拉又是怎么知道的？

苏拉看出了他的想法，说："你别管我是怎么知道的，横竖话语权在你们王家手上，跟熊纬打个招呼，这事，好办。和五分之一的董事会席位相比，这个条件，不过分吧？"

当然不过分，但王子猷还是没说话。他摸不准苏拉提这个要求，是试探，还是有别的目的。

难道她就只是为了给天影所拉一笔大单？这未免太常规了。

"哦，忘了说，价格，我需要是原来律所服务价格的 1.2 倍。天影是大所，值这个钱。"苏拉补充道。

王子猷轻轻叹了一声："好吧，我回去和我大哥商量一下。"

也许是他想多了。苏拉的手里只有 2% 的股权，能折腾出多少油水呢？她也是个聪明人，知道细水才能长流。

王子猷回到公司，把自己和苏拉的对话向王子谦说了。两人都觉得有些诧异，又说不上来哪里不对。

后来还是王子谦拍板道："我觉得可以，答应她。"他沉吟着："让老熊先把账目盘一遍，还有前期的合同，有些不太看得过去的，先收起来。万一她真的要得详细，就说找不到了。别像上次那样，让江世敏抓住把柄。"

王子猷心里有了数。

王子谦又道："娜娜那边，真的没问题吗？"

王子猷道："娜娜既然答应了，就一定会努力做到。她虽然孩子气，总是不忍心让我失望的。"

一周后，一帆大厦，临时股东大会如期召开。

在股东大会之前，江世敏、杜荔娜、苏拉三位一致行动人将先进行内部投票表态，地点就在江世敏的办公室。

王子猷是董事候选人，照理是不能列席会议的。但他还是亲自送杜荔娜过来了，一直送到总裁办公室。

江世敏已经到了，坐在茶台前，问："娜娜喝什么茶？凤凰单丛，还是大红袍？"

王子猷道："娜娜体寒。"

"那就红茶吧，金鹰在福建投了茶园，贺总送了一批给我，是烟种，还没开封。"

江世敏把一盒茶叶放在杜荔娜面前，说："娜娜泡吧，你手巧，好多年没喝过你泡的茶了。"

她拥有一种少见的威势，总能轻描淡写地吩咐人做事，而被吩咐的人，很难不照办。

杜荔娜怔了怔，下意识地动手开封。王子猷皱起眉，但没说什么。

江世敏又吩咐助理吴优："去看看，苏大律师怎么还没到。"

"刚联系过宁律师，说她已经到楼下了。"

江世敏挑眉道："哦？那子猷你先出去吧。"

杜荔娜手里捏着白瓷茶漏，看向他的眼神里带着恐慌。王子猷轻拍她的手臂说："我在外面等你。"

江世敏道："放心，娜娜在这里，我吃不了她。"

她脸上带笑，杜荔娜和王子猷却笑不出来。

王子猷在走廊上和苏拉擦肩而过，两人交换了个眼神，没说什么。苏拉走进总裁办公室后，吴优退了出来，把空间留给里面的三个人。

王子猷给苏拉发微信："约定照旧？"

手机很快嗡鸣着提示回复："照旧。"

苏拉坐下的时候，茶已经泡好了。85℃的热茶汤，用白瓷杯盛着，浓色醇香。

江世敏说着闲话："这批正山小种，都是用松针烟熏的，你爸当年也喜欢这个茶，泡一壶能聊半天，张口闭口都是振兴中华、走向世界。情怀是好的，但也不能当饭吃，企业能走多远，还是要看账面上有多少利润。"她抿一口茶，点点头说："娜娜比我懂茶。"

杜荔娜沉默地应对着她的夸奖。背后捅刀子，当面话家常，她可能永远都学不会。

江世敏继续道："懂与不懂，做起事来差别可就大了。京岚搞了这么多年砖头块，思维都固化了，高端制造业，他们不懂。"

江世敏的茶杯空了，杜荔娜下意识地拈起公道杯，给她重新倒满。

苏拉蓦地开口："我不喝茶，我喝白开水。"她问杜荔娜："你喝茶吗？"

杜荔娜愣了一下，说："我都可以。"

苏拉就往后一靠："那就不是非得泡茶。忙活什么？大家的关系也不是很好。"

杜荔娜："……"

苏拉从一旁的纸箱里拖出两瓶碱性水，丢给杜荔娜一瓶。

江世敏的神情中透着不悦："脸肿成这样，不会用遮瑕遮一遮？"

苏拉一周前从楼梯上摔下来，脸上的伤痕如今大致好了，又没有全好。

"这是工伤，能让客户知道我有多敬业。遮它干什么？"她迎着母亲冷厉的目光，"说正事吧，一堆人等着呢。"

江世敏默了默，淡淡一笑，回到正题。

"提名常老做董事，我个人是不同意的。但这是董事会的意思，大家还是希望专注在一帆的发展上，不希望内斗闹得太大，闹出点不好听的传言。常老和老杜是多年的好朋友，他理解一帆的核心价值，人品你们也是知道的。"她顿了顿，"王子猷，可就不一定了。"

江世敏看向杜荔娜，继续说："如果你爸爸足够信任王家，你的婚前协议就不会搞得那么复杂，遗嘱也不会是现在这个样子了。你说是吗，娜娜？"

杜荔娜张了张嘴，不知道该怎么回答。

苏拉把水瓶往桌上一放："我投王子猷。"

江世敏冷下脸："理由呢？"

"他给了我好处。"苏拉大咧咧地道，"我说完了，你们投吧。"

杜荔娜怔怔地望着苏拉。她好像总是能把复杂的事情变得简单，不打算讨好任何人，也从来不在乎任何人。

"我也……"

"等等。"江世敏倏地打断她。

苏拉的眼神瞬间锐利起来:"妈,你还有什么信息要补充?"

江世敏微微一笑:"没什么,就是有段录音,我觉得你们应该先听一下。"

"什么录音?"

杜荔娜一脸茫然,苏拉却神情一震,直起了身子。

江世敏拿出早就准备好的笔记本电脑,指尖轻敲,绿色的声音波形图跳动起来。

是王子猷的声音。

3

股东会定在第十九层的会议厅举行。按照公司章程,除了五位股东/股东代理人,与会的还包括现任董事、监事会成员、公司律师、高管团队核心成员、董事会秘书。

其他人都到了,只有江世敏、杜荔娜和苏拉还在总裁办公室开会。

王子谦皱起眉道:"怎么还不来?"他看了看另外两位股东——常玉忠和晴天资本的席曼:"我等无所谓,让常老和席总等这么久……"

常玉忠摆手道:"这是老杜走了以后的第一次股东会,她们三个人多说几句,也正常。"

王子谦道:"常老,其实您进董事会,我们也没意见,只是娜娜她,还是希望子猷……"

正说着,有人进来了。

先走进来的是江世敏,她神情淡淡,看不出端倪。然后是苏拉,她的眉头紧锁着,似乎有些心不在焉。杜荔娜最后一个进门。她的步子很慢,在吴优的引导下才找到自己的座位。

王子谦尝试与她对视,她却始终低着头,面色苍白,不知在想什么。

王子谦的心里突突了一下。

会议由现任董事长江世敏主持,由董事会秘书宣读议案,安排流程。

开始表决的时候,晴天资本的席曼道:"还是三位一致行动人先表决吧。"

王子谦附和道:"是啊,我们就是陪着走个流程,该做的决定,你们刚才都做好了。"

常玉忠道:"我还是提醒一下,三位一致行动人在股东会上分别代表自己表态,但是,如果有人和另外两人意见不同,股东会有权依照一致行动协议直接归票。"他转向一旁的列席律师:"我说得没错吧?"

律师点头,他又看向苏拉,苏拉也点点头。

江世敏沉声道:"那就表决吧。"她停顿了一下。"我的29%表决权,投给常老。"

王子谦脸色一变。

江世敏犯不着硬杠《一致行动协议》，她这么说，就代表着她们三人刚才内部投票的结果。但另外两人还未表态，理论上来说，如果她们的表态和江世敏相左，江世敏的投票会被强制归票的，以便和她们保持一致。

众人的目光齐齐转向杜荔娜。王子谦放软了声音："娜娜，到你投票了……娜娜？"

杜荔娜的手放在桌下，紧紧捏着膝盖，双肩轻轻颤抖，低着头不看人。良久，她发出蚊蚋般的细声："我投……常伯伯。"

王子谦扶了扶眼镜，彻底沉下了脸。这就是一锤定音了。

席曼和王子谦作为计票人，和监事、律师确认了票数。由于是两人择一的差额选举，虽然采取累计投票制，但此刻的投票率已经达到58%，后面的表态，只具备形式意义了。

董事会秘书程式化地提醒苏拉投票。

"苏律师？"还是江世敏敲了敲桌子，引起了她的注意。苏拉凝了一瞬，道："还用问吗？我当然是——投常老。"

王子谦的眸中闪过怒意，但转瞬即逝。他低头给王子猷发微信："你的判断有误，苏拉反水了。"

不到揭盅的时候，没有确定的朋友。

这个董事席位，于江世敏，于王家，都只是投石问路，真要是常老上位，王家还有空间。苏拉临阵倒戈，王子谦也不是完全没有准备，只是这意味着，后面的一系列策略都要重新考量了。

后续的流程走得飞快。京岚集团的票还是投给了王子猷，晴天资本的席曼一向和江世敏亲善，投给了常玉忠。令人讶异的是，常玉忠本人投给了王子猷。

他朝王子谦笑道："我这个年纪，本来是该退居二线了。要不是放心不下娜娜……"

当然，这也仅仅是一个姿态。王子谦在心里暗骂：骑墙的老狐狸。

王子猷等在和会议厅隔着两条过道的休息室里。他收到王子谦的信息，就走了出去。没多久，会议厅里的人鱼贯而出。

王子猷第一眼看到的是苏拉。她也看到了他，径直走了过来。

"为什么？"王子猷问。

"我临时改主意了。"苏拉耸了耸肩。

王子猷气得脸色铁青："是我天真了，我以为你是可以理性沟通的人。没想到，你是个神经病。"

"我很理智，是你没搞清楚状况。"

王子猷死死瞪着她，要再说什么，但杜荔娜已经走到他面前了。

她局促地十指交叉，眼眸里充满了恐慌和疑虑，脸色苍白如纸："子猷，我……"

王子猷握住她的手："没事娜娜，我都知道。你已经做得很好了。"他轻拍她的手臂："我们回家，好吗？"

杜荔娜的脸色更白了："我……"

苏拉倏地出声打断他们："要不，坐我的车吧。"

她把车钥匙挂在食指上晃了晃，王子猷和杜荔娜都惊诧地望着她。

王子猷不想再跟她废话，牵起杜荔娜的手："我们走。"

"怎么，不敢？"苏拉阴阴地递过来一句。

杜荔娜停住了脚步。"子猷……"她深吸口气，"我跟她走。"

王子猷几乎不能相信自己的耳朵。

"怎么，害怕我在路上再捅她一刀？"苏拉讥诮道，"这么多人看着，我又不傻。王子猷，她是个大活人，让她自己决定。"

杜荔娜似乎鼓起了莫大的勇气，轻声说："子猷，我有话要问她。"

王子猷张了张嘴，目光在杜荔娜和苏拉之间来回打量，终于叹了一声，表示同意。他将食指在苏拉面前竖起："晚上六点前，送她回家。否则我就报警。"

苏拉笑出了声，但没再出言嘲讽，她朝杜荔娜扬了扬下巴："公主殿下，起驾吧？"

苏拉开车的风格和她本人的性格很像，稳、准、狠。滨海大道上车流不少，她从容自如地变道、超车，在工业金属外壳之间自如地穿梭。

这是杜荔娜做不到的。她克服了心理阴影，正常乘坐汽车，也不过是五六年前的事。

"你这是……去哪儿？"杜荔娜讷讷地问。

"你想去哪儿？"苏拉反问。

杜荔娜摇头："我也不知道。"

"觉得没地方可去，是吗？"

杜荔娜一惊。她怎么会知道自己在想什么呢？

"那就一直往前开吧。"

杜荔娜怔怔地盯着道旁飞掠而过的绿树，纤细的肩膀紧密地靠在副驾驶座里，安全带扣住的仿佛是空气。

"为什么帮我隐瞒？"她问。

"我没隐瞒。他们怎么解读，是他们的问题。"

"那录音，你之前知道吗？"

苏拉摇头。

"你们在商场上钩心斗角，都是用这种手段吗？"

"对你很管用，不是吗？"苏拉叹气，"未必是真的。"

杜荔娜一震。

"当然，也未必是假的。"

记忆排山倒海般涌上心头，胃里也排山倒海地翻腾起来，杜荔娜捂住嘴："开门！"

苏拉在路边临时停车。杜荔娜冲下车，蹲在路边的草丛里，呕吐起来。

当江世敏掌控的音波图流动起来的时候，杜荔娜以为会听到苏拉的把柄，或者是父亲杜宇风留下的语音记录。但是她没有想到，听到的是王子猷的语声。

他的声音是一贯的彬彬有礼和温柔，带着无奈与怜惜。

只是不是对她。

他说："阿宝，对不起。我不能扔下娜娜，和你在一起。"

一个女声带着哭音说："你不是说，跟她在一起你很累吗？她什么都不懂，一切都要你照顾，你的心里话都没有办法跟她说，只能跟我说。"

"她不能没有我。如果我不管她，这辈子都会良心不安。"

"那我呢？你说你会跟她分手，我才下定决心和你在一起的。现在这样，我算什么呢？"

"阿宝，你漂亮、聪明，能力也强。没有我，你能过得更好，你能找到比我更好的男人。"

阿宝静默了许久："是因为杜家比我们何家有钱，对吗？而且她是独女，没有哥哥。我有哥哥，我们家的钱，大部分不会给我。"

"阿宝！"王子猷的声音强硬了两分，"我打算向娜娜求婚了。我想要我大哥那样的家庭，健康传统的家庭，你不适合。婚后，我会对娜娜忠诚的。阿宝，我希望我们还是朋友。如果以后，你有什么需要帮助的地方，随时来找我。"

江世敏停下录音播放，看向杜荔娜。

杜荔娜不知道自己应该做出什么样的反应。她的灵魂仿佛离窍而出，盘桓在上空，无喜无悲地观察着房间内发生的事，而原本的那具皮囊，失声哭泣，抖如筛糠。

江世敏抽出几张纸巾递给她："娜娜，我从来不信任男人——大多数男人。你可以和他们合作，但永远要对他们保持警惕。男人们把话说出来，就好像事情已经做了。他们总把还没做的事当成自己的资本，等到事情被别人做完了，他们又认为，是自己会说话的功劳。"江世敏拈起公道杯，把杜荔娜面前的空杯倒满。"你爸爸也一样。他在有的人心目中是个完人，可本质上，还是个眼高手低的人，喜欢承诺自己根本做不到的事。娜娜，一帆是我和你爸爸一刀一枪打下来的。我向你保证，我会让一帆发扬光大，会照顾好一帆所有的员工。"

"我知道怎么做对一帆最好。你呢，你知道吗？"

4

滨海大道辅道上的绿化带旁。

苏拉站在杜荔娜身旁,替她撩起头发,以免被秽物沾污。

这种事情,她也不知道该说什么。律师三句半吗?

之前有任何迹象吗?那个女的你认识吗?确定要离婚吗?

啧。思考了半天,苏拉只憋出一句话:"你吐完没?"

杜荔娜捂着心口不说话。她胃里什么都没有,吐出来的只是酸水。身体似乎打定了主意,要通过排异来净化自身,驱走所有的不如意。

"吐完了就起来,这路边车不能停太久。"

杜荔娜:"……"

泪水像开了闸的洪水,从杜荔娜的眼眶里涌了出来。父亲去世的剥离感,肩上责任的压迫感,被枕边最亲密的人背叛的委屈,交汇成难以置信的痛楚。

而她现在,和自己最痛恨恐惧的人在一起,袒露着自己最狼狈的一面。

杜荔娜坐在马路牙子上号啕大哭。

苏拉只得坐到她身边,静静地等她哭完。

很快,便有穿荧光背心的交警叔叔骑着电动车路过,问:"这谁的车?"

苏拉转开脸,装作没听见。

交警便没再询问,手速奇快地抄了牌,在车前窗贴上罚单,又骑着电动车走了。

杜荔娜还在哭。都说女人是水做的,苏拉自己显然不是水做的,但杜荔娜可能是。

苏拉觉得胃里有点痉挛。她以后得在车上备一本案例精选。那样,再碰到类似现在的时刻,她至少有东西可以打发时间。

也不知过了多久,杜荔娜的泣声渐渐止住了。

苏拉拧着眉看她:"哭好了?"

杜荔娜用最后一张纸巾擦着通红的鼻头:"我是不是……很没出息?"

江世敏拥有危险的力量。你可以憎恨她、提防她,可面对面的时候,就是会情不自禁地跟着她的思路走,信服她的道理。

杜荔娜忽然明白了,爸爸为什么要让苏拉回来。

29%的股权也好,41%的股权也好,杜荔娜这个人,在江世敏面前,就是座一击即溃的沙堡。她抽噎着说:"如果爸爸还在,一定会觉得我给他丢脸了。"

她不知道自己要以什么样的状态面对王子猷,所以,她选择上了苏拉的车。

苏拉安静了一瞬:"杜荔娜,人死了,就不在乎什么脸不脸的了。活人才在乎这个。"

"可是如果外面的人知道了……"

"那也是王子猷该担心王家的脸面。"

杜荔娜摇头:"不会的。大家会说,这怎么能怪他呢?那个娇滴滴又残废的小公主,对他来说就是个负担,甚至都不是个正常人。"

"什么叫正常呢?"苏拉活动着酸胀的脚腕,指指大马路上的车流,"你看着路上的人,来来去去,哪一个敢说自己正常?人人都是把自己隐藏在人群中,假装正常。我以从业多年的律师职业经验向你担保：欺骗、背叛、逃避、卑微、恐惧、伪装，这才是正常人。"

杜荔娜苦笑："那就是说，我不应该相信任何人。对吗？"

"你可以相信你自己。"

"谁？"杜荔娜以为自己听错了。

在她心中，自己，是世界上最软弱、最不可靠、最擅长逃避、最不值得信赖的人。

苏拉道："你今天，为什么不投票给王子猷？为什么投票给常老？"

"我……"

"王子猷问你的时候，你为什么不坦白？"

杜荔娜怔怔地想了一会儿。

没有哪个女人，能在得知丈夫曾经背叛的同时，还选择把手中的权益让渡给他。

苏拉笑了："杜荔娜，你没有你自己假装的那么天真，也没有你想象的那么乖巧。所以……想不想去干点坏事？"

白垩搏斗拳击工作室的老板莫兰是个拥有六块腹肌的前 MMA[1] 运动员，门口最显眼的地方陈列着她在某个国际女子拳击比赛上拿到的金腰带。

工作日上班时段，两个擂台都空着，莫兰正窝在里间打游戏，前台小妹说苏拉来了，还带了一个小兔子。

莫兰摸了两瓶能量饮料就出来了。

果然是个柔柔弱弱的小姑娘，眼睛红肿，怯生生的，站立的姿势不太对。

莫兰跟苏拉打了个招呼："你妹妹啊？"

苏拉和小兔子的脸色都变了变。然后苏拉介绍了一下："这是杜荔娜，这是莫兰。"

杜荔娜礼貌微笑，没打算伸手，手却被莫兰主动握住了。

"妹妹手真软。第一次打拳吧？"

莫兰手上的肌肤很粗糙，掌腹和拳峰结着一层薄薄的茧。

苏拉道："给扫个盲吧。她从小学芭蕾，运动基础不差，但是出过车祸，右腿腿骨骨折，跟腱断裂，做过手术。"

杜荔娜震惊地瞪着她，她怎么能把这些说得那么平淡？

莫兰的回应更平淡："那确实适合练拳击，对下半身的要求小一点，不过姿势要标准。"她拍拍自己的左腿："我这条腿，半月板撕裂，膝盖骨折，也做过手术。咱俩一人一条好腿，能搞个组合。"

杜荔娜："……"

苏拉拎着包，拽着杜荔娜去换衣服。

---

1. Mixed Martial Arts，综合格斗。

女更衣室只有她们两人。杜荔娜低头道:"你不是说,要带我来干坏事吗?"

"是啊,带你来打架。"

"我不喜欢打人。"

"打我呢?"

杜荔娜:"……"

"我给你当靶师。"苏拉说,"下次再打架,至少别挠脸了。"

杜荔娜板着脸说:"我没带衣服。"

"穿我的,有长裤。"

"我不适合运动,我是个残废。"

苏拉盯着她:"你爸爸和我说过你的情况。医生说,你可以做任何运动,只是不能成为专业的运动员或者舞者。"

"不论是运动还是跳舞,我都比不上别人,何必学呢?"

苏拉脱下外衣,身体毫无遮掩地在杜荔娜面前裸露出来。她的肌肤不够细腻,也不够白皙,色泽不够均匀,还错落着大大小小的旧疤痕。但她的胸部坚挺,腹部平坦,肌肉结实有力,依然显露出一种粗糙的美感。

"人之所以要努力,不是为了比别人强,是为了比之前的自己更强。"

杜荔娜震了震。她没想过这一点,从小到大,她所做的一切都是被设定好一个目标的,她达得到,或者达不到目标。

而在车祸后,她已经放弃了所有的目标。

苏拉扔给她一套衣服,衣服上沾染着她的气味。

杜荔娜依稀记得这气味。她的衣服一直很多,多到衣橱里都堆不下。从前,她偶尔会把自己不穿的衣服给苏拉,苏拉长手长脚,能把她的及膝中裙穿成超短裙。有的衣服,她穿了苏拉穿,她觉得苏拉穿着好看,又不舍得给她,就还要回来自己穿。

那时候的她真蠢啊,觉得全世界都应当宠着她,不可以生她的气。

莫兰很耐心,为人也幽默。她给杜荔娜选了一双粉白相间的拳套,杜荔娜挺喜欢。

莫兰先教站姿,还特别针对杜荔娜的情况做了一些叮嘱,然后教了她两个基本的动作:前手和后手直拳。

接下来,就是要打中手靶。

杜荔娜从小就被教导要当个"好女孩",而"好女孩"的第一要义,就是不能给别人造成伤害。暗暗地让人难堪,是可以的。冷漠和无视,是可以的。扮演弱者,让对方被世界谴责,也是可以的。

就是不能以自己的名义,在众目睽睽之下,直接攻击。

所谓"直拳",简直违背杜荔娜的一切基本常识。她的拳软绵绵的,犹豫而无力。

杜荔娜紧盯着苏拉,绷带和拳套提醒着她受到的桎梏。她分明看得到手靶,却无法准确地击中。她很不舒服,倒不是腿伤的缘故。她感觉到关节的僵硬、肌肉的迟钝、身体的坠沉，还有，好像有一片指甲断在了拳套里。

很多年前不是这样的。那时她的身体属于自己，像一把自动瞄准的枪，她想让它怎样，就能让它怎样。

杜荔娜垂下双手："没意思。我要回去了。"

莫兰有点尴尬，看了苏拉一眼："一开始都挺难的，再坚持坚持？"

杜荔娜摇头。她不需要别人来提醒她的无能。

苏拉举着同色系的手靶，冷冰冰地说："杜荔娜，我站在你面前，你都打不中我。就你这样，还想要公平？"

杜荔娜倏然挥拳，用上了毕生的力气，她的目标不是手靶，而是苏拉的脸。但苏拉灵敏地一闪，躲开了。

杜荔娜身体失衡，狠狠地摔在了拳击台上。

这一次，她不等人扶，自己很快地爬了起来。

莫兰吓了一跳，说："是腰腹用力，不是整个人扑上去。"

莫兰调整着她的姿势："注意力集中，抛除所有杂念。你就把前面这个人，当作你这辈子最大的仇人，狠狠出拳。"

杜荔娜死死地瞪着苏拉。她渐渐忘记了其他人，忘记了王子猷，忘记了一帆，忘记了车祸，她的世界只剩粉红色的手靶，而她只有一个目的，就是击中靶心。

杜荔娜再次挥拳，终于稳准地击中了手靶，手靶发出清脆而令人愉悦的响声。

苏拉甩甩手腕，讶异地打量她："打得不错。"

一个半小时的课程结束，三个人都出了一身汗。

苏拉中途去了洗手间，莫兰就和杜荔娜坐在休息区聊天。

莫兰和苏拉是抓小偷时认识的。准确来说，是莫兰在酒吧门口被小偷摸走了钱包。她当然不肯罢休，大喊着追了上去，刚过拐角，那小偷就被苏拉撂倒了。

小偷还想还手，这时莫兰已经追上来了，和苏拉一起把小偷揍了一顿。三个人一起进了派出所，警察看小偷伤得不重，叮嘱了莫兰和苏拉几句，就让她们走了。

莫兰咕嘟嘟地灌下半瓶水，说："懂法就是不一样，心狠、手黑，打人都往不好验伤的地方打。我寻思这朋友得交啊，得跟她多学习法律知识，就缠上她了。"

果然是物以类聚，杜荔娜这样想着，口里问道："她……打架很厉害吗？"

"还行吧，比我差远了。"莫兰指指门口的金腰带，"我可是拳王，虽然是个你肯定没听过的比赛……"

"那我什么时候能打得过她？"

莫兰大笑："那你得常来。她是野路子出来的，没有章法，还爱玩阴的，老实人打不过她。"

"野路子？"

"这你还看不出来？这女的，肯定是从小跟人家打架打到大的，先被人揍，后学会揍人。"

杜荔娜愣了愣："不是在武校学的吗？"

"就她这基本功？不可能。"

杜荔娜沉默了。当年，苏拉收拾舞蹈社副社长的时候，杜荔娜问过她，这么好的身手是从哪里学来的。苏拉说，她老家离少林寺近，在武校学的。

她嘴里果然没有一句真话。

莫兰的左腿是在一次比赛中伤的。她离决赛只差一步，因为求胜心切，在半决赛时伤了腿，只能黯然退赛。康复以后，她的体能再也没能恢复到受伤之前，只得离开了专业赛道。

杜荔娜问莫兰，恨不恨那个伤了她的对手。

莫兰说："恨什么呢？公平比赛，意外受伤，我自己也有责任。"

杜荔娜又问："既然受了伤，为什么不换一个职业呢？一个女孩子，为什么要选这样难的路走呢？"

莫兰惊讶地看着杜荔娜："哪一条路不难呢？生而为人，真的有容易的路可走吗？"

杜荔娜怔住了。

夜幕降临，苏拉的车在小区门口停下，门锁自动打开。

苏拉道："下车。"

杜荔娜这才发现她们已经到了自家楼下。

就这样？

"你不……嘲笑我吗？今天发生的事，你不建议我，接下来该怎么做吗？"

苏拉挑高眉道："我为什么要给你建议？"

"你不是专打离婚案的律师吗？"

"律师只能帮人离婚，不会劝人离婚。婚姻是你自己的，哪怕是至亲好友，也不能替你拿主意。"说到这儿，苏拉突然想起什么，把扶手箱里的罚单拿出来。"今天停车罚单二百，还有拳击课的费用，给我报一下。"

杜荔娜待着没接。

苏拉把单据收起来："那我就算进律师服务费用，从你爸爸的遗产里扣。"

杜荔娜："……"

这不是她认识的杜苏拉。她们出来一下午，就上了一节拳击课，认识了一个性格爽朗的女教练。她以为，苏拉会借机影响她，甚至怂恿她，让她做一些对苏拉有利的选择。

"你带我去打拳……是让我去打小三吗？"

车载空调幽幽地吹着凉风，苏拉愣了一下，大笑起来："这是我今年听过的最好笑的笑话。"

她笑得眼角冒出了一星水光。

"我友情提醒你一下，王子猷这不算婚内出轨。最多算是……婚前的渣男行为……当然，他婚内也许有出轨，也许没有，我不清楚。"

杜荔娜怔了怔道："所以你站他那边？"

苏拉又笑："我站我自己这边。与其去猜测别人的期待，你不如好好想想，你自己希望怎么做。"

杜荔娜默然片刻，一条腿迈下车，又慢慢收了回来："如果……是你遇到这样的事情，你会怎么做？"

苏拉认真地思考了一下："首先，我这辈子不打算结婚，所以，大概率不会遇到你这样的事。其次，你要的回答，是我吃饭的本事。有需要的话，请和我的助理预约咨询时间。"

杜荔娜无语道："是不是只要给钱，你什么都干？"

苏拉哂道："准确来说，在我的职业资格证许可的业务范围内，并且在不违反相关法律法规和职业道德的前提下——是的，给钱我什么都干。不过，如果你让我非常不爽，我也可以不挣这钱。"

杜荔娜忽然有点嫉妒。在庞大的社会结构里拥有一个确切的位置，晓得自己能做什么，不能做什么，想做什么，不想做什么，真好。

苏拉倾身过去，替她把副驾驶位的车门打开，再一次逐客："下车。"

杜荔娜居住的小区的位置不算很核心，但容积率不高，有别墅，也有平层洋房，大部分业主是附近大学城的老师，生活和学术气息很浓。房子当初是按照王子猷的意思选的，他不喜欢和富人们扎堆居住，更喜欢接近普通人的生活。

杜荔娜缓步穿过小区的花园，停在了楼栋入口。

有人和她打招呼："下班啦？"

杜荔娜局促地点头。是住对门的阿姨，退休前是某所重点小学的校长，老伴也在教育系统，具体职务不明，女儿在国外，很少回来。

他们搬来的时间不长，王子猷已经和对门走动过两次了，他说，以后孩子上学，说不定就用上人家了。

他考虑事情，总是长远得吓人。

杜荔娜看得出，那阿姨很喜欢王子猷，恨不得他是自己的女婿，对她则不是很喜欢，毕竟她的性格古怪孤僻，腿还有问题。

阿姨问她："怎么不进去？"

"要进去的。"杜荔娜仓促地回答，话一出口，她就后悔了。

两人顺理成章地一同走进电梯，杜荔娜更局促了。

阿姨又问："晚上吃什么啊？"

杜荔娜摇头说不知道，察觉阿姨对她的答案不很满意，她补充说："子猷在家呢。"

阿姨似乎更不满意了："不是阿姨说，女人还是要会持家。很多事，保姆是代替不了的，还是得自己操持。你还年轻，现在多学学，以后有了孩子再学，就晚了。"

杜荔娜又往电梯的角落缩了缩。

阿姨感叹着："你们家小王真是不错，学历高、有修养、情商高、人长得帅，关键是还顾家，里里外外一把手。丫头，你真是命好啊。"

电梯到了，杜荔娜头也不回地逃了出去。

她站在自家门口，知道对门阿姨马上就会跟出来。如果她不快速进门，就要站在门口和她再聊几句。

而门内，是王子猷。她这才反应过来，自己还没想好如何面对王子猷。

然而，阿姨的脚步声在身后越来越近了。杜荔娜把心一横，打开门，闪身进去。

秦阿姨已经做好了三个菜。王子猷也在家，看到她回来，明显松了口气。

"打电话也不接，信息也不回，我就差报警了，你知道吗？"他严肃地望着她。

要是在往常，杜荔娜会为自己辩解几句，有时撒两句娇，让他心疼或者怜惜。这样，等她道歉的时候，他会立刻原谅她，甚至会反过来向她道歉。

但今天，她忽然产生了破罐子破摔的冲动："对不起，以后不会这样了。"

她换了鞋，在餐桌前坐下。

秦阿姨在厨房里说："还有一个汤哈。"

王子猷静静地打量她。他们分开的时候，她的头发还是披散在肩上的，现在却随意地扎高在颅顶，妆脱得差不多了，她一点都没补。

"苏拉她……没对你做什么吧？"

杜荔娜摇头。

"你们谈了什么？她有没有说，她为什么要背叛我们？"

杜荔娜不知道怎么回答，所以她撒谎了："她只按她自己的想法做事，而且不喜欢解释。"

王子猷没有察觉她的心虚，反而安慰道："商场上，这样的事很常见，别放在心上。他们当律师的，只要有利益，可以为最凶恶的罪犯辩护。"

秦阿姨从厨房端出一煲热腾腾的汤："黑豆红枣炖乌鸡，是送子汤，我家媳妇备孕的时候，也是每天喝这个。"

她给杜荔娜舀了一碗，杜荔娜说了谢谢，拈起勺子，拨了拨碗里黄褐色的油星。

"子猷，我想回老宅住几天。"

王子猷诧然地道："怎么突然想回老宅？公司最近事情很多，老宅离得远……"

"我一个人回去就行。曹叔可以送我，秦阿姨可以去那边做饭。你工作忙，我知道。"

"可是……"王子猷还是觉得不妥。

"我想爸爸了。"撒第二个谎,比撒第一个容易太多。

这是个让人无法拒绝的理由,王子猷只得点了点头:"我不在身边,你能照顾好自己吗?"

往常,王子猷在出差之前,也会这样说。杜荔娜会噘着嘴说不能,所以他应当早点回来。

但这一次,杜荔娜很快地说:"我能。"

5

在高压脊的控制下,鹤市的冬天已经到来。它很短,却从不轻饶了人,在东北长大的壮汉,在鹤市的冷风里也只能瑟瑟发抖。

苏拉在办公室里打了个冷战,预感到今天是不平静的一天。

自从上次林渡宣称要起义之后,他就再没出现过,电话也没有一个。苏拉上微博去查了一下,才知道他去海市参加一个文学庆典了。

身为一位经验丰富的家事律师,对于男人心里的小九九,苏拉是见惯而不怪的。但现在,她有点摸不准林渡的路数。

刚在一起时,她觉得林渡是个单纯热情的大男孩,话有点多,掌握许多无用的冷知识和旁门左道的爱好,但心地很干净。分手后,她知道他在感情上受到了很大的打击,但她以为那更多的是自尊上的挫败感。以林渡的条件,只要他肯用心,很快就能开始一段新的恋情。

换了其他男人,享受过一段亲密关系,获得了身体的快感又无须承担道德和法律上的责任,应该感到解脱才是。但林渡不同,这个爽朗随和的大男孩摇身一变,成了个钻牛角尖的侦探,非要把她的秘密掏个底儿掉。

很少有事情能让苏拉心慌意乱。就算有警察突然破门而入,要逮捕她,她也知道该如何应对。

可是林渡这算是怎么回事呢?

《治安管理处罚法》第42条能适用吗?好像差点意思。

所有的理性劝告和恐吓对他都没有用,越是刺激,他反而越是不肯放手。

苏拉长长地叹了口气。是她大意了,从一开始,她就不应该答应和林渡在一起。

这时,宁夏打了内线进来:"杜荔娜小姐来访。要让她进来吗?你20分钟后有个付费咨询客户。"

苏拉愣了一下,说:"让她进来吧,她不会待太久。"

宁夏领着杜荔娜进来,倒了杯咖啡就离开了,把空间留给她们两人。

杜荔娜把长发剪短拉直了,长度刚刚过肩,和苏拉接近。她的妆容很淡,但气色还算红润，至少比苏拉预期的要好很多。

"我跟朋友约了逛街，路过这里，想起你在这儿上班，就过来看看。幸好你在，真巧。"杜荔娜环视一圈，"你的办公室比我想象的要小，我以为律所的高级合伙人会有那种电视剧里的豪华办公室，满墙的书架，上面都是法典……"

苏拉道："我们所的高级合伙人有十几个，办公室的费用都是从我自己的收入里开销的，你说的豪华配置，是只有主任才能享受的。至于满墙的法典……你可能是美剧看多了，毕竟现在已经是信息时代了。"

杜荔娜"哦"了一声，踱到落地窗前。

"海景不错。"她回过身来，"我记得，你高三的时候就打定主意要读法律。爸爸也觉得你很适合读法律。你说你会在鹤市最中心的写字楼上拥有一间自己的办公室。恭喜你，现在梦想成真了。"

"谢谢。"

气氛如同关了火的汤锅，逐渐止沸，在彻底平静之前，苏拉挑起了新的话题："新发型？"

"嗯。"杜荔娜摸摸发尾，"发型师说之前的发型更适合我。"

"但是你没听他的？"

"我没听他的。但剪完以后，我发现他说得对，确实没有以前好看。"

苏拉微微一笑："我觉得还不错。"

两人再度陷入了沉默。杜荔娜有点僵硬地站在原地，并不走动，也不开口。

苏拉耐心地等着。大约经过了三分钟的静默，杜荔娜转过身来，回到苏拉面前坐下："我搬回老宅住了。"

苏拉有点意外："王子猷没反对？"

"我告诉他，我想爸爸了，想回去住几天。"

苏拉点点头："你告诉我这些做什么呢？这是你们夫妻之间的事。"

杜荔娜新做的美甲轻轻刮蹭着办公桌的表面，良久，她鼓起勇气道："你那天说，在你的业务范围内，给钱你什么都干。"

苏拉挑起眉。

"子猷也说过，你聪明，也现实，只要有利益，你能站在任何人那一边。"

苏拉十指交叉，靠后一坐："所以？"

"你开个价。要多少，你才能站在我这边？"

苏拉沉默了。杜荔娜看得出她很诧异，也看得出她在认真思考。

"怎么算是站在你这边呢？"

"我和王子猷之间的事，我需要搞清楚，怎样做对我自己更有利。一帆的经营管理，我可以参与到什么程度，有什么样的权利和义务，也需要学习。所以，我需要一位律师。常伯伯当然可以安排，但我更希望由你来给我建议。"

见苏拉没有立刻说话,杜荔娜补充道:"我大学也是读商科的,虽然毕业就没用过,但是我可以重新学。"

苏拉叹气道:"你真的希望,由我来介入你和王子猷之间的事吗?"

"你了解我,也了解他。你比我们自己还要了解我们。"

"人都会变的。你、我、他,都不是当年的那个样子了。"

十二年前的手机,拿八百万高清像素打广告,十二年后的今天,像素指标早已过时,手机开始比拼专业光学镜头了。

一亿像素加四个专业光学镜头,也看不清一个人。

"也许是变了吧。"杜荔娜神情恍惚地笑笑,"但没你说的那么多。"

她似乎厌倦了这样的言语试探,倏然站起身,在苏拉面前来回踱了两圈,又烦躁地停下了脚步:"我可以给你钱,也可以给你别的权益,你只需要开个价。"

"具体是什么呢?"苏拉觑着她。

"我不知道,但你应该知道。爸爸留了多少钱给我,你比我更清楚,反正现在我也拿不到。你一直觉得我不配有现在这样的生活,你想成为和我、和子猷平起平坐的有钱人。现在,我可以给你很多钱,作为交换,你帮我。这不是很简单吗?"

"为什么非要找我?"

"因为,你肯说难听的话。"

苏拉:"……"

"我见过你最恶毒的样子。可是,这世界上其他的人,我真的看不懂。"杜荔娜低头望着自己的双手,似乎想抓住什么,手指却轻轻颤抖,不听使唤。

"人人都说是为我好,但是人人都有自己的目的。他们说的话,总是那么正确,我都不知道怎么质疑。但我有信心质疑你。我可以不相信你,也不会有负罪感。我可以恨你,可以不用讨好你。"

苏拉有点啼笑皆非。她开始发觉杜荔娜和林渡的相似之处了。在旁人看来,这两个人都天真而愚蠢,但他们都懂得在她面前耍横。

"这就是你想了三天想出来的策略吗?先拿捏住我,再让我替你欺负别人?"

杜荔娜的眸子闪了闪,有一瞬间她似乎要逃避,但很快又镇定下来:"你开个价。"

苏拉犹豫了一下:"我十点钟有个付费咨询客户。如果你不着急的话,咱们约时间再聊。"

"我着急。"杜荔娜平静地说,"而且,我就是你的十点钟客户。"

苏拉再次确认宁夏发过来的日程备注:十点,洛女士。

洛女士不愿意提前透露咨询内容,坚持要见面聊。

"我就是那个洛女士。"杜荔娜的唇瓣微微颤抖,坐姿紧张,双手已经缩到膝上,肩膀向内收紧,眼神机警地凝视着苏拉。

士别三日,确实应当刮目相看。苏拉重新审视眼前的女子。她猜测着,从那天下车,到今天出现在这里,短短三天时间,杜荔娜是怎样度过的。

她耍了一点小小的阴谋,但显然经过了精密的排练。

杜荔娜焦迫地望着苏拉,重复着一句话:"你开个价。"

金钱买不到信任,但金钱能给信任开出一个接驳端口。

苏拉思忖良久,双肩渐渐沉落:"好的。"

杜荔娜惊醒:"什么?"她只排练了策略,没有排练好结局。

"我说'好的',我开个价。"苏拉微笑,"你的婚姻问题,我按律师服务时长计费,给你提供咨询服务。我们有收费上限的,你可以放心。而一帆的情况,你需要的并不是律师,而是一个盟友。所以我收取的不是律师费,而是利益交换的对价。"

"你要什么?"杜荔娜紧张起来。她做好了心理准备,会被苏拉挖去一大块肉。但如果苏拉提出过分的要求,她还是可以转身离去。

苏拉道:"你现在持有29%的股权,我要其中8%的股权未来十年的分红权。"

杜荔娜愣了一下。从长远来看,如果一帆发展良好,三年以后,苏拉每年能拿到不低于一千万元的现金分红,倘若一帆成功上市,这个金额只会更高。

但一帆在三年内没有分红计划,仅仅转让分红权,对杜荔娜其他的股东权利也没有影响。

对苏拉来说,这是一笔短期内看不到收益的买卖。

杜荔娜不明白苏拉的真正目的是什么,是给自己画饼,还是在给她挖坑?

苏拉看出了她的疑虑,解释道:"就当是我给自己准备的养老计划吧。你给我8%的分红权,我们在一帆的利益就是一体的,只有保证你的股东权利,保证一帆健康长远地发展,我的利益才能最大化。"

杜荔娜皱起眉。苏拉似乎能看到,她那漂亮的头颅里,有一些多年未上油的齿轮,正在艰难地转动。

"娜娜,合作的基础,是共同的利益。你和我这样的情况,必须给对方一个强有力的信任理由,你明白吗?"

杜荔娜低垂着修长的颈子,深深地吸进一口空气,又尘埃落定般,将空气从纤弱的身体中释放出。

"我明白。"她抬起头,向苏拉伸出手,瞳孔明亮,如紫蓝色的晨曦,"成交?"

苏拉细细端详那只白皙修长的手,良久,才伸手握住:"成交。"

苏拉迅速从谈判状态切换到工作状态,展开笔记本,问道:"录音里的那个阿宝,你认识吗?"

"我认识。她是璇玑珠宝何家的女儿,叫何宝贤,比我还小三岁。子猷在美国读硕士的时候,她是同校本科的师妹,我们吃过几次饭。"

"你那时候没觉得他们两人之间……"

杜荔娜摇头。

"你希望我怎么帮你？"

杜荔娜低垂着头，尝试了几次，才压下喉咙里的酸意："我不知道以后怎么面对这段婚姻。我想知道真相，录音是谁录的，是真是假，是在什么情况下说的，他们两个究竟是什么关系。还有，在他心里，一直以来，究竟是怎么看我的。"

苏拉掀起眼皮看她，良久，合上了笔记本："你的这些疑问，直接去问王子猷，会更快得到答案。"

"我想先通过别的方式搞清楚真相，再去听他怎么说。"

"我记得，现在国内结婚，也流行说结婚誓词，什么不管贫穷富贵都要忠实、坦诚、信任之类的。你也说过吧？"

"是的。可是……"杜荔娜有点恍惚，"我已经没办法相信他了。"

苏拉耸了耸肩，道："那我们先做一些基本资料的搜集吧。"

她用内线呼叫宁夏进来，一起记录。

放下听筒的时候，她听见杜荔娜轻轻地说："苏拉，我们现在可以合作。但过去的事，我永远不可能原谅你。你知道的吧？"

冬风骤起，从南岭吹来的偏北风撼动着钢结构玻璃幕墙，窗户的缝隙里摩擦出孩童口哨般的响音。

苏拉回答："我知道。"

一小时后，杜荔娜离开了天影律师事务所。

曹叔在地下停车场等她，但她在停车场的电梯间就拨通了电话。

"裴老师，明天……我可以见你吗？"

对方有些意外，说："我们昨天刚见过，明天又见，恐怕效果不会很好。"

泪水滴到了杜荔娜颤抖的唇瓣上："今天，我叫了她的名字，当着她的面……这是进步吗？"

裴老师沉默了一会儿："我觉得是。"

"我觉得，我可以在你面前谈论她了。"

"那我们就约在明天上午十点钟，如果你准备好了，我们就谈谈她，好吗？"

"好。"杜荔娜声音微弱地补充，"她叫苏拉，杜苏拉。"

裴老师"嗯"了一声："我们谈谈杜苏拉。"

第八章
秋叶繁多

秋叶繁多
根只有一条
在我青春说谎的日子里
我在阳光下招摇
现在，我萎缩成真理

——《随时间而来的智慧》威廉·巴特勒·叶芝

1

那一年的鹤市对未来的房价一无所知，商品住宅成交均价刚逼近七千元每平方米，已经号称历年涨幅之最。

那一年的鹤市公布了十一家年销售收入超过百亿的制造业企业名单，这座不同凡响的城市引起了海内外资本的瞩目。

那一年的鹤市暴雨频频，八月一天下了往年两个月的雨，挂上了黑色暴雨信号，许多旧村房屋质量堪忧，在暴雨中倒塌。临南工业园附近的小型厂区边坡滑坡，压死了一个不知名姓的打工仔。

那一年的杜宇风雄心勃勃、锋芒毕露。鹤市的"汽车之梦"初露峥嵘，本地民营企业生产的第一辆汽车上市，为轰轰烈烈的新能源汽车产业起飞拉开序幕，也为一帆自研的特种XC材料技术应用铺开了广阔的空间。

那一年的江世敏刚刚握住临南公司的财务大权，成为真正的内当家，开始大刀阔斧地盘活固定资产，拓展债务融资渠道，优化股权结构，为一帆加大自研投入和扩大生产奠定了坚实的资金基础。

那一年的杜荔娜，只有十四岁，漂亮、富有、无忧无虑，被所有人爱，如一颗自知璀璨的明珠，被捧在时代的手掌心。

结束了欧洲五国巡游的暑期夏令营，杜荔娜刚下飞机，杜家的司机曹叔已经在机场等她了。她左手接过小小的欢迎花束，右手拿着新款黑莓手机，曹叔则拖起两个巨大的行李箱。

上车的时候，杜荔娜才发现，后座已经坐了个女孩。

大夏天的，女孩穿了一件长袖灰蓝色的衬衫，戴着顶破旧的鸭舌帽，还戴着眼镜，帽缘露出修剪得过分整齐的短发，肤色黄黑，瘦得像根芦苇。一看就不是鹤市本地人。

"曹叔，这是谁啊？"

女孩不说话，眸光在鸭舌帽的阴影里快速闪了一下，又隐去了。

曹叔在前面笑了一下，道："她从北方来，杜总让我先去火车站接上她，再来接你。回去再说。"

杜宇风经常派曹叔接一些奇奇怪怪的人，客户、远房亲戚、老同学、公司员工的家属什么的，看来曹叔也不太清楚对方的情况。

杜荔娜灵敏地跳进后座，往里一挪，就紧贴上女孩，与之并排坐着。

"我叫杜荔娜，荔枝的荔，戴安娜的娜。你叫什么？"

女孩不吭声，杜荔娜丝毫没有觉得受挫，继续追问："你多大了？来鹤市玩吗？"

"我猜你比我小，我都十四了，马上初三，明年就能上高中了。"

车驶了很远，女孩才说了第一句话。她的声音并不怯懦，反而带着一丝镇定和沙哑："我十六了，比你大。我叫苏拉。"

鸭舌帽的帽檐上下动了一下。

"我不是来玩的，我来找我妈。"她的普通话咬字有点漏风，听着有股尘土气扑面而来。

"你妈妈是谁啊？也在临南工作吗？"

杜荔娜托着脸，猜测着她妈妈是质检部的那个胖乎乎的赵阿姨，还是财务部的那个黑黑的王阿姨。

苏拉又沉默了。

杜荔娜想，她一定是怕别人发现她普通话不行。不过没关系，江阿姨一定知道。爸爸忙的时候，有事她就找江阿姨。

过了很久，远道而来的女孩才再次开口："我妈妈叫江世敏。"

杜荔娜正埋头给刚在夏令营认识的朋友发短信，恍了个神。等大脑终于接收到新的信息，她愣住了。

苏拉继续说："你应该叫我姐姐。"

那一年的苏拉，执意从贫困的家乡来到高楼林立的都市。她孤身一人，站了十余小时的绿皮火车，抵达鹤市的时候，瑟瑟若一只无毛的野猫。纸上读来终觉浅，她一路经历了无数未知的恐慌，所能倚仗的，只有书中读到的关于发达世界的零碎语句。

杜荔娜一到家就把自己关进了房间，保姆刘姨做了她最爱的拉明顿蛋糕，她也不肯出来。刘姨威胁她要把蛋糕给刚来的小姐姐吃，她才愤怒地把蛋糕拿进去，然后关上门。

杜荔娜对自己说，她不讨厌苏拉，只是很生气。没有人喜欢被欺骗，江阿姨和爸爸结婚三年了，她从不知道江阿姨还有个女儿。

要么是爸爸和江阿姨一起欺骗了她，要么，就是江阿姨欺骗了所有人。

当天，杜宇风和江世敏都没有回家。这样的生活杜荔娜已经习惯了，但苏拉显然不清楚状况。杜荔娜听见苏拉询问刘姨，老板和太太什么时候回来，而刘姨当然只能说不知道。

苏拉被安排住在楼下，离杜荔娜最远的客房，刘姨做好饭她会出来吃，其他时间没有人管她做什么。她并不总是待在家里，有时一个人出去，又一身灰扑扑地回来。

一直到三天后，曹叔才通知说老板今天会回家，刘姨赶忙准备了一大桌菜。

杜宇风永远是气氛的掌控者，一进门就热情地向苏拉表示了欢迎。饭桌上，他一个劲地给她夹菜，问她老家榴城的情况，是不是真的有一条漂亮的河，又问她高中生活怎么样。他介绍了许多鹤市的特色景点，还安排曹叔带苏拉都去逛一逛。

江世敏倒是不怎么说话。她一直是这样，很少反对或赞同，有时杜宇风说话过于慷慨兴奋，她会轻声解释他话里的深意，或者给予一些扎实的事例补充。

但在杜荔娜的印象中，凡是经过江世敏点头的事，总是神奇地迅速完成了。很多在杜宇风那里碰壁的要求，通过江世敏反而能成。这也是为什么杜宇风再婚时，杜荔娜没有反对。这个继母对她虽不亲近，却很包容。

整顿饭期间，杜荔娜都噘着嘴不说话。明明她是从更遥远的地方回来的，却没有人为她接风洗尘。他们甚至都不解释一下，她为什么会突然冒出一个姐姐。难道随便什么人都配做她杜荔娜的姐姐吗？如果她有姐姐，也应该是《流星花园》里的藤堂静那样的。

她已经想好了，等他们都安静下来，她就大声宣告：她绝对不会叫任何人姐姐。

当健谈的杜宇风停下时，江世敏淡淡地开口了："苏拉，你在鹤市好好玩几天，就回榴城去吧。快开学了，你叔叔婶婶也很担心你。"

苏拉已经不戴鸭舌帽了，露出了她黑瘦的脸和整齐得像刀割的短发，穿的还是那件灰蓝色的长袖衬衫。她垂下头，双手放在膝盖上，肩膀轻轻抖动，眼镜上升起雾气。

但她什么也没说。

后来的日子按部就班。曹叔给苏拉订好了返程的机票，又让公司的司机小郑拉着她满鹤市瞎逛。杜荔娜跟着去过一次，发现去的都是那些挤满外地人的地方，便不肯再去了。

事情是在苏拉临走前的那天，被刘姨发现的。

那天是周末，杜宇风在院子里看书，江世敏在书房盘账，杜荔娜心情不好，在小偏厅打着许多年前的复古街机游戏。刘姨用杜宇风给的专款买了几件夏天的衣服，让苏拉试穿看看，苏拉抱着胸口不肯换，刘姨就把她拉到卧室里亲自给她换。

没过多久，大家就听到了刘姨的叫声。

刘姨把苏拉拽到众人面前。她穿着件无袖的欧根纱连衣裙，从胸到腰都空荡荡的，像个纸折的滑稽洋娃娃。

"这孩子，怎么浑身是伤啊？"

刘姨托起她细瘦的手臂，上面布满了伤痕，有的淤青未散，有的已经痊愈成淡淡的白印了。

"背上也是一样。"

杜宇风和江世敏的脸色都很不好。

这是杜荔娜第一次看到江世敏露出那种眼神，像两道森冷的毒箭。

"谁干的？"江世敏问，"是苏海飞还是阎秀君？"

杜荔娜猜测，他们就是苏拉的叔叔和婶婶。

苏拉一脸麻木地说："不是他们。"

无论刘姨和江世敏怎么追问，苏拉都只有一句话："叔叔婶婶没有打我。"

江世敏去院子里打电话。杜荔娜隐约听到几句操着方言的国骂，还有一些她听都听不懂，只知道是污秽不堪的词语。父亲则皱着眉把她推进自己的房间，告诉她，这些都与她无关。

杜荔娜坐在房间里哭了很久。

一开始是为自己哭，她都快不认识这个世界了，平日里优雅干练的江阿姨变成了个母夜叉，健谈风趣的父亲变成了个闷葫芦，她突然多出了个名义上的姐姐。

王家的子猷哥哥带她一起偷看过《德州电锯杀人狂》，她吓得心脏都要停止跳动了。那里头的血腥暴力看起来比苏拉身上的恐怖多了。

但最恐怖的是，苏拉的伤痕是真的。这世界上可怕的东西，怎么会离杜荔娜这么近呢？

后来，她又变成了为苏拉哭。

怎么被打得这么惨呢？怎么会有一个女孩子这么可怜呢？

那一天，杜宇风和江世敏整整一个晚上关在书房里，有争吵声，并不激烈。阴云笼罩着整个家，杜荔娜知道，自己的生活再也不可能像从前一样了。

等她哭够了，就擦干了眼泪，悄悄溜出来，来到苏拉的房间。

苏拉正在收拾行李。

"你跟我来。"杜荔娜牵住苏拉的手，一直牵到自己的房间。

苏拉很困惑，但没有反抗，自从到了杜家，她一直都很柔顺。

杜荔娜拉着她在自己的床上坐下："这是我的房间。"

四壁都是粉色樱花壁纸，纯白柔纱床帐，两个柜子紧挨着，一柜是漫画，一柜是言情小说。最新款的台式电脑上贴满《少女革命》的贴纸，柔软的地毯上坐着一只比她大两倍的毛绒熊。

"你千万不能回去。"杜荔娜认真地看着苏拉，"谁也不能把你带走，以后，这就是我们两个人的房间。"

2

苏拉最终还是留了下来。

杜荔娜不知道自己坚定的表态起到了多大的作用。她守在自己的房间门口，不让任何人进去把苏拉带走。

杜宇风问："你喜欢她吗？"

当然不是。某种程度上她还是对苏拉很生气，但她就是不能眼睁睁地看着苏拉被赶回老家。天知道她回去会遭遇怎样的对待？

"反正我不让她走。"

"我们家娜娜，就是太善良了。"杜宇风叹气，"那我们就留下她吧。"

从始至终，江世敏都没有说一句话，好像她是这个家里唯一和苏拉没有血缘关系的人。

苏拉在老家已经读到高二了，临近开学，她既没有本地户口，又没有借读关系。杜宇风很是费了一番功夫，才把苏拉安排到云上高中去插班旁听。就这样，苏拉和王子猷成了同班同学。

杜荔娜要分享自己房间的宣言并没有实现，苏拉还是住在原来的小客房里。

开学没多久，江世敏就给苏拉办了住校。苏拉一般周末回来吃一次饭，住一晚，有时也不回来。她在家中的身份是模糊的，没有人称呼她为姐姐、女儿，她也不叫谁爸爸或妹妹。

杜荔娜正在初三的关键时期，杜宇风要求她必须靠自己的能力考上云上高中，可她的文化课成绩一向不好，数学尤其差，于是课外的芭蕾课都被迫让位给数学补习班。

杜家人对苏拉的态度在第一次月考后发生了改变。

周末的餐桌上，苏拉把成绩通知单拿出来给江世敏签字，江世敏一句话没说就签了。倒是杜宇风多看了一眼，问："苏拉，你们高中一科满分多少分？"

"150。"

"那你这……"

杜荔娜好奇地凑上去看。苏拉除了英语差一点，其他几科都在140分以上，最没天理的是，语文居然也有141分。

她埋下头去给王子猷发短信："苏拉月考考得很好吗？"

"好？她是我们班第二名。"

"那也还不是第一嘛。"

"她别的科都比第一名高，英语阅读理解也拿了满分。就听力不行，失分很多，英语老师说要给她开小灶补短板。"

杜荔娜抬起头，立刻感觉到有两道火辣辣的目光落在自己脸上，那是父亲生了分别心的眼。

用脚指头都能猜到杜宇风心里在想什么。

啧，从前被天天和别人家的孩子比较，已经够惨的了，没想到还有更惨的——别人家的孩子是自己家的孩子。

果然，杜宇风沉吟着开了口："阿敏，你之前怎么没说苏拉成绩这么好？"

"我们老家小地方，考得好也说明不了什么。"江世敏的脸上完全没有欣慰的痕迹。

杜宇风停顿了一下："苏拉这么优秀，数学考了145分……刚好娜娜数学不好，要不让苏拉周末回来帮娜娜补习一下数学吧？"

江世敏错愕地道："娜娜的学习重要，还是找专业的补习老师吧？"

"补习老师再专业，也比不上榜样的力量。"杜宇风淡淡一笑，"娜娜，你要向苏拉学习哟。"

此刻，杜荔娜满脑子都是父亲书架上那本《再论如何激励员工》。她讨厌杜宇风把企业家说话的风格带到家里来。

"我不想……"

"就这么定了。"

当杜宇风这么说的时候，就意味着没有回旋的余地了。

苏拉对杜宇风的处事风格还不熟悉，只是低垂着眼眸，捧着碗，点了点头。

杜荔娜觉得，苏拉像个没有自己意志的机器人。

鹤市的夏天很长，十月还要开空调。被迫补课的杜荔娜坐在窗前，像只躁动的小麻雀，一片春心只能托给杜鹃。

相比起来，苏拉安静得多。

"这一题，一个不透明的口袋里装着4个黑球、3个黄球、2个白球……"

杜荔娜"咚"地撞开椅子站起来："烦死了！为什么非要用不透明的口袋？这不是折腾人吗？"

苏拉一呆。

杜荔娜叉着腰道："我就不信了，数学不好我就活不了了？刘姨说，女孩子学习不用太好，嫁得好才是最实在的。王子猷数学好，如果我以后嫁给他，所有要计算的问题都由他负责。"

这下子，苏拉的眼眸中明显闪过一丝笑意。

杜荔娜这才意识到自己说了什么，腾地闹了个大红脸："你笑什么？我才不会嫁给王子猷呢！

"我以后要成为顶级的芭蕾舞者，加入顶尖的芭蕾舞团，去全世界巡演！男人，呸！"

苏拉的眼神顿时变得难以名状。良久，她慢吞吞地道："在一片湖里，有四只黑天鹅，三只黄天鹅，二只白天鹅。先从湖上抓一只天鹅烤来吃，再从湖上抓另一只天鹅卤来吃，求这两只天鹅一黑一黄的概率是多少？"

杜荔娜目瞪口呆地听着这道"变形"的概率题。

"天鹅肉能吃吗?"

"你不是要当顶级芭蕾舞者吗?"

"这跟吃天鹅肉有关系吗?"

两人都沉默了。杜荔娜转了转眼珠,问:"你见过天鹅吗?"

苏拉摇摇头。

"我见过。我去过伦敦的摄政公园,有个很大的湖,湖里有好多天鹅,像童话里的一样。老师带我们去喂天鹅,观察天鹅的姿态,这样跳舞的时候就可以想象自己是一只天鹅。"杜荔娜认真地道,"我觉得,还是不要吃天鹅比较好。数学再好也别吃。"

两人对视了一会儿,都"扑哧"一声笑了出来。

杜荔娜笑得东倒西歪,脑海里都是自己和苏拉卷着裤腿去湖里抓天鹅的样子。

苏拉笑得很浅,但确实是笑了,像一个老旧的沉香木盒子"咔嗒"弹开了机簧。

这下,杜荔娜清晰地意识到,苏拉是个和自己一样的女孩子,除了早生两年,没有区别。她顺势软倒在桌上叫唤:"苏拉,我好累啊,咱们晚点再学吧。我让刘姨给咱们烤曲奇吃,好不好?"

苏拉慢慢收起笑容:"你吃吧,我出去锻炼一下。"

杜荔娜在她背后问:"你去哪儿?"

苏拉没有回答,也许是没有听到。

杜荔娜下楼去厨房,央求刘姨烤曲奇。刘姨不应,反而数落她天天嚷着舞者要身轻、要减肥,吃了曲奇又不肯好好吃饭。

软磨硬泡了一会儿,苏拉已经穿过日落之前的霞光,出门去了。

临南别墅坐落在鹤尾山的西北侧,西南侧就是临南工业园。山的东南侧是许多豪宅聚集的地方,彼此离得很远,私密性很好,王子猷家在那里也有一栋房子。

如果父母不回家吃饭,苏拉会在日落前一小时出门,到晚饭前回来。杜荔娜一直好奇她出去干什么。

她犹豫了一阵,丢下一句"我也出去锻炼锻炼",就跟了上去。

接近日落的鹤尾山葱葱茏茏,树木边缘蒙着一层紫色的光晕。苏拉沿着绿道一路上山,步子跨得又稳又快。

她们越走越远,已经偏离了民宅和游客常在的区域。

山的西南侧同时也通向临南工业园所在的大片工业区。临南工业园由王家的京岚公司负责招商运营,除了一帆的工厂,还有一些厂房租给了其他小工厂,有些外来务工人员会在下班后上山游玩。

一路上,杜荔娜已经瞅见好几对野鸳鸯钻在树林或草丛里了,她不好意思细看,转开了目光,但苏拉仿佛没看见,目不斜视地前行。

杜荔娜累得直喘,开始有点跟不上了,苏拉的速度却没有变慢。于是她突然意识到，苏拉可能比她更加强壮。

她们很快就到了山顶。最后一段路，苏拉从人工修好的栈道上拐了下去，上了一条枝叶交叉掩映的羊肠小路，如果不是常来的人，根本找不到入口。

沿着小路走不到两百米，竟然豁然开朗，出现了一小片空草地。

油润的夕阳将空草地浸得金黄，越过草地，高楼绵延的市区就在脚下铺展开来，更远的地方则是汪蓝的海湾，波光粼粼。

鹤尾山不算高，这个角度却是俯瞰鹤市的绝佳立足点。那时还号称鹤市最高楼的绿色大厦从这里清晰可见，塔尖的天线指向日光。六年后，鹤市第一高楼的称号被另一座大厦取代，而后者，又在五年后被新的摩天大厦超越。

苏拉终于停下了脚步。她对着市中心区的方向站了一会儿，又席地而坐。她的脊背沐浴在霞光里，像一座纤细的金色雕像。

杜荔娜等了一会儿，打算走出去叫苏拉，她可不是偷偷摸摸的人。她想问苏拉是怎么找到这么隐秘的地方的，她从小在这里长大，都不知道还有这样的地方。

可是还没走出去，她就停住了脚步。

苏拉的肩膀和她投下的影子一起，在轻轻颤动。她在哭。

杜荔娜愣怔地听了一会儿，轻手轻脚地退了出去。

回到家，刘姨的曲奇已经烤好了。杜荔娜心不在焉地从烤盘上直接拿，被烫得叫出了声，刘姨连忙把她的手按在水龙头下冲。

她闷闷不乐地问："刘姨，我是不是有点讨人厌？"

刘姨震惊地说道："我们娜娜这么漂亮懂事，是天底下最最最讨人喜欢的小公主了，谁能不喜欢你呢！"

说得也是。杜荔娜心想，谁能不喜欢我呢？

苏拉会哭，一定有别的原因。可是现在已经没人打她了，她还哭什么呢？

太阳已经落山，苏拉还没回来，杜荔娜忐忑起来。父亲其实是严禁她一个人到山那边去瞎逛的。那时候的鹤市，外来人口源源不断地涌入，经济蓬勃、物欲骚动，治安并不算好，摩托车盗抢路人事件频发，各种暴力犯罪层出不穷。

"曹叔呢？让曹叔去找找苏拉吧。"

刘姨安抚她："那丫头和你可不一样，心野着呢。没准过一会儿就回来了。"

刚来杜家那会儿，苏拉经常和刘姨抢着洗碗，两人推搡半天，弄得刘姨很不开心。后来苏拉吃完饭，就把自己的碗洗了，刘姨更不开心了，觉得苏拉看不起她。

心野就不怕遇上坏人吗？杜荔娜觉得不对，又说不出哪里不对。

幸好，苏拉很快就回来了。她的眼睛有一点点红，但不明显。

晚饭的时候，杜荔娜给苏拉夹菜，夹了个最大的鸡腿。她学着大人的样子，努力释放着温暖。"苏拉，你多吃点，把这儿当成自己的家。"

苏拉的筷子尖抵在唇中央，过了一会儿才说："谢谢。"

3

后来，杜家夫妇终于空出一个周末的时间，决定全家一起去海边度个假。

和杜荔娜预料的一样，一到酒店，大人们就遇到了熟人，前呼后拥地走了。孩子们只能自己玩自己的。

在那之前，苏拉从来没见过海，也没有自己的泳衣。杜荔娜去酒店的小超市挑了半天，挑了件最保守的，去敲苏拉房间的门。

苏拉正对着海景做高考数学模拟题集，杜荔娜只扫了一眼就觉得自己快要晕倒了。她把新买的泳衣从背后掏出来，苏拉也快晕倒了。苏拉拒绝穿上泳衣，表示自己不会游泳，也不下水。

杜荔娜死缠烂打的功力可不是一般人扛得住的，没过多久苏拉就让步了。

苏拉换上泳衣，取掉眼镜，缩手缩脚地站在杜荔娜面前，像一只细长的竹节虫。她比杜荔娜个子高，明明大两岁，却没有杜荔娜发育得好，胸和臀都是平平的，泳衣的垫杯挂在她胸前，松松垮垮，有点好笑。她的肤色比刚来的时候亮泽了不少，但还是偏黑。

手臂和背上的伤痕已经淡了很多，这是刘姨从老家弄来的偏方药膏的功劳。

杜荔娜努力把目光停留在苏拉脸上，咧开大大的笑容，说："真好看。"

苏拉嘲讽地勾了勾嘴角，没说话。但她换了个姿势，在镜子前面打量了自己一会儿，悄悄把胸脯挺得更高了。

杜荔娜继续说："你知道有很多老外都想晒成你这个肤色吗？他们的皮肤白白的，布满红点，一点都不好看。你这样最好看了。如果不是因为要跳舞，我也要晒成健康的古铜色。"她揽住苏拉的肩膀，摸到她的上臂，又大惊小怪起来："苏拉你的肌肉好结实！你该不会是个隐藏的游泳健将吧？"

苏拉翻了个大大的白眼。

行将退潮，酒店的私家海滩沙子细腻，阳光正好。两人套上罩衫就往海里跑。

苏拉套着个游泳圈，被杜荔娜拽着在水里漂，浑身僵硬，像假装不会动的玩具牛仔。她越是恐慌，杜荔娜就越开心，大笑着把咸涩的海水溅到苏拉嘴巴里。

"苏拉你别怕！水这么浅！就算有什么，我会救你的！"

苏拉刚开始还认真跟着杜荔娜学，尽量均匀地摆动自己的四肢，但对水的陌生让她的四肢逐渐失控，她开始胡乱扑腾起来。海水被她搅动得乱糟糟，杜荔娜边笑边把她往里推。

"你放松一点，没事！"

苏拉已经听不清话了，她呛了好几口水，脚尖触碰不到实地的恐惧压过了一切。

有些时候，一秒慢得像一年。当苏拉的脚终于找到地面，在冲刷的水波中稳住身体的时候，她的脸色已经变了："我回去做题了。"

黑色短发紧贴在脖颈里,她浑身滴着水往沙滩上大步走去,经过杜荔娜身边,看也不看她一眼。

杜荔娜在水里漂着,心里别扭得像生吞了两片柠檬。这人怎么这么敏感?动不动就不开心,还以为别人看不出来。

沙滩宽广,但人并不多。旁边有一家三口,父亲举着两三岁的小女孩作势抛接,妈妈笑着嗔怪,小女孩咯咯笑得惊飞一串海鸥。

真是碍眼。

杜荔娜只玩了一会儿,就上岸了。她回到房间就发短信给王子猷,叫他来海边一起玩。

王子猷抱歉地说,他周末在临南工业园帮大哥王子谦的忙。临南的运营招商外包给了王家,大哥毕业没多久,就开始接触园区的管理工作了。

"我要好好学,以后跟大哥一样优秀。"

杜荔娜更不开心了,这世界对她真不公平。

但她不能在王子猷面前表露出来,否则,子猷哥哥会觉得她是个自私自利的小姑娘。所以她假情假意地说:"那你加油哟。"

凌晨一点,杜荔娜去敲隔壁的门:"苏拉,你睡着了吗?"

过了很久,门里才传来苏拉的回应:"我睡了。"

屁,睡了你还说话。

杜荔娜人在矮檐下,只得软语相央:"苏拉,开开门,求求你。"

又过了好一会儿,苏拉才把门打开了条缝。

杜荔娜湿漉漉的双眼从缝隙里显现:"苏拉,我来那个了。"

苏拉愣了一瞬,转身去包里找卫生巾。

"不是那个问题……"杜荔娜拉住她。

两人一起来到杜荔娜的房间,站在床边。杜荔娜慢慢掀开被子。

一尘不染的雪白床单上,违和地露出两摊褐色的血渍,就像超级马里奥在上面踩死了两只板栗怪。

苏拉沉吟着:"这个……酒店的服务员应该会洗吧?要不我们找前台……"

杜荔娜慌忙捂住电话机:"不行!太丢人了!"

"那怎么办?"

两个人对视了半天,杜荔娜现出泫然欲泣的表情。

苏拉无奈地撸起袖子:"我们把床单抽出来,洗手间不是有浴缸和洗发水吗?我帮你洗。"

两人齐心合力,笨拙地把床笠从头往下拉,刚拉到一半,杜荔娜又不动了。

苏拉在床尾叫她:"你使劲啊。"

杜荔娜还是不动。苏拉正疑惑，有蚊子侵袭似的哭声响起，俄而，变成号啕大哭："呜哇，这怎么办啊？这可太丢人了啊！"

苏拉冲过去一看，原来下面的那层床单也被染上了两团同比例缩小的血渍。她掀开第二层床单，所幸最底下的床垫表面凹凸不平，没有染上。

杜荔娜哭得风雷变色，仿佛世界观、人生观都跟着那两张床单一起毁掉了。

苏拉皱眉道："别哭了，一起拆下来洗。"

"可是洗不干净怎么办啊？到明天，大家就都知道了，我……"

苏拉把床单拽起来塞在浴缸里，拧开水龙头，抬头看她又要制造噪声，连忙叫停："如果真的洗不干净，明天被人发现了，我就说是我睡的这间房，是我来例假了。"

杜荔娜呆呆地望着她："苏拉，你愿意这么做吗？"

"这也没什么丢人的……"苏拉的话还没说完，就被猛地抱住了。

"苏拉，你怎么这么好？"杜荔娜抽噎着说。

苏拉的身体不像其他女孩子那样香香软软的，有点薄，有点硌人，散发着一股潮湿的凉气。

柔软的胸膛相互紧贴，纤窄的臂膀相互纠缠，引发了奇异的共鸣，仿佛在拥抱的这一瞬间，她就是她，而她也是她。

苏拉僵住了，过了好一会儿，才把她推开。

两条床单阵亡，杜荔娜只好转移到苏拉的房间去睡。

两米的大床足够两个少女翻腾，杜荔娜却偏要和苏拉贴在一起。苏拉侧过身去以背相对，杜荔娜的额头就贴上了苏拉的后颈。

"苏拉……"

"嗯？"

"今天……对不起。"黑暗中，杜荔娜的声音带着点鼻音，"游泳的时候我不应该吓唬你，应该好好教你的。"

她真心诚意地道歉，等着苏拉说没关系，苏拉却好像睡着了一样，就是不吭声。

后来杜荔娜以为苏拉真睡着了，苏拉却出声了："我爸爸就是溺水死的，在我们老家的河里。"

杜荔娜腾地从床上弹了起来："我……我不是……"

她支支吾吾，半天也不知道自己想说什么，只知道满满的抱歉和心疼，快要把胸口撑炸了。

苏拉也坐起来："都过去了，也没什么。不关你的事。"

海滩上遥远的灯光浮动着掠了过来，苏拉的瞳孔亮得像《动物世界》里夜猎的小兽。

杜荔娜皱紧眉头想了半天，从被窝里找到苏拉的手，紧紧握住："苏拉，我们去海滩上吧。"

"呃？"苏拉莫名其妙。

"去海滩上，我跳舞给你看。"

杜荔娜不知道自己有什么能给苏拉的。理论上来说，苏拉什么都不缺，却又什么都缺。只有芭蕾是真正属于杜荔娜自己的，可以拿出来分享。

她们赤着脚，手牵手跑到空无一人的沙滩上。海像黑色的水银块，剔出一层层薄膜，向她们卷过来。

杜荔娜说："我妈妈是生病去世的。不知道是帮爸爸创业太辛苦，还是鹤市的天气不适合她，突然就生了很重很重的病，那时候我六岁。我最后一次去医院看她，就是刚上完芭蕾课。妈妈说女孩子学芭蕾很好，很美，以后会有很多人喜欢我，把世界上最好的东西都送给我，就像爸爸对她那样……妈妈死的时候，我已经会挥鞭转了，可惜只能跳几个。"

风凶猛得像妖怪进攻的号角，杜荔娜迎着风大声问："苏拉，你知道什么是挥鞭转吗？"

苏拉说："不知道啊。"

于是杜荔娜张开双臂，沿着海水漫上来的透明痕迹，站稳，先吸起左腿，再向后伸展。

"这是阿拉贝斯。"

她落下左腿，手臂展开又落下，脚尖向内，侧跳起来，脚尖像装了弹簧一样轻盈。

"这是小猫跳步。"

然后她放肆地向苏拉招招手，猛地向上一弹，左脚尖在沙子中挖出一个坑洞，右腿化作优美的长鞭，高高挥起，旋转。

"这，就是挥鞭转。现在我一次可以跳三十二圈。你都不知道，我磨坏了多少双鞋。"

少女徜徉在自我的快乐之中，苏拉只能从她的骄傲中判断，这大概是很厉害的。

"会跳三十二圈挥鞭转，才能演黑天鹅。苏拉，我会成为全世界最厉害的芭蕾舞者，加入顶级的芭蕾舞团，去所有的国家巡演。"

这样的话，已经是苏拉第二次听了。

"演"字还没落地，杜荔娜脚下一崴，跌倒在冰凉柔软的沙子上。

苏拉跑过去扶她："你不是不舒服吗？"大风吞没了她的声音。

"什么？"

苏拉索性对着杜荔娜的耳朵吼："你是不是有病？"

杜荔娜笑得好大声，比刚才哭得还大声。

过了一会儿，苏拉也开始笑。

杜荔娜说："我跳舞，你来唱歌吧。"

苏拉有点为难,说:"我不会唱歌。"
"我不信,你肯定会唱,至少唱一首吧。"
苏拉想了想:"那我就唱一首。"
她开始唱:

> 我们俩
> 谈笑风生走在大街上
> 雨蒙蒙
> 共在伞下谈起了愿望
> 未来旅途还漫长
> 只要彼此常相伴
> 不怕人生多磨难
> 携手共徜徉
> 你和我
> 紧紧握着一把小雨伞
> 风雨中
> 溅湿衣裳心情也怡然
> …………

"这是什么歌?哪个明星唱的,我怎么没听过?"
苏拉说:"这是很老很老的歌,是我爸爸教我唱的歌。"
杜荔娜羡慕地道:"我爸从来没教我唱过歌。"
两个人遂坐在沙地上,仰头看稀稀拉拉的星星闪亮起来。
"苏拉,我们什么时候才能长大啊?"
"很快,很快了。"
"你长大以后想做什么呢?"
远海的货轮长鸣了一声,像夜晚自带的声响。
苏拉抚平乱飞的头发:"我想留在鹤市。"
"你已经在鹤市了啊。大家不都说吗,来了就是鹤市人。"
"那不一样。"苏拉突然站起来,拍拍身上的沙子,指着与海岸线平行的方向。
"我要成为真正的鹤市人。我要在鹤市最高的大厦里工作,靠自己的本事,赚很多很多的钱。我要让认识我的人都尊敬我,不敢看不起我。我要让这个世界需要我、离不开我,不再丢下我一个人。"
风一会儿小,一会儿大,一会儿温柔,一会儿暴烈。
就像这世上的女孩子们,都想掌握的命运。

4

鹤市的秋天，短得像夏天和冬天之间的一道狭缝。当它终于到来的时候，云上高中的校长主动找到江世敏，督促她为苏拉补齐学籍手续，不要耽误一年多后的高考。毕竟云上一年也就那么几个有实力冲击清华北大的学生。

在杜宇风的支持下，苏拉的落户手续艰难地完成了，户口本上，她正式更名为杜苏拉。

而杜荔娜的数学成绩，也终于及格了一次。

杜荔娜打了一夜的腹稿，要在饭桌上向杜宇风提出一个冒昧的请求。

苏拉必须在场。杜荔娜很清楚父亲具备的那种影响力，只要和他对视一次，再雄辩的理由也会溃不成军。她一个人是不行的。

"爸爸，我不想考云上，我想去读舞蹈艺术高中。"

江世敏和苏拉都停下了筷子。

杜宇风笑了笑，道："这个问题我们讨论过了。你现在的任务是学好文化课，至少要在国内读完普通高中。至于以后是出国还是考国内的大学，读什么专业，我们可以再商量。"

"可是芭蕾和其他专业不同，我现在的年龄正是跳舞的时候，等到高中毕业就晚了。"

"那正好说明，这条路不适合你。"

杜宇风放下筷子，有条不紊地论述，为什么杜荔娜不应该成为芭蕾舞者。他说他和妈妈让她学芭蕾的初衷，是锻炼身体、保持良好仪态和提升审美情趣，并不期待她把跳舞当作职业。

他说三十二圈挥鞭转也没有什么大不了的，专业院校里60%以上的舞者都能完成，得了几个业余奖项，有几个老师夸赞，不代表她是个天才。

他说真的要走这条路，以后只会更加辛苦。艺术是不确定性最大的行业，将来连爸爸也帮不了她。

"云上会接收你的，爸爸已经安排好了。很多鹤市企业家的孩子都在云上念书，这对你的未来很重要。你现在的任务是好好念书，读一个商科，最好是出国拿两个学位，回来可以帮爸爸打理一帆。外面有多少人，排着队听爸爸一句人生建议。爸爸已经给你铺好路了，你乖乖听话，难道爸爸会害你吗？"

话题上升到"害她"的地步，杜荔娜知道，已经没有反抗的余地了。她要么不忠不孝地指责爸爸害她，要么就只能乖乖听话。

杜宇风重新拿起筷子，说："这件事情到此为止，吃饭。"

与父母的蛮横相比，更令人无力的，大概是父母的正确。

从一开始，江世敏和苏拉就像两座泥塑的雕像般，眉目凝重地聆听杜宇风的教诲。

这时江世敏先动了。她从鱼肚子上夹了一块最嫩的肉，放在杜荔娜碗里。

"娜娜，听你爸爸的，不会有错。"

泪水在杜荔娜的眼眶里打了几个转，她求助地看向苏拉。

苏拉没有动。

江世敏的目光在她们两人之间徘徊了一下，又从鱼背上撕下一条鱼肉，放在苏拉碗里："你也吃。"

苏拉拿起了筷子，却又放下。她垂着头，瓮声瓮气地说："杜叔，你这样不对。你怎么能爱她，又看不起她？"

杜宇风的筷子尖停在了半空中。

江世敏的脸色立刻变了，温和就像川剧里最上面的那张脸谱，"嗖"地被抽走了。

"你跟我来一下。"她不由分说地抓住苏拉的手，把她拉到了斜角的小卧室里。在门关上之前，杜荔娜从缝隙里瞥见，苏拉的脸上挨了一巴掌。

杜宇风似乎叹了口气："你江阿姨也是为了苏拉好。"

等她们从房间里出来的时候，一切都结束了。刘姨把凉掉的菜热了一遍，所有人端起未吃完的饭，继续吃完。

接下来的日子，忽然过得飞快。

苏拉稳稳地占据着年级前三名。江世敏从不过问她在学校的事，更不参加家长会。有时候和王家父母吃饭，他们夸赞苏拉的成绩，江世敏就说："这孩子从小木讷得很，除了死读书，也不会别的。以后当个老师，或者搞搞理论研究，我就知足了。"

每到这时，王子猷和杜荔娜就一声不吭，苏拉也不吭声。

杜荔娜不理解苏拉，苏拉好像不在乎别人的认可或轻视，包括妈妈的。

杜荔娜则不同，她愿意用一切来换爸爸的一句夸赞。

互联网、电视新闻上满屏都是"应试教育已成素质教育最大瓶颈""高考改革为素质教育开路"，但苏拉丝毫不受影响。根据王子猷传来的情报，她不当班干部，不加入课外社团，不打游戏，不和同学聚会，对各种竞赛和校外实践也不感兴趣，拒绝所有分配给优秀学生的演讲机会，体育课倒是上的，但从不参加运动会。她甚至没有朋友。

杜荔娜反对王子猷的最后一个说法，她觉得自己就是苏拉的朋友。

杜荔娜的数学成绩保持在 70 分左右，其他科目则毫无水花。可只要差得不明显，杜宇风就不太计较。反正大家都知道了，只要她考得不太糟糕，爸爸总能把她安排到云上读书的。

苏拉还是利用周末给杜荔娜补习数学，即使她自己周一就要考试，也会抽出一小时看看杜荔娜的错题。但是，她们很少再讲与学习无关的话题。

杜荔娜想，下次她和苏拉一起站在深夜的海滩上时，当苏拉说她要成为受人尊敬的人的时候，她还有什么话说呢？

她只能说，我听爸爸的安排。

那样一种平庸而茫然的恐惧，彻底把她淹没了。

夏天再次到来，杜荔娜在中考中稳定发挥，平安飞过了公立高中的录取分数线，这意味着杜家可以以最低的成本在云上高中给她保留一个位置。

杜家夫妇忙得像两只陀螺，一帆的新专利产品量产进入了关键时期，产品成本能控制在国外同类产品的三分之一以内。但自主创新的浪潮已经席卷全国，杜宇风必须赶在竞争对手反应过来之前，抢先占领市场。

王家已经开始给王子猷安排出国留学了。高考还是要参加的，然后去美国读一年预科，再申请藤校，本科毕业后，再读一个商科硕士。他大哥王子谦走的就是这条路。

那个夏天还有一件事，让他们的生活笼上了阴影。

那天王子猷来家里玩，和杜荔娜在偏厅打游戏。他们把空调冷风和电视音效都开到最大，化身两台冰冷无情的战争机器。苏拉觉得他们吵，躲在自己的房间里复习。

一个年轻的打工妹出现在杜家门口，自称是临南一帆工厂的工人，来找杜宇风。

她不施脂粉，五官长得很秀美，穿一件过于宽松的蓝色背带长裙，胸口印着一只卡通小黄鸭。刘姨询问了几句，就让她改天和杜总约好了再来。

杜荔娜和王子猷就从二楼窗台上偷看她。

杜荔娜问："刘姨怎么不让她进来等呢？"

王子猷就说："现在外面什么人都有，小心点比较安全。"

"小黄鸭"在院门外来回踱步，窥探杜宇风是不是真的不在家。盛夏的太阳毒辣炙热，足够把她烤熟送到北京。她兜了几圈，大概是累了，就在门口的台阶上，就着一小片墙壁投下的阴凉，坐了下来。

杜荔娜看见她坐下的时候，一手扶了扶腰。

"她好像怀孕了。"

王子猷不可思议地道："你怎么知道？"

杜荔娜抿抿唇。总有一些男孩子毫无所觉，而女孩子就是知道的事。

透过栅栏，可以看到"小黄鸭"的背后汗湿了一大片。

"我去给她送点水喝。"

王子猷拽住她，说："刘姨不让她进来，就是想让她自己走。你给她送了水，她肯定赖着不走了。你爸知道你跟这样的人说话，会骂你的。"

那个时候，天桥顶上会有人守着用长刀砍过路人的脚，以便偷走钱包；有灰灰的摩托车从行人身侧驶过，拽走背包的同时把受害者拖拽几十米；工厂里经常有打工妹毫无交代地凭空消失；火车站哭啼的大姐可能一边求助一边抱起热心者的孩子，扭头就跑。

所以，富家女在自家门口被绑架，也算不上什么新闻。

杜荔娜知道王子猷说得有道理，但又因为他这样说，觉得他有点讨厌。

王子猷不知道小姑娘心里的弯弯绕绕，道："别看了，咱们去打游戏吧，下一把我让你。"

杜荔娜摇摇头说:"我去找苏拉。"

苏拉不喜欢别人打扰她学习,但她不会对杜荔娜发火。

果然,苏拉答应去给门口的"小黄鸭"送水。

杜荔娜从冰箱里拿了韩国进口的葡萄汁,被苏拉否决了,她说人家未必喜欢喝。所以她们最终的决定是,拿了一瓶普通的常温矿泉水。杜荔娜还贡献出了自己比较不喜欢的那个卡通小电扇。

刘姨在厨房一边忙,一边听家乡的戏曲,顾不上管她们。等杜荔娜回到楼上,苏拉已经把矿泉水和小电扇都送到了门口的"小黄鸭"手上。

可她没有立刻离开,反而和"小黄鸭"一起坐在门口的台阶上,聊了起来。

"说不定她们是老乡呢。"王子猷笑着说。

杜荔娜就瞪他。

她已经知道,苏拉不是最初她以为的任人宰割的小白兔了,反而有着异于常人的我行我素。是啊,一个敢于孤身从榴城来到鹤市投奔母亲的女孩子,能有多柔弱呢?

好处是,杜宇风从来不管苏拉,也不骂她。不像自己,随便一点逾矩的举动就会招来父亲的批评,好像这样,就能双倍利用起父女相处的那一点可怜的时间。

她想到父亲,突然问:"你说,她怀的孩子是谁的呢?"

"那谁知道。"王子猷心里挂念着没打完的那场游戏,随口说,"总不会是你爸的吧?"

他说完,立刻就知道自己犯了不可赦免的大错,连忙道歉告饶。

但是已经来不及了。杜荔娜的眼睛红了,狠狠推了他一把。

在杜荔娜的心目中,父亲是天底下最有魅力的男人。论做人,他儒雅博学、正直包容、受人尊敬,论谋事,他深谋远虑、果敢坚毅、理想远大。

父亲和江阿姨结婚的时候,她其实担心过他们会再生一个小弟弟。她认识的叔叔伯伯们都有儿子,就算家里没有,多半也有传言说外面有。

三年过去了,江阿姨和父亲在家里见面的次数还不如刘姨,小弟弟更是影都没有。如果江阿姨不能生,父亲会在外面找一个更年轻的女人再生一个吗?

京岚的王家有两个优秀帅气的儿子,王家伯父话里话外都透着优越感,而哪家有个同样优秀的女儿,却会招来惋惜的感叹,然后她的父母就会开始辩解:"都什么时代了,男孩女孩都一样。"

父亲对她的爱是毋庸置疑的,但他能抵挡住拥有一个儿子的诱惑吗?

巨大的恐慌朝杜荔娜笼罩下来。她拨开王子猷,奔下楼去,溜着墙边来到门后,直到能听见苏拉和"小黄鸭"的对话为止。她听见苏拉问:"是男孩还是女孩?"

苏拉现在的普通话已经比较标准了,"小黄鸭"则带着浓浓的南方口音。她们肯定不是老乡。

"还不知道。我们老家可以花钱托人查，如果是男娃，总会有人要的。如果是女娃……""小黄鸭"的声音很年轻，也许比苏拉大不了几岁。她叹了一口气："我还要打工挣钱，怎么带娃娃？女娃娃生下来，也养不大。"

聒噪的蝉声响了一下午，忽然停下了。杜荔娜听到苏拉说："只要生下来，她就能长大。"

"小黄鸭"似乎愣了一下："你这女娃娃，讲话蛮有意思。嘿，养娃娃要钱的嘛。"

这时，车辆的喇叭声低沉地响了两声，那是曹叔开车开到门口最后一个弯道时的习惯。

父亲要回来了。

显然苏拉也不想惹事。

"我先进去了。"

"你等等。""小黄鸭"说，"这个做好了，送给你。"

隔着大门的栅栏，杜荔娜看到"小黄鸭"把一个彩色的东西塞到苏拉手里。

杜宇风的反应出乎杜荔娜、刘姨和王子猷的意料。他把那个"小黄鸭"请进了书房，两个人在里面说了很久的话。

等他们终于从书房出来，杜荔娜躲在二楼的楼梯栏杆后，看见"小黄鸭"的手上多了一个信封。那是印着一帆LOGO的信封，她进去的时候还没有，显然里面装的是钱。

"小黄鸭"把手搭在腹部，对杜宇风说："杜总，我希望生下来的是个女孩，能像您女儿一样，漂亮、善良、有气质。"

杜宇风以他惯有的翩翩风度笑了笑，抬起头，发现了二楼栏杆后来不及躲闪的女儿。他的脸沉了下来，叫她："娜娜，你下来一趟。"

杜荔娜怯生生地跟着父亲来到书房。"小黄鸭"出卖了她和苏拉，人心真是难测。

父亲指指他书桌上的那个卡通小风扇："徐丽说，你给她送了瓶水，还有风扇。"

杜荔娜"嗯"了一声。确实，水是她拿的，风扇也是属于她的。苏拉只是个跑腿的罢了。

父亲却突然感慨起来："你要明白，你今天的优越生活，来自时代的馈赠，来自政策的机遇，来自像徐丽一样背井离乡的打工人的牺牲，也有一部分来自你爸爸的个人努力。但唯独——"他摸摸杜荔娜的头顶，"和你自己无关。"

杜荔娜不知道该说什么。父亲在家里说话，常常像是在礼堂里演讲，又或者是自言自语。她觉得这些话应该去说给他的工人和生意伙伴听，而不应该说给自己的女儿听，好像她是个一无是处的蠢材。

父亲的注视带着见多识广的淡然，再精心隐瞒的秘密也无所遁形。半晌，他笑了："不过，徐丽说得没错。我女儿，确实漂亮、善良、有气质。今天徐丽来的事，不用和你江阿姨提。她现在管财务，有时候管得太抠了。你明白爸爸的意思吗？"

杜荔娜想说自己不明白，但是她不敢。不论他是什么样的人，他都是最爱她的爸爸。所以她说："我明白了。"

她像一个懵懂的孩童一样，拿着卡通小风扇离开了。

她径直去找苏拉。

"徐丽……"她喘了口气，"那个女的，送了什么给你？"

苏拉在兜里翻了翻，掏出一样东西。

那是个用蓝、绿、黄三色丝线立体编织出来的蝴蝶。那时候的打工妹和女学生之间很流行做这样的小手工艺品，有些做成手绳，有些做成钥匙挂绳或手机绳，一般都是小花和线条纹理，杜荔娜还是第一次看到这么精致好看的蝴蝶。

编织它的人，一定是个特别心灵手巧的人。

苏拉说："这是她今天下午坐在门口编的。"

杜荔娜从她手心里抓过来，问："能送给我吗？"

苏拉明显抗拒了一下。杜荔娜看出来了，这让她的心里更是堵得慌。

"一个破东西，宝贝成这样。"

苏拉被她呛了一声，脸色顿时僵硬起来。她移开视线，说："你拿去吧，反正我也用不上。"

杜荔娜把小蝴蝶握进手心，藏到了身后。她瞪着苏拉的后脑勺，还是有些不忿。

"你怎么还在做题？你才高二，大周末的，就不能玩一会儿吗？要上清华啊？"

"我不能上清华吗？"

杜荔娜愣了一下。她自己从来没有想过考清华，也没想过谁会厚着脸皮公然宣称自己要考清华，万一考不上，多丢人。

"想上就能上啊？我还想上茱莉亚音乐学院的芭蕾舞系呢，可惜我爸不让。"

苏拉终于不耐烦了："真想得到什么东西，就实打实地去为它努力。不要坐在地上哭，抱怨别人不给你。"

杜荔娜呆住了。她来不及细想，只觉得这是一个人能说出来的最讨厌的话。

苏拉也呆住了，她好像不能相信自己刚才说了什么，独自陷入了不知名的回忆。

两人僵持了一会儿，杜荔娜转身离开了。

王子猷还在偏厅等着她，想跟她解释自己的无心口误。杜荔娜今天还是很生他的气，她知道，接下来的一周他会给她发短信，送漂亮的小礼物，录歌给她听，祈求她的原谅。但她已经不关心了。

她把那个小蝴蝶郑重地挂在自己的手机上。

漂亮、善良、有气质。这一次父亲的赞许，不属于杜荔娜，属于杜苏拉。可是他们两个人都不知道。杜荔娜模模糊糊地意识到，这种赞许与血缘无关、与爱无关，却是她一直渴望而无法得到的。

苏拉像一面镜子，照见了杜荔娜所有的缺失。现在想一想，她们后来的决裂，就是从她抢走了这只蝴蝶开始的。

如果说高考是设在青春和现实之间的起跑线，那高中就是起跑线前最后的那段预备道。一升入高中，整个世界扑面而来，逼迫着杜荔娜为她的将来，乃至一生画出跑道。

5

云上高中的课余生活很丰富，有话剧、舞蹈、文学等各种社团招新。升入高一，杜荔娜向杜宇风保证，放弃芭蕾，专心学业。但一到社团招新现场，她还是忍不住报了舞蹈社。

舞蹈社的老师夸她先天条件好，小时候基础打得扎实，不做专业舞者是行业的损失。学校里的各种舞蹈演出，杜荔娜都被安排在最显眼的位置，有时候甚至还给她一支独舞。

所有人都发现，杜荔娜一天比一天漂亮了。如果说从前的她是朵含苞可爱的小荷，现在，她正肉眼可见地绽放成明艳的玫瑰。

她自己也清楚自己拥有的影响力。她走过走廊，男生们会挤眉弄眼地吹口哨，班级信箱里每周都有一两封给她的情书，王子猷的目光也更多地停留在她身上。他经常让自家司机多等一会儿，好接杜荔娜一起放学，于是全校都默默猜测，甜美可人的校花，和英俊多金的校草在一起了。

杜荔娜意识到了这一点，别人有意无意地提及王子猷时，她会脸红，但她放任着传言的传播。有什么关系呢？他们确实很般配。有时，她会幻想他们两人手牵着手，站在巴黎圣母院的花窗底下，鸽子飞翔，铃声轻响，她的长拖尾婚纱在红毯上延伸到很远，王子猷把自己的唇轻压在她的唇上。

她只敢想象到这里，再亲密的情节就连脑海里也容不下了。

在云上，杜荔娜交了很多新朋友，大多不如她漂亮，但都优雅大方、家境富裕。她们一起追星、逛街买衣服，她们一起在老师的监视下偷偷改短校服上衣，显露出纤细的腰身，还能衬托出一点胸型。她们改大裤脚，有时还装上拉链，以便收放自如。

这些都是苏拉不会陪她去做的事情。

一年到头，苏拉除了校服，就只有几件运动服。并不是杜家苛待她，是她根本拒绝出门置装。杜宇风偶尔会问她钱够不够花，但不会操心到女孩子的衣着上，江世敏则是完全不在乎。

苏拉对杜荔娜和王子猷之间的青涩暧昧嗤之以鼻。她说童话里都是骗人的，王子都是见色起意的登徒子，公主都是任人剪割的菟丝花。

杜荔娜觉得，苏拉之所以愤世嫉俗，是因为她根本找不到自己在童话里的位置。

苏拉不太看偶像剧和言情小说，她大概不知道，获得爱情和美好人生的第一要义，就是要善良、性格乐观、讨身边所有人的喜欢，当然最好还很漂亮。

这四种品质，苏拉一样都没有。男生们对苏拉敬而远之，即使和她说话，也是为了借笔记或者问错题。苏拉性格阴郁、说话刻薄、长相寡淡，谁也不可能拿热脸去贴她的冷屁股。

王子猷说，苏拉对待身边的同学，就像对待游戏里的NPC[1]一样，漠不关心。苏拉过得像个苦行僧，凡是会分散学习精力的事，苏拉总是能躲则躲。

此前，屈服于班主任的威权，苏拉勉强当了个语文课代表，也是因为语文老师是个说话都漏风的老头，好糊弄，工作量小。可是人算不如天算，一上高三，老头就退休了，新来的年轻语文老师喜欢搞教学创新，玩了很多不必要的花样，整个高三上学期，苏拉都很烦躁。

十月，是云上高中的二十周年校庆，背靠实力雄厚的民营资本，云上集合了来自社会各界的投资者、校友和家长资源，举办为期七天的盛大庆祝活动。校庆晚会上，还会有神秘明星嘉宾空降，为校庆助力。

学校视苏拉为清北预备役一号种子，校庆压轴的晚会上，校长指定她作为优秀学生代表，上台演讲。

杜荔娜问苏拉：“你打算穿什么衣服上台呢？校服就太普通了。你可以去我那儿挑一件，我们现在差不多高了。"

苏拉说：“有老师帮我去租衣服。"

“那化妆呢？我帮你化妆。"

“不用，老师说晚会有专门的化妆师。"苏拉的神情很平淡，但杜荔娜觉得她有点显摆。

舞蹈社也要出个节目，但杜荔娜没敢和家里说。舞蹈社上的是集体舞，就算她站在最中间，也只是一群舞者中的一个。而苏拉的演讲，将会由她一个人占据舞台整整八分钟。杜荔娜也不是那么稀罕那个舞台，可在杜宇风的心目中，演讲和舞蹈具有的价值是不同的。他觉得唱唱跳跳不是正道，学业和口才才是核心竞争力。

当然，无论是舞蹈还是演讲，杜宇风和江世敏都是没有时间去看的，他们有更重要的事情要忙。

杜荔娜没想到，过了几天，班主任通知她，校庆晚会上的优秀学生代表换成了她。班主任说，是家长找到学校，和校长商量的。

杜荔娜猜测着是哪个家长。她觉得，可能性更大的是江阿姨，但她不敢问。

她心虚地问：“就算苏拉不上了，为什么是我呢？我也不是优秀学生啊……"

班主任笑道：“你很优秀啊，德、智、体、美、劳全面发展，在同学中的口碑也

---

1. 游戏中的非玩家角色。——编者注

很好。"

体育课她常常谎称不舒服，去树荫里休息；放学值日，大部分是班里其他男生替她做的；成绩虽然比初三时好了些，但也就是班级前二十名。德、智、体、美、劳，她只有德和美还过得去吧。

她又着急演讲稿的事，毕竟笔头功夫差劲，又天天在排练舞蹈。班主任说没关系，苏拉的稿子已经写好了，拿她的来改改就行。

杜荔娜很羞愧，但她想起了爸爸说的话："娜娜什么时候也能作为优秀学生代表，上台演讲啊？"

她也可以的。她比苏拉漂亮，比苏拉自信，比苏拉普通话更好，为什么不能是她？

王子猷也赞同这一点。他说，本来就应该让杜荔娜上台，这样才能展示云上学生真正的风采，苏拉就是个书呆子。

听了王子猷的话，杜荔娜心安理得多了。

苏拉把自己写了好几天的演讲稿给了杜荔娜，还顺手改成了杜荔娜习惯的口吻。

"我本来就觉得演讲很麻烦，现在这样正好。"她这样说。

杜荔娜的舞蹈在整个校庆晚会的中场，而演讲是在晚会倒数第二个环节。两个节目中间只有 20 分钟，舞蹈结束后，她要立刻回到化妆室改妆发、换衣服，才能赶上演讲。杜荔娜提前三天就紧张得睡不着觉，王子猷笑说，她这是德、智、体、美、劳全面发展的烦恼。

当晚，上台前不久，杜荔娜才得知空降的明星嘉宾竟然是新晋选秀女团 Mona。

杜荔娜非常喜欢的洛逸，就是 Mona 的成员之一。Mona 的女团舞安排在舞蹈社的舞蹈和演讲中间，表演一结束，Mona 成员就要立刻离开，去赶飞机。

舞蹈社节目结束，其他舞蹈演员都朝贵宾化妆区冲过去，等着给 Mona 的成员们送礼物、要签名。杜荔娜一点儿都参与不了，她得往另一个方向走去换装。她只能隔着保安和人群，远远地看一眼洛逸的后脑勺。

这一刻她无比懊悔，为什么要贪图这个演讲的机会，让给苏拉不就得了吗？杜荔娜快急死了，她把手机夹在肩膀头，边换衣服边给观众席的王子猷打电话。

电话接通，她却让他把手机给苏拉："苏拉求求你，帮我去跟洛逸要个联系方式！"

苏拉立刻就拒绝了，她讨厌人和人挤在一起。

"怎么不找王子猷？"

"子猷哥哥不喜欢我追星……而且他也分不出哪个是洛逸。"

"那其他人呢？你们舞蹈社的人。"

"她们自己要签名都来不及呢！你胆子大，说话利索，而且你知道我为什么喜欢洛逸！你就说是今晚的优秀学生代表跟她要的，我和她一样从小学芭蕾，我是最懂她的人！洛逸一定会答应的。"

苏拉不吭声。

杜荔娜快哭了："苏拉,我只相信你！拜托拜托,你帮我这个忙,我感激你一辈子！"

电话里静了三秒,苏拉的声音终于响起："好。"

杜荔娜换好装,马上就听到 Mona 的表演结束了。台下掌声雷动,过了好久,才开始介绍下一个节目。再下一个节目,就是杜荔娜的演讲了。

主持人报了一大串她从小到大得过的奖项和参与过的演出,杜荔娜一边听,一边想,自己确实也是很优秀的。

她从幕布的夹缝里偷看观众席。王子猷正满脸期待地等着她上台,而苏拉,果然已经不在座位上了。

杜荔娜的舞台经验丰富,可以说是身经百战,一点都不怯场。苏拉的稿子写得也好,明快顺口,杜荔娜提前背得滚瓜烂熟,这辈子都忘不掉。是以,演讲进行得很顺利。

演讲接近尾声的时候,杜荔娜看到苏拉从后门进来,站在人群中向她扬了扬手上的照片,又比了个 OK 的手势。杜荔娜的心一下子就被快乐笼罩住了。最后的升华收尾,她讲得声情并茂,台下掌声雷动。

王子猷亲自跑上台,把一捧百合花送到她怀里,台下的同学都看热闹不嫌事大地起哄。这下,全校都知道王子猷和杜荔娜的关系不一般了。

晚会结束,大合影过后,杜荔娜被同学们簇拥着走下台,第一件事就是找到苏拉,把她拉到无人处。

"要到了吗？要到了吗？"虽然她知道苏拉办事靠谱,但还是要听她亲口说了才放心。

苏拉点点头,把两张洛逸的签名照片和一张便笺放到杜荔娜手心里。苏拉指着纸条上的邮箱地址："这是洛逸的私人邮箱。"

杜荔娜兴奋得跳了起来："你跟她说了吗？说是我要的？"

"说了。所以她才偷偷把邮箱给我的,其他人都没看见。"

杜荔娜心花怒放,猛地抱住苏拉："苏拉你太好了！大恩大德这辈子都报不完,只能以身相许了！"

苏拉任她抱着,脸上是清浅而神秘的笑："千万要保密哟。"

青春是充满谎言的日子,因为青春根本认不出真实。

第九章
掷子的时运

——是纯粹的偶然遮住了阳光雨露,
掷子的时运不掷欢欣却掷出悲叹……
这些盲目的裁判本来能在我的旅途
播撒幸福,并不比播撒痛苦更难。

——《偶然》托马斯·哈代

1

过了很多年,杜荔娜才想明白,她后来遭遇的一连串恶意,和她在校庆晚会上出过的风头,不无关联。

王子猷送上的鲜花被大家认为是公开示爱,杜荔娜解释了很多次,她和王子猷并没有在一起,但是不管用。王子猷对每一个女生都彬彬有礼、温声细语,他有本事让每个女孩子都觉得,自己在他眼里很特别。在许多女生心目中,他就是完美而不可侵犯的王子,哪怕自己不能拥有他,也不能让别人拥有。

尤其是杜荔娜这个占着家世的优势,成绩普通却觍着脸作为优秀学生上台演讲的人。

舞蹈社的女生们联合起来孤立杜荔娜,她们总会不小心碰倒杜荔娜的水杯,弄脏她的衣服,又或者通知她错误的排练时间,使她迟到。

杜荔娜不明白自己做错了什么,明明前不久,她还是人人喜欢的小公主。她尽力地忍耐着,猜想也许是自己有什么地方做得不对。为了让大家友善地对待她,她每天都给其他社员买零食和饮料。

后来有一天,杜荔娜亲眼看见,一个社员把她买的红豆沙冰扔进了垃圾桶。她愤怒地质问对方原因,对方却反过来骂她:"你明明知道我这几天来大姨妈,还非要买这么冰的东西,你就是故意的。"

杜荔娜很委屈。她不知道,当被人讨厌的时候,做什么都是错的。她只是无法接受被讨厌。

杜荔娜把自己受到的排挤告诉了王子猷。她希望王子猷能给她一点建议,毕竟他年长一些,又成熟懂理。她从来没有听人说过王子猷一句坏话。

王子猷耐心地听她说完,然后摸摸她的头道:"没关系,交给子猷哥哥来解决。"

王子猷在学校附近最贵的西餐厅订了位子,请舞蹈社的几位高二骨干吃饭,还送了她们可爱的小礼物。他认真温和地向她们表示了感谢,请她们多照顾自己的小妹妹杜荔娜。

他们两人都没有搞清楚事情背后的真正缘由,这顿饭在王子猷的预期里是招揽人心,实际上却成了火上浇油。几位高二学姐的愤怒值到达了极点。她们商量好了,在舞蹈社的更衣室守株待兔,拍下了杜荔娜换衣服的照片。

她们把杜荔娜围在中央,但没有打她。她的肌肤太娇嫩,太容易留下痕迹,人又惹眼,容易被别人看出来。

"你老老实实的,不要再靠近子猷师兄一步。敢告诉别人,就会有百万网友围观你的艳照。"

杜荔娜崩溃了。

这是她人生中第一次遇到这么坏的人,这样毫无负疚感地伤害别人,只为了达到自己的目的。她这时才发现,人们的追捧和喜爱是多么岌岌可危,只要一点点恶意,就能粉碎一地。

而且,爸爸知道了,会怎么说?

那时已经是互联网时代,她清楚,学校的行政权力和父亲的财力,都阻止不了一张照片的传播,更阻止不了网络上汹涌而来的口舌暴力。

这一次她学乖了,王子猷找她时,她直接避而不见。她知道,这不是躲在他身后就能解决的问题。她无人可以依靠,又找不到出路,只能屈服。

但屈服令她无比屈辱。

杜荔娜开始整夜整夜地失眠,梦到自己赤身裸体地被扔在人群中。她不再去参加舞蹈社的活动,上课时打瞌睡,本来就不好的学习成绩下降得更加厉害。杜宇风严厉地批评了她,可她什么也不敢说。

不论是杜宇风、刘姨还是老师们,都没想过问她一声,为什么最近不开心。她拥有所有人的宠爱,理应每天都快乐健康,如果她没有,那一定是她自己的问题。

直到有一天晚上,杜荔娜坐在阳台上,看着外面的黑色山影,号啕大哭。

哭到一半,她听见身后有人叹了口气:"谁欺负你了?"

苏拉穿着睡衣,环抱着手臂,冷冷地站在玻璃门后。

不能再发生上次那样的情况了,她找人替自己出头,事情却变得更糟。

"是这次考试,我数学又没及格。"

苏拉"哦"了一声。她高三的学业更加繁忙,已经很长时间没给杜荔娜补课了。杜宇风让秘书给杜荔娜找了好几个外校名师,周末时间排得很满。再加上一个住校,一个走读,她们两人连见面的机会都不多。

"那你叫王子猷别来烦我。他总是追着我问,你为什么不理他了。你俩是不是忘了,这里还有一个活人是要高考的。"

杜荔娜怔怔地望着她,点了点头,眼神里透出的是更多的绝望。

苏拉哼了一声,转身回房间睡觉去了。

杜荔娜又在阳台上待了一会儿。等她的情绪稳定下来,打算去睡觉,苏拉卧室的门又猛然打开了。

苏拉从卧室里笔直地冲过来,在她面前坐下。她开口了:"你知道吗,我初中的时候,有一个朋友……她没爸没妈,家长会都没人参加。学校里的混子知道她没人撑腰,每天在她放学的路上堵着她要钱,还威胁她不能告诉老师。"

杜荔娜不明白她说这个做什么,但情况确实和自己的有点类似。

"然后呢?你那个朋友后来怎么样了?"

"她死了。"

杜荔娜:"……"

"被车撞死的。她要是在死前没把那件事告诉我,这世上就再也没人替她讨回公道了。被打得再惨,受过再多委屈,也就是这样了。"

"那……你是怎么替她讨回公道的呢?"

"恶人还需恶人磨。"苏拉神秘地抿抿嘴,"我把那个混混打得连他妈都认不出来了。"

杜荔娜眼睛发直,问:"你会打架?"

杜荔娜从小到大都在高端私立学校就读,身边几乎没出现过什么打架事件。

"我们老家离少林寺近,我上过武校。"苏拉撸起袖子,把肩膀上的肌肉给杜荔娜看。

杜荔娜震惊得眼泪都干了。她一直以为,只有成绩差的学生才会打架。

"但是……你打得过男生吗?"

苏拉满不在乎地笑道:"打架这回事,你不怕死,对方就会怕。打不死,就会变得更强。"

这和杜荔娜从小接受的教育完全不同。苏拉以崭新的形象出现在了她面前,整个人都在发光。

苏拉继续说:"所以说,万一你明天就死了,你是不是会很后悔,没有把受的委屈说出来?"

她说得好有道理,杜荔娜竟然无法反驳。

"那……你保证不告诉别人。"

苏拉的眸子闪了一下,很快回答:"我保证。"

那时候的杜荔娜,还不知道眼前的这个女孩是个专业撒谎者。

三天后,苏拉把自己的计划告诉了杜荔娜。

杜荔娜还在犹豫，但苏拉很有把握："就算我们失败了，你又有什么好失去的呢？她们能怎么样呢？告诉老师？"

"万一不成，她们会变本加厉……而且，如果爸爸知道了呢？"

"那你别进去，在门外守着。如果别人问起，就说都是我干的。"苏拉不耐烦地说。就像是从前，她在酒店房间里代替她认下染血的床单。

高清数码相机是王子猷提供的，时机是杜荔娜提前蹲点观察好的。舞蹈社地方偏僻，苏拉进来之前，把外间的大门反锁了。这样，就算有人听到什么声音，一时半会儿也进不来。

更衣室里一共有五个女孩子，恐吓杜荔娜的三个都在其中。杜荔娜不确定另外两个人有没有参与，但苏拉说，都一样。

苏拉拿着相机，像端着把枪，悄悄走进更衣室。她无声地按下快门——重要的是拍清楚脸。她连着拍了十几张照片，才有一个舞蹈社员发现她，惊叫起来。

苏拉把数码相机丢到包里，就把更衣室的门从里面反锁了。杜荔娜守在门外，听着里面"咣咣"直响，感觉自己是个望风的大盗。

舞蹈社的女孩子都是养尊处优的娇娇女，只会动口，很少动手。当她们明白发生了什么时，便冲过来堵住苏拉，想要回照片，却被苏拉绊了一脚，一个接一个地摔倒在地。副社长陈晨咬着牙上来抢包，被苏拉揪着头发，撞在铁衣柜上，下巴登时肿了一大片。

苏拉的反应很快，力气也大得吓人，几个人轮番上来，又被苏拉推到地上，磕青了膝盖。

等她们都坐在地上哭的时候，苏拉大马金刀地往长凳上一蹲："是谁，拍的杜荔娜的照片？"

包括陈晨在内的三个女生迅速低头，眼神闪烁，另外两个则面露茫然。终于，陈晨大着胆子说："师姐，我们不知道啊。"

苏拉冷笑道："你们不承认，也没关系。你们只要记住，杜荔娜的那张照片什么时候流出来了，不管是在网上还是学校里，只要是被除了你们的任何人看到了，我就把刚才拍到的所有人的照片，都打印出来，写上几年级几班，叫什么名字，贴到学校的布告栏里去。"

所有女生齐声喊冤起来："师姐，这事跟我们没关系啊！"

"我说我在乎这个了吗？"苏拉掰了掰手指关节，咔咔直响，"你们记清楚了，不管是谁把杜荔娜的照片放出去了，你们所有人，都逃不掉。所以，都给我睁大眼睛看清楚，到时候这个人，就是你们的仇人。你们今天被我打，都是托了这个人的福。"

这话一出，女生们都悄悄看了陈晨一眼。

苏拉立刻就有数了。

"我这个人就是这样，小地方来的，不守规矩、不讲文明。有仇的我报仇，没仇的我也报仇。你们都是千金小姐，识相的，就离我这种人远远的。"她在陈晨身边蹲下，拍了拍她的肩膀，"别惹我生气。"

2

虽然有一些关于苏拉的传闻，但没有实证，被打的几个女孩都守口如瓶，事情也就不了了之了。至少在当时，以暴制暴看上去很有用。

舞蹈社的照片事件就这样结束了。杜荔娜退出了舞蹈社，而陈晨那帮人也再没找过她的麻烦。

杜荔娜对苏拉感激得一塌糊涂，把事情添油加醋地和王子猷讲了一遍。王子猷对苏拉这种不文明且过激的行为表示了质疑，另外，也很怀疑苏拉的身手。

杜荔娜也有点疑惑，既然瘦削的苏拉能一个打五个，那到杜家的时候，她身上怎么会有那么多伤呢？谁能把她打成这样？

王子猷说："也许她当时就是装的呢？为了留在鹤市。"

自从江世敏掌握了一帆的财政大权，大刀阔斧地清理应收账款和债权债务，得罪了不少人。王家父母在家里说过，杜宇风的这个老婆是个心狠手辣的角色。现在，王子猷觉得苏拉也是个心狠手辣的角色。

对于他的这个猜测，杜荔娜有点生气，她告诉王子猷，谁离间她和苏拉，谁就是她的敌人。王子猷果然不再说什么了。

但杜荔娜觉得，她还是要郑重地向苏拉表示感谢，于是她精心准备了一件礼物。

那是一条奢侈品牌的无袖连衣裙，贴身剪裁，平纹真丝羊毛面料，价格超过很多打工人半年的工资。杜荔娜自己有一条乳白色的，她选了很久，决定给苏拉买一条黑色的。

那个周末的下午，她把王子猷叫来家里做客。大人们都不在家，他们三个人开了瓶起泡酒，然后杜荔娜拿出了小黑裙，催着苏拉去换上。

当苏拉换上小黑裙，从卧室里走出来时，王子猷和杜荔娜都惊呆了。

她的肤色比初到鹤市时要亮一些，是健康均匀的小麦色，身材瘦削，但十分紧致，弧线利落，大腿修长，小腿玲珑。裸露的肩臂上，肌肉清晰可见，展示出少见的力量之美。黑色很衬她的眼睛。平日惯于隐藏的锋芒在这一刻再无遮掩，她以一种动人心魄的孤傲感呈现在旁人眼前。

在那一瞬间，他们意识到，这时的苏拉和刚到鹤市的苏拉，完全是两个人了。

杜荔娜比王子猷更早回过神来。她拍了王子猷一掌，笑嘻嘻地道："苏拉，你真美。"

比起男生，女生更懂得欣赏同性的美好。杜荔娜拉起苏拉的手说："我再给你化个妆吧。"

女生们的化妆时间，对男生来说穷极无聊。王子猷打了好几把游戏，才等到她们从卧室出来。

苏拉的短发发尾被整理出了一点微微的内扣，杜荔娜的粉底对她来说有点太白了，像戴着层面具，眉毛被描画得整齐而温婉。她的表情有点局促，好像手脚都不知道要摆在哪里了。化妆技巧确实填补了她五官的小缺陷，现在，她看起来和那些鹤市长大的娇小姐没什么不同。

杜荔娜把她要重新戴上脸的眼镜抢下来。

"别戴了，你度数又不深。打架的时候可没见你戴眼镜。"

这话一出，三个人都笑了。

杜荔娜换上了同款的奶白色小礼服，她的妆容一贯光彩照人，淡妆突出了眉眼，像个名贵的白瓷娃娃。

王子猷保持着绅士的注视，微笑着说："你们俩这样，倒像一对亲姐妹。"

杜荔娜笑得更欢了，苏拉则有点僵硬地低下头。

温暖的日光从窗外洒进来，铺满褐色的木地板。这时候，少男少女还没有忧愁，不识争斗，只想享受这个无人看管的下午。

杜荔娜喝了一大口起泡酒，赤着脚去打开音响："我们跳舞吧。"

苏拉怔了怔，说："我可不会跳芭蕾。"

杜荔娜大笑道："我们不跳芭蕾。世界上可不止芭蕾一种舞，我们跳摇摆舞。"

活泼的布鲁斯吉他前奏响起，她拉着王子猷站起身来。是一首 *You never can tell*（《你永远不知道》）。

摇摆舞跳起来很随意，但非常需要柔韧性和灵活性。这首歌的男舞者以保持静态为主，女舞者则狂野恣意地围着他律动。杜荔娜举高双手，闭上眼睛摇晃着漂亮的头颅，好像要通过舞步，将过去一段时间的恐惧和自我厌弃永远甩掉。

一曲终了，她微喘着说："偷偷告诉你们，我的芭蕾老师从来不让学生学摇摆舞，我们都是偷着学的。"

"为什么？"

"老师说这些通俗舞蹈会影响仪态。"杜荔娜耸耸肩，"反正我以后也不当芭蕾舞演员了。所以，去他的呢。"

现在，当着苏拉的面，杜荔娜会下意识地说一些稍稍离经叛道的话，她想和苏拉更贴近一些。苏拉也表现出了前所未有的随和，也许是被衣服驯化了一点，也许是别的原因。

她们彼此中和，又互相完善。

跳舞真好啊。头脑、心灵和肌肉相连，全然地掌控自己的身体，表达青春丰沛的情感。

杜荔娜露出可爱的八颗牙齿，说："子猷哥哥，等你高中毕业，也搞一个毕业舞会吧。就像外国电影里那样。男生可以邀请女生跳舞，但是第一支舞必须和自己喜欢的人跳。"

王子猷替她擦掉额角的一滴薄汗："没问题。我大哥在国外留学的时候，参加过好多舞会，他肯定知道怎么办。"

他们两个开始天马行空地计划未来的舞会，要邀请哪些人参加，做什么主题的装饰。苏拉坐在旁边安静地听，像一朵石膏雕刻的黑色花朵。

杜荔娜忽然发现，苏拉已经沉默很久了。

苏拉成绩好，大部分时候，是别人向她请教问题的。但自幼的生长环境是骗不了人的。最时兴的电子游戏、衣服首饰的品牌和明星的相关知识，还有音乐、舞蹈、美术、骑马、高尔夫和游泳的能力，都是无法从图书馆里获取的。谈到这些，苏拉总是沉默，像一条挤在塑料格子里的泥鳅。

杜荔娜一歪头，说："苏拉也跳。"

她从来没见过苏拉这么惊讶，她凌乱地摆手道："我可不会跳。"

"所以要从现在开始学啊！到时才能和我们一起参加舞会。"

杜荔娜不由分说地把她拉起来，拽到房间的中央。

"我肯定学不会。"苏拉皱着眉头。

"摇摆舞是有点难，你可以先学华尔兹嘛。"杜荔娜猛地把苏拉推到王子猷面前，"子猷哥哥，你教她跳。"

两个人对视了一眼，表情都有点不自然。

王子猷是不容许自己尴尬和丧失风度的，他马上露出笑容，向苏拉伸出手。苏拉犹疑着，把手放了上去。

音乐响起，两人轻轻相拥，王子猷给苏拉示范了一下左手的手势，将她的左手放在自己的肩后，自己的右手则规矩地靠在她的侧腰上。

王子猷能教别人点什么的时候，就显得很开心："华尔兹又叫圆舞曲，拍子很简单，就是我们熟悉的'蓬嚓嚓'……"

苏拉马上反驳："我知道华尔兹。"她顿了顿："我只是不会跳。你告诉我脚下应该怎么走就行。"

他们就着音乐，在屋子里转了几个圆。苏拉很聪明，但华尔兹是需要男性主导的舞蹈，女舞者必须顺着男舞者的力度，顺势滑步，而她的脚步总是不听使唤，和王子猷背道而驰。

杜荔娜在一旁叽叽喳喳："哎，左脚！右、右！"

一首歌还没结束，苏拉已经踩了王子猷三次，眼线都被汗液晕染了。王子猷无奈地放开她的手，问："我能叫个暂停吗？可能得去医院挂个骨科。"

杜荔娜哈哈大笑起来。

而苏拉没有笑，她的唇像刀锋一般紧抿着："不用你教，我有空自己学。"

"你自己怎么学？跟谁学？"杜荔娜似乎觉得她是在敷衍。

"我可以去图书馆借书。"

"那你没有舞伴，怎么练习？"

"我会想办法解决的。"苏拉皱着眉，好像真的在想办法。然后她戴上眼镜道："你们玩吧，我要出门了，约了朋友。"

从那以后，苏拉有了一些细微的改变。她会给自己的头发玩一点小魔术，让它更平顺温婉。她开始修眉，眉形的变化让她的五官更加明亮和青春。有时，她会比平时显得白皙一点，也许是化了点老师无法察觉的妆。这不奇怪，云上的女生都这么干。

王子猷告诉杜荔娜，班上的女生都在猜测，苏拉有了喜欢的男生。

3

男生们对苏拉这样成绩好又性格古怪的女生，都是避之唯恐不及的。只有临考试需要帮助的时候，才会略施讨好地借一下笔记，或请教一下不会做的题。他们讨论的主题集中在班里丰满女生的身材，貌丑女生的可笑行为，和从女朋友那里听来的小八卦。

苏拉神秘的青春期嬗变，在一次宿舍矛盾中戛然而止。她的室友黄美婷公开向老师举报，说她偷了自己一盒粉底。

云上的女生寝室管理比较宽松，大部分女生家境很好，会自己带一点化妆品，只要不在课堂上被抓，宿管是不管的。苏拉所在的寝室一共住了六个人，其他五个人和她关系都不好，当有人出面指认她偷东西时，她们纷纷提供了可对照的证明。

比如，她们结伴去食堂吃饭或者消夜的时候，苏拉从不参加，她总是找机会一个人留在宿舍。比如，苏拉实际上每个月只有六百块的生活费，除去吃饭和生活用品花费，不可能还有余钱来买化妆品。比如，黄美婷丢的那款粉底她们都见到过，苏拉用的是同一款，而且是黄美婷的刚丢苏拉就拿出来用了。

黄美婷指天发誓，那个粉底盒盖上有一个磕痕，是自己之前手抖，掉在地上磕出来的。

还有人站出来说，自己的卫生巾也经常少，肯定是被苏拉顺手拿了。她们说苏拉脾气很坏，会打架，经常凶狠地威胁别人，大家都很怕她。虽然没有找到苏拉偷窃的切实证据，但几个女生都拒绝再和苏拉住同一间宿舍。

任课老师里，只有一个帮她说了几句话，也是因为她是课代表。其他老师都说，这个学生成绩是好，但脾气实在太古怪，谁也不敢担保东西不是她偷的。

每个学生的家里多少都有点势力，学校和各位家长协商以后，最终的处理结果是给了苏拉一个轻微处分，把她调到了一间单独的宿舍。这下，大家都笃定，苏拉之所以偷化妆品，开始在意外表，是因为有了喜欢的男生。而且这个男生，就是王子猷。

传闻言之凿凿，煞有介事，就连王子猷自己也不能不信。不能怪他自大，苏拉的社交圈子那么小，除了他，她还能喜欢谁呢？

学校里发生的事情，杜荔娜都是从王子猷口中听说的。后来，陆陆续续有一些传闻从高三传到了高一，比实际发生的还要离谱。

那段时间杜宇风都在全国各地跑，连着几个月不着家。校长打了江世敏的电话，通知了她这件事情。出人意料的是，江世敏亲自到学校，听了老师的讲述，又亲自把苏拉领回了家。

杜荔娜从王子猷那里听说了消息。上完倒数第二节课，她就抓起书包溜回了家。

到家的时候，江世敏和苏拉就坐在客厅里。见她回来，江世敏有点意外。

"英语老师病了，最后一节课取消了。"杜荔娜撒谎。舞蹈社事件以后，她撒起谎来流畅了很多。

江世敏"哦"了一声，没有拆穿她。继母不适宜管教继女，也犯不上。

自从见过江世敏打了苏拉一巴掌，杜荔娜就有点怵她，总觉得她客气的脸庞下隐藏着凶险。但此时，她鼓足了勇气，坐在苏拉和江世敏中间。

她怕苏拉再挨打。苏拉再能打，被自己的妈妈责骂也只能忍着。

"我们晚上吃什么？"她问。

江世敏看出了她的小心思。她指了指苏拉的小房间："苏拉，跟我进来一下。"

杜荔娜也想死皮赖脸地跟进去，但江世敏回过头来："娜娜，让我和苏拉单独谈谈，可以吗？"

杜荔娜急了，大声说："江阿姨，那个粉底不是苏拉偷的，是我送给她的。"

江世敏奇怪地望着她，苏拉则神情漠然。

半晌，江世敏笑了："那好，娜娜你说说，那个粉底是什么牌子的？盒子是什么颜色的？"

王子猷的情报给得没有这么详细。杜荔娜果然卡壳了。

江世敏拍拍她的肩道："娜娜，这事跟你没关系，回你的房间。"

杜荔娜只好退出了房间。

江世敏盯着她看，她回头，走上了楼梯。江世敏确认她回到了自己的房间，这才关上门。

但杜荔娜立刻溜出来，赤着脚蹑足走到苏拉门口，贴着门缝听里面的动静。

如果江世敏再打苏拉，她就敲门，然后叫曹叔，叫刘姨过来。

哪怕报警呢。

但是，里面一直很安静。起初，杜荔娜以为是门板的隔音效果太好，过了一会儿，她听到了江世敏说话："你就非要惹事，是吗？学人家化妆，呵。你以为你来了鹤市，住进了大别墅，就真的是千金大小姐了？你不是狂得要命，还要考清华吗？不考了？还想学人家早恋？"

又是一阵沉默，苏拉冷冷地说："这和你，有什么关系吗？"

江世敏气得笑起来："没有我，你来得了鹤市吗？你能姓杜吗？你能进云上读书，享受这么好的师资条件吗？你的户口能迁进鹤市吗？你知道在老家考大学有多难？"

苏拉没有说话。

"我还听说，你在学校里打人。"

"谁说的？"

"你不用管是谁说的。我告诉你，这不是在榴城。你既然来了鹤市，就把在老家学的那些流氓习气收起来。"江世敏顿了顿，"好好想想，你是怎么留下的。要不是利用了小姑娘幼稚的同情心……"

杜荔娜蓦地屏住了呼吸。她隐约意识到，那个幼稚的小姑娘指的是自己。

"你说什么，我听不懂。"苏拉抬高了一点声音。

江世敏哼了一声："你身上的伤，根本就不是苏海飞两口子打的。我打听过了，你在榴城二中是出了名的一霸，收保护费的小喽啰都绕着你走，还叫你姐。苏海飞敢打你？你自己弄出了伤，千里迢迢，先斩后奏跑到鹤市，就是为了让我可怜你，主动开口把你留下。就算我不可怜你，你还可以赌杜宇风是个好面子的人。但是你没想到，最终起作用的，是娜娜这个小傻瓜。"

苏拉道："我从来没说苏海飞——或者阎秀君，打过我。"

"但是你让别人这样觉得。"江世敏厉声道，"小孩，当年是你自己说，不再认我这个妈，死都不要再见到我的。你是不是忘了？"

"我没忘！"苏拉大声说，"我改主意了不行吗？我就是不能让你太痛快！"

江世敏似乎愣了一下："你一生下来，我就知道，你是来跟我讨债的。"

"是是，你说过无数遍了。当年你要考成人大专，不想要孩子，不小心怀上了，天天去操场跳绳，想把我蹦掉。可惜我太结实了，怎么都流不掉。你是没办法了，才把我生下来的……如果没有我，你早就考上大学了，镀了金，和老苏一起来鹤市，等赚够了钱再生孩子。那样，老苏也不会死在榴城。所以你讨厌我，我做什么都是错的，老苏走之前就是这样，老苏不在了，你当然能顺理成章地丢下我。我都知道。"苏拉的声音里带着嘲讽。

但杜荔娜知道，她在哭。

江世敏在屋里焦躁地走动："你以为你和娜娜一样，是个千金大小姐吗？她可以任性娇气，杜宇风会给她托底。你只有你自己，这辈子你只能靠自己。"

"我知道我只能靠自己！"苏拉也吼，"等我满十八岁，考上大学，就再也不会出现在你面前！"

两下寂静。

江世敏终于怒骂："你这个长了反骨的小骗子。"

苏拉清亮地笑起来："那你算什么？大骗子？你是怎么跟杜叔说的？跟他结婚，帮他照顾好家庭，照顾娜娜？但你真正想要的是在公司里掌权，借着他往上爬。你骗了杜叔，结婚三年，他才知道你有个女儿。现在他已经不相信你了，你想控制公司，只会越来越难。要不是公司还需要你，杜叔早就跟你离婚了吧？"

清脆的掌音响起。

杜荔娜惊慌地倒退了两步。她意识到，自己听了不该听的话。

苏拉挨打了，那巴掌不仅打在了苏拉脸上，也打在了她脸上。杜荔娜僵立半响，而后，轻手轻脚地走回了楼上自己的卧室。

这一刻，她对世间的真实彻底失去了信任。她甚至不知道，以后该以什么样的面目来面对苏拉。

4

粉底偷窃事件后，王子猷郑重地和杜荔娜谈起苏拉。他觉得，杜家收留苏拉的举动非常值得尊敬，但这并不代表，杜荔娜要把苏拉当成亲姐姐一样亲近。

从古至今，善良无害都是女孩子最重要的品质，但苏拉没有。她打架、偷窃、性情偏执，很可能满口谎言，她令每个人都觉得危险。而她的坚韧意志和聪明，只会增加这种危险。

以前，王子猷在提及苏拉的缺点时，杜荔娜都会生气地反驳他，这次她却没有反驳。她忽然意识到，王子猷有可能是对的。

苏拉和她、和王子猷是完全不一样的人。他们自小接受的教育、价值观、生长环境、渴望的事物、人生的动力，存在根本的不同。

杜荔娜开始和苏拉保持距离。

苏拉似乎毫无觉察。反正她身边的所有人都孤立她、远离她，不差杜荔娜这一个。怀疑和憎恶对她而言不是攻击，倒像是养分，她像一朵黑色的毒花，悄然绽放，愈见妍丽。

四月，在其他人都被模拟卷压得喘不过气的时候，王子猷已经拿到了两家藤校的预科录取通知书，云上的校长和鹤市商会副秘书长亲自给他写的推荐信，金光闪闪的人生大道在他的脚下徐徐展开。

王子猷满十八岁那天，是个周末。他在鹤尾山别墅举行了盛大的生日派对，他邀请了杜荔娜，但叮嘱她，不要告诉苏拉。

杜荔娜像怀揣着一个不可告人的秘密，偷偷打扮，偷偷出门。

经过客厅的时候，她看见苏拉房间的门开着。她知道苏拉就在门内，但她没敢回头。

到了生日派对上，果然，和王子猷同班的大部分同学都在。除了家境普通的那些。

派对很热闹，请了很多人，有的杜荔娜认识，有的不认识。切完蛋糕，王子猷宣布，等高考结束以后，就在此地，他会办一场毕业舞会，欢迎大家来参加。

"这场舞会是为了圆一个人的梦想，也是我对她的承诺。"王子猷这样说。

众人开始起哄，目光都不约而同地集中在杜荔娜脸上。杜荔娜窘迫得红了脸。

王子猷喝了一点酒，兴奋地和杜荔娜讨论着未来的计划。他会在美国拿两个学位，也许会在华尔街再工作两年，然后回国。

王家父母已经在培养他大哥王子谦做集团的接班人了。打虎亲兄弟，王子谦希望弟弟能在金融界积累一些人脉和资源，回国以后，能和他一起把京岚做大、做强，他们会上市，会去香港敲钟，去美国敲钟。

王子猷说，男人应当少恋爱，早结婚，目标专一，把主要的精力放在事业上，就像他大哥一样。

那时，王家已经给王子谦安排了几场相亲，他和一个叫于慧的女孩一见钟情，开始恋爱。于慧是某银行行长的独女，知书达理，温柔贤惠。顺利的话，两人在两年内就会结婚。

清醒的头脑、长远的规划，这是王家人的优良传统。在十八岁和十六岁之间，像隔着看不到边的鸿沟。王子猷比一个真正的成年人，还要像成年人。

王子猷的话，并没有让杜荔娜觉得开心。十六岁的少女，对爱情的主要憧憬是邂逅、约会、牵手和表白，是煲电话粥和初吻，却不是所谓的长远人生规划。但她也说不出来王子猷的话有什么不妥。

派对越是热闹，杜荔娜越是频繁地想到苏拉。她孤零零一个人，在家刷数学题。

杜荔娜拉住王子猷："子猷哥哥，你的毕业舞会，会邀请苏拉吗？"

王子猷沉默了一下。

"你还记得吗？说要办舞会的时候，苏拉也在。你说过要邀请她的，你还教她跳了华尔兹。说话要算数。"

王子猷想了想，朝她一笑道："这是小事。你想让她来，我就邀请她。有那么多人在，她能惹出什么事呢？"

这时，王家大哥王子谦把王子猷叫走了，说要介绍一个未来的校友给他认识。王子猷只好把杜荔娜留给了他同班的几个女同学。杜荔娜有点不好意思，主动称呼她们学姐，她们也对杜荔娜很友善。

其中一个小声问她："王子猷说，苏拉有事来不了了，是真的吗？"

杜荔娜一愣，分明是王子猷没有邀请苏拉。

但她不好点破王子猷善意的谎言，只好含糊地点头。

那女生便笑道："我要是她，我也没脸来。没人喜欢她，她要是来，我们几个肯定都不来了。唉，娜娜你也真够倒霉的，怎么和这种人住在一个屋檐下呢？"

杜荔娜的脸色更僵了。她连点头都做不到，只好不说话。

这时那女生向旁边招手道："陈晨！"

杜荔娜顺着声音看过去，脸色瞬间变得惨白。舞蹈社副社长陈晨偷拍照片威胁她的事情，知道的人不多，但王子猷是知道的。她怎么会出现在王子猷的生日派对上？

陈晨也看到了杜荔娜，神情有点尴尬，但还是迎着她走了过来。

杜荔娜的心情顿时跌到了谷底，她和身边的人说了声要去洗手间，转身离开。但陈晨加快脚步追了上来，把她堵在一个角落里。

"娜娜！"陈晨把手张开，像她们在镜室的栏杆前排成一列练功时做得那样优美，"我是来跟你道歉的。"

杜荔娜不与她对视，刻骨的恨意像无形的箭，先击穿自己的胸脯，再射向陈晨。

道歉？放屁。

此刻她渴望拥有苏拉的嘴。苏拉肯定会说，道了歉你就不是人渣了吗？

但良好的教养让杜荔娜说不出难听的话。她平静地开口："让一让，我要去厕所。"

陈晨不依不饶地拉住："拜托你，娜娜！我是真的知道错了，我们都是女孩子，你就……可怜可怜我，好不好？"

杜荔娜狐疑地看向陈晨的脸，那上面有屈辱的泪光。

"你哪里可怜了？"

此刻她们远离人群，陈晨困窘得十指交缠，良久才低声说："我妈在我的日记里看到了我做的事情……后来我爸也知道了。你知道我爸吧？陈惟，联波模具是我们家的。"

杜荔娜摇头，不明白陈晨究竟想说什么。

"上个月，你们一帆把联波移出供应商清单了，存量的订单也都取消了。我爸说，这肯定是你爸爸在报复我们家。"

陈晨把针织披肩拉开，露出肩上的青紫。

"我爸打的。他说，如果你不肯原谅我，他就不让我进家门。"

杜荔娜不知道该说什么。半晌，她才道："那事，我没跟我爸说。"

陈晨的表情分明在说，她不信。但她没有直说，而是把杜荔娜的手抓得更紧了。

"那你能不能跟你爸爸说说，让他再把联波的订单加回去？求你了娜娜，这对我很重要。"泪水滑过陈晨的双颊，"我爸在外面有小三，还生了儿子，我妈在家里已经很难了，现在又……"

陈晨的哀求让杜荔娜头疼。

她讨厌陈晨，恨不得请一个带针盒的容嬷嬷来伺候她。可陈晨的困境，她听懂了，甚至还有一点感同身受。但她又能做什么呢？她连自己学业的麻烦都解决不了，怎么可能去管杜宇风生意上的事。而且，舞蹈社照片的事，杜宇风还不知道，她也不希望他知道。

"我真的……这不是我该管的事。"

"娜娜！"陈晨绝望地掐住杜荔娜的手腕。

远远地，王子猷看到了这两人。他皱起眉，和身边的人说了两句话，就往这边走过来。

陈晨知道时间不多了，快速地说道："娜娜，其实拍照片威胁你，不是我的主意。都是杜苏拉的主意，是她威胁我们听她的话，是她嫉妒你，是她喜欢王子猷！后来她又装好人，都是为了演给王子猷看的！"

杜荔娜陡然变了脸色，道："你胡说什么？"

"真的！不信你问她宿舍的黄美婷！杜苏拉偷粉底、化妆，晚上去生物园后面练跳舞，都是因为她喜欢王子猷。她晚上睡觉还叫王子猷的名字，不要脸！"

最后那句指责震惊了杜荔娜。"不要脸"三个字挟着亘古的力道，仿佛同时扇在了她自己脸上。

这时，王子猷已经来到了她们身边。

"你们在说什么？"他不豫地盯着陈晨。

陈晨迅速收拢了情绪，朝他模式化地一笑："没什么。"

杜荔娜也垂眸："没什么。"

哪怕身处对立面，女孩子们仍默契地藏起阴暗，只对男孩子展露清纯和友善。王子猷也明白这个潜规则，没有多问。

"娜娜，我大哥的女朋友想认识你，就是于慧姐姐，我跟你说过的。"

杜荔娜点点头，跟着他走了两步，又回头看陈晨。陈晨已经不见了。

杜荔娜神思恍惚，她听见王子猷向她道歉："娜娜，真对不起，可是陈晨家和京岚有一点生意往来，我爸特地嘱咐我邀请她，我又不能把你的事告诉其他人。我没想过她会缠着你。"

杜荔娜心不在焉地挥了挥手，表示没关系，心中却更加茫然。

他们来到王子谦和于慧身边。

二十六岁的王子谦留学归国不到两年，做派洋气，又富有亲和力。二十五岁的于慧毕业于鹤市大学，眼下在一家银行总行上班。两个人的相貌气质都非常出众，可以说是一对璧人。

于慧情商很高，一上来话题就都围着杜荔娜转，关于她的芭蕾成就，她在校庆晚会上的表演，还有杜宇风了不起的传闻，她知道得比杜荔娜自己还清楚。

但杜荔娜的心思已经乱了，她满脑子都是刚才陈晨说的话。她对苏拉的那些指责，有几分是真的？如果是在更早之前，陈晨的话，杜荔娜一个字都不会相信。但是，偷听到江世敏和苏拉的对话，她对自己的判断力产生了怀疑。

她礼貌地和于慧聊了几句，终于支撑不下去了，拿出手机给曹叔打电话，请他来接她回家。她向于慧谎称自己来例假了，肚子痛，要提前离开。于慧遂体贴地隐去了细节，让王子谦安排司机，送杜荔娜先回去。

杜荔娜说曹叔已经在过来的路上了，于慧便陪她走到山道上，看着她上了曹叔的车。

杜荔娜回到家，苏拉正在阳台上看一本小小的书，封皮是古典花纹的灰蓝色。
"回来了？"
"嗯。"
"王子猷的生日，好玩吗？"
杜荔娜停住脚步。
苏拉从书皮上露出一双讥讽的眼，道："别装了，我又不傻。你去生日派对，没必要瞒着我。你们求我，我也不会去的。"
杜荔娜前所未有地讨厌苏拉的刻薄。
"随便吧。"她恹恹地往楼上爬，走到一半，终于忍不住，又退下来。
杜荔娜想问的问题很多。
如果叔叔婶婶没有打苏拉，那苏拉身上的伤究竟是从哪儿来的？苏拉为什么对自己这么狠？为什么骗人？苏拉是不是喜欢王子猷？
还有，陈晨究竟是不是她指使的？
疑虑和愤怒令杜荔娜手心冒汗，但该问的问题她一个都问不出来。她已经习惯于轻松和友善了，直面矛盾，就像浑身长满了疙瘩一样难受。
良久，杜荔娜故作轻松地问："你在看什么书？"
她凑近去看封皮上的字，只扫到"魔鬼"两个字："小说？"
苏拉露出一双警惕的眸子，把书合起来，拉到背后："你又看不懂。"
杜荔娜心里的火腾地上来了。凭什么，成绩好了不起吗？这世界又不是只有分数，她凭什么高高在上地说话，把别人都当傻瓜？
她偏要伸手去抢，苏拉躲开了："杜荔娜，你无不无聊？你自己肤浅、虚荣、早恋，是你自己的事情。"
杜荔娜气疯了："我才没有早恋！"
"那你穿这么暴露、化这么浓的妆给谁看？"
杜荔娜觉得自己穿得并不暴露。是，她的领口是开得有点大，但还是紧贴着锁骨的，就算弯腰也不会走光。
何况现在都什么年代了，只有苏拉活在上个世纪。
"你就是嫉妒！"她咬着牙根道。
苏拉尖刻地反驳："我嫉妒你什么？哦，就算你考不上大学，你爸也会花钱送你出国。嫉妒你有王子猷？他就像条小狗似的围着你转，还假装自己不吃肉。"
杜荔娜的眼泪一下子就涌了出来。她忽然有点相信了陈晨的话。苏拉就是这么恶毒，眼睛里闪着令人害怕的凶光。
良久，杜荔娜恨声说："你活该被你妈妈抽。"

苏拉的脸顿时失去了血色，像印满铅字的数学试卷。

杜荔娜的心里终于快慰了一些。她冲苏拉笑着说："我听见你和江阿姨说话了，你这个骗子。"

苏拉陡然站起来，朝杜荔娜冲了过来。

杜荔娜只瑟缩了一下，便挺起胸膛道："你还想打我吗？像打陈晨那样？这是我家！"

苏拉沉默地瞪着她，两人像斗鸡一样对峙着，都不说话。

过了很久，苏拉咬着下唇，回到了自己的房间，重重地撞上了门。

她把那本书落在外面，杜荔娜捡起来，确认了一下书名——《与魔鬼作斗争》[1]。

什么垃圾地摊小说。

杜荔娜把它扔在地上，踩了好几个脚印，才稍稍泄了愤，回楼上去了。

这也是杜荔娜第一次和别人决裂。她想不通，自己从前怎么会把这么阴险狡诈、充满妒忌心、撒谎、粗鲁野蛮、狂傲不羁、自负、刻薄的人当成朋友，甚至当成姐妹。

5

五月。

苏拉在最新的一次模拟考中失利了，只考了年级十几名。也许是因为偷粉底的恶名缠绕着她，影响了她的心态，也许是因为她暗恋王子猷。

现在杜荔娜几乎能确定苏拉喜欢王子猷这件事了，她好几次看见苏拉在偷偷打量王子猷。

苏拉最骄傲的就是成绩，这是她拿下巴看人的底气。哼，现在她连这点倚仗也没有了。杜荔娜有种大仇得报的快感。

长期出差的杜宇风终于抽出时间，回家吃了顿饭。在饭桌上，他问起苏拉报志愿的事情。

苏拉像背公式一样回答，她想报清华法学院。但班主任给她的建议是报人大或者海市大学。

清华、北大风险太大，虽然苏拉的成绩一直拔尖，也不能确保高考就一定不会发挥失常。这次模拟考不就是个前车之鉴吗？如果第一志愿录不上，落到第二志愿，可选的学校就都是普通重点了。第一志愿报人大或海大，那苏拉基本是稳妥的。

杜荔娜在旁边嘲笑道："你不是到处宣传要考清华吗？现在考不上，多丢脸。"

杜宇风皱眉看了女儿一眼，对苏拉道："杜叔觉得，你如果是认真想考清华，可

---

1. 茨威格为诗人荷尔德林、作家克莱斯特和哲学家尼采所作的传记，讲述了这三位有精神病倾向的大师的生活历程。

以搏一搏。你有这个实力,哪怕一次发挥失误,录取的学校不理想,还可以明年再考。阿敏你说呢?"

江世敏道:"我管不了她,这事她自己决定。"言语之间,仿佛她才是那个和苏拉没有血缘关系的家长。

杜宇风没有在江世敏那里得到附和,有些不悦,又向苏拉道:"就算是虚荣吧,杜叔也希望,家里能出一个清华的学生。"

这话像针一般,扎进了杜荔娜的心。她咬紧筷子尖,以免自己喊出声。

杜宇风从未支持过她去做可能失败的事,从未像鼓励苏拉这样鼓励过她。父亲总说她懒惰、娇气、三分钟热度。许多事情还未开始,父亲就代她宣判了结局。

苏拉思考了一下,答道:"谢谢杜叔。但是我觉得,人得务实。"

杜宇风明显愣了一下。而江世敏垂下眼,讥诮地勾起唇角。

苏拉继续说:"法学是热门专业,清华的法学院录取分数线和其他专业相比不算低,万一到不了专业线,就会被调剂到其他专业。报海大,我有把握一定能进法学院。另外,海市的高端产业更集中,国际化水平更高,就业机会更多,人均收入更高,从就业的角度,我也更倾向于海市。我是不会复读的,一年的时间太宝贵了,我的人生经不起折腾。今年,我一定要离开鹤市去上大学。"

杜宇风望着苏拉,吃惊得说不出话来。

杜荔娜从没见过他这样意外的样子,从来没人敢当面质疑父亲的建议。她心里更生气了,生苏拉的气。苏拉真是忘恩负义,不知好歹!

过了许久,杜宇风点点头说:"你都考虑得这么成熟了,杜叔就不说什么了。"

然后,他转向杜荔娜,问:"娜娜,你最近是不是和你子猷哥哥走得太近了?成绩不怎么样,倒学会争风吃醋了。"

杜荔娜的脸色唰地雪白。父亲不问她事情的经过,也不需要她解释,直接就给她定了罪。

她下意识地去看苏拉。江世敏不管她的事,杜宇风怎么会知道这些?

杜宇风板着脸道:"我已经和你王家伯父打过招呼了,你们俩都大了,应该适当保持距离,不能再像小时候一样疯玩了。女孩子要学会矜持,注意边界,知道了吗?"

"我没有……不矜持。"

"你答应过爸爸,不会早恋的,现在还算数吗?"

"算数。"杜荔娜浑身僵硬,四肢仿佛都不属于自己了。

"那就好。两年后你高考,能考上鹤大,爸爸就满足了。"

杜荔娜低下头,不说话了。

几天后,杜荔娜收到了一条来自陈晨的短信:"今天晚自习后,植物园小土坡。去看看,就知道我没说谎。"

植物园在操场的另一头,后面那个小土坡,是小情侣们幽会的胜地,有时候,教导主任会拿着手电筒去小土坡抓人，抓到了，就把名字都写在第二天的布告栏上，请双方家长过来问话。杜荔娜才高一，只从同学的八卦里听说过小土坡的传闻。据说，小土坡见证了云上高中所有的初吻。

整个晚自习，杜荔娜都坐立不安，不仅作业没写，连同桌叫她都没听见。她给接她放学的司机小郑发短信，说自己要请教老师问题，会晚一点出校门。

下了课，杜荔娜等其他同学都离开了，才拿起书包下楼。

平时吵闹的校园一下子十分安静。走读的学生已经离开，住校的也都卡在宿管熄灯前赶回了宿舍。篮球场上还有稀稀拉拉的人影，却更添了一丝静谧。

杜荔娜独自走在路旁操场边大树的阴影里，悄悄靠近植物园。她从侧面兜了一圈，猫着腰，避开灯光。

第一圈，没看到人，只有高高的蕨类植物在风中摇摆，如同骨架。

第二圈，杜荔娜看到了。

在棕榈科和仙人掌科之间，小山坡的一个隐蔽凹处，有两个身影，肩膀相对，双手相牵。

附近的照明灯一盏一盏熄灭，只剩一点毛黄的月光。就在这月光下，王子猷执起苏拉的手，高过她的头顶。苏拉灵巧地以手为轴，在他怀里转了个圈。

那个夏天后来的日子过得飞快。在植物园看见苏拉和王子猷约会的事，杜荔娜没告诉任何人。

苏拉果然报考了海市大学法学院，就连王子猷也说她有点可惜，和她不对付的同学则在暗中讥讽她，说她牛吹得太早。但苏拉不在乎别人怎么说，她以坚强的意志和旺盛的精力奋战到了高考前的最后一秒。

似乎有什么东西干扰了苏拉，她一直心神不宁。出了高考的考场，那几天她的脸上布满阴霾，杜荔娜猜她一定是没考好。

可是苏拉一点都闲不下来。一考完试，她就在离家最近的快餐店找了一份暑期工。杜荔娜理解不了这种自讨苦吃的行为，家里从来没亏待过她，根本不需要她打暑期工赚那几块钱。她怀疑苏拉是为了博谁的同情，也许是杜宇风，也许是王子猷。

高考开分，苏拉的成绩果然没有预期理想。据她自己说，被海市大学法学院录取问题还是不大的。

杜宇风祝贺了苏拉，还提出要送她一台笔记本电脑，但被江世敏拒绝了。她说学校图书馆一定有电脑，苏拉用不上。杜宇风便没有坚持，还表扬了苏拉去打暑期工的举动。

"娜娜，你该向苏拉学一学，也体会一下自己赚钱的难处。"

杜荔娜的反应是，回到自己房间，重重地甩上了门。

她在门内听到杜宇风生气地说，这孩子现在是怎么回事？一点都说不得。

杜荔娜在心里默默冷笑。她已经能看穿苏拉的伎俩了。苏拉把自己弄得惨兮兮的，再让别人同情她，让别人觉得她努力懂事、吃苦耐劳、目光远大。

杜荔娜和苏拉之间的关系降到冰点，她们都尽量避免和对方单独接触，眼神里的怨恨和愤懑再难遮掩。

日子一天比一天难熬。杜荔娜忽然明白了一点：她没有朋友。那些陪她吃饭、逛街、上课的人，分别是饭搭子、街搭子、课搭子，但不是朋友。

只有苏拉触及了一些最本真的东西。她相信，她也触到了苏拉隐秘的内心。所以，她有能力伤害苏拉，苏拉也有能力伤害她。

但现在这些都过去了，她没法再和苏拉做朋友了。

七月，王子猷的留学行程正式提上了日程。

他本来可以不用参加高考的，但王家父母说高考是人生中难得的体验，重在参与。成绩出来，分数虽然比苏拉的低了一点，但仍是可以让父母四处炫耀的程度。

王家伯父批了一笔数目不小的资金，专门用于王子猷的毕业舞会。王子谦则包下了所有的酒水，毕竟弟弟的同学都成年了，可以喝酒了。苏拉和杜荔娜都收到了正式的邀请。

杜荔娜没忘记自己在植物园看到的景象。她给王子猷发短信，说自己身体不舒服，不想去。

没过多久，于慧就打电话过来了。

自从上次见面后，于慧就对杜荔娜很友善，杜荔娜对她也很有好感。她猜测，这次于慧是受王子猷之托，来试探她的。

杜荔娜窝在卧室的大毛绒熊怀里，接通了于慧的电话。果然，于慧问她，为什么不去毕业舞会，一开始办这个舞会还是她的点子。

杜荔娜吞吞吐吐了半天，终于在于慧的温柔耐心中吐露了端倪。

"子猷哥哥，好像有喜欢的女生了。"

于慧很惊讶，问她是谁。杜荔娜只说，她见过王子猷和别的女生在一起，但并不肯说是谁。她不想提苏拉的名字。

于慧便轻轻地笑了："娜娜，子猷不喜欢别的女生，他喜欢的是你。"

杜荔娜不相信："我和子猷哥哥从小一起长大，他只把我当妹妹。而且他自己说过，让我不要早恋，好好学习。"

苏拉就不一样了，苏拉和王子猷一样，是成年人。

于慧咯咯直笑："娜娜你太单纯了，不明白他们男孩子的小九九。"

她认真地向杜荔娜解释，王子猷一直小心翼翼地喜欢着她。他从来没把她当成妹妹。

"这次的舞会，他打算正式向你表白呢。"

像是有一团火，从杜荔娜的脚底板一直烧到了头顶心。

电话那头，于慧柔声说："子猷怕他出国以后不在你身边，你被别的男孩子骗走了，那他可就连哭都来不及了。所以他得在走之前，让你知道他的心意。娜娜，舞会你可千万要来啊。"

杜荔娜的脸烫得惊人，就好像整个人都泡在热的温泉水中，昏昏然又心跳得不能自已。

她摸着脸，反射性地去看卧室门口。还好，没有人听到这话，刘姨在楼下厨房，苏拉在快餐店打工。

于慧还在等她的回答。

良久，杜荔娜轻轻地"嗯"了一声。

刘姨并不知道女孩子之间的芥蒂，她甚至都没发现，她们两人已经不怎么说话了。听说了舞会的消息，刘姨立刻张罗起来。这一次她对苏拉多了一点耐心，因为苏拉是"大姑娘"了，要多注意一下自己的仪表。

刘姨问杜荔娜打算穿什么衣服，杜荔娜小心翼翼地取出一件藕粉色的真丝洋装。

"这是我妈妈的衣服。"

杜荔娜的生母给她留下的东西不多，这件衣服，是杜宇风挖到第一桶金时，找专门的设计师给妻子定做的，材质和剪裁都很讲究，放到现在看，也不过时。

她想着，自己人生中最浪漫的时刻，如果妈妈也在天上看，会为她开心吧？

刘姨笑道："恐怕不是很合身，胸口和腰线要稍微收一点。"

"那就辛苦刘姨帮我改一下。"杜荔娜讨好地抓着刘姨的手。

刘姨自然满口答应，又转向苏拉，问："你穿什么？"

苏拉漠然地道："我穿校服就行。"

刘姨的脸色一下子就变了："穿校服像什么样子！"

她拽住苏拉，走进她房间的衣柜翻找，过了半天后喊道："我看这件就很好！换上看看！"

苏拉似乎微弱地抵抗了几句，随后便是簌簌的换衣声。

过了一会儿，刘姨领着苏拉从房间里出来了。

"娜娜，你看苏拉穿这件多好看。"

杜荔娜瞪着苏拉，说不出话来。她身上正是杜荔娜送给她的那件黑色小礼服，但上身效果和杜荔娜印象中的截然不同。苏拉更丰满了，皮肤也更有光泽了，那礼服被她的曲线撑得凹凸有致，仿佛覆盖在她身体上的另一层皮肤。她的双眸亮如暗夜的星辰，不似温室脆弱的娇花，却似海上破浪的长枪。

杜荔娜忽然觉得没有自信了。如果她是王子猷，怎么会忽视苏拉的耀眼光彩，而选择自己这朵徒有其表的小花呢？

她的面色垮了下来："你不能穿这件。"

苏拉和刘姨都愣了一下。

"为什么？"

"这是我送给你的，我不同意你穿着它去舞会。"

苏拉紧盯着她，说："你送给我了，就是我的。我想什么时候穿，就什么时候穿。"

"我是送给朋友的。"杜荔娜紧抿着唇道，"那时候我以为你是我的朋友。但现在我才知道，你是个骗子、坏人。你不配穿我送的衣服。"

刘姨从未听过杜荔娜这样说话，惊讶地道："娜娜你说什么呢？"

"苏拉知道我在说什么。"

苏拉幽暗的瞳孔里闪过戾气，但杜荔娜挺直了腰杆。她不怕苏拉。

两人如野外相遇的山鸡，对峙良久，终于有一个人后退了，是苏拉。

苏拉嘲讽地笑了一声："那好，我还给你。"

她倏然伸手，从胸下扯开自己礼服的缝合线，露出水洗得有些褪色的粉色文胸。

刘姨吓了一跳："你们这是干什么？"

但没有人能阻止苏拉。她利落地把身上的布料扯开几条裂缝，像一坨破布一样在手里卷了卷，扔在杜荔娜的脚边。而她自己，仅着内衣内裤，却毫无裸露的羞耻，扭身回房，将门重重地关上了。

杜荔娜站在她门口，赌气地大喊："杜苏拉，舞会你不准去！我不欢迎你去！"

门内的苏拉也大声吼回来："杜荔娜，舞会我一定会去！"

杜荔娜气得大喊一声，转身离去了。独留刘姨一个人站在原地，莫名其妙地捡起支离破碎的黑色礼服。

刘姨并没有意识到事情的严重性。如果她足够警觉，应当第一时间就把这对姐妹之间的争斗和嫉恨，告诉远在外地出差的杜氏夫妇。

可是她没有。

后来车祸发生后，虽然杜家没有人责怪刘姨，刘姨却深为自责，她甚至拒绝了杜宇风的挽留，辞去了在杜家的工作，回老家去了。

6

舞会当天，刘姨把改好的藕粉色洋装挂在了杜荔娜的衣柜里，还小心地用防尘袋包好了。

杜荔娜新买了一双水晶吊带高跟鞋，简洁的设计正好衬托她修长的小腿和白嫩的肌肤，更增添了一丝超乎年龄的成熟。

晚上五点，杜荔娜才想起，不知道苏拉准备得怎么样了，她踮着脚下楼。

"苏拉，你要不要跟我一起坐小郑的车走？"

苏拉的房门洞开，里面却没有人。

杜荔娜疑惑地回到楼上自己的房间，从衣柜里拿出洋装——洋装穿过衣架，掉落在地上。

杜荔娜捡起衣服，这才看清，洋装的真丝布料已经被割破成许多细细的长条了，垂坠下来的时候似乎完好无损，但仔细看，已经是一块破布了。

妈妈去世时她只有六岁，但她一直记得妈妈穿着这件洋装时优雅大方的样子。这衣服，她小心存放了很多年，只等一个重要的场合穿上，就像穿着妈妈的祝福。

杜荔娜像被猛兽撕裂的羚羊，失声哀鸣，痛入心扉。

她也不知道自己哭了多久，哭得精心描画的妆容都花了，才想起要追究凶手的责任。

而凶手是谁，还需要问吗？

杜荔娜跑出去问刘姨，刘姨被她晕染成两团的眼线吓了一跳，说苏拉大概一小时前就离开了。

"她！剪碎了我的洋装！"

刘姨看着那如同在碎纸机里过了一遍的衣服，也是无可奈何。

"苏拉太过分了，等你爸爸和江阿姨回来，一定会罚她的。"她抱着杜荔娜，"娜娜，今晚你就别去了，晚些我给王家打电话……"

"不行！"杜荔娜斩钉截铁地大吼。

她不能靠爸爸和江阿姨来为她撑腰，那样苏拉只会更得意。

苏拉要这样阴险的手段，就是为了让她去不成王子献的舞会。那她就偏要去！哪怕不能穿着妈妈的洋装，她也要去，漂亮、高傲地出现在苏拉面前。她要让所有人知道，杜荔娜才是真正的天之娇女，而杜苏拉，只是一个心胸狭窄、阴险卑鄙的小人！

杜荔娜强打精神，重新选了一套衣服。这一次她没有了最初的兴奋，满心都是复仇的怒火，卸妆重上的时候，拿化妆棉的手都在颤抖。

又花了两小时，她才收拾好自己，一看时间，已经七点半了。她想给王子献发个短信，告诉他自己要晚到一会儿，却怎么也找不到手机。又找了半小时手机，她挫败地大叫一声，抓起手包就上车了。

她知道，苏拉肯定早就到了舞会现场，也许就是她拿走了自己的手机。苏拉自己没有手机，江阿姨不给她买。

一路上，杜荔娜都在筹划，等她见到苏拉，她不会再帮苏拉隐藏任何秘密，也不会受困于自己的矜持和胆怯。她会冲上去撕破她的脸，她会当众用最凶狠、最难听的言辞辱骂她，会让所有人知道她的真面目。她会告诉杜宇风，这个家里她和苏拉只能留一个，如果杜宇风还想要她这个女儿，就要把苏拉赶出去。她本来就不配姓杜，不配做她杜荔娜的姐姐。

杜荔娜把读过的所有言情小说都在脑海里过了一遍，没有一个恶毒女配能有好下场。她确信，只要自己够心狠，她有一千种办法能让苏拉走投无路、身败名裂，让苏拉后悔认识她。

这个命中注定的夜晚，明月被乌云环绕遮挡，小雨淅沥地下起来。

车停在王家鹤尾山别墅的门口，小郑从车后拿出伞来要接她下车，却被她拨开。雨珠如碎钻洒在她眉睫上，一片冰凉，她像个复仇女神，毫无所觉。

小郑在身后说："小姐，那我两小时后回来接您？"

杜荔娜心不在焉地应了一声。

开门的是王家大哥王子谦，他拿着两瓶进口的红酒，开门看见衣裙微湿的杜荔娜，吃了一惊，然后笑道："有雨，大家转移到客厅了。快去吧，子猷一直在等你。"

杜荔娜勉强一笑。她顺着宽阔的走廊，来到别墅的大厅。

大厅已经被临时改造成了一个小型歌舞厅，挂满了彩球、飘带和充气玩具。精心打扮的少男少女们褪下了单调的校服，换上立体剪裁的西装和晚礼服，成人世界的参差在她们身上初现端倪。

音乐是《美女与野兽》，音乐剧版，是杜荔娜喜欢的舞曲。

在华衣灯彩中，杜荔娜看见了舞池中央的王子猷。他的怀里轻拥着一个穿黑色紧身短裙的高挑女孩。女孩半长的头发已经可以轻轻绾起了，在右后侧夹成一个蓬松的小发包，其中一缕顺着修长的颈项，垂落到胸口。

她红唇浓艳，黑眸轻睐，仿佛随身携带着一个致死的毒苹果，锋利的眉线峭冷若峥嵘的山巅。

是苏拉。

苏拉的眸光越过王子猷的肩膀，与杜荔娜对视。一切似乎都在她的意料之中，她挑衅地向杜荔娜扬了扬下巴，停下了舞步。

杜荔娜看着她将魅惑的红唇贴近王子猷的耳畔，轻轻说了句什么。

王子猷的身姿定住了。然后他转过身来，困惑地望着杜荔娜。舞池边缘的其他同学也停了下来，纷纷表情怪异地看向杜荔娜。

音乐还在继续，杜荔娜忽然醒悟，此时此刻，苏拉不是那个闯入文明舞会的野蛮人，她才是。

筹谋了一路的残忍全线崩塌。杜荔娜知道，那些故事里描述的勾心斗角的手腕，她一件也做不到，她的善良只是为了讨好这个世界，掩藏本质的无能。

倘若世界对她不好，她只能后退，再后退，什么也做不了。

杜荔娜哀伤地向王子猷摇了摇头，转身跑出了王家别墅。

出了门，杜荔娜才想起，司机小郑已经离开了，他们约好了两小时以后再来接她。她想找出手机叫小郑回来，翻遍手包才想起，她在家里就没找到手机。苏拉肯定是提前将它藏起来了。

门口只有一个服务生，温柔地问她："小姐要伞吗？"

杜荔娜还未开口,就听到有人叫她。扭头一看,苏拉正从门口向她跑过来。

杜荔娜管不了这么多了,她只想离苏拉远远的,离王子獸远远的,离他们所有人都远远的。

她顺着大路奔跑起来。

沿着山路走四十分钟就能到达杜家,杜荔娜以前走过。她不需要小郑来接,也可以离开这里。

昂贵的水晶高跟鞋在这时体现出了折磨脚趾的能力,有几个坏得不够彻底的路灯在闪烁。更糟心的是,原本如雾扑面的轻雨,渐渐大了起来,而苏拉还在后面穷追不舍。

杜荔娜想起来了,苏拉的体力可比她好太多,不管是百米赛跑还是两公里的长跑,她都没赢过。

她朝身后大喊:"你不要过来!"

苏拉在后面骂她:"杜荔娜你发什么疯?"

是她在发疯吗?杜荔娜想,是她在发疯还是这个世界疯了?

"杜苏拉,我讨厌你!"

"我也讨厌你!"苏拉已经追上来了,她有一双大长腿。她一把拽住杜荔娜,问:"雨这么大,你去哪儿?"

"我要回家!"

"这么晚了,你不怕山里有狼有虎,冒出来把你吃了?"

杜荔娜:"……"

苏拉这恐吓小孩的语气更加激怒了杜荔娜。她狠狠推了苏拉一把。

"苏拉,你浑蛋!"

苏拉抱着双臂冷笑道:"你骂人的词汇量可真低。"

"你……下贱!"

"是我贱还是你贱?堂堂的一帆大小姐,非要跟我争什么呢?"

"明明是你要跟我争!是你嫉妒子獸哥哥喜欢我,你就用下贱的方法勾引他!"

"啪"的一声,苏拉给了杜荔娜一耳光。

杜荔娜的大脑中一片空白,火辣辣的疼痛提醒着她,自己从身体到人格都遭受了前所未有的侮辱。

苏拉收起戏谑,眼睛里终于流露出真实而刻骨的恨意:"我就是下贱。杜荔娜,你有没有想过,你凭什么让别人喜欢你?真的就是因为你善良可爱吗?你就算是残废了、毁容了、心理变态了,也一样会有很多人喜欢你,因为你是你爸爸的女儿。

"但真实的你是什么样子,你自己知道吗?你爱哭又虚伪,自私又假装大度,好面子又要求多。从一开始,我就不想搭理你,不想浪费时间给你补习、陪你聊天。是你非要贴上来,用我来衬托你有多善良。

"下贱的人不配给资本家的小公主提鞋,你们的一点点善意我都得高高供着。下贱的人不配有人喜欢,不配穿漂亮的衣服,不配化妆,不配演讲,不配和公子哥跳舞。下贱的人只能通宵念书,才能跟你们坐在一间教室里上课,只能把自己弄得满身是伤,坑蒙拐骗,才能跟你们坐在一张桌子上吃饭。

"下贱的人,就顾不上善良了,只能先顾自己。"

大雨倾盆而下。

远处的拐角后,有车辆驶来,折射的车灯照亮了苏拉锐利的面庞棱角。认识两年多,苏拉终于露出了狰狞的真面目。

杜荔娜目瞪口呆。那被大雨浇透的灵魂突然破顶而出,沉默冷峻地注视着两个女孩聒噪的叫嚣。

一个向另一个咆哮。

一个狠狠推搡了另一个。

一个摔倒在地。

银白色的小面包车披着被暴雨冲击的外壳,闯入了她们的视线。车头与人影轰然撞击,纤细的身体如一张薄薄的剪纸,轻轻飘起,重重沉下。

水晶高跟鞋从白皙的脚踝上松脱出来,歪扭地躺在雨与血的交汇处。

很久以后,排山倒海的痛意汹涌而来,灵魂回归肉体,陷入万劫不复的黑暗梦魇。

十二年后,裴老师的心理咨询室。

杜荔娜望着对面相框里那只没有脸的猫,如梦游一般说出自己的记忆。

裴老师放下笔,用一种没有感情但很柔和的语气问她:"你能把过去的这些事情说出来,非常了不起。但是,我还是有一些疑问。"

杜荔娜丝毫没有感到意外:"您不相信我说的是事实,这不奇怪,很多人都不相信。我丈夫不相信,我爸爸也不相信。"

裴老师轻轻蹙起眉,思忖了片刻,斟酌着用词:"娜娜,有一件事你需要知道。事实在某种程度上,只是我们的感知,是一种极其个人的体验。当下的错误感知,存储进我们的大脑,也会成为牢不可破的记忆。"

"您的意思是说,车祸那晚,并不是杜苏拉推了我,是我欺骗了我自己?"杜荔娜的双眸出奇地冷静,"但我非常确定,我没有记错。不管苏拉是不是故意的,事实就是,那天晚上是她推了我。"

裴老师笑了笑道:"娜娜,你误会了。我指的记忆错觉,不是指车祸那晚的记忆。"

杜荔娜一呆,问:"您这是什么意思?"

"你对车祸的描述很清晰,我没有什么疑问。我感兴趣的是,杜苏拉闯进舞蹈社女更衣室的事情。"

"有什么问题吗?"杜荔娜茫然地道,"如果您觉得我说得不准确,那可能是因为,我没有亲眼看见。我待在更衣室外面，里面发生的事，都是苏拉后来告诉我的。"

"恰恰相反，你描述得太准确了。"裴老师摊开手，"你准确地描述了在场每个人的神情和动作，就好像……你真的在场。娜娜，我们都对自己有过一些不同寻常的期待，也有一些渴望遮掩的伤口。如果可以，你能不能再回忆一下……向舞蹈社的同学实施报复和威胁的，究竟是苏拉一个人，还是你们两个人呢？"

杜荔娜的双手放在膝盖上，慢慢掐住了膝盖骨。咨询室里陷入了长久的静默。

第十章
凡人的气息

腐朽的树上
妖魔喧嚣
仲夏在蜜甜中酣眠
蜥蜴沉睡于可怕的童年
把我这个凡人的气息
赋予天神

——《我这个凡人的气息》萨瓦多尔·夸西莫多

1

苏拉在天影事务所带领的这支小小的律师团队,效率非常高,只花了三天时间,宁夏和小周就查清了何宝贤和王子猷之间的关联。

何宝贤比王子猷小五岁,是璇玑珠宝何家的第二个孩子。她有一个哥哥叫何崇光,目前在自主创业,做海鲜进口生意。但何家父母还是寄希望于何崇光放弃乏善可陈的"创业"项目,回家接班。合理推断,何宝贤不会是何家家产的主要继承者。

王子猷在美国读硕士的时候,何宝贤才刚读大二。他们在同一所学校,都是鹤市华人老乡会的骨干。那段隐秘的恋情如果存在,应该是发生在王子猷向杜荔娜求婚前的一年之间。

何宝贤的情史很丰富,在王子猷之前,她在美国已经交过两个男朋友了,肤色不同,性格也不同,但都匆匆结束了。在王子猷之后,她也交过不少男朋友。但和王子猷之间的这一段感情,很可能是持续时间最久的一段。

何宝贤和杜荔娜是不同类型的女孩。何宝贤张扬、外向、泼辣、口才过人,笔杆子也过硬,在美国读新闻的时候,学分、绩点从没低于专业前三名,一毕业就在人人艳羡的老牌财经媒体找到了工作,而且完全是靠自己的实力。何宝贤在半年前回国发展了,目前任职于鹤市的一家财经媒体,何家经营的璇玑珠宝,是这家财经媒体的几大广告商之一。

苏拉把这些信息告诉了杜荔娜,当然,艺术地隐去了何宝贤和林渡的关系,以及自己和林渡的关系。

杜荔娜有些急迫地直起身子，问："那她和子猷是怎么在一起的，他们……到哪一步了？"

苏拉有点无奈地道："我们是律师，不是狗仔。"

"你们只查到了这些，能管什么用？"

"你愿意的话，我可以约她见面，你想知道的，都可以当面问她。"

杜荔娜迟疑了："如果她撒谎呢？如果她……向我提条件呢？"

"无论她是撒谎还是说真话，都有助于你了解事实。"

杜荔娜没说话。

什么是事实呢？和裴老师的交谈，让她对这世界的真相产生了怀疑。

约见何宝贤的过程很顺利。她一听见苏拉的名字，就爽快地答应了见面。但当何宝贤踏进苏拉办公室的时候，她一眼就看到了杜荔娜。

何宝贤的脸色唰地变了，掉头就走。

苏拉叫住她："何小姐，这里是律所，我向你保证，不会有任何威胁到你人身安全的事情发生。我们只是想谈谈。"

何宝贤收住了脚步。她回过头来，谨慎的目光在杜荔娜和苏拉之间来回游移。

"你们想谈什么？"

杜荔娜张了张嘴，但涌动的情感让她无法正常说话。她挥了挥手，压着嗓子说："你问。"

苏拉道："我们听到了一段录音。"

她轻点鼠标，录音开始播放。

录音是苏拉找江世敏的助理吴优要来的，吴优二话没说就发了过来。想来江世敏也十分乐见这件事的走向。在播放过程中，何宝贤的神情变换了许多次。播放结束后，她还独自陷在自己的思绪里。

良久，她开口了："我能坐下吗？"

苏拉点点头，示意她在沙发上坐下，并给她倒了杯热茶。

何宝贤把茶杯握在手心里，并不喝。过了一会儿，她才重振起惯常那种应对自如的状态，流畅地道："录音是真的。那又怎么样？我犯法了吗？"

杜荔娜霍然立起，娇容布满怒意，但苏拉拉了她一把。

"何小姐，你对这段录音来到我们手上，并不意外。"苏拉缓缓地道，"所以，江董是开了什么条件，才让你这么配合的呢？"

何宝贤神情微动："我没义务回答你们的任何问题。"

苏拉微笑道："王子猷知道你把你们之间的对话录了音吗？你不仅录了音，还把它交给了江董，王子猷会怎么想呢？王家会不会报复何家呢？

"而一帆，在王家报复何家的时候，是会袖手旁观还是会加入呢？"

何宝贤的俏脸蒙上怒色："你威胁我！"

苏拉耸耸肩道："这不是威胁，是分析你的境况。我们只是想谈谈。何小姐，要兴师问罪，我们有一百种方式让你难堪。但那些都不入流，也没必要。时代不同了，道德谴责是无意义的，与其在情感里拼个高低，不如在利益上取得共赢。你说呢？"

何宝贤和杜荔娜都惊讶地看向她。

然后，何宝贤轻轻呼出了一口气："我能抽烟吗？"她从包里拿出镶钻的烟盒。

"不能。这楼里禁烟。"

"那……能给我换杯咖啡吗？我需要点够劲的。"

何宝贤是在一个华人学生的游艇聚会里认识王子猷的。

王子猷是那种站在人群里会被第一眼看到的男孩子，除了英俊成熟，还带有偶像剧男主角干净温和的气质，对每个女孩子都很友善，又带有一点高不可攀的距离感。何宝贤在聚会上听说了一些关于他的传闻。大家都知道他洁身自好，多金又专情，有一个青梅竹马的残疾女朋友，很少陪他出来社交，他却从不拈花惹草。

何宝贤信奉主动出击，初中第一次表白的失败经历其实让她越挫越勇，后来的几个男朋友都是她主动追到手的，交往了几个月，没了感觉又主动踹掉。她一直很自信，美貌只是她打底的基础，她真正的强项是敏锐活泼和超强的行动力。

恰好，何宝贤的课程任务是要做一个关于华人学生融入当地生活的研究，她主动打电话找王子猷，请他做自己的案例研究对象，王子猷欣然应允了。

在这过程中，何宝贤见过一次杜荔娜，她心里更加有数了。杜荔娜的确很漂亮，但社交能力和学习能力都比不上自己。她和王子猷合住在郊外的一所大房子里，有司机、保姆和保镖，出国留学对她而言只是换了个语言上课，她在当地没有结识什么朋友，也参与不了王子猷的社交生活。

但杜荔娜不是个善妒的女朋友，她的精力更多地放在自怜自艾上。何宝贤理所当然地参与到王子猷各个方面的社交生活里——那些本来应该带女朋友参加的场合。她的长袖善舞，也让王子猷有所获益，两人沟通起来非常愉快。

对于王子猷和杜荔娜之间的过往，何宝贤知道得不多。但她隐隐察觉，杜荔娜的腿伤和王子猷有一点关系，王子猷对此感到内疚，所以尽量呵护着杜荔娜。

是何宝贤主动表白的。她以为，爱情应当是两个成熟独立灵魂之间的互相欣赏，不应该是怜悯和内疚。王子猷没有坦然地接受何宝贤的表白，但也没有拒绝，他承认自己对何宝贤是喜欢并欣赏的，和她在一起的时光是愉快的。

那时的何宝贤，觉得自己很成功，她抚慰了一个在感情中备受压抑的英俊男人。

说到这里，何宝贤又从包里掏出了香烟盒，蓦然意识到不能抽烟，又把烟盒扔了回去。

"我后来猜想,对你的专情大概是他的人设。越是对初恋女友矢志不渝的男人,越有许多狂蜂浪蝶哭着喊着往上扑。我可不是个例。"

王子猷提出分手的时候,何宝贤着实难过了一段时间。那时候,她真的以为他们会有结果,他们在一起时那么快乐,杜荔娜能给他这种快乐吗?

"我不是小三,他也不是出轨。结婚前,每个人都有持续选择的权利。你不使用这种权利,但不能禁止别人使用。"何宝贤说。

杜荔娜盯着她,说:"如果你真的爱过他,怎么会在分手的时候录音,还把录音交给江世敏,来打击他?"

何宝贤笑了:"你知道为什么女人在爱情里总是输吗?"

苏拉没出声,但杜荔娜接话了:"为什么?"

"因为我们以为,男人和我们一样,追求的是爱情。但是他们在爱情里寻找的,根本不是爱情,他们寻找的是他们自己的生活。"

何宝贤平静地说:"杜小姐,王子猷选择了你,是选择了你这个人附带的利益,你能提供给他的生活。"

她把一个灰金色的打火机在指腹里不断揉搓:"我录音,一开始只是为了保护自己,后来,江世敏找到我,想要一点我和王子猷关系的证明。她开出了很好的条件,我没法拒绝,这也是我为我自己的生活做出的努力。"

苏拉问:"她给你开了什么条件?"

何宝贤停下手上的动作,把打火机扔回包里,掏出名片夹,给苏拉和杜荔娜各递上了一张。

"重新自我介绍一下,我是 KF 网新上任的科技行业报道主编,何宝贤。"何宝贤看了一下腕表上的时间,站起身来,"我今天,本来以为是别的事情。"

她指着苏拉说:"我以为,你要找我谈林渡的事。王子猷对我来说是过去时了,一点都不重要。林渡是我的初恋,也是现在时,他值得一个真心爱他的人,我不会轻易放弃。苏律师,你伤害他已经伤害得足够深了,你自己不珍惜,就不要怪我下手快。"

何宝贤又转向杜荔娜,说:"至于杜小姐,你应该感谢我,我帮你看清了一个男人。你的婚姻是成功还是失败,都怪不到我头上。找我的麻烦,真没必要,没有我,也会有别人。我们都只是凡人,自私、懦弱、功利的凡人。别太较真。"

最后,何宝贤轻抚了一下耳垂上的绿色宝石:"没别的事,我先走了。"

2

16 岁的时候,杜荔娜觉得王子猷是完美的、无所不能的。

而现在,她明白他只是一个懦弱、犹豫、放纵的普通人。他身上的光环,很大一部分来自家世和金钱长年的滋养,只有一小部分来自他自己的努力。

和杜荔娜一样。

她在和王子猷结婚前，曾经为了婚前协议和杜宇风吵过一架。杜宇风制定了苛刻的婚前协议，他说，王家打的算盘是把家产留给王子谦，让王子猷来掌控杜家。

那时杜荔娜说："爸爸，如果你想预防这种事，你应该生个儿子，像王家培养王子谦一样从小培养他。"

父女俩闹得不欢而散。

王家父母和王子谦都对那份婚前协议非常不满，但王子猷说服了父母和兄长，主动做了让步。他向杜宇风拍胸脯保证，自己什么都不要，想要的只是杜荔娜这个人。

车祸后的那段时间，除了爸爸，她谁也不肯见。但爸爸那么忙，公司不能没有他。

王子猷每天都去医院陪她，他向她道歉，容忍她的坏脾气和自我厌弃。他说，不管她能不能跳舞，她都是自己心目中的小公主。

去美国留学的时候，他帮她安排好一切，耐心照顾她，保证绝不会离开她。

他制造过无数浪漫的时刻，让她开心快乐，让她觉得终身的幸福是有可能的。如果她可以毫无保留地恨王子猷，该有多好。

杜荔娜从回忆中抽离出来。也许她一直都在等这件事的发生，毕竟以前也发生过同样的事。

"苏拉，你当年，是真心喜欢子猷吗？"

苏拉出神地想了一会儿："我不喜欢他，我只是恨你。"

王子猷这个人，在那个充满了幻象的青春里，更像一个众人争抢的美梦，和清华录取通知书、美丽的晚礼服、昂贵的化妆品一样，是凌驾于生活之上的胜利象征。

"那时候陈晨告诉我，你和子猷在约会。我按她说的，去了植物园后面，看到你和子猷在跳舞。"

苏拉愕然。半晌，她轻声说："我没有和王子猷约会。"

"他知道我晚上在植物园练跳舞。他说，既然要去参加舞会，就不应当给你丢脸。所以他提出要教我。"

"但陈晨说……"

"陈晨恨我们。"

杜荔娜怔怔地望着她："陈晨应该恨你，但是为什么要扯上我？打她的是你。"

苏拉耸肩道："没办法，毕竟是你拍的照片。"

"拍照的，是我？"杜荔娜险些失控，努力掩饰着自己的惊奇。

"我让你在外面等。但你说，有福同享，有难同当。"苏拉皱起眉，"一进门，你就闭着眼睛乱拍，拍下来的照片都是糊的，没有一张能用。幸好她们不知道。"

她的目光落在杜荔娜脸上，蓦地一动："你不记得这个？"

"怎么会……"杜荔娜故作镇定地移开目光，"所以，我们互相憎恨，只是因为一个误会吗？"

苏拉默然一瞬，道："不是误会。我是真的恨你，恨你拥有的太多，而我拥有的太少。"

杜荔娜一愣，旋即苦笑道："我也恨你。恨你明明拥有的那么少，却样样比我强。"

何宝贤说得对，她们都是自私、懦弱、功利的凡人。

过了几天，何宝贤请林渡和何崇光吃饭，庆祝她的升职。

林渡举杯祝贺她，这么年轻就当上了主编，虽然只是行业主编，也是很少见的。他调侃道："不知是哪位靠山起了作用？"

何宝贤佯怒道："什么靠山！我可是凭实力的。"

何崇光有点骄傲，又有点嫉恨道："她这次可在家里争了脸。爸妈夸她，不靠家里也能挣得一片天，比我天天找家里借钱有出息得多。"

何宝贤故作谦虚："钱挣得不多，社会地位和资源还是掌握了一点点的。"

林渡笑道："何大小姐是要走事业路线了。"

何宝贤抿唇道："事业感情最好还是双丰收。"

她突然想起了什么，对林渡一抬下巴："哥，你敬我一杯酒，我送你个消息，怎么样？你上次说，要查苏律师的过往，我留意了一下。她父亲去世后，江世敏到鹤市打工，她在榴城一直寄居在叔叔婶婶家里。这个叔叔叫苏海飞，现在就在鹤市。"

林渡一怔，问："在哪儿？"

"他在燕西工业园当保安，周一、三、五白班，你可以去找他聊聊。"

林渡大喜过望，连忙又敬了她一杯酒，夸她资源广、路子多。

何宝贤有点惆怅地和他碰杯，忽然道："哥，苏律师太难追了，你放弃吧。你现在追我，还来得及。"

林渡慌忙摆手道："何主编才貌双全，还缺人追？"

何宝贤扫了他一眼，蓦地垂眸一笑："追我的人是不少，可惜都没眼缘。"

"鹤市这么多才俊，就没一个你能看上的？"

"哪儿有什么才俊，除了绣花枕头，就是绿豆渣渣。连我哥这样的，也都成抢手货了，三天两头换女朋友，小姑娘看一眼他的车钥匙，就哭着喊着往上扑。"

何崇光干笑两声道："也没这么夸张。"

林渡看她有些认真，便也认真道："阿宝，林家的家产，我是一分也不会要的。如果我这辈子都是个小作家，你能看上我吗？"

何宝贤哑然。

"比起渡渡鸟，恒茂的林公子更讨你喜欢。"

何宝贤不甘心地道："那苏律师呢？她也说过，让你回林家，才肯同你结婚。"

"那是她的托词。我看得出，她喜欢渡渡鸟，远超过喜欢恒茂的林公子。"林渡举起酒杯，"阿宝，我配不上你，勉强在一起，只会给你添堵，还是做朋友痛快。"

191

何崇光推了他一把："渡哥，就这么开不起玩笑？说得这么严肃，我鸡皮疙瘩都掉满地啦！"

林渡摇摇头："是我错了，是我错了。阿宝开玩笑，是我自作多情了啊哈哈哈……"

在两个男人的笑声中，何宝贤把杯中剩余的酒一口喝干了。

"哥，我以后不开这种玩笑了，确实不好笑。"

燕西工业园和临南工业园属于同一个片区，也在拆迁进程中，主要楼栋都已经空置了，打上了大大的"拆"字。平时园区没什么人进出，弥漫着鹤市少见的阴森萧条。

林渡来到大门口的岗亭，找到保安队长，询问一个叫苏海飞的人，他自称是个作家，需要采访榴城在鹤市打工的外地人。

保安队长一听苏海飞的名字，就露出不屑的冷笑："老苏有什么好采访的？让他代表他们县，不是丢了他们县的脸吗？"

"您对他的意见很大啊。"

"油瓶倒了都不扶！巡逻都是走个过场，没人盯着他就把门一锁，在保安室睡觉。"保安队长愤愤不平，"老板已经说了，等招到新人就把他炒掉。你采访我呀，我干这行都十几年了。"

林渡尴尬地一笑："我先采访他，再采访您。"

保安队长很开心："老苏这人脾气怪，他爱吃那家牛肉馆子，你请他吃那个，他肯定愿意配合你。"

他说着，忽然向林渡背后大声喊："老苏，有人找！"

林渡转过身，一看见苏海飞，就愣住了。

他们见过。

苏海飞两鬓灰白，松弛的眼袋、凌乱的胡楂、涣散的眼神都令林渡印象深刻。除了制服是干净的，他和上次在天影楼下遇见林渡时一模一样。

他没有立刻认出林渡，戒慎地看着保安队长，道："我可没干违反纪律的事，你们扣不着我的钱。"

保安队长大声说："扣什么钱？有好事，人家大作家要采访你，还要请你吃饭！你赶紧的，采完你还要采我呢！"

保安队长把他们往牛肉馆子的方向推。

两人在牛肉馆子里坐下，林渡微笑着说："我姓林，想找您做个关于榴城的采访。"

"我又没见义勇为，也没拾金不昧，采访我干什么？"苏海飞一脸茫然。

"主要是了解您在榴城的生活经历，算是搜集写作素材。"林渡又补上一句，"可以付费，两千您觉得合适吗？"

苏海飞沉默地打量他，半晌，狡黠一笑："我想起来了，你是苏拉那小崽种的男朋友。"

半年多以前，他在天影律师事务所楼下，找苏拉借两万块钱。他先被 P2P 卷了款，又被电信诈骗，林渡劝他小心，被他啐了一脸唾沫星子。

"你是想问苏拉的事吧？"苏海飞哼了一声，"不行。"

林渡准备的这套说辞，是建立在对方不知道自己和苏拉关系的基础上的。现在倒好，再说出来，连他自己都不信。

他有点沮丧，道："也不一定和苏拉有关，我的写作主题是榴城的打工人在鹤市的生活感受……"

"我是说两千不行。"

苏海飞理所当然地伸出一只手："五千。"

林渡张了张嘴："成交。"

苏海飞报了银行卡号，等收到了到账通知，才露出放松的表情。

"小伙子，你想问什么？"

"关于苏拉的一切。她小时候是什么样子的，父母是怎样的人，她爸爸是怎么去世的，还有，她来鹤市之前，过着什么样的生活。"林渡认真地说。

"我看你出手很大方，家里挺有背景吧？像你们这样的人，娶老婆是得多调查调查。"

林渡知道他误会了，但也不知该怎么解释，只好含糊地应了一声。

"找我你算是问对人了。我是看着苏拉那丫头长大的，你别看她现在混得人模狗样的，小时候可是个实打实的坏种。"

"从哪儿说起呢？"苏海飞叫过服务员，点了十几盘牛肉，这才舔着嘴唇道，"苏拉这丫头，跟她妈一样一样的。她妈克夫，她克父，我哥好好一个大学生，就是被她们娘儿俩克死的。"

苏海跃比苏海飞大两岁，要是活着，今年也有五十七岁了。但他只活到了三十四岁。

苏海跃是榴城县为数不多的几个大学生之一，师范本科毕业后，分配回榴城二中当语文老师。那几年，他是县城里最抢手的男青年，粮食局和教育局的局长不嫌苏家清贫，都想把女儿嫁给他。但他非要自由恋爱，相中了一个只有高中文凭的农村姑娘。

高中毕业在县城里已经是高学历了，只是不包分配。江世敏一心要考大学，第一年却落榜了。

江家比苏家还穷，供江世敏读到高中毕业已经很艰难了，家里不肯再支持她，给她说了门亲事，聘礼很丰厚，江世敏不肯嫁，从村里跑了。江世敏的父亲在全村人面前丢尽了颜面，心脏病发，气死了。从那以后，江世敏克父的名声就传了出去。

前途光明的苏海跃和江世敏结婚，苏家上下都是反对的。但苏海跃是个死心眼，认定了就不回头。

和苏海跃结婚后，江世敏成了城镇户口，也借着他的关系，被安排到了校办工厂当会计。

他们的日子已经过得够好了。在别人心目中，江世敏算是出了头了。但就是这样，江世敏还不满足，她一直念念不忘要考大学。

苏拉两岁的时候，江世敏终于考上了函授的大专，读会计。为了读书，她更忙了，经常连饭也没时间做，一家三口就买馒头就咸菜。

在榴城，大部分男人一样，总是磨蹭到饭点才下班，吃了饭就拖一张凉席到大院里打牌聊天，家里的事情不管，又要说了算，再加上钱挣不够，夫妻俩只能每天吵架。

苏海跃对江世敏说话永远是轻声细语的，一下班就回家帮着做家务、接孩子放学，很少看见他们吵架。

苏海飞的老婆阎秀君对江世敏又羡慕又嫉妒，说她是前世修来的福气，才能嫁给苏海跃这样的男人。但阎秀君又说，江世敏这样的女人是不吉利的，心太高。一个家里有一个大学生还不够吗？女人就应该在家带好孩子，让男人在外面打拼。别人家的日子都是这么过的，怎么她江世敏就不能这么过？

"闺女随妈。苏拉那孩子，从小就带着股蔫儿坏的劲，院里的小孩怕什么，她都知道。我去她家吃饭，她红口白牙地诬赖我偷钱！诬赖自己的亲叔叔偷钱，这事谁能干得出来？刚上小学，她就和同学打架，老师批评她，我哥还惯着她，非说她没错，让人家给她道歉。小孩子，可不就是这么惯坏的吗？"

后来的厄运应验了阎秀君的话。苏拉七岁的时候，苏海跃去接苏拉放学，走过榴河大堤，看见堤下有两个孩童溺水。苏海跃跳了下去，救起了一个孩子，又返回去救另一个，就再也没能上岸。

县城里遂传言，江世敏克死了父亲，又克死了丈夫。她原本人缘就不好，从前别人给她三分薄面，是看在苏海跃的面子上，苏海跃一死，指指点点的声音就更多了。

那时，县城里已经有一些去鹤市打工淘金的人了，回来的时候都戴着大金表、金链子，背着锃亮的皮包。羡慕他们的人多，但真正敢跟着去的很少，远方的诱惑抵不过对未知的恐惧，据说去鹤市的男人都变坏了，女人都成了有钱人的二奶。

江世敏不怕这些闲言碎语，她决定去南方打工。她不可能带着苏拉走，遂把苏拉托付给了苏海飞和阎秀君。那时苏海飞也有了自己的儿子苏伟，比苏拉小一岁。

"那女人走的时候，头也不回。苏拉也不哭，好像走的那个不是她妈，是个陌生人。这一对母女，心狠得像一对母狼。江世敏打工这么多年，只回去看过苏拉一次。后来，也不知她使了什么手段，嫁了个大老板，攀了高枝，干脆就不要女儿了。我们两口子把苏拉当自己的闺女养，供她念书，养到十六岁，她招呼也不打，就偷了家里的钱，坐火车跑了。

"苏拉到了我家,我们好菜好饭地供着她,她一点都不感恩,还欺负我儿子。一说她,她就往外跑,整宿整宿地不回家。也不知道在外面认识了什么乱七八糟的人,就学坏了。上高中的时候,她不知是得罪了哪个黑社会大哥,吓得不敢上学,竟然偷着跑去了鹤市。到了鹤市,还在江世敏面前诬陷我们打她。"

苏海飞说到激动处,恨恨地一拍桌子:"天地良心,我要是打过她一巴掌,就不是亲娘养的!"

林渡沉默地听着。

牛肉锅开了两次,苏海飞停下控诉,把锅里涮熟的肉片全倒进碗里,狼吞虎咽地吃起来。

林渡开口了:"我有几个问题。第一,江世敏把女儿托付给你们,她给你们寄钱吗?"

苏海飞咽下嘴里的肉,支吾道:"钱……当然是有的。但是养个孩子,就是个无底洞,多少钱也不够啊!"

林渡又问:"江世敏离开榴城的时候,把苏拉塞给你,你为什么不拒绝呢?"

"我心软啊!那娘儿俩商量好的,当娘的放着炮仗,满街夸我仗义,要替她养闺女。小丫头跟发了疯一样跪在门口,她妈走了她也不跟,就黏上我们家了……"苏海飞蓦地住口,重新想了想,不耐烦地一挥手,"她们就是欺负老实人!"

林渡似乎全盘采信了他的话:"那您这么大年纪了,怎么不在老家享福,还跑来鹤市打工?"

"我那老婆子年纪大了就爱絮叨,我不爱在家伺候她,出来躲清净。"

"是这样……"

苏海飞又吃了两盘肉,抽出纸巾擦了擦油嘴:"年轻人,叔也算是你的长辈,劝你一句。男人娶老婆一定要慎重。我那哥哥,心善、脾气好、有文化,就是娶了个不安分的老婆,这辈子,毁了。"

林渡爱笑的双眸逐渐失去了暖意。他轻轻点头道:"我知道了。"

3

苏拉坐在瑞熙集团执行总裁谢枚的车上,右侧坐着谢枚本人,副驾坐着郑永明。

苏拉的手机嗡嗡地响。她低头看见苏海飞的名字,直接挂了。

坐在她身旁的谢枚留意地看了她一眼:"小苏有心事?"

苏拉还没回答,另一旁的郑永明就调侃道:"感情生活不顺利,年轻人,难免的嘛。"

"是上次那个作家?"

"分手了。小伙子挺痴心的,连着往我们所送了两周的花,还写诗,苏拉都不回心转意。你看，这几天人家不送了，估计是放弃了吧。嘿，我们苏拉就是个工作狂。"

苏拉有点无语："谢总，合同条款我看完了，跟咱们预期的一样。正式的法律意见书，我明天之内出给吴总。"

苏拉来到天影后，帮瑞熙打过两个重要的官司，都帮瑞熙挽回了一大笔损失。上次林渡在瑞熙中心的签售事件，也是谢枚打了招呼，才发动员工连夜找到了视频。

谢枚四十五岁，身家超过百亿，长得不算很英俊，但身材和皮肤都保养得很好，谈吐博雅，风度甚佳。和前妻离婚后，他已经位居鹤市最有价值单身汉榜首许多年了。一般人在谢枚面前，总是谨慎小心的，话语也难免奉承，苏拉却始终不卑不亢。她对自己的专业有自信，说话不拐弯抹角，也能迅速察觉谢枚问题背后的深意，两人的行事风格很同频。所以谢枚欣赏她，瑞熙的业务，谢枚都指名让苏拉接手。

今天，谢枚要亲自考察一个待并购的地产项目，他一向做事细致，带上苏拉，是帮他抽查一些合同文件，实时提供法律建议，郑永明则负责补充意见，兼活跃气氛。

她只不过花了几分钟看合同，郑永明就把她的感情生活拿出来活跃气氛。苏拉试图把话题掰回正常轨道，谢枚却似乎产生了点兴趣。

"小苏要求这么高，不知道什么样的男人才能入你的眼。"

苏拉耸耸肩道："我没有结婚的打算，工作才是我的终身依靠。"

谢枚愣了一下，爽朗大笑。

郑永明也是第一次听见苏拉这样说，一边叹气，一边摇头道："现在的小姑娘……"

车行到项目工区门口，谢枚一行人下车换了安全帽。项目公司老板领着他们进了工地，介绍着项目细节。

苏拉的手机不停地响。苏海飞这次不知又在发什么神经，这样锲而不舍。苏拉第七次按掉苏海飞的电话后，手机终于消停了。

一条短信进来："我见过你男朋友。"

苏拉捧着手机，落在了参观队伍的后面。

谢枚正和手下的投资部负责人说着什么，扭头去看苏拉，却没看到人。

"苏拉呢？"

围着他的一行人都停下了脚步，回头去看苏拉。苏拉站在一堆两米高的橙色钢管边上，应了一声。

就是在这时，钢管堆的顶上斜着滚下了一根钢管。钢管的一端还捆在顶部的兜绳里，另一端却因着引力，朝苏拉的后脑砸下来。

苏拉只听见郑永明的惊叫声，还未明白发生了什么，手臂便遭人狠狠一拽，便向右前方扑倒。

苏拉抬起头，这才发现谢枚的手臂紧紧地箍着自己的腰，两人跌坐在泥土里，一样狼狈。

"没事吧?"谢枚低头问她。

苏拉有点震惊,道:"我没事……谢谢谢总。您没事吧?"

谢枚笑笑说:"我也没事。"

苏拉回头去看,钢管在她原本站立的位置上砸出了一个深坑。如果被钢管敲中,她恐怕不死也要残废。

谢枚扶着苏拉一同起身,随即退开一点距离,不失仪态地掸了掸自己身上的灰尘。

这时,参观的众人才乌泱泱地涌过来,把谢枚围在中间。项目公司的老板吓得面如土色,问:"谢总您没事吧?要不去趟医院?"

谢枚摆摆手说:"你们工地的建材摆放太不规范了,我很多年不跟现场,也还记得周转钢管堆放的高度不应该超过 1.2 米。安全生产的负责人是谁?"

"我们马上炒掉,换人!换人!"项目公司的老总连声说。

谢枚摇头,对秘书吩咐:"小刘你记一下安全负责人和项目经理的名字,我们瑞熙的项目绝对不用这种人。"

项目公司的老板不敢再说话。众人都知道,这个收购项目大概率是黄了。

谢枚发了怒,后面的现场当然不必再看,众人遂跟在他身后,朝外走去。

郑永明惊魂未定,低声对苏拉说:"师兄的心脏病都快被你吓出来了。"

法务吴总想调节一下气氛,笑着说:"谢总您这身手,比二十岁的小伙子还利索啊!"

自然有人附和他:"那是,谢总连着跑了好几年马拉松了,还登过珠峰呢。在场的人谁的反应快得过谢总?"

又有人说:"谢总这是英雄救美啊,放在古代苏律师就得以身相许了。"

谢枚的身形在车前停住,回过头来:"少扯没用的,今天要是老吴站那儿,我也得救。别拿人小姑娘说事。"

苏拉有点蒙,跟着郑永明往另一辆车上走。谢枚叫住她:"老郑、苏拉,你们还是坐我的车吧。"

郑永明道:"谢总不是要赶飞机?我们回律所就不顺路了。"

谢枚笑了笑,没说什么,上车走了。

瑞熙的吴总把郑永明和苏拉兜回律所。一下车,郑永明就说:"老谢那家伙,肯定对你有意思。"

苏拉沉默了一下,道:"师兄,我觉得你想多了。"

"上次瑞熙的新闻发布会,你摔了跤,他请咱们吃饭,跟你赔礼道歉,说没保护好你。那会儿我就觉得有点不对。"

"师兄你真的想多了。"

郑永明感叹道:"苏拉,没想到你的魅力还挺大。老谢这人年纪虽然大点,不过是单身,又没孩子,风流而不下流……苏拉你干什么去?"

197

苏拉不进电梯厅，却穿过写字楼往后走。"师兄你自己上去吧，我约了客户。"

郑永明瞥着苏拉的背影，自己上了电梯，嘴里啧啧地道："小丫头，不是我想多了，是你不懂男人。"

苏拉穿过写字楼大堂，来到建筑物后面的一间咖啡馆，苏海飞点了一杯饮品，坐在角落里等她。

苏拉在他面前坐下："说吧。"

苏海飞眯起眼睛打量她："你挺在意这个男朋友的啊，好不容易上钩的金龟婿吧？"

"别寒暄了。"苏拉打断他，"你来找我只有一个目的，就是要钱。我就想知道，你凭什么觉得我会给你钱？"

"凭什么？凭我是你叔，你亲叔！凭我养了你八年！"

苏海飞的嗓门大起来，咖啡馆里的人都看了过来。

苏拉已经习惯了，道："我给你一分钟，一分钟以后你说什么我就不感兴趣了。从现在开始……"

苏海飞在她冷厉的神情中败下阵来："好好好，我说！你急什么？"

"你那个姓林的男朋友，三天前我又见着了。可不是我找的他啊，是他主动找我的，特地打听你来着。"

"打听我什么？"

"你爸怎么死的，你妈为啥不要你了，你怎么撒谎，怎么打人，怎么狼心狗肺，这些。"

苏拉沉默了。林渡说，他会用他的方式来了解她，就是这种方式吗？

"你不想知道我怎么说的？"

"你嘴里吐不出好话。"

"我说的都是实话。那姓林的小伙子可是被吓坏了，脸都吓白了。"

"你到底想怎么样？"苏拉不耐烦地说。

苏海飞弯着脊背凑近道："我可以去跟小林说，之前那些话都是我瞎编的。"

"条件呢？"

苏海飞得意地把手臂环抱在胸前："你帮我找份新工作，再借我两万块钱。"

二十多年了，苏拉还是会被苏海飞的脸皮和逻辑刷新认知。

"苏海飞，你抽空去看看脑子吧。"

苏海飞的笑容僵在了脸上："还有更烂的事，我还没说呢！苏拉，把我惹急了我可什么都往外说。"

苏拉掏出手机道："我现在就给林渡打电话，你在电话里跟他说，就当着我的面说。"

苏海飞吓了一跳，要抢她的手机："你别……哎，你干什么！"

苏拉甩开他，眼中忽有晶莹的光一闪而过："苏海飞，我不是小孩子了。我有一万种方法让你死无葬身之地。你想先试哪一种？"

苏海飞霍然站起，防备地后退一步："苏拉，你谈再好的男朋友也没用。他知道你以前的事，肯定不会要你的！"

他绕了个大圈，后退着朝咖啡馆外走去。一个身影正好挡住他的去路，苏海飞只看见一团枣红色的影子，张嘴要骂，还没出口，左脸上已经狠狠挨了一巴掌。

那巴掌手劲很大，打得他眼前直冒金星。苏海飞捂着脸，木呆呆地直起身子，终于看清了眼前的人。

"江……嫂子？"

江世敏穿着一件干练的紧身大摆裙，足蹬10厘米高跟鞋，比苏海飞还要高半头，无论是神情还是动作都和优雅扯不上关系。

她"啪"地一掌，又掴在苏海飞的右脸上。

"这是公共场合，打人犯法！你们……仗势欺人！"苏海飞大叫道。

江世敏活动了一下手腕，冷笑道："苏海飞，你在我的地盘上，威胁我的女儿，倒是有种。"

"你们……"苏海飞龇牙咧嘴，恼羞成怒。

江世敏身后，两个西装革履的高大男子紧跟了上来。苏海飞把剩下的话吞了回去。"你们等着！"他骂骂咧咧地跑了。

江世敏对咖啡馆里众人的目光熟视无睹，高跟鞋踩着轻快的韵律，来到苏拉对面，另外拉了张椅子坐下。

最初的惊讶过去，苏拉沉下了脸，问："你怎么在这儿？"

江世敏道："苏海飞这种人，值得为他掉眼泪？你真是越活越回去了。"

苏拉撇开脸。

江世敏轻叹了一声："跟我来。"

江世敏是到天影楼上去见一个老朋友的，路过咖啡馆的时候随意一瞥，就看见了苏拉，还有苏海飞。

咖啡馆人多嘴杂，有人已经认出了江世敏。母女俩遂一同走出来，坐上了江世敏的保姆车。

苏拉以为江世敏要问苏海飞，或者是杜宇风的遗产问题。但她没想到，江世敏问的是："那个小林，是林茂生的儿子吧？恒茂有烂账，林茂生为人也不行，离他们远一点。"

有一瞬间，苏拉还以为她身旁坐着的，只是个普通的有控制欲的母亲。就像钟晴那样，努力用自己有限的才智，替儿子做出她自以为好的选择。

控制欲源于满溢的爱，这种东西，江世敏没有。

"你确定你要关心我的感情问题？"

"苏拉，不管你信不信，我还是希望你过得好的。"江世敏想了想，"如果他相信了苏海飞的话，你打算怎么办？"

"我不在乎，真的。你觉得像我这样的人，还会对婚姻和爱情有期待吗？"

江世敏严厉地望着她："别把你人生的问题都怪在我身上。我是你妈，不是神。要怪就怪你爸，他死了，你恨我，只因为我活着。"

苏拉张了张嘴，而后打开车门，走了出去。

"苏拉！"江世敏叫住她，"他要是信了苏海飞的那套鬼话，就让他滚蛋吧！"

苏拉头也不回地上了楼。

她坐在办公室里，看着窗边空置的花瓶，发起了呆。

花瓶是宁夏借给她的。此前连续两周，林渡每天都会送来一束红色的郁金香，他会附上一首自己手写的小诗，有时是普希金，有时是佩索阿。前台的小姑娘都说，很久没见过这么老派的男生了。

但郁金香三天前就停了。这三天，林渡没有给她发过信息，没有打过电话，也没有诗句送达。

就是这样了。如果林渡听信了苏海飞的话，也不是件坏事。

他们两个人的关系就停在这里，刚刚好，再往前一步，她既不知道怎么保护自己，也不知道怎么保护他。

苏拉打开手机，调出林渡的电话号码，看了许久。然后她返回，又找到杜荔娜的电话，依然没有拨出去。

最后，她打开了一个新的号码界面：裴老师。

电话很快接通了。苏拉说："裴老师，我能见见您吗？"

裴老师有点错愕，道："苏拉，我们很久以前就讨论过这件事了。"

苏拉站起来，走到窗边。遥远的海湾上，碧蓝和翠绿交融着，彼此拥抱。

"我知道，我之前欺骗了您。"

"苏拉，咨询师不是为了真相而工作的，这不是问题。但我不能同时接受你和娜娜的来访，这种双重关系对你们都有害。既然我已经知道了你们的关系，就只能把你转介给其他人。"

苏拉静了一会儿："娜娜还好吗？"

"你知道我不能透露这些。"裴老师反问，"苏拉，你还好吗？"

"我很好。"

"还是没法在下雨天一个人过马路吗？"

"嗯。"

裴老师轻轻叹了一声:"苏拉,每个人都渴望被爱,你不必为此感到羞耻。"

"总有一天,他们会知道所有的事情,他们还是会离开。"

"那就试着把离开的权利交给别人吧。"

"万一,我是说万一……他们决定留下来呢?"

4

通过几个高中同学,杜荔娜曲折地要到了当年舞蹈社一个社员的联系方式。

她叫李薇,自己创业开了一家舞蹈培训中心,名叫薇薇安,运营两年了,在周边片区小有口碑。李薇当年和陈晨、和杜苏娜关系都不算近,属于舞蹈社里很边缘的那种女生。苏拉冲进舞蹈社拍照的时候,李薇也在里面,受到了波及,后来就再没和杜荔娜说过一句话。

李薇接到杜荔娜的电话,刚开始很意外,但很快就和她聊了起来,还邀请她去培训中心参观。

杜荔娜已经很久没有和高中同学见过面了,所有的同学聚会她都不参加。她怕别人记得,曾经明媚灿烂的自己,和后来一蹶不振的自己。但这次,她去了李薇的培训中心。

李薇高中的时候家境和相貌都很一般,舞蹈功底也普通,但她很有商业头脑。也许是因为自己创业,她乐意广交朋友,不仅没提从前的恩怨,还热情地领着杜荔娜参观薇薇安培训中心。

薇薇安有十几位舞蹈老师,多半是退役的专业舞者,教室的地板和地胶也都是专业级别。李薇对薇薇安的发展有细致的规划,打算明年再开一家分店。

李薇问:"你有孩子吗?"

杜荔娜摇头。

"我记得,你家的生意做得很大。你们投资吗?"

"我不懂投资,家里的钱暂时也动不了,"杜荔娜困窘地说,"恐怕帮不了你什么。"

李薇爽朗一笑:"没事,反正你记得还有我这个同学,有事能想起我,就行了。"

杜荔娜小心翼翼地问:"李薇,你不记恨我吗?"

"过了那么久的事,谁会一直放在心上呢?"

杜荔娜愣住了。当年那件事,对她而言,是许久都无法忘记的恐惧和怨恨。李薇和她的遭遇几乎是相同的,却说自己不放在心上。

她抓住李薇的手道:"对不起。我知道你和陈晨不是一伙的。"

李薇怔了一瞬:"从小到大,这样的事,我已经习惯了。两个小团体必须选一边,不选就会被孤立和无视,选了就会被另一边欺负。你和陈晨都是耀眼的女孩子,抢领舞、抢老师的宠爱、抢帅哥,抢不到就觉得不公平。但我只是个普通的女生,这些都轮不到我抢，抢也抢不到。我只是喜欢跳舞，哪怕只能站在最边缘的位置。你们争抢，有矛盾，总是会波及我这种普通人。"

杜荔娜困窘得掐着双手，只能一遍遍地说对不起。

"但你不是坏人，你只是看不见我。陈晨比你坏，如果今天是她来找我，我不会跟她说这些。"

李薇的眼睛亮闪闪的。现在的她神采奕奕，干练大方，自信而从容。

隔着透明的玻璃墙，一个启蒙儿童班正在小型教室上芭蕾舞课。小女孩们四五岁，穿着粉红色的蓬蓬裙，小鸭子一样欢快地挥舞着手臂。

杜荔娜忽然想起了小时候的自己。第一节芭蕾舞课是妈妈带她去上的，她很开心。那时候她的心里没有观众，没有掌声，没有奖项，没有男孩子们的喜欢，只有镜子里的自己。

"李薇，当时我是和苏拉——我姐姐，一起冲进更衣室的，是吗？"

"是啊。"李薇说。

"你拿着相机，抖得好厉害，相机都快被你抖掉了。你姐姐说你碍事，让你出去，你说有福同享，有难同当。陈晨要打你，被你姐姐揪着往衣柜上撞。她们三个人打你姐姐，你闭着眼睛拿书包砸她们。"李薇笑起来，"我那时候想，如果我也有姐姐，就好了。"

他们走进最大的一间舞蹈教室。房间是半圆环的舞台形状，顶上的聚光灯可以打出接近专业剧院的效果。

"这间教室我们一般晚上八点后就不用了。你什么时候想跳舞，可以过来，我免费给你用，算是同学福利。"

李薇继续向前走，杜荔娜却没跟上来。她站在原地，记忆如涓滴细流，隐约地涌入心怀，一时分不清哪个才是真实的。

"娜娜？"

杜荔娜惊醒过来。

"我……我很久不跳舞了。"

李薇看着杜荔娜的腿，问："真的不跳了吗？当初在舞蹈社，你跳得是最好的。"

杜荔娜不敢接这个话题。

"我们这儿除了少儿芭蕾，还有业余的成人芭蕾舞课。有很多没有舞蹈基础的人，甚至是阿姨婆婆们，也来学跳芭蕾舞。我们还有爵士舞、现代舞、民族舞课程。"李薇说道，"记得我们学舞的时候，老师讲的话吗？身体只是一个工具……"

杜荔娜接了下去："用来表现心灵和精神。"

这不是老师的名言，是伊莎多拉·邓肯的名言。

一个工作人员站在教室门口，说："薇姐，有客户找。"

"马上就来。"李薇拉起杜荔娜的手，有力地握了握，"我就不陪你了，你自己逛逛，有事找我。"

李薇走到门口，忽又转身："娜娜，只要你还能呼吸，就可以跳舞。"

环形教室里只剩下杜荔娜一个人。灯光一点一点暗了下去，她的勇气却一点一点地亮起。

此时，无人注视。

杜荔娜深吸口气，褪下了棉袜。她把变形的脚踩在青灰色的同质透心地板上。

她的脚尖曾在上面磨得鲜血淋漓，而现在，它像一张会呼吸的网，温柔地熨帖着她的脚心。

5

两天后，谢枚在他的私人会所宴请这次投资项目的相关业内人士。虽然买卖不成，但规避了重大的风险，也算是成功。

谢枚的饭局是让苏拉放松的场合。谢枚的胃不好，为了照顾他的身体，席上众人都只是浅酌。而且荤笑话和政治笑话不多，大家务实地交换和赚钱有关的意见，她总是获益良多。

一席宾主尽欢，到离席的时候，谢枚示意苏拉上他的车。

苏拉说她今天没喝酒，可以自己开车。谢枚说："我还有事问你。一会儿小王替你把车开回去。"

谢枚的时间向来按分钟计算，苏拉很熟悉这种操作。

她一落座就打开车内照明，拿出了速记本："谢总您说，我听着。"

谢枚却没开口。

苏拉等了几秒，觉得有点不对。这时，她摊开的速记本上被放置了一个银灰色的丝绒盒子。

"你在我身边，已经历险两次了。我得给你压压惊，不然，下次你不跟我合作了，我可怎么办？"

谢枚见她愕然，索性自己把丝绒盒子打开了。

那是一条高奢钻石项链，链圈繁复厚重地托着一只流光溢彩的天鹅。苏拉平时不关注珠宝，但也在某位女明星的硬照里看见过这款项链。

"秘书帮我挑了三款，这款我觉得最适合你。"

"谢总，无功不受禄，您这是？"

谢枚双臂展置放在座椅扶手上，笑意盈盈地望着她："苏拉，我在追求你。"

苏拉现在意识到自己思维的局限了，她那个八卦啰唆的老师兄竟然是对的。

谢枚是职业经理人出身，瑞熙的股权高度分散，他实质上一直是瑞熙的实际控制人，还拥有自己的资产管理公司和投研团队，身价和能掌握的资源都在杜宇风之上。

谢枚的前妻是他的大学同学，两人在十几年前还没发家的时候就离婚了，后来谢枚再没结过婚。苏拉见过谢枚的上一个女朋友，一个刚留学回来的小白荔精，家世和相貌都不比杜荔娜差，交往了半年后，谢枚嫌她太闹腾，就分手了。分手时谢枚送了前女友一套海湾公寓，相关文件还是苏拉起草的。

她可不会天真地相信，谢枚是怀着纯洁的爱意，打算和她共度余生。

当然，苏拉也不想得罪谢枚这个金主。她一直很尊重谢枚，也很珍惜他。一位女律师，能在市场上找到一个经营稳健、做事有底线、做人不猥琐的大客户，实在是太不容易了。只要苏拉好好经营和谢枚的关系，她可以抱着他粗壮的大腿过下半辈子。

只不过，她想象中抱大腿的方式，从来不包括这一种。

许多种思绪在苏拉的脑海里来回转换，她尽力维持着表情的平静，深吸了口气："谢总，您这个玩笑让我觉得不受尊重。您的社会地位和人生阅历都远高于我，但我为您提供服务的前提，依然是相互尊重。"

谢枚愉快地笑了："我猜到你会是这个反应。我很好奇，为什么你会觉得我是在开玩笑？我不能是认真的吗？"

苏拉环顾身周，道："在车上？"

谢枚愣了一下。

苏拉继续说："追求这个词语的意义也很模糊。追求者希望和被追求者建立一种双方意思自治的关系，这种关系可能是短期的权色、财色交易关系，包养关系，生活照料关系，资源互换关系，情感依赖关系或者婚姻关系，具体是哪一种，却很少被明确。而由于追求这两个字上附着的浪漫色彩，被追求者总是会理解为婚姻和爱情。"

谢枚朗声大笑："苏拉，你让我很心动。"

苏拉又皱起眉。

谢枚知道她又要对"心动"这个词语发表意见，连忙做了个制止的动作："你先听我说。你觉得我的追求不够明确，我现在就明确一下。"

谢枚思考了一下，重新开口："苏拉，我也是个凡人，我有生理需求和情感需求，非要准确定义的话，我希望和你建立一种长期的自由恋爱关系。你知道，我离婚很多年了，也交过很多女朋友，我没有再婚的计划。你上次说，你也不打算结婚，所以我们在这件事上应该能达成共识。

"我的个人时间很少，你也很清楚，所以我们相处的时间不会很多，你需要迁就我的日程。除此以外，我对你没有额外的要求。我们不必接触彼此的家庭，你也不需要做出任何职业和生活上的改变。与此同时，我会在经济和事业上为你提供一些力所能及的帮助，你可以在合理范围内利用谢枚的女朋友这个身份。

"我很珍惜现在对你的这种感觉，我们交往期间，我会保证对你忠诚，如果有一天这种感觉消失了，我会直接提出分手，也会提供一点经济补偿。当然，你也可以随时提出分手，我不会过度纠缠。"

谢枚的五官不算英俊，但从容和自信让他举手投足之间都散发着神采和魅力。

"苏拉，我对你没有任何不尊重。如果你有别的担忧，可以以合同的形式确立下来，我会找别的律师审核，能做到的，我都会尽量去做。如果你决定拒绝我，也没关系，我们可以继续保持职业关系，你不必有任何心理负担。"

保姆车在苏拉的住处门口停下。谢枚抬起腕上的名表，看了一下时间。

"一小时后我要和美国那边开个视频会议，然后睡三小时，明天飞新加坡。我会在那儿待两周。我希望两周后，你能给我一个答案。"

车门缓缓滑开。苏拉沉默地点了点头，动作机械地下了车。

"苏拉。"谢枚叫住她，把珠宝盒放回手拎袋里，递给她。

苏拉摇摇头："它对我的决定没有影响，如果我的决定是肯定的，您再给我也不迟。"

这个回答取悦了谢枚，他微笑着收回了礼物，知道苏拉正认真考虑自己的提议。

"苏拉，心动对我这个年纪的男人来说，已经是很罕见的现象了，我也不知道是什么时候，对你的欣赏超出了对专业能力的欣赏。我们是同一类人，有能力让对方快乐，我等你的答案。"

车辆驶离，苏拉在路边站了片刻，没有急着上楼。她认真思考着和谢枚恋爱的好处和坏处。

不可否认，谢枚提出的条件很诱人。他人脉广泛、见识丰富，能帮助她成长，也能带给她资源，而且他还不讨厌。谢枚一开始就非常尊重她的理性，方案务实，开出条件也很爽快。他果然已经很清楚她的脾性了。

风险也是有的。他很可能考虑问题比她更周详，当真的出现矛盾的时候，她未必斗得过他。但总体而言，风险可控。谢枚面临的风险并不比她小，一份完善的合同可以解决她的大部分担忧。

只有一件事让苏拉困惑，她经常对人类情感的运作方式感到不理解。

人们欣赏她、害怕她、尊重她，或者利用她，她都能理解。她知道自己是个个性突出、优点明确、能力突出，身材和相貌也还过得去的人。但在情感上希望与她亲近，这是为什么呢？

林渡喜欢她的时候，她就不理解，但她猜测是林渡的情感经历太少。现在谢枚喜欢她，她更不理解了。

苏拉叹了口气。

托苏海飞的福，林渡已经七天没有出现了。他们只是彼此人生里的匆匆过客。

饭局不是吃饭的地方，在谢枚的私人会所，她甚至没有吃饱。回家之前，苏拉决定去马路对面的便利店买一个三明治。从便利店出来，绒毛般的小雨已经从天而降，渗进衣领里时，冰凉刺骨。

苏拉有点烦躁。谢枚的司机小王说会把她的车开回来，但还没那么快。

她打算返回便利店，让店员帮她把三明治加热，在店里一边等雨停，一边把三明治吃掉。

这时，包里的手机振动起来。苏拉用一只手把手机摸出来，还没看清来电者是谁，就接通了。

"哪位？"

"苏拉，你在哪儿？我在你楼下按门铃，没人接。"

林渡的声音兴高采烈地从话筒里传出来，声音大得令她精神为之一振。

"林渡？"苏拉愣了一下，低头确认了来电人。

是那个愣头青，没错。

听起来林渡心情很好："你在哪儿？见面说。"

"我……在街对面的便利店。"

不过几秒，林渡乱蓬蓬的脑袋就从公寓门口露了出来。他穿着整套的冲锋衣裤，背了个巨大的旅行包，像个刚从热带雨林回来的户外探险者，由于身材高大，越发像一只支棱着翅膀在雨中蹦跳的鹤了。

他也看见了便利店屋檐下的苏拉，原本已经很嘹亮的声音又放大了几十个分贝。

"我看见你了！"

苏拉觉得他傻呵呵的："不用这么大声，我耳朵都要被你震聋了。"

"哦，抱歉。"隔着斑马线，林渡咧着嘴，冲她微笑，"你过来啊，我有话跟你说。"

苏拉抿嘴道："我不。"

林渡搔搔头，很快想起了苏拉对于下雨天奇怪的介意，又咧开一个更大的笑容。

"没关系，我过去接你。"

他穿过马路来到苏拉身边，从包里拿出把伞，在两人头上撑开："走，我们回家。"

林渡拉住苏拉的手，立刻就被甩开了。

"这几天，你去哪儿了？"苏拉努力平心静气地问。

"我去榕城了。"

"你……什么？"苏拉几乎不能相信自己的耳朵。

肩膀宽宽的男子侧过半边身子，遮住廊外冷风吹来的雨雾。然后他从包里掏出一个物事，塞在苏拉手里。

那是一个最简单的木质相框，框内的相片边缘已经有些掉色了。背景是90年代流行的花里胡哨的背景画，人物是一家三口。爸爸和妈妈紧挨着坐着，脸上都有笑容。爸爸的膝盖上坐着个五六岁的小女孩，扎两个小鬏鬏，噘着嘴，和长大后一样，表情里充满了严肃和不开心。

第十一章
月流有声

暂且活回自己
只光阴一寸
那时松树后山崖下
有冬之魅正
谋算来年风雨
星子们却依旧
穿越虚空垂落下来

——《月流有声》灰娃

1

每当被脚下的荆棘扎得满脚是血的时候，苏拉会想起自己干下的第一件坏事。

那时她六岁，在榴城毛纺厂小学上一年级。坐她后排的王小力长得又高又壮，每次考试都是倒数，但他是毛纺厂厂长的儿子，所以在学校里横着走。

王小力抄她的作业，把新买的球鞋的泥脚印印在她的书包上，往她的作业本上画猪脸。这些苏拉都能忍。她不能忍的是，一到数学课，无聊到极点的王小力就扯她的辫子，还专挑老师背过身的时候。

当老师转过身来的时候，事情已经过去了，那股愤怒的劲也过去了，再告状就显得她心胸狭窄又理亏。

被老师问到，王小力就吊着眉梢咧着嘴说："谁看见我动她了？谁？"

有一天，苏拉终于忍无可忍，噌地站起来，把王小力桌面上的文具和书包全推到了地上。

苏拉的班主任震惊了，把苏拉带到办公室好一顿批评："女孩子怎么能这么凶呢？怎么能跟男孩子一样呢？同学也是看你可爱才逗你玩的，没有坏心思啊。"

苏拉和苏海跃、江世敏夫妇在饭桌上严肃讨论了这件事。

江世敏说："我们一起去学校，揍他一顿。"

苏海跃连忙说："动手是不对的，应当智取。"

苏拉和爸爸制订了一个全方位的作战计划。

跟老师告状显然是没用的。苏拉请王小力吃了一周的小浣熊，用光了爸爸的私房钱。吃完小浣熊，王小力继续扯她的辫子。爸爸的感化计划夭折了。苏拉又帮王小力写了一周的作业，还是没用。

苏拉倒还好，反而是苏海跃对人性产生了怀疑。江世敏背地里跟苏拉说，你爸的好胜心起来了。

没过两天，苏海跃来接苏拉放学，把王小力堵在了放学的路上。

作为一名光荣的人民教师，苏海跃平心静气地给王小力讲道理。王小力一开始惧怕他，假装听得很认真，后来就渐渐不耐烦了，开始骂人。

苏拉气炸了，骂她还能忍，骂爸爸是绝对不行的。

她冲上去，死死咬住王小力的胳膊，王小力把她的腮帮子都掐出血了，她还是不松口。苏海跃本来就不擅长拉架，又怕用力拉扯把两人的牙和胳膊都扯坏了，只好用嘴劝。王小力疼得号啕大哭，苏拉还是不松口。

路过的熟人把江世敏叫了来，江世敏揪住苏拉的耳朵，才让她松了口。

当天晚上，王小力的妈妈追到苏拉家门口，骂得很难听。江世敏本来在背会计公式，听到中间听不下去了，冲出去和王小力的妈妈打了一架。战火遂从孩子的打闹升级为大人的矛盾。

后来，王厂长跟榴城二中的校长喝了顿酒，苏海跃的高级职称评定就这么黄了。

苏海跃遗憾地对苏拉说："爸爸只能教给你知识，没法教给你生活。"苏拉没听懂，只是很开心，毕竟自己咬了王小力一口。

这件事对苏拉产生的影响是，江世敏把她的头发剪短了，她再也扎不起两个小鬏鬏了。

"这样就不会有人扯你的头发了，专心学习。"

那时候，江世敏自己也总是在学习，每年两次，还要去一百公里外的省会集中学习考试。家里的菜肴简单快速，不像邻居家的阿姨们，日日在门口晒各种香甜的酱干。

接苏拉放学的任务也是苏海跃的，有晚自习的时候，他一定先送苏拉回家吃晚饭，再自己骑半小时的自行车回学校。

别的同学放学，都是妈妈来接。苏拉问苏海跃："为什么我们家和别人家不一样呢？"

苏海跃说："妈妈也有自己的梦想啊。"

"为什么要为了她一个人的梦想，让我们两个人都跟着牺牲呢？"

苏海跃疑惑地望着苏拉，问："这是谁跟你说的？"

"婶婶。"

苏海跃想了想，回答说："为了我们两个过得舒服，就让妈妈放弃她的梦想，那才是真的牺牲。"

婶婶就是苏海飞的老婆阎秀君。江世敏去外地学习的时候，苏拉就被寄养在阎秀君家。阎秀君会把自己的儿子苏伟背在背上，一边晒酱一边说，你们家的日子过得还不够好吗？女人不安分，总想着往上爬，会给家里人带来晦气的。

后来，也是婶婶说，爸爸是被妈妈克死的。

苏海跃死的那天，万里无云。

从毛纺厂小学回家，需要经过长长的榴河大堤，枯水期的榴河温柔平静，到了夏天的丰水期，就会变得喜怒无常。

苏海跃骑着自行车，后座上坐着苏拉，她的小腿悬空着一晃一晃，苏海跃车把一歪，叫她别闹。苏拉越发淘起来，偏要把屁股扭扭、小腿晃晃，让苏海跃把不稳车，给旅程增加一点刺激感。反正在家里，爸爸是可以随便招惹的人，妈妈才是负责发脾气的那个。

苏海跃猛地刹车，脚在路面上踩实，才转过头气呼呼地问："苏拉小魔王，你到底想怎样？回家晚了，妈妈会连爸爸一起骂，你不知道吗？"

苏拉早有预案："爸爸唱歌给我听，我就不闹。"

苏海跃无奈地回头，又蹬起脚蹬。

"你想听什么？"

"就唱《一把小雨伞》吧。"

清亮的歌声回荡在长长的河堤上。苏海跃的音色很好听，在教室里领着学生朗读的时候，总有别班的学生挤在窗口听。

"……未来旅途还漫长，只要彼此常相伴——"

苏海跃的歌声戛然而止。自行车又停了下来。苏拉还没明白发生了什么，就被一把抱下车。

"爸爸要离开一下，你就在原地等爸爸，保护好自行车。别人谁来，都别跟着走，知道吗？"

苏海跃说完，就朝河堤底下奔了过去。

一有人经过，苏拉就紧紧拽住自行车后座，以示对自行车的所有权。她一直等到天都黑透了，许多人拿着手电筒来回地奔跑和喊叫，爸爸也没回来。

有人来到她身边，问她是不是苏海跃的女儿，要送她回家。她当然是严词拒绝了，还像一只凶残的小野猫一样，骂对方是人贩子。那人拿她没办法，又不敢离开，就守着她，远远地站着。

又过了很久，苏拉看见江世敏朝她跑过来。

江世敏冲到她面前，脸上都是水珠，不知是泪还是汗，嘴唇发白。

"你在这儿干什么？"

苏拉有点害怕，江世敏是真的会动手揍她的，母女俩长年在家上演全武行。明明她和爸爸才是一伙的，可只要妈妈发了脾气，爸爸就会叛变。外面的人都说妈妈不好，只有爸爸还说妈妈好。

但是她又不愿意在江世敏面前流露出自己的害怕。

"爸爸说了，别人谁来，都别跟着走。你也是别人，我不跟你走！"

江世敏揪起她的后领，对着屁股"啪啪啪"拍了三下。不是走过场，不是壮声势，是毫无保留地打，苏拉被打蒙了。

然后，江世敏把她拧过来，掐着她薄薄的肩膀，说："你爸死了，你只能跟我走。"

苏拉七岁了，当然知道死了是什么意思。她的爷爷奶奶几年前都死了，外公外婆她没见过，在她出生前就死了。她单知道人老了会死，没想到爸爸也会死。

那段时间，苏拉出奇地听话，江世敏让她吃就吃，让她睡就睡，让她哭就哭，让她鞠躬她就鞠躬。她知道，耐心和她讨价还价的人已经不在了。

一拨又一拨的人来家里慰问，放下水果和饼干。每一拨人都会说这样的话：孩子还小，日子还要继续。

叔叔苏海飞和婶婶阎秀君都过来帮忙。院子里站满人的时候，苏拉瞥见苏海飞从人群后绕开，悄悄进了里屋，她跟了上去。

苏海飞把大衣柜打开，拿了根铁丝，开始撬里面的小抽屉。苏拉在他身后喊："二叔，你要偷我们家的钱吗？"

苏海飞吓了一跳："我来帮你妈找东西。"

"那你拿铁丝干什么？"

苏海飞："……"

"你要撬锁。我爸是见义勇为，政府奖励的钱，我妈放在这里面了。"

苏海飞的脸青了又红："你瞎说什么？小崽子！"

"妈！妈！妈！"苏拉大声喊。

苏海飞无法，只得关上柜门，狠狠推了苏拉一把，逃了出去。

当天晚上，苏拉把这些都告诉了江世敏，而江世敏竟然一点都不意外。

江世敏用贴身钥匙打开衣柜里的小抽屉，从里面拿出一个白色的大信封，里面有一沓紫灰色的钞票。

母女俩面对面坐在画着牡丹的床单上，江世敏说："数数。"

这个任务对苏拉毫无挑战，但她还是听话地数了。

三十张。

"三千块钱，这就是我们家全部的钱。"江世敏说。

千位数的加减乘除，爸爸已经教过苏拉了。三千块钱是六千根豪华雪糕，一千五百个铅笔盒，六百本童话书，一百个生日蛋糕，真多啊。

"房子是你爸学校的，过几个月，我们就要找别的房子搬过去。妈妈的工资只有一百块一个月,一年就是一千二。我们娘儿俩吃饭,一年下来怎么也得三千,还有你的学费、衣服、文具费、电费、水费。"

苏拉很快就跟不上江世敏的计算速度了,但已经有了不祥的预兆。

"妈妈,我以后不吃雪糕了,过生日也不吃蛋糕。"

昏黄的灯光下,江世敏的眼睛里有闪亮的液体。

"囡囡,你爸爸死了,就剩咱们娘儿俩了。从今天开始,你要把自己当个大人。"

2

苏拉成为大人后的第一件事,就是跟着江世敏去苏海飞家要钱。

一年前,苏海飞和别人合伙做肉兔养殖生意,投了五万块,一过冬,养的兔子全得病死了,还倒欠了人两万块。债主拿着刀逼到苏海飞家门口,阎秀君没办法,背着孩子去管苏海跃借钱。苏海跃怕弟弟真被人砍死,只得把多年的积蓄拿出来,给他填了债。

为了这事,江世敏三天没和苏海跃说话。

江世敏拽着苏拉,把苏海飞堵在家门口,要拿回那两万块钱。苏海飞把她们领进门,把所有的柜子、抽屉,甚至鞋子都摆出来,说你们自己找,要是能翻出一毛钱来,都是你们的。

阎秀君哭着在里屋砸东西,苏海飞在江世敏面前跪着,说他对不起大哥,但他确实没钱。

"嫂子,要不你也拿把刀,把我砍死得了。"

江世敏说:"你以为我不敢?"便冲进厨房拿出菜刀,比在苏海飞的脖子上。

这时苏拉也大哭起来,她说:"妈妈我不要你坐牢。"

江世敏把菜刀扔在苏海飞面前:"这事没完。"

江世敏置了个小车,不上班的时候,她就领着苏拉去火车站卖烤红薯。

和她一起出车的,还有个卖烧饼的大姨,爱聊天,更爱做媒,一个月的时间,给江世敏介绍了七个对象。其中五个知道她带了个拖油瓶女儿就没再出现,另外两个能接受当后爸,但打听了江世敏的名声,就被吓退了。

卖烧饼的大姨劝江世敏,要求再放低一点,实在不行,找个没文化的,或者身体上有点缺陷的,只要能一起拉扯孩子就行。

"要么,你就像蒸包子的方姨一样。"

方姨是小小榴城里的传奇人物。丈夫早逝,留下三个等吃饭的儿子。方姨家里有祖训,不能一女嫁二夫,硬是靠一手蒸包子的手艺,带大了三个儿子,还把他们都供上了大学,其中一个还公派出国留学了。

当大儿子回来接她出国享福的时候,方姨的身体已经在多年的起早贪黑中虚坏了。

211

她没活到上飞机，就死在了自己家那漏风的破房子里。

市里的领导听说了方姨的事迹，派人下来采访，写成了一篇真挚动人的长文，发布在省里的报纸上。方家的三个儿子给方姨买了榴城最好的坟地，办了一场最盛大的葬礼，出殡的队伍从县城东头连到西头。

卖烧饼的大姨讲述这些时，苏拉就在旁边听，嘴里啃着一个烤红薯，沾得满脸都是。

"可方姨有三个儿子，你这个是闺女啊，将来也还是嫁人的料。还是再找个男人吧，世敏啊，在咱们这地方，孤儿寡母的，还能怎么过呢？"

苏拉不像别的小朋友，听见妈妈要再婚就害怕。可是这回，卖烧饼大姨的话让苏拉猛然警觉了。她转脸去看江世敏，在她的脸上看到了未曾见过的恐惧。

江世敏抿着嘴，收了摊，叫苏拉回家。

苏海跃在的时候，母女俩就针锋相对，总是吵架。一言不合，江世敏就动手，被打得满院跑的时候，苏拉也绝不肯说一句软话。苏海跃总说，她们有一样的脾性、一样的骄傲。

但那天晚上，江世敏把苏拉紧紧抱在怀里，用母亲热腾腾的馨香将她整个人焐在里头。

苏拉回抱着妈妈，轻声说："妈，你怎么活，我就怎么活。"

江世敏把她箍得更紧了，身子也颤抖得更厉害了。

苏拉不知道，江世敏是什么时候下定决心要离开榴城的。也许就是在那一天。

江世敏说话算数，她要苏拉把自己当大人，在跟苏拉说话的时候，也把她当个大人。她正式而严肃地向苏拉摊牌："妈妈要去南方的大城市打工。"

"哦。"

苏拉其实没听懂。不过，妈妈有自己的主意，苏拉也有自己的主意，一人一份主意，谁也别把自己的主意安在别人头上。

但江世敏后面的话让苏拉彻底蒙了。

"妈妈不能带你去。你要到叔叔婶婶家去住，妈妈会寄钱回来。"江世敏静了一瞬，"妈妈也不知道外面的世界是什么样的。等妈妈挣了大钱，再回来接你。"

苏拉以前也在叔叔婶婶家住过，最多两天。婶婶阎秀君总是酸溜溜地讽刺苏拉家，叔叔苏海飞则连呼吸都让人讨厌。她不敢想象和他们长期在一起生活会是什么样。苏拉盯着江世敏的脸，花了好长时间才认识到，妈妈不是在开玩笑。

她是苏拉小魔王，苏海跃口中怪脾气的小公主，妈妈的死对头。但她毕竟只是一个七岁的孩子。

苏拉的眼泪像断了线的珠子般涌了出来："妈妈别走。我错了，我以后再也不跟你对着干了，我听话。妈妈，你别扔下我。"

江世敏捧起苏拉的脸："囡囡，是你说的啊，妈妈怎么活，你就怎么活。妈妈不要像她们说的那样活，你以后也不要那样活。妈妈好好挣钱，你好好学习，这样我们两个才都能活。"

苏拉拼命摇着头，用细细的手臂紧紧环住江世敏的腰："我不管，我只要妈妈。妈妈你带我去吧，我很听话的，我什么苦都能吃，你去哪儿我去哪儿……妈妈，求求你……"

江世敏终究力气大，她把苏拉的胳膊掰开，一件一件地收拾起苏拉的衣服、书、文具、绒毛娃娃。她收一件，苏拉就扔一件，就连最喜欢的绒毛熊也被她摔在了地上。

江世敏的耐心到了尽头，拎起苏拉就打，一边打一边骂："你就是我上辈子的仇人，这辈子来找我讨债的！要怪就怪你爸，谁让他死了！男人都不是个东西，没一个说话算数的！"

苏拉悲恸地号哭着，声音几乎要把屋顶掀翻。

她哭得几乎比苏海跃去世时还要伤心，上次是为了父亲，这次是为了自己。那是对漫漫前路的绝望，是一个弱小的自我孤独飘浮于庞大世间的无依。

天快亮的时候，苏拉终于哭累了，再也没有力气动手了。

江世敏把苏拉所有的物品打包成一个大大的背包，背在背上，又把筋疲力尽的苏拉抱在怀里，一步一步走到苏海飞家。

苏海飞和阎秀君夫妇是被鞭炮声吵醒的。他们打开门，毛纺厂大院的邻居们也都起来了，把他们的小院子围得水泄不通。

江世敏和苏拉站在人群中央。

"她二叔二婶！"江世敏说，"我谢谢你们，你们都是天大的好人。"

苏海飞夫妇还没明白过来是怎么回事，江世敏已经当着所有人的面，跪下磕了三个响头。

"谢谢你们，愿意收留苏拉。我已经买了去鹤市的火车票了，今天就走。苏拉就交给你们了，这里还有两千块钱，够撑一阵子的，我保证，三个月之内会再寄钱回来。"

阎秀君先反应过来，扑过来扶江世敏："嫂子你这是干什么？我们什么时候说要收留苏拉……"

江世敏甩开她，又砰砰磕了三个响头。

"老二，你大哥借给你的两万块钱，我不要你还了，我只求你们帮我照看好苏拉。街坊邻居都在，大家做个见证，她二叔二婶就是我的大恩人，这辈子我当牛做马也要还他们的恩情。那忘恩负义的人，一定遭天打雷劈，不得好死！"

后头这句话太狠，苏海飞和阎秀君都被吓得一哆嗦。他们慌着要把江世敏搀起来，江世敏却似根钉死在地上的木头一般。

"你们不拿这两千块钱，我就不起来！"

围观的邻居已经开始抹泪了，纷纷夸赞苏海飞，平时看不出来，关键时候竟是个厚道人。

两厢拉扯了许久，终是阎秀君把心一横，接过了钱，又把苏拉牵过来。

"好，我们留下苏拉了。"

苏海飞推了老婆一把，小声说："留下她？怎么养？"

阎秀君给他一个白眼道："都这样了，不留下她，以后咱们就不用做人了！苏海飞，你不要脸，我和你儿子还要脸呢！"

苏海飞丧气了，恨恨地往地下一蹲，道："爱咋咋的吧。"

他想起了什么，伸手去抓阎秀君手里的两千块钱，但阎秀君早有预料地将钱揣进了怀里。

"狗娘养的，这钱你一分都别想动。"

江世敏对他们夫妻的内讧毫无反应，她蹲下来，双目平视着苏拉，道："囡囡，妈妈走了。你在家要好好读书，听婶婶的话。"

阎秀君扬一扬牵着她的手，道："跟你妈说再见。"

苏拉哭了一夜，眼睛肿成了两个小核桃，但在浮肿的眼皮底下，她的表情是冷漠的，不像一个七岁的孩童。

"你走吧。"

江世敏和阎秀君都愣了一下。

江世敏下意识地伸手，要替苏拉整理衣领。她是个活泼好动的小姑娘，总是把里衣的衣领蹭得卷起来。

苏拉像躲避瘟疫一样躲开她的触碰，大吼道："你走啊，怎么还不走！"

江世敏惊愕的脸，令她享受到了报复的快感。

"你不要我，我也不要你了！是我先不要你的！我自己可以照顾自己，你走啊，我再也不要你了！"

阎秀君尴尬地笑起来："这孩子，说的都是孩子话。哪里有孩子不要娘的，嫂子你……"

江世敏呆立良久，倏然胡乱抹了一把脸，退后一步，道："那你就记住自己说的话！没有任何人能让你依靠，爸爸会死，妈妈会离开，你能依靠的只有你自己。如果你不坚强勇敢，不学会保护自己，就没有人能。苏拉，你记住了吗？"

苏拉握着阎秀君的手，往她的大腿后躲，她用力咬着牙，仿佛这样，眼泪就不会再掉下来。

等她终于从婶婶的身后探出一颗脑袋来，妈妈已经不见了。

苏海飞家的房子没有苏拉家的大，分内外两间，内间是夫妻俩住，外间是儿子苏伟住，衣柜、饭桌、电视机也都在外间，厨房则是院子里搭起来的小棚，院里还养着两只鸡。

苏伟比苏拉小一岁，正是淘气的时候，父母都管不住，偏是害怕苏拉。小时候，他要横踢翻了苏拉堆的泥堡,被苏拉逮住,威胁下次要割了他的小鸡鸡。

阎秀君指挥苏海飞给苏拉在苏伟的小床旁边又支了个简易的木床,苏拉就算扎下了窝。苏伟吓得把自己的漫画书、玩具都藏在怀里,生怕苏拉要来抢。苏拉今天没心情找他的麻烦,放下书包,找了个小马扎,趴在饭桌上写作业。

没有爸爸、没有妈妈了,她只剩下好好学习一条路了。苏海跃是大学生,江世敏考了近十年的大学,终于拿到了大专文凭,在苏拉心中,所谓的靠自己,就是读书。

阎秀君看着自觉学习的苏拉,和自己警惕地搂着玩具的儿子,觉得对比实在扎眼,只得叹气,出去做饭去了。等她做好了饭,回到屋里,饭桌上却空空如也,苏拉不见了。

"你姐呢?"阎秀君问苏伟。

"跑出去玩了。"苏伟哼哼唧唧地说,"她就会装。"

苏拉背着书包,气喘吁吁地往火车站跑。

她知道去鹤市的火车一天只有早上和下午两班。早上的已经走了,江世敏只能坐下午的。

妈妈走的那一瞬间她就后悔了。她不应该放狠话,不应该对妈妈这么凶的。她就应该再软一点,再撒一下娇,说不定妈妈就带她走了。她还有机会。

妈妈常常挂在嘴边的话是:想要什么,就努力去争取,不要坐在地上哭,抱怨人家不给你。

苏拉决定要为自己再争取一把。

她不知道鹤市是什么样子的,只知道有很多高楼大厦和小汽车。她不害怕外面的凶险,不害怕陌生人,不害怕高楼大厦和小汽车,她只想和妈妈在一块儿,无论多难都在一块儿。

去火车站的路,她跟着江世敏走过很多次,但自己一个人走的时候,还是不一样,碰到路口她总是犹豫。苏拉想抄近路,翻过一个小山坡,坡下就是火车站。卖烧饼的大姨就从那儿出摊,可以捎她进去。

但苏拉的规划蓝图再度折戟。山坡上一个不曾预料到的泥坑卡住了她的脚,她拔了很久都没拔出来,索性把鞋留在了里面。

当苏拉终于气喘吁吁地抵达了火车站,火车已经鸣过两次笛了。卖烧饼的大姨牵着苏拉的手,沿着月台一个车窗一个车窗地找,都没找到江世敏。

苏拉站在月台边大喊:"妈妈!"

许多妈妈回过头来,没有一个是她的妈妈。

卖烧饼的大姨奇怪地说:"刚才我是看着阿敏上的车啊,应该就在这节车厢里。"

但是火车已经开动了。

刚开始,苏拉还能跟着跑,但当火车跑起来的时候,她就再也跟不上了。

火车真快啊,绿色的车屁股带起长长的白烟,驶向高楼林立的南海之畔,把内陆的封闭保守远远甩在后面。

那一天，苏拉光着一只脚，追出了好远好远。

3

江世敏第一次寄钱回来，是她离开榴城的三个月后，一次就寄了八百块钱。阎秀君把它当作三个月的生活费，死死抠在手里，不让苏海飞发现。

然而第二个月，江世敏又寄了八百块钱来。阎秀君这才醒悟，八百块是一个月的钱。她逢人就说，我们嫂子果然在南方挣了大钱。

听者都不信，做什么活能来钱这么快？该不会是什么不干净的事情吧？流言遂传遍了毛纺厂大院里每个家庭的餐桌。

苏拉是听不得这些闲话的。别的孩子成群结队地跟在苏拉后面，把"你妈是破鞋儿、你是野孩儿"唱成小调。不论多少次，苏拉都会冲上去，挑最高最壮的那个扭打成一团。

她经常带着一身的泥土和伤回来。阎秀君连苏伟都管不过来，更没有精力管她，只叫她去洗干净了再来吃饭。

榴城的人们对女人的上限要求得很低。像江世敏那样，非要出头做出点事情来的，就是疯魔了。

榴城的人们对女人的下限却要求得很高。像阎秀君，一个人要上班，要带两个孩子，从早到晚洗、拖、擦、煮、切、熬、叠、晾、收，要打孩子和骂男人，她能得到的最光荣的称号，依然是苏海飞的媳妇。孩子和男人如两面无声的墙壁，给不了她回应，又封死她的路。

榴城的人们对男人的上限要求得很高。非得大把大把地往家里拿钱，才算是大丈夫。所以，即使苏海跃活着，他拿那一点教书匠的死工资，终究比不上当官或做生意的人。

榴城的人们对男人的下限要求得又很低。像苏海飞这样，在毛纺厂当个保安，上班不用心，回家不干活，天天出去看人下棋，每过两个月就把家里的钱搜刮一遍，跑到邻县谈生意，回来时两袋空空，阎秀君就和他干仗。可只要他不嫖、不赌、不坐监牢，就算是个过得去的丈夫。

苏海飞和阎秀君几乎每天吵一次架，每三天提一次离婚，剪过结婚证，但从没有一次真正去过民政局。

对苏拉来说，苏家更像是个吃饭和睡觉的地方，其他时间，她要么在学校学习，要么出去和人打架。阎秀君没再给过她零花钱，她也不跟家里要，专挑那些有钱的孩子抢。

老师越是告诫她，女孩子不应当做什么，她就越是要去做。有时候，她是存心招惹别人，仿佛这样就能抵消自己心中的愤懑。可是苏拉的成绩一直名列前茅，她甚至不用每节课都听，考试也能考第一名。

阎秀君只得归功于遗传的力量，她酸溜溜地说："女孩子小时候成绩都好，等上了中学，后劲就不足了。对吧，伟伟？"

苏拉呛回去："等你们伟伟上得了中学再说。"

阎秀君就摔了筷子骂，骂苏拉没良心、不懂事，自己辛辛苦苦养她，她一点都不感恩，是个白眼狼。骂完了苏拉，骂不知道到哪里去了的苏海飞，最后再算上苏伟，一起骂。

苏拉没再问过一句关于江世敏的话。有时阎秀君会把江世敏写回来的信拿给她，她也拒绝打开。

日子就在毫无规律的鸡零狗碎中渐渐过去。

谁也没料到，苏拉十二岁那年，江世敏回来了。

收到消息的时候，苏拉正在跟王小力打架。

王小力的厂长爸爸因为贪污进了监狱，他彻底成了榴城一霸，每天不上学，专守在学校门口收保护费。他找谁收不行，偏找上了苏拉的同桌吴小霞。听说以后，苏拉领着吴小霞去找王小力算账，王小力力气大，但苏拉身手快，心又狠，拎起个油漆桶，把王小力的脑袋砸得直冒血。

她身上沾着血和泥，回到毛纺厂大院，一眼就看到了江世敏。

她简直变成了一个崭新的人，戴镶钻墨镜，留大波浪长发，穿收身的窄裙，臀部旁若无人地翘着，整个人珠光宝气。

江世敏给所有的熟人都带了礼物，小朋友拿到了电子手表，女人们拿到了出口转内销的花色大围巾。大院里的熟人们争相夸赞拿到的礼物，仿佛从未在背后议论过送礼的人。

妈妈也看到了女儿。仿佛高维度文明的外星人遇见了一个刚学会直立行走的猿人，互相都不知该如何打招呼。

两厢沉默之下，江世敏先开了口："你怎么搞成这副鬼样子了？"

苏拉糊着灰的脸也瞬间冷下来："关你屁事。"

阎秀君连忙冲过来，拿袖口擦着苏拉的脸。

"哎哟，肯定是在哪里摔了一跤。我们苏拉又乖又听话，回回考试都是第一。"

她平时从不会这么说的，平时只会骂她是没良心的小畜生。苏海飞又不知道去哪里鬼混了，阎秀君说就当他死了。

江世敏板起了脸："你今晚跟我去宾馆住。"

江世敏在榴城最贵的宾馆订了套房。一进房间，她就把苏拉推到洗手间去洗澡。苏拉花了几分钟才研究出花洒的正确使用方式，将身子冲干净，又把地砖也冲干净。

苏拉从洗手间出来，江世敏正对着梳妆台卸妆，她的十指涂满了指甲油，翘起来

217

尖尖的，很好看。

苏拉低头看自己的指甲，有两个刚在王小力的肩膀上折断了，肉粉色的边缘粗糙而脆弱。

江世敏指指床上，让她换上新睡衣。新睡衣很漂亮，是柔软轻薄的纯棉，边缘缝着蕾丝。

苏拉不想穿，又放下了。

江世敏没有强迫她。

"你就不能叫声妈吗？"

苏拉固执地抿着唇，不出声。

江世敏转过身来，将素颜正对着她："你在家里不容易，我在外面，难道就容易？你以为钱就那么好挣？"

苏拉吃了一惊，卸去妆容的江世敏看上去老了十岁。

江世敏继续讲述。她讲自己在鹤市是多么辛苦才找到第一份工厂车间的工作，是如何当了文员，又如何上夜校，考了会计证书，当上了正经会计。

她讲鹤市和榴城是多么不一样，街上掉一块砖头能砸中三个老板，遍地是机会，到处是商机，只要肯努力，就能挖到金子，因此，她的离开是多么正确的决定。

苏拉静静地听着。直到她听见江世敏说："我这次回来，就是接你一起过去的。"

苏拉不能相信自己的耳朵。

凭什么？过去这五年，她把自己照顾得很好。她原来不需要一个所谓的妈妈，她的妈妈显然也不需要她，否则她不会过了五年才出现，更不会在一开始选择离开她。

这就像解方程，她自己已经把答案解出来了，江世敏又冒出来，告诉她，她所做的这一切都没有意义，需要重新回到原来的解法。

"我不去，我要留在榴城。"

江世敏愕然地说道："苏海飞两口子对你很好吗？你待在榴城有什么前途？你知道鹤市的人都在干什么吗？"

苏拉对鹤市和鹤市的人产生了生理性的厌恶。那一群高高在上的人，她一个都不认识，却以满身的光环，夺去了她的妈妈，现在还要贬低她生存的价值。

"我讨厌鹤市，讨厌你。是我先不要你的。"

"别说蠢话。"江世敏生气地说，"我以为这些年你已经明白了，当年妈妈也是不得已的。"

"我明白，我是你的累赘。没有我，你才能去鹤市找有钱的男人。"

清脆的耳光声响起，苏拉捂着火辣辣的脸，难以置信地回望她。

江世敏浑身颤抖："你……别人说什么你都信？"

"我才不在乎你找多少男人！可是我看见你就恶心！"

"我是你妈！你是我身上掉下来的肉！"

"你是我妈，你又不是发明家！我是你发明的机器人吗？你让我干什么我就得干什么？江世敏，我恨你！我不想当你的女儿，到死我也不想再看见你！"

苏拉声嘶力竭地朝母亲大喊，喊完的那一瞬间，她看到了江世敏眼中一闪而过的厌恶。她倏地恍然大悟："你也讨厌我，对吧？要不是我，你就不用离开鹤市，跑回榴城这种地方！要不是我，你能过得比现在好十倍！"

江世敏脸色灰白，像她刚在坟头上给苏海跃烧的纸。同样冰凉的泪水爬满母女俩相似的脸庞。

过了很久，江世敏轻声说："你讨厌我，我也讨厌你，我们娘儿俩这样，怎么一块儿过？"

"那就别勉强啊！回你高贵的鹤市去！"

她还是一个十二岁的孩子，却拥有成年人无法企及的犀利和敏感。

江世敏这才惊觉，她们对彼此来说，都已经是陌生人了。

室中长久地静默着，床头的香薰瓶散发着好闻的气息，雪白的床罩彰显着作用于其上的标准化服务。偌大的榴城，只有这个酒店的房间能提供给江世敏一点熟悉感，而外面的一切，包括自己的骨血，都让她感觉不适。

又过了很久，江世敏抽出纸巾，先擦干自己的眼泪，又递给了苏拉一张。

"囡囡。你确定，不跟我去鹤市吗？"

"不。"

"那留在榴城，你也要好好读书，考个好大学。知识是越多越好的，你从小就聪明，应该明白这个道理。"

"不用你管。"

"囡囡，你说得没错，如果没有你，妈妈确实能过得比现在好十倍。"

苏拉瞪着她。

"妈妈的老板，跟妈妈求婚了。他不知道，我还有个女儿。

"如果你不去鹤市，我就告诉他，我没有孩子，我可以跟他结婚。结了婚以后，我会成为他忠诚的事业伙伴和贤内助。哦，对了，他也有个女儿，比你小两岁，叫娜娜。娜娜从小就学芭蕾舞，长得也漂亮，很招人喜欢，我会成为她的后妈。"

苏拉的眼睛里放出怨毒的光："你跟我说这个干什么？"

如果是想让她嫉妒，那江世敏很成功。苏拉已经开始憎恨这个叫娜娜的女孩了。

江世敏苦笑了一下："我也不知道为什么要说这个，我也没有别人可以商量……囡囡，我今天看到你，感觉你已经是个大人了。"

这话似乎是在夸她，但苏拉只感受到浓重的悲哀。

"你觉得我应该跟他结婚吗？"

"你爱他吗？"苏拉冷冷地问。

"算是吧。他很成功,有智慧、有钱,而且尊重我,看重我的才能。囡囡,你以后会明白,女人从男人那里得到尊重,比得到爱要难得多。"

"跟爱我爸一样吗?"

江世敏摇头道:"我不可能像爱你爸一样爱任何人。你爸死了,活着的人要继续生活。"

"那你就滚吧。我祝你幸福。"

江世敏颤抖了一下:"苏拉,我不是为了给你当妈才活着的。你生在一个更好的时代,现在你能读书,不用担心饿死,不用担心学费,没人逼你嫁人。如果你是颗能发芽的种子,你自己总能挣脱出来。可我不一样,任何机会对我来说都很宝贵,我得抓住,不能放弃。"

苏拉感到绝望。她愤怒于江世敏说的每一句话,却又无法抑制地赞同她。

她的脊背发冷,怀疑自己又掉进了江世敏的圈套。

也许江世敏早就计划好了,要把她留在榴城,她从来没打算把她带去鹤市,让她的新丈夫看见这见不得人的女儿。苏拉不知道自己应该说什么,应该怎样活着,才能对江世敏造成伤害,才能让她后悔自己的决定。

和母亲之间的这场战役,她可能永远都打不赢。

江世敏拿出一个包着透明塑料薄膜的盒子,递给苏拉。苏拉认得,那是一款复读机,班里最有钱的同学用它来学英语。

"好好念书。"她说。

苏拉的眼神落在上面,眼睛产生了剧烈的疼痛。她把复读机摔在地上,又把蕾丝睡衣扔在上面,狠狠地踩上了一脚。

地毯很干净,但她的鞋底很脏。

"我不需要!"苏拉冷酷地宣称,然后转身跑出了房间。

江世敏在榴城住了三天。这期间,阎秀君旁敲侧击地试探了苏拉好几次,想知道她会不会跟江世敏走。

"你想让我跟她走吗?"

阎秀君被苏拉给问住了。

"……她是你妈,闺女当然要跟妈在一块儿啊。不过婶婶也舍不得你,我们苏拉聪明懂事,成绩又好,有时候还帮婶婶干活……是吧?"

苏拉不知道阎秀君说这话的时候良心会不会痛。

苏拉洗自己的衣服和碗,整理自己的小床,但很少帮阎秀君干活。她不懂事,脾气古怪,说话也不中听,阎秀君跟她说几句话就会被气得摔东西。她在外面打了架,有人找上门来,阎秀君就说:"这不是我的孩子,我管不了,有本事让警察来把她抓了去。"

"哎呀,留在榴城也挺好的。鹤市那么乱,你妈只顾挣钱,哪儿有心思管你呀……"

苏拉观察着婶婶，忽然明白过来了，阎秀君确实不希望她走。

如果她走了，江世敏就再也没有理由寄钱回来了。苏海飞不从家里偷钱已经是烧了高香，江世敏从鹤市寄来的钱有效地支撑着全家的生活，新装的抽水马桶、苏伟的球鞋和补习班，都是从这里头开销的。

苏拉被巨大的羞耻感笼罩着。她向江世敏放的那些狠话都成了笑话，不论是在榴城还是去鹤市，她始终还是靠着江世敏才有容身之地。她恨不得一夜之间长大，哪怕去修车、去送垃圾，只要能挣到让自己活着的钱，让她不再和江世敏有任何关系就行。

巨大的自我鄙视之后，苏拉别无他法，只能重新审视自己——十二岁，聪明，但没聪明到能上天。

阎秀君观察着苏拉的脸色，但小丫头就像地府小鬼托生的一般，没人猜得透她在想什么。

过了一会儿，苏拉笑了，她的笑让阎秀君打了个冷战。

"婶，我不走，我就跟你在一块儿。你跟我妈说，让她多给你打钱。"

阎秀君是怎么跟江世敏说的，苏拉不知道。后来的时间，苏拉再没和江世敏单独相处过。

血缘并没有书上称颂的那么伟大，她们只有难以忍受彼此的感觉是共通的。

两天后，江世敏给阎秀君留下五万块钱，就离开了榴城，其后十余年，她没再回来过。

江世敏结婚的消息，苏拉是过了很久以后，才在报纸上看到的。新闻的内容和婚礼无关，主要是介绍江世敏嫁的那个男人，只是附上了一张有许多人的照片，其中有江世敏，配图注释她是公司的财务总监兼老板娘。

男人叫杜宇风，似乎是个了不起的人物，有自己的公司，有很多的钱，突破苏拉想象上限的那种。

阎秀君拿着报纸到处去跟别人炫耀，多年前讥讽江世敏克夫的语气已经全然没有了，只留下纯然的艳羡。

"我嫂子那人啊，我第一眼见，就知道不是个平凡人物！可叫我猜着了吧……"

这时苏拉已经上了高一。苏拉的同桌吴小霞也看了那份报纸，她关心的问题很直接："如果这个姓杜的死了，你能继承遗产吗？"

苏拉说不知道。她们两人遂逃了课，跑到图书馆查了一个下午，最终也没能得出一个能让她们信服的结论。

吴小霞还是很羡慕。

"你要是能继承很多钱就好了，就像阿加莎·克里斯蒂的小说里那样，凭空掉下一笔遗产。然后你就能带我一起离开榴城。"

苏拉听了很不开心。为什么人人都想离开榴城？

"离开了榴城，就没人能欺负我了。"

"谁又欺负你了？王小力？"苏拉敏锐地问。

吴小霞笑着摇头。

在学校里，吴小霞是比苏拉还要不招人喜欢的存在。吴小霞的父母都去世了，家里只有一个爱打麻将赌钱的二舅，她长得不好看，成绩也很普通，是擦着分数线，才能跟苏拉一样，考上榴城第二高中的。

吴小霞的二舅本来不想让她继续念书了，说让她读完初中已经是仁至义尽了，女孩子书读得再多也是赔钱货。是学校的教导主任和老师上门劝说了好几次，二舅才勉强同意了她读高中。

"你以后别跟人打架了。女孩子是很娇贵的，身上留疤不好。"吴小霞对苏拉说。

"又不是我非要跟他们打，是他们嘴贱。"苏拉反而看不惯吴小霞，"你就是太软弱了，打架这种事，刚开始肯定是吃亏的，多打几次，只要你不怕，人家就怕你。人都怕恶人，谁怕好人啊？"

"你跟我不一样，你成绩好，以后能考很好的大学，同学都是有素质的人，说不定还能谈个有钱又帅的男朋友。身上都是疤，恶狠狠的怎么谈男朋友？"

苏拉听不得她这一套，捂着耳朵道："吴小霞你烦死了。"

话不投机半句多，吴小霞对苏拉也很无奈。

然而，在这偌大的世界上，吴小霞是苏拉所知的最接近于朋友的存在。

4

就在这个冰冷又没有暖气的冬天，苏海飞回来了。

苏海飞是个吃不得苦的人，却总想挣大钱，榴城人越说他没出息，他越是觉得，非要一把翻身给他们看看。

在毛纺厂的工作早就没了，这些年，他东奔西走去做生意，远的去过海市，近的也就在邻县折腾，都没弄出什么名堂。

往年，他只在过节和孩子放假的时候回来住两天。阎秀君也习惯了这样的日子，疑心过他在外面有女人，后来又觉得，有也无所谓。可是这次，他回来连续住了十几天。

阎秀君有些担心了，担心他不走，日日惹人眼嫌不说，还要多出一份饭钱。

苏拉和苏伟都大了，房子便显得拥挤。毕竟男女有别，为了让苏伟专心学习，阎秀君让他到里间睡，她和苏拉睡外间。苏海飞一回来，地铺都不知道往哪里打。

她暗示苏海飞再去外地找活，苏海飞就厌烦起来。他已经超过四十岁了，体力和心气都不比年轻的时候。两人又在屋里大吵起来，苏海飞说阎秀君在家找了野男人，阎秀君便说苏海飞才在外头有野女人，骂他屋里屋外都不中用。

苏拉已经十六岁了。十二岁的时候，她对成年人关于性的污蔑还带着两三分相信，但现在她是一分都不信了。她知道谣言和谩骂可以张口就来，毫无依据。

苏拉没有成年人那种莫名其妙的对性事的羞耻心。一半大概因为，她的父亲从未流露过这种羞耻心，而她的母亲更是不知羞耻为何物的人；另一半则因为，她知道每家每户的屋子里都在发生同样的事，大家心知肚明。

苏家夫妇的争吵还是影响了孩子们的学习状态。阎秀君也意识到了这一点，她叫苏拉带苏伟去同学家自习。可一出门，苏伟就约上同学去网吧或者桌球厅玩了，苏拉也懒得管他。

高中的学习强度远超初中，已经不是靠小聪明就能取胜的了，比拼的是时间上的投入。吴小霞的话苏拉虽不认同，但多少还是受了点影响，她决定减少打架次数，更加专注于学业。

在苏拉的想象里，榴城之外的世界既堕落又欢喜，否则何以把她的母亲抢了去？苏拉知道自己经不住诱惑，终究是要亲眼去看一看的。

另一方面，她的朋友吴小霞逃课的次数却增加了。苏拉问她怎么回事，是不是她二舅又不让她上学了，吴小霞说是自己有别的事。苏拉看她神神秘秘的，也没多问。

唯一让苏拉感觉不便的是洗澡。

苏家四口人里，她是唯一洗澡要避着人的。好几次洗完澡出来，她都感觉苏海飞的眼神像一条黏湿的鼻涕，贴在自己身上。

起初，她以为是自己想多了。她本来就讨厌苏海飞，哪怕穿戴整齐，苏海飞的注视也让她不快。

可是不久后的一天，苏海飞闯进了浴室。

那天，阎秀君带着苏伟去见一个新的补习老师，苏海飞出去看人下棋。难得一个人在家，苏拉就洗了个澡。苏拉记得很清楚，自己是插了门的。可惜家里的浴室门闩就是个脆弱的摆设，稍微一撞就能松开。

腾腾的雾气中，苏拉看见苏海飞咂了咂嘴。

他连连叫着抱歉，退了出去，说是误闯，还说苏拉怎么不插门。

也许是从小经受的起落太多，苏拉像个机器人一样冷静。她穿上衣服，走到院子里，问："苏海飞，你想干什么？"

苏海飞打着哈哈道："不就看了一眼吗？又不会少块肉……"

冬风刺骨地吹着，若是在往常，苏拉洗了澡都是缩手缩脚地往屋里冲。但现在，她只穿着件单薄的睡衣，却仿佛不知道冷。

"再看一眼，我挖了你眼珠子。"

苏海飞原本嬉笑的神情沉了下来，他察觉苏拉不是在开玩笑。

一股由无力滋生的愤怒涌上心头。他三步抢上去，扇了苏拉一个大耳刮子。

"谁教你这么跟大人说话的？"

男人的手劲很大，苏拉的脸立刻肿了起来。

苏拉没有捂脸，反而更加高傲地挺直了脖颈："你算什么大人，你就是个臭虫。"

苏海飞蓦然哆嗦了一下。苏拉的眼神让他想起了死去多年的苏海跃。

因为苏海跃的存在，苏海飞这一生就没站直过。无论他做什么，都会被拿来和苏海跃比。

倘若没有苏海跃，他还可以老实本分地当一辈子保安，也许心里不会觉得这么窝囊，也就不用常年在外头折腾，更不会被人骗光了所有的钱，到四十多岁了还身无分文地回到家里，靠老婆给点残羹剩饭。

苏海飞咬着牙，一把抓住苏拉的头发，把她拖进屋里，扔在床上，旋即将沉重的身躯压了上去。

粗糙的手掌顺着苏拉睡衣的衣襟滑了进去。

苏拉凄厉地尖叫起来。

如果是王小力，她能毫不含糊地咬住他的脖颈，吸干他的血。可苏海飞再浑蛋，也是她的叔叔，她从没想过他会做出这样的事。如果说以前她不懂得成年人的羞耻，现在她懂了。

后来苏拉回忆，整个过程也许只有五秒，但对她来说像是过了一生。

苏海飞手掌上的死皮和倒刺刮得苏拉生疼，她猛然醒悟过来，膝盖一弓，就踢中了男人的要害。

苏海飞惨叫了一声，滚下了床，捂着下体直打滚。

苏拉已经进入了战斗状态，她一骨碌爬起来，熟练地用膝盖压住苏海飞的胸口，狠狠地回了他一个大耳刮子："臭虫！垃圾……"

许多更加粗鄙的脏话涌到嘴边，但由于和眼前人的血缘关系，没有一个可以让自己置身事外。苏拉遂闭了嘴，拿起苏伟的中考辅导书，一下下地扇在苏海飞脸上。

苏海飞弓着身，捂着脸，刚开始还破口大骂，说苏拉是个没良心的白眼狼、小崽种，到了后面便只能连连告饶。

"苏拉苏拉，亲侄女！我是你亲叔叔！我就想吓唬吓唬你，没想干别的！"

"就……就摸了一下……你吃我的住我的，摸一下怎么了？你小时候我还给你洗过澡呢！"

苏拉不记得小时候有过这种事，也许有，也许那时的苏海飞确实是个单纯慈祥的叔叔。

但这也不能疏解她心中的愤怒。苏拉霍然站起身，离开了屋子。

苏海飞以为苏拉是因太过羞愤跑出去了，鼻青脸肿地坐起身来，刚喘了口气，没想到苏拉又回到了房间里，手上多了把菜刀。

"你刚是用哪只手摸我的？左手？"不能让苏海飞留着那只手，苏拉狰狞地想。

"你疯了吗？"苏海飞吓得夺门而出。

苏拉追了上去，他们在院子里追跑了好几圈，苏海飞大声惨叫起来："杀人啦！快来人啊！"

阎秀君拉着苏伟，用钥匙打开院门，看到的就是这一幕，登时吓得魂飞魄散。她扑过来抓住苏拉握刀的手。

"你要干什么？"

苏拉以刀前举，遥指着苏海飞，道："他要强奸我。"

阎秀君和苏伟都愣住了。

苏海飞大喊着："天地良心！我就不小心撞见了她洗澡，立刻就退出来了，这丫头就拿着刀要杀人！"

苏伟惊慌地道："姐，你可别胡说！"

阎秀君却没说话。她用冰冷的目光扫过颤抖如风中落叶的苏海飞，但见他鼻青脸肿，唇角还渗着血丝。阎秀君沉默了许久，才硬是扭过脸来，赔着笑脸对苏拉说："囡囡，你先把刀放下。"

苏拉不为所动。

"他用左手摸我胸，我要剁他的手。"

苏海飞立刻反驳："我那是不小心碰到的。"

阎秀君忍耐地闭闭眼，声量抬高："先把刀放下！"

苏拉不吭声，也不动。

阎秀君的眼中有泪流出，道："你要砍他，就先砍我！"

苏拉愣了一下。她不明白阎秀君为什么要护着苏海飞。明明这个家里，最痛恨苏海飞的就是她。

但就在她犹豫的一瞬间，阎秀君把刀夺了下来。苏伟接过菜刀，一溜烟放回了厨房。

警报解除，苏海飞长长地吁了口气。

这时院子门口已经围了人，也不知道听去了多少。阎秀君臊红着脸去关门，门外的人嘿嘿笑："嫂子别关门啊，你家老苏干了什么事，不怕让人知道。"

阎秀君又羞又怒，一口啐在对方脸上："小丫头片子电视剧看多了爱演戏，关你们屁事？谁乱嚼舌根子，我撕谁的嘴。"

她当然知道这样的警告是没用的，今天发生的事，明天就会传遍整个毛纺厂。

门外的窃窃私语仍然飘进了耳朵，阎秀君脚步虚浮地回到院中，蓦地坐在地上，绝望大哭："这个家早就不是个家了，你干脆先杀了我，我眼不见心不烦！你们姓苏的没一个好东西，我上辈子是作了什么孽啊！"

苏伟六神无主地扶着母亲，不知该说什么。

苏海飞惊魂未定地缩在墙角，盯着苏拉，苏拉不动，他也不敢动。

直到阎秀君指着苏海飞大吼："你给我滚！"

苏海飞骤然醒悟，跳起来逃出了苏家的院子。

榴城不大，流言很快从毛纺厂大院传到了学校，甚至有高年级的学生跑到苏拉的教室外，专为看一眼她。

流言平息得也很快，老师们视这种丑闻如洪水猛兽，自己绝不说出口，并严惩任何讨论的人。

他们也不和苏拉提起这些流言。苏拉理解他们的想法，这种事情要怎么问呢？

阎秀君和苏拉说，你叔是个不靠谱的人，但你说的那事，他真不至于干，他毕竟是你亲叔。二婶像你这么大的时候，也爱胡思乱想，后来发现很多都是没有的事。

她说这都是生活中磕磕碰碰的事，非要闹大，吃亏的还是小姑娘。有的跟头，男人栽得起，女人栽不起，你是会念书的闺女，目光要放长远。

苏拉知道，阎秀君对外人可不是这么说的。这些日子以来，阎秀君到处宣扬自己家的侄女有臆想症、梦游症、青春期躁狂症，反正就是能把没发生的事情当成真的。

报警从来不是一个可行的选项，派出所不管家务事，榴城人都知道。何况她没有证据，闹起来，阎秀君会是第一个说她撒谎的，苏伟是第二个。

苏拉如常地上学、放学，只是不太和王小力打架了，她花费了更多的时间在学习上。

一个月后，苏海飞回来了。他再没有能借钱的对象了，只能觍着脸回家。

他能屈能伸地跪在苏拉和阎秀君面前，指天发誓，自己那天真不是故意的，以后绝不会再碰苏拉一根手指。

阎秀君升级了苏拉的待遇，让她和自己睡里屋，苏海飞父子睡在外屋。她买了一把新锁，晚上在睡觉前，把里屋的门反锁，钥匙放在自己身上。

苏拉没有反对阎秀君的安排，她柔顺得像一只安静的猫。

很快，阎秀君觉得事情真的已经过去了，毕竟苏拉从前在外面挨了打，满身伤痕，也不过一两天就能活蹦乱跳。

只有苏拉自己知道，她没有忘记苏海飞的那只手。

也许苏海飞真的没打算强奸她，真的只是想吓唬吓唬她。

但这又有什么分别呢？自此，她作为猎物行走世间的身份，已经分明，猎人可以是任何人。

持枪者大可以满口仁义道德，伤口仍由猎物自己舔舐，而适者生存的猬刺，也须猎物自己从体内生出。苏拉第一次清晰地意识到，不管她有多恨江世敏，多想让母亲痛苦，她终归是江世敏的女儿。

江世敏的女儿，绝不做猎物。

苏拉知道，上次她占了上风只是因为踢中了苏海飞的要害。无论是体魄还是精神，她都不够强,如果苏海飞有准备,或者阎秀君母子在场,她不可能成功。她需要制订一个万无一失的计划,必要一击命中。

苏拉从邻居家偷了一把水果刀——不能从自家拿,阎秀君可能会猜到她的目的。

苏拉把水果刀随身带着,在草稿纸上列举了无数种计划实施的方案。她在电脑课上偷偷上网搜索人手的骨骼图,想知道如何才能快速切下一只手。她在图书馆学习乙醚的实验室制备方法,虽然流程有点复杂,但器材和原料都能从化学老头的柜子里找到。

只有吴小霞发现了苏拉的异状。她看见过那把水果刀,还问了苏拉为什么要带它。

苏拉面无表情地说,用来切水果。

吴小霞看上去是不信的,但她也有自己的烦恼,那段时间又有媒人上门,她格外担心二舅又开始打什么主意。

"苏拉,法律规定,女的二十岁才能结婚,对吧?"

苏拉想了想说:"法律是这么规定的,但榴城十几岁就结婚的女孩子还少吗?"

从小到大,辍学去结婚的同学,十根手指都数不过来。

"法律大概不知道,不扯证也能结婚。"

吴小霞更忧虑了。

"还是你好,你妈在大城市打工,有钱,肯定能供你上大学,不会逼你结婚。"

苏拉无声地扯了扯嘴角,各人有各人的烦恼。

苏拉最终形成了她的计划:等待一个苏海飞独自在家午睡的时机,她偷偷溜回去,用沾满乙醚的毛巾捂住他的口鼻,等他失去行动能力时,再用刀切下他的左手掌。

她像一头蛰伏的猛兽,等待着时机的到来。

苏拉怎么也没有想到,她的计划,后来是被吴小霞打乱的。

吴小霞死了。

5

吴小霞是被卡车撞死的。

她的二舅终于给她说了一门好亲事,是邻县一个丧偶的中年男人,想找个念过书的女孩子,生个聪明儿子,给的彩礼很丰厚。

从江世敏到吴小霞,历史惊人地在榴城重复着。

媒人上门的那天,吴小霞跑了。她什么都没拿,沿着家门口那条荒芜的马路跑了五公里。有人说是卡车司机疲劳驾驶,没看见她,还有人说,吴小霞是自己往卡车上撞的。

班主任在课堂上告知了大家这个沉痛的消息。她简单地把事件总结成了一场车祸导致的意外,还号召大家给吴小霞捐了钱。

苏拉一分钱都没有捐。首先，她没钱；其次，大家捐的钱只能落进吴小霞二舅的口袋。

但募捐还不是全无作用的。二舅用募捐来的钱给吴小霞买了一小块墓地。

下葬的时候，班主任、班长和苏拉都在。苏拉眼睁睁地看着吴小霞的二舅哭昏了过去。

苏拉只感到讽刺。她满县城地去找王小力，想找他打一架，狠狠地揍他一顿，或者被他揍一顿。她去了王小力打零工的汽修铺，去了王小力家，都没找到他。

就像是整个世界都在和她作对。

她不知道榴城之外的世界是否更加残酷，又或许，榴城本来就是世界的缩影。

她的胸中压抑着愤怒和渴望，渴望从这世界中索取，却不知道从何入手。

她害怕世界发现这种渴望，害怕人们看出，她不是一无所知、任人摆布的。

她害怕所有的美好只存在于幻想中，而等待她的，其实只有深渊。

她看不清前路，也没有人握住她摸索的手。

苏拉想不出该以怎样的方式来怀念吴小霞。她们做了好多年的同学，一直是吴小霞主动靠近她，她对吴小霞只有不耐烦，从未向她表达过友谊。

或许潜意识里，苏拉知道自己不可能和吴小霞做一辈子的朋友。她会上大学，而吴小霞不会，她会离开榴城，而吴小霞不会。

但现在，没有任何疑问，吴小霞是她一生的朋友了。苏拉庄重地在砍手计划的落款处，加上了吴小霞的名字。

三天后，苏拉等来了她的完美时机。

头天晚上，她坐在床上，听阎秀君在外头数落苏海飞。她说抽水马桶坏了三天，还没修好，苏海飞既然挣不来钱，家里的活总得干一干，连马桶都不会修，算什么男人。

阎秀君勒令苏海飞明天哪里都不准去，必须把马桶修好，要不就卷铺盖滚蛋。

苏拉知道，阎秀君只是嘴上厉害，苏海飞即使不出门，也会在家里睡一天，而阎秀君也做不到真逼他卷铺盖走人。但至少她可以确定，明天苏海飞会在家做出个修马桶的样子，阎秀君则会去苏伟的学校给他送饭。

阎秀君交代完，就回里屋睡觉了。她照旧把门锁锁上了，把钥匙放在睡衣贴身的口袋里。苏拉知道她是做给自己看的，表面上是防苏海飞，其实也是在防自己。

恶意是防不住的。少女冷漠的外表下孕育着暴风骤雨，一切后果她都清楚，但什么都抵不过砍下那只手的渴望。

第二天，苏拉只上到第二节课就逃课了。她从学校后墙翻了出去，背包里有那把水果刀、一块毛巾，以及一瓶粗糙制备的乙醚。

苏拉没有直接回家，而是先去了吴小霞的坟头。她把那本写满了砍手计划和创意的草稿本在吴小霞的坟前点燃，算是知会她一声，也不白署名。

倘若警察抓住她，看见这本计划，对她也没有好处。

苏拉望着蓝色和黄色混合的火苗，心平气和地想象着自己逃亡或坐牢的日子。

身后突然响起一个沙哑的声音："你怎么在这儿？不上课？"

苏拉转过头，是王小力。

他身上脏兮兮的，脸上也灰扑扑的，汗水和灰尘交错着留下了痕迹，下巴和胸口都沾着血，不知刚跟谁打过架。

看这个血量，对方至少是被开了瓢。

"你又为什么在这儿？"

"我来看看小霞。"

"你别脏了她的眼。"苏拉厌恶地说。

王小力似乎想发怒，又忍住了。过了一会儿，他说："我听猴子说，你前几天去找我打架。以后少打架，好好念书，小霞说你肯定能上大学的。"

苏拉觉得莫名其妙，王小力说这种话？

"王小力，你脑子坏了吗？"

王小力没回答她，也没骂她，问："你有笔和纸吗？借我用一下。"

苏拉犹豫了一下，但看他精神不大正常的样子，还是借给他了。

王小力撕了她一张作业纸，垫着墓碑，歪歪扭扭地写下一行字。

苏拉凑过去看了一眼，只觉脑仁嗡嗡地疼，眼睛也直疼。王小力写的是：

　　王小力　　吴小霞

然后，他在两个名字的中间画了个爱心。

王小力从怀里掏出支烟点了，古惑仔一样先抽了一口，再把那张作业纸点着，放在吴小霞墓前。

苏拉本能地觉得生气，觉得替吴小霞感受到了侮辱。她冲上去想踩灭那张纸上的火，却被王小力堵住了去路。

王小力阴恻恻地说："苏拉，你别以为老子真打不过你。臭娘儿们，要不是小霞不让我伤你，老子装什么狗熊。"

他对着墓碑喊道："小霞啊，我可给你报仇啦！"

苏拉瞪着他，悚然一惊："王小力，你干了什么？"

王小力打架、斗殴、收保护费，经常出入派出所，但还没干过真正无可挽回的错事。他总自诩是讲仁义的黑社会，苏拉说他就是个小混混。

王小力叼着烟笑："我捅了那个老不死的。"他扯扯胸口的血迹。"这就是他的血。苏拉，我可干了一件比你牛一万倍的事了吧。"

苏拉脊背上泛起一片冰凉。那个老不死的,指的当然是吴小霞的二舅。

眼泪大颗大颗地从王小力的眼睛里冒出来,他的嘴巴还是咧开的:"老子都已经打算洗手不干了啊,就想好好干汽修,攒点钱,过几年自己开个铺面。到时候,小霞说不定愿意来当老板娘。狗日的老不死的,就想拿小霞换钱……老子白刀子进,红刀子出!"

王小力手写的两个名字已经烧得只剩灰白粉末了,嘴里的烟也燃到了尽头。他把烟掐了,没往地上扔,小心地揣在了口袋里。

苏拉问他:"你后面打算怎么办?"

"跑啊。"王小力龇牙咧嘴地看着远方。

"苏拉,小霞说你是她最好的朋友,今后肯定是我们里面最有出息的。你记性好,替我记着,王小力一直喜欢吴小霞。"

这时,从极遥远的地方传来了警笛声。王小力朝苏拉打了个响指:"我走了,再也不见。"

然后,他背着个破包,朝空旷的田野跑去,很快,身影就凝成了虚空中的一个小点。

苏拉确实再没见过王小力。据说他还没跑出县界,就被警察抓了。吴小霞的二舅被他捅了两刀,脾脏破裂,幸亏抢救及时,活了下来。

三个月后,王小力被以故意杀人罪提起公诉,因为被害人还活着,并且王小力刚满十六岁,法院从轻处罚,判了五年有期徒刑。

这些都是苏拉后来听说的。在当时,她只是沉默地站在墓地中央,任大风吹干她的脸。

最终,苏拉从包里取出水果刀,放在了吴小霞的墓碑前。

她也学王小力那样说话:"小霞,我也得走了,我不能待在榴城。待在这儿,总有一天,我会忍不住砍掉苏海飞的手。但他不值得。"

王小力这个蠢货。吴小霞的二舅,尚且不值得王小力这么做,一个苏海飞,又怎么值得她苏拉赔上自己的人生?

七月的一天,苏拉收拾好自己全部的行李——几件衣服、两本路上看的书、证件和电话本。她先去找了王小力从前的小弟猴子,逼着他把自己打了一顿。猴子最初不肯,但苏拉让他在打人和被打之间选一个,他没办法,只好照做了。

然后,苏拉回到她居住了九年的房子里——如今她已无法再称之为家。

她清洗了伤口,背好行李,从碗柜最底下的酱坛子里拿走了一千块钱。那是阎秀君为了防苏海飞留的备用金。

苏拉搭了辆电动车,沿着当年的那条老路,驶向火车站,登上了去往鹤市的火车。

车上有不少和她差不多年纪,前往鹤市打工的女孩,大都结伴而行。她们一路上兴奋地谈论着和鹤市有关的一切,谈论着未来的美好生活。

到了一个经停的大站,苏拉下了车,用月台的公用电话拨通了一个号码:"是一帆集团吗?我找杜宇风杜总,或者他的秘书也行……我是江世敏的女儿。"

苏海跃、江世敏和苏拉的合影,林渡是在一家老照相馆找到的。它曾经是榴城仅有的一家照相馆,现在被改造成了一间小型的咖啡馆,很受当地年轻人喜欢。

林渡最初只是闲逛,发现了店主陈列的几十年前的老照片集,看着看着就看到了这张。他见过江世敏和苏拉小时候的照片,一眼就认出来了。

店主的祖父是原来的照相馆馆主,已经七十多岁了,竟然还记得这一家人。老爷子对那个女娃娃的印象最深,因为拍照的时候,女娃娃和妈妈正在闹脾气,爸爸说了一箩筐好话,她才肯老实地坐在膝盖上完成拍照。

除了这张珍贵的全家福,林渡自己花了五六天的时间走遍了榴城,拍回来很多照片和视频。

林渡的手机记录的榴城,和苏拉的记忆中完全是两个样子了,有中心区位的大商场、整齐的旁道树,快餐店和奶茶店复制着一线城市的品牌,只是略慢一些。学校里修了橙红色的塑胶跑道,墙头已经加高到不可能在上课途中翻墙爬出去的程度。沿着榴河铺展出的榴河公园里,苏海跃故去的大堤,也成了一个网红打卡景点。

榴城的人们也和她的记忆中不同。商场里的年轻人打扮入时,公园里跳广场舞的老人有着统一的服装,每个人的脸上都活泛而明朗。

苏拉在林渡的手机里,没看到一座她熟悉的建筑。她不在榴城的日子,榴城也没有停留在原地等她。

她倒是在县城边缘的田野里看到了一点端倪。

苏拉指着一张照片道:"我在这儿和王小力打过架。"

林渡咋舌道:"赢了还是输了?"

"那必须是赢了。"

她俯下头去,扒开发缝,给林渡看头皮上的一个伤疤。

"我们苏拉真牛。"林渡像个毫无原则的老父亲,竖起大拇指。

苏拉忍不住翘起嘴角。她的表情总是冷峻而紧绷的,但只需要一点点温暖,就能在岩石的缝隙里绽放出春天。

怎么会有人忍心让她不快乐呢?

林渡忽然理解了周幽王的动机。烽火戏诸侯算什么,要是能让苏拉一直这样笑,他可以像只不知疲倦的仓鼠,每天用烽火遛自己。

他蓦然倾身过去,拉近与苏拉的距离,直到两人唇尖的距离只在毫厘。

苏拉怔住了,她上扬的睫毛,恰好碰到他低垂的目光。由于两人离得太近,她反而看不清他的表情了,只能看见映照着世界的幽黑瞳孔。

她感受着林渡的呼吸在鼻尖上吹拂,略略畏痒,索性闭上了眼睛。

熟悉的柔软热度并未如预期落在唇上、鼻尖、眼皮或任何一个他喜欢啄吻的地方。苏拉诧异地睁开眼睛，只见林渡已不知何时与她拉开了距离。

他目光灼灼，似笑非笑道："苏拉，对不起，我从一开始就错了。我们都有太多的秘密要守，又假装没有这些秘密，所以谈了一场莫名其妙的恋爱。现在我明白了。爱你，不仅仅是吃饭、喝咖啡、看电影、讨论文学和做爱。爱你是要懂得你，知道你的可爱和可恨源自哪里，知道你生命中经历过的坎坷，委屈你的委屈，骄傲你的骄傲。

"苏拉，我想跟你重新开始。你不用急着回应我，不用立刻告诉我你的秘密，我也需要时间，才能告诉你我的秘密。你只要知道，我就在这儿等，哪里都不去。"

第十二章
父亲的挽歌

五寻深躺下了你的父亲

他的骨头变成了珊瑚

变成了珍珠,他的眼睛

他的一切都没有朽腐

只是遭受了大海的变易

化成了富丽、新奇的东西

——《五寻深躺下了你的父亲(爱丽儿挽歌)·暴风雨》威廉·莎士比亚

1

深冬,鹤市的雨水突然密集起来。

一帆集团和 JZ ALPHA 在美国的专利权诉讼官司遭遇了重大挫折,美国德州西区联邦地区法院判决同意了对一帆产品的临时禁令延期。

两年前,JZ ALPHA 在德州西区联邦地区法院提起了专利权诉讼,控告一帆在全球销售的特种 XC 材料中的三项技术侵犯了 JZ ALPHA 在美国注册的三项专利。他们同时申请了临时禁令,庭审期间,禁止一帆研发生产的特种 XC 材料进入英美市场,还给一帆的许多海外客户发送了律师函,诋毁一帆的技术和商业道德。

临时禁令延期,意味着在接下来相当长的一段时间里,一帆仍然无法从美国取得任何销售收入。

"子猷跟我说,集团管理层正在讨论和解的可能性。我想知道,如果不和解,一帆会怎么样,而这对我会有什么影响。"杜荔娜对苏拉说。

她们正在逛演出服饰一条街。薇薇安舞蹈培训中心即将迎来少儿班的年度汇演,李薇邀请杜荔娜为小朋友们挑选几套演出服,杜荔娜一听就答应了,今天算是出来采采风。

苏拉板着脸道:"为什么我要跟你一起逛?"

杜荔娜理所当然地说:"你说见面聊,又没说要挑地方。"

苏拉竟无法反驳。

杜荔娜已经从老宅搬回了家，王子猷没有怀疑过股东会投票背后的真相，生活在表面上恢复了原来的样子。

说是一切如旧，却又有了些异常：杜荔娜频频独自出门，有时一下午也联系不上，回来后问就说是去高中同学李薇的舞蹈培训中心帮忙了。王子猷觉得这是好事，也鼓励她结交新的朋友。

因保有着自己的秘密，杜荔娜暗暗兴奋。

现在的她，是从前难以想象的忙碌。她继续着与裴老师的交流，在他的支持下，她每周去一次莫娜的拳击工作室，在沙包上找寻一点自己的力量。其他时间，她分一半给李薇——她喜欢待在薇薇安舞蹈培训中心，看小朋友们跳舞，另一半分给苏拉，用于了解一帆的经营状况，捡回一些遗忘在学生时代从未使用过的知识。

杜荔娜很满意自己现在的状态——所有的选择权都在她的手中。她可以告诉王子猷，也可以不告诉，可以离开他，也可以不离开。这倒令她不急着审视自己的婚姻了，她更专注于当下的自己，她想知道自己还能做点什么。

她也能心平气和地面对苏拉了。舞蹈社更衣室的记忆错位，让她对车祸那天记忆的信任也开始动摇。现在她知道了自己有能力挥拳，对世界的恨意却悄然减轻了。

杜荔娜拿起一件粉蓝色的小纱裙，在身上比来比去，说："这条可以穿着跳《胡桃夹子》，你觉得好看吗？"

苏拉皱着眉道："我不懂这些。"

杜荔娜问："苏拉，你没跟闺密逛过街吗？"

"没有，我没闺密。"

"就是提供一点你的审美意见，不需要很懂，相当于闲聊吧。"

苏拉环视周围，这是个失控的环境，都是带着孩子挑衣服的妈妈，一个比一个吵闹，让她不舒服。

"闲聊浪费生命，说正事就要有说正事的环境。"

杜荔娜深深叹气："那就去旁边的咖啡厅吧。"

杜荔娜对一帆和 JZ ALPHA 的官司所知不多。她只知道，杜宇风罹患胰腺癌，和在这场官司中的心力交瘁不无关系。

JZ ALPHA 是一帆的老对手了。大约十年前，JZ ALPHA 统治着亚洲多国的 XC 材料供应，而一帆作为后起之秀，通过更低的成本和更均匀稳定的性能，大规模占领市场，最终将 JZ ALPHA 挤出了中国。其后，一帆和 JZ ALPHA 在多个市场屡屡狭路相逢，到如今，一帆的全球市场占有率已经超过了 JZ ALPHA。

JZ ALPHA 历史悠久、资金雄厚，手握多项专利，通过滥诉来打击新兴科技企业是他们的惯用手段。漫长的诉讼期和高额的诉讼费用对他们来说如九牛一毛，但只要胜诉，就能拿到丰厚的赔偿金，而后起的科技企业往往资金链薄弱，供应链也相对脆弱，根本经不起这样的折腾。所以，90% 以上的被诉企业会选择庭前和解，支付一笔相对可以承担的赔偿费用,并承诺以后在全球市场上绕着 JZ ALPHA 走。

此前,JZ ALPHA 已经通过类似的手段,击垮了好几家新兴国家的科技创新企业。

杜宇风是个认死理的人,他认为一帆的技术是自己带着十几个技术员一刀一枪干出来的,与 JZ ALPHA 的专利产品虽然功能相同,但探索路径和技术原理根本不同。所以,他坚定地拒绝了和解。

两年来,一帆耗费了大量的人力、物力,聘请专业的律师、财务专家和技术团队在美国应诉。也因为这一场专利权诉讼,一帆过去两年在北美市场毫无建树,只能靠欧洲和新兴市场增加的份额来填补北美的亏损。

由于杜宇风压倒性的威望和绝对的控制权,此前,一帆内部从未质疑过他的决定。杜宇风患病以后,江世敏也延续着他的策略。一帆有一派元老,主要是以副总裁孙非凡为首的初代技术骨干,一直坚决反对和解。他们愿意忠心于江世敏,也是因为这个立场。

但现在,昔人已去,积威渐消,跨国诉讼缠斗正酣,每天烧掉大量资金,仿佛一个无底洞。集团内部也终于出现了不一样的声音。

"子猷说,明眼人都看得出,和解才是对一帆的股东和员工最负责任的做法。但江总为了维持自己的地位,标榜自己是爸爸的正统接班人,一直坚持不和解。如果我愿意出面表态支持和解,就能给到江总一些压力。"杜荔娜平静地捧着咖啡,"他说的是真的吗?"

她现在已经习惯于质疑王子猷所说的一切了。

苏拉想了想道:"他说得没错,只是另一些事情他没提。"

一帆现在在跨国诉讼上烧的钱,很大一部分是本该投入临南工业园的。而这个项目,是京岚王家主控的,如果能顺利上线,王家的收益也是最大的。王家当然希望一帆在境外和解,将更多的资源投入利润率更高,风险也更低的领域——地产。

"那么,子猷对我说的话,完全是出自私心了?"

苏拉道:"也不是完全如此。坦白说,我也认为和解是理性的选择。我是个律师,知道官司缠斗的不确定性有多大,尤其在财务上,对企业的风险是难以估量的。当然,我不是企业家,屁股底下的位置会决定行为的立场。经营一家企业是需要更宽阔的视野、格局和丰富经验的,现在的我还没有。"

很少有人这样坦率地对杜荔娜表达意见。她困惑地思考了一会儿,问:"如果连你这样的聪明人都判断不了,我又该怎么判断呢?"

"很多选择是没有标准答案的。股权是你的,父亲也是你的,成全什么、牺牲什么,怎么运用你自己的影响力,其实只在于你。比起找到一个正确的答案,你更需要找到一个你自己喜欢的答案。就像……"苏拉拿起杜荔娜刚买下的粉蓝色小纱裙,"就像你挑选这件衣服的过程一样。"

杜荔娜沉默了。半晌,她轻声说:"我不知道我喜欢哪个答案。完全和爸爸保持一致吗？"

杜宇风怎么做，她就跟着做，这让她觉得自己更蠢了。

苏拉笑了笑："我给你约了几个人，和他们好好谈谈，也许你能理解你父亲的选择，也能理解王子猷的选择。"

这些人里，有一帆现任的财务总监胡文、专管技术的副总裁孙非凡，研究院里的年轻专家，还有一些老技术员。他们中的大部分人是看着杜荔娜长大的，她从没想过有一天会和他们讨论企业发展中严肃的话题。

"我什么都不懂，会露怯。"

"没人期待你懂，所以你听到的信息才更真实。娜娜，你爸完全可以只给你房产和现金，但他还是留了股权给你，你觉得是为什么呢？"

"为什么？"

"因为有很多事，只有你，杜荔娜能做得到。"

杜荔娜愣了一下。从很久以前，她就放弃了揣测父亲的意图。他总是自命高深，而她自顾不暇。

"苏拉，"杜荔娜突然说，"爸爸走的那天，你见过他吗？"

苏拉点点头。那天中午，杜宇风好像自己有预感，打电话叫了苏拉过去。他交代了很多话，大部分是重复的。他们一起又过了一遍所有的法律手续，然后她才离开。

她离开的时候遇到了王子猷，这点没必要告诉杜荔娜。

丧父之痛现在已经化成淡淡的阴影，沉淀进杜荔娜的眼底了。她深吸口气，问："爸爸他……最后跟你说的话，是什么？"

"他说，让我尽可能地帮助你，他会确保我得到丰厚的报酬。"

"他就这么相信你会帮我？"

"他手上有我的一点把柄。"

"什么把柄？"

"既然是把柄，我怎么会告诉你？"

杜荔娜看她一眼，"你做好你的工作，我也会给你丰厚的报酬。"

苏拉忍不住笑了："杜叔听见你这么说，肯定很骄傲。"

"那你最后跟爸爸说的话，是什么？"

"我啊……"苏拉认真想了一会儿，"我祝他健康长寿。"

苏拉说的当然是假话。

杜宇风最后对她说的话是："就算我死了，也会在天上盯着你，看你的良心安不安生。"

2

人死的当天,都管不了第二天的事。

苏拉这么劝过杜宇风,可是他不听。

那是一年多以前的事了。那天,苏拉刚刚晋升为海市风同事务所的高级合伙人。她给自己庆祝的方式是,披着厚厚的风衣,在外滩上散步。

她没能留在鹤市,但海市接纳了她。大都会对一些人来说是生来可见的风景,对另一些人,却需要拼尽全力才能留下。

然后,她就遇到了杜宇风。

他们已经十一年未见了,虽然偶尔在财经新闻上看到他,但苏拉还是花了好一会儿才认出他。杜宇风瘦了很多,两鬓花白,明明只有五十多岁,却有些风烛残年的味道。

他在风里点了支烟,默默地抽着。苏拉记得他以前是不抽烟的。

然后他转过脸来,向苏拉打了个招呼:"你好啊,合伙人律师。"

于是苏拉明白,他对自己的一切掌握得一清二楚。

她不知道该怎么称呼他。杜叔?杜总?在海市的名利场摸爬滚打了多年,学来的人情世故突然就派不上用场了。

杜宇风老谋深算地看了她一眼,掐灭烟头。

"还叫我杜叔吧。"他看看天色,"今天天气不错,你晚上本来打算做什么?"

苏拉机械地回答:"坐一次浦江夜游船吧。"她来海市这么多年,终于舍得花这个钱了。

"挺好,一起?"

苏拉回头看看十六铺码头:"人挺多的。"

"没事,谁会注意一个干瘦的老头子呢?"

苏拉抿唇:"那我请你。"

两人登了船,上了三楼的露天甲板,流金水色已经亮起来了。一面是百年十里洋场,一面是今日摩天丛林。

杜宇风指着一栋新楼问:"这是谁家的?"

苏拉解释了一会儿,那栋楼的开发商是谁,是什么时候竣工的,冠名是谁,买了多少层。

然后杜宇风说:"老杨啊,上周刚和他吃过饭。儿子从华尔街回来,搞了只对冲基金,两千万,冲没了。"

苏拉:"……"

"大家都一样,扎堆去搞地产、搞金融,想回头的时候,才发现回不了头啦。"

过了一会儿,杜宇风才察觉自己把天聊死了。

"年纪大了，好多年没跟小姑娘聊过天了，对不起啊。这十几年，海市的变化真大，鹤市更大。"他在江风里眯着眼，看向苏拉，"想过离开海市吗？"

苏拉沉默了一会儿："我喜欢海市，讲格调。表面文章，大家都还肯做一做。"

"有男朋友了？"

"上学的时候谈过一个，分了。没意思。"

"那什么有意思？"

"赚钱吧。"苏拉笑笑，"缺钱缺惯了，需要赚很多的钱才能有安全感。"

"做杜宇风的女儿，赚钱会容易很多。"

苏拉一扯嘴角："做了杜宇风的女儿，还需要自己赚钱吗？"

"从前是不需要，以后就难说了。"杜宇风收拢身上的毛呢大衣，"苏拉，我要死了。胰腺癌，晚期。"

苏拉原本倚靠在栏杆上，猛然直起身来。

"你妈妈和娜娜都还不知道。我这次来海市，顺便又做了个检查，结果还是一样的。"杜宇风脸上的笑意未改，"我是真没想到，自己会这么早死。然后我就想，苏拉就在海市啊，她现在过得怎么样呢？"

他说话的语气里带了点欣赏："你升职前办的那个案子，在圈里都出名了。老许的二房三房打上门来，大太太要闹离婚，乱成一锅粥。老许病急乱投医找了你，你是搭了个什么结构，竟然让三个女人和和气气勾肩搭背地回去了？"

苏拉耸了耸肩，没接话。

老许的大太太根本不想离婚。男人以为女人们争的是他，其实她们争的只是确定的利益。适当的资产隔离，就能让她们亲如一家，恨不得男人当下便死。

杜宇风眯眼觑着她的脸色。这孩子十几岁的时候，就有一股破罐子破摔的沉稳，遇上再大的人物、再热情洋溢的夸奖，都难令她露出一丝逢迎的笑容。

他将目光投到江上，道："现在见到你了，我发现你过得很好啊……你怎么能过得这么好呢？娜娜过得很不好啊。"

这话中细微而激烈的情绪，让苏拉悚然一惊。半晌，她问："你还有多久？"

"半年吧，最多一年。"

江风拂面，杜宇风的声音混着浪花和水汽瓮瓮地响起："要是能用我全部的财产，换我多活三年，我今天就不来这儿了。苏拉，我需要你的帮助。"

苏拉愕然："我能做什么呢？"

"你可以来鹤市，替我看着娜娜。我不相信王家，也不相信你母亲，一帆可以交给他们，女儿不行。娜娜需要一个朋友，也需要一个对手。"

"杜叔，这不是幼儿园，你女儿不需要你给她安排朋友，或者对手。"

"那你觉得她需要什么？"

杜宇风没有因她的语气而生气，反而认真地反问："如果我明天就死了，娜娜会变成什么样？"

苏拉露出厌倦的神情："那和我有什么关系？你早晚是要死的。"

杜宇风放声大笑："你说得对。可惜这么简单的道理，我却一直没想明白。做父母的费尽心思，想在每个路口为孩子选一条最不坏的路。多年以后回头来看，才发现每一条都选错了。"

杜宇风这一生，从来都是把事业摆在前面，家庭摆在后面的。

杜荔娜的母亲去世前，家里的事他根本不用操心。一帆从不到十人的小公司做起，前十年，他都一心把企业做大做强，技术做精做尖，根本没想过传承的问题。商场上险象环生，风云突变，谁知道一帆能走多远？

杜荔娜还不到六岁，妈妈就去世了。这个天真的小人儿会问他"妈妈还会回来吗""妈妈在天堂过得好吗"这样的问题，杜宇风不知道怎么回答。他只好拼命挣钱，把杜荔娜丢给保姆。

学业和芭蕾舞课占据了女儿大部分的时间，工作则占据了父亲的大部分时间，父女两人各自忙碌，便都没有时间过于伤感。

江世敏的出现，从事业和家庭两个方面拯救了杜宇风。她是个精明强干的女人，不仅在事业上帮助了他，把他的家庭事务也安排得井井有条，唯一不好的就是，江世敏不是个在感情上容易亲近的人。这也没什么好苛责的，继母对继女，保持友善的距离才更安全。

和江世敏结婚以后，一帆的技术优势充分展现出来，实现了量化生产，利润大幅提升。也是在这个时候，杜宇风才意识到，一帆这个企业，他也许能留给下一代。当他开始关注杜荔娜的学业，考虑让她以后进入一帆接班的时候，女儿却出了车祸。

车祸彻底击垮了杜荔娜。她前面十几年过得太顺，一点挫折都承受不了。

所以杜宇风想，算了吧，她想干什么就干什么，想跟谁结婚，就跟谁结婚，他只希望她快快乐乐，不要再受委屈。

以杜宇风的雄心，他还想再奋斗二十年，也以为自己能再庇护女儿二十年。但他没想到，自己这么快就要死了。

"当人的生命开始倒计时，看世界的角度立刻就不一样了。我突然看清了娜娜的未来。这个孩子单纯、懦弱、自私、胆怯。我走以后，她会成为砧板上任人宰割的鱼。"杜宇风苦笑着说。

苏拉一言难尽地望着他。这么多年过去，父亲还是一样爱女儿，也还是一样看不起女儿。

但是，现在的苏拉已经不像当年那样愚蠢了，她没有把这话说出口。

杜宇风是刀山血海里冲出来的一代企业家，吃过的苦和享过的福都是常人难以想象的。时间久了，他就忘了自己只是个人，而不是神。

"人死的当天，都管不了第二天的事。"苏拉说。

"那是别人。"杜宇风整了整衣袂，露出他在电视上出现时那种胜券在握的凛然，"我得在我死前，为一帆、为娜娜安排好一切。"

"为什么是我？你身边有那么多故交好友，都是能人，为什么找我？"

"这年头，要找到一个有能力又值得信任的人，可没那么容易。"

苏拉道："这个理由我不信。"

杜宇风沉默了一会儿，说："我刚才说过了，娜娜会成为砧板上任人宰割的鱼。你妈妈是第一把刀，王家是第二把。"他带点揶揄地抱起双臂。"在这世上，除了江世敏的女儿，我想不到还有谁能对付得了江世敏。"

苏拉险些笑出来："你太高估我了。我在我妈面前，连块绊脚石都算不上。"

江世敏就像一艘乘风破浪的航船，无论暴风骤雨还是阳光灿烂，她只朝着指南针的方向行驶，岿然不变。

"第二个理由是，你对娜娜有愧疚。"

"有愧疚，不代表犯过的错，我不会犯第二遍。"

杜宇风眨了眨眼，好像突然觉得有趣："丫头，第一次见你，我就知道你是个聪明又狡猾的小家伙。娜娜车祸醒来的时候，哭着说是你推了她，那时我是真的相信的。但是，你跪在我面前，说娜娜说的都是真的，我反而不信了。"

苏拉轻哼一声："你早说了，我聪明又狡猾。你怎么知道我这不是将计就计呢？"

"我见过太多的罪犯，为了遮掩一桩罪过，不惜犯下另一桩。罪犯不是你这个样子的。"杜宇风严肃起来，"娜娜出车祸，你负有不可推卸的责任。作为父亲，我不能原谅你。如果我还有十年的寿命，你绝对不是我的首选。但我没有时间了，现在，你是我最能相信的人。"

"丫头，这些年，你过得也并不好。人不能一直活在过去。回来把一切解决掉，等我死了，你们年轻人要有新的生活。"

游船低鸣了一声，前方已经靠岸了。一栋大厦突然变换了 LED 灯光的预设模式，缓缓打出了"我爱海市 I ♥ HAISHI"的字幕。

杜宇风在这时问她："你和娜娜，还有通信吗？洛逸？"

流动的光影滑过虹膜，苏拉僵住了。

良久，苏拉机械地转过脖子，问："你怎么知道？"

"我女儿有精神疾病，我当然要对她的社交多关心一些。动用一点灰色科技手段，无伤大雅。"杜宇风耸了耸肩，"不得不说，你骗人真有一手。不过，你要是不同意我今天的提议，我就把这些都告诉娜娜。"

"你用自己的女儿来威胁我？"苏拉简直不敢相信自己的耳朵。

杜宇风拍拍苏拉的肩膀："管用就成。你好好考虑，我能等的时间不多了。"

他转身离开甲板，独自走下了轮渡。苏拉茫然地站了一会儿，再下船的时候，已经看不到杜宇风的身影了。

苏拉在夜幕之中沿着江岸步行，一路走回自己独居的公寓。这是栋房龄超过三十年的老破小，楼上总是漏水，隔壁则常年响起床柱和墙壁的碰撞声。她想好了，再搬家，一定要挑一套崭新、安静的房子。

苏拉在书桌前坐下，打开笔记本电脑："叮咚——您有新的邮件"。

她点击那个小小的信封，一封短信在屏幕上展开：

洛逸你好，最近工作忙吗？

新上的电影我请全公司的同事看了，大家都说特别棒！希望你不要太辛苦。还有一个好消息要告诉你，我订婚了，是和交往了八年的男朋友。不知道为什么，我有点恐慌。日子一天天过得那么快，好像我只是偶尔在自己的躯壳里出现，大部分时间，都不知道自己在什么地方。也许是一切都太完美了吧，像个假的粉红泡泡。

总之，希望你一切都好，不开心的时候，就跳舞吧，连我的那份一起跳。我永远支持你。

落款是杜荔娜的英文名：Ella。

杜宇风说她骗人真有一手，其实也没什么神秘的。

当年，苏拉受杜荔娜的委托，去向洛逸要联系方式，但洛逸委婉地拒绝了。于是，苏拉找了张便利贴，龙飞凤舞地写下了自己前一天刚在电教室注册的邮箱。

最初，这只是个无伤大雅的玩笑。杜荔娜太可笑了，单纯、愚蠢、轻浮、浅薄，不戏弄她，简直对不起自己的智商。

后来苏拉才明白，这就是积蓄的恶意满溢的瞬间。

这个恶意的玩笑，随着时间的过去，被苏拉逐渐遗忘。直到很久、很久以后的一天，她在海市大学图书馆查资料的时候，偶然想起了这个邮箱。她鬼使神差地登录进去，发现邮箱里躺着几十封来自"Ella"的邮件。

苏拉屏着呼吸点开最近的一封，邮件中只有一段话：

没有人相信我，没有人相信是她伤害了我。我再也不能跳舞了，而她，就像她梦想的那样，去了顶尖的大学，以后会成为顶尖的律师。洛逸，这个世界已经不喜欢我了。

那天，苏拉在图书馆的电脑前坐了一整晚，读完了所有的邮件。她想起了她生命中出现过的很多人：苏海跃、阎秀君、吴小霞、王小力，还有……

天快亮的时候，苏拉的手颤抖着伸向键盘，打了几个字，发送了出去。

她输入的是：我相信你。

3

深夜的鹤市，每双不能按时下班的眼睛都泛着绿光，像被集体锁在金库里，闹了饥馑。

苏拉加班到十点，开上车才发觉腹中空空。她想点个外卖，又不知道吃什么好。心思就这么一动，便想起了林渡带她去吃过的那碗海鲜粉。口中津液满溢，她一脚踩上油门，就往龙美村开去。

去了才发现，龙美村道路狭窄，"添记"门庭若市，门口的停车位五根手指都数得出，还都被占满了。只有侧面斜角还有个空位。

苏拉正打算停进去，门口的泊车阿叔吆喝起来："这是人家自己的车位，不能停哟。"

苏拉不解地道："上次我和朋友来，他就是停这里的啊。"

"你朋友是谁啊？这个车位不对外，停去村里的停车场啦。"

龙美村的中心停车场离这里步行还要五百米，苏拉实在不想折腾。

"阿叔，我就停一下，打包个海鲜粉就走。"

阿叔铁面无私，法不容情，两人正纠缠着，一个干瘦的身影路过，拉住了他："干吗跟客人吵架啊？"

阿叔生气地告状："阿添，这个客人非要停在你家自己的车位上啦！你这个姑娘开豪车了不起啊？都说是人家的私家车位咯！"

添叔只朝车窗内看了一眼，就露出了笑容："是苏律师啊！"

苏拉十分意外。她只是和林渡来吃过一次饭，添叔竟然还记得她姓苏，是位律师。

添叔朝泊车阿叔摆摆手道："啊呀，车位不就是让人停的嘛。苏律师，快停进来停进来。"

苏拉受宠若惊地倒车入位，添叔亲自来开车门。

"苏律师，今天想吃什么啊？我下厨给你做。"

苏拉有点不好意思。她可以不卑不亢地应付身家数十亿的商业大亨，却无法坦然应对来自陌生长辈的善意和热情。

"谢谢添叔，上次的海鲜粉就很好吃。"

"阿渡怎么没跟你一起来啊？"

苏拉随口搪塞："他晚上有事。"

"有什么事能重要过陪女朋友吃饭呢？这孩子……"

要解释清楚她和林渡之间的烂账，可没那么容易，苏拉只好含糊地点点头。

大概过了十分钟，添叔就亲自端了盘海鲜粉上来。苏拉感谢了他，刚拿起筷子，他就一屁股坐在了对面。

"阿渡看起来脾气好，其实骨子里特别固执，认定的事八头牛都拉不回来。他成天吊儿郎当地混日子，我还是头一次看他对一个女孩子这么上心。"

添叔见苏拉还不动筷，就招呼她："快吃啊，饿坏了吧。"

苏拉只得很走心地夹了一大筷子，塞进嘴里。

这位添叔自说自话的风格，倒像是和林渡一个模子印出来的。

添叔似乎很担心她把林渡甩了，嘴里絮絮叨叨地说着："阿渡这孩子，会心疼人，也顾家。你跟他在一起，不用担心他出去鬼混，他更不敢欺负你。

"阿渡对在意的人啊，脾气是最软的，你只要一生气，他肯定立刻求饶，你再一跺脚，啧啧，他能当场给你跪下。"

苏拉："……"

这时林渡无奈的声音响起："添叔，我底裤都快被你掀掉了。"

添叔尴尬地向苏拉一笑，站起身，瞪了林渡一眼，道："还不赔礼道歉？"

林渡莫名其妙地道："我又没做错事。"

"没做错事人家一个人出来吃夜宵？"添叔往他肩膀上打了一巴掌。

林渡翻了个白眼："行行行，您忙吧，别桌客人还等着呢。"

好说歹说把添叔给送走了。林渡不好意思地问苏拉："添叔……没让你为难吧？"

苏拉摇头道："添叔特别照顾我，让我把车停在门口的私家车位上。"

"那就好。嘿，他打电话给我，非让我现在立刻过来，我还以为出什么事了呢。"

苏拉又往嘴里塞了一大口粉，专注咀嚼。林渡见她也没有赶自己走的意思，就试探着在她的对面坐下了。

"怎么想起来添记了？"

"饿了。"

她拿纸巾擦擦嘴，问："你怎么也叫他'添叔'？"

"呃？"

"我以为你会叫他——爸。"

林渡"哑"了一声，也没太意外，毕竟苏拉这么聪明。

"你什么时候猜到的？"

"大概就是他说，我一跺脚，你就会给我跪下的时候。"

林渡干笑了一声："九岁以前，他就是我爸。我被林茂生带走后，跑回来找过他几次。他说他不是我亲爸，以后不准叫爸了，要跟着别人叫'添叔'。有时候我生他的气，就连名带姓，叫他陈志添。"

九岁以前，林渡只是一个偏科严重的平凡小学生。他的语文成绩好，数学拉胯得像屎一样。

那时，林渡还叫陈渡。他们全家住在还未改造的旧村老屋里，家境不算宽裕，却总能匀出钱来买奥特曼的闪卡。

陈志添只有小学文化水平，辅导不了他功课，只有一样手艺，就是炒天底下最好吃的海鲜粉。他脾气敦厚老实，八棍子打不出一句硬话，老是被食客逃单。每到这时，他漂亮的老婆钟晴就会追出两条街去骂人家。

后来，林茂生就带着两个西装革履的男人，闯进了陈渡的家。

加长加宽的奔驰车险些卡在旧村小街中。林茂生拿着一纸亲子鉴定，和十万块钱一起，摔在了陈志添的脸上。

"谢谢你给我养了九年的儿子，拿这钱把老档口扩一扩，请两个人，就不用那么辛苦啦。"

陈志添伸出满是油污的手，捏住了那张亲子鉴定。他只有小学文化，看不懂亲子鉴定，却还是看了一遍又一遍。

"阿晴，你真要跟他走？带着阿渡跟他走？"

钟晴只是哭。

陈渡抓紧了父亲汗湿的背心："我哪里都不去！"

陈志添干瘦的身躯颤抖着挡在妻子前面。

林茂生哈哈大笑起来："鸡仔陈，你倒挺有骨气！也不称称自己有几两重？"

黑西装保镖要上前把他们分开，林茂生摆了摆手："阿渡是我的亲儿子，我会让他上最好的私立学校，全英文教学的那种。我还能供他出国，什么牛津、剑桥、哈佛、耶鲁随便选，等他回来，林家几代人打下的基业就都是他的了。鸡仔陈，你能给他什么？让他跟你在大排档炒海鲜粉吗？"

他又转向钟晴，问："阿晴，我们说好的，你要反悔吗？"

钟晴把陈渡紧紧搂在怀里，仿佛这样就能隔绝一切世俗的风暴。

"阿渡我是一定要带走的。让你进林家，只是看在阿渡的面子上。阿晴，你想想清楚，是跟我去住兰心湖，做林太，还是窝在这个老屋当大排档的老板娘。"

林茂生停了一下，说出了最后一句诛心之言："你留下，全村都不会忘记，你就是那个给老公戴了绿帽的大排档老板娘。"

钟晴浑身剧烈地颤抖着，猛然将陈渡的手从陈志添手中挣开。

"阿渡，这都是命。人不能不信命。"

林渡说起这些旧事，就像密林里被毒蛇咬过的流浪汉，熟练地切开自己脓肿的伤口，放出毒血。

添叔后来也没有再结婚，海鲜粉的手艺没了传人。"添记"这些年的生意越来越红火，店面扩建过两次，也请了几个人帮忙。添叔越做越累，惦记着还有些老顾客，又不舍得关门。

"我说我要给他养老，他说姓林的别管姓陈的事。但我肯定还是要给他养老的。"

苏拉盯着他的目光趋于柔和，问："你不肯回林家，是因为添叔吗？"

"一小部分吧。"

"那大部分原因是什么呢？"苏拉没有意识到，此刻她的询问已经超越了普通的关心。

但林渡意识到了。他有点挣扎："有些事，我还不能说。"

苏拉"哦"了一声，又埋头吃粉，好像也没生气。

林渡于是不甘心了，道："你亲我一下，我就告诉你。"

苏拉被细细的米粉呛到了，一面拿纸巾捂嘴，一面瞪他。

林渡笑起来："或者，咱们俩交换，用你最黑暗的秘密，换我最黑暗的秘密，怎么样？"

苏拉静了三秒，道："呸，你就烂在肚子里吧。"

她起身要走，被林渡拽住："你就这样走了，添叔更会觉得我做了对不起你的事，跪着都哄不好的那种。"

他眼疾手快地抢走桌面上的小包，那里面装着苏拉的车钥匙。

"要走一起走，你得让我搂着出去。"

苏拉活了三十年，真是从未见过如此厚颜无耻之徒。

透过明档的玻璃，添叔看见了这边的动静，围着围裙迎出来，问："这就要回去了？"

苏拉一滞，那个无耻之徒趁机伸出长胳膊，环住了她的肩膀。

"添叔，我们走啦。"

苏拉浑身的肌肉反射性地紧绷，右手果断握住了搭在肩上的咸猪手。

以苏拉的近身搏斗能力，此刻这个姿势分分钟就能把缺乏锻炼的林渡过肩摔出去。林渡清楚这一点，是因为他们在安全的场合演练过好几次。

他心里也没什么底，毕竟苏拉女王狠起来完全没有底线。但经过这一段时间，林渡学到了舍不得孩子套不着狼的道理。他提心吊胆地等了一会儿，没有等到过肩摔，苏拉却渐渐松弛了下来。

"添叔再见。"她礼貌地点点头，任由林渡拥着出去了。

来到车边，林渡终于恋恋不舍地松开她。

苏拉摊开手，道："还给我。"

林渡把小手包从身后拿出来，却不往苏拉手里放。"刚吃完夜宵，你不怕长胖？要不咱们在村里溜达溜达再回去吧？龙美村这两年综合整治过，焕然一新，里头可好逛了。"

苏拉终于忍无可忍："林渡，换了是别人，现在腿已经断了。"

林渡笑得贱兮兮的，像一头突破食物链局限，学会了偷吃鱼的长颈鹿。

"所以，我的腿为什么还没断呢？"

"给我三秒。"苏拉也不废话，活动了一下手脚，结实的长腿稳准狠地踢了出去。

林渡下意识地先护裆，边跑边叫："断腿不打紧，断了别的，咱俩可就是两败俱伤啦。"

苏拉被他气得发笑，三两步追过去，要再补一脚，林渡仗着腿长跑得快，又躲了过去。

恰在这时，林渡的手机响了起来。他忙里偷闲，掏出来接通："喂，妈，什么事？"

躲闪的步伐骤然停顿，苏拉的鞋尖狠狠踢在了他的屁股上。

但林渡没动。他的神情变了，玩笑荡然无存，转为一种深重而难以挣脱的忧虑。

"现在情况怎么样？"

苏拉察觉了他的变化，也安静下来，凝神听着他的话。

"在哪家医院？我现在过去。"林渡挂掉电话，把小手包放到苏拉手里，"我得先走了。"

苏拉拉住他，问："怎么了？"

林渡犹豫了一下，还是如实道："林家老太爷——我爷爷，恐怕不行了。"

他打开手机软件叫车。知道龙美村不好停车，他是打车过来的。

苏拉按住他的手道："别打车了，我送你去。"

林渡静了三秒，说："算了吧。林家那一大堆亲戚都在，你和我又不是什么关系，去了你应付不了。"

"还没有家事律师应付不了的亲戚。"苏拉牵着他的袖子往车边走，"你放心，真应付不了的时候，我自己会撤。"

林老太爷住院的医院，就是杜宇风去世的那家。苏拉比林渡还要熟悉，拉着他直接找到了国际医疗部的临终关爱病区。

医院提供了一个类似小型会议室的隔间，供林家人休息等候。外面的走廊上坐着一排司机保姆，各自不说话，低头玩着手机。走廊的墙上挂着淡泊悠远的水墨国画，所有物品的色调都散发着温暖与安详。

但林家人的吵闹声打破了这种安详。

林渡和苏拉一进门，就看见林茂生被一群人围在中央，疲惫地解释着什么，钟晴则被挤到角落，眼泪扑簌簌地往下落。

钟晴一看见林渡就冲了过来，待走到面前，才看清他身边的是苏拉，不禁有些尴尬。

既不知如何称呼，便索性当看不见。钟晴握住林渡的手："他们要把你爸爸逼死了。"

这时，林家的亲戚们也都看到了刚进来的两个年轻人。林渡的二叔先阴阳怪气地说了句："哟，皇太孙来啦？"

他太太立刻帮腔："你们大房可真够孝顺的。老爷病发,一个在酒桌上喝得昏天黑地,一个忙着约会,半夜才来。啧,就是老爷偏心,什么都向着大房。"

林茂生的脸上青红交错,道："这是医院,不是家里。你们给林家留点脸吧。"

二叔和二婶负着气把剩下的话憋了回去。三叔却憋不住了："林家的脸都长在你一个人脸上吗?林茂生,你别以为我不知道你拿着恒茂背地里干的那些阴私事!我今天非要在阿爸的面前说清楚,就说他的遗嘱凭什么这么立,凭什么大股都给你们大房?"

三叔的儿子年轻气盛,直着脖子叫："阿爷精神不好都这么多年了,他身边的人都是大伯的人,立的遗嘱,搞不好是假的!"

其他人一听这话,都精神了。

"对!遗嘱肯定是假的!"

林茂生的身子晃了晃。他确实是被从酒桌上叫下来的,此刻只能强撑着保留一丝清明,压住这帮闹事的弟妹："都别吵了!阿爸还没死呢!现在是说遗嘱的时候吗?"他的声音微弱,没能盖过众人的吵嚷,只能疲倦地按着额角。

钟晴哭得更厉害了,双腿微微颤抖。她的更年期症状严重,近来更是经常性地潮热、心悸,神经功能也出现了异常,遇到重大的情绪波动,身体状况就更不稳定了。

林渡赶紧扶住了她。那边已经有人在说："大嫂,你就别装啦,待会儿医生没时间抢救阿爸,还要先抢救你。"

林渡冷眼看着这一切,一点也不觉得意外。此刻他的心绪恍惚,却突然想借苏拉的眼睛来看看。

从苏拉的角度看,林家是个什么混账样子呢?

自己为什么没坚持,还是让她跟过来了呢?

她怎么不扭头就走呢?

但苏拉还在,没有移开视线,也没有评价。她只是沉默着,站在林渡可以看到的地方。

林渡问钟晴："妈,你难受的话,我送你去旁边的酒店休息吧?"

钟晴摇头道："不行,你阿爷刚刚清醒过来了,你小姑在里面陪着,等下见完你爸和叔叔们,可能还要见你。"

"我先送你,我再来。"反正这么多叔叔,轮到他也不知是什么时候了。

"绝对不行。"钟晴斩钉截铁地咬着牙,"今晚我要是不守着,他们今后会戳破我的脊梁骨。"

林渡无话了。

又过了一会儿,林渡的小姑从隔间外进来了。她脸上泪痕未干,情绪还算平静,看见林渡还勉强笑了一下："阿渡,你阿爷要见你。"

林渡没想到这么快就轮到自己了,愣了一下。林家人听闻了这长幼不分的接见顺序,又吵了起来。

女人在林家没有太多话语权。林渡的小姑挣扎着说了两句，没能说清林老太爷为什么不见儿子，先见孙子。二叔和三叔堵了门，大有拦住林渡，自己先去见老爷子的意思。

就在这时，一个清朗的声音响起："遗嘱是真是假，确实还不一定。"

这话精准地抓住了在场所有人的注意力。众人齐刷刷地看向说话人——苏拉。

"但有一件事很确定。"苏拉环视了一圈，像一头只噬新鲜血肉的母豹子，旁若无人地踏过秃鹫食尸的滩头，"阻挠老人的临终愿望，影响老人的求生意志和救治，这在法庭上可以作为遗产分配时的酌情情节。"

她指了指上方，说："这里是有摄像头的。将来法官看完这段录像，各位的继承比例是会增加还是减少呢？"

众人顿时不说话了。

半响，林渡的二叔叫起来："你谁啊？"

苏拉转头看向林渡，林渡也看着她。

"我是林渡先生的——"她无声地吸了口气，"律师。"

小隔间里骂骂咧咧，什么老太爷人还喘着气，大房长孙就把律师带到医院来了，诸如此类。但确实没有人再阻止林渡出门了。

林渡不在乎他们说什么。他轻轻捏了一下苏拉的手，抱歉地说："你能不能，帮我照看一下我妈？"

苏拉点头。钟晴惊恐地被林渡移交给苏拉，但她知道，此时此刻这位恶女律师，是站在她这边的。

"钟阿姨。"苏拉冷淡地叫了一声，这已经是她能表现出的最大亲切了。

钟晴只得柔顺地应了，就好像几个月前，她们之间那场价值五百万的对峙从未发生过。

林老太爷八十五岁了，患帕金森病多年，晚年生活主要由林家小姑照顾，这次入院最初是因为吸入性肺炎引发了严重的肺部感染。老人的身体已经承受不住激烈的治疗手段了，目前只能进行舒缓治疗，以减轻他的痛苦。

病房内，各种复杂的仪器已经连上了老人的身体。他神志还算清醒，但说话已经很困难了，需要把耳朵凑近他嘴边，连猜带蒙才能理解他的话。

看见林渡和小姑进来，林老太爷的瞳孔明显放大了，喉咙里发出"喀喀"的声音。

"阿渡啊……"

林渡在床头坐下，握住夹着血氧传感器的枯瘦的手，把耳朵靠近老人嘴边。老人的嘴唇便轻轻嚅动："阿渡啊，你是……"

浑浊的眼珠频频转动，却不能自如地转向想要的方向，只能无望地朝着天花板定住。

"你是长房长孙……要回来……你爸……混账，我当年也……混账……"

林渡在心里叹气。他当然明白林老太爷想说什么。

林老太爷不到三十岁就背井离乡、抛妻弃子到了香港，那时林茂生才三岁。他赤手空拳靠卖苦力起家，挣下了第一桶金，在香港又娶了一房太太，后来的几个子女，都是这位太太所生。改革开放初期，他带着全副身家回来投资，在鹤市建立了恒茂。

林老太爷衣锦归来的时候，正是林茂生最潦倒的时候。那时他的生母已经去世，他已经娶了老婆，生了一个女儿，全家都靠着老家村里的那块地过日子。天上掉下个富爹，还愿意培养他当接班人，从地狱到天堂，只需要一次成功的投胎。

二房太太和其余子女当然激烈地反对，但林老太爷很坚持。林茂生聪明，吃过苦，和年轻时的自己很像，其他子女都是福窝里养大的，斗志上就差了一大截。当然更重要的是，他和林老太爷一样，是长子。

林茂生百般讨好逢迎，机关算尽，利用林老太爷长幼有序的执念和愧疚之心，终于成了林家真正的掌门人。

所以林渡不肯回家，对林茂生来说，根本不算事。他相信，只要父亲有钱，儿子总会回来的。

林老太爷尽了最大的力气反握林渡的手："血……浓于水！回来……都是你的！"

林渡忽然感到绝望。

"爷爷……"他鼓起了莫大的勇气，"我不懂经营管理，也不适合。林家交到我手里，会碎成渣的。您非要说什么长房长孙的话，长房长孙，可不是我呢。"

严格来说，林渡的姐姐林深才是所谓的长房长孙，但在林家，女人进不了家谱，争不到财产，在所有利益攸关的叙述中，宛如不存在。

"爷爷，如果林深还在，她或许会听您的话。"

仿佛有一道久远的光，射入林老太爷的天灵盖，他蓦然双目圆睁，眼睛里渐渐染上血晕。

"深……深……"

林深曾是林老太爷最宠爱的孩子。她是他的第一个孙辈，从小温顺懂事，身体又弱，林老太爷对其他人有多严苛，对她就有多纵容。

林渡到林家的时候，林深已经上大学了，她哭着去求爷爷，让爷爷劝父亲不要离婚，不要抛弃她身体和心理都很脆弱的母亲。

林老太爷铁了心，没有同意。

他说："你母亲和你父亲结婚的时候太草率了，没有掐过八字，所以你母亲才一直生不出儿子。"孙女再亲，也只是孙女。林家长房需要一个名正言顺的长孙，这比什么都重要。

当然，这些事情都是林渡后来听说的。

离婚后不久，林深的母亲便抑郁崩溃，自杀去世了，林深遂和林家彻底决裂。

而林深得了绝症，瞒着林家，一个人孤孤单单地死在了外面，又是更后来的事了。

一轮检查和调整之后，林老太爷重又陷入了昏迷。

小姑把林渡赶出了病房，一巴掌打在林渡背上，道："你提深深做什么？要气死你爷爷吗？"

林渡不说话，小姑继续骂："你爸这么见人说人话、见鬼说鬼话的人，怎么会生出深深和你？一个反骨女，一个反骨仔。不孝！不孝你知道吗？"

林渡道："小姑，林家人里，你是最孝顺的，爷爷分多少钱给你？"

小姑登时变了脸色："傻孩子，我是女儿，女儿和儿子怎么能一样呢？阿爸对我已经很好了，比对你大姑好多了，都是因为我孝顺。"

林渡叹了口气，觉得无谓争辩，徒惹人不开心。

"小姑，你也注意身体。"

林渡回到隔间，众人都围了上来，问他老爷子说了什么。林渡如实说了，他们有的失望，有的愤怒，有的鄙夷，有的不信，倒是林茂生双眼含泪，默然不语，似乎动了真情。

其他人从他身边离开的时候，林茂生轻轻拉住林渡道："阿渡，阿爸以前的确做了很多错事，我知道错了。咱们父子之间，有什么不能坐下来好好说的呢？"

林渡没有回应。

林茂生难得地有耐心，道："抗瘤基金运行得很好，李教授的第一期临床试验明年就能开始了。这些年阿爸也很后悔，但真的已经在尽力弥补了。你回来吧，阿爸需要你。"

钟晴的面色好了很多，情绪也平复了不少。她坐在一旁，听见林茂生的话，泪水如泉般淌满了脸颊。

隔着父母，林渡看见苏拉斜倚在墙上站着，面无表情地看着这场大戏——被他拖进的这场人间伦理大戏。

林渡低下头，隐藏起自己真实的感受："我会考虑的。"

他轻拍钟晴的手臂，以示安慰："妈，你感觉好些了吗？"

钟晴点头。

"那我稍微离开一会儿，送苏拉下楼。你自己可以吗？"

钟晴脸色一变，冷声说："这么大的事，她不应该跟你一起守着吗？"

林渡摇头道："她现在不是我的女朋友，只是好心送我过来。而且……"他很清楚，自己不希望苏拉继续待在这里。哪怕她能给予他再多的支撑和帮助，也不行。

林渡委婉地向苏拉表达了请她离开、回去休息的意思。苏拉倒很理解，除了向钟晴点了点头，没和任何人告别。

林渡跟在她身后，陪她下到停车场。

下降的电梯里只有两人，林渡盯着缓慢跳动的数字，忽然听见苏拉问："你还好吗？"

　　林渡笑了一下："还好。"

　　苏拉盯着他的侧脸，没有再说什么。

　　到了地下停车场，苏拉率先迈出电梯，林渡却没跟出来。

　　"苏拉，我记得你说过，人活在人群中，就是要互相忍耐，是因为有超乎寻常的善良的人存在，才能避免伤害。"

　　苏拉一愣道："我说过这样的话吗？我不记得了。"

　　林渡说："我记得，记得很清楚。"

　　那时，"知名作家殴打粉丝"事件刚刚过去，林渡很是低调了一段时间。虽然澄清声明和录像都已经发到了网上，传播度却远远不及之前的谣言。大部分人并不关心真相，率先进入脑海的热搜标签永远地印在了那里。

　　林渡和苏拉在吃饭时聊到这事，颇有些愤愤，觉得这世上几乎没有公理和正义可言。

　　苏拉停下正切割牛扒的刀叉，道："人活在人群中，就是要互相忍耐。人们总觉得有人受了损害，一定是另一些人做错了事。其实不是这样的。这个世界，本来就是一群没有犯错的人在互相伤害。是因为有超乎寻常的善良的人存在，才能避免伤害。"

　　她把切好的一块牛肉放到林渡的盘子里，又从他的盘子里抢去一块不同口味的。

　　"绝对的公平正义是不存在的，每个人都有自己的立场，也只能看到自己愿意看到的。"

　　林渡道："你们做律师打官司，不就是为了追求绝对的公平正义吗？"

　　"谁说的？法律的目的，是让各方都得到一个相对公平的结果，然后结束这件事，继续生活。不论发生了多么糟糕的事，活着的人都不该被困在过去，应该继续生活。"

　　苏拉谈及法律——像一个冰冷的人谈及另一件冰冷的事物，却不知为何，袒露出一丝脉脉的温情。

　　林渡问她："苏拉，你为什么读法学？"

　　"大概是因为……我也想继续生活吧。"苏拉的目光又柔和了几分，"曾经有一个人劝我去读法学。那个人说——学习法律，也是学习善良。"

　　林渡遂笑道："这话说得好像你本来不善良似的。"

　　苏拉没有因他的幽默发笑。她的思绪似乎倏然飘远了，在云端兜了个圈，才飘了回来。

　　林渡问："你说的那个人，是谁？是前男友还是白月光？"

　　和此前的每一次一样，苏拉再次避开了他的追问。她重新执起刀叉，利落地切开牛扒玫瑰色的纤维。

　　"我说，有没有可能，你这本书就是写得很烂呢？"

林渡："……"

"你就承认它很烂，再写下一本呗。"

像她这么直戳要害的人并不多见。林渡就是从那时起开始怀疑，自己有一点受虐狂的倾向。

而现在，林渡站在亮如白昼的四角笼中，喃喃道："你说得很对。我姐姐林深，就是一个这样超乎寻常的善良的人。"

4

十二岁那年，林渡第一次见到林深。那次是她最后一次回林家，只为拿走一些母亲的遗物。

隔着房门，林渡听见林茂生破口大骂，那些污秽的诅咒和卑劣的揣测，他从未从任何一个父亲口中听到过。

林渡对这个传闻中的姐姐十分好奇，避开了其他人，特地等在院门口。林深拖着个箱子从屋里出来，和他撞了个正着。她比林渡大十岁，但生得娇小瘦弱、相貌平凡，戴着一副厚厚的眼镜，扔在人群中拿放大镜都找不到。

林渡盯着那箱子，问："你拿的什么？"

"只是一些旧衣服和旧书。"

林渡又问："这里本来就是你家，你为什么要走？"

"这里早就不是我家了。"

林深的目光落在林渡手里的书上，是《哈利·波特与魔法石》。

"你喜欢这本书，应该也会喜欢《简·爱》。呃，或者《大卫·科波菲尔》。"

林渡道："我看过《简·爱》。你想说自己是简·爱，而我是里德舅妈的胖儿子吗？"

林深愣住了。她眼睛红肿，镜片雾蒙蒙的，狼狈得像洞穴里赶时间的兔子。

过了很久，她大笑起来。林渡简直理解不了，一个文文弱弱的女生，怎么能发出这么放肆的笑声。

林渡有点恼火："你笑什么？"

林深就地打开行李箱，从箱子里拿出一本旧书，放在林渡手里。是《大卫·科波菲尔》。

"借给你。"

林渡有点莫名其妙。据钟晴的说法，他们俩的关系，应当接近于仇人。

明明是他抢走了她的父亲、她的家庭、她的财产、她优渥的生活。现在，她还借书给他？

林渡摸着发皱的书皮，问："那我怎么还给你？"

林深在背包里摸了半天，摸出支笔，在林渡手上写了个地址。

林深住在一间狭小逼仄的单身宿舍里，一半是书，一半是床，没有空调，冬冷夏热。她全部的财物甚至不足以堆满宿舍，但她拥有很多书，和更多毫无用处的冷知识。

后来，林渡常常在放学后去找林深。他在林深的单身宿舍里读完了《大卫·科波菲尔》，又读《红与黑》。

他们也一起读诗，毕竟一个人读诗是没意思的。

他们从阿赫玛托娃读到博尔赫斯，从 T.S. 艾略特读到元稹。还有荷尔德林，林深最喜欢荷尔德林，因为他说"人建功立业，但诗意地，人栖居在这片大地上"。[1]

林深的梦想是成为一名作家。在那个年代，已经有一些网络文学站点出现了，与后来的盈利导向不同，当初的网络文学还是文学爱好者的小众集会。林深作为其中的一员，偶尔也会把自己写的小故事或短诗放到论坛里，请同好们点评。当然，林渡往往是第一个读者。

林深像一个耐心又有诸多奇思妙想的引路人，为林渡开启了一个名为文学的新世界的大门。他们建立了一种奇特的友谊，对给予共同基因的那个男人闭口不谈，却又深刻地感受到彼此之间相连的血脉。

这样的关系，在林渡十五岁那年，戛然而止。

得了绝症这件事，林深没告诉任何人。在那个夏天，她花掉所有的积蓄，去了青海。她在德令哈的时候，给林渡打了个电话，说："姐姐我今夜在德令哈，一点都不想你。"[2]

隔着电话，两个人笑得像两个傻瓜。

后来，她的身体被火化，由林家的秘书带回了鹤市，她的魂灵，则留在了德令哈。

苏拉不知道，林渡为什么要在此刻讲述姐姐的故事。她握住林渡的手，像牵一个孩童一样，把他牵出电梯。

"你不回林家，是想走和你姐一样的路吗？"

林渡愣了愣，仿佛头一次发现这其中的联系："算是吧。"

"我刚刚听你说……你会考虑回林家。"

"我随便说说的。"

"但是那一瞬间，你心软了。"苏拉犀利地指出。

林渡一凛，而后移开视线："也只是那一瞬间而已。"

"那钱呢？你真的不喜欢钱吗？"

---

1. 人建功立业，但诗意地，人栖居在这片大地上。——《在迷人的蓝光里》[德]荷尔德林
2. 姐姐，今夜我在德令哈……姐姐，今夜我不关心人类，我只想你。——《日记》海子

她问得过于坦率，林渡一时竟不知如何回答。

"也不能说完全不喜欢。"他绞尽脑汁，想用最准确的方式表达自己对金钱的态度，想了半天，憋出了一个比喻，"钱对我来说，就好像卫生纸。"

苏拉："……"

"就是，你蹲在公共厕所里，没有卫生纸，那种绝望、孤苦和被困住的煎熬……你懂吧？"

"大概懂吧。"

苏拉想，自己为什么要在这里听这个人说这种屁话。以及，她为什么还要顺着他说话。

"没有卫生纸肯定是不行的，它得够用。你得把你的屁股擦干净，才能站起来，否则就得一直蹲在屎坑上。有钱，就好像拥有一大卷卫生纸，想用多少用多少，想擦多干净就能擦多干净。但是这些人陷入了对卫生纸的迷恋。他们沉溺于卫生纸的一万种使用方法，却忘了最重要的一种——把屁股擦干净，站起来，然后，从厕所里走出去。"

林渡指指上面："刚才小隔间里的那些人，在厕所里待了几十年，却连屁股都没擦干净，我不想跟他们一样，我想走出去。"

苏拉沉默了三秒，倏地理解了他的意思，莞尔一笑。

林渡的目光胶着于她的笑颜，忽然发起呆来。

一个男人，讲了一个连自己都觉得尴尬的笑话，面前的女人却真心实意地笑了。他就应当穷尽毕生的力量，把这个女人留在身边。

两人走到了苏拉的车边，苏拉打开车门，正要坐进驾驶位，却被林渡牵住了。

他把她轻轻压在车门上，低头在她的嘴角吻了一下。

苏拉怔住了。

唇上的柔软触感尚在，林渡快速地退开。

"苏拉，谢谢你今天在这里。"

苏拉只觉心跳得不能自已，分明两人该做的都做过了，却像是初次接吻一般。

这个夜晚很长，却又很短。当东方天际出现第一缕晨光的时候，林老太爷停止了呼吸。

他这一生吃过苦中苦，享过福上福，最为看重的是姓氏和血脉。医生宣告他死亡的同时，他的四子三女，除了最小的那个，都立刻拿起电话，开始整饬自己在恒茂内部的势力。

旧的威慑彻底散去，家族面临重新洗牌。而靠着死者支持才能稳坐第一把交椅的林茂生，自此寝食难安。

和杜宇风简约的小型追悼会不同，林老太爷的追悼会豪奢靡费，厅门外七里道边堆满白绿双色菊，送灵车队全部由黑色劳斯莱斯组成，在清晨引起了市民的围观。参加追悼会的有鹤市商界的许多贤达，还有整个林氏宗族。会后，林茂生将亲自扶柩回乡，送老父入祖山，落叶归根。

林渡像个机器人一般站在林茂生身后。每来一位世叔世伯，林茂生便挤出两滴新鲜的眼泪，表现得恨不得以身替父去死，奈何子欲养而亲不待。对方也流两滴眼泪，或真或假，再夸两句，好在令郎才俊，后继有人。

何家兄妹也是随父母来的，在外人面前，这两个人文雅规矩得活似被夺了舍。何宝贤在转身前向他招了招手，何崇光则借握手的机会，给他手里塞了块巧克力。

令林渡意外的是，苏拉和杜荔娜也出现了。

苏拉是跟着郑永明来的，杜荔娜则是跟着常玉忠出席。他们在门口碰上，就一起进来了。王家兄弟因为去海市出差，只派了一位京岚的副总裁代为出席。

杜荔娜走在前面，妆容素净，但大方明艳，洁白的下巴高高地扬起，像是突然拥有了世界。苏拉安静地跟在所有人后面，像个保守而坚韧的英国女管家。

林茂生认出了苏拉，却没有过多在意。钟晴没告诉他苏拉和林渡的私人关系，他以为苏拉只是郑永明手底下的一位普通的律师。

林茂生的注意力都在杜荔娜身上，他先是被杜荔娜的美貌惊艳了一下，然后意识到了她和王家的关系，笑着和她握了握手，握了三秒才肯松开。

杜荔娜的脸上现出不悦，苏拉在她身后轻咳了一声，她便有礼地向林茂生点了点头："林董，我是后辈，今后在生意场上，还需要您多多指教。"

林茂生道："杜小姐这是要正式加入一帆的经营了吗？"

"仰赖林董支持。"

林渡最近对杜荔娜的印象，是她和苏拉打了一架，抓破了苏拉的脸。他看到这两人相安无事地一起出现，就像看到了柏林墙的倒塌。

和苏拉握手的时候，他靠近她耳边问："你们这是……和好了？"

"利益共赢。"苏拉答道。

行吧。和钱有关的事情，总是让林渡很迷惑。朋友反目、亲人成仇、敌人相拥，都很容易。

"我觉得，她没那么容易原谅你。你小心点。"

苏拉有点意外。她没想到，林渡还会替她考虑这些。

走到无人在意的角落，苏拉拿了杯热拿铁，递给杜荔娜："喝了，就别打哈欠了。"

杜荔娜报之以一个白眼。早起是她最大的障碍，如果不是苏拉的夺命连环电话，她此刻本该躺在床上睡美容觉。

"你这是故意折腾我。"

苏拉道："你要以你自己的身份去积累资源，而不是以杜家女儿，或者王家媳妇的身份。"

"为什么非要来这儿？这个林家的老头我不认识，我爸也没提过。"

"恒茂是临南工业园项目上的合作伙伴，圈子和一帆有重叠。今天这场追悼会，来的企业家很多，对你是最好的机会。"

杜荔娜不以为然地道："既然我有钱，为什么要讨好他们？"

"你是有钱，但没有一分是你自己挣来的。在你证明自己有能力掌控财富之前，只有两种人会和你做朋友。骗子和想卖东西给你的人。"

"那我证明了自己的能力，他们就愿意和我做朋友了吗？"

苏拉笑笑道："不。到那时候，你就可以得体地装作和他们是朋友了。"

这时，林茂生站上了台，开始声情并茂地朗诵悼词。悼词是本地最贵的公关事务所精心为他撰写的，在悼词中，他回忆了父亲早年的奋斗史，以及他对家族、对恒茂、对鹤市的贡献。

苏拉的目光穿过人群，找到了林渡。他安静地站在林茂生身侧不远处，看起来心事重重。

末了，林茂生深情地说："我父亲最了不起的就是，永远把家庭放在第一位。我和我的父亲一样，所做的一切，都是为了我的家人。"

台下掌声雷动，甚至有人流下了泪水。

林茂生的眼眶也湿润了。他高举双手，向来参加葬礼的人们示意："其实今天，我还有一个重大的消息要宣布。"

人们安静了下来。

"我要向大家介绍我的儿子，林渡。"

钟晴从身后推了林渡一把。林渡遂拖着步子来到林茂生身边，只三四步的距离，他像是走了一年。

林茂生的神情有些激动："我的儿子林渡，即将就任恒茂集团副总裁，他会给恒茂带来新鲜血液，将来，从我的手中接下这个光荣的接力棒。"

苏拉这才意识到，林渡今天是精心打扮过的。

油头、高定西装、牛津鞋，是站在王家兄弟身边，相似得可以三个一连消除的程度。

林茂生的悼词似乎也触到了杜荔娜的心事，她小声道："你觉得我爸爸走的时候，心里遗憾吗？"

苏拉收回心神，问："遗憾什么？"

"他的女儿并不像他，口才也不行，不能像这位林总一样，大方体面地主持他的追悼会。"

苏拉挑起眉："你觉得，你爸希望你念一段这样的悼词吗？"

杜荔娜沉默了三秒。这不是杜宇风的风格，他是个相当务实的人，所以才会在生前交代，葬礼务必一切从简。

"我爸大概会说——别说没用的话,娜娜,干点有用的。"

杜家姐妹对望了一眼,同时想起了杜宇风在饭桌上侃侃而谈的样子。

杜荔娜莫名觉得好笑。杜宇风一直是她心中的神,她从来没有调侃过他,哪怕是私下里、心里,都没有。但是现在,和苏拉一起回忆杜宇风时,她突然醒悟了,父亲从来都不是完美的。

他对自己的爱是毋庸置疑的,但他说过的话、给她的严厉和慈爱,都只是他个人实践父爱的一种方式,并非金科玉律。

这世界上有比杜宇风糟糕的父亲,也有比杜宇风优秀的父亲;这世界上有比杜荔娜糟糕的女儿,也有比杜荔娜优秀的女儿。撇开所有的期待和光环,他们只是一对笨拙的、从未交心的父女。

林家的葬礼宛如一个舞台,上演着兄友弟恭、父慈子孝、厚德传家的戏码。林老太爷、林茂生、陈志添、杜宇风,他们都是父亲。哦,还有苏拉自己的父亲——苏海跃。

这世界上有一万种父亲,能说出口的只有一种。

这时,苏拉的手机嗡嗡鸣响,她接起来:"宁夏,什么事?"

宁夏的声音有些难言的犹豫:"苏拉姐,律所来了一个十二岁的小女孩……"

"一个人吗?监护人呢?"苏拉的第一反应是,这是那种儿童被家暴的案件。

"她的老师陪着她。她们是从陵县来找你的……"

这下苏拉愣住了。陵县是H省一个极偏远的山区县,比榴城还要穷,如果她没记错,一帆集团和陵县还有个对口帮扶教育的慈善项目。

"找我?"

"她们要找杜宇风董事长的遗嘱执行人。那个小女孩说,杜宇风是她的父亲。"

第十三章
她给自己梳头

她把这破碎人世缀在一根绳上
她知书识字，但只是笑一笑
她把笑声掺进杯中的酒
想要活在世上，你就得喝下它
你就是碎片让她看到的肖像
当她心事重重低头面对人生

——《她给自己梳头》保罗·策兰

1

苏拉在办公室见到了那对来自远方的师生。

老师姓李，大学毕业就去了陵县绵山镇中学支教，教初一，小女孩是她班上的学生，名叫徐芳。

李老师介绍，徐芳是绵山镇里最偏远的海谷村的人，家里是重点贫困户，除了她只有一个不识字的外婆。徐芳每天要走五公里的山路上学，她性格很独立，学习也努力，诚实懂事，还当了班长。

苏拉知道，李老师这是在为接下来的话铺垫可信度。

李老师说，她到绵山镇中学教书以后，就定期组织同学们一起读报，尤其会阅读一些沿海发达地区的新闻，帮助他们了解外面的世界。一个月前，他们在鹤市晚报上读到了一帆集团董事长杜宇风去世的消息，新闻里同时介绍了杜宇风的生平、一帆集团的发展历程和他创办的企业对新材料行业的技术贡献。

读报的当时，徐芳还没说什么，但第二天课后，她去找了李老师，说这个杜宇风就是自己的父亲。

这种远方富豪是失散生父的幻想，在徐芳这样的孩子身上出现很常见，李老师本来没太当真。但徐芳一遍一遍地强调自己说的是真的，还拿出了证据。

李老师小心地从包里拿出一个相框，相框里夹着一张十二年前的电汇转账单，是那种复写上去的底联，只有一点点受潮褪色，上面的信息都还清晰可见。

收款人：徐丽；付款人：杜宇风；转账金额：人民币伍仟元整。

徐丽就是徐芳的母亲。

根据徐芳外婆的回忆，十多年前，徐丽到鹤市打工，就在杜宇风的工厂里干活，干着干着，徐丽突然请假回了老家，只住了一个月，徐芳的外婆就发现徐丽怀孕了。

徐芳的外婆劝女儿打胎，毕竟陵县这样的地方，未婚生育是会被唾沫星子淹死的。徐丽却不肯，她说孩子的爸爸是个好人，应当把他的孩子生下来。

再说，万一是个儿子呢。

生下徐芳以后，徐丽只休息了两个月，就又回鹤市打工了，从那以后，她就再也没回来。同乡说徐丽主动辞了一帆的工作，不知道游荡到哪里去了。

李老师对徐芳说，仅凭这一张转账收据，不能证明杜宇风就是她父亲，万一外婆记错了，或者徐丽说的是假话呢？但徐芳很固执，她坚持外婆的记忆没有错，自己的妈妈也不会撒谎。

"如果是别的孩子这样，可能我也不会当真。可徐芳一直都很懂事，不是会瞎说的孩子。我去县里司法局咨询过律师，他们说既然有遗嘱执行人，就应当来找遗嘱执行人，所以我就请了一周的假，带着徐芳来找您。"

李老师有些坐立不安。她反复解释，她们并不想给任何人添麻烦。

"就算杜宇风不是她的父亲，也许知道她母亲去了哪里？孩子想找父母的心情，您应当可以理解。"

宁夏在旁边做笔录，听着听着眼圈就红了。苏拉则很镇静，她的目光落在一旁十二岁的女孩身上。

徐芳个子不高，肤色白皙，长发编成一条油黑的辫子垂在脑后，眼睛又大又亮。她沉默地听着李老师的讲述，从头到尾都没说过话。

苏拉道："李老师，我能问徐芳几句话吗？"

李老师点了点头。

苏拉遂朝徐芳友好地笑笑："徐芳你好，我叫苏拉，你可以叫我苏律师。"

"苏律师。"徐芳警惕地点头。苏拉熟悉她的眼神，那是一种毫无倚仗，又不肯轻视自己的眼神。

"徐芳，我需要你诚实地回答：曾经有任何人亲口对你说过，杜宇风是你父亲吗？"

一缕挣扎很快地掠过徐芳黑亮的眸子。苏拉知道，她在犹豫要不要说谎，并且掂量如果说谎，对方能不能看出来。这是个聪明且生存能力很强的女孩子。

过了一会儿，徐芳摇头道："没人说过。"

苏拉把声音放柔了些："那你是从什么时候开始认为杜宇风是你父亲的呢？"

"我妈生我的时候，他给我妈打了五千块钱。外婆说，我妈回来的时候带了几千块钱，也是用一个一帆集团的信封装着的。他要不是我爸，为什么给我妈这么多钱？"

女孩的声音里透着凉意，逻辑也十分清晰。

苏拉沉默了一下。徐芳的怀疑不是没有理由的，换了她也会这么想。但要作为有亲子关系的证据，这还远远不够。

"有没有办法联系到你的母亲呢？她最后一次跟你们联系，是什么时候？"

"我没见过她。她最后一次跟外婆打电话时，我才五个月大。她说她要去挣大钱，让我外婆好好照顾我，然后就再没音信了。"徐芳顿了顿，"别人说我妈傍上了港商，去给人当小老婆去了。"

苏拉和宁夏交换了个讶异的眼神。宁夏插嘴道："那你有你妈妈的照片吗？"

李老师忙说："我这儿有，我去过她们家，用手机拍了两张。"

苏拉接过手机。第一张照片有点模糊，她还没看出什么名堂，到第二张时，她就愣住了。

这个徐丽，她见过。十三年前那个暑热的下午，在杜家鹤尾山别墅的门口，苏拉给她送过一瓶矿泉水和一个卡通小风扇。

徐丽就是那个"小黄鸭"。"小黄鸭"怕孩子生下来养不大，苏拉对她说，只要生下来，她就能长大。

她现在长大了。

苏拉的目光难以置信地投向徐芳。生命竟是这样一场奇迹，浇灌以时间，便从一颗朝不保夕的胚胎成长为果敢的少女。

徐芳敏锐地抓住了苏拉的失神，问："你认识我妈？"

苏拉摇头道："不认识。"

少女终究不明白成年人语言的艺术。她说的是"不认识"，不是"没见过"。

苏拉思忖了片刻："这样吧，你们把手上的资料留给我一份，我先做一些核实和调查工作，有了新的信息再找你们。你们住在哪家酒店？"

李老师表示了感谢，站起身来，示意徐芳一起离开，徐芳却坐着没动。

"你不相信我们。"她直直地盯着苏拉。

苏拉怔了怔。她当然可以娴熟地运用谈话策略，安抚住任何情绪激动的当事人。但在这样一双眼睛的注视下，她败下了阵。

"徐芳，我不是不相信你。人的叙述和材料需要经过大量的工作，才能转化为法律上可靠的证据。这是律师的工作，在完成这项工作前，我没法做出表态。你得给我时间。"

李老师附和道："苏律师说得对，我们先回去，也不急在……"

"我可以做亲子鉴定。"徐芳打断她，"我在书上看过，基因检测很发达的，能查出来。我可以抽血，抽几管都行。"

"如果需要做亲子鉴定，我们会和你商量的。"宁夏说。

"我现在就能做！"徐芳急切地道，"李老师是好人，她只能请一周的假，我们的时间很赶。如果这次解决不了，就没人能再带我来鹤市了。我只有这一次机会。"

宁夏为难地看了苏拉一眼。要和小姑娘解释清楚其中的关节，真需要莫大的耐心。而苏拉不是个很有耐心的人。只要她肯，简单两句话就能让当事人尴尬得哑口无言。

有那么一瞬间，宁夏以为苏拉会不耐烦地赶客。

但苏拉只是轻叹一声，把椅子挪到离徐芳更近的地方："徐芳，我要说的话，你现在也许听不懂，但我还是想把你当成一个成年人一样尊重，所以，我尽量通俗地解释给你听，好吗？要在法律上证明你是杜宇风的女儿，这是个非常复杂的过程。你提供的证据太薄弱，还需要补充更多证据；杜宇风已经去世了，你没法和他做亲子鉴定。若要和杜宇风的另一个女儿做亲缘关系鉴定，如果对方不配合，以你手上现有的证据，司法上也是不支持强制鉴定的。所以我要做的是，去和杜家的其他人商量，看他们是否知道你母亲，是否愿意直接认可和接纳你。"

徐芳满脸困惑，苏拉不知道她听懂了多少。

半晌，徐芳说："我不用他们接纳我。我就想知道，我能分到多少钱。他是我父亲，没有尽到养我的责任，现在他死了，他这么有钱，分一点点给我，应该不难吧？"

李老师顿时一脸尴尬："这孩子……"

苏拉摆摆手以示没关系："如果最终证实，你确实是杜宇风的女儿，作为未成年的法定继承人，你当然可以分到一笔遗产。"

徐芳的眼睛亮了，问："有多少？有五万吗？"

这金额如此精确，倒让苏拉意外了。她忽然明白了什么，问："徐芳，如果有五万块钱，你打算怎么用？"

徐芳的脸颊发红："有五万块钱，我就能带外婆去省城治眼睛了。"

2

苏拉核查了一帆的人事档案，虽然年深日久，有些资料缺失，但足以证明徐丽曾经在一帆工作过。

档案上显示，徐丽出生于1984年，十六岁到鹤市打工，2003年进入一帆，又用了三年，从普通的流水线女工做到了高级质检员。2006年，徐丽请了半年的假回老家，然后又回来继续上班，假期是杜宇风亲自批的。离开一帆则是在第二年的四月，她主动提出辞职，杜宇风还给她特批了一笔额外的工资。

十多年前，以鹤市的务工环境，这么厚道的老板着实少见。但杜宇风一直有个正派仗义的名声，许多一帆的老员工早年都受过他的恩惠，如果说徐丽只是其中普通的一员，也说得过去。

从一帆离职后，徐丽仿佛从这世界上消失了一般，也没再给老家的母亲和女儿寄过钱或写过信。徐丽的母亲在陵县公安局报过失踪人口，陵县还发过调取资料的函件给一帆，但一直没有找到徐丽的行踪。

苏拉和宁夏联系到一位一帆的老工友黄秋，她看到照片，立刻认了出来。

"这不是徐丽吗？"

"您知道她现在在哪儿吗？"

"那谁知道呢？"黄秋说，"找不到人也正常。那时候好多小姑娘出来打工，年纪不够，都用的假身份证，甚至假名字，谁也没法查。有些吃不了打工的苦，走了下流的路，或者是犯了事的，就换个身份证，换个地方生活。打工妹来来走走，谁能记得住？徐丽那孩子，在一帆做的时间算长的，也能吃苦，后来都做到高级质检员了，所以我记得她。"

黄秋退休前在一帆做人事，回忆起当年，像是打开了话匣子。

"杜总人好，对工人都客客气气的，家里有困难的也都愿意帮忙。徐丽就特别感激他，她父亲死的时候，杜总还给她发过慰问金。她可是听不得人说杜总一句坏话的，把他当个神一样供着。所以后来，她要离开一帆，我们都很惊讶。那会儿我劝她别辞职，她偏不听，她说她要挣大钱去。一个农村的女孩，没学历，就是长得还行，你说，能上哪儿挣大钱？她跟我们走得都不近，听说她后来找了个有钱老头，当富太太去了。现在，也不知道是在香港，还是换了别的地方打工。"

苏拉和宁夏对看一眼。这传闻，和徐芳在老家听说的大同小异。

苏拉问："那徐丽……和江总的关系怎么样？"

"江总可烦她了。她家里事多，老请假，而且厂里有些碎嘴的，爱传她喜欢杜总。嘿，杜总哪里看得上她？哎，她该不会是心虚，怕江总给她小鞋穿，才辞职的吧？"黄秋嘴快，说完才想起来眼前的苏律师正是江世敏的女儿，连忙找补道："江总也不是那小家子气的人，她就是刀子嘴、豆腐心。都是好人，都是好人。"

苏拉心中的疑窦逐渐增大。记忆中的继父逐渐隐身于迷雾之中，面目不清。

她对杜宇风的尊重大于其他情感。在她心中，杜宇风不算是个好父亲，也不是个好丈夫，但总算是个颇有人格魅力的企业家。他深谋远虑，心思周密，善于用人，善于笼络人心，从未真正信任过任何人。

苏拉见识过太多富豪的家庭纠纷案例，现实是，真正能做到洁身自好的男性企业家凤毛麟角，能够做到对配偶有起码的义气和诚恳的，已经是少数了。

她几乎可以根据她过往经手的案件，脑补出一个完整的案例：杜宇风人到中年，事业上了轨道，对妻子缺乏感情，而且两人事业忙碌，聚少离多。要把天真单纯的女儿培养成继承人已经有些晚了。这时，他遇到了一个漂亮年轻且崇拜他的打工妹，他的年龄和社会地位优势，给了他操控那女孩的力量。他希望打工妹给他生个孩子，也许最好是儿子。为了躲避周围人的目光，他让她回老家待产，并给她提供经济支持。

谁知打工妹生下的又是个女儿。

又或许，他只是厌倦了这个打工妹，想要寻找下一个猎物。

在被欺骗和玩弄之后，打工妹对现实绝望，对义务感到疲倦，遂自暴自弃，逃避赡养老人和抚养幼儿的义务，以新的身份重新开始。

从逻辑上来看，一切似乎很说得通。

但苏拉知道，她不应当武断，不应当臆测。经验告诉她，现实常常比故事里的套路更加吊诡。

宁夏开着苏拉的车，从黄秋的住处回律所。苏拉坐在副驾位上，一路都没说话。到了地方，苏拉下了车，吩咐宁夏："你开我的车，去徐芳和李老师的酒店，看看她们生活上是否需要帮助。如果她们问案子的进展，就说正在调查。她们愿意的话，就开车带她们在鹤市逛逛，开销记我个人账上。"

宁夏疑惑地问："苏拉姐，你又不欠她的，有必要这么做吗？"

苏拉说："如果我是她，也会想看看不一样的世界吧。"

第二天，苏拉召集了继承人会议，参会者有江世敏，还有杜荔娜、王子猷和常玉忠。

会议安排在天影所的会议室，苏拉把提前打印出来的徐丽的照片发给每一个人，详细转述了徐芳师生所说的一切，宁夏则做补充。

一席话毕，整个会议室都陷入了沉默。杜荔娜脸色煞白，双肩猛烈地发抖。

王子猷按住她的手，对苏拉说："如果是真的，爸爸在世的时候她为什么不来？如果爸爸只是个送外卖的，她还会不远千里过来找吗？这种事我见得多了，她图的不就是钱吗？那个李老师就这么好心，自己请假带她来鹤市找父亲？机票钱谁出的？都是无利不起早。"

苏拉沉默了一下："图钱不犯法，在座各位，有谁不图钱呢？重要的是，她该不该得到这份钱。"

王子猷听出了她的尖刻，生气地说："苏拉，你是位律师，别人说什么你就信？这个小姑娘该不会是你安排的吧？"

他的余光扫过江世敏："又或者是别的什么人？"

常玉忠咳了一声，呵呵笑道："子猷啊，我们先不要揣测动机嘛。事情已经发生了，重点是怎么应对。苏拉，你既然把我们召集过来，肯定已经做了一些基础工作了吧？先说你的意见。"

苏拉把徐丽的照片推到江世敏面前："妈，你认识这个人吗？"

江世敏细长的利眸中闪过一抹异色。

"没印象。老杜的遗嘱里没有别人，如果他真有别的孩子，不会不给他留钱的。"

苏拉几乎可以确定，江世敏在撒谎。别人或许看不出她的异状，可苏拉是她的骨肉，对母亲最轻微的情绪波动都十分敏感。

苏拉停了停，缓缓地道："从我们目前接触到的信息来看，疑点是存在的。至于真相究竟是怎样的，要调查到哪一步，则是在座各位需要决定的。作为律师和遗嘱执行人，我提醒大家几点。

"第一，如果证实徐芳是杜董的女儿，那么根据法律规定，我必须在信托中把她添加为受益人，受益份额应当足够支持她直到成年的学业和生活。

"第二，如果徐芳起诉到法院，以目前的司法实践和她能提供的证据，不足以支持强制进行亲缘关系的鉴定，所以她的胜诉可能性不高。但是，除了法律手段，我们不能排除她采取其他手段的可能性。

"第三，无论真相如何，如果这个消息流出，会对一帆的商誉以及杜董在一帆内部的威望都造成不可预测的影响。这也是在座诸位需要衡量的。"

苏拉观察着江世敏，说："妈，你好像不怎么意外。"

从前，她只以女儿的身份审视江世敏，现在则获得了一个崭新的角度。江世敏，一个死了两任丈夫的女人，喜怒不形于色，坚韧得仿佛一块老钢。

"你觉得，徐芳有可能是杜董的女儿吗？"

江世敏笑了笑，说："任何人都有可能是任何人的女儿。不能证明的事项，等于不存在。"

常玉忠看出了母女间涌动的暗流，连忙道："苏拉做得很对，她把小姑娘先安抚住是正确的。这件事不能置之不理，要处理得非常小心，万一闹到媒体上就不好了。"

王子猷怒道："打官司赢不了，但是可以找媒体，可以上网爆料，反正她是个小姑娘，天然就能博取同情。这不就是敲诈吗？"

常玉忠道："也不能这么说……"

王子猷哼了一声："我觉得苏律师在这件事上可能有她自己的考虑，我们再找别的律师咨询一下。"

"哎，子猷……"

江世敏厉声道："人家还没干什么，你们先自乱阵脚，丢不丢人？"

常玉忠倒还好，王子猷知道江世敏说的是他，脸上微微发青，闭口不言。

江世敏环视一周，说："大家平时有什么矛盾、猜疑，最好先放一放，好好想想，在这件事上，我们的利益是完全一致的。多一个继承人，对在座的谁有好处？谁会要这种手段？"

这话一出，众人都陷入了沉默。哪怕是对她最反感的王子猷，也不得不承认，她说的是事实。

江世敏继续道："杜宇风这个人怎么样，我不评价，毕竟人已经走了，但他确实是把一帆拧成一股绳的那口气。国外的官司打得跟火炭一样，临南项目也在关键节点上，这个时候，一帆经不住折腾。真相不重要，小姑娘和那个老师的动机也不重要，重要的是，怎么解决问题。"

江世敏就是具备这种能力，让人不快的同时，又让人信服。

良久，王子猷平静地开口："你想怎么办？"

江世敏看向苏拉："你跟徐芳接触过，你评估一下，需要多少钱，才能让她从此对这件事闭嘴？"

苏拉的表情有点难看："中国的法律，不支持让一个未成年人对自己的身世闭嘴。"

江世敏优雅地翻了个白眼："你别拿这些来搪塞我。她们又不是什么黑社会，小地方来的小姑娘，既然是为了钱，肯定有个心理价位。你干了这么多年家事律师，这点手段都没有？"

于是众人都盯着苏拉。苏拉沉默良久，终于道："徐芳跑这一趟，是为了五万块钱。她外婆有白内障，好几年了，没有钱治，现在只能去省城做手术，所有的费用算下来，大概就是五万块。"

余人的神情都明显地放松下来。

王子猷轻轻嗤了一声："就当做慈善了，行。"

江世敏垂眉想了一下，道："苏拉，给你二十万的上限，把这个事情解决掉。资金我和娜娜各出一半，盈余的部分算是你的服务报酬。你能做到吗？"

王子猷皱起眉，明显对江世敏提出的数额不满，但他没说出口。

苏拉张了张嘴，半天才答："我可以试试。"

"很好，那就这么办。"江世敏站起身，"我的时间很宝贵，以后类似的事，直接电话里说，不用非要召集大家开个会。"说完，她踩着高跟鞋走了出去。

常玉忠也站起来，道："苏拉，江总考虑得很对。老杜活着的时候，心里最在意的就是娜娜和一帆，我相信他也会赞同这个做法的。就这么做吧。"

然后，他跟随江世敏的脚步离开了。

苏拉注视着剩余的人，放下笔道："宁夏，会议就这么记录。你先去吧，我们私下聊聊。"

会议室里，只剩下苏拉、杜荔娜和王子猷三个人。苏拉问："娜娜，你还好吗？"

从一开始，杜荔娜就没怎么说话。她才是那个把杜宇风当作神明来崇拜的人。苏拉不理解这种无条件的讨好和孺慕，但她能想象，如果有人跳出来说自己是苏海跃的私生女，她也是会发疯的。

王子猷握着杜荔娜的手："娜娜，这件事你不要管，就当从没发生过，我们会解决。你要相信你爸爸不是这样的人。"

杜荔娜茫然地回视王子猷和苏拉关切的目光，苦笑了一下。

杜宇风大概没想到，他生前并不喜欢的女婿，却是最坚定地维护他名誉的人。她也知道王子猷为什么会这样。只要与他认定的利益和大局相违背，哪怕是有铁证摆在面前，王子猷也可以找出否决的理由。

杜荔娜看一眼自己的丈夫，又迅速垂下眉眼："最近，我对很多人和很多事，都不确定了。大概所有人都是表里不一的，只是我从前不懂得用心去看。"

王子猷没听出她的言外之意，说："就算你爸爸给过她钱，也不能说明孩子是他的。就算那个孩子说的是真话，可她外婆、她妈、她那个老师，难道不会向她撒谎？为什么在人活着的时候她们不来，非等到死无对证的时候才出现？"

"所以，只有去做基因鉴定，才能知道真相，对吗？"杜荔娜说。

"不行！"王子猷立刻叫起来。

"为什么不能？子猷，你刚才说，要相信爸爸不是这样的人。"

王子猷按住眉心："我们都是成年人了，要学会权衡利弊、顾全大局。这一次，我同意江总的意见：真相不重要，解决问题才重要。我知道，你爸爸在你心目中是个完美的人，你不能接受别人对他一丝一毫的污蔑。但是去做基因鉴定，并不能洗白他的名誉，反而会让事情更复杂！娜娜，你不知道外面的世界有多复杂！我只是希望保护你，不让你受到伤害。"

他防备地看一眼苏拉，将手臂环上杜荔娜的肩膀："有些话，不方便在外面说，我们先回家好吗？你今天很累了。"

杜荔娜被迫站起来，只能从王子猷的怀里转过脸来，看向苏拉。

苏拉点点头："回去休息吧，我们从长计议。"

杜荔娜只得顺从。

杜荔娜和王子猷走后，宁夏推开会议室的门，走了进来。

"苏拉姐，我们还是按原方案执行吗？"

苏拉回答道："暂且缓两天，你先把法律文件准备好。徐芳不是完全民事行为能力人，需要她外婆作为监护人签署的材料也要准备好。"

宁夏应下，吐了吐舌头感叹："这些人真是……高效啊！"

苏拉沉默了一会儿："宁夏，我记得你喜欢的那位刑法老师说过，有的学生法律学得太好，学着学着就丧失人性了。"

"呃？"

"我大概就是那个学得太好，以至于丧失人性的人。"

宁夏困惑地道："这个结果，不是皆大欢喜吗？徐芳能拿到给外婆治眼睛的钱，一帆也能免除后顾之忧……"

"大概吧。"

一位律师，每天都面临着"真相"的拷问：证据可支撑的"真相"和自己主观上相信的"真相"经常不同，也许两个都不是真的。

有能力运用法律的人，该服务于哪个"真相"，才能让世界变得更好，而不是更糟呢？

苏拉自嘲道："我随便说说的，你别放在心上，去准备法律文件吧。"

3

苏拉回到自己的办公室,打开门,杜荔娜赫然坐在里面。

她对苏拉的办公室已经非常熟悉了,自己倒好了咖啡,坐在沙发上。

苏拉讶然地道:"你不是走了吗?"

"子猷有急事被叫走了。我说曹叔会送我回家的,他相信了。"

苏拉:"……"

所以她目送了王子猷离开,自己又偷偷溜了回来。这个"天真"的小公主,现在撒谎已经像吃饭一样自然了。

杜荔娜放下咖啡杯,道:"这个徐丽,我见过她,我们都见过她,就是在我初中毕业的那个暑假。子猷那时还开过玩笑,说她肚子里的孩子是爸爸的。为这,我两周没跟他说话。那天下午,我亲眼看见徐丽从爸爸的书房出来,手上拿着个信封。她那天就是来要钱的,爸爸还让我不要告诉江阿姨。"

苏拉愣了一下。她只知道徐丽来过鹤尾山的杜家,后面的事,她并没有看到。

"你还记得什么?"

杜荔娜把自己记得的一切说给她听。记忆是奇妙的东西,有的混乱不堪,有的却好像昨天发生的一样清晰。

"还有那个蝴蝶,用蓝、黄、绿三色丝线编出来的。我跟你要的时候,你很不愿意给我。徐丽的手很巧,我再也没见过那么好看的编织蝴蝶。我用了好几年,一直到后来不流行手机链了,才收起来。它现在还在我的旧首饰盒里。"

谁能想到,十三年后,一切重新浮出了水面呢?

杜荔娜在回忆中陷入了惘然,苏拉叫了她两次,她才惊醒过来。

苏拉道:"娜娜,你记得这些往事,又能怎么样呢?"

杜荔娜犹豫了一下,发出轻细如蚊蚋的声音:"我觉得刚才他们说得都不对。"

"什么?"苏拉没听清。

"我说……"杜荔娜蓦然大声,"他们说得都不对!"

"江阿姨、子猷、常伯伯,还有你,你们都说真相不重要,解决问题才最重要。可我觉得,真相才是最重要的。至少对我来说,我爸爸有没有出轨,在外面有没有私生女,这是很重要的。我想去做基因检测。我想知道,徐芳,究竟是不是我妹妹。"

苏拉一时说不出话来。她应该觉得意外,却又好像没那么意外。

"娜娜,你没有义务去做这个亲缘关系鉴定,你知道的吧?如果你不做,不会有什么损失。如果你做了,就有可能……"

杜荔娜飞快地接话:"就有可能证实她是爸爸的女儿,对吗?所以我应该规避风险,应该更成熟、更聪明一点?"

苏拉道:"即使最终证明她不是你爸爸的女儿,去做亲缘关系鉴定这个行为本身,也会对你爸爸和一帆的声誉产生一些影响。娜娜,你还记得你为什么要我帮助你吗?你让我站在你这边,给你建议,告诉你如何保护自己的利益。现在,这就是我的建议。"

杜荔娜的脸庞发红,胸口因激动而剧烈起伏:"我是没学过法律,我也不懂企业经营,你们那些牵一发而动全身的深谋远虑,我都学不会。但是我觉得这是不公平的!如果她不是爸爸的孩子,这么处理就对爸爸不公平,他在我心里的形象就永远是模糊不清!我会带着这个疑虑过日子,每天都很痛苦!"

她焦躁地在房间里踱步,倏地又停住:"如果她真的是爸爸的女儿,那她该得到的也远远不止二十万!我应该把她接到鹤市来照顾,让她受最好的教育!"杜荔娜愤愤地瞪着苏拉:"这明明是对谁都不公平的方案,为什么你们每个人都觉得是最好的方案?"

苏拉发现自己无法回答这个问题。

良久,她轻轻叹气:"大概因为,你比我们中的任何一个人都要善良。"

杜荔娜听见"善良"两个字,下意识地不悦,但她仔细端详了苏拉的脸,并没有找到熟悉的嘲讽。

"你是认真的吗?你现在跟我说善良?"

在这个时代,被人指称为善良,和被骂愚蠢没什么区别。杜荔娜只觉得讽刺,但她不愿就此发作,沉默了一会儿,她说:"苏拉,你觉得爸爸他,有可能是一个嘴上仁义、私下无德的伪君子吗?"

苏拉不知道怎么回答。

杜荔娜也没等着她回答:"爸爸在我心中是个道德高尚的人,哪怕他很少听我说话,很少陪我,我也知道他是爱我的,对他的一点怀疑都让我良心不安。"

"也许一个人可以是个好老板、好爸爸,也同时是个渣男、伪君子。"

一个父亲在儿女的心目中可能会死去两次,一次是凡胎肉身的死去,另一次,是被儿女发现,他不过是个凡胎肉身。

杜荔娜深吸一口气,道:"我其实是有点相信徐芳的。如果她真是我妹妹,那至少我在这世上又多了一个亲人。我可以尽我的能力去照顾她,弥补她曾经经受的不公。"

她漂亮的脸上蓦然散发出一种莹然的光泽,痛苦而又纯粹。

苏拉不由得失了神。很多年前,十四岁的杜荔娜也是这样,忍着幼稚的不满,把一个入侵者拉入自己的房间。

她忽然笑了:"娜娜,你虽然有时候过于天真、自私、目光短浅……但你确实善良。所以,你能做到很多别人做不到的事。"

这一次,杜荔娜听出了苏拉的真心实意。

"江阿姨、子猷还有常伯伯,他们一定不会支持我的,所以我刚才在会上什么都没说。我经不住他们的反驳。你觉得我这样很蠢吗?"

苏拉道："你不蠢。杜荔娜，从我认识你的第一天，我就嫉妒你，嫉妒得要命。因为你这个人，真的很了不起。"

突如其来的赞美让杜荔娜十分意外。许多人夸过她美丽，夸过她优雅，夸过她得体懂事，夸过她多才多艺，但从来没人说过她了不起。

而这赞美竟然来自苏拉这样愤世嫉俗的人。杜荔娜隐隐觉得兴奋，却又突然莫名悲伤。仿佛多年悬浮在虚空之中的双脚，终于找到了可以站立的地面，睁眼一看，前后都是万丈深渊。

"苏拉，你会支持我吗？"她忐忑地问。

苏拉的眉线如一柄徐徐出鞘的剑，扬了起来："如果这是你深思熟虑后的决定，我会支持你。我会尽最大的能力，保护你的利益，不让你受到不必要的损害。"

第二天，杜荔娜和苏拉、宁夏一起见到了李老师和徐芳。

徐芳听说眼前这个美丽的女子就是杜宇风的女儿，立刻表现出了防备。

苏拉向她们解释了杜荔娜的来意。

"我们都不确定，杜董究竟是不是徐芳的父亲。出于对你们两人的共同保护，我已经找了专业的基因实验室申请个人鉴定，鉴定结果会对外保密。"

杜荔娜点头道："如果鉴定结果出来，你确实是我妹妹，我会公开承认你，把你接来鹤市照顾，负担你今后的生活和教育费用。如果你不是我妹妹，我也会……"

苏拉向她隐晦地摇摇头，杜荔娜却当作没看到，说："我也会给你五万块钱，让你外婆做手术。"

李老师疑惑地开口："杜小姐，您为什么这么帮徐芳？"

"她的孝心让我很感动。"

徐芳的脸上陡然浮现愤怒的神情："我不需要可怜！"她挺起胸膛，"李老师说过，我们生来都是顶天立地的人，不是草芥。如果杜宇风真是我爸，我不想认他，更不想认你。我只要五万块钱的补偿，给外婆治眼睛。如果他不是我爸，你就跟我没关系，我一分钱也不要你的。我们不是来求施舍的！"

李老师摸摸徐芳的头："说得对。"

杜荔娜愣住了，她一时没明白，自己的善意为何会遭遇如此激烈的抵抗。

苏拉则开始庆幸，没有采取江世敏提议的方式来对待徐芳。这是个有自尊的小姑娘，用金钱来要求她闭嘴，会成为她的成长中难以抹去的受辱经历。

良久，杜荔娜终于醒悟过来了。她的脸颊上布满红晕，道："对不起，徐芳，我没有施舍的意思，但我的确对你不够尊重，我向你道歉。"

徐芳目光炯炯地望着她，抿唇道："我原谅你，但不能有下一次了。"

杜荔娜认真地道："谢谢你。"

从徐芳住的宾馆出来，杜荔娜和苏拉都如释重负地松了口气。

"你还好吗？"苏拉问。

杜荔娜点点头，脸上涌现出一种奇特的神情。

她今天确实是带着给予的心情来的。她想着，不管徐芳是不是她妹妹，只要能帮助徐芳，都会令自己感觉更好。但是杜荔娜没想到，反而是自己从徐芳身上学到了很多。

"苏拉，徐芳身上有些东西，和十六岁的你很像。"

苏拉："……"

"如果当初，我也曾经让你产生过这种不舒服的感觉，我向你道歉。徐芳说得对，我们都是顶天立地的人，不是草芥。"

仿佛有崭新的力量，从她的眉宇间生长出来："苏拉，我打算和子猷开诚布公地谈谈。"

苏拉讶然地道："关于做亲缘鉴定的事吗？"

"所有，所有的事。"

杜荔娜给王子猷打电话："我有事想跟你谈谈。"

电话里，王子猷听上去心不在焉。

"娜娜，我们说好了要从长计议的。我和大哥在跟客户谈生意，晚上说，行吗？"

"可以。咱们晚上家里见。"

王子猷放下手机，从走廊回到王子谦的办公室。

"是娜娜？"

"是。"

"一定要稳住她。亲缘鉴定，绝对不能做。别让她犯傻，知道吗？"王子谦一面吩咐，一面感叹，"杜宇风这老东西。"

"也许，那孩子真不是杜宇风的呢？"王子猷忽然说。

"这世上有不偷腥的猫吗？"王子谦哂笑，"子猷，男人在外面，难免行差踏错，但是要学会给自己收拾残局，别落得像杜宇风这样，身后让家人不得安宁。"

王子猷孺慕地看着大哥。他觉得杜宇风太傲慢了，总是把自己伪装成一个无懈可击的神，所以当他出现纰漏的时候，旁观者会幸灾乐祸。

他更希望自己成为王子谦这样的男人，有担当，能守护家人，比杜宇风更真实。

4

王子猷结束了一场应酬，深夜回到家，进门的时候，险些没有认出家中的摆设。

室内灯光大亮，玄关插着几枝水灵的重瓣芍药，餐桌上的三菜一汤已经做好，饭香和花香交织在一起。

杜荔娜穿着件刺绣的国风长裙，坐在餐桌后，显得贤淑又优雅。

王子猷愣了一会儿，问："秦阿姨呢？"

"今天我让她休息了。"杜荔娜指指桌上的菜，"都是我做的，快尝尝吧。"

都是容易料理的食材，口味也偏淡，王子猷却觉得很香甜。杜宇风生病后，这是他第一次吃到杜荔娜亲手做的饭菜。

"有什么好事发生吗？"他受宠若惊地问。

杜荔娜偏头朝他微笑，精致的脸庞呈现着镇定自若的美。

"子猷，我想要更努力地过生活。谢谢你这么多年来一直照顾我、包容我。从今天起，我也想照顾你、包容你，和你一起，好好经营我们的婚姻。"

王子猷简直欣喜若狂，这是他一直盼望的事。他希望她能更勇敢成熟、更有担当。他放下筷子，紧握住她的手。杜荔娜反握回来，在他的脸颊上吻了一下。

"你先听我说，好吗？"

王子猷耐心地等待着，心里涌出许多种猜测：也许是徐芳的事给了她打击，反而让她发现，这世上只有自己才是真心对她的，连父亲都靠不住。也许是大嫂和她说了什么，产生了积极的影响。也许，只是她终于理解了自己多年的付出？

也许，她怀孕了？人常说为母则刚，也许有了孩子让她更有力量面对生活了？最后这个猜测让他情不自禁地露出了欢快的笑容。

指尖在桌面上摩挲，杜荔娜犹豫着开口了："子猷，我和徐芳，去做了亲缘关系鉴定。"

王子猷的笑容在脸上维持了几秒，逐渐被寒意取代："你再说一遍？"

杜荔娜重复了一遍。

"没有人强迫我，我自愿的。我见了徐芳，她是个聪明单纯的女孩，我们只想一起搞清楚真相，没有别的。"杜荔娜惭愧地束手，"对不起，我应当事先和你商量的。可是你反对得太激烈了，都不肯听我说，我只好先斩后奏。子猷，这件事情我觉得只有这么做，才是对的……子猷，我们好好谈一谈，坦诚地谈一谈。这些时日以来，你我之间有太多秘密了……"

王子猷霍地站起身，椅子在地板上划出刺耳的声响。

他不知道该如何表达自己心中的愤懑。他好不容易才看到了一点希望，她却只是从孤苦抑郁的公主变成了任性的公主，而自己，依然是个疲惫不堪的侍卫。

"你为什么非要这样折磨我呢？我是你的玩具吗？还是你的牛马？这件事情，连你继母都能明白，都能和我们站在一起应对，你却偏要拖后腿！如果那个徐芳真是你父亲的，对他的名誉会产生多大的影响，你知道吗？他以前所有那些正直高尚的形象，都会倒塌！

"娜娜，你在外面受人尊重，受长辈们喜爱，在一帆说话算数，难道是因为你自己深谋远虑吗？如果杜宇风成了个出轨、诱奸女工、抛弃亲女的人，一帆的员工还会以在这里工作为荣吗？我为你考虑了那么多，我明白地告诉了你，什么事情该做，什么事情不该做。为什么你就是不听呢？为什么你非要跟我对着干呢？"

杜荔娜想要碰触他，却被他躲开了。

大哥会怎么说呢？他明明向大哥承诺了，他会处理好这件事的，现在却完全失去了控制。他身为一个男人，却连自己的妻子都掌控不了。

王子猷从喉咙里发出痛苦的吼声："为什么别人的婚姻都那么简单，所有的事情到了你这儿就变得很复杂？为什么，你就不能让我顺心如意一点？"

杜荔娜面色苍白，泪水不受控地涌了出来。她预计到王子猷会非常生气，却没想到他会这样歇斯底里。眼泪大颗大颗地掉在黛色裙摆上，沾湿了手绣的桂花。

饭香骤然腥臊，花香归于腻臭。室中，只余杜荔娜的抽泣声和王子猷愤怒的喘息。

就在这一片凝寂中，杜荔娜开口了："因为我是我自己。子猷，我很蠢，很天真，总是给别人添麻烦，遇到了事情也不知道该怎么做，想相信别人，又害怕被人骗。但总有一些我确定是正确的事，我想要坚持。"

王子猷瞪着她，猛然摇头道："不对，这不是你的想法，你以前不是这个样子的。这是别人教唆你的。是那个心理医生吗？那个裴老师？是他教你和家人对抗，任意妄为的吗？"

杜荔娜如遭电击："你什么意思？"

王子猷激动得在房间内来回踱步，忽然一把攥住杜荔娜："你别以为我不知道你是怎么找上他的！我劝了你那么多次，你都不听，洛逸介绍一个心理医生，你就去了！我查过他，他的临床经验根本比不上我给你介绍的那些专家！接下来你不要去他那里了。我联系了一位旅美归来的资深心理医生，是大哥的研究生校友。他能给你更好的帮助。"

"王子猷你是不是听不见我说话？"杜荔娜冲他大喊，"我说了，是我自己！是我想要这么做，和裴老师没关系！"

她的手腕被掐得生疼，"哑"了一声，想要挣脱，王子猷却牢牢地拽住她。

"不是裴老师，那就是苏拉。"他惯常温柔的双眸染满了阴霾，"我早知道她回鹤市是不安好心。她一直嫉妒我们，回来就是为了挑拨我们之间的关系。她恨我们！现在她做的事情，和十二年前有什么区别？！"

"王子猷！"杜荔娜再也忍受不了，哭道，"苏拉是做了手脚，让我在舞会上迟到。可是你和她跳那支舞，是被谁逼迫的吗？你摸着良心问问自己，从来没有对她动过心吗？"

愤怒登时土崩瓦解，露出底下经年的淤泥。王子猷大张着嘴，说不出话来。

他们从不说破十二年前那场舞会上的事，他们把一切罪责推到苏拉身上。如此，他们才能说服自己，这一场青梅竹马、郎才女貌的爱情童话，从未有过瑕疵。

王子猷用双手按住眉骨，疲惫地道："我们已经结婚了，你要用十二年前的事来谴责我吗？"

"那五年前呢？五年前在美国，你不是差一点就选择别人了吗？"

王子猷僵住了："你说什么？"

"你和何宝贤，难道你当初不是真心喜欢她的吗？"

"你什么时候知道的？"

杜荔娜纤瘦的身躯轻轻颤抖着："王子猷，我们都诚实一点吧。你有无数次想要离开我，无数次把我当作累赘。你不用这样的，你好好跟我说，我不会纠缠你的。我会很痛苦，但我不会去死，我会祝你幸福的。"

她捂住脸，泪水从指缝里惨淡地拥挤出来，如同他们壅塞失修的爱情。

王子猷颓然望着哭泣的爱人，单腿跪在她面前，把头颅放在她的膝盖上。

"娜娜，可是我每次都选择了你啊。我虚伪，我优柔寡断，我懦弱，可我是真的爱你啊。我们就是这样，我离不开你，你也离不开我，我们就是天生的一对。"

餐桌上的饭菜已经失了温度，菜汤凝结成油块。王子猷觉得，今天走进家门时的自己，仿佛是另一个人。

他紧紧抱住杜荔娜，说："娜娜，我今天回来的时候，你说要和我好好经营这段婚姻。你说得对，我们一起来努力，好不好？那个亲缘鉴定，做了也就做了。有什么后果，我陪你一起解决，好不好？"

杜荔娜像个木偶般被他摇晃着，心中却如一片死灰。

当然好。她今天本来就是要和他说这些的。但现在不行了。

王子猷和杜宇风是如此相似，他们企图扮演她的神。可他们离得越近，爱得越是用力，她就越是看不见自己。

"子猷，我们分开一段时间吧。"她听见自己说，"如果要用心爱你，至少，我得先学会离开你。"

王子猷在深夜搬离了他和杜荔娜的婚房。

他在附近的酒店订了间房，只带了个小行李箱，拿了几件换洗的衣物。他不能回王家大宅，如果大哥和大嫂知道了，父母也就知道了，不能让他们担心。

他孝顺、勤奋、教养好、学历高、有上进心、有责任心、重视家庭。他身边有许多生活糜烂、玩弄女性的富二代，他从不和他们为伍，他以自己优秀的大哥为榜样，希望成为王家的第二个骄傲。

他是真心爱杜荔娜的。他不相信，世上有哪一个男人能这样爱一个女人。

他克制不住地去想，这一切都和苏拉有关。

十二年前和十二年后，每当苏拉出现在杜荔娜的生命里，杜荔娜就会变成一个纯然陌生的人。苏拉挟带着令人恐惧的恶意，入侵旁人的生活。

他不知道，事情怎么会演变成这副样子。王子猷躺在酒店的床上，睁着眼睛，一直到天明。

快到上班时间了，他从床上爬起来，用凉水冲了把脸。这时，手机铃声响起。

王子谦的声音爽朗地响起："下午和恒茂林家父子打球，你准备一下，一起去吧。"

王子猷过了一会儿才回应。王子谦察觉不对，问："出什么事了？和娜娜吵架了？"

王子猷在镜子里看着自己沾满水珠的脸："没有，我们很好。"

"那就好，打扮得精神点。"

5

冬日午后的高尔夫球场上，阳光正好。林茂生口沫横飞地吹嘘着恒茂今年的销售业绩，一个刚刚开盘的楼盘首日就卖得只剩十几套了，回流了不少资金。

王子谦笑着说："林董的日子是过得越来越舒服了。现在接班人也回来了，过两年就能彻底放松下来，享享清福了。"

他轻轻碰了王子猷一下，今天的弟弟有些心不在焉，他不太满意。

王子猷一震，将注意力集中到当下。

林茂生毫无所觉地笑道："我这个儿子，学哲学、搞文学，企业管理一窍不通，真让人发愁。"他拍一掌林渡："看看王董这球，打得多好，以后有的跟人学呢！"

林渡有些不耐，碍于气氛，还是顺着父亲的话，向王子谦点头示意。

王子猷了然地向他点头，同样的早期社交尴尬，他也经历过。

幸好，话题从林渡身上转开，回到了临南工业园的项目上。这也是今天他们会面讨论的主题。JZ ALPHA的官司引起的紧张气氛，也使得临南工业园改造项目的合作规划迫在眉睫。

"江世敏不是盏省油的灯，咱们合作的事，会不会有什么变化？"林茂生担忧地问。

"她自己手底下的人意见都不统一，她也不好表态。在美国人的地盘，跟美国人打官司，怎么可能赢呢？胡文的话糙，理可不糙，当年杜宇风坚持要打这个官司，我是不赞同的，江世敏心里估计也不乐意。但是杜宇风威望高，一帆内部没人敢逆他的意思。"王子谦托起茶杯，静观着浮浮沉沉的茶叶，"现在不一样了，只有一个孙非凡抱着杜宇风的遗志不撒手。呵，情怀能当饭吃吗？得扎扎实实挣到钱，让股东的口袋装满，才是他们该干的事。"

"王总的意思是？"

"我猜，江世敏和我们一样，都想尽快了结美国的官司，但这事不能她亲口说，她得赖在我们头上。林董以为，江世敏为什么一直卡着恒茂和一帆的合作，不肯松口？"

"她想炫耀，一帆是她说了算嘛。"

"这只是一方面。我猜，是她自己想啃下临南这块肥肉。"

林茂生一哂："她啃得下吗？"

"她当然啃不下。"王子谦说，"但是，金鹰和瑞熙啃得下。"

一帆自己的开发经验和资金实力有限，又有专利诉讼的拖累，不可能独立完成临南工业园的开发，势必要寻找合作伙伴。恒茂在临南已经投入了大量的人力、物力，又有王家支持，只要江世敏不从中作梗，临南这项目就该落在恒茂手上。

但是，如果金鹰和瑞熙也对临南项目感兴趣，局面就截然不同了。

金鹰是老牌旧改企业，近年来多走资本运作路线，亲自开发做得少了，低调、钱多、效率高。而瑞熙是全国性上市地产企业，过往开发的物业无论是建筑质量、设计理念还是人文情怀都走在时代前沿，自己有一套生态系统，一般只拿廉价的大地块。这两家企业，资金实力、融资能力、品牌效应和社会资源都不是恒茂能比的。

林茂生愣住了："金鹰和瑞熙，他们怎么会对临南这样的项目感兴趣？他们进来，肯定是要冠名、并表的，一帆肯把项目主导权出让吗？"

王子谦道："一帆当然不可能让出项目主导权。但是江世敏最近和金鹰的贺总、瑞熙的谢总都有往来，她可能有什么我们不知道的计划。"

"那我们该怎么做呢？"林茂生厌烦地说，"王董，咱们这个合作本来很简单。我该给的都给了，你们答应我的临南49%的权益，可是迟迟没有兑现啊。"

王子谦没有正面回答，他拈起茶壶，给林渡面前的茶杯注满。

"子猷告诉我，林公子和江世敏的女儿苏拉私交很不错。好几次我们一帆的活动，林公子都有出席，还一直追着苏拉不放。"

林茂生脸色一变，林渡却很坦然："没错。"

王子谦笑了："林总，您看看，最好的牌就在您自己手上嘛。我弟妹肯定是站在咱们这边的，如果林公子能搞定那位苏律师，还愁什么呢？"

"苏律师？就是那晚在医院的那位苏律师？"林茂生看向林渡。他耳闻过杜家那一摊子狗血家事，却从没把林渡带到医院的那位女律师和江世敏的女儿对上号。

"是。"

林茂生面现怒意，但他不愿让外人看出他掌控不了自己的儿子，又将愤怒压了回去。他给了林渡一个眼神：回去再说。

王子谦的目光在银色眼镜片后一闪："林董放心，答应您的，我们京岚一定会兑现的。"

傍晚，林家父子驱车回兰心湖的林家大宅用晚饭。这是很多年来，林家三口在家共用的第一顿晚饭。

为了这顿饭，钟晴准备了好多天。龙井虾仁是林茂生爱吃的，砂锅筒仔是林渡爱吃的，根根青白的菜心苗淋豉油，白绿葱丝点缀着现杀老虎斑，还有保姆张婶拿手的猪肺汤。钟晴希望，今天能更进一步，说服儿子搬回大宅来住。

商务车刚进院门,钟晴就赶到门口去迎接。出乎她意料的是,父子俩下车时,脸色都很不好。

"这是怎么了?"钟晴问。

林茂生勉强忍到进门,终于忍不住了,破口大骂:"反骨仔,当着外人的面让你爸难堪,你是故意的吧?"

钟晴冲过来挡在两人中间,安抚道:"阿渡刚开始学做生意,有时候不会说话也难免,你自己的亲儿子,慢慢教嘛。"

"这是慢慢教的事吗?我跟人谈生意,他冷着一张阎王脸坐在旁边,话也不说,茶也不喝,知道的说我是他爹,不知道的还以为他是我爹!"

林茂生一生气,满是横肉的脸就涨得通红。

"还有,你问他,上次那位苏律师是什么人?"

钟晴吃了一惊,她以为林茂生知道了自己拿五百万去劝苏拉和林渡分手的事。

"苏律师怎么了?"

"那位苏律师,你儿子的……也不知道是女朋友还是别的什么朋友,就是一帆集团江世敏的女儿!"

林茂生气得七窍生烟,他上次看苏拉就有点不顺眼,不过想着是站在自己这边的律师,也没多说什么。现在想想,她和江世敏那不可一世的样子真是一个模子里印出来的!

钟晴震惊了,这是她也不知道的事情。

"难怪她对那五百万一点都不动心……"她喃喃自语。

林茂生和林渡都是一愣,问:"什么五百万?"

在两人的逼问下,钟晴把和苏拉在绿海高尔夫会所见面的经过,和盘托出。钟晴之前只说她见过苏拉,五百万的事,林渡也是第一次听说。

林茂生气炸了:"你们母子两个是嫌我命长,想气死我是吗?不知道天高地厚,江世敏的女儿是你们能惹的?这不是把把柄递到人家手里吗?"

钟晴辩解道:"阿渡跟她已经分手了。上次来医院,只是碰巧遇上的,对吧,阿渡?"

"不对。"林渡对她的暗示视若无睹,"我和她是分手了,但我还在追她,我不会放弃的。"

"那苏律师也算是有背景的家庭,如果阿渡真的跟她在一起,也算门当户对吧?"钟晴讨好地扶着林茂生的手臂,却被他甩开了。

"你就知道门当户对,你的脑仁就只有核桃那么点大!"林茂生气势汹汹地大骂,"杜宇风牛吧?娶了江世敏这个老婆,多年的手下都跟着她混,全副身家都要姓江了。你把那个苏拉娶回家,是想让林家改姓苏?"

"不至于吧?"钟晴试图挣扎,"老林,上次你不是还说,阿渡找的那位律师能力不错吗？"

"律师是帮我从别人那儿掏钱的，儿媳妇是什么？儿媳妇是从我手里掏钱的！哼，把这头母狼引进来，你们个个都会被吃得骨头都不剩！"

钟晴捂住心口，不说话了。半晌，她小心翼翼地转向林渡，道："阿渡啊，既然你爸爸都这么说了，你就不要再跟那位苏律师来往了，好吗？"

林渡听着父母的对话，越听越觉得可笑至极。

林茂生认为，只有钟晴这样柔弱又任他掌控的女人，才算是女人。但他惧怕那些强有力的女人，惧怕能抓住他的弱点、踩着他胸口的女人。

"首先，我跟苏拉的关系，是我自己的事，和林家、杜家、王家都没关系。"林渡缓缓地说。

"其次，我现在站在这里，是因为爷爷走了，而他——"他指一指林茂生，"查出有病。妈你在我面前哭，我才同意暂时回来帮忙的。我从没答应过要当什么副总裁，也不可能在恒茂待很久。"

钟晴沉痛地望着他，软声道："阿渡，你既然答应回来了，这就说明血浓于水……"

"这什么也说明不了。"

"你别劝他！"林茂生大声说，"你让他滚蛋，滚出这个家门！你要不是姓林，那个姓苏的女人会多看你一眼？别做白日梦了！江世敏就是个捞女，她女儿也一样！"

林茂生气得满脸通红，说着说着，陡然捂住胸口，五官缩成了一团。钟晴连忙扶住他，和张婶一起，把他送上楼休息。

林渡一个人站在客厅，觉得自己像个笑话。

在筹备林老太爷葬礼期间，林茂生出现了胸闷和头疼的症状，检查后确认是冠心病，虽然症状比较轻微，但需要持续服药，避免疲劳和情绪焦虑。这消息钟晴不敢让林家其他人知道，否则他们会像豺狗一般扑上来趁火打劫。她只好去求林渡回来帮忙，至少暂时帮林茂生缓解一下生意上的压力。

林渡答应了，但没想到，林茂生把他的让步当成彻底的屈服，到处宣扬他是自己的接班人。

他想起葬礼上，林茂生宣布这件事时，苏拉的眼神。

苏拉会怎么看他呢？一个出尔反尔，屈服于金钱和世俗的懦夫。

钟晴服侍林茂生吃了药，看他睡着了，才蹑手蹑脚地下来。

菜做好了，又凉了，并没有人吃。张婶去热菜，钟晴拉着林渡进了书房。

"你明知道你爸身体不好，非得这样气他吗？"钟晴失望地看着儿子。

"这次对你、对你爸都是个台阶，你们借着这个机会，把过去的矛盾解除，父子俩重新开始，不行吗？咱们这个家，什么时候才能像个家的样子啊？"

林渡不知道该说什么。也许说什么都是错的。

钟晴擦了一把眼泪："阿渡，亲生父子，到底有什么解不开的仇怨？是你姐姐的事吗？可她生病，也不是你爸的错啊。是你爸在外面有太多女人？唉，这么多年，妈也习惯了，有本事的男人，大概心都是野的。当年陈志添倒是专一，可他也挣不了几个钱啊。是爸爸打过妈妈的缘故吗？他年轻的时候，喝多了才偶尔动手。现在年纪大了，他打不动了，对我也好多了，真的。"

林渡还是像闷葫芦一样不吭声。

钟晴发了狠，道："你今天就给妈妈一句准话，好不好？妈妈给你跪下，行吗？"

她作势向下，林渡急忙扶住："妈！"

母亲晶莹的双眸紧盯着他，林渡终于松口："不是这些事，是更严重的事。"

"有什么事比这些更严重呢？"

"我大一那年暑假，没跟你们打招呼，自己坐飞机回来了，你还记得吗？"

钟晴一脸茫然："所以呢？"

林渡双手握拳，在屋子里踱了几步，这才下定决心："那天我到家没多久，你们俩就回来了。你们从门口一路吵架，吵到书房，你骂他在外面养女人、花钱。他打了你一巴掌，你就哭。然后你说……"

随着他的叙述，钟晴的记忆也飘然回溯到当初那一刻。她想起了自己的话，脸色瞬间苍白。

林渡怜悯地望着她："你说，当年你之所以怀上我，是被他强迫的。他是你老板，逼你跟他出去陪客户喝酒，你喝醉了，被他带去宾馆开了房。

"那时你跟添叔刚结婚，感情正好，根本不愿意。你哭着求他，他把你掐晕了，你没法反抗。后来，你发现有了我，不敢告诉任何人，只好算作是添叔的儿子。"

钟晴的身子颤抖得如风中的枯叶："没有的事情！你这孩子，听谁说的闲话？"

林渡语气麻木地继续说："后来你带我去过公司，被他看见了。他立刻看出了我跟他长得像，但那时他到处乱搞，根本不在意多了个孩子。谁知道过了几年，报应上了身，他生不出孩子了，又非要个儿子跟老太爷交代，就逼着你把我认回来。"

"这都是谣言！你怎么能这样说妈妈？你这样的话传出去，妈妈还怎么做人？"

林渡愤怒了："这些年，你被人骂得还不够吗？说你是捞女，母凭子贵，说你勾引老板，居心不良，破坏别人家庭！可是凭什么呢？强奸犯心安理得，被强奸的却没法做人！我努力赚钱，从林家离开，就是想让你看见，我也能养活你，我们母子俩没有他林茂生，也能过得很好。妈，我问过你多少次，愿不愿意跟我走，跟他离婚，可是你不肯。"

"不是的！"钟晴捂着耳朵，泪如雨下，"阿渡，父母的事你不明白！"

"我是不明白！事情究竟是怎么样，只有你自己明白。我知道，这一切对你来说很难，这么多年，一直很难。妈，我不怪你，我心疼你。"林渡握住钟晴的双肩，"但我不认他当爸，永远不认。"

钟晴恐惧地瞪着他，泪水逐渐流干，她忽然出奇地冷静下来："阿渡，你听我说。妈妈那时是胡说的。你爸在外面有女人，妈妈生气，才用这件事来拿捏他。妈妈当年……当年是愿意的，你爸有钱有势，年轻的时候长得也好，公司里的女职工都对他有意思……"

钟晴混乱地解释着："阿渡，你要相信妈妈！我现在说的才是真的！都是妈妈的错，你不要因为这件事和你爸闹别扭，他是你爸，你亲生的爸爸！"

林渡难以置信地看着母亲。良久，他说："血缘没那么重要。在我心里，添叔才是我爸。"

他后退一步，打开了书房的门。

"妈，我之前答应你，回来帮他三个月，说到做到。但是什么副总裁、什么家产，我通通不要。你什么时候想明白了，就离开他，我能养你。"

林渡只拿了件外套，就从林家出来了。

他没开车，一个人步行从大宅沿着湖边走出别墅区，打了辆车。司机问他去哪儿，他下意识地报了苏拉的地址。

走到一半，他突然发觉这样不行。他说过，要把自己最黑暗的秘密告诉苏拉的。但这秘密如此黑暗，此刻他还说不出口。

他没有勇气向警方举报，也没有勇气要求母亲更坚强勇敢。他只能尽力变得更加强大，用自己的力量，建造一个庇护所。这样，或许有一天，钟晴能鼓起勇气，从那个暴君的城堡里走出来。

倘若生活如法律条文般非黑即白，那该多么简单。但母亲已经够苦了，他没有资格断言真相，也没有资格替她做选择。

"师傅，不去原来的目的地了，换个地方，去 La Nuit 吧。"

酒吧比他上次来的时候人更多一些，歌手唱着一首等待爱情的"Quando, Quando, Quando（何时，何时，何时）"。林渡在吧台边挑了个位子坐下，点了杯"响尾蛇"。

他干了第一杯，高度威士忌轰炸他的味蕾，口腔又麻又涩，但总算有了活着的感觉。

他又点了一杯。正要举杯，身边的空位坐下一个人。

"这杯我请。"

林渡转过脸，看见了王子猷。他指间夹着支细纸烟，烟雾缭绕在方形酒杯上，被他混杂着连同酒液一起喝下。

"林公子也借酒浇愁？"

林渡没说话。

王子猷没有在意对方的冷淡，吐出一缕烟雾。

"回恒茂上班，不适应吧？我刚开始也一样。可男人不就是这样吗？要能扛得住事、吃得了苦、耐得住寂寞、豁得出去脸皮，才能成大事。"

林渡不知道该说什么,他和王子猷不是一类人。

王子猷正是钟晴和林茂生渴望拥有的那种儿子,英俊潇洒、举止得体,有强烈的家族荣誉感和自豪感。而林渡不在乎大部分人怎么看自己。

"王总是吃了事业的苦,还是吃了女人的苦?"

王子猷自嘲地笑笑:"女人。永远搞不懂她们,宠着、哄着、放在心尖上供着,她们还是不满足。她们像妖精,一点一点吃掉你的斗志,磨平你对生活的希望。"

"或许,你的斗志本来就经不住拷问,你对生活的希望,本来就是不切实际的幻想。"林渡尖刻地说。

王子猷哈哈大笑,和林渡碰了下杯,饮尽了杯中酒。

"或许真是这样……林公子,你跟你父亲很不一样,完全像是两个人。"

"您和您哥哥很一样,完全像是一个人。"

"是吧?"王子猷摇头,"其实我跟我大哥一点都不像。他目光远大、自律、意志力强,我,呵,我就是个优柔寡断的懦夫,儿女情长,英雄气短……"

他的声音渐渐飘忽。林渡皱眉道:"王总,你喝多了。"

王子猷抬起头道:"没关系,我住酒店,没人等我回家。"

他眯起已有七分醉意的俊眸,神秘地打量着林渡,突然道:"我知道你为什么喜欢苏拉……因为看不懂,对吧?就像一朵有毒的花。"

林渡道:"你真的喝多了,我送你回去吧。你住哪一家酒店?"

王子猷拨开他的搀扶:"就是啊,我第一次见她,就知道她是朵要人命的毒花。你看过她的眼睛吗?想要的真多啊。一般的女孩子,想要什么,就楚楚可怜地望着你,让你心软。可苏拉啊,你知道她会亲自下手来抢啊,她不打算让你可怜她,只打算在你最没有防备的时候,给你致命一击。"

他摆着手,口齿不清地说:"她还传染,她把其他的女人,都变成她。你说可不可怕?"

看到王子猷这个样子,林渡彻底没了喝酒的心情。

"算了,我就在楼上给你开间房吧。"

反正都是住酒店,睡哪儿不是睡呢?

王子猷的大脑逐渐被酒精完全统治。许多尘封已久的画面如浮光掠影的梦境,重现在眼前。

杜荔娜让他摸着良心问自己,是否曾对苏拉动过心。

他问了。事实上,他根本不需要问。

王子猷被林渡拖进酒店电梯,过分明亮的灯光晃得他头晕目眩。

"你知道吗?"他昏昏沉沉地说,"十二年前,十二年前那个晚上,在云上高中的后山,我教她跳舞。就差一点儿……如果不是她推开了我……就差一点儿,我就吻了苏拉。"

杜荔娜和苏拉，恰如白玫瑰和红玫瑰，一朵让人怜爱，一朵引人探究。十八岁的王子猷从未告诉任何人，他的情感曾经悖于理智，分裂作两边。

　　那时他以为这不算什么，血气方刚的少年，难免被氛围影响、俘获。可是，正是因为他那一次的放纵和轻浮，使苏拉抓住了他的软肋，她得以利用他软弱的心志，在舞会上伤害杜荔娜。

　　这才是他无法原谅自己的过错，是他对杜荔娜永远的愧疚。

　　"我只是一个普通的男人。我从来没想过，事情会变成那个样子……"王子猷抓着林渡的衣领，一滴泪水从他的眼角流出。

　　电梯门打开了，王子猷没有动，林渡也没有动。

　　林渡如同被施了定身咒，僵硬地迸出几个字："你刚才说……你们读的是什么高中？"

　　这奇怪的关注点没有引起王子猷的注意，他的头颅渐渐垂下去。

　　林渡抱住他摇晃，问："你和苏拉，你们读的是什么高中？"

　　王子猷被他摇醒，不耐烦地道："云上高中，云上！怎么了？"

　　林渡身躯剧震。他听过许多苏拉高中时代的故事，没有一个提及那所高中的名字，他也从来没往那个方向去想。谁能想到，这世界会这样小呢？

　　又或者，并不是世界太小，而是人和人之间的联系，原本就这样微妙。

　　电梯门打开，又关上。脚下的地面重又下降，林渡忽然忘了自己身处哪个空间，忘了他从何处来，要往何处去。

　　"王子猷，你们高三的语文老师，叫什么名字？"

　　这个问题，即使是对醉酒的王子猷来说，也太过莫名。他皱眉问："什么语文老师？"

　　"你和苏拉同班，你们的语文老师，是不是叫林……不，叫叶深？"

第十四章
尘世丰盈

因为脆弱的容器并非总能盛下他们

只是有时候人可以承受神的丰盈

天神之梦从此就是生命

然而这迷惘有益

如眠息，困厄和黑夜使人坚强

直到英雄在钢铁摇篮里成长起来

心已蓄满力量

——《面饼和酒》弗里德里希·荷尔德林

1

杜荔娜自告奋勇地接管了徐芳和李老师在鹤市的行程。她们从大山里来，想看看海、沙滩、摩天大厦和科技展馆，徐芳对地铁换乘赞不绝口，并对购物中心的规模感到惊讶。这些都是杜荔娜熟悉的地方，但她现在以一种崭新的眼光和徐芳一起参观。

最令徐芳开心的，还是在海滩上的时光。有哪个女孩子会不喜欢大海呢？徐芳赤着脚，踩着白沙冲向海水，和海滩上同龄的孩子一样，快活地把脸埋在白色的泡沫里。李老师和杜荔娜站在岸上，笑着看徐芳。

"杜小姐，没想到你会亲自陪我们出来。我们都觉得，你肯定很忙。"

杜荔娜摆摆手说："能和徐芳一起出来，我也很开心。"她和王子猷从来没有产生过这么大的矛盾，待在家里只会胡思乱想，倒不如陪徐芳出来走走。

就是在这时，苏拉踩着沙子朝她们走来。

徐芳在海水里回过头来，朝苏拉招招手。苏拉也招招手，这个海滩，她有点眼熟。

杜荔娜笑道："这就是你第一次下海的那个海滩，你还记得吗？从前那家酒店已经关门了，现在这里是公共海滩，岸上都开成了民宿。"

苏拉想起来了。

"你现在会游泳了吗？"

苏拉摇头道："还是怕水。"

"这么聪明的人，学不会游泳？"

苏拉自嘲："再聪明的人，也有犯蠢的时候。"

她看着杜荔娜的笑容，从包里掏出一个文件夹："鉴定报告出来了。"

这家基因检测实验室是天影所的合作机构，走了加急通道，结果比预计时间早了一天出来。

杜荔娜和李老师脸上的笑容都消失了，代之以紧张的神情。

"怎么样？"

苏拉不知该怎么说，只好把报告的结论翻开给她们看。

"无法排除半同胞关系，倾向于无关个体。"

同父异母姐妹关系在亲缘关系鉴定中，属于疑难鉴定，几乎是准确率最低的一种。在司法实践中，这类鉴定一般在父亲去世后，会同时采集姐妹两人生母的基因，或其他兄弟姐妹的基因，用于推定父亲的基因。但徐丽失踪，杜荔娜的生母去世，她们都没有其他同胞。

常用的鉴定方法得出的结论是一个状态一致性数据，基于公认的规范阈值来判断，高于大阈值，则推定为半同胞关系，低于小阈值，则推定为无关个体，而杜荔娜和徐芳的检测结论居于两个阈值之间，所以无法得出确定性较高的结论。

这样孤立的基因比对，能推导出倾向性，已经很不错了。

这也就意味着，除非有新的证据，法院不可能认定徐芳和杜荔娜是姐妹。理想的世界非黑即白，非此即彼，但可惜，人们活在现实中。

杜荔娜脸色很不好，问道："所以，我还是不知道，徐芳是不是我的妹妹？"

苏拉沉默了一瞬道："现在你可以确定，至少在法律上，她不是。"

"那事实上呢？"杜荔娜觉得可笑，"所以事实还是不重要，对吗？这个世界就是不肯给我一个答案，是吗？"

为了找寻真相，她和王子猷闹翻，和继母对抗，她试着怀疑自己的父亲，又试着重新相信他。可现在的她拥有什么呢？

她不知道十二年前苏拉有没有推她，不知道父亲是否道德败坏，不知道丈夫是否真心爱她。她只有模糊的记忆、模糊的亲情、模糊的爱情、模糊的人生。

杜荔娜只觉浑身虚脱、摇摇欲坠，苏拉和李老师一边一个，扶了她一把。

"是鉴定结果出来了吗？"远处的徐芳发现了异常，不知何时回到了她们身边。

苏拉向徐芳重新解释了一遍。徐芳木然地听着，竟然没有表现得太意外。

杜荔娜反而不安起来："徐芳，你要相信我们没有在这件事上动手脚。"

徐芳垂头，沉思了片刻："我相信你们。你们真要骗我，做个假报告也很容易，直接说我不是你妹妹就行了，没必要出个这样的。"

杜荔娜和苏拉面面相觑，徐芳的聪颖超出了她们的预料。

李老师问："苏律师，就没有别的办法了吗？"

"在现有的技术条件下,如果要进一步确认,只有一个方法,就是找到徐芳的母亲,用三个人的样本共同比对。"

徐芳明亮的眼睛眨了眨,一滴眼泪落了下来,在沙滩上砸出一个湿坑。

"找不到她了,也许她死了。"徐芳牵着李老师的手,"老师,我们回陵县吧。"

李老师神情复杂地望着她:"徐芳,你甘心了吗?"

徐芳摇头:"不甘心又能怎么样呢?我尽力了。老师,您为我做了太多,我不能再麻烦您了。今后我好好读书,好好照顾外婆,再不想父母的事了。"

苏拉和杜荔娜都不知道该说什么。徐芳清亮的眼眸里,坚毅的光彩黯淡下去,仿佛要坠入一片虚无的沙漠。

李老师遂摸摸她的头顶:"别这么想。徐芳,你说过,你想当个数学家。记得老师讲过哥德巴赫猜想吗?这世界上有很多未解之谜,也许我们终其一生都得不到解答。但为什么还有这么多科学家前赴后继地去研究它们呢?"

徐芳怔了怔,然后笑了:"因为在全力探索的过程中,我们发现了自己的力量。"

她的话,让苏拉和杜荔娜都愣住了。

李老师点点头:"老师当然希望你能找到亲生父母。但是咱们活在这个世界上,父母是谁,并不是最重要的。最重要的是,你自己想活成什么样,你又为之付出了怎样的努力。"

最后的这句话,让徐芳的脸上滚下两行热泪。她抱住李老师失声痛哭。

李老师坚持用自己的钱买了从鹤市回陵县的火车票,直达的绿皮火车硬座,要坐十几个小时才能到县城,苏拉和杜荔娜开车送她们去火车站。

她们似乎在短暂的相见中,和徐芳建立了某种神秘的联系。

到了火车站,杜荔娜叫住了徐芳:"徐芳,其实……我见过你妈妈。"

徐芳愣住了,然后,她倔强的嘴唇颤抖起来。

"我见到你妈妈的时候,她已经怀上你了。她很漂亮,很坚强,还有一双灵巧的手。"

杜荔娜从怀里掏出一个旧得有些掉色的丝线编织的小蝴蝶。

"这是她亲手编的,送给我……"杜荔娜不好意思地笑了笑,"送给我和苏拉的。"

她托起徐芳的手心,把小蝴蝶放在上面。这个手机链,她随身用了很多年,挂绳都干枯发黑了。

徐芳怔住了,她把那简陋的手工作品托在指尖看了又看。

生命中大部分的牵绊来自一些微不足道的物品,人在上面留下自己的痕迹,也留下人与人之间联系的印记。

女孩的眼眸中,与年纪不符的坚强蓦然破碎,大颗大颗的眼泪涌了出来。

"我妈妈……是不是很痛苦?外婆说妈妈刚把我生下来就回来打工了,她一定很后悔，后悔不该把我生下来。她肯定希望我是个男孩，这样我爸就不会不认我了。是我让她失望了。她肯定觉得我是个大累赘，要不怎么会这么多年都不回来？"

杜荔娜说："她不是这么想的。我亲耳听到她说，希望生下来的是个女孩，而且……"她指指苏拉，"她希望你和这个姐姐一样，漂亮、善良、有气质。"

苏拉原本静默地站在一旁，听到这里，微微一怔。

杜荔娜试探着靠近徐芳，没有遭到拒绝，遂轻轻抱住了她："徐芳，你可能不是我妹妹，但我总觉得，我们之间有一种神奇的联系。我知道你是个自尊心很强的女孩子，也很爱你的外婆。我和苏律师，我们找到了一种新的方式来帮助你，你先听听，再决定要不要接受，可以吗？"

徐芳疑惑地看向李老师。李老师朝她摊手，表示自己也不知道内情。

杜荔娜回头去看苏拉，从她的脸上得到了支持。于是她鼓起了勇气，道："你外婆的情况不是个例，我们联系了鹤市对口帮扶内地农村医疗的政府主管部门，他们推荐了一个和你们省城医学院联合对口帮扶的项目，推动医生定期下基层坐诊，项目落地以后，你外婆的白内障手术在县医院就可以做，报销的比例高一些，整体费用也会便宜很多。"

杜荔娜又看了苏拉一眼："我们还联系了一个定期开展'白内障复明计划'的慈善基金，他们还有一些补助白内障手术的名额。你外婆符合他们的准入标准，我们已经提交了申请，批下来以后，医保不能覆盖的手术费用，他们也能报销。"

徐芳先是惊喜，而后又现出防备："他们又是为什么要帮我呢？"

"他们不是为了帮你，是为了帮助我们所有人，无论是在鹤市还是陵县，我们都是一体的。有一天你会长大，成为一个数学家、医生、工程师，或者像李老师一样当个老师，你会成为你的时代的中流砥柱。到那时，你也会像现在这样，去帮助我们所有人。"

李老师微笑着说："徐芳，这个世界会越来越好的，你也要加油。"

她们目送她们离开。

苏拉听见杜荔娜说："是我太肤浅了。徐芳不需要来鹤市，也能接受最好的教育。"

苏拉遂点头："一个好老师，能影响学生的一生。"

比如徐芳，比如苏拉自己。

在这一天结束的时候，苏拉回到自己的住所。

她走进书房，打开书柜，毫不费力地在一排渡渡鸟作品的背后找到了一本日记本，带锁，硬皮，封面是《向左走，向右走》。

她小心地把日记本的锁扯开。小钥匙在从海市搬到鹤市的时候弄丢了，她怕把本子弄坏，已经很久没有打开它了。

第一页的字迹龙飞凤舞、潇洒恣意，很难想象是出自一个娇小瘦弱的年轻女子之手：

这是我余下人生的第一天，也是我的最后一本日记。叶深，你就要死了。
——在你死之前，还能给这个世界留下些什么呢？

苏拉的泪水涌了出来，如堤坝自底部坍塌。
叶老师，如果你能看到今天的我，又会说些什么呢？

2

高三的第一节语文课，苏拉第一次见到叶深。

叶深是扔进人堆里半天找不见的那种长相，说话轻声细语。最后一排的男生大声喊"报告"，说听不见，叶深便如慌乱的鸽子般道歉。

原来的语文老师赖老师年纪大了，身体毛病多，主动要求调到高一去，才把叶深这个毕业两年的菜鸟老师替补上高三。赖老师带毕业班的经验很丰富，熟悉高考的出题倾向和作文套路，总能帮她降低错题率。除了收发作业，赖老师对她这个语文课代表的工作没有其他要求。赖老师说，苏拉好好发挥的话，高考是能拿个语文状元的，该把精力集中在自己的学习上。

苏拉不喜欢叶深，她比赖老师事儿多了，让苏拉组织早读，搞诗歌研习，在课上做角色扮演，却很少讲在阅读理解里，如何准确地抓住出题者的意图。

事实上，大部分同学很喜欢叶深的教学方式，她身边的同学多花了一倍的时间在语文复习上。

可苏拉不是普通同学。苏拉不在乎课程有没有趣味。再枯燥的理论她也能迅速背住，再反人性的做题技巧她都能快速掌握，她专注、高效，目的明确，就是拿高分。这是她相较于鹤市这些养尊处优的同学的优势。

当叶深提出，要排个《琵琶行》课堂短剧的时候，苏拉终于爆发了。

苏拉知道如何使用自己这个状元种子的影响力，她直接向教导主任投诉了叶深。言辞是经过精心挑选的，她没有直接指责叶深，而是把自己课代表的工作描述得疲于奔命，还暗示着其他同学都对这种不务正业的教学方式很不满。

教导主任立刻就找了叶深谈话。

苏拉躲在窗外，听见教导主任严厉地说："高三了，你以为是在高一呢？马上模拟考了，你们班的语文成绩不要了？一日为师，是要对学生的一生负责的！让他们考个好分数，就是对他们最大的责任，你明不明白？"

叶深柔顺地接受了批评，取消了课堂短剧计划，苏拉取得了胜利。

日常的学习继续归于沉闷乏味，但叶深的诗歌研习在学生中激起了小范围的热情——班里有很多女生都收到了情诗。

苏拉寝室的黄美婷就是其中之一，她把收到的情诗在寝室里大声地念，一面嘲笑文字的酸臭，一面陷入无法自拔的羞涩和虚荣。

苏拉趴在床上看高考数学真题，听了一耳朵，忍不住笑出声。黄美婷生气地质问苏拉为什么笑，苏拉说跟她没关系，是这本真题集的答案解析错了。

寝室的女生都觉得苏拉是个怪咖，苏拉也乐于强化她们的印象。事实是，她耻于让人发现，许多新潮而时髦的物品和理念，她都是从书上和网上读来的，几乎没有亲自使用过。

在来鹤市之前，她刻意锻炼过自己的普通话。来了之后，她发现，真正在班里拥有地位的同学都有能力使用更为"体面"的当地方言，她一个字都听不懂。

对她而言，更为安全的是将自己隔离在人群之外，清高而满怀恶意地审视他们。

第二天，苏拉值日，她去倒完垃圾回来，发现了给黄美婷写情诗的男生。他趁着没人在教室，往黄美婷的桌斗里塞了封信。

问题在于，他同时往三个女生的桌斗里塞了信。她们分属于不同的小圈子，彼此很少交谈，显然是他精心挑选过的。

男生离开后，苏拉调换了三封信的位置。她喜欢看天真愚蠢的人出丑，杜荔娜就是她主要的观察对象之一。她知道自己的本质很坏。

第二天早自习的时候，事情败露了。情书抬头的称呼对不上号，三个女生在交换的时候，发现了那个"情圣"脚踩三只船的奥秘，遂翻脸大怒，把事情捅给了班主任。

班主任在班会上大发雷霆，又把这次的事件归责于叶深的诗歌研习计划。她在教导主任面前严厉控诉叶深，用煽动性的诗歌诱发了学生的青春冲动，破坏了良好的学习氛围。

这一次，叶深很执拗，她说读诗是必要的，高考只是学生人生中的一个坎，但不是全部。要过好这一生，他们还需要一颗活泼的心。

班主任很生气，指责叶深不切实际，对学生不负责任。这在高一倒还没什么，可以拓宽学生的知识面，丰富作文引用素材，可到了高三，就该贴着高考范围教学，分分必争。

争论上升到教育理念的层面，教导主任只得两边批评，老师们也纷纷过来调停。他们劝叶深看清现实，高考就在眼前，家长对老师的期待，也是教出更高的分数，至于"灵魂工程师"，那是社会给教师职业戴上的一顶高帽，自己可得看清自己的位置。

像叶深这样性情古怪的老师，学生们在背后没少议论。

据说叶深的家境很好，根本不需要出来工作，家里给她安排了门当户对的富二代结婚对象，可她就是喜欢当个教书匠。

据说叶深喜欢隔壁班英俊有风度的男英语老师，跟人家表白过，被委婉地拒绝了。她还厚着脸皮，和人家在一间办公室办公。

据说叶深带高一的时候就组织学生搞诗社，还为此被家长投诉过，说她给学生读了些不健康的东西，什么"和全世界的人接吻""从乳房吮吸快乐"之类的。[1]

学生们喜欢她，觉得她与众不同，家长们讨厌她，觉得她有碍于考试。

争论发生的时候，苏拉去办公室送作业，就站在门外。她在这一片混乱中，精准地找到了叶深瘦弱而笔直的背影。

她突然意识到，叶深也是一个怪咖，一个被他人群起嘲笑，也暗地里嘲笑他人的怪咖。

叶深仿佛有所觉悟，转过头来，目光正撞上苏拉的视线。她蓦地笑了，还朝苏拉挤挤眼。

苏拉微微一颤，她觉得，自己不仅被看见了，还被看穿了。

云上的学生注重仪式感，每位老师过生日，班长都会组织大家凑份子给老师订个蛋糕，再买一份生日礼物。其实，每次都是王子猷和几个家境好的同学出得多。

叶深却在生日当天请了病假，语文课也被数学课占了。班主任说叶老师病得有点厉害，可能要休息两天。

作为语文课代表，苏拉只好代表全班去探病，顺便把蛋糕和丝巾送去。

叶深的单身宿舍是楼里最角落的那间，没有电梯，爬六楼还要走到走廊的最里面。苏拉到的时候，叶深开着大门，正对着油腻腻的煎锅煎一颗蛋。

苏拉拎着蛋糕走进去，眼睁睁看着那蛋从焦黄变成了焦黑。

叶深裹着件起球的毛衣外套，脸色灰白，悻悻地用锅铲拨了拨失败的蛋，转脸就看见了苏拉。

"叶老师，班上同学给你买的蛋糕，还有礼物。生日快乐。"苏拉平板地说。

叶深有点不好意思地把锅放回了灶台，拿起抹布揩着油手，说："还辛苦你跑这一趟。快坐快坐。"

苏拉环视了一圈，也没看见坐的地方。她听班主任说过，分配宿舍的时候，叶深主动要了这个角楼的小单间，拢共不到40平米，空调还是坏的，后来她自己看着说明书修好的。

只因为这间宿舍正对着一棵高大的凤凰树，一到夏天，火红的凤凰花会落满阳台。

这个季节已经没有凤凰花了，苏拉只看见满屋灰突突的书本。两个小书架已经塞满了，还有餐桌、餐椅和衣柜上也都堆满了书，床上也只是空出了个被窝，边角都摞着书。

---

1. 万民啊！拥抱在一处，和全世界的人接吻！弟兄们——在上界的天庭，一定有天父住在那里。……一切众生都从自然的乳房上吮吸欢乐；大家都尾随着她的芳踪，不论何人，不分善恶。——《欢乐颂》席勒

288

叶深顺着她的目光，也扫了一圈自己的居室，脸上现出愧色，连忙把椅子上的书移到床上，给苏拉空了个位置。

"我这人不爱收拾，这儿平时也没人来……除了我弟，喀，那孩子比我还邋遢，所以也不嫌弃。"

叶深平时就慢声细语的，这会儿带着病，那声音轻柔得几乎一碰就要断了。

苏拉把蛋糕和礼物放在一个平整的书堆上，问："叶老师，你身体还好吧？"

"暂时死不了，放心。"叶深漫不经心地开玩笑。

"那你……吃饭了吗？"苏拉看一眼锈铁一样的煎蛋。

"正在做，可惜煳了，唉，不过应该……"叶深恋恋不舍地看着那个蛋。

苏拉看出了她的想法，道："都煳了，吃了容易得癌。"这是阎秀君常挂在嘴边的话。

叶深遂笑道："你怎么跟个老大娘似的？"

苏拉心说，你才跟个小孩似的呢！

"你要这么想吃煎蛋，我给你煎吧。"她说。

叶深惊讶地道："现在的孩子生存能力这么强？"

"我们小地方来的孩子，从小寄养在别人家，是要帮着干活的。"

苏拉稍微研究了一下，遂清洗了锅具，擦干，倒油，开火，单手落蛋，一气呵成，三分钟就煎好了一个油亮亮的蛋。叶深彻底被征服了，一脸崇拜地望着苏拉。

苏拉忽然困窘，押平校服的衣角，道："那没什么事，我就先走了。"

"别急着走。一起吃蛋糕吧？"

"我还要回去复习。"苏拉下意识地拒绝。

"可我一个人吃蛋糕，挺寂寞的。"

苏拉不知该说什么。需要别人的陪伴，这在苏拉的意识里是很丢人的事，可叶深说得理所当然又可怜。苏拉没见过这样的人。

"你陪我吃蛋糕，我再给你讲讲你上次模拟考的作文为什么会被扣五分。"

"行。"

利益交换是苏拉听得懂的。她坐下了。

叶深笑道："我可能是小脑不发达，手残，你来切蛋糕吧。"

叶深不是那种激情四射、口若悬河的魅力型老师。但她博学又有耐心，说话慢条斯理，是令人放松的人，也有自嘲的幽默感。

吃个蛋糕的工夫，叶深就把苏拉的家世背景和成长经历套得清清楚楚。苏拉也没打算隐瞒，毕竟学籍档案对老师不是秘密。

叶深用小勺子刮着蛋糕上裹奶油的樱桃，问："苏拉，你为什么想考清华呢？"

苏拉不知怎么回答，索性反问："你呢？为什么教我们读诗呢？"

叶深眼下的黑影很重，看起来十分疲惫，却因苏拉的问题整个人都明亮起来。

"因为你们这个年纪，正好读诗啊。"

苏拉讥诮地扯开嘴角，道："没有什么年纪该干什么事的道理。"

如果有这样的道理，七岁的苏拉就应该被爸爸妈妈捧在手掌心里，十二岁的苏拉不需要捡堂弟的旧衣服穿，十六岁的苏拉也不必处心积虑地逃离榴城。

后面的话她没有说出口，但叶深的眼里已经浮现出了震惊，就好像苏拉心里的话，都被听见了。

苏拉避开她的注视："老师，我跟王子猷他们不一样，风花雪月什么的，是你们大城市有钱人陶冶情操的玩意。我只有读好大学这一条路，您让我考高一分，您就是我的再生父母。"

蛋糕很甜，奶油很滑，吃进嘴里一点渣都没有。

叶深沉默了一下，说："苏拉，你是聪明优秀的学生，老师尊重你的努力。越是聪明的学生，对世界的困惑越多。你能感受到身体里涌动的能量，却不知道怎样取用。你以为分数是这一切的答案——它当然是一部分答案，能解决一部分问题。可是另一些问题呢？什么样的情感是真实的，什么样的情感是虚伪的？善良和罪恶是非黑即白的吗？羞耻心和负罪感应当安放在何处？痛苦是从哪里来的？机器和人，谁更快乐？人是否一定要有理想？命运为什么不公平？这些，你没有问过自己吗？如果你在十八岁时没有思考过这些问题，在二十岁的时候，怎么面对更加残酷的人生呢？

"读诗不是有钱人的特权，越是在困顿之中，越是需要精神的力量。"

她放下吃了一半的蛋糕，探头去书柜的底部找寻，找了半天没有收获，又转向床头，终于从被子底下翻出本《浮士德》。

"这本书借给你。你可以快速浏览一遍，摘抄好句，用在作文里，保证能加分。"

叶深朝她眨眨眼："当然，你也可以用心读。"

苏拉接过书，放进书包。

叶深从床头拿了盒止痛药，抠出一片吃下去。

苏拉说："叶老师，有病还是得去医院。"

"也没什么，颈椎病，老毛病了。这阵子忙，等放了寒假再去看。"

苏拉遂没再说什么。

后来，她无数次地想起这个时刻。

如果世上真有穿越这件事，她可能无法阻止苏海跃跳下河救人，无法阻止吴小霞出车祸，但她一定能劝叶深去看医生。

云上高中的二十周年校庆，苏拉要作为优秀学生代表演讲，她请叶深改了一遍演讲稿。

在演讲稿里，苏拉引用了《浮士德》里的话："太阳自然是终究要沉落，醒着的只是我新的追求。"[1]

苏拉以为,这样算是隐晦而不失体面的示好。

然而,稿子还没改完,班主任就通知苏拉,演讲换人了。

苏拉去找教导主任,想问清楚情况,却在教务处门外听见了叶深的声音:"演讲人说换就换,学生会觉得规则都是虚无的,心里该有多难受?这不公平!"

教导主任说:"现实就是这样的啊,哪里有那么多的公平?而且这个事情,是人家家长主动提出来的,是杜苏拉的亲妈,亲妈!人家说不希望孩子高三了还分散精力,我们能怎么办呢?"

"至少也该先问问杜苏拉自己的想法,不能家长说什么就是什么。"

"叶老师啊,不过就是一个演讲而已嘛,又不是评奖、评优、考试成绩,多大点事啊?我跟你说,校庆那天请了明星,还有电视台来采访做节目,让杜荔娜上台就很好嘛,漂亮、气质好,又会跳芭蕾,普通话还标准,很能代表我们学校的风格嘛!"

叶深沉默了一下,又执拗地说:"主任,如果一开始就定的是杜荔娜,我没话说。但是这样换来换去,对两个孩子的心理都会造成不好的影响。"

"哎哟叶老师,你还是多关心关心你们班的语文成绩吧!上次模考……"

苏拉站在门口,蓦地出声:"叶老师,我对学校的安排没有意见。"

教导主任和叶深都愣在当场。

"我妈说得对,我现在高三,最重要的是备战高考,演讲会分散我的精力,娜娜比我更适合做演讲的学生代表。"苏拉转向叶深:"叶老师,演讲稿您修改过了吗?我觉得,稍微修改一下,就可以直接给娜娜用了。"

她牵动面部肌肉,笑道:"我们是姐妹嘛,谁讲都是一样的。"

走出教务处,苏拉步子飞快,叶深一路小跑跟在她后面。

"苏拉,你等等。"

苏拉在走廊里站住,道:"我不在乎,真的。叶老师,你别把人都想得跟你一样敏感。"

叶深盯着她:"苏拉,有时候不在乎,只是把愤怒强行压抑下去了,就像沤肥一样,沤着沤着就成了恶意。"

苏拉翻了个白眼:"这真的是很小的事情,我没那么小心眼。"

叶深摇头:"没人要求你必须心胸宽大。不公就是不公,不分大小。无法得到光明正大的秩序,就有可能被情绪驱使,走上危险的道路。苏拉,你可以在乎,可以反抗,老师支持你,不论最后的结果怎么样,你的态度要让人知道。"

有那么一瞬间,苏拉被叶深煽动了。但很快,高考、杜家的支持、江世敏的态度全部涌上心头,她意识到前一秒的自己有多可笑,而叶深比自己更可笑。

---

1. 太阳自然是终究要沉落,醒着的只是我新的追求。——《浮士德》,樊修章译本

"叶老师，别小题大做，真的。"她转身走了。

后来的校庆晚会上，她用自己的邮箱假冒洛逸的邮箱，交给杜荔娜，完全是临时起意的恶作剧。苏拉没想过这和演讲换人之间有什么关联，要到很久以后，她才意识到，叶深对她的了解，很可能比她自己还要深。

苏拉把看完的《浮士德》还给了叶深。她承认，大部分内容她没看懂，但魔鬼冒充浮士德指导学生的那一段，就像是叶深在讽刺自己。

她又从叶深那里借走了《瓦尔登湖》，还回去的时候，又拿走了《复活》。苏拉还是更喜欢看小说，像《简·爱》就很好。而叶深最喜欢的《荷尔德林诗选》，她根本读不进去，只记住了叶深挂在嘴边的那句"诗意地栖居大地"。

疏于打扫的单身宿舍，逐渐成了苏拉的庇护所。她在叶深面前，变得很多话，变得尖锐而好斗，总是质疑。而叶深欢迎这种质疑，她们一起讨论诗歌，讨论小说，及至后来，讨论各自的身世和现实。

说起来，她们虽是师生，年龄却只相差七岁，也可以算是朋友了。

"我们这个年龄的学生，真有人像你一样喜欢读诗吗？"苏拉问。

叶深笑道："我弟弟林渡，算是一个。"

林渡这个名字，苏拉不陌生。她从叶深那里借来的书中，很多空白处都有林渡的批注，有时是一段潦草的反问，有时是给插画上的人物画个奇怪的帽子，落款很清晰，字体潇洒，毫无敬畏。

苏拉问她，为什么和弟弟不同姓。叶深便把林家的破事告诉了她。

她本来叫林深，和林茂生决裂以后，才改了随母姓，姓叶。

她总是那么平和愉悦，苏拉无法想象，她有一个无情市侩的父亲和一个抑郁自杀的母亲。相比之下，苏拉觉得自己还没那么惨。至少她幼时被毫无保留地疼爱着，至少苏海跃是个高尚而温情的人，江世敏还坚强地活着，活得比任何人都热烈。

叶深竟然还能和那个弟弟做朋友。

"如果是我，会在路上挖个坑，再铺上稻草，等他掉进去。"苏拉说。

叶深哈哈大笑。

"恨是容易的。我至今还恨，恨我爸，也恨我妈。也许到死我也没法原谅他们……苏拉，你也恨过很多人吧？"

苏拉怔住。她……恨吗？

她当然恨。恨江世敏，恨苏海飞，恨阎秀君，恨杜荔娜和杜宇风，甚至恨苏海跃。

无处安放，又无法对人言的仇恨。

"这世界对人的要求太高，尤其对女性，教你们不能够恨。你做不到，便只好不承认自己恨。"叶深叹了口气，"其实何必消解那些恨？如果他们伤害了你，你就有理由恨。"

这感同身受的教诲，和苏拉从前听过的太过不同。

"人活在人群里，注定是要互相伤害的。能够填平罅隙、磨平尖刺的，是那一点多出来的善良，并不是你的心胸不够宽广，也不是你太坏，只是你还没遇到那一点善良。或者，你还没给予过别人那一点善良。

"苏拉，你是你遇到的所有人的总和。你爱的人会成为你的一部分，你恨的人，也会成为你的一部分。只是，不要把恨看得那么重要。"

说到这儿，叶深按了按后颈，露出痛苦的表情。她最近常常这样，也许是颈椎病更严重了。

苏拉本想说什么，但立刻被她的下一句话吸引了注意力。

"苏拉，你想过读法律吗？"

专业填报已经是压在每个同学脑袋上的一块大石。分明人人都稀里糊涂，却还要假装负责地做出影响一生的选择。学校组织了专业的职业性格测评，苏拉的结论是，适合从事企业领导、政府领导、法官、律师、哲学、经济研究等方面的工作。

说了等于没说。

杜宇风的建议是学计算机，或者学经济一类，这都是未来十年社会急需人才的领域，也能帮上一帆的忙。江世敏则直接建议她学金融，和钱最近的行业最好挣钱。

杜家的律师常玉忠，和杜宇风是多年的朋友，苏拉见过两次，只觉得他说话从来只说一半，倘若一定要下结论，便增补许多限制条件，实在是谨慎又啰唆。

据说，大律师也是很挣钱的，可刚出社会时会很辛苦，风里来雨里去，还不如普通的银行职员或者教师。当然，他也可以去做法官、检察官，考公务员。

不过在鹤市人眼中，当官不是第一出路，挣钱才是。

"学法律，又有什么好处？"苏拉问。

叶深道："你心中有对秩序感的追求，因此产生了一股无处发泄的愤怒。也许，你可以把它转化为正义感。通过修习法律，你会理解这个世界的应然和实然，它能给你平衡和自洽。学习法律，也是学习善良。"

苏拉忽地不快："善良没有用处，我爸就是太善良了，才会死掉。"

她自觉受到了讥讽，但也不愿让叶深难堪，遂推说家里有事，急急地走了。后来很长一段时间，她没有再去找叶深。叶深感觉到了她的排斥，没有强迫她。

然后，就发生了杜荔娜被陈晨拍下半裸照片威胁的事件。

其实这和苏拉没什么关系，但杜荔娜哭的时候，苏拉也很难受——杜荔娜让她想起了吴小霞。多奇怪，吴小霞那么孤苦无依的女孩，和杜荔娜这样的天之骄女，能有什么联系？

苏拉本以为，倚强凌弱的事，只会发生在榴城，现在看来不是。恶意会在不同的土壤里以不同的形式滋生，但从不缺席。

杜荔娜像只小鹌鹑一样，分明怕得要死，却还要跟她一起进更衣室，甚至还帮上了点忙。苏拉不禁对她刮目相看。但随之而来的，杜荔娜汹涌澎湃的感恩之情，却让苏拉无所适从。这一次，杜荔娜铁了心，要把苏拉同化成像她和王子猷一样的人，给她买衣服，给她化妆，还教她跳舞。

王子猷对杜荔娜的恋慕和包容，那时已经相当明显了，苏拉和他们待在一起，自觉像个又大又亮的电灯泡。

苏拉想，这就是所谓的早恋吧？

他们看起来那么自然从容，华尔兹这样贴近的身体接触，他们都不觉得有什么不妥。

也许是自己太封建。但苏拉渐渐无法忍受了，她不知道自己身上发生了什么。她怀疑自己对王子猷产生了不该有的情感，却又觉得不对。

苏拉推开了王子猷。

音乐、笑声和舞步，就像一颗早已深埋的种子，在那个下午，轻轻顶开了土石，萌出了一片嫩芽。

苏拉找着借口，躲出了家，又不知道去哪儿。这时，她想起来，从叶深那里借来的《嘉莉妹妹》还没归还，于是她坐上了去叶深那儿的公交车。

经过教师宿舍门口，看门的大爷一直盯着她看。苏拉这才惊觉，她虽换掉了杜荔娜送她的小礼服，穿着一身校服，但脸上还化着精致的妆容。

杜荔娜说这叫裸妆，是最流行的韩式画法，简单来说，就是化了妆，又让别人看不出自己化了妆。

眼镜的折射模糊了眼妆的工巧，也遮蔽了犀利和尖刻，让她整个人看起来温良无害。苏拉觉得很可笑，但是路过玻璃窗的时候，又忍不住端详自己的倒影。她只顾顾影自怜，便忘了用心看路，在走廊上撞到了人。

苏拉揉着额角，对方搓着下巴，两人龇牙咧嘴地打了个照面。

是个个子很高的男孩子，长手长脚地支棱着，穿的是实验中学的校服，身上好几个球鞋脚印，头发乱成鸟窝，但笑容是干净的，五官明朗得像海边的晴天。

苏拉愣了一下，重新确认了一下周围，这里确实是叶深的住处。

门窗紧闭，叶深不在家。这个男生又是谁？

男生看出了她的疑惑，笑道："你是云上的学生吧？我叫林渡，叶深是我姐。"

他伸出一只修长的手，露出一口白牙，等着苏拉自我介绍。苏拉躲开了，也没打算告诉他自己的名字。

叶深说过，林渡十五岁，现在实验中学读高一，好像是因为成绩不好，考不上云上。

原来是这么个弟弟。

"学弟你好。"苏拉平静地打招呼。

"学弟"两个字像是一滴魔力药水，林渡肉眼可见地从招摇的向日葵缩蔫成了弯腰的狗尾巴草。

"学姐好。"他心不甘情不愿地嘟囔。

夕阳投在走廊上，将两人的校服都染红了。

苏拉不知该说什么，她是来找叶深的，没打算花费精力结识新朋友。

林渡也沉默了好一会儿，像有颗话梅核在他嘴里骨骨碌碌，动静不小，却一直吐不出来。良久，他才说："学姐，我姐出去了，说一会儿回来，让我等等她。要不你也等一会儿？"

苏拉"嗯"了声，余光瞥见他从书包里掏出了一本《爱伦·坡短篇小说集》。

叶深还没回来，他不是非得把书掏出来的，苏拉的《嘉莉妹妹》也还放在包里呢。他分明是掏出来给她看的，暗示自己也是个会读书的人。

林渡装模作样地翻了两页，问苏拉："你看过这本吗？"

苏拉摇头。

"爱伦·坡是我的偶像，恐怖小说巅峰。哦，你是我姐诗歌研习社的学生吧？你知道爱伦·坡也写诗吗？他有一首《乌鸦》……"

作为一个高一的小屁孩，他未免也太啰唆了。

他脸上满是陌生的光芒，苏拉突然了悟：他在努力争取自己的好感。

这念头让苏拉惊奇不已。她很少有被男生优待的经验，男孩子们一般视她为竞争对手，或是孤僻的怪胎。

她打断他："你跟我说这些干什么？"

林渡的脸腾地红了，搔着后脑勺低下头去："我这人话有点多，想到什么说什么，你别介意啊。"他又故作镇静地重新抬起头："对了，学姐——你叫什么名字啊？"

苏拉从林渡的双眼中看见了幼稚的期许，也看见了自己的倒影。

青灰的眉、如画的眼、白皙清透的皮肤，就像戴着一个用杜荔娜的脸捏成的人皮面具。

苏拉蓦地愤怒了。他们都是以貌取人的笨蛋，无一例外。

她从包里掏出《嘉莉妹妹》，塞到林渡的手里，冷冷地说："我不等了，你帮我还给叶老师吧，谢谢。"

苏拉扭头就走，脚步飞快。林渡在身后叫了几声，但她奔下楼梯，就再没回头。

后来，叶深问起苏拉和林渡的这一次会面，笑得直打跌。

"我弟这人吧，别看年纪小，嘴是真碎，哈哈哈哈哈……"

她窝在床上，上气不接下气，苏拉疑心她得了哮喘，气恼地说："你别笑了！有什么好笑的？"

"我是笑阿渡那个傻瓜，又没笑你！"

苏拉可不这么想,她觉得叶深就是在笑她。

叶深努力摆出正经的神情:"怪不得他追着我问你叫什么名字。"

苏拉突然有点慌:"你没告诉他?"

"那必须没有啊。我看他就不对劲,小小年纪,学人家早恋!啧。"

苏拉蓦地脸红:"怎么就早恋了?叶老师你别瞎说。"

叶深抿着嘴,咳了好几下:"是是是,你今年高考,正在人生的紧要关头,怎么能分心呢?应该专心学习嘛。"

这话没毛病,但在苏拉听来,句句带着促狭,她一时不知是自己的问题,还是叶深用心不良。

"何况你俩差三岁呢,也不搭啊。苏拉你应该喜欢比你年龄大一点的男生吧?"

"叶老师!"苏拉从没有这么窘迫过。她和林渡只有一次普通的相遇,也没说什么奇怪的话,叶深怎么能产生这么多联想?

但下一秒,她就明白是为什么了。

叶深递过一个彩绘的信封,看上去和黄美婷在宿舍里炫耀过的差不多。

"喏,他给你写的诗。"

苏拉没接,果断地掉头就走。

叶深当然不会真的撮合苏拉和林渡。

最初的调侃过后,她还是严肃警告了林渡,要把心思放在学习上。她还强调,林渡暗恋的那位云上的学姐在读高三,马上就要考大学了,成绩很好,目标是清华。他要是不好好读书,将来考不上大学,人家是不可能看得上他的。

这么一来,林渡顿时发奋了。考清华是不可能了,考个北京的普通大学,还是能努努力的。

叶深答应林渡,等苏拉考上清华,林渡也考上北京的大学,如果苏拉还没恋爱,她就把苏拉的联系方式告诉他。

"到那时,他再死缠烂打撒泼打滚地追你,我就不拦着了。"叶深笑着对苏拉说。

叶深给苏拉看林渡发在网络论坛上的小诗和练笔,有多浪漫不好说,中二病是不轻的。

林渡的习作在各方面都在模仿叶深的风格,就连笔名也是照着取的。叶深的笔名是"深深坞",取自"卷桐又入深深坞,吹尽春风不自知"[1],林渡的笔名干脆就叫"渡渡鸟"。

倒也有几分可爱。

小男生莫名其妙的好感,让苏拉无所适从。她向叶深解释,那天她是化了妆的,

---

1. 卷桐又入深深坞,吹尽春风不自知。——《牧童》释智愚

并不是真正的自己。

"用化妆来取悦别人,难道不羞耻吗?"杜荔娜才会这么做,苏拉不会。

叶深莞尔失笑:"对人对己都没有害处的事,大可以勇敢地尝试。如果你喜欢,那就不是取悦别人;如果不喜欢,停止就是了。

"这世界上没有那么多值得羞耻的东西,古人的牌坊还没打碎呢,别给自己立新的牌坊。"

云上高中的女生很多都偷着化妆,从前苏拉觉得她们臭美,高三繁重的课业也挡不住她们的浅薄。但现在,苏拉的心底多了一丝向往。

她频频想起那天遇见林渡的时候,自己是什么样子。也许她不用把粉底抹得那样厚。那个色号太白了,也许深两个色号,会自然一些。

化妆的学问可以很深,入门的第一步实在令人困惑。

同宿舍的黄美婷是最喜欢打扮的,而且她的技巧很好,从来没被老师抓住过。有一天,苏拉就鼓起勇气问了:"你的粉底是在哪里买的?多少钱?"

那时,宿舍里只有她们两人。黄美婷惊讶地望着她,仿佛太阳从西边出来了。

苏拉忽地羞臊地道:"算了,当我没问。"

黄美婷笑嘻嘻地拉住她:"你终于肯收拾一下自己了,这是好事。"

黄美婷一反常态地热络,她把自己的家伙事儿都拿出来摊在床上,给苏拉一一介绍,粉底的类型、遮瑕的功用、睫毛膏如何是灵魂、口红的哪几种色号适合素颜。

苏拉听得脑子嗡嗡响,只觉得比元素周期表还要复杂。

"我还是先从简单的学起吧。"

"那也行。"黄美婷在化妆包里翻了半天,翻出一个盒盖磕了个小坑的粉盒。

"这个送你。"

苏拉一愣,下意识地拒绝。她和黄美婷的关系可没有到互赠礼物的地步。

黄美婷把盒子打开给她看,粉饼已经用了一些,露出中心的盒底。

"这个色号有点深,不适合我,本来打算丢掉的。我看挺适合你的肤色,就给你用吧,不用客气。扔掉也挺浪费的,对吧?你要是觉得不好意思,就多给我讲几道数学题呗?"黄美婷又补充,"你别跟宿舍其他人说,我只送给你,她们心里会不开心。"

苏拉犹豫了一下,道:"行。"

那一瞬间,她想,或许自己从前对黄美婷,乃至对身边的同学都太苛刻了。

叶深的存在,给了她错觉:这个世界比她预期中的更加美好。

3

苏拉是在上课的时候被叫到教务处的,教导主任在,班主任也在。

她以为,老师们找她是关于自主招生的事情。今年云上有两个清华的自主招生推荐名额，由学校推荐并递交申请材料，如果顺利通过了，在录取清华时能享受二十分的加分，相当于加了一层保险。苏拉几次模考都是年级前两名，人人都知道她想考清华，这名额她当之无愧。她已经规划好了，第一志愿就报考清华法学院。

一进门，班主任严肃的神情就让苏拉吃了一惊。班主任欲言又止，终于说出，黄美婷举报苏拉偷了自己的粉底。

黄美婷是联合宿舍里的其他四个人举报的，除了她们声称证据确凿的粉底偷窃，还列举了苏拉的其他许多罪名。

班主任和教导主任都很谨慎，道："苏拉，你的学业成绩一直很优秀，但和班里同学的人际关系一直处不好。我们也不愿意轻易下论断，想先听听你的解释。"

苏拉冷着脸，拳头在衣袖里紧握，微微发抖。

她可以像对付王小力和陈晨一样，把黄美婷打一顿，但这一次和以前的任何一次都不同。黄美婷采用的无疑是更高级、更成熟的手法，榴城式的暴力已经解决不了任何问题了。

"苏拉？你怎么说？"教导主任催促她。

苏拉咬着下唇说："我没有偷东西。"

班主任松了口气："那个粉盒，是你自己买的对不对？"

苏拉摇头道："粉盒是黄美婷的，是她主动送给我的，不是我偷的。"

"可是黄美婷说，她很喜欢那盒粉底，到处都找不到，才在你那儿发现的。你们宿舍的其他人也都这么说……你说是她送你的，你有什么证据呢？"

"她送给我的时候，宿舍里只有我们两个人。"

班主任："……"

"黄美婷撒谎，她在陷害我。"话语说出了口，苏拉自己也觉得苍白无力。

果然，教导主任叹气："大家都是同学，黄美婷为什么要陷害你呢？"

是啊，苏拉也想不明白。但她猜到了教导主任的下一句话是什么。

"她为什么不陷害别人呢？"

苏拉从两位老师的眼中看出，他们也希望自己是无辜的。云上好不容易出一个清华的种子选手，他们希望她顺顺当当地贡献一个优秀毕业生的数据。

可她同时也看出，他们打心里并不相信她。

黄美婷是那种很活跃，人缘也很好的女生，和大家打成一片。而苏拉，就连老师们也不能不承认，她的性格实在古怪，对老师不够尊敬，对同学也缺乏友爱。

如果要在这两人里挑出一个会撒谎，或者心理有问题的，那显然是苏拉。

苏拉突然感到遗憾。如果她通晓法律，她就能运用成人社会的规则，哪怕不使用暴力，也能得体地反抗，而不必承受这种羞辱。

可她现在还没学过法律，她只是一个习惯了用拳头和考试成绩解决问题的高中生。

苏拉习惯了维持表面的镇静，但内心已经被愤怒和惶急填满了。就在这羞怒之中，她想到了叶深，问："叶老师呢？她会相信我的，她可以证明我不会偷东西。"

"叶老师她身体不太舒服，请了两天假。"教导主任对苏拉的态度很不满意，"这事和叶老师没关系，这是你的问题，她在不在都一样！杜苏拉同学，你的成绩是很好，但我们云上还是以德立校的，有才无德的学生，我们该处分还是要处分！"

班主任有点着急："苏拉，老师理解，你现在正是爱美的年纪，有时候消费欲望得不到满足，是容易行差踏错。你如果真做了什么，态度诚恳，承认错误，该检讨检讨，学校会尽量从轻处罚的，啊。"

这一声"啊"，在苏拉听来，善良而又残忍。真相已经没那么重要了，他们只会看到自己想看到的。

苏拉迅速进入了自我保护的模式："你们说我偷东西，也没有证据。你们不能处分我。"

教导主任气炸了："你看看她这是什么态度？我们都为她的前途操碎了心，可她呢？"

"主任……"

"上次那几个女生在舞蹈社被打了，是不是你干的？你以为威胁她们不要说，学校就不知道了吗？世上没有不透风的墙！杜苏拉，就你这种黑社会行径，不配当我们云上的学生！打电话，叫她家长过来！"

苏拉的心蓦地往下一坠。杜宇风不可能会管她的事，如果真要叫家长，来的肯定是江世敏。

以江世敏的能力，一定能滴水不漏地摆平这件事，但也会把这件事情对她造成的羞辱，再增加一百倍。

不出所料，江世敏到来后，只三言两语就和学校达成了和解方案。

江世敏是个非常有说服力，也很务实的人。她说，学校不能只凭几个学生的口头指控，就断定苏拉偷东西，不能排除同学之间因为摩擦而互相记恨的可能。如果因此而对苏拉的前途产生影响，她会动用所有资源来向教育局投诉。同时，她也不希望这件事情长久地悬而未决，所以她代替苏拉同意了学校的轻微处分。

最终的结果是：学校给予苏拉一次通报批评处分，以平息众怒，但理由是违反宿舍纪律，而不是偷窃。不要求苏拉公开道歉或做检讨，也不记入档案。

在整个谈判的过程中，江世敏没有问过苏拉，她究竟有没有偷东西。

苏拉知道，清华自主招生的推荐名额，也就此泡汤了。

当叶深销假回到学校上课时，粉底事件的乱麻已经被江世敏快刀斩断，搅乱的池水，至少在表面上恢复了平静。

叶深去找教导主任，说："如果杜苏拉真偷了粉底，为什么不避着人用？为什么要光明正大地拿出来，让宿舍的同学都看到？她又不蠢！"

教导主任不胜烦扰地把她往外撵。"叶老师，事情都已经解决了，对所有人的影响都降到最小了，你就别再添乱了！"他敲着手腕上的表盘，"现在高考才是最重要的，高考！"

高考，如同迎面滚动而来的巨大碌碡，要将学生们从原初的麦穗碾轧脱粒，露出惨黄的里仁，无法逃避。

再见到叶深时，苏拉故作潇洒地耸耸肩道："不要影响高考嘛，我知道。"

叶深神情复杂："对不起苏拉，事情发生的时候我没在场。"

"你在也做不了什么。"

"我相信你，我相信粉底不是你偷的。"

苏拉沉默了一下："叶老师，你这就不客观了。粉底的确不是我偷的，但我以前偷过别的东西。"

她没说自己偷的是刀和乙醚，怕吓着叶深。

"所以你凭什么相信我呢？"

叶深怔住了。良久，她伸出手，轻轻抱住苏拉："苏拉，你以前做过什么不重要。从现在开始，老师相信你，你自己也要相信自己。"

那轻如蝉翼的拥抱，却如惊涛骇浪，席卷了苏拉的身体。她猛地后退一步，挣脱了："没什么大不了的。不给我自主招生名额，我就自己考。不就是考清华嘛。"

该放出去的大话都放出去了，苏拉才发现，自负和现实才是她最大的敌人。最后一次模拟考，苏拉的成绩断崖式下滑，只考了全年级第十六名。

苏拉明显感觉到，所有人看她的目光都不一样了。

班主任的眼神里有一些怜悯和可惜，而同学们更多的是幸灾乐祸和嘲讽。杜荔娜和她说话都放松随意了很多，王子猷则难得地向她展露出了一点对普通女生的温柔，他甚至主动提出，要帮她练习华尔兹。这些温柔并不令苏拉开心，反而让她觉得被贬低成了弱者。

骨子里，苏拉是极度自负和极度自卑的综合体。她不屑于那些她不擅长和不熟悉的领域，又在游刃有余的地方睥睨他人。

可现在，她连自己最擅长的考试，也不成了。

苏拉站在名次排行榜前，任由寒冰覆盖了全身。然而心底又似燃起腥毒的火，裹着愤怒，想将这一切都归咎于自己之外的某个人。

班主任找苏拉谈话。她是个操心又唠叨的中年女人，学生们在背后管她叫老妈子，心里又很感激她。

她说："苏拉啊，咱们还是现实一点。老师知道你有实力，但还是要讲一点点策略。你现在是心里憋着口气，非要考清华，但模考的成绩你也看到了，还是有风险的呀。我们报志愿的规矩就是这样，第一志愿录取不了，第二志愿恐怕你只能去鹤大了。

就是说，能不能把面子放一放，咱们就报人大，或者海大，以你的实力，稳稳的。老师就是建议，你回家和父母好好商量，主意你们自己拿。"

苏拉发着呆，没有回应。

班主任急了："老师真的是为你好才这么说的。谁不希望自己班上出个上清华的？老师要是光为自己，肯定支持你一门心思考清华啊。可是现实呢？现实是残酷的啊！人的目光要放长远，高考只是人生的第一个坎，你的路还长着哪！"

眼看班主任眼泪都快急出来了，苏拉生硬地说："好的，我会和家里好好商量的。谢谢老师。"

她心里知道，她不会和杜宇风或江世敏商量。这世上她只有自己可以依靠，所有的主意只能自己拿，所有的苦果也只能自己尝。

临近高考，老师和学生的精神都绷得像拉满的弓。这也是叶深第一年带毕业班，也不知是熬夜熬的还是精神压力太大，她的脸色一天比一天青，惯常的幽默和打趣都不见了。

幸好只剩一个多月便是高考了，否则大家集体变神经病。

晚自习，叶深把苏拉叫到办公室，问："你考虑好了怎么报志愿吗？"

苏拉很久没有和叶深单独相处了，她借了很久的那本《与魔鬼作斗争》，还放在枕头下面，没有归还。

"考虑好了。"她回答，"报海市大学，法学院。"

叶深的双肘支在办公桌上，身子弯成个大虾。

"其实报哪个学校都可以。但你最近的心态不大好，我看……"

"叶老师！"苏拉打断她，"人得务实。"

"务实没有错，我并不是说你志愿报得不对，只是……"

"您要是想说什么灵魂、诗、梦想、善良之类的，就算了吧。"

叶深怔住。

苏拉继续说："老师，您是个理想主义者，我敬佩您。但高考很残酷，我不把别人挤下独木桥，别人就会把我挤下去。我跟那些家境好的同学真的不一样，我要是没有成绩，我都不知道自己是谁，该干什么了。叶老师，我拜托您，就别在我身上实践您的教育理想了。换个人吧。"

值班的老师都在教室，办公室里没有其他人。苏拉撕下自己保护壳的同时，也撕下了叶深的。

她预期着，这不敬的口吻会让叶深大发雷霆。

然而叶深没有愤怒。空调的凉风吹拂着叶深过长的睫毛，仿佛要把她眼里的光彩都吹散了。

她愣了一会儿，才重新找回神志，朝苏拉笑笑："老师理解你。放心吧，接下来的时间，老师会跟你们一起，全心全意备战高考，一定帮助你取得好成绩。"

苏拉以为自己说出了长久的心声，应该如释重负，可事实是，她更难受了。

"叶老师，我能回去自习了吗？"她转开脸，手脚都好像没有地方放。

叶深挪了个位置，硬要与她对视："苏拉，你不是老师实践理想的工具。你本身就是一个独特的灵魂，老师为你骄傲。好好珍惜自己的努力，不用在意别人。加油！"

叶深笑得很灿烂。她似乎在一夜之间瘦了一圈，轻薄的衬衣裹不住她纸片一样的肩膀。

苏拉张了张嘴，但终究什么都没说，回教室自习去了。

后来的时光兵荒马乱，日子被切割成格子，又被毫无缝隙地塞满。

而叶深，果然再不讲理想、信念和诗了，只把易错题讲了一遍又一遍。苏拉对叶深的记忆，遂定格在了最后的那抹笑容上。

当高考这巨大磙碡终于碾过他们，弓弦拉尽回弹，人生如圆月升于水上，月光寸寸铺满江天。

苏拉留下了从叶深那儿借来的最后一本书——茨威格的《与魔鬼作斗争》。因为被杜荔娜踩了几脚，书的封面污损了，她一直没好意思归还。潜意识里，她觉得书没有还，她和叶深的关系也就还没画上句点。

最初，她怀疑黄美婷是魔鬼，因一个粉盒就出卖了灵魂。

后来，她觉得叶深才是魔鬼，以华丽诗意的言语，引诱她偏离了人生正途。

很久很久以后，她读完了《与魔鬼作斗争》。

鹤尾山山道上那个大雨的夜晚，于苏拉、于杜荔娜，都是人生中的分水岭。苏拉终于醒悟，原来她自己才是魔鬼，她将终己一生，和自己作斗争。

4

抵达海市的时候，苏拉如一具被魔鬼使用过又遗弃了的凡躯，茫然不知该去何处。

她恢复了原本的名字苏拉，也彻底断了与鹤市的联系。

上课的同时，她打着两份零工来支撑自己的生活所需。江世敏和杜宇风达成了协议，除了大学四年的学费，不再给她提供任何经济支持。他们把这视为一种惩罚，却不知道苏拉甘之如饴。

她恨不能把时间再填满一些，再忙碌一些，这样，至少在白天，她不会想起那个雨夜，那只血水中孤单的水晶高跟鞋。

夜晚是没办法避开的。她反复地做着噩梦，每一个噩梦又不尽相同。在噩梦中，她的潜意识一遍遍地推演着自己过往的人生，就像在一条奔腾的大河里，企图抓住涓滴之流。她回溯每一滴伤害的溅撞，每一缕愤怒的积淤，每一朵欢乐的消散。

宪法和法理学课程向苏拉传播着法律学科最基础的理性。叶深说得没错，法律教她客观理性地看待世间的不平，又教她保留本质的悲悯。学习法律，也是在学习善良。

只不过，苏拉自觉已经不配。

更衣室里以暴制暴的恐吓，狸猫换太子的邮箱恶作剧，毁掉别人母亲留下的裙子，抢走舞会上的男主角，引发一段青涩初恋里的猜疑，这些都只是人生中琐碎而细微的恶意，法律拿她没有办法。可琐碎的恶意汇成命运的洪流，终将她推向了那个雨夜。

每一个噩梦的结尾，她都无望地跪在雨地里，把杜荔娜的肩膀抱在怀里，声嘶力竭地叫喊。

从此，她不敢在雨天独自过马路。她总觉得，只要她踩上那沾湿的柏油路面，就会有一辆银白色的面包车突然冲出来，不是撞倒她，就是撞倒别人。

苏拉变得更加离群索居。她把浑身锋利的尖刺收起，全部反转向内，成为一个寻常无害的书呆子。进了大学，这种孤僻被认为是好的，至少是个性的一种。毕竟张扬的个性满天飞舞，人人标榜自己特立独行。

寒假，别的同学都离校了，只有苏拉还住在学校宿舍，白天打工，夜晚泡图书馆，生活规律得像个机器人。

直到有一天，来了一个不速之客。

工作了一天回来，宿管阿姨告诉苏拉，有人在公共休息室等她。苏拉想不出是谁。她没有朋友、没有家人。

"好像是你以前的老师。"宿管阿姨补充了一句。

苏拉的呼吸猛然停住，那只会是叶深了。

迈出的脚又收回去，她根本不知道该怎样面对叶深。

宿管阿姨不知内情，道："快去啊，别让老师等急了。"

苏拉磨蹭着来到公共休息室的门口，只看了一眼，她就呆住了。

不是叶深，而是她高三的班主任。

班主任看上去更富态了一些，手边放着一袋水果，还有一个大信封，看见苏拉进来，就笑呵呵地招呼她："你们这些孩子，一上大学，脱掉校服，个顶个地漂亮！"

话是场面话，老师说出来，却真情实意。苏拉回想着她在自己记忆中的模样，多半是苦大仇深、眉头紧锁的，现在则亲切温暖，如同一个发光的弥勒佛。

班主任是和家人一起到海市来玩的，顺便看看上一届考到海市的几个学生。

"其实最主要的，是来看你。你这个孩子呀，五班那么多学生里，老师最放心不下你。"

越是聪明优秀的学生，和老师的关系越远。他们心理敏感，老师不敢轻易批评；他们自傲，觉得取得的成绩都是靠自己的努力，并不感激老师，毕业以后，也更少和老师联系。反而是那些被骂了三年的差生，毕业后常常回来看老师，逢年过节还发个问候。

班主任忐忑地看了苏拉一眼："那件事，老师后来想想，总觉得有些对不起你。毕竟快高考了，学校不希望事情闹得太大，影响更多学生，就用了一个对所有人影响最小的处理方式，而你的家长也没有反对……"她叹口气："都是我的学生，我那时也很矛盾，不知道怎么做才是对学生最好的。我教了几十年书，见得多，想得也多，不像叶老师，年轻、爱较真。不过有时候想想，当老师的，大概就应该为了学生较一较真吧。"

　　她把那个大信封打开，拿出一个小信封，还有一本硬皮的日记本。

　　"高考结束以后，叶深和我一起，给你们宿舍的另外四个女生都写了信，请她们再仔细回忆一下那件事情的真相，是否和黄美婷所说的一致。其中三个女生没有回信，但有一个——不知道是哪一个——匿名回了一封信。"

　　小信封的收件人是班主任，邮戳日期是最近的，里面的信是打印的，没有落款。

　　信上说，她们宿舍的女生都不喜欢苏拉，她太努力了，说话也不好听，和她同一个寝室，大家都不开心。五个女生紧密地结成团体，黄美婷是这个团体的核心，她赌咒发誓说苏拉偷了东西，其他人不能不信。而且，黄美婷还说，只有把事情闹大，才能把苏拉挤出那个寝室。

　　当时大家都很讨厌苏拉，听说可以不和苏拉一个寝室，自然唯黄美婷马首是瞻。

　　写信的人已经是一名大学生了，上了大学以后，她自己成了寝室里被孤立排挤的那个人，突然就明白了当初的原委。

　　她说，她记得苏拉用那个粉底，是很光明正大的，当着黄美婷的面也用。黄美婷第一时间并没有发作，是过了一段时间，才突然指责苏拉的。她相信是黄美婷撒了谎，只是因为这谎言的后果她们都乐于看到，才一致拥护了那个谎言。

　　信的末段写道："老师，我没有勇气说出我的名字。但如果您见到苏拉，替我向她说声抱歉。"

　　苏拉放下了信纸。

　　班主任握着她的手说："老师也要代表自己，跟你说声对不起。也要感谢叶深，如果不是她坚持，就不会有这封回信。"

　　苏拉发了一会儿呆，问："那叶老师，怎么没跟您一起来？"

　　班主任遂呆住了："你不知道吗？叶深她……已经去世了呀。"

　　班主任是唯一知道叶深生病了的人，那也是在临近高考的时候了。

　　她劝叶深休假去治疗，化疗、放疗、出国，什么都好，只要能多活一天，就有一天的希望。叶深却在这件事上展露了她的驴脾气。

　　她说她的病，她自己知道，该看的医生都看过了，最乐观的生存期估计也不超过三个月，医生说，也许和遗传有点关系。所以，她母亲当年抑郁自杀，可能不全是被父亲抛弃的缘故，可能也是因为生理上的痛苦没有被诊断出来。

"这也是个好消息呢，说明我妈妈不是心狠到非要抛下我的，是病痛逼迫她抛下我。"

这种极端的自我安慰，连做了几十年教育工作的班主任，都不知道该怎么应对，只好抱了抱她。

叶深反过来拥抱她："我想陪我的学生们高考，这是多关键的时候啊，突然换了语文老师，会影响他们考试的。文姐，既然我的人生只剩下有限的时光了，我想用在更有意义的事情上。"

高考结束后，班主任和叶深一起寄出了那四封信。

那时叶深已经瘦得一巴掌都攥不满了，全靠止痛药和惊人的意志力撑着，呕吐和疼痛已经是日常，头发也掉得厉害。

叶深等着回信，等了一段时间，决定不等了，于是买了去青海的机票。正是青海有花儿的季节，到处都是"花儿会"，有风景，有歌声，去一次青海，也是叶深最后的心愿。

出发前，叶深把自己的最后一本日记本给了班主任，请她在方便的时候，转交给苏拉。

没过多久，她去世的消息就传到了学校。

学校的领导和同事都很震惊。叶深不合群，有点容易激动，有点理想主义，但大家还是喜欢她的。震惊之余，学校想对家属表达一些慰问，再组织学生做一场纪念活动，却都被叶深的家属拒绝了。

说是家属，其实只是家属代表。叶深的父亲原来姓林，林家秘书出面处理了所有事宜，林家的其他人，从头到尾都没有露过面。

"我和叶深虽然在教育理念上总有冲突，但我也是最理解她的人。"班主任摩挲着日记本的外壳，长长地叹息，"叶深说，你是她最牵挂的学生。"

苏拉颤抖着用线绳牵挂的小钥匙打开日记本的锁。她翻开最后一页，叶深飞扬的笔触如春风化雨，扑面而来：

我眼看着我的女学生们，囿困于世界给她们设定的边界，明明拥有巨大的能量却不知如何运用，就像那个唱歌就能驱使鸟兽的灰姑娘，只敢用这能力来缝制衣服和打扫房间。她们向上看不见榜样，只看见一个个奔波劳碌、焦虑自毁的前辈；向下又不甘心彻底落于世俗，一点点的自我规划都被塑造成野心欲望。而爱情，仿佛一个不可撼动又无法躲避的巨大神祇，始终屹立在道旁。

我困惑于自己的无能，又不敢说，自己掌握了世上的真理。作为师者，我能做的，也许只是陪伴。

苏拉，我把真实的自己交给你看。你一定，比我更能过好这一生。

第十五章
你来人间一趟

你来人间一趟
你要看看太阳
和你的心上人
一起走在街上
了解她
也要了解太阳
夏天的太阳

——《夏天的太阳》海子

1

苏拉再次听见"渡渡鸟"这个名字，是硕士刚毕业的时候。

那时她已经正式入职风同事务所了，职位是实习律师。一起入行的同事多半有家庭的支持，还算轻松，只有苏拉最艰苦，大家都盼着能尽快度过菜鸟期，跟着老板走向勤劳致富的道路。

那天中午，苏拉吃着写字楼周围最便宜的盒饭，听见隔壁工位的两个女孩在讨论一本叫《紫衣杜鹃》的小说。

"贼恐怖，真的，我昨天看完，一夜都不敢上厕所！"

"作者以前没听过啊，叫'渡渡鸟'，应该是女的吧？男作者写不出这么有魅力的女性角色。"

"那个……"苏拉从自己的工位上探出头，"能借我看一眼吗？"

翻开扉页，苏拉立刻确定了"渡渡鸟"的身份。因为作者自序的开头就是一句诗：卷桐又入深深坞，吹尽春风不自知。

"谢谢。"她礼貌地把书还了回去。

那时，苏拉每月底薪到手四千，刨去两千租房，五百交通，五百置装，饭钱几乎不够。她索性饿了两顿，挤出二十五块钱，买下了一本《紫衣杜鹃》。

所幸，捉襟见肘的日子快要到头了。

和人们惯常的印象相反，职场其实是最不考验人情世故的地方，只看实力。苏拉拥有扎实的专业知识储备、踏实的做事风格和缜密的逻辑思维水平，不太搞人际关系，倒也不给人添堵。她能帮资深合伙人处理一切因分身乏术而处理不了的问题，她所在的团队，当年的案件量翻了一番。

她生就一副野心勃勃的面孔，加上雷厉风行的执行能力，凡是和她打过交道的人，都相信她日后的前途不可限量。越是实力雄厚的前辈，越愿意不计回报地主动帮她，就像看到了曾经的自己，同时也为未来的关系做好储备。

买书也不再是问题，唯一的麻烦是搬家时要多出一点费用，这也没什么大碍。

从那以后，苏拉总是在第一时间买下渡渡鸟的新作品。她还关注了渡渡鸟的微博，发现这个人在网上和在线下一样，都是个话痨，毫无隐私保护意识，经常分享个人生活。有一次，苏拉友善地在评论里提醒了他，他给她回了一串爱心，然后继续死不悔改。

苏拉赚到第一个一百万时，竟然不知道该如何使用。买房还不够，而对她过往所有的消费而言，又都太多。最终她买了辆代步车，余下的通通存起来。

她对金钱的渴望更接近于叶公好龙，没有的时候孜孜以求，拥有了以后，又无法过上与之相称的消费生活。

搬到鹤市后的第一年，苏拉忙得跑断了好几双鞋的鞋跟。等到适应了环境，重要项目也暂告一段落的时候，郑永明强制她休了半个月的假，怕她这个工作狂身体吃不消。

自工作以后，苏拉就没怎么休过假，这下可难住了她。

也许应该出去旅行一下，她的护照除了几次出国出差，都没怎么用过。可是去哪儿呢？

苏拉打开微博，想搜一下当季旅行目的地推荐，正瞥见首页上，渡渡鸟晒了个度假海岛风景连拍九宫格。

还是落地签，挺省事的。苏拉立刻订下了飞往海岛的机票。

起初，她并没有存着偶遇林渡的心。毕竟已经过去了十二年，就算面对面碰上，彼此也未必认得。她只是觉得，和他在同一个岛上度假，感觉还不错。

海岛的沙滩上，有许多扎脏辫的手艺人，苏拉一时兴起，就给自己也扎了半头，在酒吧认识的美国女孩正在疯玩，对谁都很热情，又拉着她整了一套哥特少女穿搭。

苏拉看着镜中陌生的自己，心想，若是真在海滩上撞到那只渡渡鸟，鸟也会被吓得飞走吧？

她原本预计在海岛上待满一周，谁知杜宇风的病情突然加重，紧急电召她回鹤市。她只得把飞机改签到最近的红眼航班。可选的座位不多，她便挑了仅剩的一个靠窗的位子。

落座两分钟后，林渡出现在苏拉的视野中。

苏拉在微博上见过林渡的近照，是出版书的宣传海报，正襟危坐，穿着体面，很是儒雅清隽。她没想到，他私底下是这个样子——乱糟糟的鸡窝头和十二年前如出一辙，花衬衫皱得像鸡嗉子，深夜的航班上人人都有点暴躁，只有他满脸带笑。从机舱门到座位不过二十米的距离，他连着帮三个旅行团大妈放了行李，并且红口白牙地说，她们肯定不到四十岁。

苏拉以余光留意着林渡，眼见他走到自己身边，舒展地坐下，把大长腿往过道挪了挪。

当林渡的目光停驻在自己身上时，苏拉的呼吸停滞了。

"嘿。"他朝她招手。

她握拳，指甲深深陷入掌心，平静地转开了脸。

概率和不确定性持续地统治人的命运。就在这些随机的当下，缘分将他们推近、驱离，憋住笑声，阻挡他们的去路，然后闪到一边。

公寓的书房里，苏拉合上了叶深的日记。

纸页经年，有些发黄，边缘还生了斑点。鹤市的气候太潮湿，苏拉想，还是该买个防潮袋来放。

这时，门铃响了。苏拉去开门，站在门口的是林渡。

她愣了一下，他怎么这样经不起人惦记？

"这么晚了，有事吗？"

林渡的眸子在楼道的阴暗里灼灼发亮，仿佛是第一次见她。

"你……"他想问什么，又住了口。

苏拉旋即闻到了他身上的酒气。她心底生出了奇异的预感，似乎有一根隐秘的琴弦被拨响了。

"进来说吧。"

苏拉引着林渡进到灯光明亮的客厅，转过身来，望见林渡的眼神，绝望又忐忑。

"你喝多了？"

林渡摇头。

"苏拉，你知道……"他轻声问，"你知道爱伦·坡也写诗吗？"

苏拉的躯体剧烈一震，仿佛遭受了电击。

夕阳曾照进老旧宿舍楼的走廊，也照在少年林渡的脸上。那天，他也是这样问她，笑容干净得像海边的晴天。

她后退了一步，双眸不受控制地湿润了。她早该猜到会有这样一天。

"我知道，他写过《乌鸦》。"

林渡的肩膀像是失了支木的脚手架，涣散地坠了下去。

他得到了答案。

现在他知道了，他对苏拉的确是一见钟情，但不是在几个月前，而是在十二年前。

他给她写过一些愚蠢但真诚的诗，追着叶深打听她的一切，叶深却戏谑地对他封锁消息。他听说她立志要考清华，明知自己是个学渣，也挣扎着去刷数学题，只盼将来能和她在同一个城市念大学。

叶深去世后的那段时间，林渡不知道自己是怎么度过的，他不理解林家人何以如此冷漠，不理解姐姐何以如此轻忽自己的生命。叶深是他少年时最孺慕的师长和好友，却将自己的死亡向他隐瞒。由于叶深的死，他和所有人为敌，对全世界愤怒。

而自那以后，初恋的美好和失亲的伤痛交融在一起，被深埋在记忆中，他不敢去打听，不敢去问，怕连带着挖出那段痛苦和迷惑的时光。

两年后的高考，林渡依然拼尽全力，考上了一所北京的大学，不是出于对初恋的留恋，只是出于一种惯性。

林渡的学校和清华园只隔一条马路。他常去清华的食堂蹭饭，他想着，那个记忆中已经面目模糊的女孩，也许曾在某个时刻，和自己擦肩而过。

命运的安排像个笑话：苏拉根本没有报考清华，却去了海市。而再次相遇的时候，他已经认不出她了。

"所以，你一直知道，一直记得。"

"是的。"

"为什么……这么骗我？"

苏拉语塞了。和林渡的每一次相遇，她都戴着虚假的面具。她的灵魂撒过谎，她的黑暗秘密与他有关，他们之间，始终隔着一个天使的死讯。

她从未打算和他地久天长，所图只是一时之欢，以为他也一样。当她顺从着欲望，越陷越深，也就越来越不知道，该如何坦白他们曾经交叉的过往。

林渡的目光下落，看见了茶几上，那个彩绘封皮的日记本。

记忆狰狞地清晰起来。他见过这本日记，他还嘲笑过叶深："正经人谁写日记啊，啧，还上锁。"

他拿起日记本，从中间展开。叶深的笔触如洪流一般涌入视线，而纸页之间，赫然躺着一片风干的凤凰花。

一瞬间，林渡的瞳孔因濡湿而通红，他道："苏拉，你没有心。"

"对不起。"苏拉缓缓坐落在沙发上。

她后来，真的去读过那首《乌鸦》。

年轻的男子失去了纯真的恋人，误把厄运的乌鸦当作恋人的灵魂，迎进了卧房，而乌鸦只对他说："永不复还。"男子遂对乌鸦吼叫："回你的暴风雨中去吧，回你黑沉沉的夜之彼岸！别留下你黑色的羽毛作为你灵魂撒过谎的象征！"[1]

---

1. 回你的暴风雨中去吧，回你黑沉沉的夜之彼岸！别留下你黑色的羽毛作为你灵魂撒过谎的象征！——《乌鸦》爱伦·坡，曹明伦译本

"林渡，我从来不是你想象中那个美好的初恋，我一直是那只撒谎的乌鸦。

"所以你看，你何必要来爱我呢？"

俊美的脸庞上再也看不见笑容，林渡瞪着她，说不出话来。

良久，他转过身，大步流星地离开了。

2

薇薇安舞蹈培训中心的年度会演就在下周，第一次带妆彩排，李薇邀请了杜荔娜到现场观看。

看着小鸽子般簇拥在一起的孩子们，杜荔娜的脸上露出了笑意。

李薇也笑："娜娜，你什么时候再给我们表演个三十二圈挥鞭转啊？"

杜荔娜脸上的笑意凝住了。

她在莫兰的拳击工作室上到第十节课了，开始学一些近身防守和组合拳，也增加了自由对练的时间。莫兰欣慰地说，杜荔娜是她这一年来教的最有天赋的学员。

拳击是爆发力更强的运动，芭蕾舞则举重若轻，需要更精确的肌肉控制。杜荔娜多年的芭蕾舞基础，并没有浪费。她一束一束地重新找回自己的肌肉，重新掌控身体，也重新认识自己。

但是，她还没有信心重新开始跳舞。

李薇看出了她的窘迫，摆手道："没关系，等你准备好了，薇薇安的舞台随时为你敞开。"

手机在包里嗡嗡作响，杜荔娜出了舞蹈室，到楼梯间才接起来。

对方的声音简洁有力："我是江世敏。"

杜荔娜一愣，看了眼手机屏幕，确认是江世敏的号码，没错。江世敏已经很久没有亲自给她打过电话了，有什么事，都是由助理吴优通知。

"见个面吧，有事商量。"

"有什么事，不能电话里说吗？"

"最好是当面说，就你和我，两个人。"

杜荔娜嗫嚅了一下，盘算着要怎样搪塞过去，找苏拉先商量应对之策。但江世敏就像她肚子里的蛔虫一般，说道："别想着叫上苏拉。"

"我知道，她现在成了你的精神支柱。"江世敏的声音里带着点冷笑。

杜荔娜想反驳她，却只无声地张了张嘴。

"这件事，知道的人越少越好。你不会希望苏拉在场，相信我。"江世敏严厉地下达命令，"二十分钟后，临南老宅见，别迟到。"

杜荔娜放下手机，疑惑、恐慌和一丝无着的兴奋同时漫过心房。但她别无选择，只能听命。

苏拉毕竟不是神灯里的精灵，可以随身携带。

连着多日阴天，虽然没有下雨，鹤尾山的路面仍凝着一层湿光。

杜荔娜走进老宅，江世敏已经在长桌旁等候了。她手边已经泡好了茶，依然是金鹰的贺总送的正山小种。照看老宅的保姆被她打发去购物了，偌大的房子里，只有她们两人。

她在江世敏对面坐下："为什么不约在办公室？"

"人多眼杂。而且，我最近让小吴清过老宅，确定这里没有窃听装置。"

杜荔娜常常觉得，和江世敏奋战的丛林相比，自己就像活在真空气泡里。

"江阿姨，什么事这么严重呢？"

江世敏深深地看了她一眼："娜娜，徐芳的事，你让我很意外。"

杜荔娜愣了一下，这才想起，她和徐芳的亲缘关系鉴定都算不上先斩后奏，而是斩了还不奏。江世敏知道后，恐怕比王子猷还要生气。

"我……"

"你不用解释。"江世敏笑了笑，"苏拉那点小花样，还瞒不过我。你们拿到鉴定报告的同时，我也拿到了。"

杜荔娜霍然起身："你什么意思？那个报告，你动了手脚？"

"我可没这么说。徐芳的事已经过去了，人都离开鹤市了，你就不要再生事端了。"江世敏道，"娜娜，我不是来兴师问罪的。你做了错误的决定，但结果控制得还不错，很出乎我的意料。你爸爸从前把你保护得太好，很多难处都不告诉你，是他小瞧你了。"

这肯定来自江世敏，杜荔娜有些不相信自己的耳朵。她警惕地道："江阿姨，你到底想说什么？"

江世敏停顿了一下："我觉得，你还是有脑子的。有些话，从前没必要告诉你，现在看来，倒是可以跟你说一说。"

她敲了敲桌子，杜荔娜这才看见桌上放着一沓材料。

她坐回座位上，江世敏拿起最上面的材料，递给她。那是一份租赁合同，物业的位置就在临南工业园。出租方是一帆旗下的临南公司，承租人是文祥投资。

杜荔娜看了一遍，没看出名堂，江世敏又递了第二份给她。是一份还未履行的项目建筑方案设计外包合同，买方是临南公司，设计服务提供方是南洋设计。

杜荔娜看得莫名其妙，不耐烦地道："如果要看合同，还是叫苏拉过来好了。"

江世敏冷冷地笑了，终于开口解释："根据这份十年期的租赁合同，临南的项目拆迁，要付给文祥投资两百万的拆迁补偿款。还有南洋设计，给临南项目出了第二版设计方案，款项现金结算，分几笔支付到南洋设计法人的个人账户，价格也是上百万。"

"那又怎么样？"杜荔娜在一帆当文员的时候就经手过类似的合同，从没想过里面有什么多余的名堂。

"这两家公司，股东向上追溯，层层嵌套，都落在境外的避税岛，根本看不出实际控制人是谁。最近这两年，我一直在调查，前不久，终于拿到了证据。"

杜荔娜产生了不好的预感："什么证据？"

"文祥投资和南洋设计，最终的受益人，是王子谦的太太，于慧。"

杜荔娜的身子一震，旋即怒道："江阿姨，我大嫂就是个普通的家庭主妇，你想指控她什么？"

江世敏一边摇头，一边叹息："八年银行从业，父亲是退休的行长，金融界个个是她叔伯，她是什么家庭主妇？另外，我可不是在指控于慧个人。临南的负责人熊纬，和你公公是老战友，你爸爸对地产行业不了解，当年出于对王家的信任，把临南的运营和后续改造都交给了熊纬负责。

"公司章程里明确规定，发生关联交易要向全体股东披露，可是王家套着境外投资的皮包公司壳子，跟临南签的合同，一份都没有披露。为什么？因为这些合同都是假的，目的就是从临南掏出钱来，转移到王家在海外控制的账户上。"

江世敏指着那沓厚厚的资料说："这两份合同只是冰山一角，类似的合同，有几十份。杜荔娜，你好好想一想，王家这些年，从一帆挖走了多少钱？"

杜荔娜浑身发冷，颤抖着抓起一份又一份合同。

她毕竟是商科出身，近来也一直在熟悉一帆的经营资料，现在有了方向，再去看那些合同，每一份都透着怪异。只看了三分之一，合计的金额就已超过了千万。

"你说，这些钱是被王家套出去的，有什么凭据？"

"这些合同就是一部分证据，还有其他的，我不会告诉你。但该交给律师备案的，我都已经做了。"

"我凭什么相信你？"杜荔娜问。

这不是江世敏第一次挑拨她和王子猷的关系，而且上一次，她已经成功了。

"我说的是实话，相不相信，是你的事。"江世敏平静地看着她，"在和你爸爸的婚姻里，我学到了一件事，那就是，谎言永远有被戳穿的一天，事实才是更有力量的。真正有能力的人，会靠说真话得到自己想要的东西。

"娜娜，我对你不坏，从没要求你叫我妈妈，有时候我觉得，我对你比对亲生女儿还要好。作为一个继母，我自认是很合格的。

"一帆才是我真正的孩子，我这辈子的心血，如果不是为了一帆，我和你爸爸早就离婚了。我一定会守好一帆，让它稳健发展，走向世界，成为一家了不起的企业。在这条路上，谁挡我的道，我就让谁死无葬身之地。"

她的话语阴狠，语气却很平淡，甚至透着点忧伤。

杜荔娜道："先不说你的话是真是假。即便是真的……你和我说这些，是希望我做什么呢？"

这一次，江世敏笑出了声："娜娜，经过了徐芳的事，我还以为你是个多有正义感的姑娘呢！到了自己丈夫身上，正义感就没有了？"

杜荔娜的脸顿时红了。她嗫嚅着问："这些事，子猷都知道吗？我爸爸……知道吗？常伯伯知道吗？"

"你爸去世之前，已经对王家有了怀疑，只是还没有证据。王子谦和于慧肯定是主谋，你公公也不会完全不知情……至于王子猷知不知道，那就要问他自己了。"

江世敏端详她，问："如果王子猷知道，你打算怎么做？如果他不知道，你又打算怎么做？"

杜荔娜无言以对。

她迫切地需要苏拉的意见。但她又明白，至少在这一点上，江世敏是对的。这件事，知道的人越少越好。

"不能告诉常伯伯吗？他总是可信的吧？"

"哼。"江世敏语带嘲讽，"老常的儿子，上个月在境外欠了赌债，被当地的黑道盯上，是王家动用了手段，帮他平的事。现在他已经是王家的人了。"

杜荔娜也不知这话是真是假，只好装作没听见。

"江阿姨，你调查王家，也不是一天两天了，为什么在这个时候告诉我？"

"因为一帆没有时间了。"江世敏严肃地说道，"王家联合了几个高管，向董事会施压，要求和 JZ ALPHA 和解，然后把国内的经营重心转移到临南项目上来。我不会让他们得逞。在新一轮战争之前，我要先清理门户，把王家这条蛀虫清出去。"

"你要怎么清理门户？"

"我自然有我的办法，不劳你费心。"江世敏勾起嘴角，眼里却没有笑意，"娜娜，我现在给你两个选择。第一，放弃你的股权，和王家一起，全面退出一帆的经营。作为交换，我可以不让他们死得太难看。"

杜荔娜苍白着脸，问："第二个选择呢？"

江世敏优雅地抚了抚鬓发："第二个选择，你和王子猷离婚，站到我这边，我们一起，彻底弄死王家。"

江世敏只给了杜荔娜三天的考虑时间。三天之后会发生什么，杜荔娜不知道。

熟悉的混乱和无力感，像来自四面八方的蛛网，将杜荔娜团团捆在中央。这一次，她没有任何人可以商量，她谁也不敢信任，只有她自己。

杜荔娜终于还是打电话给王子猷："你晚上能回来一趟吗？我有话要问你。"

王子猷自然满口答应。

深夜，杜荔娜心事重重地回到家，王子猷已经在客厅里等着她了。不过几天没见，他看上去瘦了一圈，面色苍白疲惫，向来干净的下颌上竟然有几点胡楂。

两人怔怔地对视了许久，竟是无言。

终于，王子猷站起来，道："娜娜，你有话跟我说？"

"是。"

如果江世敏说的都是真的，杜荔娜向王子猷通风报信，就是背叛了杜宇风。

可她也不想看着王家人破产，甚至坐牢。她对这段婚姻的不满，更多是对自己的不满，有时她甚至会觉得，王子猷是无辜的。

他也许有许多缺点，但也是真的爱她。而她，也确实爱他。

就像现在，只是看着他少有的困窘模样，她的心脏就如被小刀拉丝般，一缕一缕地疼。

杜荔娜强迫自己，把儿女情思暂且放在一边，硬下心肠。她想了一路，终于想到一个更为安全的切入点——常玉忠。

"我今天……见了江阿姨。她告诉我，常伯伯……"

提前演练了许多遍，话到嘴边，杜荔娜却卡住了。一个新的念头蓦然浮现：江世敏预料不到自己会怎么做吗？她不担心，自己把听到的一切都告诉王家兄弟吗？

难道说，她手上有一击必杀的证据，所以不在乎自己走漏消息？又或者，江世敏所说的都是谎言，她在利用自己，达到另外的目的？

许多种可能性同时涌现，她脑海里像是十六国混战，死伤无数，却分不出胜负。

王子猷见她神情阴晴不定，叹了一口气，道："如果你还没想好，就先听我说吧。"

杜荔娜一怔。难道，他也有糟糕的消息，要告诉她吗？会是同一个吗？

王子猷扶着她在椅子上坐下，自己则蹲在她面前。

"接下来我要告诉你的事，你听了，一定要保持冷静。"

杜荔娜："……"

"是这样，最近我找了人，查了一下你去看的那位心理医生，裴老师……"

杜荔娜大怒，王子猷连忙握紧她的手，道："你先别生气。裴老师的履历很好，专业过硬，我并不是要说他的坏话……我的人动用了一点不大合法的手段——你先别紧张——我查到裴老师的接访记录，发现了一件事。"

"什么事？"

"一年前，他也是苏拉的心理咨询师。"

杜荔娜呆住了。半响，她道："这又能说明什么呢？世界很小，到处都是巧合？"

"我本来也以为是巧合。可是我想起你说过，裴老师是洛逸在邮件里向你推荐的。"

杜荔娜的脸唰地雪白："这和洛逸又有什么关系？"

王子猷一言难尽地看着她，说："娜娜，从来就没有什么洛逸。"

他从公文包里掏出一份资料："这是我找技术人员调出来的，洛逸的邮箱每次向你回复邮件的IP地址。"他指着列表的最后一列数据："你看，最初几年，她所有的邮件发出地址，都是海市大学，中间的五年，地址也是在海市，有时是在一个居民小区，有时是在金融中心的写字楼。而最近一年多，尤其是推荐裴老师给你的那封邮件——

都是在鹤市发出的。娜娜，洛逸好歹是个明星，不会只待在这几个地方吧？"

杜荔娜沉默了一会儿。

"就算是这样……"她逃避着不愿面对的可能性，"那也不能排除是巧合……"

"是！这些都可能是巧合，但我今天碰巧发现了这个。"王子猷从身后拿出一个粉红色的物事，放到杜荔娜面前。

那是今年早些时候，杜荔娜二十八岁生日时，洛逸送给她的生日礼物，一个名为"辛德瑞拉"的芭蕾主题毛绒娃娃。

有段时间，杜荔娜很喜欢这个IP，也和洛逸提过。"辛德瑞拉"很难买，没想到洛逸竟然碰巧拿到了一个，就转送给了她。从来只有粉丝给偶像花钱，哪有偶像主动给粉丝送东西的？

除非，洛逸也当她是朋友。

杜荔娜把这个娃娃放在每天早上醒来第一眼就能看到的飘窗上，当作和洛逸友情的证明。

娃娃大眼睛、长睫毛，穿着粉红色的小裙子，伸着雪白的小脚丫，萌萌地看着杜荔娜，杜荔娜也愣愣地看着她。

"你收到以后，只当它是个摆件，忘了它还是个科技产品，有录音功能。我今天不小心碰到了它的录音开关……"

王子猷在"辛德瑞拉"的芭蕾舞裙底下找到了一个拨件。轻轻一拨，娃娃便笑眯眯地开口了，发出的却是成年男子的声音："苏拉，对不起。"

没有进一步的操作，那娃娃就一遍一遍地重复着："苏拉，对不起；苏拉，对不起……"

王子猷叹气道："所以娜娜，一开始，是谁告诉你，那个邮箱地址是洛逸的呢？"

杜荔娜的眼泪流了下来。她恨自己软弱，恨自己总是被欺骗，恨自己又忍不住想哭："……是苏拉。"

从始至终，一直都是她。

愤怒如乱箭穿透了杜荔娜的身体，将她刚刚拼接起来的灵魂射成无数个碎片。

杜荔娜失声痛哭。

王子猷的手臂有力地环住她，俊美的脸庞贴着她的额头："娜娜，今天江世敏和你说，我们王家联合了常伯伯，要一起反对她，对吗？"

杜荔娜浑身剧震，睁大了水眸："你怎么知道？"

江世敏所说的，远远不止于此，但王子猷已经印证了自己最初的猜测，就不再关心其他了。他抚摸着她的脸颊，道："不管她说了什么，不管她怎么诋毁王家，我发誓，没有一句话是真的。她们都是一伙的，苏拉、江世敏，她们都想离间我们、拆散我们，为了她们自己的利益。"王子猷把脸颊缓缓贴在她手心里。"娜娜，你八岁的时候，我就认识你了，我们是二十年的感情，不会有人比我更懂你，也不会有人像我这样爱你。你不能不相信我,却去相信一个无数次伤害了你的人。你可以打我骂我,但是不要拒我于千里之外,不要不理我。我们不要吵架了,好吗?我……只想回到从前。"

眼泪也从他脸上流下,濡湿了她的手掌,一米八五的大男人,哭得像个孩子。

杜荔娜的心无法抑制地软了下来。她又何尝不想回到从前呢?执手相看,你侬我侬,风花雪月,只要全心信任和依赖他,外面滔天的风雨,都与她无关。

"可我们回不到从前了。"杜荔娜哀伤地说。

王子猷捧起杜荔娜的脸:"只要你肯相信我,只要你不离开我,我们就能回到从前。"

他站起身,牵着她的手,引她来到他们的卧室。

打开门,迎面竟是明亮的灯光。卧室被厄瓜多尔玫瑰堆满,雪白的床上撒着殷红的花瓣,相连的露台上堆满了心形彩灯和气球,两面墙上,投影循环播放着他们婚礼的录影,还有过去十年,他们爱情的点点滴滴。

杜荔娜身不由己地被推到房间的中央,再回过头来,看到王子猷单膝跪地,从身后魔术般变出一小束粉白的重瓣芍药。那是她最喜欢的花,也是他们婚礼上的主题花。

杜荔娜僵住,问:"你要干什么?"

"娜娜,对不起,求你原谅。"王子猷道,"是我优柔寡断,是我没有担当,是我太自以为是,不够珍惜你。我以为我对你付出了很多,但你给我的更多!以前的所有,所有,都是我一个人的错。你生我的气,是完全有理由的。娜娜,我已经深深地忏悔过了,我求你,看在我是真心爱你的分上,再给我一次机会。"

他清朗的眉眼恳切地望定了她:"还记得我们婚礼上的誓言吗?无论顺境还是逆境、贫穷还是富有,都要对彼此忠诚忍耐,不离不弃。你还记得婚礼那天晚上,你说过,你想要生两个孩子吗?一个男孩像我,一个女孩像你。"

杜荔娜再度泪流满面。她和王子猷之间是深入了骨血的牵绊,他是她的丈夫和爱人,还身系她所有对未来生活的憧憬。

他真心实意地爱着她,她也真心实意地爱着他。只要她愿意,所有她幻想过的那些尘俗美好,她依然可以拥有。她完全可以不理会江世敏的话,不必像苏拉那样和别人钩心斗角,争一口残羹剩饭……

王子猷的嘴唇轻轻落在她脸上,吻去晶莹的泪珠。

"外面的世界太凶险,你不必过得这样辛苦。你可以不听、不看、不管、不问,卸下所有的重负,把一切都交给我来承担。"

他用力把她往自己的身体里嵌,像要将她还原成一根不可或缺的肋骨。

最初,杜荔娜还有些推阻,但王子猷以足够的耐心爱抚着她、包裹着她。那种久违而熟悉的亲密,深刻地浸润了她,她由身到心都柔软下来,一寸寸地交出自己身体的主控权,只想沉迷在他的温柔里,别的什么都不管。

王子猷托抱起她，小心翼翼地放在床上，如同安置一尊圣洁的神像。他用热烈的唇膜拜她的躯体，从眉心一路亲吻到脚趾尖。

极致的欢愉载着他们登上云端。

夜幕垂得更低，而门外，"辛德瑞拉"跌落在沙发脚边，一遍一遍地说着对不起，直到电量耗尽，才停止了呜咽。

3

清晨，杜荔娜在真丝床单的包裹和花香中醒来，浑身酥软而轻畅。

玫瑰簇放，露水未干。床头柜上放着一张小卡片，上面写着"You are the apple of my eye"[1]。

那是王子猷式的浪漫。只不过结婚以后，他就很少展露这样的耐心了。

杜荔娜对着小卡片发了一会儿愣，起身洗漱。

镜中的自己，眉目含情，娇怯如水，是被用心珍惜爱恋的女子。如果这不是幸福，那什么是幸福？人生的意义，难道不就在于此吗？

她对自己说，她做了正确的选择。

她以凉水泼脸，昨夜的记忆遂一点一滴浮现心头。

一个时间期限如尖刺捅破纸底，骤然呈现在眼前：三天。是的，江世敏给了她三天的时间做决定。

就像王子猷说的那样，江世敏所说的一切都不值得信任，她和苏拉一样，都是满口谎言的坏人。

一定是这样，王家兄弟都是受过良好教育的人，行为得体、谨守边界，于慧也是温柔端庄的女性。他们简直是克己复礼的模板。商场上多少会有些灰色地带，但她不相信，他们会走到违法犯罪的地步。

她沉吟着失了神，流水濡湿了半边袖子，直到胳膊上凉透了，她才惊醒过来，连忙关上水龙头。

这些事情，她根本想不明白，还是原原本本地告诉王子猷吧。也许他已经知道了，也许对他而言，这些根本不是什么棘手的事情。

杜荔娜换了件衣服，轻手轻脚地走出卧室，想给王子猷一个可爱的惊吓。

然而，客厅中空空如也。

王子猷已经换好了上班的西服了，正站在阳台上打电话。阳台门关着，但她依然能听见一点声音。

杜荔娜走近了些。

---

1. "你是我的掌上明珠。"

"你和你的母亲利用阿宝,来离间我和娜娜……哄骗她跟我离婚……你们之间的约定什么8%的分红权,通通作废。我会找律师去和你谈,你别想从我们这儿搞到任何好处。"

杜荔娜立刻猜到了,他是在和苏拉通话。

"娜娜已经知道了你干的好事,她知道了你就是洛逸。苏拉,我们王家在律界不是没有朋友,投诉到司法局,吊销你的律师证,也不是不可能。从今往后,娜娜不会再和你说一个字!"

王子猷挂了电话,拉开阳台的滑动门,正撞上杜荔娜呆滞的表情。

"我……"他只支吾了一下,就恢复了流利的口舌,"我怕吵醒你,没有想避着你的意思。你应该也听到了,我只是警告了她。"

"我知道,没关系。"杜荔娜一边说着,一边恍了神。

苏拉会很惊讶吗?她的谎言败露,是会沮丧、羞耻,还是会对她更加轻蔑?她曾把最脆弱和无力的自己向洛逸吐露,如果洛逸就是苏拉,那么,苏拉对她的了解,比她想象中要深得多。

王子猷在她的额头亲了亲:"看到卡片了吗?"

杜荔娜回过神来,点点头,问他:"今天还要出门吗?"

"嗯,下午和大哥约了客户。一会儿秦阿姨过来煮饭,我陪你吃了午饭再出门。"

杜荔娜犹豫着道:"我还有话没对你说。"

"什么话?这个话?"王子猷靠近她,嘴唇在她耳边轻吐了一句放肆的蜜语。

她顿时飞红了脸颊,啐了他一口,扭身回了房间。

王子猷在外间大笑:"别急,你有什么话,都可以慢慢说。"

杜荔娜轻盈地踱到衣帽间。她记得自己上个月买了两条新裙子,还没有在王子猷面前穿过。

今天要穿哪一条呢?

手指在衣架间跳动,踩着从心底流淌出的旋律。

突然,那旋律停住了。

她的目光落在敞开式衣橱的最下层。那里原本有一幅绿色的花鸟窗帘。她在两天前把它翻了出来,随手放在了衣橱的下面,一个硬质购物袋里。

现在,窗帘和购物袋都不见了。

杜荔娜感到不快,一定是秦阿姨收拾房间的时候拿走了。秦阿姨是做惯的老熟人,倒还不至于偷,大概误以为是不要的物品,才拿走的。

她立刻拨了电话质问:"秦阿姨,我衣帽间里左边最下面一格的底层,有一个购物袋,里面放着绿色的窗帘,你见过吗?"

秦阿姨的嗓门很大:"见过啊。昨天我打扫卫生的时候带走了。"

连杜荔娜自己都不明白,她为什么这样生气:"您怎么能未经我同意,随意动我的东西呢？"

秦阿姨愣了一下，声音立刻拔高了几度："王太，可不能这样冤枉人！昨天是王先生同意了，我才把那幅窗帘拿走的！"

脚下的地板仿佛突然被抽离了，身躯陡然坠入了冰凉的深潭。杜荔娜拿着手机的手微微发抖："不可能，他为什么让你拿走窗帘？"

"啊哟，昨天王先生不是要给你搞浪漫嘛。叫了好多人来家里布置，弄了好多设备，好多堆在衣帽间，都塞不下啦。我收拾的时候看见那个，就跟王先生说，这么好的窗帘，你们怎么不用呢？你知道的嘛，我儿子的家里也在装修，天天为了这些发愁。"

"然后王先生就说，这幅窗帘和家里的风格不搭，你们不打算要啦。他让我拿去给我儿子用，反正尺寸嘛改一改就可以啦。"秦阿姨停了一下，意识到了什么，"王太，我可不会偷东西啊！我做家政好多年了，从来没有老板说过我一句不好，不信你出去打听打听……"

后面的话，杜荔娜已经听不清了。

她慢慢地踱到卧房门口，问："子猷，我衣柜下面那幅花鸟窗帘，你送给秦阿姨了？"

王子猷正在平板上看下属发来的文件，心不在焉地回道："是啊。她家里刚好在装修，就当做人情了，反正我们也不用。有什么问题吗？"

"没，没什么。"杜荔娜的声音很轻，平静而温和，她退回了卧房，关上了门。

文件是一份跨境的中英文合同，王子猷从头到尾细细过了一遍，把意见给下属回过去，又叮嘱了他和客户沟通的技巧。

一通工作结束，王子猷看了眼时钟，一个多小时已经过去了。他忽然觉得不对，杜荔娜还在卧室，没有出来。

他来到卧室门口，轻敲房门，道："娜娜？"

起初，没有任何回应。

而就在王子猷心里开始发毛，打算开门进去的时候，门却倏然打开了。

杜荔娜梳洗整齐、容光焕发，推着一个行李箱走了出来。她越过他，直接来到了客厅。

王子猷跟在她身后，茫然地说道："你收拾行李做什么？想去度假，等我忙完了这一段……"

"这不是我的行李。"杜荔娜打断了他，"我把你当季的衣服都收拾好了，换季的，也会让秦阿姨收拾出来，过两天给你送过去。"

"娜娜，你这是什么意思？"

杜荔娜眼尾潮红，显然是刚刚哭过，神情却无比坚定："子猷，我要跟你离婚。"

王子猷惊诧莫名，良久，他狠狠地用英文咒骂了一句。

"究竟怎么了？杜荔娜，我又是哪里惹你不开心了？是我不够爱你，还是你已经不爱我了？"他彷徨了一阵，蓦地醒悟，"是那幅窗帘？为了幅破窗帘，你要跟我离婚？"

水光在杜荔娜的眼中流转，但这一次，没有泪珠滴下来。她将娇嫩的嗓音放沉，低低地说："和窗帘无关，也和爱情无关。子猷，我是爱你的，我也知道你爱我。"

"那是为什么呢?!"王子猷几近崩溃，他像看一个疯子那样瞪着杜荔娜，"是我道歉的姿态摆得还不够低？是我昨天晚上的表现你不满意？"

"是我厌倦了。"杜荔娜将行李箱的把手推到他手边，"子猷，我已经厌倦你了，也厌倦了这样的自己。我们离婚吧。"

4

天影律师事务所的合伙人会议，郑永明口若悬河地点评最近每个团队的绩效，苏拉一个字都没听进去。

她给杜荔娜发消息："娜娜，我们当面谈谈。"

和王子猷通过话后，她打过杜荔娜的电话，又给她发了很多条信息，一天过去了，没有得到任何回应。

她从杜荔娜的聊天窗口出来，又点开林渡的名字。

其实是多此一举，林渡也没有新的信息。一切不过回到了最初，也许，这都是她应得的。

双肩垂下，一股浓重的脱力感将她笼罩。

"苏拉？"郑永明突然点她名。

"呃？"

"你们团队收入上个季度又创新高了，跟大家分享一下经验吧？"

会议室里，其他合伙人纷纷转过脸来看她。

空气似乎突然变得稀薄，苏拉觉得透不过气来。有什么可分享的呢？一帆是最大的一笔收入，谢枚的私人事务是第二笔。这两个项目，都和自己的实力无关。

"我……突然不舒服，出去透透气。"

郑永明在后面叫她，她只顾闷着头往外冲。玻璃墙重重叠叠，映得她眼前发晕。她大步朝露台走去，只想触碰到冬天湿冷的空气。

眼前蓦地多了一个人影，苏拉顿住脚步，才没有撞上去。

对方伸手扶住她，嗓音带笑，问："怎么这么急？"

苏拉抬头，谢枚沉稳的面容映入眼帘。他今天打扮得很精神，看上去比实际年龄要年轻十岁，一手绅士地托着她的小臂，另一手拿着一束莹白的满天星。

苏拉有点吃惊。她没想到时间过得这样快，一转眼两周过去，谢枚也从新加坡回来了。

谢枚从前到访，必然是提前约好的，所里包括郑永明在内的众人，都要敲锣打鼓相迎的。

"看见我，这么惊讶吗？"

"谢总，郑主任他还在开会……"

"我不找老郑，我找你。"谢枚把满天星放进她怀里，微笑道，"我一下飞机就过来了。苏拉，你还欠我一个答案。"

和上次在车中仓促的表白不同，这次，谢枚经过了充足的准备。郑永明显然是提前知道的，否则不会刻意拖长会议时间，把她绊在会议室里。

鲜花是不必要的招摇，暗示着他的认真，而对谢枚来说，亲自等候比奢华的礼物更加用心，因为他的时间是世界上最值钱的东西。

谢枚在西山的别墅私房菜订了两人的包间，那是年轻的富二代喜欢的地方，有情调，他和前女友也常去。

圆窗半开，西山鸟鸣幽幽，流水似乎就在窗下。

谢枚夹起一颗犹如AI精密切割的骰子牛肉，放在苏拉碗里。

"我是不是又吓着你了？"

苏拉收回心神，朝他笑了一下。

谢枚盯着她心不在焉的样子，无奈地道："看来，我这次又太高调了。这个尺度实在不好把握，我继续改进。"

苏拉听得心生惶恐，道："谢总，您别这样。"

"你也可以告诉我，你喜欢怎样，我尽力去做。"

苏拉叹气："谢总，我接下来说的话，可能有点不知好歹。我想，我只能拒绝您。"

一般的男性，在遭遇拒绝时，第一反应是"我哪里配不上你"。谢枚显然不会这样。他放下筷子，用餐巾揩了揩嘴角，笑意未敛。

"你有喜欢的人了？"

苏拉想到林渡，心中猝不及防地一痛，而这疼痛，又让她吃了一惊。

谢枚善于察言观色，哪里还有不明白的："你们在恋爱？打算结婚？"

苏拉摇头道："没有，情况有点复杂。"

谢枚哈哈大笑，松弛地靠在椅背上，道："今晚我推了所有的计划，有两小时不受打扰的时间，你可以慢慢说。"

苏拉可没打算和他倾诉自己的情史，正想用什么话搪塞过去，又听他道："苏拉，就算你拒绝我，我们也还是朋友。我的人生经历比你丰富，遇到什么困难，说出来，也许我能帮上忙。"

他面容诚恳，有身份地位的光环加持，又显得这份诚恳格外难得。

苏拉一直对他颇为尊敬，甚至暗自以他为师，此刻也觉机会难得。想了想，她道："谢总，您这个年纪，还相信爱情吗？"

谢枚佯怒道："小姑娘怎么说话的？我哪个年纪？"

见苏拉不语，他收起戏谑，正色道："我当然相信啊，要不怎么和你坐在这里？"

苏拉问："您不觉得麻烦？麻烦自己，又麻烦别人。"

"不麻烦。苏拉，越是上了年纪，就越珍惜自己的欲望。你想想，钱挣了一堆，欲望没了，多可怕。"

苏拉竟然觉得很有道理。

谢枚摇着一个水晶高脚杯，绕过方桌，来到苏拉身边："你是个有欲望的女人。我喜欢你眼睛里的欲望，满足你，就像满足了当年的我自己。"他拈起苏拉的下巴，与她对视："苏拉，你这辈子，曾经有很多苦苦追求却得不到的东西吧？我都能给你。"

苏拉怔住了，她知道谢枚说的是实话。

爱情从来不单纯是爱情，它可以附带金钱，附带特权，附带物质和精神享乐，甚至附带着自我实现。自古以来，爱情对女性敞开着无限的可能性，也就成了她们人生的最大赌局。

在苏拉的一生中，确有许多求而未得——

爸爸被挤掉的职称评定。

被迫离去的妈妈。

一间自己的房间。

被扔在地上的复读机。

活着的吴小霞。

一盒崭新的粉底。

清华大学的录取通知书。

健康的叶深。

法庭上永远的胜诉。

一套鹤市核心地段的房子。

自己的律师事务所。

对世俗游戏规则的了悟。

受人尊敬的社会地位。

安放妥当的良心。

还有林渡，他就像一个脆弱而美丽的花瓶，她害怕把他拿在手里打碎了，却在推拒的时候，一次又一次地打碎他。

谢枚能给她一个一劳永逸的答案吗？爱情和欲望，能够画等号吗？

谢枚轻抚苏拉的唇角，说："苏拉，你不应该拒绝我。"

他的脸庞缓慢地靠近，彬彬有礼地试图亲吻她的唇。

苏拉闭上了眼睛——她移开了脸，谢枚的吻落在了她的发鬓上。

他愣了一下，若无其事地直起身，自我解嘲道："你需要时间适应，我都理解。"

"谢总，很抱歉。"苏拉慢慢站起身，与他平视，"我恐怕还是要拒绝您。"

这一次，她的神情如此坚定，乃至于凛然不可侵犯。谢枚的脸终于沉了下去。

他回到自己的座位上，正襟危坐，眸色转厉，又成了那个生死予夺、位高权重的商界大鳄。

"没有人能拒绝我。苏拉，给我一个真正的理由。"

真正的理由？

"因为……"苏拉忽地笑了，那笑容如承载落叶的秋水，"因为我是一个独特的灵魂。"

5

手机铃声响第二遍的时候，杜荔娜才听见。

有许多人给她打电话、发信息，她都没回。但这个电话，是王家大嫂于慧打来的。放在昨天，杜荔娜可能不会接她的电话。但现在，她心情还不错，就接了起来。

于慧的声音很冷静："娜娜，你们的事我听说了。我不会站在子猷的立场来干涉你，但就算我不是你大嫂，也是你的朋友。明天到家里来吃饭吧，你大哥和孩子们都不在家，就我和你，我们两个人，好好聊聊，行吗？"

杜荔娜犹豫了一下。她分明知道于慧要跟她说什么，第一反应还是逃避。但躲得过初一，躲不过十五。离婚不是把这两个字说出口这么简单的，这是她和整个世界的一场战争。

面对于慧，只是第一场战役。

"好的。"

刚挂电话不久，门铃又响了。

杜荔娜开了门，发现是住对门的阿姨——那位退休校长，依旧带着热情过度的笑容。

"你瞧我，年纪大了记性就不好，家里盐都用完了，又忘了买。咱们这一梯就两户，只好来找你借。"

阿姨朝里面看，杜荔娜知道，她好奇王子猷在不在家。

"王太，你们家还有盐吗？"

要是在往常，杜荔娜是不愿和她打交道的。阿姨的过度热情和关心，总是让她很有负担。

但今天的杜荔娜不一样。她朝阿姨笑了笑，让开了一条路。

"有好几种，您进来看吧。"

她引着阿姨进厨房，把调料柜拉出来给她看："有玫瑰盐、大蒜盐、井矿盐、海盐、无碘盐和低钠盐，您看要哪种？"

"你们年轻人就是花样多。"

323

阿姨拿了瓶最普通的，出客厅的时候，看到了沙发旁堆叠的布料。

"王太，你要重新装修啊？"

"只是换幅窗帘。"杜荔娜微笑着摇摇头。午后，秦阿姨送回了她的绿色花鸟窗帘，完好无损。

"原来的窗帘不也挺好的？"

"我喜欢新的，想换上看看。"

"哎哟，王太，你腿脚不好，一个人在家搞这个多危险，叫你们家小王搞嘛。"

"阿姨，我自己也可以的。"杜荔娜微笑着说，"或者，您不赶时间的话，帮我一下？"

"那行啊！"

阿姨是个热心肠，当下就撸起袖子，帮杜荔娜理出窗帘的另一端，扶着她重新踩上沙发。

杜荔娜专注地把窗帘挂钩一个一个地对应着挂上，很快便完成了工序。

阿姨后退几步说："你别说，你这个花鸟的帘子，还蛮好看的呢。"

"是吧？我也这么觉得。"杜荔娜和阿姨并肩站着，欣赏了一会儿。

阳台上忽然起了轻风，窗帘随风飘扬了几下，其上的彩色鸟雀像是活了一般，在枝叶之间腾跃，如春意闹在枝头。

杜荔娜便乘着这轻风，慢悠悠地说："阿姨，您以后别叫我王太了。我姓杜，名字叫杜荔娜，请您叫我小杜，或者娜娜。"

次日，王家司机老丁来接杜荔娜到王家大宅去喝下午茶。

抵达的时候，于慧正脱下一双园艺手套，院子里的花丛有个角落被刨开了。

"昨天风大，倒了一棵蔷薇花。"于慧解释道。就算围裙上沾着泥土，她的仪态依然恬静从容。

"花园里的事，总可以让工人做吧？"杜荔娜说。

"今天工人请假了。何况他们手重不爱惜，我不放心。"

于慧只字不提离婚的事，她说家里的储藏室满了，得清理一些旧东西，这种事情不好交给保姆做，她一个人弄又太费劲，只能找杜荔娜来帮忙。

王家的这栋房子有些年月了，王家兄弟都在这里长大。他们的母亲把庭院打理得很有情趣，后来王家父母出国疗养，于慧接手，也不敢懈怠。

杜荔娜一直不理解，王子谦和于慧结婚后，为什么不搬出去单住，还住在老房子里。于慧说，王子谦是传统又念旧的人，这对男人来说不是坏事。

大宅有两层地下室，地下一层是儿童活动室和图书馆，二层是酒窖和储藏室。于慧领着杜荔娜下到储藏室里，果然四面的储物架和地上都被堆满了，有孩子的玩具，还有许多沾着灰尘的纸箱。

于慧踩着梯子，从顶上搬下两个小纸箱，递给杜荔娜："你替我分分类，哪些有留下的价值，哪些可以处理掉。这些旧东西，别人都不认识，也就是你，能帮上我的忙。"

杜荔娜被推着打开了纸箱，入眼就是一摞相册。

那都是十几年前的家庭相册，于慧细心地标上了年份。那时候，数码相机虽然已经很常见，但人们还是愿意把家庭照片冲洗出来，放在影集里随时翻看。

杜荔娜翻开第一页，映入眼帘的，正是王子猷十八岁生日宴会上的照片。杜荔娜也在其中，他阳光俊朗，她纯真美丽，好一对年少璧人。

于慧的目的昭然若揭。

杜荔娜将相册翻过第二页。她知道，自己不该落入于慧的陷阱，不该被过去美好的时光绑架。可那时真是青春啊……

于慧的目光顺着杜荔娜的手，落在相册上，轻声感叹："他们兄弟俩，那时候多帅啊！"

那时于慧还不是家庭成员，相册里，更多的是王子谦和王子猷两兄弟的照片。他们两人长得很像，只是王子谦总穿着灰色的带帽卫衣，胸口是他美国大学的名字。

那时候王子谦刚回国，是王家几代中学历最高的人，全家都以他为荣，他自己也有点沾沾自喜。读高中的王子猷在背后吐槽过他哥哥的这一点显摆。当然，后来他自己留学归国，也染上了一样的习惯。

于慧边看边感慨："其实，我对你大哥也是一见钟情呢。"

这倒是和杜荔娜所知的不同："你们不是家里介绍的吗？"

"他是经人介绍才认识的我，我却早就认识他。"于慧神秘地微笑，"当年他就很臭美，周末早晨，就穿着他们学校的衣服在鹤尾山道上跑步，有一次被我撞见了。那时候我吧，正沉迷韩剧，有一部叫……《哈佛爱情故事》，啧啧，你想想，你大哥那时候就和韩剧里留美的男主角一个样，那谁能顶得住？谁知道，他结了婚，就没再穿过那件大学的校服了。我暗示过几次，他都不肯穿给我看。"

于慧似乎陷入了少女时期的美好回忆，杜荔娜感同身受，也忍不住笑起来。就是此刻，气氛刚好，于慧见缝插针地入了正题。

"娜娜，你们的事，子猷都跟我们说了。他的情绪很激动，你大哥骂了他两句，他才冷静下来。我这做大嫂的，先替他跟你道个歉。"

杜荔娜一愣："子猷是怎么跟你们说的？"

"他说你被江世敏骗了，又被那个苏拉洗了脑，现在要和王家对着干，才非要离婚。"于慧秀眉轻挑，"娜娜，我记得你说过，当年你出车祸，是苏拉推了你。"

杜荔娜犹豫了一下："我现在不太确定了。人的记忆是会出错的，我的心理咨询师也这么说。也许这一切都是我脑补出来的，也许她真的没有推我。"

"那你现在都想起来了吗？"

"还是很模糊。"

于慧同情地望着她:"别为难自己,过去的事情已经过去了,人要向前看。就算不是她推了你,那毁了你的裙子、藏了你的手机,又去欺骗子猷,这些难道不是她干的?娜娜,你不要太善良了,人心还是险恶的啊。"

杜荔娜张了张嘴,半响才道:"大嫂,我要离婚,和江世敏、和苏拉都没关系。完全是我和他两个人之间的问题。我和他在一起,就没办法做自己。"

于慧被逗笑了:"真是孩子话。人活在世上,都有许多不得已,你大哥和子猷在外面打拼同样不易,他们也能时刻做自己吗?我听子猷说,你们吵架,都是为了什么窗帘这样的小事。生活中的磕磕碰碰,多么常见,就算你和子猷离婚,再找别人,难道就不吵架了吗?不要为了公众号里吸引流量的理念,舍弃美满的生活啊。正所谓,满目山河空念远,落花风雨更伤春。不如怜取眼前人。"[1]

于慧少女时期也是个读诗的文艺青年,很讲究生活情调,说起话来雅俗共赏。杜荔娜一向很佩服她,觉得自己一辈子也修炼不出她这样的知性和定力。

每个人的话听上去都很有道理,她说不清谁比谁更有道理,也不知道如何反驳。每到这时,她就觉得自己渺小而又愚蠢。

但现在,她已经挂起了她的花鸟窗帘,任谁舌灿莲花,都不能把它夺走。

杜荔娜想了想,道:"大嫂,我嘴笨,不会讲道理。但是……"她咬咬牙,"我已经决定了。"

这样固执强硬的杜荔娜,让于慧很陌生。她勉强笑了一下:"行吧,你们有你们的主意。大嫂只是希望你多想想你们的过去,别急着做决定。"她又叹气,"我从第一次见你,就很喜欢你。你大哥就更不用说了,他把你当亲妹妹一样关心。子猷和你在一起这么多年,但凡让你不开心了,就会被你大哥骂得狗血淋头。不论你和子猷如何,大哥大嫂永远都是你的大哥大嫂。"

这倒令杜荔娜有些意外了。她以为,于慧会长篇大论地规劝她,并且用自己和王子谦美满的婚姻来教导她。

可于慧只是摸了摸她的手,笑着说:"我想起老二学校有份作业还没交,上去弄一下,一会儿就下来。"

她交代杜荔娜把箱子里的东西都翻一翻,小袋子、小盒子都打开看看,确定留下的放一堆,确定扔掉的丢在垃圾袋里,不确定的,就放在旁边等她回来确认。

储藏室里,只剩下杜荔娜一个人。

杜荔娜起初觉得奇怪,于慧对待她离婚的态度,未免太过轻松了。但她整理着箱子,渐渐就明白了。于慧恐怕还当她是孩子气,觉得她闹离婚只是冲动,过几天就

---

[1]. 满目山河空念远,落花风雨更伤春。不如怜取眼前人。——《浣溪沙·一向年光有限身》晏殊

好了。

旧物微不足道，但因人在上面留下了痕迹，也就留下了人与人之间联系的证明，它们营造出一种奇特的时空错乱的感受。

杜荔娜忽然不确定自己处在哪个时空了，她的灵魂仿佛从头顶抽离出来，低头看着十二年来，每一个瞬间的自己。

周围变得出奇地安静，空气中有涩涩的灰尘味道。

她猛地打了个寒战，疑心自己是在一个诡异的幻梦空间，而房门已经被反锁，她也将被世界遗忘。

她扭头去看房门——房门洞开，日光从天井投下来，一切如常。

五分钟后，于慧笑着从楼上下来，抱歉地道："不好意思，让你一个人忙活了这么久。"

她察觉杜荔娜的脸色有些苍白，关心地问："是不是不舒服？地下室还是通风不好，算了，剩下的我自己弄吧，我让老丁送你回去。"

杜荔娜忙说自己没事，依然帮着于慧清理了大部分物品。她们在地下室忙活了两个多小时，都累得够呛。

天色接近黄昏，于慧留杜荔娜吃晚饭，她不想遇见王子猷，便婉拒了。于慧理解她的难堪，也没有强迫，依然让司机老丁送她回家。

回家的车上，杜荔娜的手机又响了。这一次，来电的是苏拉。

杜荔娜盯着手机看了足有二十秒，来电也锲而不舍地响着。终于，她接通了电话。

"苏拉。"

苏拉急切地说着什么，王子猷的名字反复出现，杜荔娜却只觉得胸闷得烦人。

"苏拉，我已经决定了，要和他离婚。"

电话里和车内都尴尬得沉默下来。司机老丁从后视镜里看了她一眼，又移开目光，假装没有听见主人家的糟心事。

良久，苏拉问："你真的决定了吗？"

杜荔娜"嗯"了一声，视线凝固在车窗上，车外掠过的风景就像她迫不及待抛下的过往。

"我今天，想起了一些事情。"她脱口而出，"记得我们当时吵得最厉害的那一架吗？那时，我不让你穿那条黑色裙子去舞会，你就把它脱下来，撕了。"

"怎么突然说这个？"

"那天晚上，你去山上跑步，很久都没回来。其实我去找过你。"

苏拉："……"

"我想找你道歉，想再送你一条新裙子，好让你穿着去舞会。可是我没找到你，也就一直没有道歉……苏拉，那天晚上，你在山上待了那么久，去做了什么呢？"

电话那头的苏拉陷入了长久的沉默。杜荔娜不知道她在想什么,不知道这个消息,是否能让她们两人都好过一点。

半晌,杜荔娜叹气道:"苏拉,我们现在见一面吧?去老宅,我有话对你说。"

苏拉答应了。

杜荔娜遂对老丁说:"麻烦您,改道去鹤尾山。"

第十六章
荒野的小蔷薇

少年看到一朵蔷薇

荒野的小蔷薇

那样娇嫩而鲜艳

急急忙忙走向前

看得非常欢喜

蔷薇，蔷薇，红蔷薇

荒野的小蔷薇

——《野蔷薇》歌德

1

林渡近来的睡眠质量也已经不能更糟了，连续几天都只睡了三小时。

受高空槽和偏南气流影响，鹤市降下了罕见的冬季暴雨，二十四小时降水量已经超过五十毫米。空气湿冷得能徒手拧出水来，反常的天气增加了通勤的难度，就连林渡这样的宅家一族，也不免心情烦躁。

凌晨四点，林渡就被电话铃声吵醒了。

"你说你是谁？"他烦躁地对那头吼。

对面很有耐心："这里是鹤市公安局西山分局刑警大队。我们接到一起失踪报案，现在需要你来警队一趟，了解一下情况。"

林渡看了眼时间："你们这是什么新型骗术吗？"

"林先生，情况紧急，有位杜荔娜女士已经失踪四十八小时了。我们怀疑，你的前女友苏拉对她实施了绑架，有可能涉及人身伤害。请您立刻来一趟。"

林渡穿过西山公安分局的办事大厅，在等候区看见了王子猷。王子猷也看见了他，红着眼睛就要过来，被身旁的警察拦住了。

进了询问室，两名警察在林渡对面坐下。他们先问了林渡和苏拉的关系，又问林渡最后一次见到苏拉是什么时候，她最近有没有什么异常。

林渡恍恍惚惚地答了，心中的惶惑越积越大，忍不住一捶桌面："你们能不能先告诉我发生了什么？也许我能提供有用的线索……我写悬疑小说的。我能跟你们一起分析，尽快找到她们。"

两名警察对看了一眼，一同忍下了无言的嘲讽。年轻一些的那名警察把已知的案情介绍了一遍。

最先向警方报案的是王子猷。他从头一天白天开始打杜荔娜的电话，就一直是关机状态。最初他以为是她的手机没电了，但是到了晚上依然关机，他就觉出不对了。

他先打电话找保姆秦阿姨，秦阿姨说，今天家里没有人，床铺也不像睡过的样子。

王子猷又找了杜荔娜公司的同事、经常一起逛街的朋友，甚至还找了心理咨询师裴老师和薇薇安培训中心的李薇，都没有人见过杜荔娜。

他又打苏拉的电话，没想到也是关机。

他这才慌了，联系天影律师事务所。苏拉的助理宁夏说苏拉请了三天事假，具体事由不明，只知道是私事。

王子猷遂笃定了苏拉和杜荔娜的失踪有关，立即报了警。

当然，仅仅是这样，还不足以让警察怀疑这是一起刑事犯罪。

在林渡到来之前，警察已经盘问了许多人。最后一个见过杜荔娜的，是王家的司机老丁。两天前的下午，他从王家大宅开车送杜荔娜回自己的家，路上杜荔娜跟苏拉通了个电话，就改了目的地，要去鹤尾山的杜家老宅。

杜荔娜下车后，就再没人见过她。杜家老宅原本是有保姆常住打理的，那几天保姆恰好不在，也没人看见杜荔娜是否离开了老宅，又去了别的地方。

听到这里，林渡质疑道："你们怎么知道那个司机说的是真的？"

警察告诉他，老丁提供了行车记录仪的录像，音频也录得很清晰，可以听到杜荔娜和苏拉打电话，也能确定杜荔娜在临南老宅下了车，和老丁告别。

杜荔娜的手机信号最后出现在鹤尾山附近，那天稍晚些时候，她的手机就关机了。也是在差不多的时间，苏拉的助理宁夏收到苏拉的信息，让她把接下来几天的事务推迟。

发完这条信息，苏拉的手机信号也在鹤尾山附近消失了。

交通监控拍到了苏拉的奔驰车驶上鹤尾山的记录，而两小时后，同一辆车开下了山，就再也没有在别的监控里被发现。而苏拉居住的公寓监控，也没有她回家的记录。

"根据杜荔娜的配偶王子猷反映的情况，这段时间以来，苏拉一直在对杜荔娜进行影响，甚至还说服她把自己持有的股权分红权无偿转让给了自己，她还激化杜荔娜的家庭矛盾，离间他们夫妻感情。十二年前杜荔娜就指认过，是苏拉推搡了她，她才会遭遇车祸。只是因为当时证据不足，才没有立案。王子猷怀疑，苏拉是在谋求更大利益的时候，和杜荔娜发生了冲突，铤而走险。"

林渡立刻说："苏拉不是这样的人。她是位优秀的律师！她不会知法犯法。"

警察道："律师违法犯罪的案子，我们也处理过很多，而且，他们往往在犯案手法上更加隐蔽，主观恶意也更强。我们了解过苏拉的履历，智商很高，行动力强，熟悉刑事侦查手段，懂法。她有过多次和他人肢体冲突的记录，在酒吧打人，在街上抓小偷，最后都是别人被拘留，她从来没有受到过处罚。这样的人，过于自信和特立独行，在极端情况下很容易突破行为的边界。林先生，请你猜测一下，如果是苏拉限制了杜荔娜的人身自由，甚至对她进行了人身伤害，那地点可能会在哪儿呢？"

林渡想了想，努力平稳下声音。"你们不明白。如果是她们两个人一起失踪，苏拉现在……"他深吸了口气，"她现在一定很危险。"

"我们知道，她可能会出现偏激的行为……"

"我是说，她自己也处在危险之中。除非是正当防卫，苏拉绝对不会绑架或者伤害任何人。"

年长的警察有些意外地盯着林渡，说："我们调查了苏拉的主要社会关系。她和领导、同事，甚至是亲生母亲都很疏远。她母亲江世敏在飞机上，暂时接不通电话。你是过去一年中和她关系最亲密的人。林先生，你说苏拉不是这样的人。那以你的判断，她是什么样的人？"

有那么一会儿，林渡说不出话来。苏拉是什么样的人呢？他真的了解苏拉吗？

她骗过他太多，也伤他太多。以小说的逻辑而言，他们之间的关系并不健康。小说的创作者努力遵循规律，现实的创作者则随心所欲、荒诞无常。

苏拉撒过许多谎，但这些谎言，比大多数真话，都更加真诚。苏拉说过许多伤人的话。但这些狠话，比大多数甜言蜜语，更能抚慰人心。

她关心弱小、心怀理想、渴望公平，她念旧、直率、坚韧。她被欺辱排挤过，也被心疼深爱过，见过最丑陋的人性，也见过最高尚的灵魂。

他是最近才知道，原来他一直爱她。不管苏拉嘴上怎么说，他心里知道，她也爱他。

不论肤色、妆容、年龄如何，她眼中那坚韧的光芒，从未改变。只是世界给她戴上的枷锁，配不上她带给世界的光。

林渡缓缓道："苏拉她，是一个非常、非常、非常善良的人。"

林渡离开后，询问室里的两名警察神情转为凝重。

年轻警察说："苏拉在一定程度上符合反社会人格的模型，幼年和父母分离、情感缺失、报复心和虚荣心强、沉迷暴力体验。"

年长的则说："但是林渡的态度和苏拉工作中的上级、下级的态度基本吻合。他们对她的评价都很好，认为她有责任感、正义感，待人诚恳。"

两人都沉默了。

"鹤尾山搜山的申请批下来了吗？"

"还没。"

年轻警察不解地道:"看监控,她们应该已经离开鹤尾山了。为什么还要搜山呢?"

"监控只显示苏拉的车离开了鹤尾山,天黑下雨,驾驶员的脸都看不清楚。你怎么能确定杜荔娜和苏拉已经离开了鹤尾山?这个案子表面普通,里头的疑点还很多。"

年轻警察摆出虚心的姿态,请师父多解释一些。

年长警察道:"第一个疑点是动机。如果作案人是苏拉,这样做对她有什么好处?她和杜荔娜之间的矛盾发生在十二年前,这中间这么多年都没过报复行为,她自己的工作、生活也很成功,单纯泄愤,不符合苏拉的行为模式。如果是为钱,那么王子猷比苏拉的嫌疑更高。杜荔娜已经明确提出离婚了,他们有婚前协议,离婚后王子猷一分钱都拿不到。帮杜荔娜打离婚官司,更符合苏拉的利益。

"第二个疑点是手法。这个作案人的反侦察意识很强,手法娴熟,再加上下雨,杜家房子周围都没有留下什么打斗的痕迹。这么狡猾又心思缜密的人,怎么会把苏拉的车扔在鹤尾山公路入口这么显眼的地方?车上还有血迹,明摆着就是想让我们在第一时间发现。"

年轻警察看了一下手机:"血迹分析刚刚出来了,是杜荔娜的。"

"那就是了。这个手法,我觉得有点熟悉。"

"熟悉?"

"嗯,十二年前的那场车祸,肇事车辆弃置选取的位置,和车上留下的痕迹,都和这次非常相似。"

"可是,肇事者罗行不是潜逃出境了吗?不光是这一项罪名,他还背着走私、贩毒的罪名,通缉令一直挂着呢。难道罗行回国了?"

"十二年前,痕迹采集和分析的技术都比较落后,虽然锁定了罗行是犯罪嫌疑人,但车祸当场,两个女孩之间究竟发生了什么,一直没有结论。杜荔娜声称是苏拉推了她,而苏拉在第一次的询问记录里否认了这个指控,后来却没有再否认过。当然,杜荔娜有轻微的失忆症,她的记忆不一定准确。"

"师父您是怀疑,苏拉和罗行是一伙的?她才十八岁,能和毒贩子合谋?"

年长警察沉吟了一下,说:"这是一种可能。我和杜荔娜的心理咨询师讨论过,我们得出了一个新的可能性,一个让我更加担心的可能。

"也许十二年前,那两个女孩当中,真的有一个,推了另一个。"

2

杜荔娜的手脚被绳索紧紧捆着,眼睛也被蒙住了,嘴里塞着布,布料混着沙土和血腥的气味,令人反胃。整个后脑都弥漫着钝痛,像是枕着一个滚烫的针包。

醒来的最初十分钟,她的脑海里一片空白,想不起自己为什么会在这里,甚至分不清这是噩梦还是事实。

她尝试用舌头把布团往外顶，一顶就恶心，口腔僵硬得像打了麻醉剂。

这是在哪儿？为什么要绑着她？他们要对她做什么？就算这是梦，也太可怕了！

杜荔娜心里的恐惧变大，涌到喉头，又被堵嘴布压住，只发出涣散的咿唔声。

不远处，传来了类似的咿唔声。还有另一个人，另一个和她一样被绑架了的人！

她更努力地挣扎叫喊，对方也焦急地回应着，却都只是无意义的喊叫声。

过了一会儿，对方的声音消失了。

杜荔娜更害怕了。她下意识地认为，那也是个女孩。她为什么不出声？是被打晕了，还是……被杀了？

意识如冷冽的冰泉，渐渐沁入脑中，她想起来了。

杜荔娜是被从背后打晕的。当时，她告别了王家司机老丁，站在临南老宅门口，正在掏钥匙。

杜荔娜小时候，鹤尾山上也出过一起绑架案，一个富家女在家门口被绑架了，对方讨要了五百万赎金，但最后还是撕票了。那个案子成了她的童年阴影，杜宇风恐吓了她很长时间，让她乖乖听话，不准一个人出去乱跑。

她万万没想到，自己会在成年后遭遇同样的事情。

她抖如筛糠。为什么倒霉的总是她？老天爷就这么恨她吗？

这一定是梦，她醒过来，就躺在自己温软的床上，床头点着新买的小苍兰香薰蜡烛。

可是没有小苍兰。四面嗖嗖来风，很冷，有雨水敲打铁片的声音，还有窸窣的小动物活动的声音。

眼泪已经从眼缝里流出来，濡湿了蒙眼布。

别哭！要冷静！要分析！要活着！

你不是从前的杜荔娜了，你不要怕！

杜荔娜一边骂自己，一边抖得更厉害了。许多乱七八糟的念头同时冒出来，她正魂不守舍，蓦地，手被触碰了一下。

她险些从地上弹起来。

那人掐住她的手指尖，轻轻哼起歌来。

杜荔娜："……！"

刚开始，杜荔娜还觉得莫名其妙，不管是受害者还是罪犯，谁会在这时候哼歌呢？

但她马上就被那曲调吸引了注意力。这是……《一把小雨伞》。

"苏拉？"她发出的还是破碎的声音，但对方这次似乎听懂了，"嗯"了一声。

原来一起被绑架的人，还有苏拉。

苏拉把头放在杜荔娜的肩膀上，然后顺着手臂溜到她手边。杜荔娜会意地抓住递到手里的布料，两人合力，把苏拉嘴里和蒙眼的布料都扯了下来。

"娜娜，你身上有伤吗？"苏拉喘着气问。

杜荔娜摇摇头，忽然觉得庆幸又愧疚。她庆幸自己不是一个人，又为自己的庆幸感到愧疚。如果对方真的是为了要赎金而绑架她，那就是她连累了苏拉。

苏拉如法炮制，也取下了杜荔娜的蒙眼布和堵嘴布。两人对视了一眼，终于能够环视自己所处的环境了。

她们处在一个两百平方米左右的废弃小仓库里，建筑层高有五六米，有一扇厚厚的铁门和通往外间的小窗。仓库里亮着昏黄的灯，电线裸露在外面，显然是后接的，墙上净是受潮开裂的缝隙，周围歪倒着些失修的货架和线材，地上都是泥水。

绑她们的人不在房间里，透过小窗可以看到外间有人影走动，还有男人说话的声音。

苏拉低声问："你知道是谁绑的我们吗？"

杜荔娜摇头，把自己的经历说了一遍，然后问："你怎么也被绑了？"

苏拉说，她也是在抵达老宅下了车以后被袭击的。

比起杜荔娜，她更敏捷警觉，背后有风袭来的时候，她躲闪了一下，只被打到了肩膀。她回过头来，和那人打了个照面，只看见是个戴鸭舌帽和口罩的高大男人，看不清脸。

男人拿了一根铁棍，又占着先机，苏拉腿上中了一棍，就再无还手之力了。

杜荔娜闻言，吃惊地去看苏拉的腿。但见她左腿拖长在地上，不自然地扭曲着。她的身后有一条拖行的痕迹，显然刚才两人是被蒙着眼睛扔在房间的两头，是苏拉靠听声辨位慢慢挪到自己身边的。

"你的腿……"

"胫骨可能骨折了。"苏拉皱着眉，唇上带着牙齿咬出的血印。

杜荔娜忍不住哭起来："怎么会这样呢？鹤市不是治安很好的吗？"

"别哭了。再好的年代，也有坏人。"

苏拉直起身子，和杜荔娜背靠背坐起来，被捆绑的手尝试着去解开杜荔娜手上的绳子。杜荔娜看不见她的表情，只觉得她的声音拥有奇特的安抚人心的力量。

她怎么能这么冷静？

一个念头突然冒出来——会不会，苏拉是骗她的？她才是这件事背后的主使？

就像……当年的车祸？

她细思恐极，把自己吓得魂不附体，当下不敢再胡思乱想了。

"苏拉，你说他们图什么呢？"

苏拉摸索着杜荔娜手上的绳结，慢慢说："我们的衣服都穿得好好的，应该不是图色。要是图钱，也该和我们对话才是，不应该把我们一棍子打晕，扔在这里。"

前些年，鹤市有位富豪在停车场被绑架，也是被绑到一个空厂房里，两边交涉，花了几百斤黄金才赎出身来。

杜荔娜也想起了那个案子，登时打了个哆嗦。

半晌，她道："苏拉，如果一会儿他们要钱，不管要多少，我们都答应下来。钱我来出，保命最重要，好吗？"

苏拉沉默了一会儿，道："我只怕，他们不要钱。你约我来鹤尾山老宅，是临时决定的，对吧？"

"……是。"

"如果是要赎金，不会毫无准备，临时起意。"

"你是说……"

"除了你我，还有谁知道，我们要来鹤尾山？"

杜荔娜猛然一呆，不及回答，仓库的铁门突然嘎嘎作响。

门扇拉开，一个戴鸭舌帽和口罩的男人走了进来。

男人的面目被遮挡着，苏拉感觉很陌生，但杜荔娜一下子就认出了他。

事实上，他戴着帽子、蒙上口鼻的样子，她更加熟悉。因为，她每次从车辆的后视镜看见他，也是集中在眉毛到鼻尖的部分。

他们认识有三五年了，几乎每个月都见面，但交谈从不超过两句，她甚至不知道他是哪里人，年龄是三十还是四十，是单身还是已婚，为什么有志于从事这份工作，全名是什么。

他就像生活中一个固定的摆设，自然而然就在那里。

"他是王家的司机，老丁！"杜荔娜脱口而出。

老丁也很惊讶，他冷笑一声，索性把口罩扯了下来。

"既然你都认出来了，老子也就不藏着掖着了。"

老丁检查了一下两人手脚捆绑的绳索，确认都没有被挣脱，才放下心来。

"你们两个大小姐，还挺有本事，能自己把蒙眼布扯了。不过这也没用，知道这是什么地方？就算你们叫破了喉咙，也不会有人搭理你们。"

杜荔娜颤抖着往苏拉身后缩。

苏拉朝老丁身后看了一眼，外面很安静，应该没有其他人在。老丁刚才可能是在打电话。

他给谁打电话？

"老丁，你为什么要这么做？"杜荔娜问。

"当然是为了钱。"老丁懒懒地看了她一眼，突然一把抓住苏拉的衣领，把她拽到一旁的小桌前。

"你给我写两封信，要赎金的，王子猷一份，江世敏一份。"

他从口袋里掏出两张纸，一支原子笔。

苏拉问："你怎么不自己写？"

老丁劈手给了她一耳光:"让你写就写!"

苏拉的脸被打偏了,凌乱的长发将脸庞遮蔽起来,不知道伤成了什么样。

杜荔娜尖叫了一声:"你别打她!你要什么我们都可以给,只要别伤害我们。苏拉,你听话!"

苏拉抬起头,瞪着老丁说:"松开我的手,我写。"

"臭娘儿们,你别耍花样。"

老丁拿出一把水果刀,把苏拉手上的绳子割断,又把笔塞到她手里。

"我说,你写!"

苏拉巴着桌子腿,努力往上够着信纸,老丁骂道:"大律师还不会写信?坐起来写!"

苏拉指指自己的腿:"我站不起来,腿被你打断了,你忘了?"

老丁愣了一下,旋即面现恼怒,把她揪起来往椅子上一塞:"你就写,王子猷,杜荔娜在我手上,限你二十四小时内送一千万现金过来,否则我就撕票。"

苏拉只写了三个字,就停了笔,皱眉道:"这么大的取现金额,银行一般都要求预约,二十四小时内他不可能取得到。就算取到了,钞票都有序列号,可以追查到来源,你敢用?"

老丁愣了一下,改口道:"那就要黄金,给他四十八小时,折算成金条取。"

"根据现在的黄金市价,一千万折合大约四十公斤黄金,现货更难取到,你至少要给他们一周时间。四十公斤黄金,一个人根本拿不动,交货地址在哪儿?"

老丁反手又抽了苏拉一巴掌:"臭娘儿们,哪来那么多废话?"

苏拉摸了摸红肿的脸颊,心想,只要她不死,总是要打回来的。

她冷笑道:"你根本没打算拿这一千万,你不是为了钱。"

"你说什么?"

"你只是想骗我写这两封信,把绑架的事赖在我身上,再杀了我们俩,做成事故的样子。也许……"她环视周围,"这个地方已经很老旧了,雨天受力坍塌,也是很寻常的事。尸体伤痕多,更容易蒙混过关。"

老丁惊惧地望着苏拉。这女的,怎么这么机灵?

苏拉安抚地看一眼杜荔娜,又转过头来,凛然望着老丁,说:"老丁,我以前不认识你,娜娜应该跟你也不熟。我们之间有什么仇、什么怨,你为什么要杀我们?"

老丁被她的目光逼退了一步,半晌,阴恻恻地笑起来。

"你们已经多活了十二年!十二年前,你们两个臭丫头,就都该死!"

苏拉捂着脸,一字一顿地问:"你是罗行吗?"

在十二年前的车祸调查中,警察给苏拉看过嫌疑人罗行的照片。

警察说,那天晚上罗行应该是上鹤尾山送货的。他常年流窜于境内外,是一条跨境走私链条里关键的一环，走私的货品里有奢侈红酒、手机，还有一些夜总会和酒吧里惯用的新型毒品，如××丸、××茶之类。

也许他是喝了点酒，甚至可能是自己吸食了毒品，才会导致在山道上疾行发生了事故。

罗行此前的犯罪行为都比较隐蔽，正是通过这次车祸，警察把他的生物信息和其他案件综合比对，加上苏拉和王子猷提供的目击信息，才锁定了他的身份，只是实施抓捕的时候，罗行已经潜逃出境了。

"你是罗行吗？"

老丁错愕地瞪着苏拉："你还记得这个名字？"

他没有否认。

苏拉问："你整容了？"

眼前的老丁，年龄、身高都和罗行差不多，但相貌完全不同。她隐约记得，罗行是个宽腮塌鼻的人，老丁却是高鼻梁、窄下巴，人中长得吓人，仔细看，确实有一丝不自然。

苏拉的质问如同连珠炮，带着点工作中的惯性："就算你是罗行，当年是你交通肇事撞的我们，也该是我们向你寻仇，你凭什么跟我们寻仇？"

"要不是因为你们，老子需要躲在国外这么多年？你知道整容多受罪？"老丁吼道。

"那你干吗回来？留在国外不好吗？是钱不够用了，回来找人？"

老丁倏然安静了。他一把抓起苏拉的长发，倒拎起来："你跟老子在这儿聊天呢？"

苏拉疼得眼睛泛红，嘴角淌着血，却不肯叫出声。老丁看得生气，一脚踢在她的伤腿上："你不写也行，我现在就结果了你！"

杜荔娜哭起来，说："苏拉你别说了，他让你写什么，你就写吧！"

苏拉咬着牙，道："我写。"

她艰难地爬回椅子上，老丁扶了她一把，她才坐稳，然后，在纸上书写起来。

老丁凑近去看她写的内容，忽然道："这个不对。"

"怎么不对？"

"撕票的撕不是这么写的。"

"就是这么写的！"苏拉固执地道。

老丁用手里的刀指着纸面，道："你别以为我没上过学，这个'撕'是有提手旁的，你写错了。"

"我没写吗？"苏拉似乎愣了一下。

老丁便有些得意，说："你就是写错了。"

"哦……"苏拉这样说着，骤然低头，一口咬在了老丁拿刀的手上。

老丁正专注在那个错别字上，一时不防，吃痛松手，刀便落在了桌上。

苏拉眼疾手快，一把抓起水果刀，朝杜荔娜扔过去，自己借着那条未受伤的腿的力气，一撑桌面，跳到老丁背上，毫不手软地把原子笔插进了老丁的右眼。

老丁发出了恐怖的惨叫声，把杜荔娜吓得浑身僵硬。

"娜娜，割断绳子，跑！"苏拉大喊。

杜荔娜猛然惊醒。

鲜血从老丁的眼眶里涌出来，另一只眼睛也被苏拉遮挡，他像只无头苍蝇，一边号叫，一边背着苏拉在屋里乱撞。苏拉则紧紧箍住他的脖子，死命把原子笔插得更深。

两厢角力，达成了一个令人心惊胆战的平衡。

这时，杜荔娜摸到了水果刀，她先把脚上的绳子割开，手却还绑着，没法自己割开。

她只好拿着刀，颤抖着靠近老丁和苏拉，可他们紧紧纠缠在一起，杜荔娜根本不知道该从哪里下手。

而这时，苏拉被老丁狠狠地撞在货架上，脱力掉了下来。

老丁狠狠咒骂一声，一脚把杜荔娜手上的刀踢掉，伸手去抓她。疼痛令他视野模糊，动作慢了不少。

杜荔娜大喊着在室内躲闪，瞅了个空，要去打开铁门，又被老丁抓住了后领拖回来。

她吓得拼命尖叫："别杀我！别杀我！"

"噗"的一声，后领上的禁锢放松了。

杜荔娜回过头来，只见老丁跌坐在地上，双手捂着大腿，鲜血从指缝里直往外冒。

"别动。"苏拉手里拿着水果刀，半撑起身子，"你最好别动。你腿上的大动脉被我割破了，越动，死得越快。"

老丁的脸迅速变得惨白，他瞪着苏拉手里的刀，向后缩了缩，又故作镇静："小丫头片子，还敢玩刀？"

苏拉的手、脸和刀刃上都沾满了鲜血，她朝老丁咧开白牙："十五岁的时候，我也有这么一把刀。那时候，我做梦都想割掉一个人的手。"

"今天我横竖都是正当防卫，你动一动试试，我割你一只手，也算圆了一个念想。"

老丁望着她狰狞阴森的脸，忽然觉得，她并没有虚张声势。这女的是个狠货，刚才对他眼睛那一下，一般人来不了。

改换身份回国的这些年，老丁没再过过刀口上舔血的生活，加上年纪大了，早年的狠辣减了不少，竟然真的怕死起来。

他大腿和右眼汩汩地往外流血，四肢逐渐麻木冰冷，心里渐渐发怵。他用仅剩的一只眼瞪着苏拉，一点一点后退到墙角。

苏拉身上的气势未减。老丁还没有完全失去行动力，只要她们有一点点示弱，他立刻就会反扑。

杜荔娜跪在她身边："苏拉，我们走！"

苏拉摇头："我的腿这样，走不了。"

"我背你走！"

"你的腿脚也就那样。"苏拉竟然还有心思嘲讽她。

"他刚才在外面打电话，肯定是有同伙，我们俩一起跑，不一定跑得掉。你出去就朝灯光跑，找到电话先报警，让警察来救我。"

杜荔娜的眼泪滴在手背上，但她知道，苏拉说得对。她抹一把脸，硬声说："好，我去找警察。"

拉开铁门，外间果然没有人。杜荔娜回过头来："苏拉，你一定要撑住，我一定会回来救你的。"

苏拉的目光还是牢牢地锁定着老丁，嘴角扯了扯："我相信你。"

杜荔娜的脚步声渐渐远去，苏拉的肩膀松弛下来，双眼还是牢牢盯着老丁。

"现在，就剩我们俩了，告诉我，你的同伙是谁？"

老丁一愣。

苏拉道："我的腿不是你打断的，一开始绑架我们的，另有其人。这个人我们认识，所以他不敢露脸。对吗？你都这样了，他还不出现，你真的要等死吗？真的要为了保护他，送掉自己的命？"

老丁的脸白得像纸，他捡起条绳子，在大腿伤口上方紧扎，但血流并未止住。

于是他哆哆嗦嗦地从口袋里掏出个手机，拨通了，说："跑了一个，我受伤了，你快来救我，要不，我现在就把你的事说出去。"

杜荔娜跑出仓库的时候，雨仍然下着，天色昏晦，乌云密布，顷刻间，她就被淋得湿透了。

东方已经浮出了鱼肚白，她在密布的雨幕中隐约看出，这是个荒僻的厂区，一面是山，另一面是荒草和稀稀拉拉的农民房，但房子里都没有灯光，墙面上刷着大大的"拆"字。

她判断不出这是哪条路，但隐约觉得，这里应该就是鹤尾山的脚下。

她记得临南工业园附近有连片的废旧厂房和违规建筑，是要和临南一起拆除重建的，自己很可能就在其中的一座里面。

作为一个现代人，离开了手机，四下无人，杜荔娜简直寸步难行。

她拼命地告诫自己，要冷静，要思考，不能慌乱，她身上不仅系着自己的命，还系着苏拉的命。终于，她看见了远处亮着的路灯。地上坑坑洼洼，到处都是积水。她拖起因旧伤而僵硬的右腿，一瘸一拐地朝那灯光跑去。

只跑到一半，一辆灰色轿车就在她身后停了下来。

杜荔娜扑过去敲着驾驶员的窗门："师傅，救命！"

车窗缓缓摇下,露出一张她并不陌生的脸。

"娜娜?"

杜荔娜愣住了:"大哥?"

王子谦也震惊地回望她:"娜娜,真的是你吗?子猷都报警了,全家人都在帮着找人,他们都在山上,我才刚到这里。"

他下了车,双手紧抓住杜荔娜的肩膀说:"别怕,大哥找到你了。"

"是老丁!他整了容,他原来就是罗行!苏拉还在他手里,快叫警察去救她!"杜荔娜激动地喊。

王子谦连连答应,把杜荔娜塞进车里,系上安全带,自己才回到驾驶位。他从手套箱里拿出包纸巾,递给杜荔娜擦干,自己拿出手机拨号。

"喂?李警官?我找到娜娜了,就在鹤尾山脚下。她说绑架她的是司机老丁,他整容了,对,假身份……苏律师还被他控制着。"

杜荔娜坐在副驾驶位里,呼吸急促,劫后余生的庆幸从骨头缝里一点点冒出来,却不知为何,落不到实地。

"啊,你们多久才能过来?还要二十分钟?"

王子谦挂了电话,车内顿时安静下来,只剩下雨打玻璃的声音,以及两人急促的呼吸声。

在空调的凉风里,潮湿的皮肤起了一串疙瘩,杜荔娜猛然打了个冷战。

她转过头去看王子谦。

王子谦接触到她的目光,笑了一下:"娜娜,警察没有这么快到。你说苏拉还在老丁手里?在哪儿?你带我去,我们先去救她。"

眼泪从杜荔娜的眼眶里流出来,和脸上的雨水混杂在一起,她的身子抑制不住地颤抖,牙齿也咯咯作响,像是吓傻了一般。

王子谦敛去眼底的一丝不耐,安抚地拍拍她的手臂:"别慌别慌,你慢慢说。"

杜荔娜剧烈地喘息着,情绪终于平缓下来后,道:"他们在……就那边两百米,有个仓库……"

灰色轿车在废旧仓库的门口停下。王子谦先下了车,又从另一边把杜荔娜扶下来。

"娜娜,我不放心你留在车上。你跟我一起进去,就躲在我后面。"

杜荔娜低头看他的手。不知道什么时候,他戴上了手套。

她抖得更厉害了,但还是点了点头。

王子谦抓着她的手臂,走进了仓库。

铁门开着,他们进到里间,发现苏拉昏倒在地,已经失去了意识。老丁倚在墙角,姿势和杜荔娜离开前一样,满脸血污,一只眼睛已经成了血窟窿,另一只圆睁着,身下积了一大摊血。

杜荔娜扑过去检查苏拉的情况,发现她还有气息,才松了口气。

手上突觉濡热,她抬起手,手上都是黏稠的血。

"苏拉!"她哭着摇晃苏拉,苏拉的眼睛缓缓睁开,无力地看了她一眼。

王子谦来到老丁身边,褪下一只手套,探了探他的鼻息。老丁仅剩的那只眼珠剧烈地转动起来。

王子谦面无表情地把手套戴回去,转过身,看见杜荔娜把苏拉放下,在四周翻找。

"娜娜,你在找什么?"

杜荔娜僵住了,机械般缓缓转过头,瞪着他。

"在找这个吗?"王子谦的眼镜片反射着灯光,从背后拿出一把水果刀。

那是杜荔娜在离开之前,被苏拉握在手里的水果刀。

然后,王子谦把水果刀直直插进了老丁的心脏。

3

西山公安分局的讯问室内。

王子猷坐在两名办案警察面前,急道:"我知道的线索都已经告诉你们了!你们现在应该做的是把江世敏抓过来,这事肯定跟她也脱不了干系。去搜山,地毯式搜索,有多少成本我来承担!"

两名警察对看了一眼。

年轻警察说:"我们已经完成布控,也有现场同事展开搜索了。现在有一个新的情况要跟你核对。"

"什么情况?"

"你大哥的司机,丁利,你了解吗?"

王子猷愣了一下,怒道:"老丁跟了我大哥四五年,很多家里的事都交给他去办,不会有问题。我大嫂不是把行车记录仪的录像都发过来了吗?老丁送了娜娜以后,就开车下山了。"

"没错。但是行车记录仪只记录到丁利离开鹤尾山,再后面的记录就没有了。我们联系丁利,他一直处于关机状态。"

"那又能说明什么呢?"王子猷不耐烦地道,"你们应该赶紧去查苏拉的行踪,去找江世敏,反过来查我们家干什么?"

年长警察拍了拍年轻警察的肩膀,接过了话头:"王先生,丁利的身份是东南亚华侨,五年前入境,一直在你大哥手下当司机。我们的技术人员把丁利的相貌和十二年前车祸肇事者罗行的照片做了交叉比对识别,基本确定,他们是同一个人。"

王子猷呆住了。良久,他才找回自己的声音:"你们是说,丁利……罗行整了容,回到国内,潜伏在我们家,伺机报复?他和苏拉,是同伙?"

"这个我们还不能确定。"

年长警察突然话头一转:"你的侄子侄女,现在在哪里上学?"

王子猷觉得莫名其妙,但他还是答道:"大的在西山小学,小的在西山幼儿园。"

于慧提过要送他们去国际学校,但王子谦不喜欢国际学校的教育体系,认为孩子小的时候还是应该接受国内的基础教育,就像他自己一样。

"这和娜娜的失踪,有什么关系吗?"

"我们询问了保姆,前天晚上,你大哥大嫂大吵了一架。半夜,你大嫂打了一个跨国电话,咨询洛杉矶一所特许私立学校的入学要求,包括和国内教育经历的接驳问题。昨天晚上,你报警后不久,你大嫂就带着两个孩子,上了飞往洛杉矶的飞机,现在已经离境了。"

王子猷:"……"

"王先生,你大哥王子谦,现在在哪里?"

王子谦从老丁的尸体上拔出刀,来到杜荔娜和苏拉中间。

"娜娜,你从在车上就开始怀疑我了,对不对?好奇问一句,我是哪里出了纰漏?"

杜荔娜剧烈喘息着,心脏几乎要从喉咙里跳出来。

"你的手机,不是你平常用的那个。而且……你报警的时候,根本没拨号,那边没有声音。"

她坐在王子谦车上的时候,就知道自己根本没逃出死神的手指缝。可她的腿脚不好,根本跑不过王子谦,如果让他看出来了,说不定当场就会被杀。她只好配合他演戏装傻。

一路上她都在想,该怎么做才能智取,才能活命。

她想着苏拉手上至少有刀,回来了,她们还能自卫。可没想到,苏拉早一步被打晕了,刀也到了王子谦手里。

"大哥,"她颤声说,"一切还没到不可挽回的地步。想想你的两个孩子,想想大嫂!我不知道你为什么这么做,可是,为了他们,回头是岸啊!"

"你在说什么?"王子谦愣了一下,忽然大笑,"你是真的不明白我为什么这么干啊?"

他的眼睛里有什么东西亮了一下,旋即又隐去了。

"我这么做,就是为了保护我的家人。娜娜,就算你现在还没想起来,以后也会想起来的。我冒不起这个风险。"

他叹了口气,弯腰把苏拉拎起来,把水果刀架在她的脖子上:"你的好姐妹现在还有口气。如果你想让她多活几分钟,就现在过去,写一封遗书。"

"遗书?"

"对,写你被罗行和苏拉绑架,他们两个分赃不匀起了内讧,苏拉杀了罗行,你又杀了苏拉。你很绝望,所以决定自杀。"

杜荔娜哭起来："大哥，你行行好，我根本不知道发生了什么，苏拉也不知道。你放下刀，送我们去医院，我保证一个字都不跟警察说，所有的坏事都是罗行干的，好不好？"

"你都要跟子猷离婚了，还会帮我隐瞒这些吗？娜娜，听话，大哥也是没办法，这样对大家都好。"

"大哥！你做这些事，子猷都知道吗？我死了，子猷不会难过吗？"

"兄弟如手足，女人如衣服，男子汉大丈夫有什么过不去的？"

王子谦不耐烦起来，水果刀倏地倒转，划过苏拉的手臂。苏拉闷哼了一声，手臂上留下了一道深深的血痕。

杜荔娜愤怒地尖叫。

王子谦道："我时间不多。你不写，我就每十秒割她一刀，让她死得比任何人都痛苦。你抓紧时间。"

杜荔娜绝望地呻吟了一声："我写，我写。"

桌子上的信纸早就染了血，也不知是谁的血。

"没有笔，怎么写？"之前那支原子笔，被苏拉插进了老丁的眼睛。

王子谦骂了一句，腾出只手，从口袋里掏出支钢笔扔过去。

钢笔上沾着苏拉的血，杜荔娜忍着反胃，把笔捡起来。她写：

　　苏拉和罗行绑架我。

　　苏拉杀了罗行。

　　我杀了苏拉。

　　我活不下去了。

就在这荒诞又绝望的场景里，杜荔娜突然觉得可笑。

"大哥，你真觉得，这样就能逃过法律的制裁吗？现在不是十二年前了，公安局的技术很发达，就算我们死了，他们也一定会查出真相的。"

"你少废话！快写！"王子谦已经拿掉了儒雅谦和高知总裁的面具，平日一丝不苟的头发被雨水浇湿，眼镜上沾着血，双目通红，透着野兽般的癫狂。

杜荔娜遂不敢再说话了。

就在这时，她听到了苏拉的声音："娜娜，你已经救过一次我的命了，够了……"

王子谦狠狠地摇晃苏拉："你别说话！"

苏拉无视他的警告："对不起。娜娜，要好好活着啊。"

杜荔娜骇然地回头看她："你说什么？"

这是什么意思？她什么时候救过苏拉的命？

她瞪着苏拉，苏拉也努力看着她。苏拉的脸是肿胀的，身上的伤口都在渗血，脖子被王子谦紧紧箍着,她却咧开了嘴,神经质地笑了。血水泡沫一样从她的嘴角流出来。

她不想让苏拉死。

蓦地,一个响雷劈落:"嘭!"

杜荔娜脑中如遭重击。记忆如陌生又熟悉的潮水,山呼海啸般冲垮她自我虚构的认知堤坝。

她想起来了。

十二年前那个下雨的夜晚,她也是这样,浑身湿透着,站在雨地里。苏拉站在她对面,两人激烈地争吵着,为了一些莫名其妙的事。

那些事情,她们年少时看得比什么都重要,后来却发现,在漫长的一生中,实在是微不足道的。

车灯穿过雨幕,从苏拉的背后照来。苏拉没有注意,她情绪激动,只顾着宣泄长久被压抑的嫉妒和怨恨。

但杜荔娜看见了。

灯光眩晕了杜荔娜的视线,把苏拉身体的轮廓照得明亮。车速快得让人来不及反应,杜荔娜根本无法出声提醒,只得狠狠把苏拉往旁边一推。

水光交映中,苏拉惊恐的脸庞逐渐远离,她跌倒在路肩上。

嘭!杜荔娜像一只被雨水打湿的纸鸢,脱手飞起,又缓缓坠落。

在那个夜晚,两个女孩的命运一齐改变。其中一个,狠狠推了另外一个,却不是将她推入车轮,而是推向生的希望。

推人的那个,失去了健康的双腿,在绝望中不知该仇恨谁,潜意识里,将自己的全部悲剧归咎于另一个人;而被推的那个,以为终于实现了报复,世界却回报她超乎寻常的善良。

她们遂带着各自的伤痕,尝着各自的悲欢,踏上满布荆棘的前路。

4

雨水猛烈地冲击仓库的屋顶,屋顶的铁皮因共振嗡嗡直响,生锈的铁架嘎吱嘎吱地互相撞击着。

哗!

屋顶的一角塌陷出一条裂缝,大量积水沿着裂缝浇了进来,呼啦啦冲倒了一片破铁网。

王子谦愣了一下,抬头去看那裂口。就在这电光石火之间,苏拉猛然低头,弯膝下滑,左手攥拳,将一根沾满红白液体的尖锐长物,朝背后的王子谦脸上刺去!

是那支她曾插进老丁右眼,又拔出来藏在手心的原子笔。

奈何她身上受了许多伤，动作也迟钝了许多。王子谦察觉了她的故技重施，左手准确地抓住了原子笔，用力一拧，笔从苏拉的手中松脱出来。

但也因此，苏拉从他手臂的钳制中滑落，扑倒在地，只是下颌被刀刃划伤，留下一道血口。

王子谦红着眼去抓苏拉，水果刀森森向前，让出了背后的通路。

仓库的铁门洞开着，苏拉反抓住王子谦握刀的手，大喊："跑！"

杜荔娜从小桌旁跃了起来。

她从来都不是懦夫，她不能再逃避。她不再考虑过去，不再考虑未来，不再考虑生死，她的所有注意力都集中在当下，集中在王子谦身上。

拳击教练莫兰的声音似乎在她耳边回响：注意力集中，抛除所有杂念，你就把前面这个人，当作你这辈子最大的仇人……

杜荔娜核心收紧，左脚踏前，右脚旋踵，狠狠出拳——拳面击中了王子谦的颧骨——力量有限，但打偏了他的脸，黑框眼镜从他的鼻梁上滑落下来。

王子谦错愕了。

他从没想过杜荔娜会出手反抗。她是这样蠢笨的女人，空有一张好看的脸，遇上事只会神经错乱地哭泣。倘若不是弟弟喜欢她，王子谦也不会等到今天才狠心结束这个麻烦。

她怎么可能会反抗呢？

王子谦不是职业的罪犯，他养尊处优多年，最激烈的体力对抗活动也不过是公司里的篮球友谊赛。眼镜滑落的瞬间，他眼前一片模糊，下意识低头去找眼镜。

杜荔娜瞅准时机，用力朝他撞过去，而同时，苏拉也松开了抢夺水果刀的手。王子谦身体失衡，跟跟跄跄地后退了几步，身子已退出了房间的门。

苏拉和杜荔娜再对视了一眼，无须多言就心领神会。杜荔娜扑上去，一把关上铁门，苏拉眼疾手快地拉下门闩，把王子谦反锁在门外。

王子谦瞪着紧闭的铁门，愣了几秒，破口咒骂起来。

门内，苏拉虚脱地瘫倒在地。

杜荔娜喘了口气，连忙检查苏拉身上的伤口，下颌的伤口不深，手臂上的伤却流血不止。

泪水模糊了她的双眼："苏拉，别怕，我一定会保护你的！"

苏拉无力地合上眼，嘴角却勾了一下："我知道。"

王子谦咣咣撞了几次门，没有撞开，隔着铁门叫骂："你们别以为躲在里面有用！她伤得不轻，一直失血，我们看谁耗得过谁！"

雨势渐弱，踩水的脚步声响起。王子谦似乎绕着仓库走远了，是去寻找新的入口了。

杜荔娜慌了。虽然要费一番功夫，但王子谦完全可以从窗户或者屋顶的破洞进来。

这时,她听见苏拉哑着嗓子说:"老丁的裤兜里有手机……打电话报警!"

这一场罕见的冬季暴雨,不仅冲垮了废旧仓库的屋顶,也冲坏了苏海飞居住的简易活动板房的配电设备,整座板房都没电了。

上一份工作丢了以后,苏海飞好不容易才找到新工作。还是当保安,但这次,是看管一片废弃待拆迁的老厂房。

他住的活动板房条件很差,方圆两公里遇不上一个人,工资也低得要命。工作守则要求,每天至少巡逻厂区两次,但实际上他是懒得管的,上头的主管也懒得问。反正房子快拆了,里头没什么值钱的东西,连小偷也懒得光顾。

苏海飞刚上班不久,每天的安排就是躺在活动板房里看美女直播,或者在网上打扑克赌点钱。今天他本来也打算这么过,可是三更半夜的,板房突然停电了。

直播里脸白胸大的美女搔首弄姿,嘴上叫着情哥哥,苏海飞的手机快没电了,急得上蹿下跳,只好打了伞,跑到废弃厂区里,找还能通电的地方。

终于被他找到了一间,他窝在窗台上,一边插着手机充电,一边给美女刷火箭。

天亮的时候,苏海飞听见了汽车声。他趴在窗户沿看,果然看见一辆银灰色的轿车驶过。

这就奇怪了。下这么大的雨,就算是主管突击检查,也不该在这时候来。苏海飞起了疑心,偷偷跟了上去。他不敢跟近,拐过两个路口,才看见那辆轿车停在了一个最偏僻的仓库旁。

车里的人下了车,进了仓库,好像还是一男一女。

啧,莫不是一对野鸳鸯跑到这儿来偷情?

他悄无声息地摸到轿车旁,试了一下车门,竟然没有锁!车钥匙还插在车上呢。

开这么好的车,车上说不定有值钱的东西。苏海飞大喜过望。他当了一辈子保安,也幻想过击败歹徒、见义勇为,但从未有过这样的机会。

他知道自己胆小,年轻的时候,毛纺厂工人偷公家的东西,他都不敢阻拦。他弟弟苏海跃倒是勇敢,为救落水儿童牺牲自己,可又落着什么好处了呢?政府给了表彰,发了点钱,还不够塞牙缝。

苏海飞轻手轻脚地开了车门坐进去,打开手套箱翻找。果然,他毫不费力地找到了一个黑色的腰包。

拉开拉链的一瞬间,苏海飞惊呆了。腰包里,整整齐齐地躺着两摞钱,一摞粉红色,是人民币,一摞绿色,上面是英文字母,可能就是传说中的美元?

看厚度,人民币至少有两万块钱,美元肯定更多。

除了钱,还有一本小红本,苏海飞翻开一看,都是弯弯曲曲的蚯蚓文和英文,还贴着照片。

这时,不知从哪里传来了声响,苏海飞吓了一跳,把人民币钞票和小红本一起往裤兜里一揣，火速拉好包链，放回手套箱，就溜下了车。

他跑出十几米，迎面撞上从屋后绕过来的一个人。

那人大喝一声："你干什么？"

苏海飞一看，正是那小红本照片上的人，下雨天戴个鸭舌帽，穿一身黑，怪里怪气的，长得倒是人模狗样。

他索性反咬一口："我是这一片的保安，这片都归我管。你又是干吗的？怎么进来的？"

那人眯了眯眼，道："跟你们领导打过招呼了，有问题找他。"

苏海飞啐地上一口："没人跟我打过招呼。我不管，你带着你的女人，赶紧走，走……"

他用手指往来人脸上戳，还没碰到，陡然看清，对方胸口和脸上都沾着暗红色的液体，戴着手套，还拿着把沾血的水果刀。

苏海飞吓得腿肚子发抖，倒退几步，道："我就随便问问，您忙您忙……"

来人眸中蓦然闪现狠意，扬起手里的刀就朝他刺过来。苏海飞吓得魂飞魄散，举手格挡，水果刀从他左掌心插了进去，又从手背穿透出来。

视觉的冲击和手掌的疼痛延迟了三秒才到达大脑，苏海飞杀猪般惨叫起来。

对方要拔刀，那刀刃却卡在掌骨中拔不出来。

这时仓库里传来女人的喊声："王子谦，我已经报警了，警察马上到，你现在跑还来得及！"

王子谦身躯一震，冷冷地看了苏海飞一眼，当下竟松了手，把刀留在了苏海飞手上。

他果断地掉头上了轿车，车辆启动，在细雨里转了个弯，就消失在雨幕中。

苏海飞抱着手，坐在地上，痛得鬼哭狼嚎："你有本事别走啊！等警察来，老子让你把牢底坐穿！"

王子谦一路加速，闯了好几个红灯。抵达口岸出境检查站的时候，刚过去十分钟。他把车停在停车场，深呼吸了几次，在脑中重新梳理逃跑计划。

还来得及。

于慧和孩子应该已经出境了。就算没有，他的事对他们的影响也不大。假身份多年前就准备下了，只待此刻。护照是真的，名字叫唐书义，印尼华侨，来鹤市做生意。现在警察忙着排查王子谦这个名字，短时间内查不到唐书义头上。

他的计划是，先过境香港，取道泰国，然后转加拿大。

他取下帽子，对着后视镜梳理了头发，擦干脸上的血，脱掉罩衫和手套，换上早就备好的牛仔外套，从手套箱里取出腰包，再戴上墨镜。现在，他看起来像一个彻头彻尾的南洋华人。

他用英文礼貌地问询口岸的工作人员，工作人员遂指引他去外国人过境的通道。

347

快到闸口的时候，王子谦拉开腰包拉链，准备扫码——

人民币和护照都不见了，只有一沓美元。

王子谦的大脑蓦地一片空白。是那个鬼鬼祟祟的保安！

不过一分钟，出境大厅的入口人影涌动，几个口岸执行警察排开人流奔了过来。

王子谦绝望地吼了一声，朝自动闸口冲过去。其他排队出境的外国人惊慌地让开，但自动闸口就像一个铁面无私的官员，无情地阻挡了他。

还没碰到闸门，王子谦就被后面上来的两名警察按倒了。

素来风度翩翩的京岚集团董事长、杰出青年企业家发出了野兽般的咆哮，颧骨被重重压在了冰冷的地砖上。而回应他的，只有一声清脆的手铐声。

5

苏拉做了一个很长很长的梦。

她先是梦到了爸爸。

苏海跃一脚踩在自行车上，一脚着地，低下头，刮了一下她的鼻梁，就骑上车子，飞也似的走了。

她又梦到了妈妈。

江世敏是坐火车走的，她嘴上说是离开一段时间，但事实上，从未回来过。

她梦到了吴小霞。

吴小霞在躲什么人，跑得很急，跑啊跑啊，就不知道跑到哪儿去了。

然后是杜荔娜。

杜荔娜和她吵了一路，两人冲对方咆哮，骂骂咧咧地分开了。

再后来，是叶深。

叶老师握着她的手，陪她走了一段，她真美啊，浑身金亮亮的，沾满了凤凰花，忽然一阵风吹来，她留下了她的香气和光影，身体却消失不见了。

她坐在一个巨大的天平上，一边是自己，一边是冰冷的银色砝码，大的、小的，排列组合像最烧脑的数学题，怎么称也称不准。

砝码突然消失，天平的一端坠下，苏拉掉了下来。

再也没有人来了，她也走不动了。她立在原地，不动，不笑，不哭。

海水从她的身体里穿过，魔鬼鱼的翅膀拍打她的脸，蓝的风和绿的风，把珊瑚丛林的消息捎给她，又带走。太阳出来了，晒得她喉咙干渴得难受。她抱着根浮木，漂在茫茫大海上，不敢喝下海水，只得嚯嚯地发出难听的声音。

"张嘴。"一只雪白的小海兔在她耳边轻轻地说。

清冽的淡水渗了进来。

另一个声音兴奋地道："喝进去了！"

傻呵呵的魔鬼鱼又开始用翅膀拍她的脸，拍了她一脸水珠子。

海里的杰克鱼风暴涌了过来，七嘴八舌地吵闹着，小丑鱼从珊瑚洞里蹿进蹿出，中间极不协调地掠过一只大海龟，缓缓地看她一眼，又移开了目光。

两只蓝环章鱼无声地游了过来，带起一串水流，其他鱼遂一齐游远了。五彩斑斓的奇景缓缓褪色，归于沉寂。

终于，苏拉听见了自己沉重的呼吸声，她睁开了眼睛。

第一眼看到的是杜荔娜。她坐在苏拉左手边，虚弱地倚靠在轮椅内，疲倦的面容带着些病态的美感，像一只脆弱又坚强的小海兔。

屋子里真亮啊，蓝色的墙，绿色的帘子。床尾，两名穿着蓝色制服的警察严肃地望着她。

"苏律师，你终于醒了。"

年长的警察代表两人做了自我介绍，他们都姓李，可以称他们老李和小李。

"你现在意识清醒吗？能说话吗？"

苏拉咽了口口水，嗓子像是堵塞的沙窟，动弹不得。她尝试了两次，终于发出了干哑的声音："可以。"

杜荔娜握住苏拉的手，道："我们准备好了。"

被营救下来的时候，杜荔娜因为惊吓过度发了高烧，昏睡了六小时才醒过来。她受的都是皮肉伤，输上液，很快就退了烧。苏拉失血太多，腿上的骨伤也很重，还有轻微的脑震荡，睡了一夜才醒。

在来医院之前，两名刑警已经分别审讯了王家兄弟，没有撬出太多有用的信息。

王子猷是单纯的震惊，他对警察所说的通通无法接受，只一个劲地要求见杜荔娜和王子谦。

而王子谦，翻来覆去就那么几句话。

老丁的身份他不知情。

遇到杜荔娜，是找人的时候，偶然碰上的。

杀老丁、捅伤苏海飞、伤害苏拉，都是为了正当防卫。他以为他们三个都是绑架犯，是一伙的。

他没打算伤害杜荔娜。之所以逃跑，是他发现苏拉和杜荔娜打算把绑架的事赖在他头上。至于她们为什么要诬赖他，他不清楚。

王子谦足智多谋、心志坚定，他的辩解虽然牵强，一时间却也无法戳穿。在犯罪现场、车辆上采集的证据也还在分析中，两名警官遂中止了审讯。

老李警官看着苏拉和杜荔娜，说："如果找不到有效的突破口，仅凭现有的证据，可能不足以给王子谦定罪。"

杜荔娜满脸悲愤，道："他拿着刀，当着我的面刺伤了苏拉，逼我写自杀的遗书。这还不算证据？"

老李警官摇摇头："我相信你们说的都是真的。但抓住坏人不是实现正义的终结，只是一个起点。要定他的罪，需要建立完整的证据链，每个细节都要经得住法庭上的质疑。苏律师，这一点你应该很清楚。"

"嗯。"苏拉用上全身的力气，回握了一下杜荔娜的手。杜荔娜把苏拉的手握得更紧了，眼泪濡湿了她的长睫。

"现在最大的疑点，是王子谦的动机。"小李警官比他师父的语气更柔和，接话道，"一开始，我们觉得他是为财。王家常年垂涎一帆集团的经营权，十二年前的车祸，可能就是罗行和王子谦一起策划的。现在杜小姐提出离婚，打破了王家吞并一帆的希望，他们才铤而走险。"

杜荔娜低头不语，苏拉则皱起了眉。

老李警官留意地观察着她们，说："但是，这个逻辑，放在别人身上也许成立，放在王子谦身上，不合理。他智商高，心思深沉，也懂法，熟悉商场上的各种灰色手段。如果单纯是为财，没必要用这么迂回又高风险的方式。何况，除掉你们，一帆还有江总裁，王家并不能一手遮天。

"所以我们认为，关键点还是在你们身上。苏律师、杜小姐，请你们再仔细回想一下王子谦和罗行说过的话、做的事，还有案件发生前所有的可疑情况。我们理解这件案子涉及商业机密和家庭隐私，但是，任何细节对理清案情都非常重要。"

这也许是她们一生中最恐怖痛苦的回忆，但她们必须强迫自己回想。

杜荔娜的双肩微微颤抖，依然不说话。

苏拉的目光在杜荔娜脸上掠过，沙哑地开口了："李警官，能不能让我们单独……"

"当然可以。"

老李警官朝徒弟使了个眼色，两人退出了病房。

关上门，小李警官道："那个姐姐知道点什么。"

老李警官摇头说："不是姐姐。我们要的答案，在妹妹那里。"

小李警官愣了一下，同样的情境，师父常常得出和他不一样的结论。

"那妹妹看着娇娇弱弱，不像能藏得住事的，姐姐就很世故老成。"

老李警官笑了笑说："对女性缺乏了解，也会成为你将来办案的阻碍。小李，真正的姐妹，必然是把自己的一部分交给了对方，又把对方的一部分化入了自己的。给她们点时间，姐姐会说服妹妹的。"

病房内，苏拉平静地看着杜荔娜。

"现在，"她清了清嗓子，"你可以把知道的先告诉我吗？"

杜荔娜咬住下唇："苏拉，我开始觉得，也许这一切都是我的错。"

苏拉怔了半晌，忽然笑了一声："娜娜，你好好想想，你都做了些什么？"

杜荔娜泪眼迷蒙地望着她。

"你从穷凶极恶的歹徒手里救了我的命。而且，你是第二次这么做了。你没有错，你很了不起。"

苏拉道："我一直觉得奇怪，只是没找到机会问。那天你为什么临时约我去老宅？你说你想起了我们吵架的那个晚上，你本来是要找我道歉的。除了这个，你还想起了别的事情，对吗？是什么让你想起了以前的事呢？你约我去老宅，原本要说的话，是什么呢？"

杜荔娜如遭电击，嘴唇颤抖着，久久不能成语。

心中的怀疑在确证之前，都只是怀疑。那天晚上，她叫苏拉出来，只是为了一个连自己都觉得可笑的念头。

可是随后发生的一切，让她开始觉得，那个可笑的念头或许是真的。

那个可笑的念头，背后掩埋着可怖的真相。一个……能将许多人的生活击得粉碎的真相。

"那天大嫂……于慧叫我回王家，帮她收拾一些旧东西。就在放着老照片的箱子里，我看到了一个小铁盒。"

苏拉心脏剧跳，她意识到，她们两人正踩在一个幽暗的边界上。

"那盒子里……"杜荔娜盯着自己的手，终于鼓起了勇气，"是一个蓝、绿、黄三色，用丝线手工编织的小蝴蝶。"

苏拉愕然。

"它很旧，丝线都掉色了，放在一个有点生锈的铁盒里，还带着点泥土。但是那种独特的编织手法，我太熟悉了。"

苏拉僵呆了一瞬，道："那种东西，应该很常见吧？是你大嫂的旧东西？"

"不是的……高一那一整年，我的手机上都挂着个一模一样的蝴蝶，有同学问我是在哪里买的，想买同款，都没买到。"

杜荔娜绝望地说："十二年前，我们争吵的那个晚上，我上山去找你道歉，没找到你，却碰上了王子谦。"

王子谦神情慌乱，看见她还很生气，质问她三更半夜上山干什么。她不好意思说是找苏拉，只说是见一个朋友，王子谦遂批评她不顾及自己的安全，硬是亲自把她送回了家。

那一天，二十六岁的王子谦穿着件《哈佛爱情故事》同款的灰色卫衣，胸口印着大学的名字。那次以后，她再没见过那件衣服。

"所以，你怀疑……"

"我约你出来的时候，还只是有点怀疑。"

然而，在那个废弃仓库里，王子谦向她们举刀的时候，她就确信了。其后的假装不知，只是为了活命。

杜荔娜深吸口气："王子谦才是徐芳的亲生父亲。而徐芳的妈妈，也许并没有抛弃她。"

6

两天后，鹤市警方依照杜荔娜提供的线索，在鹤尾山东北麓的一个小山坡下，挖出了一具彻底白骨化的尸骸。

死者是女性，死亡时二十三岁，生育过。她穿着的化纤衣物虽受到严重污染，但并未完全降解，当警察把照片摆在杜荔娜和苏拉面前时，她们甚至认出了衣物上模糊的小黄鸭图案。

法医从尸骨的左下颌第三磨牙中成功提取了DNA，鹤市警方也通过陵县公安局的协助，取得了徐芳的血样，与羁押中王子谦的血样做了比对。最终的鉴定报告，给出了肯定的结论：王子谦就是徐芳的生物学父亲，而鹤尾山下掩埋了十二年的可怜尸骨，就是徐芳的母亲徐丽。

与此同时，警方仔细搜查了罗行的住处，顺藤摸瓜地找到了一个健身房的储物柜。在那里，他们发现了一个旅行包，里面用塑料密封袋装着一件带血的灰色卫衣和一封写明了王子谦全部罪行的手写信。

老李警官和小李警官带着证据，重新回到了审讯室。

最初，王子谦还试图抵赖，但当他看到那件衣服的时候，他的心理防线终于被击溃了。

他承认，是他误杀了徐丽。

被掩埋了十二年的真相，终于徐徐揭开。

十四年前，王子谦留学归国，在临南工业园学习管理。他在国外养成了一些自以为无伤大雅的"恶习"，回国后也没有彻底戒除，罗行就是他的供货人。除了新型毒品，罗行还给他提供名贵烟酒、电子产品等走私货品。当然，这些事情，王家的父母和外人都是不知道的。

从外表看，王子谦英俊多金、谈吐不凡，许多女工都把他幻想成韩剧里的男主角，渴望上演灰姑娘的童话，而徐丽就是其中之一。

徐丽相貌出众、工作努力、性格要强，是厂里的业务骨干。隔着家世、学历的鸿沟，她和王子谦相爱了。但她不知道，美丽女孩和富家公子的故事，除了《灰姑娘》，还有《德伯家的苔丝》。

徐丽的意外怀孕，让他们产生了难以调和的分歧。王子谦希望徐丽打掉孩子，继续保密，等他财务独立，再公开他们的关系，徐丽却舍不得这个孩子。徐丽怕王子谦逼她打胎，去找杜宇风借了钱，就不辞而别了。

她走了半年多，音信全无。王子谦以为这段感情就此画上了句号，遂接受家里安排的相亲，认识了于慧。

就在王子谦计划向于慧求婚的时候，徐丽回来了。

她更加拼命地工作，与王子谦形同陌路。然而，冷若冰霜的徐丽重新激起了王子谦的征服欲。他再一次用金钱和爱情诱惑了徐丽。

徐丽按照王子谦的要求，辞去了一帆的工作。王子谦给她租了个房子，定期给她钱，甚至同意她过一段时间就把母亲和孩子接过来。他承诺，只要徐丽不影响他的婚姻，满足他枯燥生活以外的欲望，他可以一直养着她们。

王子猷十八岁生日派对的那一天，徐丽和王子谦在鹤尾山私会。他喜欢鹤尾山上隐秘的角落，让他感觉很刺激。

喁喁私语时，王子谦接到了于慧的电话。他本想随便敷衍几句就挂掉，于慧却单刀直入地问他，对她究竟是怎样一种感情，他们的关系到了哪一步。

这可不能草草应付。王子谦遂赌咒发誓，自己是诚心想和她共度余生。他挂了电话，转过身，才发现徐丽就在身后。

徐丽听见了他和于慧的对话，突然就发了疯。她威胁要把他们之间的事告诉杜宇风，告诉王家父母，告诉于慧，她要让所有人看看，王家这个风光无限的太子爷，私底下是个什么懦弱的东西。

王子谦拦着徐丽不让她离开，两人厮打起来。王子谦一个用力过猛，徐丽就从坡顶上摔了下去。她的头被石头磕出了一个大洞，王子谦脱下外衣，想为她止血，却已经于事无补。

他自幼就是天之骄子，是弟弟全心孺慕的榜样，是父母朋友圈里最有前途的年轻人，是那个完美的"别人家的孩子"。他不容许自己完美的人生，被徐丽这个微不足道的女人毁掉。

王子谦没有拨打120，而是拨通了罗行的电话。罗行说过，有什么正规渠道平息不了的事，都可以找他。

他们找了个不易察觉的地方，合力掩埋了尸体。事后，罗行又找人散布传闻，说徐丽傍上了一个大款，跟着去香港当小三了，认识徐丽的人遂信以为真。

王子谦给了罗行一大笔钱，他以为，一切到此就结束了。徐丽留下的物品被尽数销毁，她在这个城市生活过的痕迹也被逐一抹去。

一个月后，在王家的一场饭局上，王子谦看到了那个手工编织的蝴蝶，那个徐丽引以为傲的独特的手工蝴蝶。

它就明晃晃地挂在杜荔娜的手机上。

那蝴蝶折磨得王子谦日夜难寐。他故作无意地问过杜荔娜，杜荔娜支吾着说，蝴蝶是苏拉送给她的。

这回答让王子谦更加恐惧和绝望。她在撒谎，她为什么要撒谎？

他像行尸走肉一样生活，生怕下一秒就有警察破门而入，像拴野狗一样把他铐在地上。

在这世上,王子谦最疼爱和在乎的人,就是弟弟王子猷。他为王子猷筹备出国留学,帮他准备毕业舞会,讨青梅竹马的女孩欢心。他倾听弟弟的初恋情思,给他建议,祝他好运。但与此同时,他的心里养着一头野兽,悄然撕咬着他的心脏。

王子猷根本不知道,他喜欢的那个女孩,竟是自己哥哥的催命符。

后来发生的一切,究竟是精心谋划的,还是一时冲动,就连王子谦自己也无法分清。

那天晚上,罗行开了辆套牌的面包车,来送舞会的酒水,只卸了一箱货,就被人叫走了,车停在了别墅后的小树林里。

王子谦心情烦闷,晚上多喝了点酒,已有醉意。他亲眼看着杜荔娜冲进了舞会,又愤怒地冲了出去。

王子猷焦急地找到大哥,问他借车钥匙,去追杜荔娜。

王子谦的心突然一动,这是天赐的良机。他当然不忍心让王子猷失去喜欢的女孩。但弟弟总是要长大的,男孩在年少时吃一点爱情的苦,才能快速变成男人。

王子谦就这样说服了自己。

他对弟弟说,车钥匙扔在车库的置物柜里,让他自己去找。

这当然是谎话。王子猷是个听话规矩的孩子,他要翻遍置物柜的每个抽屉,才能发现车钥匙就插在车上。

王子谦锁上自己卧室的门,营造出自己喝多了回房睡觉的假象,悄然离开了别墅。他从小树林里开出罗行的车,向着路灯浑浊的山下疾驰而去。这样的深夜,被一辆套牌车撞死,没有监控,大雨会替他完成所有的善后工作。

酒意不断地上涌,但王子谦知道自己在做什么。他看着大雨中惊愕的两个女孩,把油门踩到了底。

出乎王子谦的意料,杜荔娜没有死。

但她和死了也没有太大的区别。她失去了健康的双腿,杜家花了大量的人力、物力照顾她,还赶走了那个无关紧要的继女。

醒来的杜荔娜精神崩溃、记忆混乱,说话前言不搭后语,别说她已经记不得和徐丽有关的事了,就算她记起来,也未必能明白其中关联。退一万步说,就算她说了什么,也没有人会当真,就像她指控杜苏拉一样。

王子谦总算舒了口气。

他当然知道,那天晚上究竟是谁推了谁。只要杜荔娜还坚持说是苏拉推了她,就说明她的记忆还没有恢复,而王子谦就是安全的。

但另一边,循着有限的线索,警察竟然还是查到了罗行身上。

在警方抓捕之前,罗行发现了王子谦的所作所为。他找到王子谦,狠狠打了他一顿,又威胁要告发他,除非他再拿出一笔巨款。他要的数字太大,王子谦已经拿不出来了。他恳求分期支付，罗行拒绝了。

罗行用刀把王子谦架到王家父母面前，吐露了所有的真相。王母当场气得晕了过去，王父是经过大风浪的人，他和罗行谈判，终于稳住了罗行。

最终，他们达成了协议。罗行负责把王子谦留在肇事车辆上的痕迹处理掉，把罪名担下来。罗行紧急偷渡出国，王家保他在国外一世荣华富贵。他手上有王子谦的罪证，不怕王家不给钱。

王子谦在父母面前跪了一天一夜，发誓痛改前非，重新做人。

王家父母对杜荔娜满怀不可言说的愧疚，遂命令王子猷取消留学计划，在国内陪杜荔娜康复。外人都夸王家厚道，说王子猷是个情种。

只有王家人自己知道，王子猷并不是心甘情愿的。但父母和大哥都教导他不能始乱终弃，让他不能忘了对杜荔娜的责任。在道德的重压之下，王子猷不得不屈服。

王子谦戒了毒品，也不再拈花惹草。他和于慧结了婚，把全副心思都放在京岚的发展和小家庭上。后来，他在商场上赢得了无数赞誉，但再没有获得过父母的一句夸奖。王家父母的身心都受到重击，不知该如何面对"优秀"的长子，更不知该如何面对被迫"还债"的次子，只好借出国疗养之名，常年不归。

又过了几年，罗行耐不住海外生活的无聊，整容换了身份，费尽心机回了国。王子谦拿他没有办法，只好让他挂了个司机的名，高薪养着他。他们是一条绳上拴着的蚂蚱，谁也不会主动去揭发谁。

其后很多年，没人再问起过徐丽。这个渺小的打工妹沉入鹤尾山的土壤，被霉菌和昆虫啃咬成白骨。她在这座城市生活和奋斗过的痕迹，也几乎消失殆尽。

直到那一天，在女儿的追问中，在一对姐妹共同的回忆中，真相无声地浮出水面。

第十七章
浮生居大块

浮生居大块
寻丈可寄形
身安即形乐
岂独乐咸京

——《思归乐》元稹

1

裴老师咨询室墙上挂着的那只没有脸的猫，好像和从前不一样了。现在，杜荔娜能看见它带点圆润褶皱的后脑勺、细小松软的毛发，仿佛诱惑她伸手去摸。

她问裴老师，是不是换了一幅装饰画，裴老师说没有。

杜荔娜就说自己很喜欢这幅挂画，希望在家里挂一幅一模一样的。裴老师把购买地址给了她，他们结束了这个话题。

杜荔娜向裴老师汇报最近的生活。出于职业习惯，裴老师保持着沉稳的神情，但杜荔娜能感觉到，他越听越震惊。

震惊是正常人的反应。就连杜荔娜自己，也还没从这种震惊中完全平复。她能有条不紊地叙述过去一个月的遭遇，已经很了不起了。她对自己刮目相看。

在鹤市，企业家的经济犯罪不算新鲜，但因恶性暴力犯罪锒铛入狱的却是少见。王子谦被逮捕的消息像长了翅膀，一夜之间震动了鹤市的商界。继杜王两家联姻、杜宇风葬礼之后，一帆和京岚再度成为舆论风暴的核心。

京岚集团财务告急，银行中止了所有授信，应付款的收款方开始提前上门催款，应收款项立刻就收不回来了，多个工程被迫停工，而原地待命的工人、材料、仓库、车辆一日日地继续烧着钱。

于慧在王子谦被捕前就带着孩子去了美国，王家父母涉嫌包庇犯罪，更不可能回国。王子谦被审讯了几天，警方认定他对王子谦的罪行毫无所知，就把他放了出来。

王子猷刚摸清情况，又一个噩耗传来：在加拿大养病的王父得知王子谦被捕，急怒攻心，突发心脏病去世了。王母一个人在加拿大料理丧事，根本无法操心国内的事。

所有的重担，全压在了王子猷一个人身上。

杜荔娜给王子猷打过几次电话，大部分时候是忙线，偶尔打通，也立刻就被挂断了。天影所拟好了离婚协议书，但杜荔娜一直没让他们寄出。她不想在这个时候催促王子猷离婚，这对他太残忍了。

另一方面，一帆集团面临的局势也不容乐观。

京岚集团是一帆实质上的第二大股东，过去二十年对一帆拥有不可忽视的影响力。这样严重的负面信息，不仅引发了各界对一帆财务状况的担忧，也让大家对一帆的合法经营产生了质疑。

江世敏也不是省油的灯，她直接甩出了王家侵占集团财产和洗钱到海外的证据，抢先保全了京岚名下的一批重要资产。未经杜荔娜同意，江世敏又公开了她和王子猷的婚前协议，以证明杜宇风早就觉得王家不靠谱，已经做了充分的资产隔离。

这一系列行为，又把杜荔娜放在了火上烤。

外界添油加醋地转述着这场豪门丑闻。有的媒体说她是无辜可怜的冤种小公主，有的则把她描绘成扮猪吃老虎的绝世妖姬。更有一群以豪门狗血故事为生的人，如闻到了血腥味的食人鱼，各怀目的地朝她涌来。

"你自己感觉怎么样呢？"裴老师端详着她，"娜娜，你还好吗？"

杜荔娜苦笑了一下："我很庆幸。"

庆幸父亲终究是她心中崇拜的父亲，而并非人面兽心的伪君子。

庆幸厄运来临时，她不是孤身一人。

庆幸她终于看见了呼风唤雨者心中的软弱，也看见苦难卑弱中蕴含的坚强。

这一次，她终于不是命运的猎物了。她和苏拉，她们一起，再次从命运的利爪下逃脱。她们活着，未来未必一帆风顺，但充满无限可能。

"我曾经以为，自己是世界上最懦弱无能的人，现在我不这么觉得了。裴老师，我会成为爸爸那样善良而有力量的人。"

杜荔娜拥抱了一下裴老师，告诉他，她已经决定，这是他们的最后一次咨询了，接下来的很长一段时间，她会非常忙碌。

裴老师真诚地祝福了她，没有太意外，也没有挽留。

告别裴老师，杜荔娜先回了趟家。

苏拉刚做完手术，至少要住一个月院。保姆秦阿姨煮了菜干猪骨粥，还理了一些别的日用品，让杜荔娜一起捎过去。

刚出电梯，她就听见家门口吵吵嚷嚷的。杜荔娜仔细一看，秦阿姨挡在门口，而住对门的阿姨单手叉腰，正把王子猷围在中间，七嘴八舌地教训。

一见杜荔娜，对门阿姨立刻大叫起来："小杜啊，你可回来了！这个人趁你不在家，非要进门，谁知道他安了什么心思？"

秦阿姨也说:"杜小姐,物业保安马上就到,他要敢报复你,咱们就报警!"

王子猷颓然垂目、面容呆滞,竟不敢与杜荔娜对视。他微弱地辩解:"我真的只想放点东西……"

"呸!你们一家子都不是好东西!"

杜王两家的事,媒体都报道了,阿姨们听过的版本更是添油加醋。她们原本都很喜欢王子猷,这下几乎是像偶像塌房一般幻灭,脱粉回踩更是毫不留情。

杜荔娜直盯着他,半晌,轻声道:"谢谢阿姨们,我想他应该没有恶意。就让他进去吧,我们俩,也该好好谈谈。"

两位阿姨叮嘱了她半天,终于肯放他们两人单独相处了。

杜荔娜领着王子猷进门,他一眼就看见了客厅里挂着的绿色花鸟窗帘,愣了一会儿,说:"窗帘很好看。"

他瘦了一圈,胡楂甚至没有刮干净,西装的边缘有些发皱,看起来颓唐而沧桑。

杜荔娜给他倒了杯热茶,他又沉默了一会儿,才鼓起勇气开口:"我不是故意不接你电话的,我只是……不知道该怎么面对你。"

杜荔娜轻轻颔首:"我明白。"

他最崇拜的大哥成了穷凶极恶的罪犯,爱人成了仇人,风流潇洒的豪门才俊成了人人喊打的过街老鼠。一夜之间,大厦倾覆,人成各,今非昨。

其实,她也不晓得怎么面对他,但逃避终究不是办法。

王子猷松了口气。他从公文包里拿出一个文件袋,递给杜荔娜。杜荔娜打开一看,不禁愕然。

是苏拉给她拟的离婚协议。

"是我问苏拉拿的。我知道,她拟的版本一定对你最有利。我已经签好了,你看看没问题的话,我们随时可以去登记离婚。真是可笑啊,我总说苏拉是坏人,她很危险。没有想到,最坏的人是我的家人,给你最大伤害的,也是我的家人……"

他忽然哽咽了,眼泪在眼圈里打了个转,又硬是忍了回去。

杜荔娜也泪流满面。

他的怀抱曾经是最令她安心的港湾,可他们都回不去了。

如果是半年前的她,遭遇这样的剧变,也许会无法承受,会憎恨王家的所有人,甚至重新陷入疯狂。可现在,她只觉得他可怜。

"你最近好吗?有什么我能帮得上忙的?"

王子猷双肩一震。他没想到,在经历过这么多事以后,杜荔娜还会这样说。

这些时日以来,他像没头苍蝇一样,拜过了所有能拜的山头,还是一无所获。王子谦的个人账户全被冻结,公司资金也挪不出来,连律师费都快交不起了。

律师在看守所见过王子谦,传出话来,让他找于慧商量,毕竟,王家的海外资产大多挂在于慧的离岸公司名下。王子猷遂给于慧打越洋电话,问她能不能回来,就算回不来，至少筹一些钱回来。

于慧干脆利落地拒绝了他。她说京岚现在是个无底洞，救不了了。

"那大哥呢？总要想办法救大哥吧，哪怕捞不出人，至少……要留下一条命。"

"我首先是个母亲。"于慧冰冷地说，"两个孩子以后还需要很多钱，我得为他们考虑。"

大哥大嫂曾是王子獭心目中的完美夫妇典范，他没想到，大难临头，大嫂竟如此铁石心肠。

"大嫂，大哥就算有千万般不是，他对你一直不错。"

于慧默然半响，说："子獭，你才是王家更优秀的那个儿子。这么多年，你一直活在你大哥的阴影里，是时候走出来了。"

然后，她挂断了电话，他再也没有打通。

王子獭从困惑与耻辱中猛然惊醒。他凭什么接受杜荔娜的帮助？他怎么有脸？

他霍然起身道："娜娜，趁着我现在还有自尊，求你答应我一件事。"

"什么？"

"接下来，无论情况多么糟糕，无论我如何痛哭流涕地恳求你帮助我，你都不要搭理我。不要听，不要看，不要被我的花言巧语欺骗，王家的一切，都和你无关。如果你还是忍不住同情我，就让苏拉拦着你、骂醒你。

"娜娜，你是这世界上最善良、美好的女孩，我连你的一根手指头都配不上。你应当彻底忘了我，彻底忘记王家给你的噩梦。"

王子獭单膝跪下，就像当年向她求婚时一样盯着她，像是要把她的脸刻在心里。只是这次，他没有为她戴上戒指，而是从自己的手上取下婚戒，放在了她的面前。

"你会遇到一个真正敬你、爱你的男人，你会和他白头偕老、永结同心。"

说完，他站起身，大步流星地走了出去。

2

苏拉住院一个月，最开始是林渡守着，但她意识清醒后，就强迫林渡回家了，自己请了个护工阿姨。

其间，江世敏来看过她两次，一次是确认女儿还活着，第二次带了些补品和水果。她的心思都在眼下的复杂局势上，母女俩像是客户互相拜访，说了几句客套话，速战速决地走完了流程。

郑永明也来过两回，和主治医生聊过后，果断给苏拉开了三个月的假，告知她，就算回天影上班，前台也不会让她进门。

苏拉把病床的床头靠背摇起，戴着蓝牙耳机，絮絮地跟宁夏交代着注意事项，一只手输着液，另一只手还敲打着笔记本电脑的键盘。如果忽视掉打满石膏的左腿和身上的病号服，她和在自己的办公室里没什么两样。

杜荔娜走进病房，看到这样的场景，愣了一下，对护工道："电脑哪儿来的？"

护工盯着电视上的肥皂剧，眼皮也没掀，说："一个叫宁夏的小姑娘送过来的。"

"医生不是让她静养吗？怎么就开始工作了呢？"

"谁拦得住啊？"

说的也是。道高一尺，魔高一丈，没人能拦得住苏拉赚钱。

杜荔娜把装满菜干猪骨粥的保温杯打开，粥香顿时溢满了病房。

"工作狂，中场休息一下，吃点粥吧。"

苏拉的目光须臾不离屏幕，道："这份文件一小时内要发出去，我再过一遍。"

杜荔娜无奈地叹气："苏拉，你要这样，干脆出院回去办公好了。"

"你以为我不想？还不是医生不放我出院，老郑又不让我回办公室。"

苏拉又敲打了几分钟，终于拨冗抬头看了眼杜荔娜，皱眉问："你哭过了？"

杜荔娜愣了一下，打开手机摄像头看自己的脸……分明补过妆了的。

"肿眼泡是遮不住的。"苏拉口气很平常地说，"见过王子猷了吧？"

"你不显摆自己聪明，是会死吗？"

"会憋死。"

杜荔娜探头去看电脑显示屏，密密麻麻、五颜六色，都是批注，只一眼她就头皮发麻。

"工作就那么有意思？你老板都给你批了三个月假，强制你休息了。"

"老板能批假，客户是自己的，口碑不能坏。"

杜荔娜显然不愿谈她和王子猷的会面，苏拉也不打算多问。离婚协议是苏拉给王子猷的，他想干什么，她一清二楚。

"你来得正好，我正打算跟你商量徐芳的事。"

徐芳的外婆已经在当地卫生部门的协助下，安排了白内障手术，时间就在下个月。考虑到案情还未完全明了，外婆也在术前准备阶段，当地公安还没有把徐丽的死因告诉这一对祖孙。

"我打算亲自去趟陵县，和徐芳的外婆面谈。我希望能代理徐芳的抚养费官司，和王子谦的刑事诉讼一同审理，最大限度地保障徐芳的利益。"

杜荔娜愣了一下，说："可是医生说你要做满两个月康复。"

"我跟医生谈过，他说只要我听话，下周就能出院。"

"那你听话吗？你现在这是听话？"

苏拉沉默了一下："王子谦涉及的官司太多，如果徐芳不及时参与进来，可能最后什么都拿不到。"

"不能让宁夏去吗？"

"她的经验不够，而且，取得徐芳的信任很重要。"

"那我去，我和宁夏一起去。"

苏拉有些惊讶地望着杜荔娜，问："你去陵县？"

"我比你更能取得徐芳的信任。她妈妈是我爸爸的员工，我爸爸帮过她妈妈，现在轮到我帮助她了。至于你，就守着你的笔记本电脑吧，到时我们开远程会议。"

苏拉的眼中依然充满怀疑，道："去陵县要坐绿皮火车，出了火车站还要走半天的山路。"

从小到大，杜荔娜就算出门旅游，也只去有五星级酒店的地方。

杜荔娜怒了，把勺子往保温杯里一扔："杜苏拉，你不要小瞧人！我腿脚再不好，也比你这个打着石膏的人强！"

苏拉看看她的右腿，再看看自己的左腿，大笑起来。确实，现在她们俩只能凑出一对好腿。

"娜娜，你没有义务跑这一趟的。"

"我知道。但我想完成我爸没做完的事，我也想去看看鹤市以外的世界。"

"那好，我跟宁夏和老郑商量一下，尽快安排。"苏拉打了几个电话，先把前期准备工作分工安排好，让几个下属分别去推进。

这时，杜荔娜拿出了一个大旅行包："我给你带了好东西。"

她从包里变魔术一样掏出一个个小包，说："口红我带了七个色号，腮红四色盘，眼影十二色。这是干洗头发的喷雾。哦，我还给你带了个深绿色的毛线大披风，你现在穿病号服也不好换衣服，这颜色很显白，包上去就是楚楚可怜……"

苏拉瞠目结舌，道："你要干什么？"

杜荔娜摸出个粉红色小发箍，说："林作家给我打电话，说你不让他来看你。我问他是不是傻，来看你还需要你同意吗？然后他就说他下午过来。我知道，你是不想让他看见你蓬头垢面的样子。"

苏拉抬抬输液的手，说："我没法动手。"

就好像刚才单手打字的是另一个人。

"我帮你化。"

"我为什么要为了他，搞这种形象工程……"

杜荔娜敲敲她的石膏脚，把粉色小发箍卡到她头上，说："林作家还有半小时抵达，你配合点。"

苏拉："……"

"粉底用 62 号吧？"

苏拉任她用洗脸巾在脸上擦了几下，终于闷声说："我平时用 63 号。"

杜荔娜响亮地笑起来。

杜荔娜在苏拉头上实验她新买的编发小工具，苏拉一边反抗，一边把一个海绵宝宝的发夹往下捋。

一个叫一个住手，一个叫一个闭嘴。

林渡站在病房进门的通道处，望着她们叽叽喳喳的样子，竟不忍心打断。

女孩们自有一个隐秘的世界，像一个血泪并流的特种兵训练营，又像一个光怪陆离的乐园。

恋爱就像是剥洋葱，现在，林渡终于剥开了苏拉辛辣苦涩的外层，望见了莹白生翠的核心。

他呆呆地站了一会儿，肩膀上忽遭轻拍。江世敏站在他身后，比了个手势，示意他跟自己过来。

他们来到走廊尽头的窗边，林渡讷讷地叫了一声："江总……阿姨好。"

江世敏似乎觉得好笑。她的眼神冷厉而专注，能轻易让被注视的人怀疑自己是没穿裤子就上了街。

"我知道你叫林渡，了解你的家世、背景、职业，也知道你和苏拉的关系。你什么都不用说，听我说就行。我和苏拉的感情不亲近，她有能力，有主见，也有毅力，我不会干涉她的人生决定，比如择偶。但是你，我不同意。"

林渡不知道该说什么。

"那个，阿姨，我有房子，在××小区，自己全款买的，没有贷款。我现在版权收入还算稳定，每年至少有……"

江世敏讶异地看了他一眼，但还是打断了他："这些都不重要。"

林渡懊恼地想，他在说什么？他那点家底，江世敏当然不放在眼里。他应该多展望一下未来，吹嘘一下自己的职业。作家这一行听起来穷，也是能产出富豪的。

江世敏摆摆手道："苏拉是我的女儿，钱我有，她自己也能赚。她可以按她的喜好谈恋爱，但结婚对象必须谨慎，首先要看人品；其次，要能支持她、成就她的个人发展，不能拖她的后腿。"

"我肯定不会拖她的后腿！"林渡着急起来，"阿姨，我人品很好的，不抽烟不喝酒，没有不良嗜好！"

他停下来，重新组织了一下措辞："阿姨，我认识苏拉很多年了，每一次，每一次我一见到她，就会立刻爱上她。我希望她永远像现在这样，勇敢、坚强，做自己想做的事，无论未来发生什么，我都会陪在她身旁。"

江世敏道："你的人品我不评价，林茂生的人品，我却很了解。你今天未必能沾上林家的光，但将来一定会受到林家的拖累。我不希望我的女儿和林茂生扯上关系。"

"当然，"她自嘲地笑笑，"直接插手的话，苏拉一定不会听，可能还会逆反。所以，我什么都不会对她说。但她是我身上掉下来的肉，天底下没有人比我更了解她。我有一万种办法，让她离开你。"

林渡呆若木鸡。他从未从这个角度考虑过问题。但江世敏所说的，他竟然无法反驳。

江世敏淡漠地说:"小林,感情和现实是两回事,我就是你面对的现实,希望你做好心理准备。"

林渡静默良久,深吸了一口气,道:"阿姨,谢谢您的提醒。如果有一天,我带给苏拉的痛苦多过快乐,那我会毫不犹豫地放手,但不是现在。从现在到那时,我们还有许多美好的时刻,值得期待。"

他礼貌地向江世敏点头致意,然后转过身,向苏拉的病房走去。

江世敏站在他身后,忽然失神。

难怪苏拉喜欢他。

林渡身上的有些东西,和苏海跃很像,一样纯粹、诚恳,永远对生活怀有希望。

3

三个月后,鹤市中级人民法院一审宣判,王子谦犯故意杀人罪、过失致人死亡罪、遗弃罪、职务侵占罪、故意伤害罪,数罪并罚,判处死刑,缓期两年执行,剥夺政治权利终身。刑事之外,附带民事诉讼同时宣判,从王子谦的个人财产中首先支付徐芳的抚养费用,然后赔偿一帆集团和其他主体因职务侵占导致的经济损失。

与此同时,京岚集团也宣告破产,王家名下所有境内资产都进入清算,即将进行司法拍卖。其中就包括京岚持有的一帆集团 22% 的股权。

在京岚出事之前,江世敏已经暗中和金鹰集团谈妥了临南工业园的合作开发意向。但王家的破产是谁都没有预料到的,金鹰遂撤回了要约。现在,股权结构的动荡,使得一帆的经营面临更大的不确定性。在境外专利官司和临南工业园项目之间,危险的抛接球游戏再也玩不下去,一帆不得不直面财务危机。

在这个节骨眼上,江世敏从美国带回了一份由 JZ ALPHA 提出的和解协议。协议要求一帆分期支付一千万美元的赔偿金,并且今后每年需向 JZ ALPHA 支付十万美元的专利授权费用。

这已经是律师经过努力后,拿到的对一帆最有利的条件了。

一帆的管理层会议上,江世敏一手拿着临南工业园的项目可行性研究报告,一手拿着 JZ ALPHA 的和解协议,神情严肃地说:"各位,现在是一帆生死存亡的时刻。"

苏拉已经出院了,她拄着拐,和杜荔娜一起旁听了这场会议。高管们唇枪舌剑地讨论了一整天,依然没有定论。

短期来看,一帆必须先活下来。和解协议对市场来说是增强确定性的利好消息,赔偿金额和授权费用都是一帆可以承受的。斩断诉讼的拖累后,一帆能够将资金和资源集中在临南工业园项目上,也有望和金鹰、瑞熙重启谈判。

而另一方面,在专利权官司上的屈服,无疑会影响一帆的商誉和名望。全球技术竞争里,一步退,步步退,倘若这次服软了,就是放弃了自己的名誉和品牌,以后在国际市场上，恐怕会沦为二流企业。

江世敏静听着所有人的发言，随时质疑和引导。她必须是最后一个表态的，而当她表态时，就意味着董事会和整个集团的决定。

会议在深夜十点结束，余人纷纷离去，只剩江世敏、杜荔娜和苏拉坐在顶层的总裁办公室里。

江世敏开了一瓶珍藏多年的木桐，给三人各倒上了一杯。她站在落地窗前，俯瞰着鹤市的夜景，脚下霓虹流转，灯火如星辉。

"我第一次到鹤市，就很喜欢这里。"江世敏轻声说，"它直白、坦诚、尊重努力，鼓励你说出自己的欲望。大家都是外地人，都是赤手空拳，起起落落都很寻常。所以，无论现在多么窘迫，只要你还在努力，就不会被轻看。"

她转过身来，看着两个女儿："那个最好也最野蛮的时代已经过去了。一帆现在面临的，是比我们当初更加不确定的未来。

"娜娜，我知道你入股了一家舞蹈培训机构，还参与了几个教育公益项目，干得不错。

"苏拉，听说你刚被提名了鹤市律协女律师工作委员会的委员，恭喜你。"

杜荔娜有些困惑，而苏拉已经忍不住了："你到底想说什么？"

江世敏笑了笑说："一帆是老杜和我用心血浇灌出来的，我会和一帆一起，战斗到最后一刻，但你们不必。你们还年轻，应该把精力花在自己真正想做的事上。"

她的目光投向远方："我打算把现在住的公寓卖掉，解决一帆的资金困难。但前提是，你们退股，把股权转让给我。放心，我会支付合理的价格。"

杜荔娜茫然地道："可是，一致行动协议还有两年到期。爸爸的遗嘱里说过，协议期内我们不能卖股权。"

江世敏道："只要你们同意，我们可以先签合同，两年后再过户，其间由我代替你们行使股东权利。法律上的问题，苏拉比我更清楚。"

苏拉还在沉吟，杜荔娜激动起来，说："江阿姨，你有房子，我也有。一帆是爸爸的心血，我也可以卖房子……"

"娜娜，你名下只有老宅和婚房。老宅不好出手，婚房卖了，也解决不了我们眼前的问题。更重要的是，你退出一帆，股东和客户们才会相信一帆和京岚的烂事没有任何关联。"江世敏循循善诱，"一帆是你爸爸的心血，但有时候，放手才是最好的成全。"

杜荔娜怔住了："江阿姨，如果我退出，你会怎样解决一帆眼前的问题？"

"我会签下与 JZ ALPHA 的和解协议，用卖房的钱支付赔偿金，然后，重新和金鹰谈判。金鹰的贺总我很熟，他会说服他的股东会，给我们一个新的报价。"江世敏的态度很诚恳，"娜娜，签这份和解协议，是会遭人唾骂的。这件事你不必沾手，坏人由我来做。"

杜荔娜看向苏拉,苏拉摊手:"我只有2%,话都是说给你听的。我们这位江总有她自己的考虑,但总体来说,她说的都是实情。凡事总有取舍,重要的是取什么、舍什么,决定还是要自己来做。"

江世敏淡淡地瞥了她一眼:"我们三个人的行事风格完全不同,这份一致行动协议,只会让我们互相掣肘。娜娜,早做决断吧。"

杜荔娜再度沉默了。

其实,在杜宇风去世,留下这样一份遗嘱的时候,杜荔娜是抗拒的。她对企业经营所知不多,也没有商业上的野心,如果不是有王家在背后,如果不是遗嘱中明确禁止她在三年内卖出股权,也许她当时就放弃了一帆。

可这一年来,父亲在她心目中的形象被打碎,又重建。她重新理解了杜宇风,理解了他建立一帆的初心。

她想起小时候,杜宇风曾经连着两个月没回家。保姆带着她去工厂找父亲,父亲和几个技术员关在实验室里,一遍又一遍地做实验,调整配比,测试成品。隔着玻璃,杜荔娜看到他们脸上,都有一种高于自身的骄傲和荣光。

现在,她清晰地意识到,她是杜宇风的女儿。她从父亲身上看到了自己,也从自己的心里找到了父亲。

"江阿姨,我不会让你签那份和解协议,我也绝对不会放弃一帆。一帆的技术自主是一帆的核心竞争力。我爸爸创立一帆,是为了发扬中国人自己的技术,不是为了做一个地产企业。如果在临南工业园和专利权诉讼之间只能保全一样,那我选择继续进行专利权诉讼。"杜荔娜挺直了胸脯,"江阿姨、苏拉,你们都比我聪明,一帆也有很多有本事的叔伯、阿姨,我们一起,一定能想出更好的办法。我明天就把两套房子都挂出去,苏拉,你帮我看一下,信托资产能释放出来多少,需要什么条件。"

她这一番话,让江世敏和苏拉都露出了意外的神情。

苏拉忽然笑了:"我没有房子可卖,但是我同意……娜娜的意见。"

江世敏沉默了半晌,长长地叹了口气。

"你们两个孩子,真是让人头疼。既然如此……"她回到办公桌前,从抽屉里拿出两份文件,递给苏拉和杜荔娜,"你们先看看这个。"

这是一份股权投资合作商业计划书,投资项目却不是此前她们以为的临南工业园,而是一帆集团。江世敏提出了一个系统的经营改革方案,并邀请意向投资者增资入股。

计划书足有一百多页,苏拉粗粗浏览了一遍,越看越惊讶。

"江总,您这份计划书,可不是一日之功。"

在这份商业计划书里,江世敏同意出让临南工业园超过51%的股权,即把项目交给收购方来操盘。从此,一帆彻底退出地产开发,把经营重心转回特种XC材料的研发和制造上。

出让临南工业园项目所得的现金,一帆将一部分用于美国的专利权诉讼,一部分用于在国内法院向 JZ ALPHA 发起反不正当竞争的反诉,剩下的,用于收购一家欧洲的同类科技企业。收购完成后,一帆在欧洲的销售将打开新的篇章。与此同时,江世敏、杜荔娜和苏拉三人将合计拿出 10% 的股权分红权,用于成立一个面向研发团队的员工持股激励计划,进一步增强一帆在国际上的技术领先地位。

这一套改革方案实施完毕,一帆将成为一家核心竞争力更加突出的科技型企业,也将成为更诱人的投资标的。

杜荔娜震惊地说道:"所以,江阿姨,你从来都没有打算签那份和解协议?那你刚才说的那些话,是在试探我们吗?"

江世敏微微一笑:"接下来,一帆要打一场硬仗。我们三个人,必须拧成一股绳,我要知道你们的决心有多大。"

计划书做得很扎实,苏拉估摸着,江世敏至少从杜宇风去世前就开始筹划了。

单有计划书当然还不够,她们需要落实细节论据,重新分析风险,和每一个潜在投资者面谈,说服他们出价。

"外面都在传,杜宇风留下三个女人当家,关起门来打得乌烟瘴气。这一回,咱们就让他们看看,什么叫三个女人一台戏。"江世敏眼中闪耀着坚毅的光,如孜孜不倦的斗士。她伸出一只手,道:"这里没有母亲和女儿,只有合作伙伴。娜娜、苏拉,你们愿意跟我一起,打赢这场仗吗?"

4

几天后,KF 网以头版头条发布了一篇关于一帆集团发展现状的长文,标题是《吾道不孤——女性掌舵的民族科技企业如何破局新生》,署名是科技频道主编何宝贤。

文章回溯了一帆二十余年的发展历程和两代领导者的初心,深入浅出地介绍了一帆集团引领的技术革新对整个新能源行业的意义,同时阐述了股东破产、诉讼僵持引起的负面影响。其中,还有一段和董事长江世敏的一对一访谈,介绍了一帆目前的痛点和未来几年的发展策略。

这是一篇数据翔实、行业背景扎实、水平很高的深度报道,不到二十四小时,就有了十几万转发量,很快就登上了同城热搜。其后的数日,江世敏领着杜荔娜和苏拉,频频在镜头前亮相,力破外界不合的传闻。

此前,在临南工业园的项目合作中,江世敏同时接触过金鹰和瑞熙。金鹰和她是老关系,出价也更高。后来金鹰在节骨眼上釜底抽薪,撤回了要约,虽然两家不至于撕破脸,但金鹰也不再是江世敏的首选。

现在,一帆面临的最好的选择,是瑞熙。

苏拉犹豫了很久,还是把自己和谢枚之间的过往告诉了江世敏和杜荔娜。

自从上次拒绝了谢枚,他们还没见过面。苏拉住院期间,谢枚委托吴总带着花篮来探过病，本人也没有出现。再怎么公私分明，人也是好面子的。

杜荔娜想了半天，憋出一句："那如果谢总以合作作为筹码，要求你……"

"以我对他的了解，不至于。"

"那他会不会因为你伤了他的自尊，就不肯跟我们合作了？"

苏拉不说话了，这一点，她确实也没把握。

如果只事关自己，苏拉当然不在乎谢枚如何，老客户固然难得，倒也不必跪着讨饭。可事关一帆的生死存亡，她也不希望自己成为交易失败的肇因。

她想了想说："安全起见，我可以不出现。"

江世敏抬起手道："避得了一时，还能避一世？"

她严厉地瞪了苏拉一眼，道："你们有嘴，有腿，可以拒绝，可以反击。怕男人惦记，就回后院绣花去。"

杜荔娜和苏拉面面相觑。

江世敏的目光在两个女儿脸上扫了一圈，道："商场不是男人的狩猎场，我们手里也有枪，怕什么？"

苏拉愣住了。这是许多年以来，她从江世敏那里听到的，最接近于教导的话。

她静默片刻，轻声说："妈，我知道了。"

作为母亲，江世敏给她的关爱接近于零。她们相互折磨留下的伤痕，也许终生都无法愈合。苏拉绝不会像江世敏这样生活，但她知晓，自己拥有选择。她可以选择冲锋，选择退却；可以选择爱，也可以选择离开。母亲的特立独行，为她展示了一个充满无限可能的宇宙。

这也许是母亲给予她最大的礼物。

一周后，她们坐在了谢枚的面前。

瑞熙的投研团队已经研究过了那份商业计划书，谢枚肯和她们面谈，本身就说明了对项目的兴趣。

江世敏侃侃而谈，瑞熙的投资总监也说了不少好话，但谢枚自始至终都没有表态。末了，江世敏止了话头："谢总，您对一帆还有什么疑问，不妨直说。"

谢枚低垂着眸子，唇角轻勾，半响才开口："江总的这份计划书，做得非常有水平，我很佩服。不过咱们都知道，只要舍得花钱，商业计划可以做得很完美，但真正执行起来，还是靠人。"

江世敏一怔。

谢枚笑起来，目光却停留在苏拉身上："我的问题是，之前在临南工业园项目里，江总拒绝了瑞熙，选择了金鹰。现在被金鹰放了鸽子，又转头回来找我。试问，我为什么要接受一帆的退而求其次呢？"

江世敏待要说什么，却被谢枚礼貌地制止了："这个问题，我希望苏律师来回答我。"

杜荔娜惊愕地瞪着谢枚，江世敏沉下了脸，而谢枚只盯着苏拉看："苏律师？"

一室静谧，众人的目光都集中在苏拉身上。

"因为……"苏拉沉吟着，细长的双眸坦荡地回视着谢枚。这个人，习惯了高高在上，尤其喜欢看到别人的窘状。

她倏地一笑，说："因为拒绝是真心，选择也是真心。越是善于拒绝的人，越是懂得坚守。而谢总您需要的，正是像一帆这样，始终坚持本心的伙伴。"

谢枚盯着她，沉默了三秒，朗声大笑起来。

他站起身，扣上西装最下面一颗纽扣，向江世敏伸出手："江总，您的女儿都非常优秀。正面和 JZ ALPHA 对抗，是令人敬佩的决定，许多男人也未必有这样的勇气，我很佩服您。非常期待我们接下来的合作。"

江世敏仪态万方地浅握谢枚的手："谢总，时间会证明，您做出了智慧的决策。"

当夏天再次到来，江世敏和谢枚终于坐到挂满红绸的签约台前，喜气洋洋地签署了合作意向书。当然，其后还有漫长的尽调和细则谈判阶段。

杜荔娜的忙碌程度仅次于江世敏。她几乎成了江世敏的另一个助理，在集团内部推进改革的过程中，她对那些始终惦记着杜宇风恩情的老员工，拥有春风化雨般的说服力。江世敏还没有宣称要把她当作接班人来培养，但也没有制止这样议论的员工。

不过，这些和持有 2% 股权的小股东苏拉，已经没有太大的关系了。

周末的午后，杜荔娜约苏拉到家里喝下午茶。

说是喝茶，却是要她当苦力。杜荔娜抱出两团刚洗好的窗帘，要苏拉帮忙。

苏拉困惑到了极点，道："你一个腿脚不好的小富婆，难道不能花钱请个人来挂窗帘？"

"本来是要请人的，但是你既然在，咱们干脆自己动手。"

"我的腿脚也没有很好吧？"

"那你替我托底，我站上去挂嘛。"

两人絮絮地聊着天，一会儿就把窗帘挂了上去。杜荔娜拿出刚做好的烘焙饼干，又泡了壶茶，两人遂安坐下来。

"其实，我前几天，碰见子猷了。"杜荔娜说。

因为婚前协议的存在，离婚手续办得很顺利。她听别人说过，王家的境外资产还在调查中，王子猷被限制出境。幸好他还有高学历和出色的工作能力，在一家上市公司找了份朝九晚五的工作。生存固然不是问题，和从前的生活相比，却是一个天上一个地下。

杜荔娜是在和一个公益基金会的秘书长吃饭的时候，遇见王子猷的。

他们在酒店门口等车，王子猷从门内出来，扶着一个秃顶的男人。男人肥大的肚子溢出皮带，被一颗衬衫扣子岌岌可危地兜着，脸像猪肝一样红，一口一个小王地教训着王子猷。

两人目光相触，都呆住了。王子猷的脸由红转青，立刻背过身去，一把拽起秃顶的领导，往停车场走。

同行的基金会秘书长善意地挡在杜荔娜身前，道："有的人喝了酒就是失态。杜小姐，我们离他们远一点。"

杜荔娜听见王子猷在给代驾打电话，不厌其烦地解释着定位。

"对，有环形车道那个门，挨着滨河大道。"

她向秘书长抱歉地笑笑，但还是绕过他，来到了王子猷身后，叫他："子猷。"

王子猷停下了脚步。

杜荔娜小心翼翼地问："你换了电话，微信也注销了，新的号码可以给我吗？"

秃顶男人扒着王子猷的肩膀，干呕起来。

"就不必了吧。"王子猷没回头，背对着她说，"每个人都有自己要走的路。当初我替不了你，现在你也帮不了我。"

他说完，把秃顶男人往肩上再托了托，大步向前走去。穿荧光马甲的代驾小哥迎上来，和他一左一右地托起重负，很快便消失在了杜荔娜的视野里。

说到这里，杜荔娜低垂下姣好的颈子，眼泪扑扑簌簌地落下来。太阳透过薄薄的布料，在客厅里投下鸟雀的光影，房间似乎成了一座秘密的花园。

苏拉凝睇着她，半晌，用自己的手臂环住她的肩膀，自己的脸颊贴着她的鬓发。

"娜娜，王子猷说得没错。你有你的路要走，他也有他的。可是人生还很长，或许有一天，你们会在更好的彼岸重逢。"

苏拉松开她，脸上峭冷的轮廓缓缓舒展，浮现出一个温和的笑。

"其实今天，我也有一个消息要告诉你……我要走了。"

杜荔娜愕然："走？去哪儿？"

苏拉替她理了理额发："记得之前你和宁夏去陵县，我们和徐芳开远程视频会议吗？"

"怎么？"

"我报名了今年的法律援助志愿者行动，已经通过了选拔，下个月启程。我的派驻服务地，就在陵县。"

5

杜荔娜和宁夏在海谷村村委办公室里和病床上的苏拉连线。让她们意外的是，网速居然飞快，从语音会议切换到视频会议毫无障碍。除了徐芳祖孙和村支书，还有许多村民挤到村委来围观。他们听说对面是个挣很多钱的大律师，也不管什么计费时长，七嘴八舌地问问题。

村民们的问题五花八门，什么老公打老婆，老婆打老公，儿女不给爹妈寄钱，爹妈不给儿女盖房，寡妇和叔伯抢宅基地，等等。

视频会议连了大半天，直到村支书说苏律师还病着，才告一段落。在那之后，海谷村的村民还经常托徐芳找苏拉和宁夏提问，能在电话里解决的，他们就立刻解决，解决不了的，就指引村民去县城的法律援助部门咨询。

一开始，苏拉是有点不耐烦的。村民没有付费意识，他们觉得一句话的事，律师往往要花费大量的时间了解情况、解释和分析。但是久而久之，她产生了不一样的感受。

鹤市的律所多过米铺，随便一个小案子都有十几位律师来抢，像医院和拘留所这种容易接触案源的场所，总有律师常年蹲点。而陵县这样的地方，却是一片饥渴的沙漠。

郑永明总说苏拉不读博，是急着赚钱，这是不清楚内情的说法。事实是，她的导师不肯收她。老太太原话是这样的："做学术不是象牙塔里的隔离实验，尤其我们家事领域，要推动理论发展，你得先懂得现实，理解咱们中国的老百姓对家庭的期待是怎样的，而中国人的家庭法，又应当如何满足中国人的期待。你这个孩子，性子太冷，对家庭的概念也很模糊，按这个标准，你在我这儿，硕士都毕不了业。"

苏拉在和海谷村父老的对话里，触及了一些最本真的思考，更找到了久违的成就感。

她幼时在榴城长大，自觉自己生活的世界封闭而狭小。那时，她觉得鹤市这样的大城市，才是更大的世界。

现在她才明白，鹤市也不过是一个小世界。

海市、鹤市、陵县、榴城，它们同属于一个世界，休戚与共，血脉相连。

杜荔娜惊讶地望着苏拉，问："你……要去多久？"

"服务期初定一年，期满后再看，也许会更久，也许到那时，我又有新的想法了。"

"可是你不在的话，我……"杜荔娜忽然焦虑起来。

苏拉握着她的手说："每个人，都有自己要走的路。"

最初，她听从杜宇风的安排，回到鹤市，是为了赎罪。现在，杜宇风的遗产已经分割完毕，信托运转良好，之前和杜荔娜协议取得的8%的股权分红权，苏拉已经转入了一帆的员工持股计划。

她该做的事，都已经做完了。

"娜娜，想想你过去一年的成就。就算没有我，你也有能力自由地走你想走的路。"

杜荔娜沉默了。

苏拉说得对。这一次的分离，她并不恐惧。和父亲离开时相比，现在的杜荔娜，已经是崭新的自己了。

"苏拉，虽然我从来没有这么叫过你，但是……"她欲言又止，终于鼓起了勇气，

"不管你走到哪儿，你都是我姐姐。"

苏拉先是一愣，而后，细长的眼眸中亮起温柔的光："嗯，不管我在哪儿，你都是我妹妹。"

杜荔娜微笑起来。她突然想起了什么，又问："你告诉林渡了吗？"

苏拉一怔，道："还没有。"

从被王子谦绑架，受伤手术，到住院康复，林渡始终陪在苏拉身边。他知道她忙于徐芳的抚养费诉讼，忙于杜荔娜的离婚和遗产继承事宜，忙于处理一帆的各项事务，所以，他没有急着要求她重新定义两人的关系。

此前，郑永明和苏拉聊起过那桩绑架案。他提到，警察最初是把调查重点放在苏拉身上的。这不奇怪，王子猷是第一报案人，警察也是抽丝剥茧，根据掌控的信息一步步追查的。

可是，林渡在接受询问的时候，情绪非常激动，斩钉截铁地说苏拉不可能是罪犯，还说她一定是遇到了危险。

苏拉后来问林渡，为什么这么笃定。

林渡回答："因为，苏拉女王，你已经被我看透了呀。"

苏拉知道，林渡一直在等她。

在此之前，苏拉从不和别人解释自己的决定。可现在，她害怕自己的直白再次伤害林渡的感情。

她怕他开口挽留。她知道自己不会改变主意，她怕他再次对她失望，却也怕他无动于衷。

由此可见，感情实在是种负累。

她给林渡打电话："你明天有空吗？"

电话那边很吵闹，音乐混杂着交谈声。林渡快速地远离人群，来到一个安静的环境里。

苏拉能想象到他迈开大长腿，穿过人丛，钻进角落的样子。

林渡听起来心情很好，问："女王大人有何吩咐？"

"想请你吃个饭。"

"这么正式？"

"嗯，有很重要的话，要跟你说。"

对面沉默了一瞬，低声笑起来："我需要准备点什么吗？"

他意有所指，她弯起了唇角，道："准备一个好身体。"

调戏人的反被调戏，林渡气呼呼地说："那我今天早点睡，养精蓄锐。"

"你每天都应该早点睡。"

林渡："……"

就不该和律师做口舌之争。他静了一下，哑着嗓子唤她："苏拉。"

"嗯？"

"我可以现在就去找你。"

苏拉发出口风琴般悠扬的笑声："你还是专心演好败家子吧。"

今天是恒茂的三十周年庆晚宴，林茂生在晚宴上宣布退休，把恒茂董事长的职务移交给了林渡的二叔。他的冠心病比第一次发作的时候严重了不少，再不休养，就该上支架了。

这也就标志着，在让林渡接班的这件事上，林茂生和钟晴都彻底死了心。林渡把今天的晚宴视为人身自由的起点，不仅出席了，还按照钟晴的吩咐，吹了个胶丝头搭配西装三件套。

他扯着紧箍的西装马甲，对苏拉抱怨："我发誓，今后只有两个场合能让我这么穿。一个是你的婚礼，一个是我的葬礼。"

苏拉又咯咯笑起来："那我现在就给你吃颗安心丸。无论是我的婚礼，还是你的葬礼，你都可以怎么舒服怎么穿。"

晚宴里的人声喧嚣忽然都消失了。林渡听着苏拉的笑声，心脏起伏，如金巴兰海滩上的潮声。

他知道她听懂了，却害怕自己听错了她的意思："苏拉，我想现在去找你。"

苏拉又笑。林渡开始在脑海里幻想一个甜甜暖暖的苏拉。

"别了，我有个越洋视频会，马上开始，估计要开四五个小时。你好好见证你的自由，我们明天再见。"

林渡只得喟叹一声："明天见。"

越洋视频会议果然符合苏拉的预期，开了五个小时。

当事人是个旅居法国的陪读阔太，一把鼻涕一把泪地控诉老公，说他在外面有两个私生子。当事人陷在自己的情绪里，根本不考虑两边的时差。律师的团队小群里发了一连串哈欠的表情，快赶上斗图大赛了。

这个案子苏拉没打算亲自跟，视频也有录像，但她还是做了重点记录。苏拉相信自己第一时间的思考，到案件后期，细节已经烂熟于心的时候，团队反而容易出现集体的意识黑洞。

她刚关了会议软件，电话铃就响了，是个陌生的手机号。

推销、诈骗、中介，一般不会在半夜两点打电话。这种情况，往往是刚被出警抓了的当事人家属。

苏拉接通了电话。对方的声音颤抖，像一棵飘荡的草。

"苏律师？"

"我是。"

"你之前说过，等我自己有需要的时候，可以找你……"

苏拉忽然觉得对方声音有点熟悉："您是……"

"我真的不知道该怎么办了！我会坐牢吗？阿渡他不能知道，你别告诉他！我不能……"

苏拉心中猛地一跳，她知道对方是谁了。

执业多年的心理素质勉强压住了忧虑，苏拉镇静地问："钟阿姨，你现在安全吗？"

"安全。可是我不知道该不该报警……阿渡以后怎么办呢？阿渡……天啊……我对不起阿渡……"

"没关系，我在这里，我知道怎么处理。我会尽全力，保护你和林渡。"苏拉平缓的声音从钟晴的手机话筒中传来，如同海上肆虐的风暴里，灯塔的微光。

钟晴呜咽起来。

"现在，深呼吸三次。一……二……三……"

一分钟后，钟晴终于平静下来。

"钟阿姨，告诉我你的位置，我现在过去找你。"

"我在……湾畔酒店，2888号房间。"

十分钟后，苏拉抵达了湾畔酒店2888号房间。救护车比她先到，进门的时候，医护正用担架抬出一个人。

这是一间豪华套房，内间的咖色地毯被大片濡湿了，水渍上散落着白瓷碎片，还沾着猩红的血迹。钟晴痴痴呆呆地坐在床沿上，看见苏拉进来，如梦初醒地站了起来。

她的第一句话是："你没告诉阿渡吧？"

"还没有。"苏拉握住她的手，"钟阿姨，这是一份刑事案件授权委托书，签下以后，我就是你的代理人，你可以完全信任我。"

钟晴颤抖着签了字。

"现在，我需要你一五一十地告诉我，到底发生了什么。"

"我……"钟晴的眼泪再度流下来，"我可能，杀了阿渡的爸爸。"

6

恒茂的三十周年晚宴，林茂生喝了不少酒。他搂着女助理，把手往人家屁股上摸。女助理娇笑着发嗲，轻飘飘地拍在他的手臂上。

林茂生有冠心病，钟晴在旁边提醒他少喝点，他突然不耐烦，当着众人的面骂她，人老了就是啰唆。

钟晴气得脊背发凉，扭身去找儿子，林渡却不知跑到哪里去了。她掏出手机，才看到林渡的信息，说他回家赶稿去了。

这就是她的丈夫和儿子，钟晴悲凉地想。她索性独自离场，驾车回家，眼不见心不烦。

钟晴在恒茂还算有几个老姐妹，帮她留意林茂生的日常举止。刚回到大宅，其中一个老姐妹就给她发信息，说晚宴结束后，醉酒的林茂生抱着女助理，上楼开房去了。

女助理名叫莎莎，论资历，根本当不上董事长助理，但林茂生看上了她的相貌，是破格把她从子公司提拔上来的。钟晴早就猜测他们有一腿了，只是没有实证，这下可算抓住了把柄。当下，她勃然大怒，又驱车回了酒店。

她对林茂生的套路再熟悉不过，直接上到28层，就看见司机老赵坐在电梯厅里。老赵经不住她的盘问，很快掏出了房卡，钟晴遂气势汹汹地闯进了2888号房。

这一系列动作，钟晴都是凭着惯性下意识地完成的。

每次被她拿住把柄，林茂生心知理亏，便会容她痛痛快快地买几颗好石头。钟晴知道狗改不了吃屎，也没想着能把林茂生怎么样。他年纪都这么大了，就算再爱玩，也玩不了几年了。

但这次，事情不一样。

林茂生指着钟晴的鼻子破口大骂，钟晴却一个字都没听见。

助理莎莎裸露着上半身，侧跪在床边的地板上，眼眶和脸颊上连着青紫了一大片，颤抖着环抱住自己。

钟晴的背上浮起一层鸡皮疙瘩："这是干什么？"她指着莎莎，质问林茂生。

林茂生向侧一挪，挡住她的视线："跟年轻人玩点新鲜的，你管得着？"

看她不动，林茂生从西装外套里掏出钱包，扔给她："想买什么就去刷，别坏了老子的兴致。"

"可是……"

林茂生给了她一巴掌。钟晴的脸上登时如火灼般烫，呆愣着被林茂生往外推搡。

突然，莎莎从地上爬起来，哭着朝钟晴喊："老板娘，救我！老板娘我不是！我不愿意！老板娘！"

房门砰然在钟晴面前关上。

湾畔酒店的隔音很好，但是，钟晴似乎还能听见莎莎在里面的哭叫声。她僵立在走廊里，一时不知道自己身在何处，此时又是哪年哪月。

林茂生确实也玩不出什么花样来。他早就生不了儿子了，也许正是因为这样，才在那方面有一些补偿性的爱好。

近一年来，莎莎都是钟晴的眼中钉和肉中刺。依钟晴看，她就是个下贱的货色，仗着一张脸，从林茂生那里得了不少好处，现在又来卖乖。

好人家的女孩，怎么会让自己沦落到这个地步呢？都是她自作自受的，装什么清白圣女？

钟晴这样想着，却挪不动脚步。

走廊里的灯光亮得晃眼，她仿佛回到了二十八年前那个酷热的夏天。那一年，钟晴只有二十一岁，比现在的莎莎还要年轻。

她刚到恒茂上班没多久，就被太子爷林茂生叫出去陪客户喝酒。她有心表现，喝酒也很拼命，客户都夸她是女中豪杰，人美，酒品更好。

中途，她去厕所吐了两回，酒局结束后，昏昏沉沉地上了林茂生的车，林茂生把她带去了宾馆。

浑身衣物都被扒光的时候，钟晴突然清醒了过来。她哭着求林茂生住手，说自己刚刚结婚，丈夫人很好，不能对不起老公。

那时她也是和莎莎一样地哭叫。

林茂生掐着她的脖子，她叫不出声，也动弹不得。等她终于找回对四肢的感知时，一切都已经结束了。

从那以后，钟晴就成了林茂生的情妇。

她告诉自己，一定要保住这份工作。陈志添开大排档已经很辛苦了，家里需要她这份收入。何况，没有人会相信，像林茂生这样的富家公子，还需要用强才能得手。公司里的阿姨们窥破她的隐秘，背地里叫她小贱货。

她人生中最大的痛苦，反而成了受制于人的把柄。她不敢言说，不敢反抗，无法自赎，无法自谅，只能一点一点，往黑暗中永远地坠下去。

大量的空气涌入胸腔，让这个窒息已久的女人回忆起呼吸的香甜。她就像一具浮尸，在冷潭里浸泡了多年，突然抬起了头。

钟晴平静地打开房门，重新进入内室。

林茂生趴在莎莎身上，兴奋的喘息声和莎莎的哭叫声此起彼伏。钟晴瞪着丈夫的后脑勺，骤然抓起茶几上的白瓷花瓶，敲在了他的脑袋上。

林茂生从床上慢慢滑下来，滚落在地上。他肿胀的眼泡死死地瞪着钟晴，脸上的肥肉突然剧烈颤抖，手掌按住左胸，像一只被钉在玻璃板上的大肚昆虫，挣扎了几下，便不动了。

莎莎尖叫起来。

钟晴也愣住了，她这才想起林茂生有心脏病。

钟晴连滚带爬地从林茂生的衣服里摸出一瓶丹参滴丸，哆嗦着倒出来几颗，往他嘴里塞，却怎么也塞不进去。

她伸手探他的鼻息，已经没有了。

"叫……叫救护车！"

莎莎披上件衣服就冲了出去。钟晴听见她在走廊上大喊："老板娘打死了老板！"

浑身的血液似乎都停止了流动，钟晴跌坐在地上，脑海里一片空白。

不，不能把林渡扯进来。儿子和这一切都没有关系，她已经欠他太多了。

可她该怎么办呢？现在，只剩她一个人了。

她突然想起，很久很久以前，有人对她说过这样一句话："在海市，确实有同行叫我'恶女律师'。不过，将来您自己有需要，是希望找位'恶女律师'，还是找个小甜甜呢？"

钟晴大口地喘息着，几乎是爬到自己的拎包旁边，从里面翻找出一张洒金的名片，照着上面的电话，拨通。

"苏律师？"

钟晴原原本本地说出了今夜的经历，苍白着脸问："我会坐牢吗？如果我坐牢，对阿渡的前途会有什么影响？"

苏拉没有立刻回答。法理可以很简单，但真相是由无数细节堆砌而成的，而案件的侦查、诉讼，对当事人来说，总是无比漫长。

"阿姨，林渡不会受到任何影响，你的安全和健康，对他来说是最重要的。我相信你是无罪的，也相信法律会给你一个公道。"

"你相信我……无罪？"

"我知道你无罪。"

"可是我打死了老林……"钟晴的目光飘向天花板，失声痛哭。

"你不是故意要打死他的，他是死于心脏病。而且你是为了阻止他正在实施的强奸，是正当防卫。"

"谁能证明他是强奸？那个女的天天跟他腻在一块，连我都以为他们早就搞在一起了……"

"她不愿意，她身上有伤，她向你求救了。不论她人品如何、名声怎样，这就是强奸。"苏拉的手缓慢而有力地按住她的肩膀，"今天发生的事是强奸，当年你遇到的，也是强奸。钟阿姨，你做了一件很勇敢的事，接下来，会有一个复杂难熬的过程，但我向你保证，这个时代和二十多年前不同了。这个时代，鼓励你勇敢。"

她从钟晴手里拿过手机，按下110，再递回给她，说："报警吧，我会陪着你。"

凌晨四点，林茂生在鹤大附属医院被宣告死亡，死因是冠心病急性发作，导致急性呼吸循环功能衰竭。

要到天亮以后，林渡才会得知消息。而林家的其他人赶到警察局，哭闹谩骂乱作一团，则是中午的事了。

苏拉从里间出来，正看见办事大厅里，林家的叔伯姑婶把林渡围在中间，手指头几乎戳到他脸上。

林家三叔道："我看这事没那么简单！大嫂那人软懦懦，能有这个主意？我看你们母子俩，是一伙的！"

三婶也是夫唱妇随："没错，他们是看大哥退休了，没有利用价值了，就谋财害命！"

林渡像根长木头一般，戳在原地，任他们谩骂。

办案警察吼了一嗓子："吵什么？案子还在调查中，你们家属要保持冷静，好人冤不了，坏人也逃不掉。"

林家众人遂稍稍收敛了一些。

林家小姑满脸泪水，对林渡道："阿渡，那女人狼心狗肺，她就不配当你妈。你要是还想当林家人，就别认她！"

"小姑，事情的真相，公安局会调查清楚的。"

"你妈已经被抓了，还不清楚吗？她要不是杀人犯，警察抓她干吗？"

林渡顿时脸色惨白，说不出话了。前夜报警后，警察已经完成了现场取证和证人询问，钟晴当场被刑事拘留。林茂生是否构成强奸，钟晴的行为又该如何认定，尚需时间来获得定论。

"你是不是傻，任别人欺负？"苏拉瞪了林渡一眼，把他拽到身后，朝林家人冷笑道，"既然你们都是死者的至爱亲朋，他犯的强奸案，该赔的钱，就由你们替他赔？"

林家人俱是一愣："那都是钟晴那女人污蔑我大哥！"

"我大哥人都死了，还赔什么钱？"林家三叔嚷道。

苏拉道："受害人是恒茂的员工，恒茂不需要赔钱？强奸罪定了性，死人的钱，也照样要吐出来。"

"你胡说什么？我哥才不是强奸犯！"林家小姑朝苏拉扑过去。

林渡醒悟过来，连忙挡住小姑，把苏拉护在怀里。

这时，林渡的二叔跟着一个民警走出来，见此情状，骂道："都别闹了！还嫌不够丢人？"

林茂生不在了，自然是老二当家，他看起来比老太爷去世时稳重了许多。民警再一次劝他们不要吵闹，林家人终于安静了下来。

苏拉握住林渡的手，说："我已经提出取保候审了，阿姨最多两天就能出来。你放心，她情绪还算稳定，比你强。"

林渡感激地看着她，待说什么，民警便招呼他去做笔录了。苏拉往门口一指，示意自己在外面等他。

果然，等林渡做完笔录，从公安局出来，苏拉就站在门口。

"苏拉……"他想道谢，却觉得太过轻飘，"我没想到，我妈会直接联系你。你们应该立刻告诉我的……"

他反应过来自己话中的不妥，歉然道："我没有怪你的意思。谢谢你，在我妈最困难的时候，陪在她身边。"

苏拉细长的双眸紧盯着他，突然问："林渡，你饿不饿？"

林渡摇头，道："我还得去医院，我爸……林茂生……"

"可我饿了。你陪我去吃点东西吧？"

林渡愣了一下。是的，她忙了一整夜都没合眼，比自己要疲惫得多。

"好。"他温顺地说。

他们进了路边最近的小馆子，苏拉点了一盘最快上的饺子，先夹了一个，递到林渡嘴边。

"吃一个吧。无论遇到什么事，都要先吃饱。吃饱了，才有力气思考，想明白了，才能做成事。"

林渡知道她说得有道理，遂囫囵吞了那饺子。辘辘饥肠得到了片刻的温暖，他这才想起，他们昨天本来就是约了这个时间见面的。

那会儿，他的脑海中全是甜蜜的憧憬，与此刻形同隔世。

"苏拉，我很抱歉，让你卷进这些事情。"他满脸惭愧。

"这是我的工作，这样的场面我见得多了，你没什么好抱歉的。"

话虽如此，处理陌生客户的案件，和处理他家人的案件，是全然不同的。林渡想，江世敏预测得没错，林家不仅无法帮衬她，还会拖累她。

现在，林渡隐藏多年的秘密彻底袒露在了阳光之下，也袒露在了自己深爱的女孩面前。

要么，他的父亲是个强奸犯；要么，他的母亲是个杀人犯。又或许，两者皆是。

谁愿意和这样的家庭扯上关系呢？

苏拉似乎没有意识到他的窘迫，只把他当作一个普通的当事人家属，条分缕析地说着案情。

"取保候审的申请，最晚三天内回复，以我的经验，明天就能下来。这种案件，公安局一般都会同意取保的，你不用太担心。接阿姨出来以后，好好安慰她，不要太紧张，不要见熟人，外界的压力会很大。如果可以的话，换一个地方居住。我们争取最好的结果，那就是检察院决定不起诉。如果最终还是起诉了，也不用怕，辩护胜诉的概率还是很大的。"

苏拉说着说着，停了下来，问："林渡，你听见了吗？"

林渡点头："律师费我会如数付给你的，谢谢你，苏拉。"他顿了顿。"你昨天说，今天有很重要的事情告诉我。现在还能说吗？"

苏拉怔了怔，道："也不是多么了不得的事，以后再说也行。"

"现在说吧，我想知道。"林渡认真地盯着她。

"你现在要考虑的事情太多，没必要再加上一件。"

他却很坚持："我现在要考虑的事情很多，不差这一件。你说出来，也许会改变我对其他事情的决定。"

苏拉默然片刻，终于如他所愿开口："我是想告诉你，我参加了今年的法律援助志愿者行动，下个月就要离开鹤市去陵县了。我会在那边待一年，顺利的话，也许两年。"

"哦。"

明明是夏天，却像是二月的回南天悄然钻进了衣服里，林渡心中一片潮冷。

原来是这样。是他之前多想了。他以为这么长时间的守候，让她终于看清了他的真心。

在她的人生计划里，从以前到现在，从来就没有他的存在。没有人能让她停下探索自我的步伐。

林渡知道，自己应该为她感到骄傲。她愿意放弃鹤市的待遇和发展机会，去困难地区做法律援助，真的很有勇气。他没有资格，从道义上也不应该阻挠苏拉。

只是，他开心不起来。

苏拉继续道："钟阿姨的案子，我会请郑主任亲自接，刑事方面，他比我有经验。当然我也会远程持续跟进的，不会撒手不管。之前没告诉你，是因为还有个选拔的流程，不保证一定能选上。也是刚定下来的。"

林渡点点头，真心实意地说："苏拉，你很了不起，我很佩服你。"

苏拉想从他眼中找到一点失望，或者生气，可是什么都没找到。好像这个消息，对他来说并不重要。

她略微不快，遂淡淡地道："参加法律援助，也是一个发展机会，我想去接触一些在鹤市接触不到的领域。横竖，我在鹤市也没什么牵挂了。"

林渡竟然点头称是。

苏拉突然就恼了。

"林渡，"她严肃地说，"我知道现在说这个不合时宜，但是有个问题，我必须问你，你可以不用立刻回答我。"

"你问。"林渡强打起精神听她训诫。她原本就要离开鹤市，去追寻自己的职业理想和法律信仰了。他几乎能猜到，苏拉要说什么。

林渡，林家的事我不会不管，就算是冲着林深，我也会帮到底的。

林渡，我们就做普通朋友吧。

呵，他绝对不会同意和她做什么普通朋友的。

苏拉犹豫着开口了："林渡，等这一切都过去以后，如果你没有别的安排——"她忐忐地看了他一眼，"你能去陵县找我吗？"

"我不可能……呃？"拒绝的话说到一半，林渡顿住了。

"我去陵县，是住县政府安排的宿舍，我打听过了，那边网速挺快的，不影响你写作，游戏速度也跟得上。你玩的那个游戏，不是一直想拿个地区排名吗？在鹤市恐怕困难，陵县应该有希望……"苏拉卖力地说服着林渡，语气略显急躁，"我不是要求你一直待在陵县陪我。我们可以找到一个彼此都舒服的频率，不要分开太久。至少每两个月有一个月在一起，是不是就不算异地恋了？"

"异地恋？"

"娜娜说，异地恋一般撑不过两个月。"

异样的色泽在林渡黝黑的眸子里悄然涌动："苏拉，你说什么？"

苏拉忽然意识到，不该在这时给他多余的压力，只得往回找补："你不用急着做决定，我知道你要先处理家里的事，别的都可以以后再说。只是……别急着拒绝我。"

拒绝她？林渡觉得好笑。

"苏拉，你知道今天警察问我什么吗？他们问我，知不知道，二十八年前，是我爸强奸了我妈。"他苦涩地笑了笑，"我说我知道。我劝我妈离开他，但是她一直下不了决心。这就是我一直没告诉你的，我最黑暗的秘密。现在你都知道了。就像王子猷有一个杀人犯哥哥一样，我有一个强奸犯父亲……所以，你为什么不像你妹妹离开王子猷那样，离开我呢？"

林渡问得很认真，也是在庄重地等待答案。

苏拉注视着他，良久，幽幽地叹了口气。她伸出手，抚摸林渡的脸颊。

"在王家案发之前，娜娜就已经决定要离开王子猷了。而我在得知你父母的事以后，才更明白你是什么样的人，也才更明白……我自己的心。"

林渡觉得荒谬，又觉得不真实。命运无情地戏弄他，又回赠他以厚礼。

"苏拉，可能到头来，我会一无所有。"

"你不会一无所有，你至少有我。有再多的艰难险阻，我们一起面对。我会帮你和钟阿姨拿回你们应得的一切，包括正义和公平。"

苏拉直起身子，越过小桌，在林渡的唇上轻轻落下一个吻。

"林渡，我不会扔下你一个人，我不放心。"

林渡呆若木鸡。

苏拉神色如常地坐回原位，垂下眼眸，重新拿起筷子："吃饺子，别说话。"

林渡的眼睛里有晶亮的微光闪烁。他就像一个被揉搓捏卷的表面，向风的一面洁净干爽，沟壑里却满是沉积的真菌。

这么多年过去，他终于将自己的褶皱抻平，光滑地袒露在阳光下暴晒。

他咧嘴道："苏拉女王，我说得没错。我果然……就是你命中注定的那个人。"

第十八章
尾声

陵县处在平原向盆地过渡的坡地上,境内山峦起伏、水路纵横,全县常住人口五十余万,注册律师只有四位。

苏拉成了第五名,和她结对子的大学生志愿者叫黎俊,是今年的应届大学生,已经通过了司法考试,还没经历过实习期。

刚到陵县的时候,苏拉还强撑着每天化个淡妆,时间长了,考虑到工作繁忙,又经常需要步行,她干脆卸下偶像包袱,衣着以衬衫、休闲裤加平底鞋三件套为主,素面朝天,头发简单一绑,倒像是陵县本地人,迅速融入了群众。

黎俊的家也在大城市,父母娇养长大,来到陵县遇到了很多不适应的地方,见苏拉适应得很好,十分奇怪。苏拉便说,自己也是从小县城出来的,小时候,家里的条件比陵县的普通人还差呢。

黎俊对苏拉的过往职业经历非常好奇。更让他好奇的是,像她这样鹤市大所的高级合伙人,年收入保守估计也有上百万,为什么要跑到陵县这穷乡僻壤,拿一个月三千多元的补贴,干着最鸡毛蒜皮的活,接待最难沟通的客户。

尤其她还是位女律师,正值所谓的"婚龄"。

苏拉说话咄咄逼人,做事干脆利落,法律援助中心的同事在背后议论,苏拉就是传说中那种收入高、性格强势、眼光高的都市大龄剩女。不过,大家都有点怕她,更不敢当面问她的感情问题。

集中培训一个月,共事三个月,黎俊和苏拉也算混熟了。他们除了在法律援助中心接待来访咨询,代理案件,在县里开展法制培训,还要上山下乡、走村串户去普法,平均一天要工作十二小时。

黎俊几乎可以确定,苏拉没有男朋友。正常的男人,有几个能接受这样的女朋友?

黎俊和苏拉一起在县政府食堂吃午饭,他观察着她,总觉得她今天有些不一样。

"苏拉姐,你化妆了。"

苏拉慢吞吞地吃完最后一口酸笋米粉,擦干嘴,对着镜子补了口红。

"对啊。"

黎俊在心里怪叫了一声。有情况!

在陵县,苏拉能接触到的适龄男青年不多,能跟她朝夕相处的,只有黎俊一个。

苏拉姐对他有好感，一定是这样！

黎俊期期艾艾地问："苏拉姐，那个……你喜欢什么样的男生啊？"

苏拉今天心情不错，竟然顺口回答："我喜欢比我小的。"

黎俊："……！"

"还有呢？"

"个子高，长得帅，赏心悦目的那种。手也要好看，打游戏手速超快，就像弹钢琴。"

黎俊心里在咆哮，是自己没错了！他可是××争霸陵县地区排名第一，游戏手速150APM[1]。可是苏拉姐是怎么知道的？

他在学校一直都很受欢迎，只是没想到，对姐姐也有这么大的吸引力，还是个比自己大八岁的姐姐。

"还有呢？"

"要读过很多书，喜欢哲学，喜欢诗，有幽默感，会聊天，这样我想不说话的时候，也不会冷场。"

"砰"的一声，黎俊双手撑着桌面，说："苏拉姐！其实我也……"

话未说完，苏拉双眸一亮，站了起来，露出一个黎俊从未见过的灿烂笑容。

"林渡！"她朝远处拼命招手。

黎俊一回头，就看见一个高高瘦瘦、长手长脚的男生背着个大包，朝他们跑过来。他头发乱得像鸡窝，相貌却出奇地英俊，还略微有点眼熟。

黎俊眼前一花，他凛然不可侵犯的苏拉姐已经被那个叫林渡的男生高高抱了起来。林渡一手托着苏拉的腿弯，一手扳低她的头，吻了上去。

整个食堂安静了。

司法局的黄局长刚好路过，正要开口批评："这是哪位同志这么不注意……咦？是苏律师啊……喀喀，年轻人，情有可原，情有可原！"

黄局长端着饭盘，别开眼，笑呵呵地走了。

也不知过了多久，苏拉低喘着放开林渡的脖颈，从他身上滑了下来。

"你怎么提前到了？"

"想给你一个惊喜。"林渡意犹未尽地补了两个吻，这才意识到他们所处的环境，有点抱歉地道，"我是不是影响了你在同事心里的高冷形象？"

"是有点，"苏拉抿唇微笑，"这不就是你的目的吗？"

"那当然。"林渡大言不惭地说，"这样你们整个单位就都知道，你有男朋友了。"

黎俊被塞了一口狗粮，默默地低下头。

---

1. APM：手速，每分钟操作的次数。

苏拉无奈地摇摇头："你来得太早，我二十分钟后要去土地局做个政策宣讲，陪不了你。"

"没关系，你把宿舍钥匙给我，我自己去入住。"

"可你不知道地方啊。"苏拉看向黎俊，"小黎，这是我男朋友林渡。你能带他去我宿舍吗？"

"没……没问题。"黎俊涩涩地说。

林渡这名字，他总觉得有点耳熟。

"林哥，你比苏拉姐小吧？"他看上去不修边幅、毛毛躁躁的，还没自己稳重呢。

林渡把苏拉往怀里一搂，道："女大三，抱金砖嘛。"

那按这么算，他可以抱三块金砖呢。黎俊忍住翻白眼的冲动，越发觉得眼前这人，除了长得还行，根本配不上苏拉姐。

"林哥，你打游戏吗？"

"我打××争霸。"

"咦，巧了，我也打××争霸，我是陵县地区排名第一呢。"

林渡愣了一下，慢慢眯起眼，一种雄性之间微妙的气氛无声地在两人之间荡漾。

"现在我来了，你可能就要掉到第二了。"

"哦？"黎俊也沉下了脸，"林哥，你和苏拉姐两个人异地恋，一定很辛苦吧？这么长时间，苏拉姐都没提到过她有男朋友呢。"

林渡笑道："异地恋正式结束，我搬到陵县来住了。"

黎俊愣了一下，问："那你的工作怎么办？我们来法律援助，工资可不高，要养两个人的话，还是有点吃力的呢。"

"我的工作在这儿也能做，挣的钱够用，别说养她，养你都成。"

"自由职业很不稳定吧，交五险一金吗？"

苏拉轻轻咳了一声："你们俩挺聊得来？那今晚你们俩睡。黎俊，麻烦你收留这个人一晚。"

林渡和黎俊都住了嘴。

林渡弹跳起来，叫道："别别别，女王大人，您忙您的，小人立刻回宫打扫屋子，等您回来用膳。"

苏拉把钥匙交给林渡，拿着包就走了。走出几步，她突然想起什么，转过头来道："小黎，你不觉得你林哥有点眼熟吗？"黎俊一愣。确实是眼熟，但他想不起在哪儿见过。

"你不是刚买了一本《潘塔纳尔的豹》吗？"

她眨了眨眼睛，没有再多解释，转身离去。

黎俊莫名其妙，目光回落到林渡身上，林渡也朝他微微一笑。

"哟，原来是一位读者。"

黎俊："……"

《潘塔纳尔的豹》……渡渡鸟……林渡?!

黎俊的嘴顿时张成了 O 形："鸟大？"

林渡的新书《潘塔纳尔的豹》上架不过两个月，销量已经突破五十万册，各大书店都卖断了货。经纪人老陈夺命连环 call 他去全国巡回签售，这只"当红炸子鸡"却远离人群，躲到了陵县这偏远之地。

一个月前，鹤市人民检察院对钟晴涉嫌过失致人死亡的案件做出了不予起诉的决定，认定钟晴的行为属于正当防卫。而恒茂前掌门人林茂生涉嫌强奸一案，虽然加害人已死，不再起诉，但受害人莎莎还是发起了民事诉讼，向恒茂要求赔偿。

与此同时，林家为了林茂生的遗产分配问题，打成了一团糨糊。林渡和钟晴商量后，由郑永明出面谈判，苏拉拟稿，做了一份放弃继承权的声明。林渡和钟晴母子继承现在居住的兰心湖畔的林家大宅，以及钟晴自己收藏的珠宝，放弃继承其他遗产——主要是恒茂的股权，留给林家人自己去扯皮。

林渡帮钟晴卖掉了大宅，置换了一套面积小一些的洋房，原来林家的保姆张婶也跟着搬到了新居。一切安排妥当，他便踏上了去陵县的火车。

从鹤市出发之前，他收到了许多让他捎给苏拉的礼物，随身行李都放不下了，只好邮寄。

杜荔娜送的是她和薇薇安舞蹈培训机构联名定制的新版"辛德瑞拉"玩偶，还请到了大明星洛逸代言。她现在跟着江世敏学习管理，主管一帆的技术研发，同时还是鹤市小有名气的女性投资人和一家公益基金会的理事。

郑永明送了一个青瓷描金龙纹花瓶，说是苏拉一直想要的。林渡摸不着头脑，但也只好层层包装带了过来。

宁夏和天影所的其他同事联合送了一套远程视频会议设备，方便苏拉随时线上办公。林渡差点就"漏带"了那套设备。

何宝贤听说林渡要去陵县，送了他一台最新款的 Gopro 摄像机，让他帮着采集一点偏远山区的新闻素材。

而何崇光二话没说，让他把超市收银台附近架子上的彩色小方盒一扫而空，叮嘱林渡合理使用。

临行前，他还去见了江世敏。江世敏没把他拒之门外，只是冷冷地说："她去陵县也没跟我商量，我又何必关心她在做什么。"

林渡战战兢兢地辞行，走到门口，又被江世敏叫住了："告诉她，没钱了说一声。"

林渡在黎俊的带领下来到苏拉的宿舍，从鹤市寄来的大包裹也已经放在了门口。房子是两室一厅，装修简单，但打理得很舒适，到处都是苏拉的气息。

简单安顿了一下，林渡手机上收到苏拉的信息："我们晚上吃什么？"

林渡回道："你想吃什么？"
"楼下菜市场有卖羊肉粉的。"
"那我去买。"
"可是我不知道要开会到几点。"
"没关系，我等你。"
手机安静了一会儿，又"嘀"了一声，进来一条信息。
"林渡，可能我心里，属于爱情的地方就只有那么大，但那里确实，全是你。"
陵县的夕阳迤逦地滑过远方翠绿的山脊，把整个客厅染得紫红。
林渡笑了，回她："苏拉，我也爱你。"

很久很久以后的一天，鹤市。
徐芳放了暑假，苏拉带她回鹤市玩，杜荔娜正打算入股一家海边民宿，就带着她们俩一起去考察，顺便度假。
三个人穿着泳衣，坐在私家海滩上，傍晚的海浪轻轻拍打着她们的脚踝。
苏拉说，她现在已经会游泳了，是林渡教的。
杜荔娜大笑："那你很勇敢啊。"
苏拉也笑："别说我了，你现在能跳三十二圈挥鞭转吗？"
"应该不行吧。"
"你现在试试，摔倒了也不怕，我扶着你啊。"
徐芳也怂恿她，反正海滩上也没别的认识的人。
海浪的声音如同鼓声，杜荔娜被鼓舞了士气，一骨碌站了起来。
她张开双臂，挺起胸膛，昂起脖颈。
她的右腿化作优美的长鞭，高高挥起，旋转。
一圈，两圈，三圈，四圈……
海风吹拂着她赤裸的大腿，也吹拂着那红色的伤疤。
最后，她们都忘了去数，她究竟转了多少圈。

番外一 丽

徐丽当上质检员的那天，激动得给在家乡的妈妈写了一封信。

这意味着她在鹤市有了真正的位置，她的工作有了名称，而不仅仅是"打工妹"。

妈妈当然是看不懂信的，妈妈要再走上二里路，去山腰上的村妇联主任家找她读信。所以她要写得争气一点，这样，接下来的一年，妈妈在村里走路都能挺直腰板。

十六岁那年，徐丽就揣着二百块钱来到了鹤市，她的第一份工作是同乡介绍的，在玩具厂当流水线女工，后来，她还去过塑胶厂、鞋厂。

鹤市的工厂比牛毛还多，有的是坏厂，钱少活累，老板人不行，甚至可能有一些暗处的要求；有的厂是好厂，吃住环境好，收入还算高，给交保险。一帆就是这样的好厂，普通人很难进，是一个同乡回老家结婚不干了，把徐丽介绍过来顶自己的位置，徐丽才能进来，这叫"转厂"。

工厂包吃包住，每天就是上班下班、吃饭睡觉，枯燥无味。和她乘一辆火车来鹤市的同乡，有的去了发廊，有的去洗脚按摩，她们学本地方言学得更快，见识更广，后来的出路也更杂。有厉害的，攒了几年钱，自己租了个档口卖手机，摇身一变成了女老板，也有的跟了外商当小老婆，去高档小区养狗了。

更多的女工是谨小慎微的。她们和同乡同龄的男孩子恋爱，写信征求父母的同意，获得认可后，回家结婚、盖房、生孩子，把孩子和父母留在新盖的房子里，年轻的夫妻再次奔赴热火朝天的鹤市。

徐丽不想这样。

海谷村对徐丽妈妈这样的寡妇并不友好，就连那一小块耕地，都是妈妈撒泼打滚骂遍了村支书的祖祖辈辈，才留下来的。徐丽心里燃着一团火，她要留在鹤市，把妈妈也接过来，过上等人的日子。

徐丽长得好看，同乡们都说，只要她肯出去"混"，肯定比在工厂里赚得多。徐丽不是不心动的。她的妈妈日日起早贪黑，耕种着山间碎布一样的小块田地。如果自己出去"混"，妈妈就能少弯几次腰，多吃几块肉。

阻止她离开工厂的，是临别时妈妈反复念叨的一句话："你在外面，千万不能干丢人的事。"

什么是丢人的事，妈妈却没有明说。徐丽不敢去做所谓"丢人"的事，甚至不敢打听，到什么地步才算"丢人"。

她拼命地工作、加工时。既然不敢去做"丢人"的事，似乎就只有努力做工，自己开档口这一条路了。

厂里有男青年追求她，她觉得很羞耻。轻易恋爱是"丢人"的事，那就说明，恋爱是神圣的，她应当好好保留自己，最终，和一个有知识、有素养、英俊体贴的"上等"男孩子谈恋爱，从一而终，白头偕老。

孤独是难挨的，但徐丽想到，未来有自己的档口，有妈妈，还有一个理想中的"王子"在等着自己，就觉得一切都是值得的。

徐丽的岗位是来料质检员，要抽样检测供应商供应的原材料，合格后，她和来料质检主管双人在质检单上签字，这批材料才能投入车间生产。

这天，她抽查到了一批不合格的原材料，照例上报给了主管。但这一次，主管并没有立刻打电话给供应商退货，而是盯着徐丽，笑嘻嘻地说，要请她吃饭。

主管挑了个有包间的餐馆，点了一桌子菜，徐丽从来没见过这样的阵势。

主管一边给她倒酒，一边说，这个供应商是老合作伙伴了，这一次只是刚好被抽样到了不合格的样品，整体材料质量还是过硬的。没有必要因为一次小小的失误，引起两个公司之间的矛盾。最近老板正在过滤供应商名单，一个小小的事件，都可能对供应商和主管自己的前途产生重大的影响。

他絮絮地说了一堆，才从包里拿出一沓钱，放在徐丽面前。徐丽目测，至少有一万块。

她从没见过有人能一把拿出这么多钱，吓得头皮发麻，连连推托。

主管说："这事就你我两个人知道，你拿着买几件好衣服，只要你懂事，以后油水多的是。"

徐丽想，这应该也是妈妈所说的，"丢人"的事中的一种。

徐丽逃回宿舍，不敢跟任何人说，怕大老板知道了炒她鱿鱼，也怕主管给她小鞋穿。她左思右想，不论怎么做都是错，怎么做，都无路可走。

第二天，徐丽鼓起勇气，把钱退给了主管。字她是不会签的，她父母都是老实本分的人，从来不干亏心事。

她离开主管的办公室，就开始打电话找别的工作了。质检员的工作没有流水线女工好找，她学历低，别的地方恐怕看不上她，也许又要从女工开始做。

谁知又过了一天，消息传出来，主管被炒了鱿鱼。

女工们传言，去年刚上位的老板娘江世敏是个狠角色，不仅全面接手了财务，手还伸到了技术质量部。来料质检这块一直有猫腻，被老板娘查了个底掉，质检部几个老员工几乎被一锅端了。

只有刚当上质检员不久的徐丽，毫发无损地过了这关。

没过几天，老板秘书通知徐丽去一趟老板办公室。

徐丽吓得几乎晕了过去。难道是主管把她招出来了？她虽然没有拿主管的钱，却也不敢举报他，她也不是什么好人。

徐丽一进门，老板和老板娘都在。老板娘江世敏看上去就很不好惹，细长的眼睛冷冰冰地望着人，像能把人心里最见不得光的秘密挖出来。

刚开始，徐丽还有些害怕，但没过多久，江世敏先出去了，办公室只剩杜宇风和她两个人。

杜宇风则和善许多，友善地招呼她坐，还给她泡茶喝。

他问她，老家在哪里，父母如何，过往的工作经验，还有以后的打算。

徐丽突然就湿了眼眶。她出来打工这么多年，从来没有老板亲自问过她这些。

她把她和主管之间的对话一股脑儿说了出来，只差跪下求杜宇风原谅了。

杜宇风笑了。他说，不敢举报，是人之常情，她不肯收钱，已经很勇敢了。

"一帆正在发展的关键时期，很需要你这样优秀的员工。徐丽，我希望你一直留在一帆，和一帆一起成长。"

那天晚上，徐丽一夜没睡，她的心底燃起了一团火。

从来没有人认可过她，就凭那一句话，杜宇风就对她有大恩，她恨不能粉身碎骨，来报答他的恩情。

她更加努力地工作，别的同事都说她把老板的活干成了自己的活。有时，杜宇风下来检查工作，会额外给她一个赞许的微笑，这让她更有动力生活了。

然而，厂区里谣言也传得很快。不久，身边就议论纷纷，说徐丽和杜宇风有不可告人的关系。否则，杜宇风为什么单单提拔她做高级质检员呢？

第一次听到这样的传闻，徐丽回宿舍哭了一晚上。同宿舍的女工安慰她，不要理会别人怎么说，可她抬起头看她们的表情，分明全是艳羡而不敢言。

徐丽陷入了莫名的窘境。她努力工作，加了工资，旁人都觉得是老板对她关照的缘故，倘若做错了事，被新主管骂，旁人又会起哄，原来她在老板那里已经失宠了。

甚至，消息都传到了遥远的陵县。连妈妈都打电话问她，是不是交了不该交的朋友。

徐丽觉得，自己恐怕是跳进黄河也洗不清了。

在一个夜晚，她避开所有人，独自跑到鹤尾山上。那里有一棵她喜欢的树，和海谷村头的那棵老树很像。

山上很黑，她走了好远，都没找到那棵树，绝望之下，她坐在路边，嘤嘤地哭起来。

也不知道过去了多久，身后有人轻轻出声："怎么还在哭呢？"

徐丽转身，看见一个高大挺拔的身影撑着腰，微微喘着气，站在昏黄的路灯下。

"我……"她支吾起来。

她看对方穿得很考究，不像坏人。他的脸被阴影遮挡，但气质不凡，大概就是，初中语文老师说过的，鹤立鸡群的样子。

对方笑了笑说:"你别怕。我在山上夜跑,经过你两次了,看你还在哭。我实在看不得女孩子这么伤心。有什么难处,说出来,也许我能帮上忙。"

他走近一步,脸庞完全被奶黄的灯光照亮了。

徐丽怔了怔。她从来没见过这样的男孩子。他戴着一副文质彬彬的金丝眼镜,看上去很有学问,声音也很好听,短发略有点潮湿,却更显得五官立体而英俊。徐丽想不出来,只是一身简单的运动服,他怎么能穿得那么好看。

"你能告诉我,你为什么伤心吗?"

徐丽吸了吸鼻子:"他们说我和我老板……"

话一出口,她就后悔了。自己不应该把这样污秽的谣言告诉眼前的人。他会怎么想她?

尽管她没说完,对方却已经明了了大半。

"这世上爱说闲话的人啊,都是因为没有更好的事情可做。你肯定不是那样的人。"

徐丽一愣,问:"你怎么知道?"

"因为啊,你一看就是个单纯的女孩。"薄薄的唇荡开一抹笑意,"而且你穿着一帆的工服。一帆的杜总家里有只母老虎,不会和女工乱来的。"

徐丽被他逗笑了。

"总算笑了。你笑起来多可爱,别哭了。"男子从口袋里拿出一包纸巾,掏出一张,替她擦拭着脸上的泪水。

徐丽下意识地后退了一步,低下了滚烫的脸。她想,如果这世上真有一见钟情,那就是此刻吧?

男子把纸巾塞在她手里,笑嘻嘻地跑开了,没有问她的名字,也没告诉她自己的。

徐丽不会想到,两个月后,在一帆的年会上,他们会再次相见。

她是厂里的先进生产者,而他,负责为她颁奖。他的名字是王子谦,股东王家的长子,刚刚留学归国,在临南学习管理。

她努力、善良、美丽、单纯,他英俊、多金、潇洒、温柔。

浪漫的童话爱情故事,合该在他们身上上演。

番外二
慧

他又说梦话了。

王子谦不常这样，十年的婚姻里，只有七八次。梦话的内容于慧听不懂，只能抓住两个名字。有时是"荔荔"，有时是"娜娜"，于慧相信，这两个名字都指向同一个人。

那又能怎么样呢？结婚十年，于慧从来没有看懂过枕边这个，她称为丈夫的男人。

也许是懒得懂。于慧知道，自己从来没有爱过他。

在认识王子谦之前，于慧有一个相恋五年的男朋友。

男朋友是她的学长，才华横溢、精明强干，家境还算小康，只是离于家还差得远。他们大学毕业后就分居两地，男朋友信誓旦旦，只要她肯去他的城市，他会把她捧在手心里一辈子。

于慧的父母当然激烈反对，既是因为两家地位和财力的差别，也是希望女儿留在鹤市。为了对抗家庭，于慧动用过许多极端手段，种种隐痛，她甚至没有和男朋友说，怕为婚后的翁婿关系埋下隐患。

终于，她辞去了人人称羡的工作，瞒着父母，拖着行李箱，来到男朋友所在的城市。

她试图制造一个惊喜，可当她推开门时，却见到男朋友和女邻居纠缠在床上，一室氤氲。

在那个瞬间，于慧顿悟了。

男人的穷和富、美和丑、学识高低、爱与不爱，都不影响他们玩弄感情。

于慧不哭不闹，平静地和男朋友分了手，又回到鹤市，求父亲原谅。在母亲的劝慰下，父亲终于原谅了她，给她安排了新的工作，又安排了门当户对的相亲。

第一次见王子谦，于慧就知道，父亲一定会很喜欢他。王子谦就是那种脸上写着前途无量的男人。他符合世俗对东床快婿的一切想象，安全、体面、周到。

事实也是如此。父母叮嘱她，抓紧锁死他，不要给别的女人可乘之机。

于慧用心和王子谦相处着。她不爱他，他也不爱她，正因为如此，他们才是天造地设的一对。

和王子谦比起来，他弟弟王子猷则显得天真单纯。他和一帆的千金杜荔娜组成了一对可爱的小青梅，他们愚蠢、青涩又认真，就连于慧也忍不住羡慕。

可是，一切所谓真情，最终都不免破碎，她很替小青梅的将来担忧。

于慧第一次察觉王子谦的异常，是在一次王家的家宴上。

说是家宴，于慧和杜荔娜都在，可见王家父母已经把她们当作未来的儿媳妇了，只有杜荔娜这傻姑娘还浑然不知。

席间，王子猷激动地谈论着他即将踏上的留学旅程，他想证明自己能安排好一切，不比当年的大哥差。于慧突然意识到，王子谦几乎没怎么说话。

于慧侧目去看王子谦，只见他直直地盯着杜荔娜看，眼睛里似乎有一小簇火焰在烧。

察觉到于慧的目光，王子谦震了震，故作无意地移开了目光。

于慧心底如遭雷击，随后，又觉得自己的想法很可笑。杜荔娜再漂亮，也只有十六岁，还是他亲弟弟喜欢的女孩子，王子谦不会打她的主意。

她的疑虑只放下了一会儿，就又被王子谦的话撩拨起来。

饭后，王家爸爸去了书房，王家妈妈去帮王子猷找一份要带出国的文件，于慧帮着保姆收拾餐桌，只剩王子谦和杜荔娜两人坐在餐厅。

于慧从厨房出来，正听见王子谦问起杜荔娜手机上挂着的编织蝴蝶。

这分明是没话找话。一个大男人，为什么要关心小女孩的手机挂绳？于慧越来越觉得王子谦怪异，有杜荔娜在的场合，他的眼睛总是跟着她走。

可这样不体面的怀疑，说出来，对谁都没有好处。于慧只好把怀疑深埋在心底。

她顺顺当当地和王子谦结了婚，婚后，他主外，她主内，配合默契，成了一对外人交口称赞的模范夫妻。

有一天，她听见王子谦给弟弟打电话，破口大骂。起因是，在海外留学的王子猷一不小心说漏了嘴，说想和杜荔娜分手，和别的女孩子在一起。

王子谦很疼爱弟弟，这次却对他说了很难听的话。他说杜荔娜的腿伤，王子猷也有责任，是男人，就应该一辈子对她负责。

若是不知内情，于慧还会庆幸自己嫁给了一个如此有担当的正派男人。但现在，她只觉得厌恶。她的丈夫对未来的弟妹怀有不可告人的心思，不敢宣之于口，便拿自己的弟弟作为借口。

于慧偷偷给王子猷打电话："子猷，你如果真的不爱她了，倒不如跟她说清楚。"

隔着整个太平洋，王子猷的嗓音幽幽响起："大嫂，大哥和爸妈说得对，我是男人，应该担起男人的责任。"

于慧无话可说。她管不了别人，只能管好自己。

好在，她还有可爱的一儿一女，他们是她的骄傲，是她的一切，也是她在王子谦面前扮演完美妻子的唯一动力。

在那之后不久，于慧第一次听到王子谦说梦话。

他在梦中很惊恐，像是被剜去了心里最宝贵的东西。他拼命叫着"荔荔"，叫了一

391

会儿，又开始叫"娜娜"。

于慧终于忍受不了，推醒了他。

王子谦很惊恐，问她自己说了什么梦话。

于慧犹豫了。她虽然不爱王子谦，却也不想扰乱这段婚姻带给她的安定。于是，她谎称自己没有听清。

王子谦没有怀疑她，他以为她是全身心仰赖着他的，也愿意把家里的财政大权交给她，毕竟，她为他生了两个孩子。

又过了一段时间，在一个深夜，于慧从梦中醒来，发现她的丈夫不在身边。

她蹑手蹑脚地爬起来，循着声响来到花园。月光的黑影里，她那儒雅俊逸的丈夫，正拿着花锄，一边喘气，一边刨一个深坑。

他在那深坑里埋下了什么东西，又填平了土坑和草皮，最后，蹲在月光底下，呜呜地哭泣。

于慧从窗后看见了整个过程，然后，她无声地返回了卧室，就像从未醒来。

又过了很久，王子谦也回到了床上。带着一身的凉意，他吻了吻她的耳垂，从身后用力地拥抱住她。

于慧猜测，和那个神秘的小盒子一起被埋葬的，还有一个他拼尽了全力要从身上割去的，不可言说的秘密。

后来的一切，似乎顺理成章。王子猷娶了杜荔娜，男才女貌、婆媳和睦、妯娌友爱。王子谦更为努力地扮演一个好丈夫、好父亲、好儿子和好大哥的角色。而王子猷，也更加死心塌地地试图活成大哥的样子。

表面的皆大欢喜维持了一年，终于，又因为杜荔娜提出离婚而被打破。

得知消息的那天，王子谦大发雷霆，骂弟弟无能，老婆哄不住又管不好。他命令王子猷，不管想什么办法，都要把杜荔娜哄回来。

王子猷终于失控，朝他大喊，说大哥把他当成控制一帆的工具。

王子谦打了王子猷一巴掌。王子猷被打蒙了，怒气冲冲地离开了家。

于慧也蒙了，她不理解，为什么过了这么多年，他还放不下那一点不伦的痴念。

她终于按捺不住，脱口而出："你这样做，是为了得到一帆的控制权，还是为了你自己的私心？"

她的质问突如其来，王子谦惊惶万状，逃之夭夭。

于慧被独自留在王家大宅里，觉得自己的婚姻确实是个笑话。

她曾以为，自己只想要平静安稳的生活。她以为，她可以一辈子无动于衷。

可她还是错了，没有活人能做到这样。

被一股不知名的愤怒裹挟着，于慧挖开了那个埋着秘密的地方。她找到了一个生锈的小铁盒，打开一看，里面是一只眼熟的编织蝴蝶。

于慧打电话约杜荔娜来家里，不是为了劝和。她把那挖出来的宝贝放在一个旧相册的盒子里,让杜荔娜整理。她想让杜荔娜知道,自己一向尊敬的大哥,是个什么东西。

出乎于慧的意料,杜荔娜看到那个编织蝴蝶的时候,只是震惊了一下,并没有多说什么。于慧企图从她的脸上看出端倪,却发觉,这小姑娘已经进化出了不同寻常的城府。

当晚,王子谦回到家,发现花园被刨开过,大发雷霆。

于慧索性摊了牌,她告诉王子谦,杜荔娜已经看见那个编织蝴蝶了,也已经得知了他对她的非分之想。

婚后第一次,王子谦对她动了手。他打了她一耳光,自己却先抱起头,哭泣起来。

"慧慧……"他已经很多年没有这样叫她了。

于慧呆了一瞬。她听见丈夫轻声说:"我杀过人。"

当冬雪开始融化的时候,于慧在北美收到了王子谦被逮捕的消息。

王子猷锲而不舍地给她打电话,希望她想办法筹一点钱,让王子谦少判几年。他说,王子谦通过律师传出话来,让他找于慧想办法。

"就算别人不管我,你大嫂也不会不管我,这么多年夫妻,何况我还是孩子的父亲。"

于慧忽然忍不住想笑,笑自己,也笑王子谦。王子谦一直相信,她爱他爱到毫无自我。他从来都不懂她。

伪装爱和伪装高潮一样,都是容易的,只要在他发表长篇大论时点头微笑,他就会笃定,你爱他爱得死去活来。

王家的海外资产大半记在她名下,是她一手操办着转移出境的,别人一分钱都动不了。两个孩子向来跟她亲,爸爸只活跃在生日和学校的庆典上。

她的孩子,绝不能有一个杀人犯父亲。从得知真相的那一天起,他作为父亲、作为丈夫就已经死了。为母则刚,今后的日子里,她会一点一点,把他从孩子的记忆和情感里抹得干干净净。

"子猷,你才是王家更优秀的那个儿子。这么多年,你一直活在你大哥的阴影里,是时候走出来了。"

然后,她挂断了电话,王子猷再也没能打通。

庭院中,两个孩子和保姆一起奔跑嬉戏,雪屑溅得到处都是。远处的树林里,有小鹿探头探脑。

于慧站在门廊下,心想,这才是她想要的那种,平静安稳的生活。

番外三
晴

　　一大早，钟晴就接到了璇玑珠宝何太的电话。何家的女儿何宝贤要结婚了，婚礼就定在下周，请她去参加婚宴。

　　换了旁人，钟晴是不想去的，现今她没了老公，手上也没钱，还要给儿子留些傍身钱，自然不敢像从前那样摆阔。可何太与她最是要好，也是林家出事后，她仅剩的还能说话的老姐妹了。

　　钟晴只好答应了，又问新郎是何许人也。

　　何太等的就是这一问，轻描淡写地答道："新郎名叫谢枚。"

　　钟晴当时就震惊了，再三确认："是那个谢枚吗？"

　　就是那个谢枚。

　　何太咯咯直笑。谢枚这样的女婿，不需要多余的介绍，只要一个名字，就能让何太从此在姐妹淘里横着走。

　　"我们阿宝啊，从小就是个有主意的。刚回国的时候一心搞事业，我还怕她剩下了呢。谁知道，闷声不吭就给了我们一个惊喜。啧啧，小谢这个人，虽然年纪大了点，别的什么都好……"

　　后头的话，钟晴已经听不进去了。何宝贤原本是她属意的儿媳，现在嫁得这样好，而自己的儿子，还没名没分地跟着位恶女律师在偏远的山区刨土。

　　她有心找别的理由推托，但何太已经预判了她的心思，高声道："晴姐，我们阿宝可是你看着长大的，别人不来，你可一定要来啊！你要是不来，我就和阿花、阿玲她们说，你又发福了。"

　　钟晴："……"

　　这哪里还有退路？钟晴只好硬着头皮，准备去参加婚礼。

　　婚礼选址在一家海边的私家酒店，参与者不过数十人，私密性极强。虽然婚宴的方方面面都极其精致，但哪怕是对何家来说，规格也略低了一些，何况还有大金主女婿在。

　　钟晴百思不得其解，姐妹淘里另一个老姐妹轻笑道："你瞧瞧阿宝，都开始显怀了。"

　　钟晴这才恍然大悟。

　　要不是新娘不宜舟车劳顿，以何太要强的性格，恐怕会亚洲、欧洲、大洋洲满世界选址，24小时网络直播婚礼现场。

老姐妹见钟晴一脸木呆，就知道她脱离圈子太久，耐心解释道："阿宝可是个有手腕的姑娘。据说谢枚原本是不打算再结婚的，但阿宝签了一份特别苛刻的婚前协议，要是离婚，她什么也分不到。"

钟晴震惊地说道："那为什么还要结婚？"

"你傻呀？阿宝分不到，孩子分得到啊，这可是谢枚唯一的婚生子。阿宝也是个拼事业的女强人，好像又跳槽到一家大媒体当主编了？我怀疑……"老姐妹压低了声音，"他们就是一夜情，不小心怀上了，想把孩子生了，再离婚。"

钟晴目瞪口呆，只得感叹，现在的年轻人她们着实看不懂。

但无论如何，何太的脸面已经争到了，她和老公、儿子一起站在门口，迎来送往，满脸都是幸福的喜悦。何宝贤倚在谢枚的臂弯里，小腹微微隆起，神情祥和。

钟晴想到了自己的儿子，想到他的女朋友苏拉。

苏拉在她最急难的时候挺身而出，帮她免去了牢狱之灾，是她的恩人。但苏拉一意孤行，跑到偏远山区去做志愿者，一去就是一年，还把自己的儿子拐了去，钟晴的心里不得不打鼓。

经济上的问题暂且不提，他们俩年纪都不小了，女的三十二，男的也二十九了，却只顾黏黏糊糊地谈恋爱，半点不提结婚。

好嘛，她的观念也没有那么落后，就算不结婚，孩子的事情要不要考虑？

一想到随着时间的推移，苏拉的卵巢功能在逐步退化，钟晴就愁得睡不着觉。但她确实害怕苏拉。和恶女律师谈生育黄金期，她会被呛得怀疑人生。

左思右想，钟晴只好以关心为名，寄了许多暖宫养生的补品过去，叮嘱林渡让苏拉按时吃下。药品寄过去，就如小石子落进了深潭里，杳无音信。

钟晴从婚宴会场出来，找了个僻静的地方，给林渡打电话。

林渡的声音一听就是在打游戏，心不在焉地问她有什么事。她单刀直入地问："上次寄的补品，苏拉喝了没？"

林渡顿了顿，说："妈你稍等哈。"

三秒后，林渡发过来一张苏拉拿着补药的照片。

钟晴："……"

她这个儿子，是敷衍搪塞的天才，钟晴怀疑那些补药都被当成垃圾扔掉了，愁得眼泪都快掉下来了。

钟晴的情绪崩溃了，失声道："阿渡，你们今后究竟有什么打算？妈妈不配知道吗？"

不等他回应，钟晴又怒道："是不是苏拉不想结婚？她是不是怕生了孩子，身材走形？还是说，她还有更好的选择？"

"妈！"

林渡无赖地笑:"我帮您拧一拧哈。您想要的东西,如果我们也都想要,那您什么都不必说,我们自然有安排。"

钟晴:"……"

"您想要的,如果我和苏拉不想要,难道您还能强迫我们?"林渡轻声说,"我现在很幸福,从来没有这么幸福过。妈,你不希望我幸福吗?"

钟晴无言以对。

婚礼在一片欢歌笑语中结束,钟晴回到自己的住处。

婚宴的菜式不合钟晴的胃口,保姆张婶炖了八珍汤给她补气,送上来,她只喝了一口,便觉得食不甘味,甚至觉得……空前寂寞。

现在,她不必忧心丈夫在外面玩女人了,也不必忧心儿子不能继承家业,上无公婆姑舅需要服侍,下无儿媳孙辈需要照料。由于积蓄有限,她也不敢再逛街买珠宝。

现在居住的这个小区,虽然有几支广场舞小队,却各有各的势力范围,群雌割据,论资排辈。她不屑与她们为伍,成为一个"广场舞大妈"。

她才五十岁,后半生竟是一片空旷,无事可做。

钟晴对镜自照,年轻时的美貌不再,精心的保养挽留了优雅风度,却遮不住皱纹白发。

她取下耳环的手顿住,又戴了回去。

深夜的龙美村美食街,热闹才刚刚开始。添记的点菜小妹盯着靠窗的卡座看了很久,直到陈志添进门,拍了她一下,她才醒悟过来。

"看什么呢?客人点菜叫半天了。"

点菜小妹扮了个鬼脸,说:"添叔,你看卡座那个阿姨,打扮得珠光宝气的,好像港剧里的阔太哟。这么有钱,干吗来我们这儿消夜啊?"

陈志添顺着她的指向看过去,不由得愣在了当场。

"添叔?添叔,你怎么了?"

陈志添慢吞吞地问:"那桌点了什么?"

"海鲜粉啊,后厨已经在炒了。"

"这一份我亲自炒。"

一份热腾腾的海鲜粉轻轻放在钟晴面前,系着围裙的陈志添也在她对面落座。

钟晴吃了一惊,险些站起来。

"今天不是周六吗?阿渡说,你一般周六休息……"她张皇地解释,自己并非有意与他撞个对面,让他难堪。

"我闲着也是闲着,就过来看看有没有老主顾。"陈志添的双眼紧紧盯着她,"怎么有空过来?"

钟晴虚弱地笑了笑，说："馋这一口了。"

他们已经许久没有打过照面。他不再是风华正茂的大排档小老板，她也不再是貌美如花的老板娘。

陈志添推了推盘子，道："那就再尝尝我的手艺。"

钟晴夹了一筷子，放进嘴里。当那热腾浓郁的咸香充满口腔时，她的眼泪一下子就下来了。

"抱歉……"

陈志添慌忙递纸巾："阿晴，有人欺负你吗？"

钟晴拼命摇头，半晌才颤声道："阿渡他……他不听我的话。"

"你慢慢说，他怎么不听话了？"

"他和那个苏拉，跑到那么远的地方去，不结婚，不生孩子，也不回家。我不过问他几句，他就说……说我……说我不希望他幸福吗？我是他妈，我怎么会不希望他幸福呢？"

钟晴像个孩子一样，呜呜地哭起来。

陈志添挪到她坐的这一侧，想环住她的肩膀，又笨拙地放下，只好轻拍她的后背。

"这孩子，说话向来没大没小、没轻没重的，你又不是第一天知道。等他回来，我帮你揍他！"

像是在沙漠里遇到了救兵，钟晴哭得更伤心了："我的前半辈子，都是为了这个孩子啊……他从来……从来就没有听过我的话……他不知道，人要抬头挺胸地活在世上，有多难啊……"

陈志添叹了口气："你啊，还是和从前一样，老在意别人怎么看。"

钟晴的哭声低了下去："我在意别人？"

"你想让阿渡找个正经工作，他偏要靠笔杆子吃饭。你想让他找个传统懂事的女孩子结婚，他偏找了个厉害的苏律师。你盼他尽快结婚生子，他就安于现状，过了今天不想明天。我还不知道你吗？你是怕别人说阿渡没本事，娶不到老婆，生不了孩子……可是阿晴啊，别人永远都有话说的，日子还得自己过。"

他伸出手，想摸摸她梳理得一丝不苟的发髻，又停在了半空。

"就像当年，我要是知道你不愿意……"

钟晴呆住了。

陈志添继续说："我要是知道，你原来不肯跟他，就算被全村人戳破脊梁骨，被他打断腿，我也要把你和阿渡留下。"

他的眼眶陡然潮湿，低头揩了揩眼角，又笑道："我们都是一把年纪的人了，还活不明白吗？别管别人怎么说，去做点自己想做的事吧。也让孩子们，去干他们想干的事情。就像我，现在守着这间铺头，老主顾来来去去，就很开心。"

陈志添背过身，道："阿晴你慢慢吃，想吃什么就点，我全免单。"

说完，他站起身，朝后厨大步走去。

钟晴怔然僵坐。她盯着桌上已经凉透的海鲜粉，想起了很多旧事。热恋的青春、冗芜的婚姻、难堪的背叛、狼狈的离别，转瞬已是二十年。

直到窗外街上，一辆跑车轰然驶过，才重新惊醒了她。

钟晴长长地吁出一口气，一口闷在胸中二十年未解的怨气。

她摘下身上佩戴的所有珠宝，澳白珍珠耳钉、祖母绿戒指、翡翠金佛公项链……放进随身的手包里。

她把紧身套装裙的袖子撸到手肘，端起了那盘海鲜粉，径直走到后厨。

"阿添。"

陈志添正挥汗如雨地拎着大勺，闻声，回过头来。

钟晴朝他忐忑地笑："你说，让我别管别人怎么说，做点自己想做的事……我想跟你一起，炒海鲜粉，就像当年那样。可以吗？"

番外四 敏

对江世敏而言，十九岁的那个夜晚，就像一把刺穿她人生的尖刀，刀开两刃，一刃残酷，一刃欢喜。

她穿着一双掉了底子的解放鞋，跑了十里泥巴路，把自己藏在阴晦的野地里，乱蓬蓬的蒺藜丛下。

有人拿手电筒，有人举火把，吆喝着来，又走了。没有人发现她，这很好。

她是榴城二高成绩最好的学生，每次考试都考第一，可是在高考这要命的关卡上，她失利了。不仅没过本科线，就连专科线也没过。

高考前她就知道，自己只有这一次机会，不成功，便成仁。江家穷得叮当响，上面还有个不成器的哥哥，要不是她成绩好，班主任找县里给解决了学费，她根本读不到高中。

可她还是失败了。

邻村有一个考了三年没考上的女孩，得了失心疯，做不了活，父母养不起，只好卖给了个傻子家当媳妇。江世敏没得失心疯，她爹仍然拿了主意，要把她嫁给邻村的一个中年男人，彩礼一千八。有了这笔钱，她那常年进出派出所的哥哥就能娶上媳妇了。

人声离去，野地又归于寂静，随后，狼号狗叫，小兽蹿动，蛇虫窸窣。

江世敏不怕，她从小就不知道什么是害怕，反正她烂命一条，跟谁拼命，都是她赚了。

她慢慢从蒺藜丛里爬出来，衣服被干硬的丛刺扯住，半天才挣脱出来。

倏然，一道手电筒的亮光照在她脸上，又立刻转开。

"原来你在这儿啊。"

江世敏目眩了一瞬，过了一会儿，才看清眼前的人。这是一个年轻的男人，相貌周正，头发整齐，穿着件白得发亮的衬衫。他礼貌地关上手电筒，只有刚刚从乌云里探出头的月光，洒在他脸上。

"你是江世敏，对吗？"

江世敏来不及思考她父亲是从哪里找到的这样体面的帮手，扭头就跑。

男人"哎"了一声，追了上来，压着嗓子叫："江世敏同学！我不是来抓你的，我是二高的老师！"

江世敏停住了脚步。老师？哪有这么年轻的老师！何况，她从来没见过他！

男人看出了她的想法，说："我是大学毕业生，刚分配到二高的，还没正式开始上课呢。你们班主任陶老师去你家找你爸，我陪他来的。"

他提到陶老师，江世敏松了口气："你叫什么名字？"

"我叫苏海跃，苏东坡的苏，海阔凭鱼跃的海跃。你可以叫我苏老师。"

江世敏这才真正放下了戒心。能说出"海阔凭鱼跃"的人，他们村除了她，找不出第二个。但是，她没打算叫他苏老师，他看上去比她也大不了几岁。

她黝黑晶亮的眸子斜瞅着他："陶老师呢？"

"陶老师跟着你们村的人一起去找你了，他说你可能会躲在老公社后面的仓库里。我没跟他们走，他们觉得女孩子不敢藏在野地里，我反而觉得你就在这儿。"

江世敏垂下眼睛。这人有点显摆自己的聪明，但是不讨厌。

苏海跃朝她笑了笑说："躲得了和尚躲不了庙，你现在有什么打算？"

江世敏摇摇头。她只知道自己不嫁人，后面的事，她还没想好。

"反正我要接着考大学。"

苏海跃盯着她看，有点惊讶："你就这么坚定吗？"

"嗯。"

"为什么非要考大学？"

"因为我觉得，我能考上。"江世敏认真地道，"今年我是大意了，帮我娘割麦割了好几天，考试的时候有点发烧，脑子不清楚。再给我一次机会，我肯定能考上。"

"可是你家里不支持你，教育局也没有助学名额了，你怎么考呢？"

江世敏的目光倏然转厉："你是来劝我嫁人的？"

陶老师绝不会说这种话。陶老师会鼓励她继续考，不要浪费自己的能力，能爬到百尺，绝不屈就在九十九尺。

苏海跃连忙摆手，道："我没有这个意思。我是想说，你现在的重点，不是考大学，是自立。"

"自立？"

"陶老师和你爸争论了一下午，他还是不松口，这条路算是堵死了。你要是不想嫁人，就得从家里出来，靠自己谋生。当然，这可能会吃很多苦。"

"我不怕吃苦。"江世敏想不到，能有什么会比嫁给一个陌生人，沦为给他洗衣做饭的奴隶更苦。

"但是我得考大学。"

苏海跃看着这个脑子里只有考大学的女孩子，面现无奈："你知道成人高考吗？"

江世敏摇头。

"这是国家今年刚刚实行的制度，就是你参加工作以后，如果想考大学，随时还可以考。"

她细长的眼睛蓦地眯了起来："你说的是真的？"

他举起手道："我发誓，我说的都是真的。"

江世敏认真地思考了一会儿，道："所以，我可以先找个活干，养活自己，明年再考？"

"明年可以考，后年还能考，只要你愿意，可以一直考下去。江世敏同学，你已经是成年人了，有恋爱自由、婚姻自由，你还没到法定的结婚年龄，你的父母强迫你结婚，是违法的。"

他的神态认真而庄重，江世敏不由得挺直了腰杆。

"我和陶老师商量了，你可以先住在她家，我们帮你联系一份工作，可能赚不了几个钱，但能养活自己。你要是愿意，我陪你回家，跟你父母说。如果他们不答应，我掩护你和陶老师逃跑。"

江世敏被逗笑了。就他这小身板，还不够她爸她哥揍一拳的。不过，打架她自己能行，不用他上。

"我这个计划，你觉得行吗？"

江世敏又想了想，点头道："行吧，我跟你回去。"

苏海跃如释重负地笑了。他靠近了两步，指了指她头上，问："我能帮你……"

他试探地伸手，从她头上摘下一根树枝。

江世敏这才发现，自己的辫子被树枝缠得乱七八糟，恐怕比鸡窝强不了多少。她突然不安起来，快速地爬梳了一下头发，避开他的注视。

苏海跃没有看她，而是重新打开手电筒，替她照亮回家的路。

荒野寂静无声，他们安静地走了很远，都没有再开口。

苏海跃走前面，江世敏走后面。她望着他笔直的背影，心里默默地想，怎么会有人能把白衬衫穿得这么好看？

江世敏突然开口："苏海跃。"

他有点怪异地回头："嗯？"

江世敏看得出，这个小老师对自己的职业身份很骄傲，希望被称为苏老师。哼，她偏不。

"苏海跃，考成人高考，影响找对象不？"

苏海跃瞪着她，问："考试怎么会影响找对象呢？"

"我是说……"江世敏盯着他白衬衫上的线头看，"我要是一心考大学，是不是没有男人敢要我？男人找老婆，不是为了给自己洗衣服、做饭的吗？"

苏海跃的表情更诡异了，问："谁告诉你的？"

"我爹娘都这么说。"

"至少我不是这样。如果我的女朋友，"他的脸似乎红了一点，"或者妻子想考大学，我肯定会全力支持她的。"

"真的吗？为什么？"

"那说明她有上进心、有勇气、有才华，多好！"

江世敏不说话了，气氛重归缄默。苏海跃自以为传道授业解惑成功，转过身去，又领头朝前走。

两人又走了一段，江世敏再度开口了："苏海跃。"

"嗯？"他耐心地回应她。

"你结婚……呃，你有对象吗？"

苏海跃回过头，那眼神好像当她是背后灵："都没有，怎么了？"

"要跟你处对象，有什么条件？"

他终于绷不住了："你问这个干什么？"

"我想看看自己够不够条件。"

苏海跃："……"

"要是暂时不够，也没关系，我可以缺哪儿补哪儿。"

江世敏眼睁睁地看着他的额头上暴出一条青筋。

"江世敏同学！我是你老师！"

"我已经毕业了，你才刚来，你不是我老师。"江世敏挑眉道。

苏海跃沉默了一会儿，终于平静下来："我找对象，不看条件。"

江世敏觉得很稀奇，问："那你看什么？"

"看爱情。我找对象，要找一个我爱的女孩，她也要真心爱我。"

江世敏不说话了。她读过《红楼梦》，甚至还读过一本琼瑶的小说，知道什么是爱情。但她以为，那都是封建社会才子佳人的事，和她这贫下中农没什么相干。

可她不会轻易放弃。

"苏海跃，我可以真心爱你。你爱我吗？"

苏老师肉眼可见地生气了，他严肃地纠正她："爱情是需要时间来检验的。我们才刚认识，你怎么能随随便便说爱呢？"

江世敏不怕他生气，微微一笑："那就用时间来检验吧。反正我在你这儿先挂了号，你别忘了。"

这事，难道还有先来后到吗？

苏海跃一向觉得自己的脾气很好，今天却好像要被这个女孩气出心脏病了。他决定不再搭理她，继续朝前走去，只是步子不敢迈得太大，怕她跟不上。

走出很远，他还能听见她在背后嘟嘟囔囔："苏海跃，你肯定能爱上我的。"

苏海跃在心里默念了无数遍："师者，所以传道授业解惑也……"

这时，他们都还不知道，此去同行，便是一生。

很久很久以后。

一帆集团收购欧洲马德林科技公司的项目谈了两年，终于拿到了所在国政府的批文，在此之前，江世敏已经当了半年的空中飞人。

深夜，跨国航班降落在鹤市机场，江世敏刚打开手机，就看到了助理吴优的信息。

"江总，苏律师约您吃饭，她答应了林作家的求婚，想安排您和男方父母见面。"

江世敏按灭了手机屏幕，望着机舱外的灯光，思忖片刻，终究还是拨出了电话。

"喂？"

"是我。"

对方的声音含混，应该是被她从梦中吵醒了。

这死孩子，还是不肯轻易叫妈。

"苏拉，我想跟你聊两句。林渡在身边吗？"

"他睡着了，我出来了，在客厅。你说。"

真要进入正题，江世敏却沉默了。她这辈子，最大的敌人不是商场上的竞争对手，甚至也不是自己，而是她的女儿，她的骨中之骨，肉中之肉。

半晌，她终于开口："你……真的准备好了吗？"

苏拉答得飞快："我准备好了。"

"你确定你爱他，他也爱你？"

"我知道什么是爱情，我见过的，就像你和老苏那样。"

江世敏无言以对。她没有别的可以教导她了。

"我……给你买个房子？"

她似乎听见苏拉轻嗤了一声。也许没有，也许只是她幻听了。

"真不用，谢谢。"

"婚礼的安排……"

"娜娜是伴娘，她会帮我操办，小型婚礼，没有媒体，你出现就行。"

"那双方父母见面，你需要我做什么？"

"只是认识一下，不用交际。"

"我明白了。"

母爱在她心中不会泛滥太久，江世敏立刻恢复了利落的作风。

"明天晚上我要出席庆功宴，后天一早又要飞。最好安排在明天中午吧，来得及吗？"

"问题不大，我们看你的时间。马德林收购的新闻我看到了，恭喜。"

"谢谢。我让小吴定地方，定好了通知你。"

"行。"

她的女儿，和她一样利落。

江世敏没有多说，挂了电话。

走出机场，吴优迎了上来，同时涌上来的，还有千头万绪的事务和扑朔迷离的斗争。

江世敏不怕，她从小就不知道什么是害怕。

世界是她的猎场。

番外五 深深

"妈妈,我看到一只戴着怀表的兔子。"林深对着妈妈的耳朵眼儿,悄悄地说。

妈妈正在奋力揉搓一大盆熟米,那是要为清明祭祖准备的食材。米明明还很烫,妈妈却一点也不怕烫。

"深深啊,小孩子不能撒谎。兔子怎么会戴表呢?"妈妈这样说。

林深委屈地瘪起嘴。幼稚园的老师就是这样讲的啊。

这一年,林深五岁。也是在这一年,林深第一次见到自己的爷爷。

爸爸林茂生把她抱在怀里,献宝一样给爷爷看:"我们深深啊,是林姓全族最懂事的妹仔。"

妈妈站在爸爸身后,局促地笑着,将一双备受家务摧残的手尽力缩进袖管。

"叫爷爷。"爸爸热切地吩咐她。

林深拿眼去看妈妈,妈妈也点头。于是她清脆地叫了一声。

爷爷先塞给她一个大红包,再张开双臂,把她从爸爸怀里接过来。老人长满胡髭的嘴用力贴在林深的脸颊上。林深有点被扎疼了,但她不敢躲,她看得出来,爸爸妈妈都在尽力讨好爷爷。

而她是知道怎样让他们开心的。

林深伸出小胳膊,紧紧地搂住爷爷的脖颈,朝他甜甜地一笑:"谢谢爷爷!"

爷爷果然心花怒放,更用力地拥抱她:"深深真是乖呢。"

因着爷爷对她的夸赞,妈妈大着胆子说:"深深读书也好,幼稚园老师教的唐诗,她都会背。快给爷爷背一首。"

林深选了一首最难的《回乡偶书》,背给爷爷听。爷爷听着听着,眼角淌下两滴泪来:"我们深深这么好,如果再有个弟弟,就更好了,你说是不是啊?"

林深笑着点头:"是。"

她的余光瞥见妈妈的脸一下子惨白下来,抿紧了唇,又向爸爸身后躲了躲。

林深的生活从那时开始改变。

爸爸和妈妈带她住进了大房子,衣柜里冒出来许多带蕾丝的漂亮衣服,她转学去了最好的幼儿园。现在她想买多少故事书,就可以买多少故事书。

爸爸在家里待的时间越来越少,回家的时候,身上也总是带着浓浓的酒味。妈妈把工作辞了,更忠实地履行着一个家庭主妇的职责,但她的身上开始长久弥漫着药味。

每次去见爷爷,爸爸都会教她提一些她并不太懂的要求,爷爷一开始会有些不开心,但当林深扁起嘴时,他就服软了,笑着把她搂在怀里,说:"这都是看在我们深深的面子上哈。"

后来,大家都知道了,深深在爷爷这里面子最大。

而林深从爷爷那里带回的,永远只有一个要求。

"爷爷又问我,什么时候才有弟弟啊?"

每到这时,爸爸就会变得很生气,有时还会砸东西。而接下来的那些天,妈妈身上的药味会明显地加重。

在林深的记忆中,妈妈的肚子后来又隆起过几次,但都无声无息地瘪下去了。

也不知是从什么时候开始,妈妈的脸上再也没有了笑意。她的脸瘦削而黯淡,她的身子冰冷而僵硬。她再也不拥抱自己的女儿了,即使林深主动拥抱她,也再闻不到母亲的馨香,只剩下挥之不去的药味和香烛味。

林深害怕被妈妈看出,她讨厌妈妈身上的味道。但妈妈还是看出来了。

妈妈看她的眼神也不再一样,有时是嫉妒,有时甚至带着一点仇恨。

终于有一次,林深听到妈妈跪在神龛前,一边哭,一边说:"如果深深是个男孩子就好了。"

林深安静地退了出去。

她躲在自己的房间里,抱着最喜欢的《爱丽丝梦游仙境》大哭起来。

世界对她来说就是一个庞大的兔子洞,人们各说各话,前言不搭后语。她的衣兜里放着各式各样的蘑菇,每一种帮她应付不同的场合。

在爷爷面前时,她就吃一口变小的蘑菇,把自己变得天真可爱、无忧无虑,这样爷爷才会心软,会答应爸爸的要求。

在学校里,她要吃一口变大的蘑菇,这样才能严格遵守老师们的规矩,变得聪明大胆,答对试卷上的问题。

当她在爸爸面前时,她要吃一口变得柔软的蘑菇,这样爸爸吩咐她做事时她才能忍住不争论,不惹他生气;当她在妈妈面前时,则需要吃一口变得坚硬的蘑菇,这样妈妈流泪和恍惚的时候,她才能拍着妈妈的脊背,告诉她一切都没关系。

她唯一不需要吃蘑菇的地方,是在书中。

在书里,她可以和爱丽丝一起把纸牌人埋在花盆里,可以和齐天大圣一起大闹天宫。她相信书中有关于一切的答案,书中有无所不能的蘑菇。当她阅读时,爷爷、老师、爸爸、妈妈都不见了,她拥有了彻底属于自己的世界。

林深翻遍了所有读过的书,也没有找到一种能让她变成男孩子的蘑菇。

她像一个势单力薄的纸牌人,站在深渊的边缘,紧拽着一根绳索,绳索下端缀着她的妈妈。她用尽了全身的力气,也没法把妈妈拉上来。

但她知道,她不想和妈妈一起坠入那个深渊。

林深的成绩足够考上鹤市最好的大学了,但她还是偷偷报考了一所离家很远的学校。录取通知书下来的那天,爷爷和爸爸都很生气。在本地读书,更方便家里安排相亲,也更容易结识本地门当户对的男孩子。

林深想把一切推给老师,又怕爸爸去找老师的麻烦,只好谎称是自己填错了。

所幸,她报读的专业依然符合家里的期待。读师范在林家看来是和女孩子很相称的,未来相夫教子,都用得上,说出去也好听。长辈们勉强同意她去外地读大学,只要求她坚决保证,大学期间绝不随便结交男孩子,假期一定回来相亲,一毕业就回鹤市工作。

反而是妈妈,什么也没说。妈妈瘦得只剩一把骨头,只是阴郁地看了她一眼,就回到了神龛前。

从很久以前开始,她们母女间就冷淡得如同一杯白开水。但也许在那一瞬间,妈妈是懂得她的。

大学的生活是林深一生中最快乐的时光。她有权利和时间阅读一切印刷成文字的东西,有许多的时间独处和思考。她可以连着一个月不给家里打电话,并且渐渐减轻自己的愧疚感。

她还是背着家里交了男朋友,又很快分了手。男朋友说她温柔谦逊、内向细腻,相处起来很舒服,只是有点过于文艺,有时候心不在焉。

她心里觉得有些好笑。她知道自己其实是很古怪的,别人喜欢她,不过是因为她让别人舒适,她遇到不同的人,会吃下不同的蘑菇。

讨人喜爱这件事,于她是一把小刀,一把斩断她和妈妈之间的绳索的小刀。有了这把刀,她才能对未来抱有期望。她相信她不会活成妈妈那样,怨怼、孤僻,又毫无办法。

即使远离了鹤市,林深也知道林家的生意越做越大了。

有钱却没有儿子的爸爸越来越暴躁,妈妈则越来越沉默。只有一次,妈妈在电话里说,爸爸在外面有很多女人。

可她又能怎么办呢?林深劝妈妈不要胡思乱想,养好自己的身体。

后来妈妈不再抱怨了,她好像和一切都和解了,谁也不能给她造成更多的伤害。

直到那场灾难到来。

鹤市火热而混乱,似乎一切都势头正猛,除了一个如同朽木的女人。

林深赶回鹤市,在爷爷的卧室门口跪了两小时,才见到他。

爷爷的身体也并不是很好,要拄着拐杖才能起身。小姑千叮万嘱让她不要惹爷爷生气,可她毕竟没有忍住。

爷爷浑浊的眼神落在她脸上,缓慢地说:"这事,对你妈,也是个解脱。就算离了婚，林家也不会亏待她。"

林深泪流满面，说："要解脱，十年前为什么不解脱她？到现在，对她还是解脱吗？"

妈妈那对生育的执念根深蒂固地折磨着她，却又支撑着她等候第二天的晨光。

"那还不是她自己的问题？她当林家媳妇这么多年，我们亏待她了吗？"

拐杖沉重地敲击着地板，也昭示着无可挽回的终局。

"深深啊，你是爷爷最疼的妹仔，要听话。你是林家人，不能只考虑你自己的妈妈，要考虑整个林家。来日你嫁进别人家，更要识大体、顾大局。"

林深跪在老人脚边，浑身的血液瞬间冷了。她仰起头，爷爷分明就在她面前，两人之间却好像隔着一座耸入云霄的高山。

是了，来日她还要嫁进别人家。找一个爷爷和爸爸安排好的，符合林家利益的对象。

她忽然醒悟了。她以为自己站在深渊的边缘，俯视着、拖拽着缀在绳索上的妈妈。可事实上，她们根本是一起站在深渊的谷底。

哪里有什么绳索。

小姑从外间进来，轻声说："爸，大嫂……"她看了眼林深才改口，"阿晴她来给您敬茶了。"

爷爷重重地咳了声："我不喝她的茶，叫她带我的乖孙来给我敬茶。"

林深回过头，隔着两层窗户，看见外面一个女人的脸。

那个新来的女人在这个家庭也是不受欢迎的，她不过是一艘货船，一艘载着林氏长孙的货船。她和林深的妈妈、小姑、和林深自己，没有分别。

林深突然想起了兔子洞里的爱丽丝。她想起爱丽丝醒来前说的最后一句话——

"你们不就是一副纸牌吗？"

林深笑出了声。她对爷爷说："那，我就不做林家人了。"

爷爷浑身一震，道："你说什么？"

"我妈妈不是林家人，她叫叶书云。从今天起，世上再没有林深。"

她站起身来，继续微笑。

这一刻她不想讨任何人的喜欢。

这一刻她不想让任何人舒适。

她要成为他们所有人的芒刺。

"我叫叶深。"

全文完